枪侯

海波 著

GUNS HOU

西苑出版社
XIYUAN PUBLISHING HOUSE

图书在版编目（CIP）数据

枪炮侯 / 海波著 . — 北京 : 西苑出版社 , 2011.11
ISBN 978-7-5151-0131-6

Ⅰ . ①枪… Ⅱ . ①海… Ⅲ . ①纪实文学 — 中国 — 当代
Ⅳ . ① I25

中国版本图书馆 CIP 数据核字（2011）第 231493 号

枪炮侯

作　　者	海　波
责任编辑	刘小晖
文字编辑	李　涛
出版发行	西苑出版社
通讯地址	北京市海淀区阜石路15号　　邮政编码：100143
电　　话	010-88637169
传　　真	010-88637287
网　　址	www.xycbs.com　　E-mail: lxh7@sina.com
印　　刷	北京亚通印刷有限责任公司
经　　销	全国新华书店
开　　本	710mm × 1000mm　1/16
字　　数	600千字
印　　张	35.5
版　　次	2011年12月第1版
印　　次	2011年12月第1次印刷
书　　号	ISBN 978-7-5151-0131-6
定　　价	59.80 元

中国有一枪炮神匠戴梓，其制造的28珠连环铳，久为各方势力窥伺。英国人赫顿“偶遇”握有此绝密的门大师傅，为南下广州的侯久满送来。

侯久满以慈禧所赐的“万岁牌”为幌，四方集资，名为打捞金船，实则编练海盗武装，专事抢劫贩卖洋烟与转运军火的船只，从而掘得“第一桶金”，开创“枪炮大业”。

清廷上下，光绪与慈禧，势若冰火；李鸿章和袁世凯，各藏心机。侯府内，侯久满与慈禧赐婚的密使阿尔萨兰明争暗斗，而革命党早已悄然生根。

一时间，被告密，被监视，被暗杀，云波诡秘。却无人知晓，监视者身后藏着另外一双眼睛……

一

1894年（甲午）春。广州郊野，遍野新坟。一支庞大的戴着鬼面的跳神队伍将一团团纸钱抛入天空，队伍不断闪避着路上倒伏的男女老幼。其后不远，数十囚徒推着十余辆堆满尸身的板车，不断有人浑身抓痒。黑布蒙口的清兵相距百步，持枪押送行至一沟壕，囚徒便将尸首抛入。当最后一具尸首入坑，清兵统领阴骜地朝属下乜斜一眼，枪声骤响，囚徒纷纷栽入坑中。清兵将板车也蹬进壕沟，丢入火把，瞬时烟火飞腾。

入夜，广州的街道上，相隔数米便有柴堆烟熏火燎，行人或布巾蒙口，或掩鼻疾走。

一围棚前，清兵拦路："衙门有令，无论贵贱，男丁均得入尿棚，留尿驱邪！"不断有衙役从棚中提出尿桶，泼于柴火，秽气冲天。

一个小脚女人扎着蒙口布，提着药包，匆匆而行。一队戴着口罩的洋兵纵马驰来，棍棒乱飞："离开租界！华人全都离开租界！"那小脚女人被冲倒，爬起来跌跌撞撞地奔逃。一洋兵浑身抓挠，摇摇晃晃坠落柴边，洋人军官看了看："先别管他！他也被传染上了！"

深夜，一封电报从天津发出：

急，大日本帝国战时大本营：今春，清国广东省大片地区及英属香港，爆发严重鼠疫，亡者已在14万之上。现清国人心惶惧，民情摇荡，社稷糜烂不堪……

目前清廷上下，束手无策，以致刚参加完渤海校阅的粤洋水师，不敢南归，声言愿留北备战，遏阻我帝国海军进兵朝鲜……

广东番禺的侯府花厅，六十余岁的致仕总兵侯武魁与几位乡绅正紧急议事。侯爷的气力明显不足："各位老爷，这该敬的神敬了，该跳的鬼跳了，可痒子病仍不见去，不消数日，我等桑梓将绝户绝村，大家都是同宗，说服族人及早逃难，恐已在所难免。"

某乡绅："侯爷，纵使我等带着乡民跑得再快，还能快过痒鬼阿公的腿吗？往年此时，侯爷虎子例行回乡办差，还是再熬几日，听听贤侄酒满有何办法吧。"

侯爷咳了几下："犬子行伍，回不回来，几时回来，岂有定规？还是我等快拿主意。"

那小脚女人匆匆走入侯府，摘下蒙口布。47岁的侯酒满的妻室侯夫人（侯杨氏），穿过庭院，直入伙房。

乡绅叹息一声："唉，据讲这痒子病是从云南一路传来的，按说原汤化原食，以原乡风俗请病魔还乡，是个上策，但云南的敬鬼之仪不仅怪异，绝难效法，甚至，都令人难以启齿。"

"不管什么仪礼，说来大家听听。"侯爷道。

乡绅看看门口："没有女眷吧？"

"快讲。"

乡绅低声："用妇人抬一小儿棺木，游街。只是那妇人，得……得赤身裸体，脱得精光。"

"啊？！"众人皆惊。

乡绅："说是只有那样，痒大老爹才会觉着无颜见人，羞臊走避。"

众人面面相觑。

乡绅试探："侯爷，要不，从妓寨重金雇一女子，行此勾当？"

侯爷瞪了他一眼："用那种女子，岂不更加惹恼痒鬼阿公？！再说，即便是妓寨女子，又有哪个愿意大庭广众一丝不挂？"

侯夫人端着汤药走来，在门边闻之一怔，蹙眉转身，但侯爷的咳嗽又令她站住。

侯爷越咳越凶："多出些银子……找个良家女子吧。广东虽是开化之地，但也不要搞得那么不堪，着短裤、肚兜，想必痒鬼阿公也很不好意思了……"

侯夫人垂着头，急步走入："老太爷，快些用药吧。"

侯爷抖抖地接过药碗，问："下人呢？"

侯夫人："……回老太爷，昨夜一觉，五个仆妇帮佣，全都没有再醒。"

侯爷怔了一下，倏然一口污血呕进药碗，歪栽倒地。侯夫人扑跪大呼："老太爷！老太爷！……老太爷……"

侯爷一口接一口呕着黑红的血，侯夫人哭喊着："老太爷，您可不能走啊！侯府只剩下您的两个孙子、孙女啦……"

乡绅们看着，畏惧地一一闪躲出门。

侯爷艰难地抬起臂膀，指着门外："酒满……酒满回来……叫他救人……救人……"说着那臂膀骤然落下。

天津，直隶总督行署衙门的斜对面，有一个游戏摊子，36岁的炮弁侯酒满，不断举起一支支手铳似的弩箭，射着百步外藏有炸药、虎豹形状的小靶。箭箭不虚，脆响一声接着一声，侯酒满兴致勃勃，摩拳擦掌。

上了年纪的摊主赞道："军爷真是一流箭法！"

侯酒满："哪里是标下箭准，分明是您的家伙上乘！您这弩，简直支支不比标下的这管洋枪差。"

"军爷这话，小老儿可不爱听。您腰里的那东西顶多30步内有准，小老儿这弩，单单射远就在它的三倍之上。"

"嗯，这话不假。"

摊主又神秘低声："如果军爷是有缘之人，有朝一日，小老儿让您见见咱中国的28珠连环铳。"

侯酒满一怔，骤然翻脸，扔了弩，攥住摊主手腕拽到一旁，低声喝问："你是何人？！竟敢传讲180年前的一桩谣言！"

摊主笑笑："那可不是谣言，28珠连环铳前有高祖，后有贤孙，家有赫赫大名。"

侯酒满："我知道这传闻里有个叫做戴梓的人，他制造的大炮，还帮着康熙爷平过三藩。可这戴梓后来开罪朝廷，流放辽东，你怎敢炫耀大清犯臣？！"

"莫慌，莫慌。"摊主眯起细瘦的小眼，"军爷，是不是又要打仗了？"

侯酒满又一怔："……你到底是什么人？！"

此时，一清军老兵呼吼："哪个是水师的侯酒满？"

"标下在！"侯酒满忙应，掏出颗碎银塞给摊主："老人家说话留神。"

侯酒满奔到门前，打躬讪笑，"对不住，对不住门政大爷。"

"你是个什么顶子？见中堂大人，不老老实实门前候着！"

"标下足足候了两三个时辰，刚刚走开几步。"

"那是你不懂规矩！有银子给耍把戏的，就没有……"老兵掂着手掌，"嗯？！"

"哟，哎哟，哟……"侯酒满忽然捂住肚皮，扭转身子，"不好，大爷，标下得去趟茅房……"

"混账东西！大人已在传你！"

"是了……是了……"侯酒满推开老兵，按着顶子奔入大门。

摊主远远笑望。

侯酒满跨进签押房，行半跪军礼，朗声呼报："粤洋水师广甲舰正炮弁五品候补帮带侯酒满，奉中堂大人之命，前来应差！"

71岁的直隶总督、北洋大臣李鸿章冲着墙，像是没有听见，指划着海图，与站在一旁的幕僚章志腾说话："日本人在这个佐世保，一下集结了足足十多条兵轮，若仅仅为了觊觎我藩属朝鲜，似乎有些过分。"

章志腾回道："依中堂大人的意思，难道，小日本还敢碰我大清？"

李鸿章："贼娘，敢不敢是一回事，至于想不想……肯定是想。"

"我大清水师经中堂调教多年，不说甲坚炮重，仅论吨位，已列环宇第四，亚洲第一，何惧日本一个幺幺小丑。"

跪着的侯酒满尴尬欲退。

"哪去？"李鸿章像后背长了眼睛，"你不是个五品吗？听听无妨。"

"嗻！"侯酒满朝前溜了一眼。

"还有什么谍报？"

章志腾看看侯酒满："回中堂，我驻日公使禀报总理衙门：日本驻汉城公使大岛圭介，近日回国述职，似乎接了一项……紧急密差……"

李鸿章咳了两声，扬手打断。他转过身，看着侯酒满："还是先说你的差事吧。起来讲话。"

侯酒满站起身："谢中堂大人！"

李鸿章："怎么，好像年年为太后采办荔枝的，都是你。"

侯酒满："回大人话，兴许是标下故里盛产荔枝，所以该着标下年年跑腿。"
章志腾喝道："放肆！一个小小炮弁，何称标下？"
侯酒满傲然而答："大人，虽说炮弁算不上什么官，但论战功，小的绝不在管带、副将之下。"
"好大的舌头……"
李鸿章吭声止住章志腾，点了根雪茄："……听着，今年的差事有点儿难办，要打仗了，我这里只能给你往年三成的银子。"
侯酒满为难："中堂大人，标下听说家乡瘟疫肆虐，小民们苦不堪言……"
李鸿章打断他："这三成的银子还是老夫自掏腰包。志腾，近日修整军械的佣金，放在哪了？"
章志腾看看侯酒满："……大人……"
"说，老夫一生戎马，从不拿兵弁当外人。"
章志腾："回中堂，那笔银子放在招商局作股，恐怕动不得。"
"我不管，开张一万两的银票给他带上。"
"嗻。"章志腾应声。
"中堂大人，中堂大人……"侯酒满还想分辩，李鸿章已转向海图。
侯酒满随章志腾行至门口，忽闻李鸿章道："侯炮弁，若真要和日本人开战，我的那些兵舰，打得赢吗？"
侯酒满站住："大人……是问标下吗？"
李鸿章："是。"
侯酒满放大声音："回中堂大人，如若不涉其他，只就炮论炮，恕标下直言：胜算四六，我四倭六。"
章志腾："大胆！"
侯酒满跪倒："大人，标下刚才就想斗胆问一句，大敌当前，听说我水师急报朝廷，添置18门快炮的60万两银子，突然被挪了地方，是有这样的事吗？"
章志腾："大胆！"
李鸿章缓缓转回身："……看你岁数不小了，怎么至今只是个炮弁？有身份吗？"
侯酒满汗颜，垂下脑袋："……标下……标下年少时，直接考取的水师学堂，连秀才都不是。"
"哦，白身一个，怪不得。去吧。"李鸿章挥了挥手。
"嗻……"侯酒满满脸通红地退出了门。

广州"东西药局"前的柴堆烟火腾腾，衙役们不停地泼着尿。
28岁的孙中山，戴着口罩向路人施药："诸位同胞，诸位同胞，不要迷信那些荒唐办法，卫生搞得如此恶劣，瘟疫会更加严重。这是升麻、当归等中药配制的方剂，对刚发病的患者，有些解毒活血的功用。不收纹银，请拿着，请拿着……"
尿棚前，清兵拦住侯酒满："大爷，请入尿棚……"
"滚！大爷有尿也不尿在这儿！"侯酒满将清兵差点儿搡了个跟头。

“大爷，别为难小的。”清兵指着棚上告示，“您看，这是将军府的告示:大将军爱民，不论贵贱，有难同当……”

侯酒满：“简直胡闹！当年禁烟，英国人打广州，城墙上泼满了粪尿，但挡住洋枪洋炮了吗？！”

“小的也不信这个，可……可……”清兵看见什么，慌忙伏跪。

侯酒满回头，一顶大轿走来，五十来岁的广州将军瑞良从轿中走出。

“将爷。”侯酒满行礼。

肥胖的瑞良看看侯酒满，走入尿棚，露着半截脑袋：“侯炮弁，尿过了吗？”

侯酒满冲着棚子：“回将爷，标下刚才方便在您的衙门了。”

瑞良全身动作，抖着下面：“下次不可糟废。”

“嘸。”侯酒满鄙夷地瞥了一眼。

瑞良走出尿棚，甩了下脑袋，护弁们争先恐后地涌入。

瑞良低声问：“李中堂真的只给了你一万两银子？”

侯酒满答：“标下不敢半句打谎。中堂大人的意思，是想请地方上多些孝敬。”

瑞良：“今年老佛爷60万寿，本衙的孝敬是本衙的，凭何花银子替李合肥买好？”

侯酒满：“将爷看着办吧，反正北方军情吃紧，总不能叫广甲舰一直在黄埔港趴着。”

“北方吃紧，与我南方何干？本衙还在催我粤洋水师的广乙、广丙两舰，尽速南归呢。”

“将爷……”

“打——”忽然，附近一民宅门口，众多戴孝百姓，将两个穿着白大褂的西洋医生和几个清兵追打出来，“打——，打死这些鬼佬和帮凶……”

“怎么回事这是？”侯酒满拉住一人。

那人翻了一眼侯酒满的清军服饰：“你问我，我还想问问你呢？！”便举着竹杠，继续战斗。

瑞良大叫：“快！快知会沙面的鬼佬兵，过来弹压！”

侯酒满惊愕：“将爷，为何招呼鬼佬？！”

“痒子病乃恶鬼作祟，以洋鬼压土鬼，也是一策。”瑞良慌忙钻入轿子，“侯炮弁，荔枝的事，你自想办法！”

“你……”

枪声突起，租界的洋兵马队冲来，满街大乱。

广甲舰作战室，一只手枪被狠狠拍在海图上。“窝囊！窝囊！要这东西何用！”侯酒满愤怒吼着，“洋人规定，凡未经西医诊治的华人病故，必须解剖尸体，查验是否传染。其实说穿了，还不就是洋人与贪官勾结，借灾索贿！我大清子民，死了还要被洋人开膛挖肚，真真的气炸人肺！”

几名军官麻木地看着。

广甲舰管带吴敬荣阴阴地吹着茶碗里的茶末：“老侯，冲过澡了吗？”

侯酒满鄙夷地道：“吴大人，怕老侯把病带上船来，你何不将广甲直接开到督抚衙门或将军衙门去？”

吴敬荣："那是你的专差，本官只管运输。听着，李中堂来电报催了，我等是赶回北边候着东洋鬼佬，还是漂在这儿候着痒鬼阿公，横直一样。供奉办得了办不了，本官一点儿不急。"

"你……"

"同上官说话，如何'你、你'的？！"吴敬荣板起脸，"别自恃多嚼了几年皇粮，就拿大放肆！把那脏东西收起来，莫污糟了我的海图！"

侯酒满一掌拍在图上："贼皮鼠胆的吴敬荣……"

此时，30岁的广甲舰二管轮黎元洪慌忙取过侯酒满的枪："大哥，大哥，小弟正有事找您，走……走……"

黎元洪将骂骂咧咧的侯酒满拽到广甲舰甲板上低声道："息息怒，息息怒大哥，二弟我真的有事……"

"黎元洪，别这么囊囊揣揣的！大声说话！"

黎元洪仍旧低声："大哥，七弟病了，浑身烧得炭火一般，把兄弟们怕七弟是染了痒子病，没敢声张，都急着等您拿主意呢。"

"这还等什么！你这二管轮请个郎中大夫，还有谁能不准吗？"

"大哥有所不知，去年巡行此处时，大哥办差不在船上，兄弟仇思也病过，请了广州东西药局号称'活菩萨'的孙逸仙先生。如今，大伙儿仍吵吵着，还想请他。"

"东西药局？东西药局……"侯酒满想起东西药局前，施药救难的那个戴口罩的孙中山，怔了怔，道，"那就接着请这位先生啊！"

黎元洪："可那孙先生，虽说有药到病除的本事，但去年上船，也讲了许多民贫国弱、医人医国的道理。尽管二弟平生头一次听见那样精彩的演讲，不过也知道，其中不少的话有犯大忌。大哥，那孙先生甚至鼓吹……"

黎元洪冲侯酒满耳语："革、命！"

侯酒满愣愣："什么叫革命？"

"还不就是造反的意思。"

侯酒满眨眨眼，无语。

吴敬荣走上甲板："老侯，大人不计小人过，那荔枝的事，本官放你几天假，找地方的乡绅摊派摊派，你也回趟家，搂搂那个大你11岁的老婆！哈哈哈哈……"吴等笑着与军官们离去。

"狗东西……"侯酒满欲扑，黎元洪慌忙抱住："大哥，大哥……这或许是个办法。"

"屁的办法！小民百姓被搜刮得还不够凄惨吗？"

黎元洪接着道："那也不能总这么不进不退地干耗嘛。弟兄们知道，您跟大嫂过得不好，可回趟家，见见老迈父亲，见见一双儿女，总是人伦常理。"

郊野。九岁的玉姑，头上插着朵白花，高挽裤腿，赤着双足，与五六个小儿举着竹枪、竹刀，追赶十岁的汤妹仔："打清狗啊！打清狗啊！"

妹仔边跑边向身后扔着摔炮，烟土腾腾。

远处土丘上，侯酒满骑在马上，看得饶有兴趣。

妹仔在大树后绕了个弯，抓住玉姑，掏出木枪："不许过来！否则，本清狗杀了这长毛小妖！"

玉姑道："我是大刀秀姑娘！不是小妖！"

妹仔："你降是不降？！"

玉姑："不降！女中英雄周秀英，大红裤子小紧身，手拿大刀百二斤，塘湾桥上开四门！"

妹仔："果真不降？"

玉姑："宁死不降！"

妹仔举起木枪，"砰"地一声大响，火光直冲。

侯酒满的马惊了，差点儿摔落，好不容易才驭使平稳。侯酒满惊愕地下马，走过来冲着妹仔道："把那家伙拿来看看！什么东西，跟真的似的！"

妹仔将木枪背在身后："不给！"

"给我！"侯酒满夺过木枪，翻来覆去地看，"哪儿捡的？"

"不是捡的！是我造的！"

侯酒满吃惊："谁造的？你？"

"我！"

侯酒满："……那炸得烟土腾腾的摔炮，也是你造的？"

妹仔夺回木枪："是又怎样？！"

"……你是哪家小儿？"

玉姑："阿爸，他叫汤妹仔，是将军府的。"

"你……你是玉姑？"侯酒满一惊，擦擦玉姑的满脸灰土，"……你，你头上如何插着这个……"他惊骇地看着玉姑头上的白花。

番禺墓地，新坟无数。披麻戴孝的侯酒满满目悲切，跪在一处坟前。碑上刻着——总兵侯武魁之墓。侯夫人跪在侧后擦泪："贱妾愚笨，本可再等几日，让老爷见上父亲一面……"

侯酒满默默看着侧前。远处，香火朦朦，一个中国少年和一个外国传教士，从坟间向外抬着人。

番禺侯府花厅。13岁的正良、赤足的玉姑与侯夫人肃立，侯酒满垂头坐在桌边，过了一会儿，垂着头问："良儿，刚才在坟场抬人的，是你吗？"

正良怯怯地："回、回阿爸，是孩儿。"

侯酒满声音严厉："为什么和洋人搅在一起？"

正良："回、回阿爸，约瑟先生是传教士，他救过孩儿一命，孩儿想帮着他，再救旁人。"

侯酒满："救人无错，我问的是，为什么偏要与洋人搅在一起？"

正良声音发抖："约瑟先生说，上帝爱人，人人相爱……"

侯酒满"啪"地一拍桌子，抬头瞪眼："混账东西！你是不是还入了什么洋教了？！"

正良"扑通"跪下。

侯夫人惊慌地说："良儿没有入教，没有入教。"

"你管得好家！"

侯夫人亦"扑通"跪下："贱妾无能……"

玉姑拉侯夫人："阿妈……"

侯酒满瞪着玉姑："你也跪下！"

玉姑："孩儿为何要跪？"

侯酒满怒道："一个女仔和一群男仔，到处舞枪弄棒地打清狗，唱反歌！看看你对面坐着的，是条什么狗？！"

"老爷息怒，老爷息怒。"侯夫人拉玉姑："玉姑，快跪下。"

玉姑道："玉姑不跪！阿妈在家这么辛苦，为阿爷进城抓药，脚都走出了血，可阿爸回来就拍桌子、瞪眼睛！"

侯酒满看看玉姑的赤足，瞪着侯夫人："我问你，玉姑这般大小的女仔，是不是早该缠足了？"

侯夫人怯怯地："……是，贱妾劝过多次，可……"

侯酒满："'娇男不娇学，娇女不娇脚'，这女仔如此疯癫、倔强，再不缠足管教，待长大了，还不成了个神憎鬼厌的男人婆？！"

玉姑："玉姑就是不愿缠足！"

"你……"

侯夫人："良儿，快带玉姑妹妹去书房读书，别惹你们阿爸生气。"

正良慌忙爬起，拉玉姑走。

侯夫人看着正良、玉姑离去，从袖中取出一张纸，放在桌上，重新跪下。那纸上有"休书"二字，下有侯酒满署名，中间却无正文。

侯酒满看着一怔："你这是干什么？去年我不是喝多了嘛，胡乱写了这么一张。"

侯夫人："老爷动怒，全怪贱妾。老太爷过世，贱妾不该那么快地举葬，有失孝德。不知老爷……不知老爷，是否要填写正文……"

侯酒满："胡思乱想，你不敢耽搁，也是怕洋人那伤天害理的验尸。起来！"

侯夫人站起身。

侯酒满："你我父亲，当年是营中兄弟，你不必总是贱妾、贱妾的。"

"是，老爷。"

侯酒满："我父亲走时，留下什么话没有？"

侯夫人："老太爷说，叫老爷回来后，救人，救人。"

侯酒满沉默一阵，挥了挥手。侯夫人怯怯地退出。

侯酒满呆呆地坐了片刻，从怀里掏出李鸿章的那张一万两的银票，看着。桌上有一磁钵，磁钵里装着亮晶晶的手枪子弹。他的手在里面抓拿着，双目悲伤地望着窗外……

他的脑海，又闪现出东西药局前的孙中山，及孙中山的呼号："同胞们，大疫当前，国难当前，鬼神靠不住，官府也靠不住，我等只有自救自助，奋力图存……"

侯酒满似乎想明了一桩事情，将一粒子弹狠狠丢入钵内。

番禺城乡几乎一夕之间，突然冒出十几家称作“白身”的药局、棺局。侯洒满默默看了一阵那些为路人诊脉的医师和向外抬着棺木的乡民，悄然离去。

侯府内，玉姑大喊大叫地在庭院里赤足跑着：“我不缠足！我不缠足……我就是不缠……”两个小脚妇人在后面歪歪斜斜地追赶：“小姐，小姐，这也是为你好啊，‘裹小脚，嫁王公；放大脚，一世穷。’”“是啊，‘小姐下楼格登登，丫头下楼扑通通。’”

玉姑：“我就要扑通通，不要格登登！”

侯夫人在门边抹着眼泪，正良伤心地看着。

玉姑：“坏阿爸！坏阿爸！要缠叫他缠……”

“胡闹！”侯洒满走入，“门外围着一堆的人，看我侯府笑话！来人！把这小东西绑了！”上来两个家仆揪住玉姑，玉姑拼命挣扎：“坏阿爸！坏阿爸！你是清狗……”

侯洒满狠狠扇了玉姑两个嘴巴：“混账东西！老子就不信治不了你！拖进柴房！缠好了，三天不准吃饭！”

家仆拖着玉姑，玉姑连蹬带喊：“我就不缠足！就不缠足……”

正良跪下抱住侯洒满的腿：“阿爸，您就饶了玉姑妹妹，她不愿缠足就别缠了吧。”

侯洒满：“滚！读书去！”

这时，有个11岁的男孩走过来：“大姨父，缠足乃我汉民最令人不耻的恶习、陋习，玉姑妹妹有权天足。”男孩说着跪下，“求大姨父开恩！”

侯洒满一怔：“你是何人？”

侯夫人哀伤地：“老爷，这是妾身妹妹的儿子。刚刚得知，妹妹、妹夫也染了痒子，昨日双双病殁了……”

男孩磕了个头：“魏可言举目无亲，投奔大姨母、大姨父。”

侯洒满看看：“一口的大话、狂话。看你人物似的，留下与良儿读书可以，但闲话少说。”

可言：“回大姨父，下走恐怕难与良兄读到一起。去年县里的童生试中，下走八篇文章全取，皆在前十。”

侯洒满怔怔地看看可言，冲侯夫人道：“你来一下。”随后大步走入花厅。侯夫人怯怯地跟进门。

侯洒满冷面冰颜：“听着，赶紧收拾收拾，明日天明之前，带着良儿他们速去惠州祖屋。”

侯夫人吃惊：“……老爷是要妾身，带着孩儿们逃难？”

“算是吧。”

侯夫人：“老爷正竭力救人，乡民们刚刚稍有安定，若是自家妻儿悄悄出逃了，怕是……怕是不妥……”

侯洒满蹙眉：“叫你走，你就走，哪来的这么多废话！”

“那……那老爷走吗？”

“啰嗦，快去收拾！到了惠州，记着好生管教儿女，尤其是玉姑那个犟种！”

“……是，老爷。”侯夫人偷眼看看侯洒满，慌慌出门。

是夜，玉姑被堵嘴捆在柴房的柱子上，双脚紧紧缠着布，倔强地扭着、哼着。侯洒满在房前来回踱步，看了看片刻，走开。

可言、正良同情地看看柴房，看看侯酒满背影，可言道：“良兄，知道什么叫做革命吗？”

正良摇头：“不知。”

“可言今夜就领着你革命。”可言耳语一阵。

正良大惊：“不行不行！正良万万不敢！”

可言：“怕什么，你阿爸这等顽梗老朽的命，早就该革！你我救出玉姑妹妹，一同藏到我魏家的家庙去，吃喝穿用，全无问题。”

未过半个时辰，侯夫人哭着扑进花厅：“老爷，老爷，不好了，不好了！”

侯酒满放下酒杯。

侯夫人：“玉姑挣脱了绳子，拿了把柴刀要寻死，这可如何得了哇……”

“什么？！”侯酒满奔出门。

柴房内，玉姑将刀横在脖子上：“谁都不许进来！我是大刀秀姑娘！”家人仆妇站在门口，无人敢入。侯酒满冲过来，被家人拽住，“小姐，放下刀，快放下刀。”老爷，让小姐先消消气……

侯酒满愣怔地看着玉姑：“你！你！你个大逆不道的小畜生！”

“我不是小畜生！”玉姑晃晃颈前的刀，杏眼圆睁，“你敢再骂秀姑娘一句？”

侯夫人哭着将侯酒满拖走：“老爷，求求您，求求您，别逼玉姑，别逼玉姑……”

侯酒满在柴房前狂躁地踱着：“反了，反了，这女仔的性子如此暴烈，不缠足，将来定是太平军的那种大脚蛮婆！”

“不许进！不许进！谁都不许进来！”玉姑真的用柴刀割破脖子，鲜血流了下来。

“玉姑！玉姑！你不能啊！”侯夫人哭喊一声，晕了过去。

侯酒满不得不吼道:“放下刀！老子应你,不缠了！”家仆们扑进门。玉姑已瘫倒在地。

广州街道，一队清兵打着火把疾奔。吴敬荣骑在马上喊：“快！赶到那贼窝，前前后后地围紧，别让那老兵痞子走脱了！”

“嗻！”清兵们飞奔。

直隶总督行署签押房内，日军侵朝的形势图前，幕僚们举着汽灯，李鸿章用放大镜看着，人进人出，气氛显得十分紧张。

章志腾进来，将一封电报放在案头，轻声道：“禀中堂，两广总督衙门询问，拿了那个挪用差银的侯酒满，是否全凭他们发落？”

李鸿章看着战图，未出声。

章志腾：“大人……大人……”

李鸿章淡淡地：“这里正忙着东洋鬼子，那等破事，少来烦我。”

两广总督衙门的牢房里，侯酒满负镣而行。走入监房，他不禁一怔：牢中一角，蜷缩着沉睡的汤妹仔。

侯酒满蹲到妹仔身边，捡起那支木枪看看。妹仔醒来，揉揉眼睛笑了一下：“阿叔，您怎么进来了？”

“老侯还想问你呢，你这么个小东西，捉你作甚？”

妹仔：“有吃的吗？阿叔。”

侯酒满从怀中掏出个酒壶：“只有这个。”

“……闻闻也成！”妹仔看看，取过打开壶盖，边闻边笑着说：“我干掉一个洋兵。”

侯酒满一惊，眨眨眼：“什么？……你说什么？”

妹仔：“一个洋兵在将军府故意踩死只鸡雏，妹仔气不过，用只柚子做的炸弹，‘砰！’哈哈哈……爽！”

“你……你把人家炸死了？”

妹仔：“别提多爽，多好笑了，那洋兵倒下时，脸上又是黑，又是红，还有黄黄的柚子汤。哈哈哈……爽！”

“好汉，好汉。”侯酒满抚着妹仔的脑袋，“可小小的年纪，你这也是死罪啊！你是将军府的什么人？”

“我阿爸生前是瑞良的幕宾，春上，阿爸与阿妈患痒子病死后，瑞良将我留下吃饭、读书。”

侯酒满点点头，躺下：“你真是个天生的制枪造炮的好手，可惜啦！……哎，妹仔，听说过一种，叫做28珠连环铳的家伙吗？”

“28珠连环铳？”妹仔摇摇脑袋，“没听说过。”

这时，狱卒喊道：“侯酒满，你家里来人了！”

侯夫人提着食盒扑奔过来，隔着木栏，“老爷……老爷……”

“莫哭！”侯酒满取过食盒，递给妹仔，“好汉，你先吃。”

“谢谢阿叔。”妹仔毫不客气，大把抓着，吃着。

侯酒满看看侯夫人：“玉姑怎么样了？”

侯夫人：“没事了。老爷，乡里的百姓，正设法搭救老爷。”

侯酒满：“不必了，大疫之年，自保都已万难，何况我挪用了给太后办贡的银子，救也无用。你好生带着儿女。”

侯夫人抹着泪：“……老爷有话，尽管吩咐。”

侯酒满：“我侯门七世行伍，偏偏老侯的那个良儿生得绵羊一般，他这一生，若能平安度日，也算给侯家留了条老鼠尾巴的根。最让我放心不下的，是玉姑。‘男活脸，女活脚’，这女仔大脚，一世嫁不出去，难道将来做尼姑不成？”

侯夫人：“死生有命，玉姑自愿天足，老爷莫为女儿过忧。”

侯酒满有些诡异地看看侯夫人：“唉——老侯临刑那日，良儿、言儿不必到场，你只带着玉姑即可。若是这女仔能缠足送送他阿爸，老侯死也瞑目了。”

侯夫人哀伤长叹。

是夜，牢房内，狱卒在各处点燃火把。黎元洪看着侯酒满喝酒，侯酒满显得兴致勃勃：“不错，不错，黄陂小子，你还能来探我。”

黎元洪：“大哥，您胆子也太大，孝敬皇太后的银子，您都敢……”

侯酒满：“放心！大哥死不了。”

“这样的事您都敢儿戏，还死不了？！”

侯酒满：“北方吃紧，广甲舰早晚要为李中堂所用。这关节上，开了哪个一品大员的缺，也开不了我这小小炮弁。”

黎元洪怔怔地：“您自己这样想想，快活到砍头那日，也无不可。”

侯酒满：“再说，‘天上九头鸟，地上湖北佬’，还有你在为大哥疏通呢。”

“我？我一个不见天日的二管轮？”

侯酒满搂住黎元洪的脖子，低声道：“大哥一直没有对上官举发，你是个长毛洪党的遗子遗孙……”

黎元洪：“胡说！”

侯酒满搂紧黎元洪：“黎元洪，黎元洪，这姓名的意思是：你原本姓洪。对不对？”

“胡说！胡说！”

侯酒满：“还有其他许多事证，放心，大哥不会乱讲。”

黎元洪：“人家好生来看你，你死到临头，倒欺负老实人！”

侯酒满大笑，看看妹仔：“记着黄陂，放人那天，大哥还有个条件，将这十岁的好汉一同放了。”

黎元洪气得朝外疾走：“真不该来！真不该来！你等死去吧！”

侯酒满开心大笑。

玉姑坐在房里含泪望着窗外，她手里拿着布条，赤着双足。猛然抱住两脚，嚎啕大哭。正良、可言与侯夫人站在门前，侯夫人含着眼泪：“玉姑，女人都有这一关的。玉姑，让阿妈帮帮你。”

玉姑哭着：“别进来！阿妈你别进来！要缠，玉姑自己缠就是了……”

“唉——”，侯夫人唉叹一声转身离去，喃喃着，“‘小脚一双，眼泪一缸’。”

玉姑抱着两脚，悲声唱着一首粤地民谣：“鸡公仔，尾弯弯，生做妇人太艰难，小小年纪缠脚足，一世活命无平滩……”

听着玉姑的悲唱，侯夫人回到自己房内，哀伤地从柜中取出两张纸：一张房契和那张空白的休书。不禁泪如雨下。

第二日，花厅内，几个乡绅看看房契，一乡绅叹道：“唉——侯夫人卖祖屋抵偿贡款，本来是个办法，可这大疫年景，有钱的逃命尚恐不及，哪里还有人愿意买屋置地？”

侯夫人：“求各位再想想办法，救救我家老爷。”

乡绅：“我等但凡有一丝法子，也不会忘恩背义，坐视酒满贤侄为救民而死。唉，实实是有心无力啊！”乡绅们唉叹不已。

乡绅又道：“侯夫人，我等家中还有病人，不得不告辞了。酒满贤侄大行那日，我等定当随夫人一同前往。”

“等等！”侯夫人突然大声叫道，乡绅们一怔。侯夫人痛苦地沉默良久，弱弱地问：“你们……你们是不是在寻找一位妇人……裸身……裸身抬棺？”

乡绅们大惊："啊？！侯夫人的意思……是……"

此时，玉姑坐在一种专门用于缠足的椅子上，边哭边扳住绞轮，闭上眼睛，猛然狠心发力，只听"咯嘣"一声，左脚骨折，玉姑惨叫一声，晕了过去。

这一夜，番禺街道，烟雾蒙蒙，人头攒动，跳鬼的阵势愈发恐怖。侯夫人仅着肚兜、短裤，垂头扛着口小儿棺木，踉跄而行。巫婆持壶，四下扬茶，念念有词："痒鬼阿公，你乃正派大神，羞看女子光身，快快回转地府喝茶，快快回转地府喝茶哟……"

围观的百姓手持燃香，或麻木，或惊愕地看着这情景，唉叹不止。正良哭着，可言怒目而视。

仍在府里的玉姑横下一条心，扳动绞轮，又是"咯嘣"一声，右脚骨折。玉姑惨叫一声，晕眩一阵，抱脚痛哭。

广甲舰作战室内，黎元洪看着瑞良、吴敬荣，小心翼翼地："在下官卑职小，斗胆揣摩，李中堂既然来电催办供奉，想必也有命广甲从速北返的意思。而采办荔枝，往年不难，今日却是难上加难，果农们因鼠疫死的死，逃的逃，莫说极品的挂绿，就是次等的桂味、糯米糍、妃子笑，都欠打理。"

瑞良："这话不假。"

黎元洪："再则，这差事原本是侯酒满办砸的，将爷与吴大人半途接手，岂不是揽个冒烟的炸弹搂着？"

"黎元洪！"吴敬荣一拍桌子，"本官知道你与侯酒满是拜把兄弟，你用不着拐弯抹角地为他脱罪！"

黎元洪扑通跪下："下官只是为将爷、吴大人着想。"

吴敬荣丢过一张纸："拿去看看！李中堂最新来电，批复广甲，将副炮弁拔正！那个老侯的狗命，岂是你个小小的二管轮所能保的？！"

黎元洪溜了一眼电报，彻底气馁。

刑场上，刽子手肃立。侯酒满走下囚车，四下巡睃。玉姑扶着侯夫人哭叫着。

侯酒满看着玉姑的脚。玉姑的一双鞋上，洇着鲜血。"……好妹仔，你总算缠了足，阿爸总算不再忧虑我儿未来。"侯酒满笑笑，话未说完，被推向断头台。

刽子手喝道："跪下！"侯酒满不跪，望着远天。监斩官也喝道："跪下！"刽子手使劲按压，侯酒满梗起脖子挣挺，望着远天咕哝："倭寇小儿，你怎的还不打？"

监斩官问："他在说什么？"

侯酒满远望着："儿啊，你怎的还不打呢？"

话音未落，一匹快马驰来："刀下留人——！刀下留人——！北洋李中堂急电，朝鲜军情吃紧，侯炮弁或许尚有一用——！刀下留人！刀下留人——！"

侯酒满看着来人方向，哈哈大笑。

二

侯夫人垂头跪在侯府花厅的地上，两边各坐着乡绅和玉姑，站着正良、可言、妹仔。侯酒满怒目圆睁，看着一张纸。他蓦然将纸丢下，吼道："你怎能做出这等事情！"

地上丢下的那张休书，已被侯夫人填了正文：侯杨氏裸行街市，辱没侯门。

正良跪下："阿爸，阿妈抬棺，实在是为了……"

"住口！"侯酒满喝道。

正良："玉姑、可言，你们快一起跪下，求求阿爸！"

玉姑坐着："玉姑不跪！阿妈没羞！"

侯夫人默默擦泪，磕了个头："老爷，侯府的事全已安排妥当，该交代的都已交代良儿，我走了。"侯夫人爬起，走向门口。乡绅们叹息着。

"哪去！"侯酒满吼了一声，平静片刻，双手扶着侯夫人走回，"夫人坐下。"

"老爷，如此大羞大丑，我无脸再留侯府。"侯夫人道。

"坐下！"侯酒满又吼了一声，看着侯夫人怯怯坐下，自己也落座，手在子弹钵中抓拿，双目峻厉。"哗啦"声中，众人怯怯地看着侯酒满。良久，侯酒满摔下颗子弹："听着，既然夫人已为市井诟病，我走之后，即刻搬家！且由良儿带着言儿、妹仔和玉姑另择一地，寄宿读书，不劳夫人相陪。但孩儿们须各凭本事，自己挣个好名声，长大之后，要人人在夫人面前尽孝！"

侯酒满又看向可言、妹仔："言儿，妹仔，你二人已无父无母，可愿意认我和夫人做阿爸、阿妈？"可言、妹仔相互看看，赶忙跪下磕头："阿爸！阿妈！"

侯酒满："起来吧，你二人从此随我侯姓。"

可言、妹仔起身："知道了，阿爸。"

玉姑突然叫道："玉姑不愿姓侯！"侯酒满一惊。

玉姑哭道："阿爸明知自己死不了，却故意让阿妈带那种要玉姑缠足的话！如今，玉姑脚骨已断，双足已残，一辈子不能随意走路，不能自由奔跑，玉姑恨你！恨你！恨你！"

玉姑挪下椅子，向外踉跄几步跌倒在地，倔强地走了两步又重重跌倒，在门槛上磕得头破，回头瞪着侯酒满，血泪俱流地哭吼："我恨你！恨你！恨你一生一世！"

侯酒满惊愕不已地看着玉姑……

不久，侯酒满到天津见李鸿章。这日，在直隶总督行署的签押房内，李鸿章的脸冲着墙上的海图，良久说道："你办的好差！"

侯酒满趴俯在地：“标下该死。”

“到底搞来了一船什么样的供奉？”李鸿章问。

“回中堂大人，都是乡里百姓的捐献，已尽了最大孝心。”

李鸿章转过身：“滑头！你以为本帅不知？你胡乱收了堆挂在树上没人要的东西！”

侯酒满一劲儿地磕头：“标下无能……标下无能……”

李鸿章：“老佛爷年年都等着这一口，现在杀你也无济于事！你给本帅一个说法，怎么回太后？！”

侯酒满看看李鸿章：“标下……标下以为，只有实话实说。广东瘟疫，粤民一日天亡成百上千，那痒子病，很可能就是打荔枝上来的，要不……要不怎么人一犯病，肌肤便如同荔枝皮一般，起出大片大片、红红绿绿的疙瘩来？这等货色莫说孝敬太后，就是挑入京师，也难保不为痒鬼阿公引了路径。标下之所以未敢将样品带至中堂的衙门，就是害怕……”

“闭嘴！你这等泼皮兵痞，老夫见得多了！”李鸿章走近，摘了侯酒满的顶子，丢在地上，“回广甲，做个二等水手，准备打仗！”

侯酒满：“谢中堂饶酒满小命。但广甲管带怕死，侯某愿随步兵入朝，报效大清！”

李鸿章：“贼娘！没砍你的脑袋，还挑三拣四！好吧，济远舰护送运兵船去朝鲜牙山，你去那儿！但不是水手，而是三等的升火！”

“嗻！”侯酒满应声，立起退向门口。

“等着！”李鸿章冲章志腾道：“你督着他，先将那些染了病的荔枝，倒进海去！”

“嗻！”章志腾与侯酒满走出门，到天津烟馆，侯酒满侍候着章志腾下马。章志腾将缰绳丢给侯酒满：“兵痞，看着马，大爷先抽口烟。”

章志腾走入烟馆，立即有一个老秀才似的50岁人物拱手迎前：“章大人，老朽有迎了。”

“刘爷。”章志腾敷衍着。

“还是老地方？”天津军械局的书吏刘棻，径直走向雅间，“得，老朽伺候着，您宽衣。”

章志腾脱下马甲进门，躺于烟榻。刘棻左右看看，提着马甲迅速走开。他走入烟馆密室，冲着两个穿和服的男子低声说：“二位，李鸿章的那个不长脑子的幕僚又来过瘾了。”30岁的日本驻天津海军武官井上敏夫立即起身：“快翻翻，他的身上，是不是又有些有用的东西。”刘棻飞速翻找马甲内外的口袋，搜出几张纸：“好像是一份折子的手稿。”

井上敏夫接过看看，马上冲另一男子用日语说道：“快！立即译成电码，送电报房！”日谍石川五一，迅速取出小本记录。

井上敏夫边看着章志腾的手稿，边口述：“特急！大日本帝国战时大本营：清国7月23日晨，租用英国怡和洋行的高升号商船，搭载1100名官兵，由塘沽出航牙山；7月24日下午2时，运输舰操江号载火炮20门、步枪5000支及饷银20万两，由威海驶往牙山……”

这边，侯酒满进济远舰作战室，41岁的济远舰管带方伯谦，在他身后走了两遭：“老侯，你惹了什么祸，一个打炮的，成了烧火的？”

侯酒满吃喝着："方大人，一言难尽。真要开战的话，你想着从锅炉房，将老侯叫到炮塔就是。"

这日傍晚，章志腾急急走入签押房，向李鸿章禀告："中堂大人，日军已向汉城采取行动，并截断了通往中国的有线电报。"

李鸿章坐着没动："真的开始了……俄国等国公使的调解，有什么进展吗？"

"回中堂，一点儿进展全无。且上海道获悉日本电报，说佐世保的多艘战舰离港出海，去向不明。我水师丁军门来电请示，鉴于朝鲜我军势单，建议北洋主力出动，赶赴牙山，接回济远等舰。"

李鸿章沉吟一阵："……准。"

而此刻，井上敏夫获得的情报正被迅速发出：

目前清国在牙山只有济远、广乙两舰，广乙为清国所造木壳船，不堪一击；济远于德国督造期间，官员受贿，质量低劣，难于实战，二舰的总排水量3300吨……

1894年7月24日夜，济远舰召开军事会议，方伯谦分外严肃："各位，我等绝不可如此坐以待毙，明日拂晓四时，起锚返航！途中若遇高升、操江两船，立即通报，要他们从速返回出发港！……哎，老侯，你不用走。"

正欲出门的侯酒满站住，笑着眯眯眼睛："老侯不走，老侯只是方便一下。据说，尿这东西好啊，能驱邪胜敌。"

第二日晨，直隶总督行署签押房的幕僚们进进出出地忙碌着。章志腾看着海图："这小日本的联合舰队，所去何处呢？"

李鸿章一脸阴沉地坐着，忽然开口："告诉丁汝昌，水师主力莫动！"

章志腾一愣："中堂，我水师主力是否出航迎护济远，已变化数次，到底是动，还是不动？"

李鸿章边出门边道："莫动！莫动！"

"嗻。"章志腾奔出："发报！发报！命令丁军门，主力莫动！"

7月25日7时，丰岛海域大海微波，方伯谦站在济远舰望台上举着单管望远镜。望远镜内，海平线处渐渐隐现三股黑烟。方伯谦道："来人，有请锅炉房老侯！"

此时，甲板上，满脸煤黑的侯酒满背一包裹，正到处给兵弁分发香烟："洋烟……洋烟……一会儿定将开战，吸几口不慌。"并神秘低声："加了药的。"

"是吗？！"兵们兴奋争抢，"来一根……老侯，再来一根……"

奉命召唤侯酒满的军官管旗喝道，"老侯！"

侯酒满："标下在！"

"方大人有请！"管旗边走边训斥，"成何体统！明知要开战，还让兵弁们抽大烟！"

侯酒满附耳："壮壮胆而已，没药。"

走入望台，侯酒满大喇喇地："方大人。"

方伯谦递给他望远镜："已然看清，是日本联合舰队第一游击队的旗舰吉野和秋津洲、浪速。"望远镜内，日舰已现，但挂着美国国旗。

侯酒满看着："正是。尽管尔等悬着美国国旗。"

方伯谦："这三舰总吨位不下11000，马力、速力、兵力远远在我之上。老侯，他们的战炮如何？"

侯酒满："真是老侯怕什么来什么！这三个家伙加起来，重炮八门，快炮22门。而我等两舰，总共只有半大不小的六门老炮。"

方伯谦看看，下令："管旗！升'准备战斗'旗号！站炮位！"

甲板上，顿时汽笛大作，兵弁们斗志昂扬各奔战位。突然一声巨响，济远附近腾起浪柱，接着浪柱四起。此时是7时43分，日舰吉野先行发炮，牙山海战正式开战。

"老侯来也！"侯酒满奔向前炮，推开众人，亲自操炮，奋勇还击。

方伯谦于望台指挥："右转舵，变换航速，作蛇形走动！"司舵重复："转舵右，变换航速，蛇形走动！"忽然，"轰"的一声，方伯谦等倒于血泊。

济远舰多处中炮，烈焰熊熊。

"大人……大人……"管旗从尸堆中扒出方伯谦。

方伯谦："快，快看看，有没有发现高升、操江两船！"话筒里响起侯酒满的呼叫："方大人，前炮中弹已毁，老侯去后炮！去后炮！"

方伯谦扑向话筒："老侯，广乙那狗娘养的，中了几炮，就离开了战列。目下只有靠我济远，以一敌三了！"

"知道了大人！"侯酒满回道。炮火中，他踉踉跄跄地扑向后甲板。

侯酒满一炮击中吉野舰舰首，樯桁索断，日军数人倒毙。遗憾的是，一颗炮弹击穿吉野右舷，贯穿舢板，钻入机舱，在轮机和日兵脚下滚了两滚，竟然未炸！只惊得日兵呆若木鸡。

望台上，管旗举着望远镜："方大人，发现高升、操江！"

方伯谦："速挂旗语通报：'我已开仗，尔须速回！'"

"大人，烟太大，恐难看见……"管旗话音未落，一炮飞来，方伯谦等再次倒下。

签押房内，李鸿章阴沉地坐着："运兵的高升号走到哪了？"

章志腾："回中堂，按时辰计算，高升号也许已到牙山附近。大人，我大清有的是运兵船，为何要花大把银子，租用英国的商船运兵呢？"

李鸿章瞪着一双阴鸷的眼睛，未语。

此时，与清军交战的吉野舰望台上，舰长河原要一大佐放下望远镜："坪井司令官，发现英国商船高升和清国的操江。"

第一游击队司令官坪井航三少将："命令浪速、秋津洲分别拦截！吉野加速追击济远！"

河原要一："坪井司令官，高升号可是英国的商船啊！"

坪井航三道："这不过是李鸿章的诡计！拦截！"

济远舰上，受伤的管旗扶起方伯谦："大人，吉野距我已不足3000码，用不了20分钟，就将追上济远。"

侯酒满跌跌撞撞扑进门："方大人，炮弹打光了！"

方伯谦："快去备库，那里有济远十年前出厂时，德国赠送的四发炮弹。"

侯酒满扭头而去。

方伯谦思忖稍许："兵不厌诈！你找块白布床单挂起来！"

管旗："什么？！方大人……"

方伯谦："听我将令！"

吉野舰，河原要一兴奋报告："坪井司令官，操江号以及那20万两白银，已被我军押往日本，高升号也已停船交涉。只有这济远舰，虽然挂起白旗，但仍在加速航行。"

坪井航三："炮击济远两舷！并发出信号，命令它立即停驶，否则击沉！"

炮火中，方伯谦对着通话筒下令："稍许减速！但不要停航！"接着冲管旗道："快，把日本的海军旗也挂起来！"管旗惊愕："大人，这……这奇耻大辱……"方伯谦转回话筒："后主炮听着！待倭舰靠近，方许发炮！宁死而待，不准轻放！"

"老侯明白！"侯酒满应完，瞄准："倭寇小儿，叫尔等好好尝尝我大清炮弁的真正厉害！"

片刻，河原要一："济远好像没有炮弹了。"坪井航三："抛锚！放舢板准备受降！"

此时，侯酒满看着瞄准镜："好啊，静止目标，千载难逢！第一发……预备——，放！"炮口喷火。吉野舰桅楼望台被击碎，接着舰首被击中，第三炮在舷边爆炸，第四炮击中舰身！

"好样的老侯！吉野舰舰首已经下垂！"方伯谦大喜，冲话筒："鱼雷大副，给我立即发射鱼雷！"

吉野舰上，坪井航三狂吼："快起锚！快起锚！撤离战场！""来不及了！"河原要一冲话筒急呼："挂白旗！挂白旗！还有，升清国龙旗！"

而此时，济远舰的话筒再次传出差点儿令方伯谦晕过去的声音："方大人，放射管故障！鱼雷放射不出！"

方伯谦气极："混账东西！我宰了你！宰了你！宰了你……"

而河原要一正抱着那发没爆炸、已拆成两截的炮弹："坪井司令官，清国击中我轮机舱的这发炮弹，竟然没装火药！否则，吉野早就沉了。"

坪井航三恨恨地："混蛋！早晚要找这个济远算账！命令浪速，击沉清国的运兵船高升！"

"司令官，我不能不再次提醒您，高升号可是英国的商船！"

"混蛋！我也再次告诉你，那是李鸿章的诡计！诡计！击沉高升号！杀尽船上那一千多清国步兵！一个落水的俘虏都不要！"

转瞬间，高升号商轮中弹爆炸，烈火浓烟中，落在海里的上千清兵，被日军的各种火器屠杀着……海水一片鲜红……

夕阳西下，旅顺港。破衣烂衫的侯洒满与方伯谦，坐在残破的甲板上，默默地望着海。良久，侯洒满慨叹：“炮哇——！炮哇——！大清的器不如人，败得晦气！败得凄惨啊！”

方伯谦沉默片刻：“也不尽然，如若不是李中堂朝令夕改，阻止我水师主力出航，也许今日这中日首战，战况完全相反！……难道……难道李鸿章那老东西，是有意牺牲高升号，企图以如此惨烈的苦肉计，将英国拖入战局？”

侯洒满大怔：“什么？！……什么？！方大人，你说什么？！”

夜，刘公岛硝烟弥漫，十余艘舰船火光冲天。山头处，侯洒满衣衫褴褛，战尘满面，泪跪痛呼：“苍天啊！今日之辱，奇耻刻骨，我侯洒满向所有亡于敌酋战火的兄弟和百姓立誓：侯洒满定要亲手造出天底下最好最好的枪！最好最好的炮！强兵强国！强兵强国！如若不然，侯洒满来生做猪做狗，百世不再为人！”

半年之后，北洋水师全军覆没，方伯谦作为替罪羔羊被杀。高升轮事件，未如李鸿章所期，最终以清廷向英国的怡和洋行赔款了结。

此时，23岁的光绪怒斥：“李鸿章，你身为北洋大臣，开战前后，行止怪谲，如今泱泱天朝，为虾夷小国所败！朝野上下骂尔卖国贼，你自己怎样说法？！”

趴俯在地上的李鸿章，忽然慢慢爬转，冲着黄海方向大吼一声：“战亡的弟兄！老夫也来了！”说着，一头撞向柱子。殿前侍卫善缇，跃前扭住。

北京郊野的一处岔道，41岁的赵秉钧及两名清廷驿使，三路纵马奔来，归于一途，加鞭疾驰。奔至颐和园大门，赵等滚鞍落马，跪在已经跪有几十人的大、小官弁中。

乐寿宫内，慈禧刚刚起炕：“……传官房。”

17岁的宫女阿尔萨兰传毕，从更衣间取出块油布，铺于地上。宫门侧，一小太监头顶着黄云龙锦缎包裹的物件，听见传唤，“嗻”了一声，匆匆走入。外间，宫女从小太监头顶接过物件打开：是个极尽奢华的马桶。迅速抬入里间。

五十来岁的李莲英站在窗外，听着慈禧的声音：“蹲在这园子里也不得安生。李莲英，大门口是不是又来了一片报丧的？”

李莲英：“回老佛爷，不多，也就十来个送信的。”

慈禧：“不是军机处的折子，一件都甭接。……昨个吩咐的事，办得怎么样了？

李莲英笑应：“回老佛爷，奴才们已然候着，就等老佛爷上眼了。”

房内，慈禧站起身：“阿尔萨兰，一会儿就在这乐寿宫，跟着我看场戏。”

阿尔萨兰回：“那可好，老佛爷。”

慈禧：“那个李鸿章，出访欧美，听说好生风光，每到一国，还要升国旗，奏国歌。咱大清哪来的什么国歌，也不知他是怎么糊弄的？”

颐和园大门外，跪着的人又增加许多。忽然，一阵京剧的开场锣鼓传来，赵秉钧等惊奇地抬眼瞧了瞧。

乐寿宫门前的一根木杆上，清龙旗“吱吱扭扭”地升着。滑轮上锈，拽绳的太监很是吃力。木杆两侧，一边是跪着吹吹拉拉的太监，一边是跪着合唱的太监：“金殿当头紫阁重，仙人掌上玉芙蓉。太平天子朝天日，五色云车驾六龙。”

慈禧坐在门前看着，阿尔萨兰捂嘴吃吃直笑。慈禧："笑什么，这就是李鸿章临时应景的我大清国歌。据说原调是李鸿章安徽老家的什么乡下小曲，洋人管它叫《李中堂乐》。"阿尔萨兰笑得更加厉害。

突然，远处有声枪响，随着哨音，一颗子弹恰巧击中滑轮，艰涩的龙旗猛然蹿到了头。弹头落在地上，跳了几跳，正弹到慈禧脚边。李莲英惊得大叫："刺、刺客！"太监们大乱，东躲西藏。

"慌什么！"慈禧喝了一声，看着脚边。阿尔萨兰捡起弹头，很是烫手："哟，哟，还会咬人！"慈禧看了看说，还是我满人的胆大。阿尔萨兰望着远处："老佛爷，大概是哪个打鸟的，胡射乱射。"

李莲英："可，看这弹子，不像一般鸟枪。"

慈禧冷冷道："甲午一仗，都说是我挪了海军的银子才吃败仗，朝野上下嘀嘀咕咕，暗箭汹涌，好，这明枪居然也飞起来了！"

李莲英："老佛爷，兴许只是颗流弹，奴才这就斥问守园子的去。"

"走！"慈禧拍了下扶手起身，"去园子外面走走！"

"老佛爷，万万不可！"李莲英慌忙跪下："万万不可啊老佛爷！"

慈禧朝宫门外走着："不走走，草民贼子还真以为我心虚，躲在这儿不敢出门了！"慈禧引着大批宫女、太监从颐和园大门走出。跪着的人惊恐万状，忙深伏而呼："皇太后万岁万岁万万岁！"

慈禧："叫他们都躲开，别挡着我的道。"

忽然，远处有声炮响，随着哨音，一颗铅球击中大门檐角，落到李莲英脚边，李莲英当即瘫软。护军们忙围住慈禧。

"莫慌，这不是开花弹！"护军统领半跪，"请太后速速回驾！"

慈禧怒目："你做的好事！不是这园子的周围五里，连只野狗都没有吗？！"护军统领忙趴下磕头："奴才该死！奴才该死！"

李莲英爬起，怯怯地朝铅球踢了一脚。铅球滚到赵秉钧面前，赵秉钧微微闪了一下，定睛观察，那球上铸有凸字：侯。

慈禧道："搬椅子！今儿个我就坐这儿，看你拿捕那个打枪放炮的家伙，见识见识是个什么东西！"护军统领爬起，四下张望。李莲英："看什么，还不赶紧拿人！"

护军统领："大总管，刚才未注意打炮方向……"

"东北方。"赵秉钧垂头趴着道，"大人，打炮的是个左手写字的侯姓人氏。"

慈禧一怔。

李莲英喊道："不知死活！胡乱说话的是何人？"

赵秉钧："回大总管，下走东明县典使赵秉钧，代一生病的广东驿丞，递送专呈太后的折片。"

李莲英："对打炮人犯，你如何知道得那么清楚？"

赵秉钧："回大总管，这铅弹上有字，下走对侦缉查案略通一二。"

慈禧瞟了李莲英一眼。李莲英道："小子，你若是邀功诈赏，定问你一个死罪！起来，随护军拿捕奸人！"赵秉钧迅速应声爬起，一脸亢奋。

恰在这时，东北方一片嘈杂，护军推着右手、右腿裹缠绷带的侯酒满走来。侯酒满一劲儿喊着："推什么，推什么，把马还我！"

护军见慈禧坐在门前，慌忙扑跪。侯酒满愣愣地看着……一护军猛拽："跪下！"

护军统领喝问："所拿何人？"

护军："回统领大人，此贼擅闯禁区，马上有自制火器一支！"

慈禧："把他推过来。"

赵秉钧无比遗憾地又趴在地上。侯酒满一瘸一拐，路过那颗炮弹，急忙捡起抱在怀里。被押到慈禧面前，侯酒满大声道："我圣母皇太后万岁万岁万万岁！"

李莲英："狂悖奸徒！面圣还不跪下！"

"望太后体谅标下有伤，无法叩拜。"

慈禧："好大的胆子，你是什么人？"

侯酒满："回太后，标下原为粤洋水师广甲舰正炮弁，在京谋缺，发誓报仇。"

慈禧想着："炮弁……姓侯？你就是那个……牙山海战，差点儿打沉小日本兵舰的侯……侯什么满？"

"标下侯酒满！"

慈禧看看侯酒满："都两三年了吧，你的战伤还没好？"

侯酒满："回太后，这是标下研制军火时自己所伤。方才标下试射一枪一炮，不慎走火，依轨迹寻找弹头，误闯禁区，恳乞圣母皇太后……"

慈禧："你的枪走火，炮也走火，而且全都冲着我走？"侯酒满愣怔无语。

李莲英："说话呀？太后问你呢！"

侯酒满："标下无言以对。"

李莲英："小小的一个炮弁，何以一口一个的标下、标下？！"

侯酒满："标下因军功累积，曾赏五品候补帮带。"

慈禧问护军统领："帮带是个多大的官？"

护军统领回慈禧大致相当步兵的协参领。

慈禧看看侯酒满："侯酒满，今日你两次惊驾，并且见了皇太后都敢不跪……"

李莲英连忙说应拿杀！

"但，念你前有战功，后不忘国耻，今儿个去了你参领头上的协字，擢拔四品。"慈禧随后说道。几十个信使惊得全抬起头来。慈禧接着说："大清水师是没了，在京、津找个实缺，补入绿营吧。"侯酒满眼珠愣得老大。阿尔萨兰惊奇地看看慈禧，又看看侯酒满。

护军统领："小子，还不快谢太后天大的恩赏！"

侯酒满两行眼泪夺眶而出抱拳："标下愿为我大清赴汤蹈火，万死不辞！"

"来人！"慈禧突然瞪起眼睛，"找块地方，砍了这个看园子的！"两名侍卫上前拧住护军统领，护军统领喊道："老佛爷开恩，饶了奴才……老佛爷，老佛爷，看在奴才祖上随龙入关……"

"住口！大清的江山，毁就毁在尔等不中用的东西身上！"慈禧站起欲进门，又转身冲着赵秉钧："那个送广东折子的。"

"知道折子上写的是什么吗？"

赵秉钧忙答："回太后，下走不知。下走只是听那个驿丞讲，有个叫孙文的，曾在广州谋反，被击破后，拿了上百从犯，一直没有裁决，广州将军想请太后懿旨。"

慈禧扶着阿尔萨兰进门："瑞良那狗材，连这个都要问！"

阿尔萨兰回头看看像在做梦、显得痴傻的侯酒满，笑了笑。侯酒满晕眩地望着慈禧背影，然后看向怀里那颗黑乎乎的炮弹，抚弄着……

1900年7月11日，光绪二十六年（庚子），一发发炮弹在天津街头炸开，冒着绿色烟雾，大片清兵与义和团义士无伤倒毙。

62岁的武卫左军统领马玉昆黑布蒙口："侯参领，这是什么炮？这等厉害！"同样蒙口的侯酒满回道："标下不知。"

马玉昆命令："立即率队退扎杨村、北仓！"众多百姓，在绿色炮烟中纷纷倒下。

而在乾清宫内，64岁的军机大臣荣禄跪报："禀皇上，禀太后，八国联军冒万国公法，密运两门列低炮抵津。该炮炮子由毒药掺配而成，阵中，贼寇炮子落地，绿气冒出，我军许多兵士虽擎枪倚墙，怒目而立，然浑身土黄，已中炮气而毙。天津百姓，亦多为毒气所熏，死时尚老幼妇孺……"

慈禧："够了！荣禄，告诉那些守将，少编说洋枪洋炮的威猛，以掩饰自个儿无能！"

荣禄："禀太后，战报是否夸大，奴才不知，但奴才属下昨日送到武卫左军的600匹战马，的确几炮皆亡。且属下一路看见，荒郊义冢，积尸不下数万。列低炮惨毒如此，确实闻所未闻。"众臣闻听面面相觑，窃窃私语。

慈禧看看光绪："皇上，你的那些闹变法的臣子，就没谁说过，如何对付这绿气炮吗？"

光绪神情麻木："回皇阿玛，儿臣不曾听说。"

慈禧："哼，有用的招儿，一个没有。荣禄，多派些义和团去堵着！"

荣禄："太后，义和团使的除了大刀、长矛，只是些过时的火绳枪……"

"他们不是会作法吗？用枪干什么？！"慈禧起身而走："退朝！"

光绪叹息一声，缓缓离座。

二十多天后，8月5日，清兵阵地上，侯酒满蓝布蒙口，低姿奔跑。马玉昆举着望远镜问："那个侯参领在干嘛？！"

侯酒满奔到一处趴下观察，几名英军在操纵两门四英寸的列低炮，不断发射。侯酒满回身举起面小旗，右指一下，猛然一挥。清军阵地，一炮弁举着望远镜："侯参领右前50尺，瞄准……放！"几门火炮齐射。

列低炮立即被清军炮火淹没，炮弹箱纷纷爆炸，浓绿的烟雾滚滚冲天。侯酒满扑过来，猛然发现一名英兵蜷在土丘后，用湿毛巾捂着口鼻。侯酒满拔刀欲砍，

英兵大叫刀下留人！

侯酒满一怔："你会华语？！"不到20岁的英兵："大爷，刀下留人！刀下留人……"侯酒满愣了少顷，收刀入鞘，去察看残破的列低炮。英兵用毛巾捂着嘴叫："尿！尿！"

侯酒满看看不解，继续看炮，忽然头晕目眩，翻转栽倒。英兵扑过来，用湿毛巾捂

住侯酒满的口鼻，自己屏着气。侯酒满渐渐醒来，英兵又用毛巾捂住自己的口鼻叫道："尿！尿！你自己的！我的没有了！"侯酒满明白过来，忙屏住气掏下身……

残阳下硝烟袅袅，战场一片壮烈。

马玉昆围着英兵和装在马车上的列低炮残骸，转了一圈问："你是说，这红毛救了你一命？"

侯酒满答是。

马玉昆恨恨地看看英兵："不杀，怎对得起数万阵亡兄弟？！让本将断其双臂……"

侯酒满忙按住马玉昆拔刀的手："大人，大人，待标下问明了毒气炮的奥秘，再杀不迟！"

英兵被绑着，跪在地上磕头不止："大爷饶命！大爷饶命……"

"这家伙会我华语？！"马玉昆收刀，"也罢！连吃败仗，缴了这妖炮也算立了一功。侯大人，我军奉命回护京师，劳你押这一兵一炮，先行一步，将其展示御前，张我军威！"

这夜，侯酒满一边赶车，一边摆弄着列低炮的零件。

英兵看看，说："谢谢大爷，您没有杀我，还挽救了我的两条胳膊。"

侯酒满转过头，问道："小子，你多大？"英兵像是终于有了说话机会，很是兴奋："我 19 岁。我很爱中国，我的叔叔是你们太平天国的炮兵上校。"

侯酒满怔怔："看来，你的中国话，是间接从长毛那儿学的。"

英兵笑："我知道，你们和太平军不是一头儿的。不过没关系，军人不打仗时，彼此都是爷们儿。"

侯酒满："爷们儿算不上，你我倒是同行。但老侯少说比你多打了 20 年炮。"

英兵："我是军械师，不是炮手。我反对用毒气炮打仗，这很不人道。要不是你俘虏了我，长官说，等打完这一仗，要送我上军事法庭。所以，我得双倍地谢谢你，大爷。"

"别叫我大爷，叫老侯。"

"老侯，你好。我叫昂崔思·费迪莱克·赫顿。"

侯酒满思忖着自语："赫顿……19 岁……与我那良儿同年……"

广州双门底，王氏书舍，17 岁的可言，冲着 19 的正良、16 的妹仔和 15 的玉姑低声道："现在的大清已然大不清了，北方闹义和团，东南闹联合自保，我在万木草堂读书时的老师，康有为、梁启超二位大先生来信讲，他们正联络孙文先生，策动李鸿章搞广东独立。香港的英国总督，甚至劝说李鸿章当皇上。"

正良惊恐道："这，这还得了？！"

玉姑："二哥，你说的孙文，是不是曾在这王氏书舍办过农学会的那个孙逸仙先生？"

可言："正是。还有，我跟你们说过的唐才常，已经建立了两万余众的自立军，推康梁二位大先生为正、副龙头，并约法三条：一、创造新的自立国。二、不承认清廷有统治中国之权。三、保光绪皇帝复辟……"

妹仔笑道："不认朝廷，又保人家的皇上，岂不是自相矛盾？不爽，不爽。"

可言："妹仔！何等重大之事，什么爽不爽的。"

玉姑："二哥，你快说，咱们应该怎样？"

可言："玉姑，你若不怕，就随我侯可言，赶赴武汉，投身自立军！"

正良："不可不可，阿爸是朝廷命官，他命我带着你等潜心读书，你们绝不可做谋反之事。"

可言："拥戴光绪，何言谋反？正好，阿爸的拜把弟兄黎元洪，在湖广衙门任护军管带，我等到了武汉，既有吃饭、落脚之地，又有应变、避难之所。"

正良："不可不可，绝对不可！阿爸的雷霆脾气，你们又不是不知……"

"就这样，我去家庙备些川资！"可言大步疾走。正良急忙拉拽："二弟，二弟，阿爸可是朝廷命官，阿爸可是朝廷命官啊！"

这日，内宫庭院内，阿尔萨兰搀着一脸肃杀的慈禧，匆匆走着，只有一个三十来岁、膀大腰圆的太监跟在后面。阿尔萨兰怯怯地问："老佛爷，您把奴婢从长春宫唤来，这是要去哪啊？"

"阿尔萨兰，我将你送到皇后那儿，要你做什么，还记得吗？"

"奴婢记得。回老佛爷，虽说皇上住了瀛台，但奴婢从未看见皇后娘娘有何不满。"

"没有就好。大难临头，今儿个我替你的皇后娘娘，彻底出了这多年恶气！崔玉贵！传那个小珍主子，颐和轩候驾！"跟在身后的太监应了一声，跑到前面。阿尔萨兰惊愕地看看慈禧。

这夜，一声雷响，风雨中，崔玉贵扛起毡片裹着的珍妃，走向井边。珍妃"呜呜"挣扎着，一路落着玉簪、满鞋……

8 月 25 日，侯酒满在枪林弹雨中赶着马车，飞奔在北京街头。赫顿被绑着，用红布蒙着脸，趴在残炮边上。满街是溃败的清兵、逃难的百姓和追杀的洋兵。侯酒满的马车奔到一处大户宅前停车，他拽下赫顿，闪入侍郎景善的花园。刚藏于假山，便看见景善在井边悲呼："大清啊，甲午年你连一个幺么小邦日本尚且抵挡不过，如今，何以与 11 国开战乎……"

景善的儿子左右看看，突然从袖中抽出根木棒，一棍将景善击晕："对不住了阿玛，大清倘若有救，您乃为国殉死，儿子将来，或许还有望得些恤荫。"竟然将景善扔入水井。

"这个畜生！"侯酒满愤怒拔枪。正在这时，一伙日兵冲来，看看水井，问景善儿子："你的，把什么东西，扔了进去？"

景善儿子浑身颤抖："是……是我、我的阿玛，阿玛，爸爸的意思……"

"八嘎！你的良心大大地坏啦！"日兵"砰"地一枪，景善儿子也被击毙在井里。

侯酒满连忙扯着赫顿躲开。

皇宫贞顺门，民装的慈禧被李莲英和崔玉贵架着，挣扎呼号："我不走！我不走！我老都老了，生死何惧！"

李莲英："老佛爷，老佛爷，草民们早就看见，一个宫女穿戴着您的服饰，两个时辰前就跑了，眼下您是走也得走，不走也得走啦。”

“那，那我也不走！不走！不走……”这么拖嚷着，到三辆篷车前，李莲英：“奴才求求老佛爷，快上车吧，快上车吧。”

崔玉贵突然冲着一处叫道：“洋兵！洋兵！”

转角处，赫顿的蒙脸布跑掉了，呆呆地坐在马车上。侯洒满看清是慈禧和光绪，连忙跪下：“武卫左军参领侯洒满，叩见皇上、皇太后！”

慈禧：“侯……侯洒满？就……就是这一个洋兵吗？”

侯洒满：“回太后，只有这一个。标下奉命押解的这洋炮残骸，正乃杀人无数的毒气炮。”

崔玉贵拔刀冲来：“杀了这红毛小贼！”

侯洒满忙喊：“太后，太后，标下有话！标下想留下此人，修复毒气炮，叫洋人也尝尝它的滋味！”

光绪抱着个木盒，麻木地问：“你有炮子吗？”

侯洒满：“回皇上，标下缴获了一颗。”

慈禧看看，说：“跟着我和皇上，好生看着这洋鬼子。”随后对着众人：“今儿个迫不得已出门，路上遇着什么事，只由我一人说话。如果谁胡乱多嘴，就把谁扔下车去！”

众人回：“全凭老佛爷做主。”

慈禧：“路上不准这么叫！就称呼……就称呼我大胜奶奶。”说罢，慈禧与两个宫女上了第一辆车，光绪上了第二辆，阿尔萨兰搀着32岁的隆裕皇后上了第三辆。

小小的车队开始移动，李莲英、崔玉贵步行走在车边。未能跟随的宫女、太监跪下痛哭：“大胜奶奶一路吉祥……大胜奶奶”

侯洒满的马车走在最后，赫顿好奇地看着：“老侯，什么叫大胜奶奶？”

“闭嘴！红毛！”

三

这晚，可言伏在桌边嚎啕大哭："奇耻大辱！奇耻大辱！"桌上只有四大碗未动的稀粥。

玉姑冲窗外喊叫："黎黄陂！你这无耻之尤，龌龊小人！"

正良："别骂了。二弟，这回的事，我等回家，一定守口如瓶。"

"不爽，不爽。喝粥！"妹仔笑着摇摇头，端起碗，喝得山响。

1900年8月，武汉街头，十几具尸体盖着草席，自立军起义失败，唐才常等牺牲。

河北郊野，清宫车队小歇。方便完的慈禧走出玉米地，阿尔萨兰等宫女整其衣裳。赫顿好奇地远远盯视着慈禧。慈禧发现，怒道："混账！侯酒满！"

"标下在！"正试图重新组装列低炮的侯酒满，向慈禧奔去。

"问问那红毛，老盯着我作甚？！"

侯酒满跑回，推了赫顿一把："放肆！你总盯着我大清的皇太后作甚！"

赫顿仍看着慈禧那边："老侯，我曾经自修过颅骨学，能测出一个人的智商高低。我非常非常想量量你们女皇的头围，弄明白她为什么敢和那么多的国家打仗？"

"找死！"侯酒满掰拧赫顿的脑袋，赫顿强扭着，"……还看！还看！狗东西！"

"侯酒满！"侯酒满又慌忙奔回慈禧身前。

慈禧问："这小红毛怎么说？"

侯酒满支吾："哦，哦，他说，他说，我大清的女皇，非常非常美丽，非常非常神圣……"

慈禧走开："少糊弄我！都大野地上茅房了，神圣个屁！告诉他，再胡盯乱瞅，我挖他眼珠子！"

慈禧一行入一破败民宅，阿尔萨兰将一水瓢捧向慈禧："大胜奶奶，实在没有弄到吃的，您喝口水吧。"慈禧捧瓢饮水。

宅院外，侯酒满与赫顿装着列低炮，光绪站在一旁看着，吃着木盒里的枣。

慈禧放下瓢，看看房内，墙角的杂物堆里有本旧书，捡起一看，书名是《西游记》。慈禧翻了翻。

突然，"砰砰"几枪，子弹击得房土直冒，阿尔萨兰忙张臂护住慈禧。

片刻，李莲英奔入："不好了！不好了大胜奶奶，禁卫军的旗兵造反！禁卫军的旗兵反了……”慈禧惊恐地看看，很快镇定下来：“慢慢说！”

李莲英：“旗兵的家眷多在京师，眼下不知亲人死活，于是心生不满，闹腾起来。”

慈禧：“马玉昆的绿营呢？”

“没事。”光绪吃着枣走进屋，淡淡地，“汉兵逆来顺受地惯了，而且马玉昆的势大，还弹压得住。”

慈禧：“传我旨意，无论旗兵，还是绿营，都距后五里而行。”慈禧看了看光绪：“皇上还有枣吃？”

光绪捏起一颗：“是珍妃囚在东三所时，叫人送朕的。只有五颗，皇阿玛吃吗？”

慈禧沉下脸：“我知道你心里有气，但天下弄成这样，你就没错吗？难道不是前年，珍妃兄妹怂着你，与康党惑乱了人心，大清的根基才开始摇荡失稳的么？！”

光绪扑通跪下：“皇阿玛，载湉再次恳乞返回京师，主持与洋人交涉。皇阿玛就准允儿臣，冒死挽救大清吧！”

慈禧：“说得好听！你怕是想傍着洋人扶你坐朝，将我这老婆子抛在荒郊野外吧？”

光绪：“儿臣不敢！儿臣万万不敢！”

阿尔萨兰看看慈禧，又同情地看着光绪。

慈禧：“哼！出去吃你的烂枣！”

侯酒满正默默看着窗内，转而用匕首撬着炮弹弹头。赫顿慌忙制止：“不行，不行，你不能撬它。”

“我得弄清，这葫芦里到底装的是什么药？”

“这里面全是化学毒剂，非常危险！非常非常的危险！”

“你怕死，老侯我自己来。”侯酒满把赫顿绑在马车轮子上，抱着炮弹走出院门。

赫顿拼命叫着：“老侯！老侯！你会被化学毒剂弄感染的！”

夜，慈禧躺在土炕上，借着如豆的煤油灯看《西游记》。

光绪躺在炕边的地上，呆呆望着漏光的屋顶，脑中全是珍妃被投井的情景，不禁满眼热泪。

慈禧看看光绪，轻叹一声：“咱们娘俩儿，好像头一遭睡在一个屋里。”光绪未睬。慈禧摘下一条手帕递给光绪：“蚊子多，遮在脸上或许好些。”光绪接过手帕擤了两下鼻子，又给扔了回去，仍旧呆望屋顶。慈禧悻悻地转回身，接着看她的《西游记》。

外屋灶前，阿尔萨兰满脸煤灰汗水地拉着风箱。

光绪走出，看着被火光映得面容娇美的阿尔萨兰，不由自主地取出把扇子，替阿尔萨兰扇着。阿尔萨兰一惊，慌忙跪下：“皇上，您是饿了吧？锅里的青棒子煮得了，奴婢马上敬奉皇上。”

光绪看看里屋，低声说：“阿尔萨兰，跟朕讲实话，珍妃遇难那日，你是否亲眼看见？”

阿尔萨兰看看里屋，迅速从怀里掏出枚玉簪，低声道：“皇上，这是珍小主被投下井时，落在井边的，奴婢一直想寻个机会交给皇上。”光绪接过玉簪，深情地看着。

阿尔萨兰同情地：“皇上节哀。”

光绪含泪摘掉阿尔萨兰头上的一根草棍：“好兰儿，叫朕如何谢你，……这把扇子赏了你吧。”

“奴婢不敢……”

“接着吧。”

“谢皇上。”阿尔萨兰磕头，双手接过玉坠扇子。

另一侧屋，不知何时站在门前的隆裕，正充满醋意地看着这一切。侯酒满奔进门，也正撞上这一幕，呆然僵立。他的双手，被毒剂烧得全是大大的水泡。

里屋响起慈禧阴冷的声音："阿尔萨兰。"外屋四人惊望着慈禧屋门。

慈禧放下《西游记》，欲起身，阿尔萨兰一脸惊恐地奔进，扶住慈禧。慈禧盯着她："阿尔萨兰，跟皇上说什么呢？"

阿尔萨兰："没，没说什么，皇上饿了。"

慈禧："我听见皇上叫你兰儿。知道吗？当年，只有先帝咸丰爷这样叫我！"

阿尔萨兰惊惶跪下，连连磕头："奴婢该死！奴婢该死……"

慈禧冲着门喝道："屋外还有什么人？全都进来！"光绪、隆裕、侯酒满走入，侯酒满跪下："太后吉祥！"

慈禧看着隆裕："怎么皇后也在？刚才我只见这猴子冲进了门。"

侯酒满："禀太后，标下的手出了麻烦，想请姑姑帮着用水冲冲。"

慈禧看看侯酒满的手："我先问你，你看见皇上与这小婢子，在说些什么？"

侯酒满看看光绪："标下看见……标下看见，皇上赏了姑姑一把……"

阿尔萨兰忙掏出扇子，举起："回太后，皇上可怜奴婢烧火出汗，赏了奴婢这把扇子。"

慈禧看看："皇后，是这样吗？"

隆裕跪下："回太后，是……是这样。"

慈禧稍顷说："……这东西，你拿去处置。原本皇上赏赐下人，也没什么，但小心你身边，又冒出个新的珍主子！"慈禧看看阿尔萨兰，瞪着光绪。阿尔萨兰瑟瑟发抖。

"是的，太后。"隆裕取走阿尔萨兰手中的扇子。

慈禧："猴子，你还算忠心。阿尔萨兰，给他冲冲手。"慈禧冲侯酒满道："活该，那红毛那么大呼小叫地劝你，你就是不听！都退下。皇上，歇了吧。"说罢，躺下。

阿尔萨兰绷脸舀着水，冲洗侯酒满的双手。侯酒满一个劲儿谢道："有劳姑姑，多谢姑姑，多谢姑姑。"阿尔萨兰鄙视地瞪着他："小人！"侯酒满尴尬地垂着脑袋。

被捆在车轮上的赫顿，颇为痴迷地望着月光中的阿尔萨兰。

第二日，破宅院内，光绪射着一个人状草靶，不断支使着侯酒满取箭。侯酒满双手缠满绷带，勉为其难地来回奔跑，拔箭、送箭。

光绪问道："知道朕射的是谁吗？"

侯酒满："回皇上，大概是小人。"

光绪射着："是小人，但不是你。早晚，朕要千刀万剐了此人！"光绪扔了弓，走出院门。

侯酒满走到马车边坐下，蹭了蹭额头吓出的冷汗。

"别怕，老侯，你的皇帝射的是袁世凯。"擦着列低炮的赫顿说。

侯酒满吃惊："你，你怎么知道？"

赫顿笑笑："你们的女皇是个很奇妙的女人。前年，她用政变打败了你们的皇帝，就像15年前，她同样用政变，把这个皇帝四岁时就抱上龙椅一样。"

"住口！"侯酒满看看窗内，"待哪日试放完此炮，我立马砍了你！省得受你牵累！"

赫顿笑眯眯地："对不起老侯，我只是讲了一句真话。我实在弄不明白，你们的女皇，为什么要把自己的儿媳给扔在井里。"侯酒满一脚接着一脚，将赫顿踢出院门，"还说！出去！给老子滚出去！"

此时，慈禧正蹙眉站在窗前。身旁的荣禄看着庭院，叹息："太后，奴才说句不当说的话，您实实在在，不该杀了珍妃娘娘。"

慈禧冷冷地："不杀就得带着。能带一个冷宫的贱人，为何不能带着先皇的那些太妃？若七七八八地全带着，尔等还能从暴民、乱兵中混出北京，逃到这里吗？"

荣禄怔怔："那似乎也不该……如此做法，太后与皇上戊戌年结下的旧怨，岂不永不可解？"

慈禧缓缓道："你知道什么，那新派的珍小主，久为公使团和那些公使太太们同情，我不杀她，万一她被洋人掳去利用，另立一个临时朝廷，再诱惑、胁迫皇上回銮，做个洋儿皇，我这老太婆，还不被那个早有反心的逆子，趁势撇在外面候死？"

荣禄震惊地看着慈禧，半晌说道："太后的眼光、手段，真是无人可及。"

"若能全须全尾儿地平安回銮，我会多少补偿那个冤孽。"慈禧冷冷看着窗外。

房内，隆裕冷酷地一条一条撕着那把玉坠扇子，阿尔萨兰跪在一旁，垂着脑袋。

隆裕："说，你是喜欢皇上，还是可怜珍妃小主？"

阿尔萨兰："回娘娘，奴婢都不是。"

隆裕："进宫这么些年，起码的规矩都不懂，竟敢私传犯妇物件！知道我昨儿个若如实禀报太后，太后会如何整治你和你阿玛全家吗？"

阿尔萨兰频频磕头："谢娘娘，谢娘娘，阿尔萨兰代阿玛、额娘，谢皇后娘娘，谢皇后娘娘。"隆裕"哼"了一声，将扇子扔在地上，走出屋门。

郊野，赫顿被倒挂在一棵树上，侯酒满躺在一边，衔着草棍咕哝："这庚子一乱，大清即使不亡，也不知又要赔多少银子？"

赫顿："那要看两个方面的问题。"侯酒满看看赫顿朝下的脸。赫顿继续说："一、要看中国究竟还有能力偿付多少。二、要看用什么方式偿付最恰当。"

侯酒满发愣："如果这回，尔等不要银子，而是干脆把中国划地瓜分了呢？"

赫顿："不会的。中国的文明，不但是世界上最古老的，而且是唯一几千年从未间断的。这说明，中国人的精神，绝对不可能被彻底征服。所以，要瓜分它，还不如留着一个软弱的政府，加以利用。"侯酒满大为吃惊，坐起身："你才多大，就……"

"我很爱中国。我对中国很有研究。"

"那你……那你对我大清的枪炮……知道些什么？"

"老侯，请把我放下来，这样说话很费劲儿。"

"我的手上有伤，放下，你这宝贝万一跑了，岂不可惜？"

“好吧，我告诉你。中国，原本是火药最早的发明者，在兵器制造上很有两下子。但是到了大清王朝，非常的差劲儿，你们的康熙皇帝，为了防止汉民族造反，不但不准民间有高级武器，还不准发展军事工业，甚至，他把一个伟大的枪炮发明家，戴梓，给流放了。”

“你知道戴梓？！”侯酒满震惊。

“当然，他的28珠连环铳，应该算是世界上最早最早的机关枪……”

“等等，等等！”侯酒满忙爬起放下赫顿，“难道那28珠连环铳，真有其事，不是传说？”

“不是，绝对不是……”赫顿答。

突然，远处枪声大作，杀声四起。侯酒满和赫顿都怔住了。

李莲英跑进院子：“奶奶！奶奶！大胜奶奶！可不得了了……”慈禧、光绪、隆裕、阿尔萨兰等奔出门，慈禧问：“洋人追上来了？”

李莲英回：“不是。是一帮散兵游勇伙着土匪，点着您老人家的名讳，劫您来了！”

“快传护军！”

“五里之外呢，来不及了！”

慈禧眼前一黑，阿尔萨兰连忙扶住，光绪幸灾乐祸地笑笑。

侯酒满拽着赫顿奔进院门，打千：“标下侯酒满，前来救驾！”

慈禧：“你？就你一个？”

侯酒满奔向马车，边收拾边说：“请一位大胆姑姑装扮太后，与标下一同引开劫匪！”

“我去！”阿尔萨兰奔进屋，取出一件黑色大氅披在身上，蒙住头脸，上了侯酒满的马车。侯酒满“驾”的一鞭，带着阿尔萨兰、赫顿和列低炮，疾驰出门。

上百兵勇、土匪呼啸着紧追：“拿住慈禧，去洋人那儿领赏啊！拿住慈禧……拿住慈禧……”

奔至一个土丘，侯酒满架炮。赫顿问：“老侯，炮弹不是被你拆了吗？”眼看土匪追近，阿尔萨兰拔出侯酒满腰里的短枪，冲土匪射击，土匪应声栽倒两个。

侯酒满吃惊：“姑姑还有这两下？”

阿尔萨兰：“我阿玛是辽东将军，从小学了些枪棒、马背上的功夫！”转瞬子弹射完，土匪呼啸着又冲上来。阿尔萨兰丢掉枪，拔出侯酒满的腰刀，欲抹脖子自刎。“姑姑且慢！”侯酒满吼了一声，将修复的炮弹填入炮膛，用大拇指瞄了一下，摇炮筒，拉炮绳，“轰”，炮口喷火……

土匪群中腾起一股绿烟，土匪狂逃：“绿气炮！是绿气炮……”瞬间，满脸绿色的侯酒满、赫顿、阿尔萨兰，喷嚏连天。赫顿忙解下脖子上的毛巾，跑向一处：“尿！尿，快尿……”

“用不着！快走，风冲这边来了。”侯酒满咳着，将呆愣的阿尔萨兰抱起，扔上马车，加鞭便跑。赫顿边收拾裤子边追：“老侯，老侯，等等我，等等我！”

众人逃至一处院落，慈禧、光绪、隆裕等看着满脸绿色、十分滑稽的侯酒满、阿尔萨兰、赫顿哈哈大笑，慈禧：“哎哟喂，怪不得你这猴子，前两日到处地找染料，找辣椒！”

侯酒满得意地拍拍赫顿：“小子，你说得没错，火药乃我华夏先人发明。这回，老侯不过又添了些颜色、味道而已。”

“鬼灵精怪，简直就是只成了妖的猴精！”慈禧大悦，“侯酒满听赏！赏戴双眼花翎、二品顶戴，照八旗都统衔尽先补用！”

“谢圣母皇太后！谢皇上！”

慈禧：“现在没兵给你，待回銮之时再放尔实缺！”转而回头对着光绪：“皇上，再赏这猴子穿点儿什么吧？”

光绪：“侯酒满，赏穿黄马褂！”

“谢皇上！谢太后！”

广州，王氏书舍。

“阿爸如今,也不知怎样？”已从黎宅回府的正良望了阵窗外,接着看手里的《圣经》。

一旁，妹仔吹着口琴，玉姑听可言摇头晃脑读着张报纸：“‘藉西方文明，以改良东方文化，必可使我老大帝国，一变而为少年新中国。’看看，看看，容闳先生说得何等之好！”

正良眼未离书：“容闳先生，是许多传教士的好友。”

玉姑：“大哥，提及何人，你都会想起传教……”忽然有人喊：“玉姑。”玉姑一惊，循声而望，侯夫人怯怯地站在门口。

“阿妈！”穿着红马靴的玉姑摇摇晃晃扑跑过去。

“阿妈……阿妈……”正良等兴奋奔到跟前。玉姑抱着侯夫人:“阿妈,您可算来了！都六年了，想死玉姑了！”

侯夫人怯怯地说“你们阿爸怕阿妈名声不好，不准阿妈来。可这回，惠州家里，乡民造反，阿妈怕得要死，不得不……”

可言忙问何人造反？侯夫人答:“一个叫做郑士良的,带着许多人攻打官军。听人讲，他们还有个大王在海外，姓孙……”

可言：“可是孙文？”侯夫人说好像是的。可言摩拳擦掌地看着远方：“……这回，可言再跟着孙先生试试。”

侯夫人：“言儿，你说什么？”

可言拉住侯夫人：“阿妈，我等送您老回家吧？”

正良道：“二弟！你又想胡来！”

玉姑：“对！我等送送阿妈！”

正良：“绝然不可！衙门传信，阿爸刚刚升了二品的大员，你等又要惹事！不可！绝对不可！绝对不可……”

广东惠州的山坡上，革命军着各色衣裳，挥舞长矛、大刀，奋勇冲杀。清兵扼险射击。

树后，可言、玉姑向清兵方向扔着石头，正良来回拉拽：“不准造反！不准造反……”妹仔趴在地上欢快笑看：“爽！爽！好爽！”

山坡上，冲杀的革命军，纷纷倒毙。

1900年底，惠州起义失败，史坚如等牺牲。

1901年1月，光绪二十七年（辛丑）。

在西安巡抚衙门签押房内，光绪向慈禧念着诏书草稿："世有万古不易之常经，无一成不变之治法。穷变通久，见于大《易》。自播迁以来，皇太后宵夜焦劳，朕尤痛自刻责。深念近数十年积习相仍，因循粉饰，以致成此大衅。现正议和，一切政事犹须切实整顿，以期渐图富强。懿训以为……"

"行了。"慈禧揉着胃，"这《罪己诏》，是我叫荣禄的幕僚起草的，皇上不委屈吧？"

"儿臣全凭皇阿玛裁断。"

慈禧："要我说，这诏很像是临着康、梁帮皇上弄的那个，专言变法的《明定国是诏》写的。要不，咱叫它《明定变法诏》？"

光绪扑跪："皇阿玛，儿臣早已知罪，不敢再妄言变法。"

慈禧："这是干什么，我也就这么随口一说，快起来，起来。"光绪忙爬起谢罪。

慈禧："康、梁变法乃是乱法，怎能与我孜孜以求的新政相比，在这诏谕中加上这一层就行了。"

光绪："是。"

"这一路，把老太太的胃给弄坏了。皇上，咱娘儿俩说几句家里话。坐。"

"谢皇阿玛。"光绪坐下。

慈禧："一路上，我上赶子和你说话，你总拉着个脸。其实，戊戌年，不是康有为想抄我的颐和园，囚我于承德或瀛台，我也想不起让你住瀛台。"

"皇阿玛……"

慈禧抬了下手，继续说："老话讲，'知人知面不知心'，凡人都如此，何况帝王？咱们想什么，只有咱自个儿知道。这大清，打太祖天命年算，已有二百八十多岁了，暮气日沉，国势渐衰，你我都急，咱娘儿俩的心思，本是一样的。变法也好，新政也罢，还不都是为了祖宗家业？况且，你不变，洋人打着你变，国人也打着你变。惠州的粤民，不是被那个孙文隔着大海一吆喝，就有两万多人造了反？"慈禧咳了两下。光绪赶紧走过去，轻轻捶着慈禧的背。

慈禧："两宫一心，天下太平。你我母子就着庚子一乱，讲和了吧。"

光绪按按眼窝："……儿臣……儿臣愿以亲爸爸的懿旨为行止。"

"唉——"慈禧拉过光绪的手，拍抚着。

广州某茶楼，厅堂内，两个士子在议论时事。

年长士子道："如今两宫一心，已饬令议行新政，从此中外必能修睦，悉释前嫌。"

年少士子摇摇头："只怕是苟且之策。目下的大清，要么面临被洋兵推翻，要么坐视东南自保渐成天下分立，要么瞧着乱党蜂起被彻底打倒，事事迫在眉睫，不罪己，不变政，那还回得了紫禁城吗？"

临桌，破衣烂衫、灰头土脸的可言、玉姑等，狼吞虎咽地啃着饼。

"未必。你看，这言之凿凿……"年长士子从袖中掏出几张抄件，摇头晃脑，"着，各省督抚，各就现正情形，参酌中西政要，举凡朝章国故，吏治民生，学校科举……哎，哎……”

纸被可言抽走，可言嘴里填得鼓鼓的："学生看看，难道我大清皇上又亲政了不成？”

西安郊野。侯酒满趴在地上，射击百步外的一只葫芦，屡射不中。赫顿坐在一旁，守着七八种各式步枪，帮着上子弹。

侯酒满要换一支枪，赫顿递上枪："算了老侯，不是枪的问题，是那颗毒气弹，伤了你手部的神经。”

侯酒满又开一枪，枪机后部喷火，他大叫一声，捂住右脸："眼睛！我的眼睛……”赫顿慌忙从衬衣撕下一条包扎："……还好，没伤着眼珠。这种林明敦步枪，总是发生这种故障。”

"喂！……喂！”远处，阿尔萨兰骑在马上对侯酒满喊道，"太后传你！”

侯酒满忙去见慈禧。

"哟，怎么了，猴子？”慈禧看着他的脸。

侯酒满跪着："回太后，各督抚勤王，供奉的那些枪械，牌子很杂，标下想一一试放，不慎伤了面颊。”

慈禧："快起来说话。”

光绪问："侯酒满，几上的东西，能看吗？”侯酒满看向茶几，有一文卷，回说能看到。光绪示意其坐下看。"谢皇上，标下还是站着。”侯酒满打开文卷。卷首写着：议和大纲。侯酒满大惊。

光绪："没拿你当外人，要紧地看看洋鬼子开列的第五款。”

"第五款，不准将军火，以及专为制造军火的各种器料，运入中国境内……”侯酒满念到这，抬头看着光绪和慈禧。

光绪："懂吗？”

侯酒满："回皇上，洋人是说，从今往后，不再卖大清枪炮及其机器、物料？”

光绪："洋人希望大清永远拿着长矛、竹箭，做他们的枪下羔羊！人为刀斧，我岂能甘为鱼肉？！朕……”

慈禧打断光绪："好了，有些事，皇上与我还要想想。猴子，跟着我这一趟西游，哦，西巡，你吃了不少的苦，我与皇上也看见了你的忠心，今后，要好好办差。至于那个小红毛……他知道得太多了，留着终归是个祸害。再说，洋人逼着咱，杀了那么多的大臣，你……你看着办吧。”

侯酒满惊得伏地："太后，太后……”

慈禧："我也没说什么，下去吧。”

光绪看着侯酒满走远问："皇阿玛，怎么又不支侯酒满那桩差事了？”

"再想想，再想想。孙猴子是忠心，有本事，可一旦疯起来，也是个敢于大闹天宫的主。”光绪愣怔地看着慈禧。

侯酒满苦着脸走入巡抚衙门偏院，看见赫顿殷勤地帮着阿尔萨兰晾晒衣服："阿尔萨兰小姐，您这么年轻，为什么别人要叫您姑姑呢？”

阿尔萨兰："我们中国人，兴往大一辈叫，显得尊敬。"

"在西方恰恰相反，女人只要没有结婚，80 岁，也得称呼小姐。"

阿尔萨兰捂着嘴笑。赫顿满目痴迷："阿尔萨兰小姐，您笑起来简直迷人极了！"

阿尔萨兰顿然愤怒："该死的！"

赫顿惊异："您为什么生气？我是在赞美您，是在表示对您最美好的倾慕……"阿尔萨兰操起洗衣板要打他。

侯酒满走来，拍拍赫顿："红毛，你我将剩下的两种兵枪试完。"赫顿："老侯，你来得正好，我正需要一个媒婆帮我说说，我很爱阿尔萨兰小姐……"

"流氓！"阿尔萨兰一板拍在赫顿头上。

侯酒满拽着赫顿："连媒婆你都知道，你可真是知道得太多了！"

赫顿捂着脑袋："老侯，我想起来了，'打是疼，骂是爱！'啊，阿尔萨兰很爱我！她很爱我……"

侯酒满推着："闭嘴！给我闭嘴！"

两人又到郊野，刚才射击的位置。

侯酒满："我有伤，你来吧。"赫顿趴下，上子弹，瞄着远处的葫芦。侯酒满站在赫顿身后，犹豫地掏出手枪，颤抖着对准赫顿的脑袋。

"砰"地一声，赫顿欢叫："打中了！打中了！"侯酒满慌忙将枪藏于身后。赫顿孩子气地把身体弄舒服，接着瞄准。侯酒满又将手枪对准赫顿脑袋，颤抖着……他痛苦地扭过脸去，"砰"，枪响了……

这夜，阿尔萨兰躺在炕上碾转反侧，充满美好地遐想着。她从枕头里面，掏出那把撕破的玉坠扇子，神情复杂地看着……她不知道，此刻在光绪寝房，光绪躺在炕上，也在深情地抚摸着珍妃的玉簪，两行清泪从脸颊滑落。

侯酒满与缩成一团的赫顿躺在草地上，侯酒满久久地望着月亮。赫顿牙齿打颤："老侯，今天我们为什么要露营？"侯酒满不语。

赫顿："我很冷。……真的很冷。"

侯酒满："红毛，我故意给过你很多机会，你为什么不跑？"

赫顿："我为什么要跑？你是我的朋友。"

侯酒满："是为了那个宫女吧？"

赫顿："不不不，那是第二位的，你是第一位的。"

侯酒满看看赫顿，重新望着月亮，咕哝着："找个什么理由，才能不杀你呢？"

赫顿惊得坐起："老侯，你要杀我？我，我做错什么了吗？你为什么要杀我？"

侯酒满看着月光下赫顿那张孩子般纯净的脸，良久说道："红毛，愿意给中国人当儿子吗？"

赫顿："什么？你想做我的爸爸？"

侯酒满道："你和我的儿子同岁，你没有吃亏。"

赫顿："你为什么要当我的爸爸？不当你的儿子，你就要杀了我吗？"

侯酒满："就算这样吧。红毛，如若你还想活命，从明天开始，就叫我阿爸吧。"

第二天，侯酒满将此事禀告慈禧。

“什么？！那个小红毛，认你做干爸爸？！”慈禧惊诧地问伏跪在地的侯酒满。

“是。回太后，这红毛小子乃军械修理师出身，标下想收留教化，为大清或有所用。”

慈禧怀疑：“我怎么就不信，一个外邦异种，怎么可能！传他进来！”

站在门边的李莲英冲外叫道：“进来。……别忘了规矩！”

赫顿走入，甩了两下袖子，趴在地上磕了个头：“女皇陛下万岁万岁万万岁！”

慈禧：“我问你，你是认了这个中国人，做你的爸爸吗？”

赫顿直率地：“我只有一个爸爸，他在英国。”

慈禧怒视侯酒满，侯酒满忙道：“太后，这小子昨晚确实认了标下！”

赫顿：“老侯，你是我最好最好的朋友，但不是我的爸爸。每个人，一生只能有一个爸……”

慈禧挥挥手：“好了，下去！”

李莲英拉着赫顿：“还不退下！”赫顿挣扎着：“女皇陛下，我要向您的宫女阿尔萨兰求婚，恳请您高抬贵手。”

慈禧眨眨眼，愣怔一下：“放肆！我大清国的满汉尚未通婚，何论中外！侯酒满！先给他 20 个皮笊篱！然后你们俩一起等着发落！”又道，“传阿尔萨兰，叫她督着！”

两人被压到签押房，李莲英扔给侯酒满一双皮手套，“准备开始吧”，转身离去。侯酒满捡起手套，边戴边低声说：“跪下！撑着点儿，你死不了了。”赫顿问：“你们的女皇不会杀我了吗？”侯酒满叮嘱：“自己咬出点儿血来。”“那她会杀你吗？”赫顿跪下问。

阿尔萨兰随李莲英走来，侯酒满看了看，开始左右扇着赫顿嘴巴……

慈禧站在窗前向外望。

侯酒满扇着，阿尔萨兰蹙眉看着。侯酒满扇完，冲房门跪下：“禀太后，20 个皮笊篱，数够！”房内传来慈禧声音：“滚进来！”

侯酒满小跑进门，伏跪在地，“太后，标下教子无方，恳乞……”

慈禧喝道：“还想欺瞒！”

侯酒满：“太后，这小洋鬼子出尔反尔，着实该杀！”

“怎么杀？还怎么杀？！现在再杀，不成我杀的了吗？！与洋鬼子的议和还在乞哀告怜，这又……侯酒满，你这泼猴！刁猴！”

侯酒满：“标下罪该万死！”

“你是该千死、万死！但杀你容易，可你死了，那红毛谁管？！”慈禧揉着胃，“简直气死我了！”

侯酒满等了片刻，陪着小心：“太后，方才……标下说……这小子军械师出身……”

慈禧：“罢，罢，这一路上，我也看得出，这小红毛叫不叫你爸爸，也待你亲爸爸一般，他还算通着人性。既然放不能放，杀不能杀，是不是你儿子，也归你管束着。马上就要回銮了，如若出丁点儿的差子，小心我杀你全家！”

侯酒满大声：“谢太后饶标下父子不死！”

“滚！”

侯洒满刚要退出。

慈禧道："等等！那个阿尔萨兰，与这小红毛是怎么回事？"

侯洒满忙答："回太后，姑姑清白无瑕，完全是红毛小子一厢情愿，痴心妄想。"

院里，鼻青脸肿的赫顿正跪望着阿尔萨兰，难看地笑着。阿尔萨兰瞪了一眼，扭身离去。

1901年9月7日，清廷与列强签订《辛丑条约》。

广州茶楼，年长士子摇头晃脑地念着挺厚一叠纸："今日会同声明，核定文内各款，当经大清国大皇帝降旨全行照允，足适诸国之意妥办……"

"这叫什么狗屁条约！"年少士子夺过纸，"你看看，'付诸国偿款海关银四百五十兆'！按大清人口，每人一两！加上年息，再加上各省所谓地方赔款，共计白银十亿两以上！这相当大清全年进项的12倍啊！"

王氏书舍内，正良拿着《圣经》，茫然望着窗外。妹仔毫无表情地吹着口琴。玉姑拿着叠纸推可言："二哥，你说说，这像是我等主子说的话吗？'京师自五月以来，拳匪倡乱，开衅友邦'，'业经严饬各路统兵大臣，实力剿办，务净根株'！这狗朝廷杀不过洋人，倒要开杀自己的子民了！"

可言仰在椅子上，麻木望着房顶："祸莫大乎不知足。知足之为足，此恒足矣。"

玉姑猛推一掌："怎么了二哥！惠州一仗，何至把你打得如此泄气！"

1902年4月15日，乾清宫。十几个王臣趴在地上哭声一片："……老佛爷……老佛爷啊，我等可算活着看见您啦……"

慈禧也抹着泪："真是苦了你们了。原本皇上与我，誓欲同殉社稷，上谢九庙，下辞万民，只是哀痛中，被奴才们生生拽走。这枪林弹雨的一路，素衣将敝，豆粥难求，你们的皇太后，完全成了个乡姥姥……"

众王臣："老佛爷吃苦啦……"

慈禧："好了……好了，我大清天大地大，洋人再厉害，终不能一口把我吞了，大清还是大清！这次浩劫，死了些朝臣、军将，出了不少的缺，如今要优先补升那些勤王护驾的忠臣，比方讲，吴永、岑春煊、魏光焘，还有端方。皇上，你说呢？"

"皇阿玛所言极是。"光绪回。

皇宫门前，赫顿与穿着身极为耀眼的崭新戎装的侯洒满坐在石阶上，赫顿问："老侯，你的女皇升了那么多的官，怎么只发了你一套衣服？她是不是把你忘了？"

侯洒满："什么叫只发了套衣服？知道吗？这是太后专门恩赏老侯的一套特制戎装！论材料，论考究，连一品的军将也未必穿得上！得，你我不说这个。红毛，趁着刚回京师，无人顾得上咱爷俩儿，你替阿爸跑趟天津，寻找一个摆弩枪摊子的摊主，大概七十多岁的模样，好像姓门。"

赫顿："弩枪摊子？"

“对。那老人家兴许知道28珠连环铳的秘密和下落。阿爸临时担着宫内侍卫，走不开。”

赫顿：“放心吧老侯。不过，我们是朋友，不是爷俩儿，你更不是我阿爸。”

“一样一样，快去快回，快去快回。”侯酒满嘱咐道。

下朝的慈禧与光绪，匆匆走在内宫庭院。

慈禧对光绪道：“皇上去养心殿歇着吧，不用陪着。”

“也不知亲爸爸的储秀宫被糟蹋成什么样子……”光绪忽然见着一口井，立马站住。

慈禧看了看井，又看了看光绪，喝道：“崔玉贵！狗东西！今儿个总算该跟你这狗才算算账了！”

崔玉贵跑过来慌忙跪倒：“老佛爷，奴才，奴才怎么了？”

慈禧：“怎么了？！年前国难当头，我心情不好，与珍小主说了几句气头上的话，你竟逞能，硬是把小主给扔下井去，让我想起来就生气、伤心！”

崔玉贵急忙申辩：“老佛爷，是您……”

慈禧对光绪说道：“皇上，这奴才由你处置。珍小主一直惦着皇贵妃的品级，明儿个赏了她。”光绪看着井，没有反应。

“……李莲英，要荣禄拟旨诏告天下，就说珍妃在洋人进宫之前，担心受辱，投井殉节，是乃我大清煌煌英烈。……还有，准珍小主娘家人进宫祭奠。多请和尚、道士，由贞顺门到乐寿堂焚香礼佛，彻夜诵经。并请大萨满跳神，引珍妃魂灵回归景仁宫。”慈禧说完看看光绪，悻悻离去。

隆裕与阿尔萨兰吃惊地看看慈禧背影，同情地看看光绪，跟上慈禧。

光绪双泪长流，默默自语：“珍儿，那个害你的人已经67了，为了大清，也为了你，载湉发誓，要好好地活着。”

第四天，乾清宫朝会。

慈禧道：“各位臣工，按着与洋人的议和条款，总理各国事务衙门改为外务部，居六部之首。这里面尽是要缺，军机处拟定了人选吗？”

荣禄出班，取出一折：“回太后，皇上命我等，就各层人选拟了个单子，正准备呈太后复阅。”李莲英取过折子，转交慈禧。慈禧看了几眼，面呈不快，看看光绪：“皇上，我带回去斟酌一下，今儿个先这样吧。”

慈禧绷脸走在前：“皇上，这回銮后，已经几次朝会，你怎么还是与我两根气管，两个声音？”

“皇阿玛，儿臣想，那外务部见天地与洋人打交道，便多提了些懂西语的新进之人。”

“可这些人大多出过洋！你弄得清他是康梁一伙儿的，还是孙文一伙儿的吗？”

光绪嘟囔：“倘若这般猜疑，儿臣就不知有谁可用了。”

慈禧：“我是叫你一个别用吗？……得慢慢儿来。”

“皇阿玛，大清眼下千疮百孔，百业凋敝，您也推崇新政……”

“我当然推崇新政。你也不好好想想，当年你闹变法，我杀了你六个小卒；去年我招了洋人，反变法的老臣，被洋兵一口气杀了六百不止，如今你再变法，这不好变多了吗？”

光绪一惊：“皇阿玛，儿臣万万不敢生此谬想。”

慈禧：“谬想不谬想的，说起结果，还是我帮了你！但愿你和你的新派人物，别光记着仇，总惦着我早死，逮着丁点儿的机会，就火烧急燎地想着大翻盘！”

光绪扑通跪下：“皇阿玛……”

“好了，皇上祭拜祖宗的时辰到了。”慈禧径自走去。

皇宫门外，一个醉酒的法国军官冲闯宫门：“我要进去散步……去找你们的女皇，喝一杯……”

侯酒满等禁军官兵栏着：“站住！不许进！不许进……”推挡中，法国军官用酒瓶砸倒一名清兵。

“死鬼佬！”侯酒满一拳将其击倒。法国军官掏出手枪，侯酒满抢先掏枪射击，“砰”地长长一声，法国军官倒地，挺了挺，死了。

清兵大惊：“侯爷，您可闯了塌天的大祸了！”侯酒满愣愣地看着。

赫顿此时跑来，看看尸体：“老侯……老侯……”

侯酒满忙推赫顿：“红毛，快跑！老侯完了，你也就完了！”

赫顿看了看，转身飞跑。

四

储秀宫内，慈禧大惊："什么？！侯酒满杀了个法国军官？！"

58 岁的禁卫军统领姜桂题跪在地上："那洋兵醉酒闯宫，禁止不住，侯酒满不得不开了枪。"

慈禧："那猴子是不是逃了？"

姜桂题："没有。侯酒满主动让微臣绑了，在宫门外立着，听凭太后、皇上发落。"

慈禧急急踱步："……这猴子！……这猴子！刚刚太平……"

此时，在奉先殿，光绪跪着，仰着一张满是泪水的脸，盯视着诸先皇画像："列祖列宗，大清自年前五月酿成奇祸，社稷阽危，陵庙震惊；地方蹂躏，生民涂炭。追思肇祸之因，实由诸王、大臣昏谬无知，嚣张跋扈，朕与皇太后……"忽然有人咳嗽，光绪回头，门外监视他的一个太监，提醒着光绪。

光绪无奈地转回头："今日虽苟且议和，然天下糜烂，险恶之势不堪言状。载湉思之，痛心疾首，悲愤交深，如今载湉虽已三十又二，却仍旧是个儿皇帝……"又是咳嗽，光绪愤怒爬起，抹了把泪，大声道："载湉无能，眼见着洋人打入京师，只会一个逃字！儿皇借着洋兵的礼，给列祖列宗，赔个不是……"说着，光绪怪笑着冲画像行了一溜洋兵的举手礼！

那太监惊得嘴巴大张。

法国军官的尸体被两名军医检查完毕。

赫顿对法国公使说道："我是英国皇家炮兵团的下士，愿以军人的尊严作证：确实是这位军官先生喝得烂醉，持枪冲闯皇宫，清军卫兵在劝告无效的情况下，不得不开枪。"

法国公使波，看看军医。军医点了点头。

"请您到我的使馆，做个笔录。"公使与赫顿、姜桂题分别握手："感谢你们，没有声张这件令人遗憾的事情。"

慈禧听闻后很惊异，问："怎么，事情就这么完了？"

姜桂题："回太后，微臣也没想到如此结果。据那个叫赫顿的讲，法国人这回在辛丑赔款的数额中占了第三，其他洋夷忿忿不平，因此法国人不想将此事弄大。"

慈禧看看光绪："祖宗护佑，祖宗护佑，皇上在太庙磕头磕得心诚，这是祖宗显灵了。"光绪苦笑了一下。

皇宫门外，侯酒满笑着拍打赫顿："红毛，我是你阿爸，这回阿爸就不言谢字了。"

赫顿："不用，不用，我们彼此彼此。"

侯酒满："我儿怎么这么快就从天津回来了？"

赫顿："我没找到那个摆弩枪摊子的。但是听人讲，那位老人家到北京找你来了。"

侯酒满一怔："找我？他也找我？那怎么没看见他？"

"不知道。"赫顿摇摇脑袋。侯酒满拍拍赫顿："红毛，再帮阿爸在这京城好好找找。"

"没问题。"

内宫庭院，侯酒满边走边思忖：那位门姓老人到底是何人？为何也在寻找自己？忽然，他看见草丛中有块东西，走过去捡到手里一看，是块火烧了一角、镌有"爱新觉罗氏大清国万岁万岁万万岁"，供奉用的木牌。侯酒满愣怔地看着。

"好一只猴精！"侯酒满抬头惊望，慈禧笑吟吟地走来。

侯酒满忙跪："太后万岁万岁万万岁！"

"在看什么呢？"慈禧问。

"回太后，标下在草丛里看见了这个。"侯酒满将木牌双手托举。李莲英接过，捧向慈禧。

慈禧看了看："猴子，你又为咱大清立了一功，皇城前毙杀洋官，真真地为我出了一口恶气！七八年了，我就没有这么痛快过！好！好！我说过，回銮后要补你个实缺，可如今，当官简直就是受罪。我看，算了吧，回你的故里广州，挂个巡抚的名衔，好生歇着。"

侯酒满颇为失落："……谢太后……"

慈禧："别忙。皇上和我在西安时就寻思，想支你个制枪造炮的差事，你自个儿看着办，这不算正差。造枪炮，本是个花海银子的大差，可如今，大清不得不扎紧脖子，先赔洋债，因此朝廷不能给你一文银两。但这'万岁牌'，我赏你，它胜于尚方宝剑、铁券丹书百倍、千倍！我准你长江以南为所欲为，即便犯了死罪，也三不当斩！但过了长江，你要谨遵国法。"

"谢圣母皇太后！太后恩德，地厚天高！"侯酒满大喜，重重磕了三个响头，接过万岁牌。

慈禧："猴子，永远记着，我待你不薄，大清待你不薄！你明儿个再来，我还有恩赏！"

李莲英震惊："天哪！太后老佛爷，您已经赏了这万岁牌，还能有什么恩赏？"慈禧笑吟吟地走去。侯酒满捧着万岁牌，惊愕不已地磕头、跪望："太后万岁万岁万万岁！我圣母皇太后万岁万岁万万岁！"

是夜，慈禧笑吟吟地走入长春宫。

阿尔萨兰扶着隆裕慌忙走出跪拜，隆裕："不知姑母驾临，喜子失礼……"

慈禧道："都起来，起来，我不是找皇后主子的，我找阿尔萨兰。"隆裕与阿尔萨兰很是惊愕，面面相觑。

待慈禧说清来意，阿尔萨兰差点儿晕了过去，伏地惊呼："天哪！老佛爷，那侯酒满与奴婢的阿玛年岁相当，何况大清祖例，满汉不通婚姻！"

慈禧笑道："这不是我的头一桩新政吗？虽说那猴子岁数大些，但正因为大，他不才疼着你，你也才好治着他吗？"

阿尔萨兰急呼："老佛爷，老佛爷，奴婢今生今世宁可永远侍候着皇后，也不愿嫁人。"

隆裕悄悄叹息。

慈禧："阿尔萨兰，侯酒满好歹是个二品，你听说过历朝历代的哪个宫女，能有这等的福分？"阿尔萨兰大哭哀求。

慈禧板起脸："好了阿尔萨兰，也就你有这个胆子，我的恩赏，还敢哭着喊着不领情！"

隆裕忙道："大不敬！阿尔萨兰，还不快叩谢太后！"

阿尔萨兰默默伏身磕头："阿尔萨兰……谢太后……赐婚。"

慈禧看看，说道："其实，我要你嫁那猴头，也有别的心思……"话音未落，就见一宫女惊恐跑进，扑跪在地："不好了！不好了！大事不好了老佛爷！太庙走水！太庙走水了！"

慈禧、光绪、隆裕等疾至奉先殿，殿外烟火腾腾。众多太监提着水桶，奔走灭火。慈禧面殿跪倒，磕头不已："祖爷爷，祖爷爷，这是怎么了？这是怎么了啊！"

此刻，在京师驿馆的客房里，侯酒满用丝绸将万岁牌左擦右蹭，摆在桌上，笑眯眯地看着，不禁自语："可惜烧了一角……"

赫顿："老侯，这块木板，对你非常重要吗？"

侯酒满仍似自语："有了它，要什么有什么，想干什么干什么。标下的大愿终有指望了。"

驿馆庭院内，穿着衬衫舞剑的赵秉钧，边舞边看着门内的侯酒满。还有一人，46岁，身材肥胖、面孔青黑，这位商务局的总办牛子旬，捧着茶壶，也在边饮边盯着侯酒满。

储秀宫内，慈禧怒不可遏："跪下！"光绪伏跪。

慈禧："你可真是越来越行止乖张！竟敢在祖宗太庙，行洋兵军礼，惹得先皇震怒！"光绪欲辩，被慈禧喝止，"亲眼见你所为的奴才，就在门外！你想对质吗？！"

光绪直起身："儿臣不想与一个阉人对质。儿臣是想说，载湉确实举止失敬，但也有人借了此事，竟敢以太庙行诈！"

"啪"！慈禧拍案怒喝，"太庙有我皇家大萨满和司香、司祝昼夜值守，谁能使诈？！"

"……皇阿玛，此事确实可疑！"

"你疑心是谁？！……是谁？！"

"儿臣乞请皇阿玛……"

"莫非，你疑心是我？！"

光绪怔怔，磕了个头："儿臣……儿臣没敢那样想。"

慈禧："扶不起来的东西！李莲英！皇上火大，还是请皇上搬回瀛台住！那里的水多，他愿敬多少洋礼都烧不着！"

光绪怔怔地又磕了一个头："……儿臣告退。"便起身退出，慈禧始终瞪着他。

恰巧，侯酒满兴奋地朝储秀宫走来，正碰上李莲英陪着阴沉的光绪走出门。侯酒满跪下："吾皇万岁万岁万万岁！标下侯酒满叩谢皇上天恩！"

光绪怔怔："何事谢朕？"

侯酒满："谢皇上准标下放手制枪造炮！"光绪闻听，唉叹一声离去。侯酒满迷惑地看着光绪背影。

宫内，慈禧怒气未消："反了！反了！竟怀疑是我纵火！"

李莲英走入，赔着笑："老佛爷，您息息怒，那个傻姑爷来了，他还什么都不知道呢。"

慈禧舒了口气："传他进来。"李莲英答应着转身，慈禧又说，"等等，先拿我的皇历来。"

不一会，侯酒满入宫，听闻慈禧将阿尔萨兰许给他，不禁跪着大呼："万万使不得！万万使不得啊！太后，标下已有妻小，犬子甚至年长阿尔萨兰姑姑，使不得，使不得！万万使不得啊！"

慈禧没有好脸色："什么使得使不得！有老婆休了便是！"

"启禀太后，标下先父与泰山大人曾是营中弟兄，联姻之交是两位大人生死场上所结，拙荆虽早标下11岁生人，然践约成婚，如今已是儿女一群。"

"大你11？"慈禧笑起来，"真委屈了你。我今儿个赏了位小你25的，岂不是补了你终生之憾？"

"标下身为军人，从无那等欢娱之心，否则标下早已纳妾。"

"猴子，你已是督抚身份，如何还是标下、标下的？"

"臣，喜欢这气概堂堂的标下称谓。"

"那好，今儿个我这个'标上'说了话，你敢不从吗？嗯？！"慈禧正色道："别逼老太太讲出什么难听的！我虽说赏了你万岁牌，准尔三不杀，但老太太收了你制造枪炮的便利，还不就是一句话？！"

侯酒满一下被击中软处，张口结舌。

"说，是休妻？！还是想制枪造炮？！"

侯酒满愣怔……

宫女屋内，阿尔萨兰流着泪，用糨子一条一条地糊着玉坠扇子。

隆裕走来，在窗外看了看阿尔萨兰与那把扇子，神情复杂地站了片刻，默默转身离开。

第二天，长春宫内，黄色锦绢上正书写一个大大的"囍"。阿尔萨兰麻木地跪在案边，慈禧一边写"囍"字，一边说："我每年都要写几个松、鹤、福、寿的，可从未写过这个字。"

隆裕赔着笑："阿尔萨兰，这真是亘古未见的天大恩典。"

慈禧："那猴子本事大，胆子也大，难免有撒泼放刁的时候。我赏了他一尊万岁牌，助他为我大清办差做事，但也得给这猴头戴个紧箍咒。阿尔萨兰……接着。"

慈禧写好，宫女取过捧给阿尔萨兰。

慈禧接着道："给你的这个'囍'字，正是镇那猴头使的。你如何治他，他都无权休你，否则便是将我亲笔写的两喜拆成一喜，我都要问他个大不敬，杀他全家、全族！"

阿尔萨兰怔怔，说道："……奴婢记住了。"

慈禧轻叹："唉，如今我满臣一代不如一代，大清不得不指望着这些汉员撑着。阿尔萨兰，委屈你，也是为了祖宗家业。广东那地界，是中国最早的开化之域，也是妖孽横生的邪妄渊薮，能成大事，也能成大祸，康、梁、孙文，无一不是那地方长出来的造反头子，如今，那里更是叛乱成风。你是我满人将军之后，身上还有着一鳞半爪的功夫，可要替我瞪大了眼睛。"

阿尔萨兰回：“奴婢知道了。”

慈禧：“我会另派密使助你，并特准你随时北返入宫，看望我和皇后。”

阿尔萨兰：“谢太后老佛爷！谢皇后娘娘！”

慈禧转向宫女、太监：“我们满族人家，姑娘为尊。从今儿个起，阿尔萨兰再回宫，尔等以大姑或姑爸爸称呼。”

“嗻。”宫女们应完，向阿尔萨兰齐跪：“大姑吉祥！姑爸爸大喜！”

慈禧：“好了，我已看过皇历，明儿个驿馆成婚，后儿个上路南行。”

阿尔萨兰大哭，“老佛爷……老佛爷……”

皇宫门外，李莲英左右看看，冲赵秉钧笑笑：“别来无恙啊，智庵？”

赵秉钧一躬到地：“托大总管的福。”

“那年颐和园门前一面，你这天生有副狗鼻子的主，一直没让咱家忘了。这二年，咱家暗保着你，做了直隶保甲局总办，你弹押拳匪，侦拿缉捕，官场上也算有了些名声。”

“下走全凭大总管关说照看。”赵秉钧掏出张银票，塞入李莲英袖折。

李莲英笑笑：“小子，给你个信儿，现在有人为老佛爷明着造枪制炮，也得有人为老佛爷暗着拿奸捉匪。朝廷借着新政，整改各部衙门，咱家举你去袁世凯那儿兼个巡警局总办，先把天津地面办太平了，将来好谋京师的差事。”

赵秉钧深鞠一躬：“多谢大总管提携栽培。”

“别光念我的好，大处说，这里面也有太后的意思。你我虽为汉人，但生来就是为大清做狗的命。目下乱党纷纶，南北都得有个耳目，你就是这北边要紧的一枝儿。”

“下走知道颈上的绳子，绳头在谁手里。”

“知道就好。”李莲英道。

储秀宫窗外，牛子旬跪伏在窗下。

宫内，慈禧像在自说自话：“戊戌年，我命你以考察商务为名，赴日本谋取康梁性命，你却空手而归。后来放你在张之洞、李鸿章的幕府打探消息，你居然又放跑了差点儿到手的孙文！养你何用？！”

牛子旬慌忙叩首：“罪臣愚笨，有负太后圣命。”

慈禧：“看在你还办了些乱党眷属的份上，这次且不与你计较。回广州去，尽心做事。我有个贴身人物，有事时也会与你联络。”

翌日，驿馆庭院内张灯结彩。不大的院子，宾客众多，慈禧手书的“囍”字，十分耀目。

赵秉钧向新郎打扮的侯酒满拱着手：“恭喜侯爷，侯爷承我大清圣母天恩，真乃百世修得的福分！”

牛子旬亦抱拳恭贺：“大清新政，满汉通婚，今夜打侯爷始。侯爷万喜！”

侯酒满苦笑着拱拱手：“谢了，谢了。”

屋内，阿尔萨兰盘膝闭目，神情麻木地坐在炕上，手上各有一枚镌喜的金戒指，握持玉如意。衣钮上，悬挂两只荷包。

“太后贺礼，到——”十余口大红镶金的礼箱，鱼贯抬入庭院。

阿尔萨兰出门，与侯酒满跪迎：“谢太后圣恩！”

赫顿端着酒杯，泪汪汪地望着阿尔萨兰。

王氏书舍，正良一脸伤情地走入屋。

妹仔问：“大哥，衙门把你叫去何事？”

正良喝了口水：“……衙门悬了张皇榜，废止满汉不通婚姻的禁令，并劝导妇女不再缠足。”

“是女人愿意缠足吗？！”玉姑看看足上的红马靴，“……晚了……晚了，一切全晚了！”

可言：“这就是新政？顺治初年，孝庄皇后就曾颁谕：有以缠足女子入宫者，斩。”

妹仔：“衙门叫大哥去，就是看了张皇榜？”

正良：“衙门还让我看了别的……阿爸……阿爸他……要回粤养老……”

可言等惊愕：“什么？阿爸他，犯案罢官了？”

正良：“不是。阿爸他，阿爸他……”

可言：“何事，吞吞吐吐？”

“好啊！”妹仔兴奋，“管它何事，回来就好！我等总算要见着阿爸啦！”

可言：“大哥，你快讲，阿爸他怎么了？”

正良长叹：“唉——，还是等阿爸回来，自己讲吧。”

是夜，京师驿馆，宾客已散，侯酒满坐在一片狼藉的酒桌前，自斟自饮。

牛子旬道：“侯爷，为何还不入洞房，享鱼水之欢？”

侯酒满借着酒劲，掏出手枪：“滚！滚！”牛子旬笑着，紧忙躲开。

赫顿提着背囊走来，伤感地：“老侯，本来我应该祝贺你的，可是，我很伤心……”

侯酒满看着赫顿：“……红毛，不是阿爸，抢夺你心上之人。”

赫顿：“我不怪你，但……我要离开你这个朋友了。”

侯酒满一把拽住赫顿：“不！你别走！你要陪阿爸去广州，去广州为大清制枪造炮！”

赫顿掰开侯酒满的手：“对不起，老侯，再见了……祝你幸福。”说完走出庭院。

“红毛……小红毛！”侯酒满流泪呼喊，“你别走！别走！不是我夺了那个旗女！”

侯酒满愤然掀翻两张桌上的东西，将两桌拼在一起，趺趺撞撞走入房门，径直晃到炕边，抱起一床被子走了出去。阿尔萨兰闭目坐在炕上，依然神情麻木，一动不动。

侯酒满躺在桌上，两眼望天，脑中闪现着慈禧的话：“侯酒满，趁今儿这喜日子，我将你那喝酒的酒，改为永久的久。久满，知道吗？你要保我大清天长地久，而不是变着法儿，灌醉我大清！”他侯酒满从此应叫“侯久满”了。

房内，阿尔萨兰下炕走到门边，上了栓，靠在门上流下两行热泪。她的脑中，也闪着慈禧的吩咐：“阿尔萨兰，那猴子虽非满人，更非皇亲，但我已命他只能称呼你大福晋，你永远不能忘了祖宗，他也永远不能小觑了你的身份！”

侯久满望着天，慈禧的旨意在继续：“记着，你得日日卯时在万岁牌前请皇安。若有辜负皇恩之事，阿尔萨兰也可随时命你请安、思过！”

阿尔萨兰哭着，慈禧的声音仍如雷在顶：“阿尔萨兰，你的名字，满语为狮子之意，如若你与那猴子有了子嗣，不准姓侯，只能随你阿玛姓氏！”

与此同时，奉先殿内，慈禧含泪跪望着先皇画像：“列祖列宗，如今汉臣尾大不掉，汉民桀骜不驯，为了消融仇恨，为了大清永固，叶赫那拉·杏贞千思万虑，不得不出此无奈之策，破了祖宗满汉不通婚的禁令……”

数日后，侯久满一行正向南方走着，忽然，赫顿随着辆篷车追来：“老侯——”

侯久满住勒马，欣喜万端：“红毛！”

赫顿奔近，掀开篷布：“老侯，你看，是这位老人吗？”

那个摆弩枪摊的摊主，笑眯眯地看着侯久满。

侯久满大喜：“正是！正是！老人家，您还认得标下么？”

摊主：“怎不认得？小老儿赶赴京师，专门找你这个灭了绿气炮的功臣，不想，病倒在客栈。”

赫顿：“昨天晚上，碰巧我也住进了那家小旅馆。”

侯久满关切地：“老人家患了什么病？”

“老了，什么病没有？”摊主从怀中掏出一张纸页，“甲午那年，在天津我曾与大人有约。”

“是不是28珠连环铳？”

摊主笑道：“正是。”

侯久满忙接过纸页，兴奋看着。纸页上，是一件琵琶状兵器的图样。侯久满欣喜若狂：“好！好……”

另一辆篷车上，阿尔萨兰向外看着，目光闪着警觉。

赫顿惊奇地看着枪图。侯久满翻看纸背，注意到纸页上的装订孔，盯着摊主：“只有这一页图样？好像原本应有一册。”

摊主躲闪侯久满的目光：“啊，原本，原本还有一支样枪，可惜洋鬼子打天津时，全毁于炮火。”

侯久满盯视片刻：“……老人家，不知您，是否愿随标下一同南行？”

“小老儿老而无用，来日无多。”

“标下愿赡养、侍奉您老人家。”

“那小老儿乐不得。”

侯久满高兴地拍打赫顿：“红毛，赶着车，跟在阿爸后面。”

赫顿忙道：“老侯，我把老人找来了，但没说我想跟你走。”

侯久满将赫顿扛起放上车：“走吧，我等三人一路上好好捉摸捉摸这个28珠连环铳！”

赫顿挣扎着拒绝，要跳车，侯久满拦着拦着板脸喝道，“红毛！别为了一个女人，坏了你我父子的生死交情！”赫顿停止跳车，看着阿尔萨兰的车窗。

阿尔萨兰甩下窗帘。

赫顿：“老侯，我知道，你很想为中国的军工做一番事业，但你得承诺：你制造枪炮，不是为了专门打洋人。”

侯久满：“不打洋人，我造枪炮干什么？”赫顿又欲跳车。“好好好，阿爸承诺，阿爸承诺：阿爸绝不打你这样的洋人。”

“到底走是不走？！”阿尔萨兰怒冲冲喝问了一声。

这日，天津直隶总督行署签押房内，42岁的直隶总督袁世凯看着一张纸：“不错，不错，你的暗桩、眼线，都埋到了许多要角儿的鼻尖底下！这可是你的本钱啊。”

赵秉钧趴在地上：“谢袁大人夸奖。”

袁世凯：“难得头次见面，你对本部堂便如此亮底儿。”

赵秉钧：“下走认准，袁大人乃当世中国之真豪杰！真英雄！”

袁世凯笑着将纸掖入马蹄袖，从另一袖中取出银票放在桌角，“本部堂也不白收你的心意。”

“不不不，下走绝对不敢无功受赏……”

“拿着，除了天津的巡警，你还得随时办些其他的差事。眼下嘛，就有那么一件。”

赵秉钧忙说：“大人请讲。”

“自打洋人禁运了军火，我们这些带兵的头子，无人不在为枪炮着急。不瞒你说，天津的北洋机器局被八国联军毁了，我袁某打算在山东的德州另起炉灶，可这枪厂、枪子厂、药厂、铸铁厂，用了一大堆的人，也不知有无能耐，可靠与否？……啊？”袁世凯阴阴地看着赵秉钧。

赵秉钧拱手道：“下走明白，大人尽可放心，查人之事，包在下走身上。”

“好！好！要快！眼下因为各路心思，着急抓枪杆子的，可不只袁某。”

乾清宫，荣禄向慈禧禀报：“湖广总督张之洞奏请，将营中已无器件保障的洋枪报废，并加快新枪研制。同时，将汉口的轮船等厂划为商办，以腾挪资费。”

慈禧：“准。叫鄂局将研制新枪所需银两的估算息单，尽快呈送户部。”

“嗻。广东的粤局也有折子，自从禁运，粤局不得不加时仿制枪械，望朝廷追加饷银。”

慈禧怒拍扶手：“狗才！粗制滥造那些不堪一用的老枪老炮，还有脸讨要加时饷银！”

荣禄：“那……此折，军机就留中了。”

慈禧道：“我与皇上刚刚废了八股与武举科考，目的就在鼓励实用。如今人人有自强之心，自强之言，但有几人有自强之能？！……还有何事？”

荣禄犹豫片刻：“还有……云贵总督奏报，有个叫丁怀瑾的乱党，借法国人兴筑滇越铁路造反，目下已攻占个旧、建水等县。云贵总督催请朝廷增兵，并速添枪炮。”

“又是枪炮！枪炮！”慈禧看看光绪：“皇上，你有什么要问？”

“那个侯久满，是不是该到广州了？”冷漠的光绪，所答非所问地淡淡嘟囔了一句。

且说侯久满一行回到广州驿馆，花厅内，正良、可言、妹仔、玉姑呆呆站着。对面是十分尴尬的侯久满和一脸漠然的阿尔萨兰。

侯久满清清嗓子：“你等不要只叫阿爸，上前，一一见过额娘。”

正良等面面相觑。

侯久满："称额娘，不称阿妈，这是太后懿旨。良儿，由你开始。"

正良看着阿尔萨兰犹豫着，玉姑大声道："那我阿妈怎么办？"

侯久满结巴地："你阿妈……你阿妈离家……也是太后懿旨……"

"我阿妈有何错处？"玉姑质问。

"你阿妈无错，所以仍旧可以住在惠州祖屋。只是……不能再称侯杨氏。良儿……"
正良犹豫再三，冲阿尔萨兰跪下："良儿……见过额娘。"

可言昂了昂头："我等是汉人还是满人？要叫唤额娘？"

"啰嗦！阿爸已经讲了，这是太后懿旨！"侯久满训斥道。

阿尔萨兰绷着脸。可言看看，只好跪下。妹仔紧接跪下，笑嘻嘻地："妹仔拜见额娘。"
玉姑瞪了阿尔萨兰一眼，转身离去。

侯久满："大胆！给我回来！"

正良、可言拽住玉姑，正良："玉姑，阿爸毕竟多年未归，千万别惹阿爸生气。"

玉姑："不叫！不叫！就是不叫！"

可言劝道："玉姑妹妹，你学我就是，嘴上叫额娘，心里想着是那鸡鸭鹅的鹅，鹅娘，鹅婆。"

玉姑扑哧笑出："那也不叫！阿妈好可怜。"

"好妹妹，一切等过了今日再讲，一切等过了今日再讲……"正良将玉姑拖回。

玉姑继续仰脸不吭。侯久满看看玉姑，又看看阿尔萨兰："大福晋，你看，小女一时不惯……"

阿尔萨兰绷脸瞪着玉姑："老爷真是养了个好女儿！"

侯久满脸通红："死妹丁！你敢抗旨不遵？！"

正良、可言忙将玉姑硬是按倒在地，玉姑冲着阿尔萨兰"啊！啊！"学了两声鹅叫。
"造反！"侯久满拍案而起。阿尔萨兰甩了下袖子，扬长而去。

侯久满看看阿尔萨兰的背影，笑着冲玉姑低声："起来，起来。"

玉姑看看侯久满，爬起。

侯久满低声道："阿爸这次回来，不是阿爸休了你等阿妈，而是你等的阿爸被人休了。你们阿妈好歹还有个住处，可阿爸如今，只能住这驿馆。你等不愿叫那人，就少见面，还是住在书院，好生读书。"

可言道："阿爸，书院的书早已读尽，我侯家早就被人称作'秀才窝子'了。"

"……什么？"侯久满大惊，"你等……你等已全中了秀才不成？！……就连那玉姑也……"

可言："考个举人、进士又有何难。妹仔本来罢考，他扔在地上的一张破纸，被考官捡去，也取了个第三。"

妹仔笑道："而且那是孩儿从《红楼梦》上默抄的一篇，哈哈哈哈……"侯久满愣怔了。

房中，阿尔萨兰回房，抚着玉坠扇子，满脸是泪。而此刻，在惠州的侯家香堂，侯夫人跪在观音前悲苦诵经，脸上也是两行泪水。

晚上，侯久满屋里，摊主躺在床上打鼾，侯久满与赫顿埋头看着那张连环铳的图样。

“这会是戴梓当年的原图吗？”侯久满看了看摊主，“门老先生为何不愿将全部样册拿出呢？”

“老侯，我已经说了我的看法，这张图肯定是真的。”赫顿说道，“但我们照它制造毫无意义。因为，它尽管是机关枪爷爷的爷爷的爷爷，可它毕竟有了更加先进的孙子的孙子的孙子，我们为什么不直接走捷径呢？”

“我华夏先人制造兵器的思路，往往与你等洋人不同，这里面，难说没有出人意料的奇思妙想。”侯久满道。赫顿想洗澡睡觉，走到门口问：“老侯，你真的永远和我们睡在一起吗？”侯久满看着图样，挥了挥手。

少顷，侯久满的目光从图样抬起，思忖着：无论制造什么样的枪炮，这第一步的大把银子，从哪来呢？

第二日一早，阿尔萨兰与侯久满各出房门，相互看看，无言，一同走入香堂。

香堂正中，庄重地供奉着“万岁牌”。阿尔萨兰先跪拜，磕了一个头，然后走到一边，盯着侯久满：“跪。”

侯久满规规矩矩地三跪九叩：“吾大清国万岁万岁万万岁！吾皇万岁万岁万万岁！吾圣母皇太后万岁万岁万万岁！”

阿尔萨兰道：“兴。”侯久满跪着未起，盯着万岁牌。

阿尔萨兰又道：“兴！”侯久满盯着万岁牌，诡谲地笑了一下。

阿尔萨兰喝道：“大胆！兴！”侯久满站了起来。

阿尔萨兰：“跪。”

侯久满再跪，再叩：“吾大清国万岁万岁万万岁！吾皇万岁万岁万万岁！吾圣母皇太后万岁万岁万万岁！”

拜完，侯久满去了茶楼。

进了茶楼二楼的雅间，六七位士绅富商便围着被炮火熏烧的海图，仔细观瞧。

40岁的祁士绅率先肯定：“确实是张海图。”

“但要讲它藏着什么宝……”50岁的何富商怀疑地摇着脑袋。

侯久满忙道：“诸位，诸位肯定听说过，雍正八年，我广东海关曾经奏报，有艘外国商轮在肇庆海面沉没，当时因打捞银需上万巨款，雍正爷只是向十三行夷商宣布，赐给沉船水手盘费，送其回国，而没有再提打捞。”

祁士绅：“事是有其事，雍正爷为此还曾有朱批。”

“但尔等知道那是条什么船吗？”侯久满问。

“什么船？”

侯久满神秘低声：“是荷兰人的一条金船！船上仅20斤一只的金元宝，就有294只！”众人大惊。何富商追问：“哪会有那么多？”

“那是荷兰人用占据台湾收刮的黄金铸的，原本打算运送回国的。”侯久满答。

何富商：“这样的消息，侯大人从何得知？”

侯久满：“庚子之乱回銮后，标下不是做过几天宫中侍卫吗？那时，皇宫被洋兵糟蹋得一片狼藉，许多密档扔得遍地皆是。这图，就是标下趁乱拾得的。”众人紧忙再看那图。

“侯大人乃水师出身，我等相信，由侯大人主持，打捞这船并非难事，别说集个万把两银子，就是10万、20万，我等也不眨眨眼睛。只是，这海里捞出来的金子，可否用得？”何富商问道。

侯久满：“谁人不知，目下的广州，有专为总督、将军、抚院，甚至王爷办差的总督商人、将军商人、抚院商人和王商，依此循例，我等何不做个最大个的，顶天立地的皇商？”

“皇商？！”何富商惊愕，“使不得，使不得，我等知道侯大人是老佛爷面前大红大紫之人，但这皇商，可不是想叫就叫的。”

一直盯着海图的祁士绅：“这图上，似乎有‘济远’二字，这是何意？”

侯久满慌忙将海图揣进怀内：“什么济远济近？你看花眼了。尔等瞪大眼珠，看！这是什么？！”说罢将立在关公财神前的万岁牌，揭去黄锦，众人“啊”地一声，蓦然跪倒。祁士绅不敢仰视，趴着问：“侯，侯大人，这，这就是传说的，宫中的万岁牌么？”

“正是。太后命标下以此镇守江南半壁，做个护法的使臣。如今国家多难，库帑短绌，太后特准标下便宜行事，自谋办差的银两。这皇商之名，标下当得当不得？”

“当得！当得！”众人忙答。

何富商更是高声：“侯大人皇命在身，我等愿攀附侯大人，倾尽所有，共图富贵！”

侯久满：“好，明日备足银两，募集水手及必要兵器！”

“全凭侯大人吩咐！”

这日，广州街头，斗大的“募”字前，几个帮手在登记应募的各色汉子。戴着墨镜、穿黑绸裤褂的侯久满与门老先生坐在附近的桌边喝茶。来者大多像是海盗土匪，一个25岁的壮汉问道：“是票参、打脚骨？还是捞世界、开大锅饭？”

帮手发愣：“什么捞世界？我们招募海员、水手。”

壮汉道：“憨鸠，你不懂，找你家顶爷说话。”帮手正纳闷，侯久满埋头喝着茶：“标下就是。”

壮汉看了看，问道：“你是踢斗的？”

“过去是，如今下水了。”侯久满继续喝着茶。

“跟着你，会不会扎炮？”

“只怕撑死。”

壮汉转身冲着帮手：“好，记上我，大名丘长胜！”

侯久满注意地看了看那名壮汉。门老先生低声问：“大人，你招这些满嘴黑话的海盗、土匪干什么？”

侯久满笑笑：“标下打过多年海盗，知道这些家伙聪敏、不怕死。”

侯久满在街上招募，赫顿留在驿馆。他满脸油污地在工作台前，仿着连环铳图样，做着样枪，并不时偷眼看着阿尔萨兰。阿尔萨兰坐在房门前，看报纸。她看着看着，扑哧笑了：“这男子好不害臊，竟然在报上张榜招募婚姻。还约定女子一须天足，二要通晓中西学术。尤其这男子好生怪异，居然称女子为‘女同志’，哈哈哈……”

赫顿趁机搭话：“这很正常，没有什么好笑的。”

阿尔萨兰抬眼看看赫顿：“把你那污脸擦擦。”赫顿忙取毛巾擦拭干净。

“我问你，什么叫女同志？”

赫顿答：“同志，应该就是有相同志向的人。现在中国的新派人物和革命党，时髦这样的称呼。”

“革命党？”阿尔萨兰一惊，盯着报纸，“革命党主张‘男女配合，专一为贵和一夫一妻主义’？”

“一夫一妻，西方早就是这样。不过，我们更追求爱情和婚姻独立、自由的选择。既用不着请媒婆，也用不着谁赐婚。如果婚姻不幸福，还可以和平地放弃……”

“放肆！”阿尔萨兰勃然变色，站起走入房门。

赫顿忙说：“夫人，夫人，我没有别的意思。”

海滩上，被招募的一百多个汉子服装统一，扛枪挎刀，走着步操，唱念军歌：“上了海疆路，儿郎莫念家，家中告了爹娘假，手中提着钢刀把，闲时练我腰和胯！”侯久满在一旁督看着。

何富商与祁士绅很是迷惑，何富商问：“侯大人行商果然不同凡响。可，可海里捞宝，需要这般操练帮佣吗？我等听说，大人您购置的也不是什么打捞船，而是水师的一艘半旧兵轮。”

“海上何等凶险，没有这些怎能做事？”侯久满拱拱手，“你等请回，届时利是少不了尔等便是。”何富商、祁士绅离去，一步一回头地嘟囔着“怪哉……”

汉子们唱着：“上了海疆路，忠心爱国家，皇恩待我天般大，寇来要我齐心打，营中支起英雄架……”

“立——定！”侯久满喝道。汉子们按英式操典站住。

丘长胜大声：“顶爷，我等有一事不明，小的们开大锅饭，为何出步操，还要唱清兵军歌？”

侯久满答道：“因为你等随标下开的不是一般的大锅饭！标下不论你旧日做过什么，但从今日起，你等便是不穿兵衣的兵！标下带着你们劫财，不是为了扎炮吃饭，而是为了救国济民！”

“什么？你不是捞世界的？”

侯久满：“听着！你等跟着标下，每餐三荤一素；月银为官军两倍；战伤恤银，依轻重发放 20 至 50 两；阵亡 1000，并且标下亲送亡者的爹娘妻小！怎么样，干得干不得？”

汉子们对视一阵，惊喜雀跃：“好——干得！干得！”

“顶爷此话当真吗？”丘长胜不敢相信。

侯久满瞪了他一眼：“但尔等也得恪守标下的规矩！吸鸦片、赌番摊、打水围，绝对禁止！违者头次插耳箭，二次吊旗杆，三次活埋！”

丘长胜又问：“顶爷到底要我等干什么？”

侯久满喝道：“你这厮，跑过几趟水？咸吃萝卜淡操心！想知道标下的胳肢窝里有几根毛吗？！”众人大笑。

丘长胜也笑起来，高声道：“大人不必多讲了，小的也是识好歹的人，明白子孝狗忠，知恩图报！”

侯久满："接着操练！开步——走！"汉子们继续走，吼得更加起劲。

入夜，侯久满房内，赫顿边造枪边问："老先生，您知道老侯去哪了吗？怎么这么多天都不回来？"门老先生躺在床上，望着屋顶忧心忡忡："不知道，不知道啊……"

屋外，阿尔萨兰像在散步，默默盯着侯久满房内……

此时，小型炮艇的甲板上，汉子们兴高采烈地搬着鸦片和金银箱子。

丘长胜问侯久满："顶爷，连做了几水，少说也有三四十万进账了。不过线人密报，今夜还有一桩大单，不知顶爷敢不敢做？是条挂英国旗的烟船，个头大我六倍，有十英寸克虏伯前主炮两门，六英寸阿姆斯脱朗快速后主炮四门，12 磅子米格鲁森副炮 18 门。而我们这条蚊子船，仅五磅子小炮三门。"

侯久满看了看他道："这哪是走私船？简直就是吉野一般的铁甲巡洋舰。"

丘长胜一惊："顶爷知道吉野？"

"你说呢？"侯久满厌恶地反问。

"哦，顶爷，做是不做？"

"是烟船就做！后半夜雾大，贴近这家伙爬帮，先取舰长室和舵舱！"

"得令！"丘长胜拱手离去。侯久满疑惑地看着丘长胜。

紧接着，侯久满和丘长胜等爬上英国商舰的甲板，无声地杀了二人，分头扑向舰长室和舵舱。

侯久满踹门冲入，手枪顶住床上的舰长，说了句英语："起来！你的船走私洋药，已被我大清国罚没、接管了！"

舰长睡眼迷瞪，说了句中国话："你们是什么人？"

侯久满一惊："你也会中国话？！"

丘长胜等冲入舰舱，"洋毛子们，回老家吧！"接着便是砍杀之声。

清晨，侯久满扛着个床单裹着的人走入驿馆，轻轻关上门。

赫顿与门老先生醒来："老侯……"

"红毛，快看，阿爸给你扛来个什么？"侯久满笑着揭去床单。

赫顿一下坐起来："查理叔叔！"

舰长查理吃惊："赫顿？……赫顿！是你吗？"赫顿扑过去抱住查理："叔叔，你这是……"

侯久满笑道："小红毛，看来你的叔叔不仅仅是长毛上校，还是个鸦片贩子。"

赫顿："不不，老侯，你弄错了，查理叔叔是我亲叔叔的朋友，30 年前他也在太平军和李鸿章的洋枪队干过。查理叔叔，你现在走私鸦片？"

查理笑笑："叫你的朋友先解开绳子，审讯了半夜，老查理渴得难受。"赫顿忙解开捆绳。

"听着，不准叫，不准逃，否则……"侯久满冲查理晃了晃手枪。

赫顿忙说："不不不，老侯，你答应过我，不杀洋人。"

听到动静，飞速下炕的阿尔萨兰，赤脚靠近窗前，警觉地向侯久满房间看着……

这时，广州将军瑞良，带着侍卫匆匆进屋："侯大人！侯大人……"

侯久满慌忙出门，抱拳道："将爷，将爷！"

瑞良靠近侯久满，低声："侯大人，听说您劫了洋人的兵舰？可有此事？"

侯久满："将爷这么快就听到了消息？"

"此乃天大的祸事！"

侯久满："别怕，只是条洋人的旧舰，专干走私勾当的。"

"老朋友，你好啊！"查理走出房门，笑着向瑞良抱拳。

侯久满一惊："你……怎么，你们认识？"

查理抱着瑞良肩膀："不止是认识，我们还是搭档。"

瑞良忙道："这里不方便，不方便，一起去本将府里说话。"

"标下这儿是私事，不便烦扰将爷……"侯久满不愿走，瑞良拽着侯久满硬拖，"请，请……"

此刻，阿尔萨兰走出房门，冷冷地："老爷可记得？已多日未请皇安了吗？"

侯久满忙逃："回来补，回来补……"

"你好大胆子！"阿尔萨兰喝道。

"阿尔萨兰大姑，瑞良这里给您请安了。"瑞良向阿尔萨兰行了礼，连忙追赶侯久满。

阿尔萨兰："放肆！"

赫顿与门老先生两边好奇，他们注意到阿尔萨兰不但衣着单薄，而且赤着双足。

五

将军府的花厅内，侯久满拍案而起："什么？你在'卖猪仔'，与洋人搞'黄奴贸易'？！"

瑞良："小点儿声，小点儿声。侯大人，既然大家都在经商，本将实不相瞒，如今衙门的大牢已人满为患，只等着查理先生的船，运往秘鲁、智利等国。"

"那都是些何等的蛮荒小邦，你竟敢以我堂堂大清子民，交换洋药！"

查理笑着："侯先生，中国的人口实在太多太多了，卖个几百上千万的，也看不出来……"

"该杀的红毛鬼子！"侯久满拔出手枪，瑞良忙上前按住枪："侯久满！这是我广州将军的府邸，不是京师大内，没有谁护着你！"

侯久满冷笑道："听着瑞良，烟，老侯已低价卖回原处印度了。船，正在就地寻找买主！要想标下发还那船，你先取标下项上人头！"说罢，侯久满扬长而去。

查理掏出瑞良的枪，塞给瑞良："开枪！开枪！他要你杀，你就杀啊！"

瑞良无奈地看着侯久满背影："唉——，你不知道，这小子有块免死牌，没人动得了他。"

查理："什么免死牌，你这样放了他，就不怕他告发你吗？"

"那倒不会，这家伙顶着自封的皇商之名，行海盗之实，黑吃黑，大家彼此彼此。"

"那我的船呢？我的船呢！"

瑞良阴沉地想了片刻，揽着查理低声说："查理先生，下官这里有个主意，不妨拉着你的另一位中国朋友，合伙治治这只猴子……"

商务局门前，阿尔萨兰走下一辆马车，直入商务局密室。

牛子旬打千："下官牛子旬，给大姑请安。"

"起来吧。"阿尔萨兰边说边走向桌边坐下，看看密室，蹙了蹙眉，"我今日来此，也没什么大事。你转奏老佛爷，侯久满做海盗，弄了几百万银子，打算办个艺徒习圃，并准备征地、建枪炮工厂。"

茶楼的厅堂内，汉子们山呼海啸地吃喝、划拳。

丘长胜："顶爷，小的们跟着您真是三生有幸，几水生意便吃了四百多万！这还没算上那条大船！"

侯久满大笑一阵，突然摔了酒杯，喝道："丘长胜！你到底是干什么的？！"

茶楼霎时安静，人人愣怔。

丘长胜顿显恐慌："顶、顶爷……您这么快，就吃醉了……"

"住嘴！"侯久满一拍桌子，"想当年，李鸿章大人送你等七人去德国操练舰船，你为了个洋婆斗殴，被开除军校。中堂又命你留在船厂，修习水陆军械技艺，望你回国后教练各营，你，却做了海匪！"

丘长胜眨眨眼，扑通跪下："侯大人何以知晓小人底细？"

侯久满："一般海贼，如何懂得那么多洋炮的炮名、口径？何况你那丑事，大清三大水师，谁人不晓？"

丘长胜垂着头："……大、大人，小人正是改了名的吴丁贵。小人学成回国，恰恰赶上水师覆灭，便落了草。"

侯久满笑起来："起来，起来，老侯目下正缺你这样的人！……都听着，稍识文断字、做过木匠、铁匠的，从今往后，海盗的买卖就不用再做了。标下要带着尔等，专为大清制枪造炮！"

密室内，牛子旬对阿尔萨兰说道："启禀大姑，下官这里听闻了一些事情，也正斟酌着，想请大姑留心。"

阿尔萨兰："何事？"

牛子旬："侯……侯大人的几个儿女，似乎，似乎不大安分。"

阿尔萨兰一怔。

是夜，侯久满在驿馆房内摆弄着快要造好的枪："不错，不错，手工也能造成这般模样，可见当年的戴梓，何等了得！"

赫顿："就是，戴梓那个时代的材料、工具，还远远不如现在。"

"这圆圆的肚子，想必是装填那28颗弹子的地方。"

"没错。戴梓肯定在180年前，就已经懂得了利用射击产生的火药气体，使枪连续完成开锁、送弹和重新闭锁的动作。只是可惜，第一支真正被应用的自动步枪，是近20年，才由美国工程师马克沁先生发明的。"

侯久满："着实可惜！……好！造成了，我等择个吉日，试放一下。"

赫顿："老侯，这东西也只能满足一下好奇心。因为，估计这种武器射击的只是带底火的铅弹，并不具备退壳等功能。"

门老先生躺在床上，神秘地笑看着，撇撇嘴，微微摇了摇脑袋。

"试试再讲，试试再讲。"侯久满摇着扇子出门。

侯久满来到庭院，阿尔萨兰也走出自己房间："老爷去哪？"

侯久满："哦，今日有些闲暇，去书院看看良儿他们。"

阿尔萨兰跟上："我也去。"

侯久满一愣。"怎么，我不是他们的额娘，他们不是我的儿女吗？"阿尔萨兰走到前面。

侯久满赶紧跟着："大福晋……大福晋，你就莫去了，免得难堪不快。"

阿尔萨兰："额娘我没什么难堪。"

"大福晋……大福晋……"

夜空腾起一团团五彩缤纷的烟花。

“爽！爽！好爽！”妹仔兴奋地在书舍庭院一一点燃地上的焰火。

侯久满与阿尔萨兰走进，看得目瞪口呆。

妹仔看到：“……阿爸，额娘。”

侯久满惊喜地望着天：“妹仔，这是你自己弄的？”

“是的，阿爸。就是药面时燃时不燃的，有时还会自燃。而且，要是花色能多一些，就更好玩了。”

阿尔萨兰很是欣赏地看着妹仔。

侯久满：“从小阿爸就知道，你是这方面的鬼才。妹仔，书读得如何？”

妹仔：“科举都废了，孩儿再读，岂不憨鸠？”

“不是还有最后一科吗？我儿若能夺得最后一科的状元、榜眼，阿爸这个白身，都跟着光彩。妹仔，切莫玩物丧志。”侯久满拍拍妹仔，愉快地走向书屋。

妹仔忙拦：“阿爸，阿爸，再看妹仔放个大的……阿爸……”侯久满怀疑地看看妹仔，推开妹仔走入房门。

书舍内，正良跪在桌前，闭目将《圣经》捧在胸口，正虔诚背诵：“那人说：‘这是我骨中的骨，肉中的肉，可以称她为女人，因为她是从男人身上取出来的。’因此，人要离开父母与妻子连合，二人成为一体。当时夫妻二人赤身露体并不羞耻。耶和华，神所造的，唯有蛇……”

“啪！”正良睁眼，大惊，慌忙爬起：“阿爸……额娘……”

阿尔萨兰不好意思地扭着脸：“什么淫词野调，好不害臊！”

“混账东西！你这是在读什么？！”侯久满揉着拍疼的手，夺过《圣经》看看，拍在桌上，“你！你是不是入了洋教？！”正良瑟瑟发抖，垂头不言。

侯久满气极，一巴掌扇在正良的脸上：“我大清与洋人血海深仇，你竟然敢背逆祖宗……”他四下巡睃，寻找棍棒。

正良：“阿爸，阿爸，良儿虽然入教，但从没做过任何错事……”

“混账东西！……混账东西！你乃我侯门长子！就是这样为弟、妹做示范的吗？！侯家怎么出了你这么个孽畜！打死你！我打死你……”侯久满抽下门栓暴打正良，妹仔几次抱劝，均被甩开。

阿尔萨兰默默地看着。

妹仔向阿尔萨兰跪下：“额娘，您快劝劝阿爸！额娘……额娘……”阿尔萨兰冷漠不语，转身走出门去。

正良晕厥过去，侯久满拿起《圣经》，怒冲冲走出门：“不准给他治伤！何时退教，何时方可回家！”

侯久满气冲冲地往外走，突然想起：“那两个东西呢？！妹仔！”

妹仔奔出房门：“二哥……二哥与玉姑妹妹……去二哥家庙……已有多日。”

侯久满：“什么？！他们逃学？！”

恰在此时，一支焰火自燃，“轰”地一声巨响，阿尔萨兰惊得一哆嗦。烟花开得满天色彩……

清晨，家庙庭院，可言发辫未编，披头散发，一手旧书，一手酒壶，边读边踉跄：“不在其身，则在子孙。人生世间，慎勿构冤。……尔等何人？”

侯久满夺过醉眼朦胧的可言的酒壶，摔在地上：“小子是醉是疯？！”

可言拍胸：“特立独行，士之大节，虽无文王，犹兴豪杰……”

侯久满从院中水缸里提出一桶，劈头泼浇，可言晃了晃，抹了把脸，醒过来：“……阿爸……额娘……”

“玉姑呢？！”侯久满喝问。

可言：“……不知道。玉姑妹妹每日天不亮就起……”

侯久满：“你还知道她是妹妹？你二人并非同胞兄妹，便如此同居独处？！还，还‘士之大节’，恬不知耻！”

可言道：“阿爸，孩儿的心里苦哇！这污糟糟的大清，昏茫茫的前程，哪里才是我中华富强之路？孩儿追随康梁变法，紧跟孙文革命，可一败再败。近日老师来信，先是康梁与孙先生不和，接着是康梁二位老师翻脸……”

侯久满：“什么？你与海外乱党还有书信？！小东西……”侯久满刚扬起巴掌，远处传来一声枪响，侯久满与阿尔萨兰一怔，惊看门外……

山林里，玉姑一身男子装束，足蹬红马靴，跨马驰骋，举枪射击着画在树上的靶标。

驿馆庭院，查理举着手枪，对着赫顿与门老先生：“赫顿，别逼着查理叔叔开枪！趁那个侯久满不在，你马上帮我把船夺回来！守船的那些家伙认识你。”

赫顿举着双手：“查理叔叔，你本来就不该当海盗。那条船，老侯也会还给你的。”

查理朝赫顿脚下开了一枪：“少废话！不去，我先杀了这个老头！”查理揽住门老先生，用枪顶住门老先生的脑袋。

赫顿大声喊道：“查理叔叔，你不能杀他。这位老人身上，藏着中国的兵器之王，戴梓的秘密！”

查理：“什么兵器之王，跟我有什么关系？！”

门老先生突然肘击查理腹部，二人拳来脚往，打斗起来。

山林，枪声一声接着一声，玉姑策马射击着。

“打住！”侯久满与阿尔萨兰驰来，勒住马。

玉姑停住，冷漠地看了看：“你们来做什么？”

阿尔萨兰笑笑：“好一个绿林女匪。”

玉姑怒目：“你说什么？！”

阿尔萨兰：“我说，好一个绿林小匪。”

玉姑举枪指着阿尔萨兰：“你敢再说一遍？”

“放下枪！玉姑！”侯久满喝道。

玉姑瞪着阿尔萨兰："你敢再说一遍，本姑娘为我阿妈，休了你！"

阿尔萨兰冷笑："额娘我说，你可真是好一个绿林女匪！绿林小匪！"

玉姑怒目圆睁，"砰"地射击！

驿馆庭院，赫顿与门老先生捆着查理，查理喊着："放开我，赫顿！我不知道什么兵器之王的秘密，但查理叔叔告诉你，我的船上才有秘密，我的船上才有秘密！"

侯久满与阿尔萨兰看向身后，树上的靶心被击去一块树皮。阿尔萨兰："枪法还不错。"

侯久满吁出一口气："反了你小畜生！你如何这等装扮？！枪是从何处弄来的？！"

玉姑不睬，"驾"的一声，抖缰而去。

"听着！你给我听着！你们四个，统统给我滚到驿馆去住！"侯久满吼道。

阿尔萨兰看看侯久满："这丫头差点儿要了我的命，你就这样了事了吗？！"

侯久满："那你要怎样？"

"早晚，额娘我要还她一枪！驾！"阿尔萨兰打马离去。

侯久满目瞪口呆，掏出枪，冲靶标一阵乱射："打！打！打！老侯的枪还没造出来，你等倒先打得热闹！"

街头，人来车往。街角，玉姑冲一草帽压得极地的人："弹子打完了，再给我五盒。"

那人从草篓取出子弹，塞入玉姑马褡，低声道："我家婆老讲了，枪弹，小姐尽管可劲儿地用。"

驿馆房内，侯久满看着查理："你的船上有秘密？标下曾让人里外翻找，怎么什么都没发现？"

查理啃着烧鸡："在我的煤仓里，埋着 50 箱丹麦最新式的步枪。这只是第一笔，大头在后面。"

"货主是谁？"

查理："我为什么要知道货主是谁？我只知道今天下午，有人提货。"

侯久满的手在子弹钵里抓拿着，捡出一颗在桌上转转，诡笑道："其实，这个秘密标下早就知道。"

查理大怒跃起："你这流氓！"

"而且，你那条吓人而不中用的大船，标下早就找到了买主。"

查理"咯"地一声，被鸡骨卡住，脖子伸得老长。

赫顿急忙拍着查理脊背："查理叔叔，查理叔叔。"

"别急。"侯久满拿了只空碗，放在查理头顶，用筷子戳了几下："骨落！骨落……"查理"咯"地一声，缓了过来 。

侯久满："好了好了，你谢谢标下才是。"

赫顿："查理叔叔，军火禁运，你走私军火，比走私鸦片还要严重……"

侯久满摆摆手，冲查理说道："知道标下为何尚未卖船吗？标下一直等着你承认走私军火，好与你一起，做这桩生意。”

赫顿与门老先生一惊。查理眨眨眼：“你……你想跟我合伙？”

侯久满：“不是合伙，是你受标下辖制。你可以继续当船长，并留下三五个洋人水手，但其他要员，全得是标下人马。既然这回的50箱兵枪只是小头，你该卖谁卖谁，枪款我俩平分，如何？”

“你这流氓！”查理嘟囔。

院内，阿尔萨兰一边喂着池塘里的鱼，一边悄悄侧耳……

巨舰煤仓，吴丁贵扒开煤，撬开一只木箱，侯久满取出支步枪摆弄几下，丢回：“什么丹麦最新式的，不过是后门爱走火的林明敦，美国货！”

查理站在一边，阴阴地笑了笑。

将军府花厅，瑞良哈腰跟着查理走入：“怎么样查理先生，那猴子上当了吗？”

查理笑着拍拍瑞良肩膀：“侯久满先生现在是我的老板，别猴子、猴子的，很不礼貌。”

瑞良看看查理：“搞定了？好！我等且把线放得长些，好生耍耍这只猴子！”

查理：“老瑞，你说的下一步，是什么？”

瑞良看看门外，低声道：“其实，我大清皇太后尽管给了这猴子不少便利，但并不放心他，特意在他的猴窝里还塞了个拴猴、看猴的主，我等何不利用利用她？”

“谁？”查理愣怔。瑞良阴鸷地笑笑。

入夜，阿尔萨兰在房里绣着鞋面。侯久满推门走入。阿尔萨兰蹙眉：“为什么不敲门！”

侯久满看了看正面墙上，镶入镜框的慈禧手书的那个“囍”字，苦笑一下，坐在桌边。

阿尔萨兰：“你来作甚？”

侯久满：“标下做事，你不该总在窗外偷听。”

阿尔萨兰一惊：“谁偷听！”

侯久满：“不说这个。明日四个小东西要同住一处了，有什么失礼的地方，请你忍让一些，最好不要以牙还牙，以枪还枪。”

“凭什么？老佛爷要我来是管家的，不是受气的。”

“那你看着办。”侯久满起身欲走。

阿尔萨兰：“等等，我也有事，一直想问你。”

侯久满：“讲。”

阿尔萨兰：“你我这夫妻有名无实，阿尔萨兰得过继一子，活着做伴儿，死了送埋。”

“……什么意思？”

“你那三个儿子，得有一个随我阿玛的姓氏巴尔拉，心甘情愿地称我额娘。”

侯久满：“荒唐！简直异想天开。”

阿尔萨兰：“这也是太后老佛爷的旨意！”

“太后何时有过这种旨意？！”

“尽可给太后上折子问问。”

侯久满愣怔：“……你……你看中了哪个？”

“老三，妹仔。”

侯久满忙道：“不行不行，妹仔是老侯最心爱之子，远胜亲生的良儿。你若真想要一个，言儿过继给你。”

“那个疯子，我不想要。”

“不想要，自己去大街上背一个。”侯久满说着就向外走。

随着关门一声大响，阿尔萨兰气得摔下绣花绷子喊道：“我就要那个会放花的妹仔！”

侯久满怒冲冲走回房间，径直到床边展被躺下。

赫顿看看，掩饰不住高兴：“老侯，你怎么又回来了？”

侯久满看了赫顿一眼，仰着脸：“她忘了，我有四个儿子！”

郊野，侯久满兴奋地从马车上抱下连环铳，推开赫顿：“试放新枪十分危险，能造出来，我儿已经立了大功。”门老先生默默笑看着。

侯久满走到一处趴下，兴奋地搓搓手，摆弄摆弄，准备射击。

赫顿扭脸捂住耳朵。但那枪只滑稽地“卜卜”两声，枪口滑落两颗铅子。

侯久满拉拉枪栓，又射，又是滑稽两声，滚出铅子两颗。

门老先生哈哈大笑：“这动静，活像放屁。”

“我来，我来……”赫顿趴下，但那枪依然如故。

门老先生笑得落泪：“笑煞小老儿了……笑煞小老儿了……”

侯久满坐起：“标下说过，这戴梓的思路肯定与洋人不同。唉——，还是先仿造洋枪吧。”

“哈哈哈哈……”一阵笑声传来，侯久满等看去，远远的，查理骑在马上笑着：“这也叫做枪？哈哈哈……简直太可笑了！对不起，老板。”查理拨转马头离开。

侯久满蹙眉看着，眼睛眨了眨，叫道：“喂！等等！老侯正好有事找你！”

查理策马疾走：“老板，有位中国小妞正在等我。”

“站住！不听招呼，老子可要放枪了！”侯久满抱起铳，下意思地射了两弹，“卜卜”。

查理回头看看，“哈哈”狂笑。侯久满扔掉连环铳，掏出手枪，冲天开了两枪。

茶楼雅间，查理喝得醉醺醺的：“什么？……什么？走私造枪的机器？”

侯久满为查理斟酒：“正是。你年届六旬，还能在海上漂泊几年？不如大干几水，在中国开个厂子，老来有靠。”

“这回……是你，求着我了？”

“搭伙捞世界，什么求不求的。”

查理狡黠地看看：“……好！但是，你得，先帮老查理一个忙。”

“你讲，你讲。”

“海上，老查理有个仇人，这家伙最近要从印度的军火基地，向日本转运很大一批武器。我们劫了他，同时干掉这个对手。你是清国海军的老炮弁，打炮很在行。”

侯久满想了想，伸出手：“成交！”

“好极了！”查理握住侯久满的手，“不过，机器的事，老查理不懂，很容易弄来假货。”

“不懂，你啰嗦个球！”侯久满使劲甩开查理的手。

驿馆庭院，赫顿拆卸着连环铳，显得非常泄气。阿尔萨兰坐在门前绣花，看看赫顿，接着绣：“败了？”

赫顿看着阿尔萨兰：“失败了。不过这很正常。”

“绿气炮你都会弄，为何这般小模小样的，倒弄不好？”

赫顿：“这很好理解，列低炮是我们英国人发明的，而这28珠连环铳，是中国人发明的。”

阿尔萨兰停下手：“小红毛，我问你，为什么我们大清，总是打不过你们洋鬼子？”

赫顿很兴奋，立即搬了把木凳坐到阿尔萨兰身边。“你还是站在那边说话。”

“不，不，这样才像是在探讨问题。”赫顿又向近处凑凑：“要说，我们英国的幅员虽然只有中国的三十六分之一，人口也只有中国的十六分之一，可是英国从上世纪中叶，就已经成了一个工业发达、科学昌盛的强国。而中国是个封建帝国，对外闭关自守，政治上又非常腐败……”

“住口！你说的，我既听不懂，也不爱听！坐过去！”阿尔萨兰立起眉毛。

“我刚刚讲了一个开头，阿尔萨兰，你接着听……”

“不许叫我的名字！坐过去！”

赫顿怔怔，提起小凳悻悻离开。

这时，满脸是伤的正良与可言、妹仔提着被卷走入。

阿尔萨兰看了一眼，回门进屋。

花厅内，侯久满喝问：“退了？”

正良怯怯地：“回阿爸，良儿退教了。”

“玉姑呢？”

“玉姑妹妹说，她要住在阿妈处。”

侯久满：“如此暴戾的女子，再不管束，早晚变成一个女魔头！去，把她拉回来！否则我断了她阿妈的供给！”

正良看看侯久满：“……知道了，阿爸。”

侯久满转向正言：“言儿，有一事你听着，原本，你并不姓侯，今日想让你……大福晋，你娘家姓什么来着？”

阿尔萨兰撇了一下嘴：“试试再讲。”

可言两边看看：“阿爸、额娘，什么意思？”

阿尔萨兰房内，可言背手看着慈禧的字：“这是慈禧的手书？……还不错。”

阿尔萨兰：“放肆！太后名讳，岂是你叫的？！净手上香，向我大清龙兴方向叩拜。”

“磕头？”

“磕头。”

“……磕就磕。”可言笑笑，于铜盆洗手，还使劲搓洗着脑门。

房内，侯久满问赫顿：“红毛，你是真爱中国，还是假爱中国？”

赫顿：“老侯，你是不是要我想办法，走私西方制造枪炮的设备？”

“干嘛叫走私？想我华夏的火药、司南，西行之时，你们不是叫做传入吗？”侯久满说。

“这好像不太一样。”

“怎么不一样，老子流浪在外，生了个儿子，儿子长大了，回来看看老子，天经地义嘛。”

“不不不，好像不是这样的。老侯，我知道你很聪明，也很狡猾，我说不过你。”

侯久满：“红毛，目下阿爸总算有了些银两，为建造枪炮厂，除去征地、盖房，剩下两百余万，你带走购置机器，只当助阿爸一臂。”

赫顿吃惊：“两百多万，你全让我带走？”

“当然。”

门老先生看着侯久满。

赫顿：“老侯，别说你不是我爸爸，就算是我的爸爸，我也可能拿了这样大的一笔钱，再也……”

“你会吗？”侯久满笑笑。

赫顿：“这可是两百多万啊！”

侯久满：“两千多万又怎样？”

赫顿愣怔。

可言看着阿尔萨兰房内摆设，背手踱着，反复吟诵：“鹅鹅鹅，曲项向天歌。白毛浮绿水，红掌拨清波……”阿尔萨兰奇怪地看着他。

夜，赫顿躺在床上，枕臂大睁着眼睛，白天查理曾对他说的话，萦绕脑际：

“小子，查理叔叔也很爱中国，但爱它的理由是：中国就像是一个巨大的牧场，放满了柔弱、温顺、顶多长了一对小犄角的绵羊。我们来到这里，可以剪剪羊毛，但绝对不能给绵羊披上盔甲。”

赫顿起身，捧出一坛酒，看了看侯久满的那张空床。

巨舰望台内，侯久满举着望远镜。查理在侧后暗暗诡笑。

醉酒的赫顿，摇摇晃晃走到阿尔萨兰门前，敲了敲。阿尔萨兰开门：“何事？”

“我，我可以进去吗？”赫顿问。

“不可以。何事？”

赫顿：“老侯他，……老侯他，要我回英国。”

阿尔萨兰看看：“你也该回了，出来这样久，你额娘早就想你了。”

“不不不，”赫顿突然半跪，“阿尔萨兰，你，你跟赫顿一起走吧！”

“干什么？你干什么？”阿尔萨兰大惊，“砰”地关门。

赫顿隔着门：“阿尔萨兰，你和老侯的这种婚姻不叫婚姻，没有一点点爱情，很不幸福，很不美好，很不道德，很不……”

“你很不要脸！”阿尔萨兰在门内厉声喊道，“滚！滚回你的英国去！”

“阿，阿尔萨兰……阿尔萨兰……”

侯久满房间窗前，门老先生气愤地看着这一幕。

“发现目标！”侯久满放下望远镜，走出望台：“老侯去打炮。”

“老板，您可一定要击沉它！”查理笑着。

惠州山林，玉姑纵马射击，树上的荔枝被一个一个击碎。

正良、可言、妹仔坐在一起吃着荔枝，侯夫人望着玉姑叹息：“唉，女子缠足快有一千年了，也未见缠出这么一位。良儿，你们好好劝劝妹妹，还是叫她搬到你们阿爸身边。”

正良：“阿妈，我等越劝，玉姑妹妹的火气越大。”

忽然，一彪马队驰过。为首的是个 40 岁的女人，看到玉姑，勒马叫道：“玉姑娘。”

“婆老？”玉姑看见，高兴地奔马靠近，“婆老，您怎么来惠州了？”

刘婆老看看树上荔枝：“不错，颇有长进。好好练，婆老还有事。”

玉姑忙道：“婆老，婆老，您就让玉姑入伙吧。”

侯夫人、正良等惊愕看着。

“你年纪尚小，将来吧。”刘婆老看看侯夫人，笑笑，冲玉姑神秘地，“见到你那阿爸，谢他一声。尽管你阿爸是清廷大员，但还算有功山林。不久的大举，我等会独放他一马。”

“什么意思？婆老。”

“不久便知。”刘婆老等扬长而去。

侯夫人奔过来：“玉姑！难道你这枪、马，就是这个人给的？你怎么能与这绿林的刘婆老混在一起？！”

玉姑：“阿妈，您什么都不知道，刘婆老，乃我女中魁杰！”

妹仔惊喜地看着远去的马队：“她就是刘婆老？”

侯夫人：“玉姑！你必须马上回你阿爸身旁！阿妈管不了你，你如此闹法，早晚会葬送全家性命！”

“不回！玉姑不愿见阿爸，更不愿见那个什么鹅的娘！”

“你，你不回，阿妈，阿妈今日就撞死……”侯夫人左右看看，冲着棵大树低头撞去。

正良等慌忙扑救：“阿妈，阿妈，阿妈……”

香港，和记栈内，刘婆老等六七人议事。

66 岁的兴汉军大将军洪全福说道：“诸位，经与孙先生的兴中会议定，我兴汉军将于今年年底，趁广州全城的清吏赴万寿宫贺年，先杀清吏，后图北进，推翻清廷，定国号为大明顺天国。目下，已购得首批兵枪 50 箱。还有大量军火即将到货。”

“好，好啊！”众人兴奋不已。

海滩，夜雾蒙蒙，隐约可见远处巨舰。

吴丁贵等数十人，扛卸着木箱。查理和侯久满看着，查理：“老板，多亏你精准的炮击，我老查理终于少了一个多年的竞争对手。不过，这么多的枪弹，我们藏在哪呢？”

侯久满笑笑：“为什么不问问你那老友？他那儿有一绝妙之处。”

“谁？”

寂静的街道，几个洋兵骑马押着一溜篷车走着。查理穿着军服走在最前，得意地回头笑笑。一辆车内，侯久满闪动着一双狡黠的眼睛。

车队在两广总督衙门的大牢前停下。清兵门卫很是吃惊，点头哈腰道：“洋爷，你们这是？”

查理上前推开门卫，一挥手：“GO！”

吴丁贵等跳下车，开始扛抬箱子。查理亲自打帘，侯久满缓缓下车，走进大门。

侯久满看着满牢的“猪仔”，冲吴丁贵示意。

吴丁贵喊道：“醒醒，都醒醒……听着，此处将爷另有急用，你等速速离开，愿去哪去哪！起来！起来……”

“猪仔”们懵懵懂懂地仰着身……

牢头惊恐地：“大人，大人……”

侯久满向“猪仔”们拱拱手：“有劳诸位走前出些小力，大门外有些木箱，凡帮忙搬运十箱者，可在牢头那儿领二两遣散银子。”

“猪仔”们纷纷起身：“这不是在做梦吧？”

吴丁贵用匕首顶住牢头喉咙，丢了个银袋：“打开所有牢门！”

晨，将军府花厅内，瑞良大呼：“侯久满！你，你，你这岂不是陷害本官！”

侯久满笑道：“将爷关着那么多人，一时又没船运往外国，还得吃喝供给。这么些的崭新枪弹，早已是你贩卖人口的百倍价银，何不睁眼闭眼，佯装不知？”

“你知道吗？那些猪仔当中，有许多是乱党、会匪！”

侯久满一惊：“哟，哟，这，标下倒不曾想到。”

瑞良怒道：“侯久满！你好大的狗胆！”

查理拍拍瑞良：“老朋友，人跑都跑了，再骂也来不及了。如果有什么人怪你，去大街上再抓几个。”

“不不不，既然将爷为难，我等另找地方藏枪，别给将爷惹事。”侯久满起身便走。

瑞良急道：“还往哪找！你再把东西弄走，本将岂不鸡飞蛋打？”侯久满一笑，接着出门。

查理笑着低声：“别生气老瑞，虽说侯久满放跑了一些人，但你的计划马上就要成功了。”

瑞良看看查理，心疼地：“满满一圈的猪仔啊！”

查理正色：“快把他叫回来，按照你的计划，我得马上通知另外一个搭档。”

“侯久满！你给我回来！你赶紧想法子，把那些东西卖掉！”瑞良冲门外叫喊。

商务局密室，牛子旬打千：“下官牛子旬给大姑请安。”

穿着洋裙，刚从洋行买了一堆洋货的阿尔萨兰，走入坐下："叫我来何事？"

牛子旬："大姑可知，侯大人这些日子，去了哪里？"

阿尔萨兰："出海打劫，抢夺走私洋药。"

"恐怕不只是药。"牛子旬诡异地，"大姑真的没发觉，还有别的什么吗？"

"狗东西！你这是在问我吗？"阿尔萨兰瞪眼。

牛子旬："不敢不敢，奴才只是为大姑担心。"

"你也配称奴才？快说，什么事。"

牛子旬："大姑，侯大人他除了贩药，还在贩枪！本来也没啥，但要紧的是，那些枪的去处……"阿尔萨兰睁大了眼睛。

侯久满与门老先生走进驿馆房内，侯久满笑道："门老先生，您过虑了，置办机器是趟大差，不带那些银子，如何办得齐全？"

门老先生："你分段汇寄岂不稳妥？一把给他，反倒让那红毛起了邪念！"

"放心，只有这样，小红毛才会看重标下的信赖，接下此事，坦诚办差。"

"聪明反被聪明误！"门老先生又气又急，"你前脚出海，那小红毛便去敲你家大福晋的房门！"

侯久满惊愕："……怎么可能？！"

侯久满怒冲冲出门，走向阿尔萨兰房间。

正良等拽着玉姑走来，玉姑瞪瞪侯久满，扭过脸去。

"领她去房里！"侯久满冷冷地说了句，大步走到阿尔萨兰房前推门，门上有锁，侯久满一怔。

恰巧，阿尔萨兰抱着购物纸包回来。她看看玉姑，玉姑又瞪了瞪阿尔萨兰。阿尔萨兰"哼"了一声，问侯久满："老爷何事？"

侯久满上下打量了一阵，冷笑："大福晋果然到了靡丽开化之地，也洋派起来！"

阿尔萨兰瞥了一眼，走到门前开锁。

侯久满吼道："你做的好事！"

阿尔萨兰一怔："你出门多日，中了什么邪风？"

侯久满："你竟敢企图，与我红毛爱子私奔！"

"你……你……"阿尔萨兰红脸看看正良等人。正良忙推着可言等进屋，可言笑着使劲回头。

"你胡说！"阿尔萨兰看着可言，更加羞怒："你这是污口喷人！"

侯久满："想我那小红毛何等纯良，不是你百无聊赖，挑逗勾引，他怎么会半夜敲你房门？！"

"你！……你！"阿尔萨兰气极语塞。

侯久满："你自甘堕落不足为惜，而那红毛，是我为大清制枪造炮的得力帮衬，不想竟毁在你的石榴裙下！我要他回英国办差，他原本肯定回来，可被你这一搅……"

阿尔萨兰回过神："你还知大清？！还知办差？！你……你……请皇安！"

"请、请何皇安……"

"阿尔萨兰有权责你随时随刻请皇安，你敢抗太后懿旨吗？！"

侯久满立马瞋目僵直："老、老侯又无错。"

"先去跪着！"阿尔萨兰推门跨入，"本大姑一会儿便来！"

门老先生站在桌前，抚摸着拆得七零八落的连环铳，若有所思地看着窗外。

侯久满跪在万岁牌前，忿忿不平。

已换满服的阿尔萨兰走入，冰颜杏目，狠狠瞪了片刻，喝道："请皇安！"

"吾大清国万岁万岁万万岁！吾皇万岁万岁万万岁！吾圣母皇太后万岁万岁万万岁……"

侯久满拜毕，阿尔萨兰突然大喝："反贼侯久满！你可知罪？！"

侯久满一惊："……老侯……"

阿尔萨兰："你可知万死之罪？！"

"……老侯何罪之有？"侯久满迷惑。

阿尔萨兰："你走私枪械，暗助反清乱党！"

侯久满惊恐："我……我……你怎知枪到了乱党手里？"

"还想抵赖吗？"阿尔萨兰蓦然从袖中掏出手枪，"事到如今，你是自投官衙，还是本大姑押送？！"

"走枪之事，只有你在窗外偷听，官衙知晓，也是你告的密，你这卑贱女人！"侯久满怒道。

阿尔萨兰举枪指住侯久满的脑袋："姓侯的！你走是不走？！"

门老先生及正良、可言、妹仔、玉姑涌到香堂前，惊恐望着。

阿尔萨兰推着侯久满："走！……走！"

总督衙门牢房，瑞良哼着粤剧，优哉游哉地走来。侯久满穿着死囚囚服，垂头抱膝，沮丧地蜷在一角。

"侯大人，睡得可好？"侯久满抬头看看，又垂了下去。

瑞良笑着："你也不问问？你送到这儿的那些枪弹，如何这般快捷地就没了？"

"还用问，你与那个查理卖给了乱党，然后栽赃在老侯身上。"侯久满垂着头说。

"胡说！本将并不知收枪的货主是何人。是你家大福晋举告，你先卖的那50箱枪，去了乱党手里！"

侯久满怔怔："反正尔等是一窝的贼，由你们编说。"

"侯久满，别以为你有块免死的万岁牌，就没人奈何得了你。本将不杀你，就不能饿你、渴你，捉些带病的老鼠，瘟死你吗？哈哈哈……哈哈哈……"瑞良开心离去。

侯久满仰天喟叹："太后老佛爷啊，你可真给标下赏了一个好福晋！"

阿尔萨兰气哼哼地绣着鞋面，一下扎了手指，放在嘴里吸吮。

可言背手晃着，一边看着，一边吟着："鹅鹅鹅，曲项向天歌。白毛浮绿水，红掌拨清波……"

“你为何总独独地背这首儿歌？！”阿尔萨兰生气。

可言嬉皮笑脸：“额娘，别生气。其实，无论是在赫顿那种洋人的眼里，还是在我等汉人眼里，您真的都很美丽。”

阿尔萨兰更加恼怒：“你，你给我出去！”

可言笑着，摇头晃脑地走出：“美女卷珠帘，深坐蹙蛾眉。但见泪痕湿，不知心恨谁。”

门老先生、正良、玉姑迎住可言，门老先生低声：“二少爷，那女子虽不是你亲娘，但只有她能救你阿爸，你怎能这样气她？”

可言看着门内，故意高声：“她知道阿爸死不了，‘三不死’，才用去一不死而已。”

门老先生：“傻少爷，即便不杀头，可关入大牢，任由恶人胡作非为，磨也能磨折死人！”

“啊？！”可言愣住了。

六

牢内，侯久满倒在地上睡着。

“阿爸……阿爸……”

侯久满翻身寻看……

“我在这儿。”

侯久满仰脸，牢顶被揭去几块瓦片，露着妹仔笑眯眯的脸：“孩儿给您送吃的来了。”随之，一只鸡、一壶水吊了下来。妹仔低声：“怕酒味太大，这是水。吃完，将鸡骨装在壶里。”

侯久满惊奇：“妹仔，你是如何进来的？”

妹仔：“阿爸忘了，孩儿小时是将军府长大的，这种地方常来。”

“好妹仔！”侯久满兴奋大吃，“妹仔，那狗官瑞良，说要弄些老鼠，瘟杀阿爸。”

“兵来将挡，水来土掩，阿爸放心，下次孩儿弄些东西来。”

“这，你也对付得了？”

妹仔笑笑：“阿爸有所不知，甲午年乡里的那场大瘟疫，就是孩儿给弄得见轻的。”

侯久满惊愕：“有这事？”

“孩儿当时只是图热闹，在乡人跳鬼时，猛放爆竹、焰火。结果，瘟病莫名其妙地轻了许多。这几年孩儿读西书，才知道火药里面的硫磺，具有一定的消毒作用。”

侯久满感慨：“我儿，真乃神仙耳！……妹仔，那婆娘如何？”

“您是问额娘吗？她没事，绣花呢。”

侯久满：“今后不准叫额娘！叫她婆娘！”妹仔“嘻嘻”地笑出声来。

宫内庭院，慈禧乘坐肩舆冷面而行。道旁，李莲英举着折子：“启禀太后，南边的牛子旬，传来大姑阿尔萨兰的一折密信。”

慈禧接过来看看：“……这该死的猴头！”

茶楼雅间，瑞良看看门外，将银票从桌底放在牛子旬腿上，低声道：“牛总办，这是老鬼子查理的货款中，你的那一份。”

牛子旬不动声色，将银票塞入靴筒：“将爷说笑，什么老鬼小鬼，牛某从不认得此人。”

“是，是，本将也不认得此人。”瑞良笑笑，“只是，牛总办，这回借着阿尔萨兰的举告，顺手出货，货主的胃口大开……”

牛子旬抬手制止：“将爷，您知道货主是谁，下官可不知是谁。”

瑞良："对，对，本官也不知是谁，不知，不知，绝对不知。"

乐寿宫内，慈禧从一小盆沾起鸡蛋清，在脸上拍打："听着，告诉那个姓牛的，不知不罪，侯久满敢于大海行舟，劫洋人枪弹，勇武可嘉。他有本事继续如此，由着他，只是不要再找错买主就是了。"

李莲英哈腰站在窗外，怔怔道："嗻。"

慈禧又道："还有，如今能不拿朝廷一文银两，就这么上心上意为我大清争气的，侯久满乃绝无仅有。他既然爱枪，就将广东枪炮局交他总办，并准他便宜行事，扩充经营。"

李莲英又怔了怔："……嗻。老佛爷，只是目下，广州将军瑞良，尚兼着粤局总办的差。"

慈禧取玉滚在脸上按摩："瑞良那狗才，与洋人勾勾搭搭，搞什么黄奴贸易，早就该杀！告诉军机，拿了他，遣奉天祖陵做个末等差兵！他的宅子，恩赏我的那只猴子与阿尔萨兰！可怜见的，新婚夫妻，一直住在驿馆。"李莲英惊讶得目瞪口呆。

慈禧半晌没听到动静："嗯？"

窗外的李莲英忙不迭地："嗻。嗻。"

将军府大门外，两门火炮"轰轰"两响。浓密的爆竹声中，"将军府"的门额牌匾落下，升起"侯府"匾额。

花厅内，大桌一张，中间米斗，上置罗盘、红包；两侧谷斗，左置泥瓦刀，右置墨斗、曲尺。地理先生头裹红巾，着素衣，手持七星剑，念念有词："天煞天边遁，地煞地下逃，岁煞下江河，白刀一入，百煞全无。"

随之，吴丁贵等壮汉当堂宰杀一头大猪，抬着淋血到门口，大喊"门开！"

侯久满、正良、可言、妹仔站左，各穿龙船木屐。阿尔萨兰穿油彩木屐、玉姑穿红马靴站右。风水师看看玉姑的脚，冲侯久满说："大人，新居入伙，要全家脚踏木屐，屋内走动，方可去秽避邪。"

玉姑瞪着眼珠。

侯久满看看玉姑："由她吧。"

门内催叫："门开！"

风水师无奈："大人、夫人请。"

侯久满、阿尔萨兰各推门扇，风水师道："左门开，财丁来！右门开，富贵来！"大猪被抬出，淋血向外……

进门时，侯久满与阿尔萨兰挤撞了一下，阿尔萨兰瞪了侯久满一眼，侯久满还瞪一眼，最终还是阿尔萨兰先跨进门去。侯久满等绕堂而走，木屐踢踏有声。

风水师："堂之东，朝梁国栋在此中；堂之南，光耀天秀状元红；堂之西，兼金贵重加品题；堂之北，飞起凤虎跃苍穹。"

玉姑不走，倚门漠然看着。

夜，商务局大门前，平民装束的瑞良拉住牛子旬："牛大人，犯将好不容易逃出，求总办赶快寻找查理，连夜使船，带犯将出国。"

牛子旬左右看看："快进来，将爷。"

瑞良闪入，朝堂屋急走。

牛子旬在其身后，从靴中抽出匕首，一手捂住瑞良嘴巴，一手抹其脖子……

餐厅，阿尔萨兰有意领先进门，侯久满不快地跟入。屋中有一圆桌，佳肴丰盛，碗筷六付。

侯久满冷冷说道："长幼岂能同桌？"

"我与老爷满汉吃法不同，单置一桌。"阿尔萨兰亦冷冷地说。

"等的就是这一句！"侯久满冲仆佣阿六："阿六，往后用餐，开桌三台！听明白了吗？"

"听明白了，老爷。"25 岁的阿六回道。

阿尔萨兰道："往后回话，应当说：'听明白了，大福晋、老爷。'"阿六怔怔地看着侯久满。

"嗯？"阿尔萨兰不满地哼了一声。

侯久满无奈。阿六答："是，听明白了，大福晋、老爷。"

阿尔萨兰踩着花盆底的满鞋，甩甩达达地走出门："摆好了叫我。"阿六："是，大福晋。"

侯久满恨恨地瞪着阿尔萨兰背影。

袁世凯走入行署签押房："告诉你一件事，广州将军瑞良被开缺的当晚便失踪了。他的宅子，被老佛爷赏了一个叫做侯久满的炮弁。"

谦卑跟入的赵秉钧，疑惑："侯久满？"

"怎么，你认识此人？"

"哦，回大人，下走与此人只是见过一两面。"

袁世凯坐下喝了口茶，像是漫不经心："这个炮弁可非同一般，借着老佛爷莫名其妙的宠爱，如今竟当了粤局的枪炮总办。"

袁世凯含蓄地看看赵秉钧，赵秉钧飞速思忖："部堂大人的意思……"

"虽说，这是大南边的事，与本督毫无干系，但粤局毕竟是我北洋津局的潜在对手。"

赵秉钧立即拱手躬身："下走已然明了大人的意思。下走这就着手，在那侯久满身边秘密铺排。"

袁世凯看了看赵秉钧，摆着脑袋吹茶。

广东枪炮局，各类机器隆隆作响。

工匠们个个面黄肌瘦，无精打采。

侯久满搀扶着门老先生，四处巡看："……吴丁贵。"

吴丁贵上前，侯久满："标下先任你做这枪炮局的枪厂匠首，干得好，可越级擢拔。"

"谢总办大人！"吴丁贵打千。

总办室，被侯久满恭敬搀入的门老先生："老爷，你总搀着小老儿作甚？"

侯久满扶门老先生坐下，笑着供供手："老人家，标下早知您不是凡人，借您慧眼，您看这枪炮局像个样子么？”

门老先生：“小老儿只是个摆弄游戏摊子的，哪里见过这等阵势，吓都吓晕了。”

“老人家如果还是不肯点拨标下，标下只好再等。走，我们回府。”侯久满说着，搀扶老先生出门。

“老侯，你若真的不嫌弃小老儿，就赏小老儿一个门政大爷做做。”

侯久满：“只要您老舒坦，您做侯府的总管。”

“不，不不不，小老儿只配看个大门。”

街头，人车熙攘。

车内，侯久满望着帘外，若有所思：“我那小红毛，已快至归期了。”

“大人还惦记着那红毛小鬼，他回不来了！”门老先生瞥了一眼。

侯久满沉默一阵，诡异笑笑：“其实，老侯管它枪炮局好赖，大牢关得标下何等凄惨！一命幸存，标下先要到处耍耍，游乐山水。”

门老先生看看：“大人此话当真？”

侯久满笑笑：“当然当真。”

说话间，刘婆老的马队奔来。几个汉子们从怀中掏出传贴，扬手抛撒，疾驰而去。百姓们争抢着。那年长士子与年少士子各捡一张，读道：“推翻清廷，创建共和，实行立宪，倡言民主。”

侯久满惊愕地向帘外看着。

餐厅内，侯久满居左桌，阿尔萨兰居右桌，正良、可言、妹仔、玉姑居前桌，可言边吃边道：“大清衰世，真如当年龚自珍先生所言：‘将萎之华，惨于槁木’。”

玉姑：“没错。不过，龚先生还讲，‘山中之民，有大声音起，天地为之钟鼓，神人为之波涛’，如今果然是造反、举事，此起彼伏。”

可言长叹一声：“今日民间，稍有知识者，莫不痛心于专制政体。”

正良忙向可言碗里搛菜：“二弟，吃饭，吃饭。”

玉姑继续：“还是谭大侠讲得透彻：‘两千年之政，皆秦政！皆大盗！’”

阿尔萨兰敲了一下碟子：“你说的大侠，可是戊戌年被砍了脑袋的谭嗣同？”

玉姑翻了阿尔萨兰一眼，问可言：“二哥，什么叫做‘共和’？”

可言：“共和一词，中国早有，《史记》载，‘召公周公二相行政，号曰共和’，乃共同协作之意。然当今美国的共和政体，是指公举一大酋，总摄国事，称作总统。”

侯久满吃着饭，说道：“我以为有何玄妙。十年前，你等阿爸，就做过粤东五路剿匪的总统。”

妹仔笑：“阿爸，您那只是百十个抓贼兵弁的总统领，人家是总统一国。”

侯久满：“总统一国？皇上的别名？那更可笑，美国的皇上，竟与我大清的下官同称。可见美不美的，终究是个蛮昧之邦！”

妹仔大笑。

香港和记栈，洪全福指着广州地图，向刘婆老等部署：“我兴汉军举义，拟兵分五路：

第一路扼守惠爱、五约，以阻击旗兵；第二路由沙面的托德洋行领取枪械后，进攻万寿宫；第三路夺占缯步军械厂，把控城西……”

商务局密室内，托德洋行的买办跪在地上：“第四路，谋取东北城门，以期阻挡官军增兵；第五路驻新城，相机策应。届时，匪党将纵火为号，占领枪炮局，炸毁火药库，冲闯各衙署。”

“就是这些？”牛子旬问。

买办：“回大人，就是这些。”

牛子旬阴笑道：“你家洋人可真令人作呕，吞没了人家的枪款，还想从衙门再吃一份举发的赏银。”

“大、大人神算，洪逆匪党是向我行预付了十万枪款。……这，是孝敬大人的。”买办掏出张银票举着。

牛子旬看看：“待弄明全部贼情，拿杀干净，再请你家大班看着办。”

买办：“嗻，小的明白。”

上海，江南机器制造局。

枪厂的机器间，身着军服的查理手持文明棍，装模作样地巡看。穿着半截西服的侯久满，陪在侧后。

一司事望着这二位，犹豫地走过来，小心询问侯久满：“大人，您……您是……”

侯久满：“哦，我是查理先生的译员。”

司事：“那，这位查理大人……”

侯久满：“查理先生乃领事馆武官，来你厂巡查有无违禁、走私军械之事。”

司事赶紧说道：“没有，没有，绝无此事。请问……你们有无衙门的……”

侯久满板脸打断：“国家要地，你们的门禁如此松懈！我与查理先生进门，竟无人过问！”

“这，这……”司事堆出笑，“这不是洋人吗？洋人的脸，就是畅行无阻的牒文、帖子。大人，您慢慢看，慢慢看。”司事欲走。

“慢着。”侯久满掏出张银票，“看你这人还算忠厚，一同陪着查理先生，悉数说明你厂的经营诸事。”

司事捧过银票，满脸开花：“谢大人，谢谢大人。下走虽说只是个小小的司事，但沪局的底细一清二楚。”司事随侯久满和查理走着。

查理笑着用英语说道：“老板，我演得还像吗？”

侯久满冲司事道：“查理先生说，你们的枪，好像很有问题。”

司事忙答：“是这样，本局仿制的林明敦，有个后门走火的老病，不时返修……”

南京，金陵机器制造局。

弹子厂的机器间，侯久满陪着查理巡看……

武汉，湖北枪炮厂。

炮厂的机器间，侯久满陪着查理。忽然，侯久满看见什么，大惊："黎元洪？！"

厂房门口，已升任武备学堂监督的黎元洪与两三随从走入。侯久满拽拽查理："撞上熟客了！快躲躲！快躲躲！"说着，二人慌忙藏身一口大箱之后。

侯府门房，吴丁贵问门先生："老人家，总办大人还没回府吗？枪厂都快停工了！"

门老先生叹息一声："没有哇！不知他游山玩水，要到何处去啦！"

吴丁贵诡异地看了看门老先生，佯装沮丧地嘿了一声。

妹仔弹着钢琴，玉姑并排坐在琴凳上兴奋看着："真好听。"

"我来教你。"妹仔从背后把着玉姑双手。

可言坐在一旁，颇为妒忌，冷冷说道："妹仔，这洋琴是从哪弄来的？"

妹仔："一个洋人喜欢我的焰火，我写了一张配料方子，换的。"

可言："叮叮咚咚，叮叮咚咚，哪里有古筝来得典雅？玉姑妹妹，还是去我房里，我教你抚筝。"

"筝哪有这东西激昂、澎湃！"玉姑弹得高兴。

庭院内，阿尔萨兰看着妹仔房间，好奇地走到门口，不好意思进，又退了回去。

正良正在房内一脸虔诚地读着《圣经》："他们在旷野荒地漂流，寻不见可住的城邑。又饥又渴，心里发昏。于是，他们在苦难中哀求耶和华，他从他们的祸患中搭救他们……"

阿尔萨兰悻悻地走向后院。突然，远处传来阵阵枪响。玉姑、妹仔、可言相继奔出，正良也出门张望。枪声渐近，玉姑等冲出庭院，正良忙追："玉姑，二弟，不要又惹祸事！"

玉姑等奔出大门，正撞见浑身是血的刘婆老又中一枪，落下马来。

"婆老？！"玉姑扑上前，扶住刘婆老，看看追兵方向："妹仔！快！帮婆老藏一下！"玉姑跃上马，一鞭而去。

正良："玉姑！玉姑……"

妹仔："大哥，快帮把手！"

正良不及多想，忙与妹仔、可言抬起刘婆老。

门老先生看看："快！快！先抬到我房里，别让你等额娘看见！"

可言见血，有些晕眩摇晃。妹仔等走入，门老先生立即掩上大门。清兵马队飞驰而过。

"快，快救玉姑娘……"刘婆老躺在门房的床上，猛地呕出口鲜血。可言见了，闭目晃晃，晕倒在地。

正良："二弟！二弟！"

妹仔："二哥还是晕血！"

突然，门外传来阿尔萨兰的怒喝："言儿！"

正良等大惊。

大河边，玉姑沿岸狂奔。清追兵举枪猛射。玉姑身形一挺一晃，落下马去……

门房外，阿尔萨兰怒目瞪着："言儿！……言儿！你给额娘出来！"

房内，正良惊慌乱转。妹仔急中生智，迅速抹了把刘婆老的血，涂在可言的臀部。

门外，阿尔萨兰还在喊："侯可言！"

妹仔、正良、门老先生抬着可言走出，妹仔："额娘，二哥中了一枪，我等正忙着验伤。"

阿尔萨兰蹙眉："伤在哪了？让我看看。"

"伤在羞处了。额娘放心，不重，我等抬回房处置一下就行。"说着，妹仔等抬着可言速走。

阿尔萨兰跟着："那野丫头呢？"

妹仔："啊？……啊，玉姑妹妹追着看热闹呢。"

阿尔萨兰："胡闹！尔等一闻枪响便如过年，早晚闯出是非！"

门老先生立马应和："就是，就是，就是的。"

河边，清兵追至，棚目看看远处与河水："看来，是落进河里了。"

远处，光背马奔驰着，玉姑藏于马腹。

入夜，门房内，正良、妹仔、门老先生站着，玉姑坐在床边，刘婆老拉着玉姑的手："玉姑娘，其实婆老与你一样，自打儿时被父母逼迫缠足，就起了造反之心。唉——，未曾想，我兴汉军出了内鬼，大事未举，便被清狗搜捕！党人梁慕义等二十余人被捉，洪大将军避走香港。可惜可恨！可惜可恨哇……"刘婆老一口鲜血涌出，头歪在一边。

玉姑含泪而呼："婆老！婆老……"

1903年1月，广州兴汉军起义，未举事败。

阿尔萨兰站在自家窗前，冷脸看向窗外……

总办室，门老先生被侯久满搀着走入："大人，您总算回来了，可您办您的差，拉着小老儿干什么？"

吴丁贵跟随而入："总办大人，瑞良那狗官，在任时贪污、挪用，厂子亏空如洗。目下司事、工匠，日日怠工，个个闹饷，三天也造不出一支枪来！"

侯久满笑道："造不出，岂不将好？"

吴丁贵疑惑："大人何意？"

侯久满："庚子年各省勤王献枪，那时标下就发现，无论是买的，还是仿的，尽是些旧式老枪，早已不堪临阵。这种东西，多造反而徒废枪料。"

吴丁贵："那，大人的意思……"

侯久满："你先去，你先去。"

"嗻。"吴丁贵迷惑地退出。

侯久满笑着取出奏折，恭敬地捧给门老先生："老人家请过目，这是标下给朝廷上的折子。”

门老先生推挡：“这，小老儿哪里好看。”

侯久满：“看看，看看，看看无妨。”

门外，吴丁贵左右看看，靠门偷听……

门老先生扫了折子两眼，惊异道：“大人是要朝廷将清营所有的林明敦兵枪，全送粤局改造？”

侯久满：“正是。标下估算，这种爱后门走火的林明敦，营内至少有13万条。每条收取10两改造工银，就是130万两，我粤局不但亏空可解，扩张均有本钱。”

“那，老爷已有改造之法？”门老先生问。

“这次沪局、宁局、鄂局走了一遭，见识各家短长，有了些许想法，但并不透彻。这折片上去，在工部、户部、兵部、军机、老佛爷那儿打转，再从各营收枪、押解，少说半年。那时，标下的干儿小红毛早已归返，新式机器一到，一切好说。”

“你那是一厢情愿！干儿，干儿，人家从未叫过你阿爸！”门老先生气极，“红毛若是不回，老爷如何应付？！”

侯久满：“标下识人，从不曾错，小红毛不可能不回。”

门老先生将奏折塞回：“这叫上书请死！你已死过一回，若追着赶着想死第二回，小老儿不拦！”

门开之际，吴丁贵慌忙离去，门老先生奇怪地看看，朝另一边走去。侯久满走出，看着气哼哼的门老先生，诡异地笑笑。

夜，侯久满房内，横七竖八堆着十几条枪与拆卸的零件。侯久满专心致志地摆弄、琢磨。阿尔萨兰敲了两下门，走进。侯久满看了一眼，继续摆弄。阿尔萨兰径直走到桌边坐下。

侯久满头都未抬：“何事？”

阿尔萨兰说道：“我满家先祖，是凭弓马铁骑夺的天下，一刀一枪全在明处，阿尔萨兰绝不屑于告密、举发，尤其是送人性命的事。”

侯久满看看：“老侯入牢，已过去多日，怎么今日才良心不安？”

阿尔萨兰：“我来，不是为你坐牢辩白，是为你的儿女！”

侯久满抬头：“……玉姑又惹事了？”

“我没看见，也不想看见，但他们做了何事，阿尔萨兰自然清楚。”

侯久满：“广州这地界通商早，风气开化，加之粤人秉性生猛，说话口无遮拦，不足大惊小怪。”

“若只是饭桌上那些大不敬的胡吣，阿尔萨兰懒得进你的门。”阿尔萨兰站起，“该讲不该讲的，阿尔萨兰已经讲了，横直他们做了砍头的事，你的万岁牌也不保他们的命。”

侯久满怔怔地看着阿尔萨兰出门，接着弄枪……没有几秒，他摔下枪走出。

玉姑在屋内看着邹容的《革命军》，桌上是孙中山的《伦敦蒙难记》及陈天华的《警世钟》、《猛回头》。

侯久满怒冲冲走到玉姑房间门口，正欲推门，又犹豫起来，立了一阵离去，转身冲向正良房间。

正良跪在床前，手握十字架，闭目祷告："那信奉虚无之神的人，离弃怜爱他们的主；但我必用感谢的声音献祭与你……"重重的推门声打断祈祷，正良慌忙将十字架藏入褥底，奔去开门。

侯久满跨入，怀疑地看看正良："你在干吗？"

"孩儿在，在读书。"

侯久满拿起桌上的古书看看，走到床边掀起枕头，又掀起褥子，忽然怔住了……

正良吓得身体直晃，赶忙扶住桌子。

褥子底下是一把手枪，那个十字架仅露着一点儿。侯久满抓起枪，惊诧地问："你也有这东西？"

正良："不不不，这枪不是孩儿的。"

"不是你的，如何在你床上？！"

门老先生蹑手蹑脚地走进侯久满房间，看看那些枪，望望门外，从门边的三支枪中提起一支，走出房门。

"从实讲！"正良房内，侯久满还在逼问。

正良扑通跪下："阿爸，孩儿不知枪主是什么人。前些日子，有一带枪者倒毙在大门，孩儿怕给侯府引来祸事，便藏了此枪，由巡警抬走了尸身。"

侯久满看看："……就这么一件事？不是玉姑那小魔头，又无法无天？"

"……不是，不是。"

"起来吧。明日，为父要亲眼看着你等读书！"侯久满说罢，走出房间。

正良看着父亲的背影，长吁了一口气，闭目喃喃："主啊，侯正良不该说谎。"

侯久满返回自己房间，看看桌上那些枪，特别看了看门边剩下的两支，笑着望向窗外……

晨，书房，侯久满提着步枪在教习位置坐下："如今世道迷乱，阿爸即使不再指望我儿博取功名，但还是期盼你等知书识礼，安分守己。开始自修！"侯久满峻厉地看看正良等，开始拆卸步枪。

可言坐下，掏出把锥子，朝书上用力一戳。

侯久满惊奇："言儿，你这是何意？"

"孩儿效法当年大先生，每日只读这三锥之书。"

侯久满怔怔："你少读一锥两锥，也莫学你那大先生康有为！"

可言笑笑，大声朗读："名正则治，名丧则乱。使名丧者……"

"默读！默读！"侯久满喝止。

玉姑笑笑，打开一本古书，里面夹着本《警世钟》。

门房内，门老先生一边娴熟地装卸那支偷来的枪，一边琢磨着。

庭院里，阿尔萨兰无聊地喂着金鱼。她看看书房，走向妹仔房间。进了屋，阿尔萨兰坐到钢琴边，用一指按了一下，“咚”地一声，吓了一跳，阿尔萨兰笑笑，随后两手各用一指，叮叮咚咚地按起来。

书房内，妹仔在纸上素描着一个裸体洋女，画得很是逼真。

玉姑瞟了一眼，红脸捅了妹仔一拳：“好不害羞！”

可言伸头看看：“哇！好是生猛！”

正良斜了一眼，接着看书。

可言：“上些颜色则更好。三弟，快画，画完送我。”

“做什么呢？”侯久满问。

可言忙道：“啊，没什么，没什么。”

侯久满走来：“拿来看看。”

可言忙起身推挡：“阿爸，真的没什么，真的没什么，三弟只是为他的书，画了幅插图……”

“放肆！拦我作甚？！看看！”侯久满搡开可言，抓过妹仔的画，瞪大眼睛看着。

可言、玉姑、正良惊恐地注视着侯久满。

忽然，侯久满脸上呈现出笑容：“不错，不错，我家妹仔真乃多才多艺！”可言等，面面相觑。

“你等歇一会儿吧。”侯久满丢下画，走回去摆弄枪。

那画，裸体洋女被妹仔飞速添了撇胡子和一件披风！

可言、玉姑哈哈大笑。

可言：“可惜了，可惜了，三弟，重画，重画。要不……你为玉姑画一张。”

“找打！”玉姑与可言追闹起来。正良一本正经地读书。追闹一阵，可言掏出个鲜绿杨桃，双手捧着：“小可这里，为大侠玉姑娘赔罪。”

玉姑取过闻了闻：“一股酸汗气味！三哥，给！”玉姑丢给妹仔，妹仔接住，边吃边加工那画：“我不怕酸。”

可言妒火中烧，一掌打掉杨桃：“妹仔！好不知耻！这是给玉姑的，你怎能掠人之美！”

妹仔愣怔：“你说什么？”

可言揪住妹仔脖领使劲乱晃：“还我杨桃！还我杨桃！”

“我还你！”玉姑从一布兜倒出一堆杨桃，塞给可言一个：“三哥，剩下的都是你的，吃！”

可言看看玉姑，再看妹仔，更加嫉妒：“只不过会些淫巧小伎，凭何如此得宠？还我杨桃来！”可言竟挥拳打在妹仔脸上。妹仔看看，跃起：“玩玩无妨！”二人随之厮打起来，滚得人仰马翻，桌歪椅倒。

正良左右拉劝：“别打！别打！弟弟们别打了……”

玉姑叉腰笑看：“打得好！打得好！”

侯久满提枪冲来，朝可言屁股给了一枪托：“反了！反了！老子亲自督着读书，尔等也能造反！”

可言愤怒：“阿爸！你凭何单单打我？！”

“我，我看见是你先动手打人！”

“是他先抢了我的东西！还抢了我的女人！”

玉姑叫道：“呸！谁是你的女人？！谁是你的女人？！”

“闭嘴！……闭嘴！”侯久满看着儿女，气极语塞：“你们！你们……”

“你们统统偏爱妹仔，而视我外人！特别是你！”可言瞪着侯久满，“你拿着我家祖姓，买来卖去，我魏可言一直忍了又忍。今日，你竟敢拿枪打我！你做我大姨父尚且不配，何谈阿爸！”说罢，可言冲出门去。正良等人追赶：“二弟！二弟……二哥！二哥……”侯久满僵在原地，眼珠一眨不眨。

庭院里，妹仔抱住可言：“二哥，闹闹玩玩，岂可当真？你若气不过，多打妹仔几拳。”

正良也说：“二弟，阿爸从来视你为读书种子，刚才还赞你读书神速，怎么会不爱你呢？”

玉姑：“你往哪走？不就是那座破庙吗？”

“破庙？那是我魏家几十万两银子堆起来的。再说，我还有田亩、佃租，足可锦衣玉食，凭什么在此受气？！放手！放开手！”可言挣扎着。

“哪去？！”

阿尔萨兰站在妹仔房门前，冷冷说道：“不是老爷在亲自教习你等读书吗？怎么读得分起家来？”

可言挣着：“放手！让我走！让我走……”

“大胆！”阿尔萨兰喝道，“你已过继，归我管束！现在额娘未死，你就想出家么？”

可言冷笑：“你？你比我还小一岁，做我额娘，也不怕折寿！”

阿尔萨兰怒目瞪了可言片刻，喝道：“来人！”

25岁的壮汉善缇，大步奔来。

阿尔萨兰：“十个皮笊篱！”

“嗻！”善缇推开妹仔等，一脚踹翻可言，同时从腰间拽出皮手套戴上……

“慢着！”侯久满瞪着善缇：“你是何人？一个厨子，也竟敢……”

“还不掌刑！”阿尔萨兰怒喝。

“嗻！”善缇不由分说，一掌接一掌地轮在可言脸上。

“好一个狗胆下人！”妹仔、玉姑从愣怔中惊醒，扑过去抱打善缇，但不经善缇几下，全然摔倒。

善缇继续抽打可言。

侯久满举起步枪：“再不住手，老爷我崩了你！”

善缇无所畏惧，直到打够，冲阿尔萨兰半跪：“姑爸爸，奴才用刑够数。”

阿尔萨兰冲着可言：“哼！小一岁？小一岁，我就不能做你额娘了吗？如果我愿意，还可以做你的太太！哦，满人的太太就是你们汉人的奶奶！都听着，这个家，没有阿尔萨兰的旨意，谁都不许肆意妄为！”

可言：“凭什么？！”

“凭这天下，乃我大清的天下！你敢拿脑袋，试一试凭什么吗？”

可言被阿尔萨兰镇住，张张嘴，无言。

“善缇，晌午做个西瓜盅，给姑爸爸消消火！”阿尔萨兰踏着满鞋，甩甩地走向自己房间。

善缇“嗻”了一声，大步离去。

侯久满怔怔地看着此人。

夜，玉姑为可言青肿的脸敷着药，可言目不转睛地看着玉姑……

侯久满在阿尔萨兰房外走了个来回，犹豫一阵，推开房门。

阿尔萨兰正朝脸上拍着鸡蛋清：“何事？”

侯久满问道：“你在我的府里，埋了多少你的奴才？”

“什么叫你的府里？没有我皇太后恩赏，你还在驿馆喂跳蚤呢。”

侯久满底气不足：“这府里的仆佣……”

“怎么，我吃满食，用个满人厨子，不行吗？”

侯久满：“你全用满人都行，但府里的仆佣，不是宫里的太监，不能像太监只听老佛爷使唤一样，只听你的。如果那样，老侯我岂不成了……岂不成了……”

阿尔萨兰瞪住侯久满：“大不敬！你是想说你成了皇上吗？”

“我什么都没说。听着，你在我侯府掌事发威，须适可而止！”侯久满瞪瞪眼，大步离去。

阿尔萨兰冷笑看着侯久满背影，操起玉滚，如慈禧一样在脸上慢慢按摩，自语道：“这还差得远着呢！”

玉姑敷药，可言笑着：“还真得谢谢我那额娘，这顿打挨得值了。玉姑妹妹，我真的很喜欢你。”

玉姑瞪了可言一眼：“又胡说！还自比新派人物，那么多西书都读狗肚子里了！忘了你我母亲，是亲姐妹了吗？！”

可言眨了一阵眼：“我读的西书，好像也有写表兄妹，彼此爱恋的。”

“行了！我回了。”玉姑朝外走。可言：“玉姑，那你是喜欢妹仔了？”

玉姑答：“我当然喜欢妹仔。这大门内外，凡认识妹仔的，哪个不喜欢他？”

“你知道我说的‘喜欢’是什么意思。”

门被猛捶两拳，传来侯久满的吼声：“言儿！十个皮笊篱是否太少？！”

玉姑拉开门：“你偷听？”

侯久满：“我，我没有！”

玉姑瞪了一眼，走出。

“玉姑……”“我要歇了！”

侯久满无奈地看着玉姑。

“上闩，打钱粮（上锁），小心火烛——”门老先生提着“侯府”灯笼巡夜走来，看着玉姑背影，笑了笑。

侯久满看看门老先生："想不到，这四五家小，竟比千军万马还难管束。"门老先生又笑笑。侯久满靠近，低声："标下想拜托老人家，查查老侯这府里，到底有多少是'后党'。"

"饶了小老儿，饶了小老儿，老爷的家事，小老儿盖不与闻。……睡前吹灯，小心走火——"门老先生连忙摆手，急急走去。

侯久满看着，自语道："看来，老侯管不了尔等，只能请一人回来了。"

是夜，惠州侯家香堂，侯夫人跪在观音前，闭目诵经……

房内，阿尔萨兰寒目如冰，玉滚滚在脸上……

储秀宫，慈禧也在用着玉滚。边按摩，边看折子，慈禧笑了笑："我这猴子胃口不小。侯久满既然能改造这林什么枪，就让他改吧。"

领班军机大臣奕劻："回太后，军机们商议，侯久满如若真能改好林明敦兵枪，理应将办法奏明，交由各局同时进行，如此不但省时，还省了许多运输资费。"

慈禧："郎中若将秘方印成了告示，他自个儿吃什么？"

"侯久满定然也是这样想法。但各地的督抚、将军们担心，那么多的枪一下抽走，万一有事……"

"不会分批抽送吗？"慈禧正色："奕劻，是不是我那猴头光上折子，忘记同时给你上银子了？"

奕劻扑通跪下："太后，奴才冤枉，的确是侯久满所奏不详，加之粤局远不如鄂局、沪局等枪炮老局实力雄厚，奴才才不敢自作主张。"

慈禧道："那侯久满前一阵装神弄鬼，在各家局厂窥探了一遭，想必不愿与那些暮气已沉的老大、老二分羹，自有他的道理。至于那些督抚、将军，谁不知他们与本地局、厂打着勾连，一枪一弹都吃着佣银！"奕劻顿显心虚、猥琐。

"别忘了庚子之后，俄国的 18 万兵还赖在我大清龙兴之地，妄图独占东北，并控制蒙古、新疆。日本人、英国人一直看着眼馋，这早晚会有一战。……这一阵，孙文、康梁都在干什么呢？"

奕劻："回太后，据报，这二年孙文与康梁在彼此报端开笔仗，争执中国是实行共和还是实行君主立宪。"

慈禧："哼！好像他们已经做了大清的主！听着，趁乱党忙于舌头，朝廷得抓紧拳头。侯久满的折子立即准行，那个林什么枪，快抽快运！但银子，一文不给。"

"一文……不给？"奕劻很是吃惊。

光绪一直呆呆地望着窗外枯枝。

枪厂内，机器飞转。侯久满一脸油污，自己开着机器，碹制步枪零件。

吴丁贵站在一旁："大人，您想试制什么器件，还是您说，让小的来干。"

“闪开。”侯久满专心致志地干着。

铁匠铺，门老先生掏出个纸包：“这位师傅，要想挣我的银子，这里面的东西如何煅烧、淬火，你得听我的。”

铁匠看看门老先生：“得，听您的，一看您老就是个行家。”

门老先生打开纸包，是几个小小的钢片、弹簧。“这是什么？如此之小。”

“别问，先烧大火。”

门老先生身后，查理骑马走过，注意地看着。门老先生没有察觉。

侯府伙房偌大，善缇等七八个厨子在忙。阿尔萨兰无聊地走进，看了看，问善缇：“在宫里时，见老佛爷吃过一道菜，叫‘响铃’，会做吗？”

善缇：“回姑爸爸，奴才奉旨南行前，特意拜访过御膳房的厨子，多少学了些本事。”

“难为你这一等带刀侍卫了。别声张，照着老佛爷的口，做几个。”阿尔萨兰欲走，又返回，“哦，听老佛爷讲，人乳最能养颜。吩咐你的人，明儿个选几个奶妈进府。要满人，皮肤、面容得细润、秀美，最好别过20，是刚生养头胎的。”

善缇：“嗻，奴才一一记下了。”阿尔萨兰步态高贵地走出伙房。

餐厅，三桌分食。

侯久满显得一脸怒色。阿尔萨兰嚼着“响铃”，脆生生的。可言看着，不由得直咽口水。

玉姑推推可言：“羞不羞？二哥，什么叫做君主立宪？”

可言转回头：“说立宪，得先说宪法。《国语》曰：‘赏善罚奸，国之宪法。’《汉书》曰：‘作宪垂法，为无穷之规。’《史记》里也有……”

“少卖弄，直接说立宪。”玉姑打断。

可言：“立宪嘛，世界万国，内治之法不外三端：君主之国，民主之国，君民共主之国。但凡称皇帝者……”

“懂了懂了，君民共主的国家就叫君主立宪。那，好处在哪？”

“好处在于君民共治，上下相通，民隐得以上达，君惠得以下逮。民气日疏，则君威日振。”

“听起来挺好，不过，得先有个好皇帝，如果皇上是个……”

侯久满使劲敲了敲盘子。

阿尔萨兰也瞪着眼，“响铃”咬得愈发响亮。可言看着，终于忍不住走过去盯着盘内：“额娘吃的这是何物？”

“怎么，想吃吗？”

可言嗅了一下鼻子：“浓香扑鼻。”

阿尔萨兰：“端过去，尔等同食，把嘴巴堵上！”

“谢额娘。”可言先拈了一块丢进口，边嚼边将菜盘端回。

玉姑鄙视地：“你那脸，青得尚如猪腚，居然就忘了疼！”“吃，吃。”可言将响铃搛入玉姑、正良、妹仔碗里。玉姑丢回，但马上又捡进嘴里猛嚼。

“这就叫‘民隐得以上达，君惠得以下逮。’”阿尔萨兰边吃边说。

“你是君？这就叫大不敬！”侯久满丢下筷子，走出门去。

侯久满走入房间，气哼哼地倒在床上。门轻轻推开，门老先生笑眯眯走入：“老爷吃过了？”

侯久满顿时展颜坐起：“吃了，吃了，老人家请坐。”

门老先生看着桌上那十几条枪，问道：“老爷的枪，捉摸得如何？”

“改了几支，还未曾试放。”

“那，今日试试如何？”门老先生试探。

侯久满看看门边立着三支步枪，诡谲地看看门老先生，站起身：“行！就先试试门边那三支。”

门老先生看着那三支枪，也神秘地笑笑。

郊野，侯久满连连上膛、退弹、上膛，射击，但前方的一颗木瓜，始终不中。

门老先生坐在一旁：“臭！真臭！老侯，你这枪法着实太差啦！你的手老抖个什么？”

“好枪！好枪！真乃好枪！”侯久满满脸喜色。

远处，查理骑在马上看着。

侯久满摆弄枪：“这支最好！绝无后门走火之虞！咦，可这支，好像不是标下改的。”

门老先生：“不是你改的，是谁改的？”

侯久满眯眼笑笑：“老先生就别再瞒混标下了。老侯扛回府里十几条兵枪，正是故意方便老先生下手。从您老天津摆摊，单靠竹木就能造出那般精利的弩枪，老侯便知，您老绝非凡人耳！”

门老先生哈哈笑起：“露馅了，露馅了，小老儿与你打了这么久的哑谜，到底还是露馅了。实在是因为你揽了个杀头的大差，小老儿怕你再死上第二回。”

侯久满急忙催促：“快讲讲，快讲讲，老先生，这枪您是如何弄的？”

门老先生笑罢：“说来也简单，这林明敦兵枪，不知是洋人故意，还是原本设计就未尽善，这枪的某些料器存在毛病。”

“什么毛病？什么毛病？”

门老先生取过枪：“这枪的节套、机簧、保险，钢料偏软，放射时，进退槽不能密闭。”

“没错！没错！”侯久满忙将枪取回，拉动几下，频频点头，“那，那现在这几样器料，是老先生重新炼造的？”

门老先生：“手工锻制毕竟不是办法，大批改造这林明敦，唯有依靠机器。”

“太好了！太好了！……可，可有了药方，却没有药……”侯久满思忖片刻，笑着拱手，“还是要多谢大师傅！多谢大师傅！我老侯起码已经免了欺君之罪。”

门老先生：“别忙着谢，小老儿改枪时发现，这枪解决了走火，继而可以大胆增添弹子药力。那样的话，这枪的射远，至少可到三百步之遥！”

“是吗？！妙！妙！”侯久满兴奋得乱转。但他转而仰叹：“我那小红毛啊——”

“又来！”门老先生摇摇头。

侯久满一脸苦相："大师傅有所不知，大清各局的火药大多是黑药、黄药和栗色药，那涨力威猛的无烟药一直未能过关。老侯要红毛出洋，除了置办机器，就是期盼他能弄到这无烟药的秘方。"

"丢人！火药乃我祖先所创，何须去洋人那里狗窃鼠偷！"门老先生笑笑，"交小老儿想想。"

"大师傅果真神人！"侯久满忙趴下磕头，"大师傅受标下一拜！"

"这是作甚！你还拿小老儿当外人不成？！"

"万事俱备，万事俱备！只欠……只欠……"

"只欠红毛的机器！"看着侯久满由笑渐转哭相的脸，门老先生揶揄一句。

"这回不是红毛。大师傅，今日上午朝廷传来太后懿旨，准老侯尽意改枪，但银子，还是分文不给。"

门老先生大惊："啊？！"

"没有大把的银子，老侯寝之无眠，食之无味，苦哇——"

查理看着，阴笑离去。

七

侯久满与门老先生一身尘土地回到驿馆庭院。阿尔萨兰问他去哪了，他看看，没有理睬。

“衙门来了几拨当差的，催你赶紧回复太后旨意，你竟如此轻慢，跟个门房胡混！”阿尔萨兰忍不住斥责。

“要你多嘴？！太后旨意，我自有思虑。你只管吃吃喝喝，正事少问！”侯久满接着走。

阿尔萨兰：“正事，你跟个昏老门子都讲得，跟我这钦命的大福晋却讲不得吗？”

“你若嫌门老先生身份卑贱，明日我便连捐带保，举荐他老人家做个枪炮局的四品帮办！”侯久满走进自己房门，狠狠将门摔上。阿尔萨兰气得跺脚。

门老先生看着，苦笑着咕哝：“老侯，你这不是让小老儿滥充‘帝党’，擎等着找死吗？”

查理看着胸前怀表，匆匆走入侯府花厅。侯久满抱了抱拳：“查理船长，有桩急事，这么晚了还将你请来，见谅，见谅。”

查理笑道：“我知道，您的太后要您造枪，又不给经费，老板您十分痛苦。”

“果然，尽管那个瑞良失踪，可你在衙门里仍有耳目。我问你，最近海上的买卖如何？”

晚上，查理翻了一眼：“我的船上，自大副以下全是老板的人，生意的事，您根本用不着问我。”侯久满不语，盯着他。

查理笑笑：“估计，不少于百万吧。”

侯久满也笑笑：“洋人这方面很是诚实。告诉你，准备送我去北边。”

“北边？”

“今晚你就住我府上。”说着，侯久满拽下查理的怀表，“这个送我。”

查理欲抢：“不不不，这块表很怪，只有我自己看得懂。”

侯久满躲闪着：“老侯知道很怪，不怪还不要呢。”

夜幕中的侯府，显得颇为诡异。伙房，善缇磨着菜刀，不时用手指试试锋刃……

忽然，一条黑影从庭院闪过，来到门房跟前。黑影先是门前听听，然后抽出菜刀，拨开门栓闪入，片刻，传出门老先生的惨叫，黑影蹿出而去。门老先生浑身是血，扑出门放了两枪，便栽倒在地。

侯府的人全醒了，花厅内，全府主仆默立。侯久满怒目圆睁，看看菜刀，“咣”地丢在阿尔萨兰脚下，喝道：“谁干的？！”

阿尔萨兰坐着，不动声色：“我怎么知道是谁干的？”

“这是谁的刀？！”侯久满问。

阿尔萨兰：“是伙房的刀，还可能是善缇的刀。怎么，这就可以证明，是我指使谁干的了吗？”

侯久满抓起步枪，朝那刀上开了两枪：“气煞人也！门老先生刚刚破解这林明敦的毛病，器料的煅造火候，也只有他能把握，偏偏此时便有贼人杀到他的头上！这侯府定有内奸！”

“老爷在府里摆弄枪，也不是一日两日，”阿尔萨兰看看查理，“怎么偏偏今夜有了生人，就……”

查理笑笑：“夫人是怀疑我吗？我为什么要与一个素不相识的门房过不去？”

侯久满瞪着阿尔萨兰：“用得着怀疑别人吗？你自己就一直看着门老先生不快！”

阿尔萨兰：“我不快，可我要杀他用不着如此鬼鬼祟祟！更不会去伙房找把菜刀！”

“这未必不是障眼法！阿尔萨兰！误了老侯十万火急的皇差，横竖你给太后一个说法！”侯久满大步走出花厅，阿尔萨兰叫着，你说清再走！侯久满！你给我站住……

查理笑嘻嘻地与惊愕的正良等人和仆佣们，两边看着。

侯久满走入自己房间，看看躺在床上的门老先生，门大夫情况。

大夫道：“回大人，幸亏老人家会些功夫，没伤到要害。只是他原本有些旧疾，身体十分虚弱。”门先生似有话要说，侯久满请大夫堂屋坐。看着大夫走出，门老先生道：“老侯，杀我的不是大福晋的人，你别错怪她。”

侯久满：“标下知道不是她，只是趁此事骂她几句，杀杀她的威风。大师傅，您可看清，凶手是华人，还是洋人？”

门老先生惊异：“洋人？你是说那个查理？不不不，这小老儿的确没有在意，不能乱讲。”

侯久满思忖：“……确实也不太像，那个查理杀您作甚？……算了！这阵子是来不及查了。大师傅，标下借着此番去京师，很可能要走一趟辽东。”

门老先生一惊：“你……你要去辽东？”

“正是。”侯久满看看门外，神秘低声：“大师傅，标下搞了这一阵枪炮，痛感人才可贵，标下想去当年戴梓的流徙之地，寻找他的后人。”

门老先生两眼直直地盯着侯久满：“戴梓已走了一百八十余年，如何找得着其后？再者，他的后人就一定还在玩枪弄炮吗？”

侯久满：“试试吧。不试一下，标下不是心有不甘，而是死不瞑目。”

门老先生盯着侯久满沉默片刻，竟涌出两行泪水：“……侯大人，既然你要去，小老儿有句很难开口的话……”“小老儿自感来日无多，想落叶归根已难行千里，我……我盼望我那孙儿，能来此送上一送。”

“大师傅，您这是什么话！”

门老先生拱手：“小老儿唯有此愿。”

侯久满：“好，好，您说，您老的故乡所在何处？”

“也是辽东。”

侯久满惊诧：“啊？如此之巧？”

门老先生握住侯久满胳膊：“侯大人，戴梓之后能否找到，都拜托你将我的孙儿，捎来广东吧。”

侯久满："尽可放心，标下一定办到。大师傅，这府内的事令人堪忧，我走之后，还是让吴丁贵，在局里侍候您吧。"

此时，善缇跪在门边，阿尔萨兰气哼哼地在房里来回踱步："你的人是怎么看护宅子的？今儿个莫名其妙地杀门房，明儿个该冲谁来了？！"

善缇："奴才该死。"

阿尔萨兰："下去。……等等，奶妈的事办妥了吗？"

"回姑爸爸，办妥了。"阿尔萨兰挥挥手，善缇退了出去。

善缇走出阿尔萨兰房间，似看见了什么，忙喝问道。只见查理穿着睡袍，看看善缇，继续背手踱着："被你们半夜吵醒，睡不着，散散步。"

善缇："不行，我得看着你回客房。"查理诡异地朝侯久满的房间看看，慢慢走去。

翌日清晨，阿尔萨兰还在睡着，善缇来到窗外："姑爸爸，姑爸爸，奴才有要事禀报，老爷和少爷、小姐全都没了！"

睡梦中的阿尔萨兰咕哝了些什么，猛然睁眼："什么？！什么全没了？"

善缇："姑爸爸，是老爷他们全都不见了，连门房和那个洋人也不见了。"

"不见了？哪去了？！"阿尔萨兰"腾"地坐起。她哪里知道，此刻侯久满和儿女们正乘舰驶向北京城方向。

阿尔萨兰要面对的是侯夫人。

这日，阿尔萨兰仪态万方地走出房门。"姑爸爸吉祥！"她一一扫视着四张年轻、秀美的满族女人的脸。最后，目光落在已经55岁的侯夫人的脸上。

"怎么？是我没吩咐清楚吗？！"她蹙起眉头。

女佣木棉忙道："回大福晋，这位不是奶妈，她是老爷托人捎来的。"

"老爷？"她走到侯夫人身前，打量了半圈，"认识老爷？过去给老爷做过饭？"

侯夫人极其紧张："回、回太太，做，做过的。"

"既然老爷好你这一口，就去后面伙房吧。"

"哦……"侯夫人怔怔，"是的，太太。"

阿尔萨兰："但刚才衙门传报，说老爷去京师了，他回来之前，你先在各处打杂。"侯夫人道了一个万福称是。

木棉道："都跟我走吧。"

"谢大福晋赏饭。"四个满女行完蹲礼，抱着各自婴儿，跟着木棉。

阿尔萨兰看了一阵，叫道："那个汉人婆，别叫我太太，记着称我大福晋！"

"知道了太太，哦，知道了大、大福晋。"侯夫人回身答时差点儿绊了个跟头。阿尔萨兰鄙视地嘟囔了一句"小脚婆！"

木棉带着满女入女佣房，让她们挤乳汁，四个婴儿躺在炕上"哇哇"哭叫。阿尔萨兰在房前转悠着，颇显不安。侯夫人扫着院子，看看房门，轻轻叹息。

"放肆！为何叹气？！"阿尔萨兰瞪眼。

"我，我没有……"侯夫人嗫嚅。

"我看见了！你……过来！"

侯夫人怯怯地挪到跟前："大、大福晋，小妇人真的没有……"

"你说，为什么那些小儿，一同又哭又喊的？"

侯夫人抬眼看看阿尔萨兰，答道："他，他们饿、饿了。"

阿尔萨兰怔怔："他们在家没有吃过吗？"

侯夫人又看看："若是吃过，他们的额娘就挤不出太多奶水了。"

"胡说！大人那么大，小孩那么小，能吃多少？你是故意胡讲乱讲！"阿尔萨兰忿忿走开。婴儿的哭喊又令她大步走回："进去告诉那些奶妈，赶紧回家喂孩子，今儿的银子照算。"

"那……明日呢？"侯夫人怯怯地问。

"还明日！闹死我啦！"阿尔萨兰快步离去，抚着胸口，"我的太后老佛爷，看来，就是喝人乳这条，阿尔萨兰实在学不了您。"

京城，储秀宫内。慈禧举着眼镜，看着查理的那只怀表对侯久满道："猴子，好像你孝敬了我一块旧表。"

侯久满趴在地上："回太后，这表是标下偶然从海里捞出来的。"

"胡说，表泡在水里还能走吗？"

侯久满回道："标下听洋人讲，这表不但防火防水，最奇的是，它还能让人返老还童。"

慈禧："你这泼猴，一年多没见，学得油嘴滑舌！"

侯久满："太后可以扔在水里试试。不过那返老还童就是个意思，因为它的针倒着走字儿，有时光倒流之意。"

"是吗？"慈禧将怀表打开，扔进茶杯："……哟！哟哟！这东西竟开倒车！哈哈哈……我见天把它扔在盆里，日日看着它洗脸，岂不又转回我额娘肚子里去了？哈哈哈……猴精，快起来，快起来，人家是送金山银海，你就这么块破表，竟哄到我心尖上去了……唉哟……"慈禧乐得岔了气，喘着："本来还想问问你向乱党卖枪的事儿，算了，有脾气也发不出来啦，过几日你再来见我。"

"愿我圣母皇太后，如月之恒，如日之升，寿山福海！"侯久满跪拜，退出。

慈禧笑眯眯地看着门帘："……放他几日，看这猴子会找谁讨要银子。"

李莲英："嗻，奴才这就支人盯着侯久满。"

"转，转，倒着转，倒着转……"慈禧笑眯眯地看着茶杯里的怀表。

出了宫，侯久满入了庆王府，送上西箱崭新的步枪。

奕劻看着大惊："侯大人，你这是……"

侯久满："请王爷笑纳。如今市面不宁，让亲兵换上这个，可保您府邸平安。"

"好！好！这东西比银子实惠百倍千倍！"奕劻眉开眼笑，搓搓手提出一支。

侯久满："弹子您可劲儿地打，打完了，标下随时孝敬。"

"好！好！喝茶！侯大人，请！"

奕劻坐下，接着说："唉呀，要说侯大人的差事，办得真是整个大清，绝无第二人可以比肩，背着条空布口袋去南面，眨眼的工夫，已是家大业大，连本爵都要叨着你的好处。”

“王爷耍笑标下。标下若能继续长进，或有了难处，还指望王爷惦记着。”

“唉——本爵知道，那13万条破枪，假如山似的堆到粤局，又一文不发，这叫谁办，谁都得上吊。要不，本爵说说话，叫各地的局厂给你凑个10万、20万？”

侯久满拱手：“多谢王爷美意。只是如此，恐怕粤局会被各家老大的口水淹死。”

“那……朝廷方面……”

侯久满：“标下不要朝廷一两银子。此次标下搅扰王爷，也不是来讨要银子的。”奕劻疑惑地看着他，侯久满接着道：“标下只是想念王爷，回到京城，不能不登门请安。”

奕劻大大放松：“好好好，好好好，侯大人，没说的，改造林明敦兵枪这桩大差，你若办漂亮了，本爵定然瞅个机会，保你掌管整个大清的军械！”侯久满跪倒拜谢。

“起来，起来，哎呀……”奕劻颇有些悔色，“本王这话说得可能有些大了。要不，侯大人，本王今日家宴，请你吃全聚德的鸭子。”

“标下岂敢造次，王爷若是怜惜标下，标下斗胆恳求王爷一事。”

奕劻：“你讲，你讲。”

侯久满说道：“标下的岳丈，甲午年随宋庆统领征战东北，死于幕府，至今未能尸骨还乡，标下……”

“等等，等等，太后不是做主，赐婚阿尔萨兰，已命你休了前妻吗？”奕劻打断侯久满。

“正是如此，标下才难以启齿，想我……想我……”侯久满开始抹泪，“想我先父与岳丈大人，当年沙场有约：生则杀敌并肩，死则饮酒邻丘。此愿谆谆，而标下至今未了先人遗愿……”

奕劻看看，沉默一阵：“想移葬前岳父的灵柩，大孝，大孝啊！尽管匪夷所思，太后知道了难免怪罪，本爵就替你担着，返粤之前，你就先去趟关外吧。”

“谢王爷大恩！谢王爷大恩……”侯久满磕了三个头，接着掏出张银票放在桌上。

奕劻跳起来：“这是干什么，本爵已经收了你的枪。”

“王爷，标下听讲，今年淮北大水，朝廷有‘救捐’一说。”

奕劻怔怔：“有哇。救灾捐官，今年格外优惠，可八折收银，并当即开给凭照。四品的候补道台以下，各有定例。怎么，侯大人是想为公子……”侯久满点头称是。

是夜，京师驿馆客房内，正良等三人跪在地上，侯久满低声说：“听着，为父带你等出来，除了忧虑你等在家惹事，也有大事要你们去做。除了动迁你等外公遗骨，接回门老先生孙儿，还有一事，我儿要发誓守密！”

唯有玉姑站着问。侯久满：“你不用去，最好回房，装作什么都不知道。”

玉姑：“不，无论何事，我也要去。”

妹仔：“阿爸，您说吧，我等定然口不露牙，牙不漏风！”

“……好！”侯久满看看玉姑，从袖中掏出三张纸条，给了正良等一人一张。四人齐看，纸条上写着：分赴辽东，各寻戴梓。

“这戴梓是何人？”玉姑问。妹仔“嘘”了一声。

侯久满收回纸条，放在烛火上点燃：“这八个字记住了？原本该阿爸亲自去，但不知太后何时召见，那门老先生又身子堪忧，不能久拖。”

妹仔道：“阿爸，不用多讲，我等明日一早动身！”

“阿爸所托之事，甚是危险，这戴姓人毕竟是钦犯之后。”侯久满又取出三封信札，分递正良等：“此次来京，阿爸特意为我儿每人捐了个候补道台，你等寻人时，这四品道的凭照，或可给你等些许方便和保险。”

妹仔等看看信札，又相互看看，正良带头，可言、妹仔随之叩首谢阿爸。侯久满满怀疼爱与忧虑，一一看着自己的儿女：“……玉姑，你还是留在京师。”

“不，这种事情，怎能落了玉姑！”

侯久满：“此事险恶，你一个女儿家……”

“不让我去，玉姑现在就大声吵吵了！”玉姑放声大喊，“喂——这里有人……有人想要……”

“住嘴！”侯久满急忙喝道。

庭院暗处，一直坐在暗处监视侯久满的赵秉钧的眼珠闪着狼一般的光。

妹仔等走出门，看看凭照，再相互看看，笑起来。可言：“道台满街走，通判贱如狗。哈哈哈……”正良紧忙提醒：“轻点儿，轻点儿！”

看着儿女出门之后，侯久满自语：“唉——，大清的顶子打折，办国家的事也得如此鬼鬼祟祟，真是令人哭笑不得。”

突然，有个纸团从后窗抛到侯久满脚边。侯久满看看后窗，急忙打开纸团，那上面写着：门外有人！侯久满惊愕地看向窗外……

庭院内，赵秉钧的坐处，只有一只茶杯，已不见人。

一条黑影从驿馆后墙跳下，匆匆而走——此人正是善缇。

侯府，阿尔萨兰在房间门口一手捂着小腹，一手拿着电报，惊诧自语：“四个小东西全去了辽东？”思忖一阵，腹痛得令她不禁呻吟，朝门外看看，挣扎着走出。

侯夫人在伙房与木棉择着菜，侯夫人掏出封信递给阿六：“阿六，这是你要的家书，我在信里代你问了问孩子。”

正喝水的阿六忙不迭地接过信：“有劳老妈妈，有劳老妈妈了。”

木棉接着问：“老妈妈，这几日不知怎么的，我这牙总是疼得要命。”侯夫人朝木棉口中看了看说等等，便起身切了片生姜，递给她：“你咬在痛处。”

阿尔萨兰扑跌到门口，撑着门框看着。

木棉咬了会儿，直点头：“灵验，灵验！太谢谢老妈妈了。”

“你，出来。”阿尔萨兰对侯夫人说道。

侯夫人站起，怯怯地问：“是叫我吗？大、大福晋。”

“你！”阿尔萨兰转身离去。侯夫人紧忙跟出。

“你为何在我府里，收买人心？”阿尔萨兰捂着小腹走入房间，侯夫人跟在后边：“冤枉啊，大、大福晋，小妇人绝无……”

“什么小妇人？来了没有几日，府里谁人不知，天上掉下个菩萨似的老妈子？”侯夫人吓得更加怯懦。

“什么‘大福晋’，听着，每个月的这个时辰，我这肚子都疼得挠炕上房的，你是过来人，有招没招？”

侯夫人抬眼看了一下阿尔萨兰，怯怯地：“其实……其实……大福晋只是行经腹痛，若是……若是生养了孩子，就好多了。”

阿尔萨兰气得一拍桌子：“你这不是成心怄人吗？我……我说的是现在怎么办！”

“大福晋若不嫌老妇人腌臜，老妇人或许可以试试。”

阿尔萨兰：“还啰嗦什么，快着点儿！”

侯夫人忙看看左右，在盆里洗了手：“大福晋最好趴在炕上。”阿尔萨兰紧忙趴下。

侯夫人按摩着阿尔萨兰的腰背，阿尔萨兰舒适地哼哼着。

“我问你，你生养了几个？”阿尔萨兰闭着眼睛。

侯夫人朝阿尔萨兰的脑后怨怼地看了一眼：“……回大福晋话，老妇人曾生养一儿一女。”

“什么叫曾生养，是夭折了，还是卖人了？”阿尔萨兰奇怪地问。

侯夫人轻轻长叹：“唉——是送人了。”

阿尔萨兰吃惊地睁开眼：“两个都送了？”

“都送了。”侯夫人的声音极低。

“唉，谁让你嫁了一个没本事的男人。”阿尔萨兰怔怔道，重新闭上眼。侯夫人看了看，张张嘴，又无可奈何地闭上。

枪炮局吴丁贵住房内，门老先生捂着肚子，也在床上呻吟。吴丁贵提着食盒走入：“门大师傅，开饭……哟，这是怎么了？”

门老先生：“不知为何，腹部隐隐作痛。”

“肚子上又没刀伤，怎么会腹部疼痛？您老过去是不是有什么病根？”吴丁贵诡异地端详着门老先生。

“别的病有，就是不曾腹痛……”

“要不，我扶您上趟茅房？”吴丁贵扶起门老先生，诡异地笑笑。

门老先生昏继续睡着，痛苦呻吟。

突然，一把匕首从门缝插入，拨动门栓。接着，一光背黑影闪入，摸到床边，从床下拖出个包裹，打开翻找。门老先生突然惊醒：“何人？！”那人一拳将门老先生击倒，蹿出门去。紧接着，门外传来吴丁贵的喊声：“偷儿，哪里跑！”

吴丁贵光背提刀追出，前面并无他人。于是边虚张声势，边回过头喊：“站住！站住……”房内，门老先生捂着腹部挣扎到门前，疼得晕死过去。

辽东乡野，妹仔向一老农打听：“老人家，这儿附近有没有姓戴的人？”

另一处，可言询问一位送饭的农妇：“大嫂，你们这儿有没有个祖上是制枪造炮的？”

再一处，正良紧张地左右看看，向一个七八岁的小儿一躬到地，鬼鬼祟祟地问：“小哥，敢问贵乡是否住有戴姓人氏？戴，张冠李戴的戴。”

小镇茶摊，玉姑边喝水，边盯着旁边的一家铁匠铺。21 岁的门刀边看书，边以小锤引导着伙计，锻打一把大刀。火炉边，支着几杆崭新猎枪。有人过来，提起一支看着，门刀道："大哥，是猎户吧？保您两百码一枪放翻一头豹子。"

猎户："真是好枪，可惜今天未带银子。"

"大哥，我知道你们那儿叫俄国兵占了，日子难过。拿去吧，银子的事，打着猎物再说。"

"这怎么可以……"

门刀："拿去吧，这有两匣弹子，一起拿着。"

玉姑看着门刀，颇有好感。见猎户走去，玉姑冲门刀直通通地叫道："喂！……喂！叫你呢！"门刀看向玉姑。

玉姑："你是打刀的，还是造枪的？"门刀没有应答，接着低头看书、打刀。

玉姑又喊："喂，大个子，人家问你话呢！"门刀仍未睬。玉姑瞠目："嘿，什么人哪，一点儿礼数不懂！"

储秀宫内，慈禧发问："猴子，讨到银子了吗？"

"回太后，标下实在就是只翻不出如来佛掌心的猴子，太后知道标下有条贼船，标下哪里还敢化缘？"侯久满讪笑着。

慈禧笑笑："你那可不是一般的贼船，现在整个大清，都没有那样的铁甲舰了。"

侯久满："大是大，但那东西老得，已然快开不动了。"

慈禧翻了一眼："怎么，今儿个捡起我不爱听的字眼了？"

侯久满忙哈腰解释："标下说的是船，说的是船。"

慈禧："我知道，你是担心我收了你的船，夺了你吃饭的金碗。听着，抢着了钱，省点儿用，先公后私，尽着把朝廷的枪修好了，再忙你自个儿的。好大的手笔，一家伙买了我三个道台！"

侯久满忙道："冤枉，太后，那些枪，粤局至今未见到一支，标下才为犬子……"

"得了，我也没怪罪你什么，能为大清养几个好官、忠臣，同样也是你的本分。这一年，日日请皇安了吗？"

"回太后，标下日日请，无一日懈怠。"

慈禧："好生待着我的阿尔萨兰，不许欺负她！"

"标下不敢，标下看着大福晋，就像看着太后，哦，不，是看着大福晋，就想着太后。"

慈禧笑笑："回去时，我有些恩赏带给你媳妇，启程的日子也替你选好了，后儿个午时吧。"侯久满听罢犹豫了一下。

此时，赵秉钧正向李莲英密报："大总管，下走着实没发现那侯久满有何异样。"

李莲英："这猴子马上将抓着朝廷十几万杆儿的兵枪，万一出了什么妖蛾子，可不是闹着玩的。"

"大总管提醒得是，下走一准留神，有了什么，定当万急地禀报大总管。"

离了宫，赵秉钧又去袁世凯处。在直隶总督行署的签押房内，袁世凯阴阴地看着他："不错，拿捏得对，别什么事都禀报那个阉货。想那侯久满，也是个能人，让他先好生办事。不过，枪炮乃我等命根，也得小小不然地帮那炮弁悠着些，别让他把枪权越整越大。"

赵秉钧揣摩着看看袁世凯，知其意，又似有不忍。

是夜，侯久满回客房，围着门刀转着看："……你家爷爷那般矮小，你怎么……"门刀腼腆地笑笑。

正良等围在一旁，玉姑说道："你别吓着他，这一路，他就没讲几句话。"

侯久满看了看玉姑，接着问门刀："贵庚啊？"

"比大哥小一岁。"玉姑答。

侯久满又问："尊名？"

"门刀。多奇怪的名字。"玉姑抢着回答。

侯久满看着玉姑："这一趟回来，你倒是多话了。"

玉姑瞥了一眼："我本来就爱讲话。"

侯久满将妹仔拽到一旁，低声问："戴梓之后，你等都未寻着？"

"没有。也许孩儿应该多找几日。"

侯久满叹道："唉——走吧，再不南行，太后要生疑心的。何况也不知他家爷爷的伤患如何了？"便动身回府。

侯久满将慈禧赐的万岁牌与两口大箱放入香堂，阿尔萨兰跪叩："吾皇万岁万岁万万岁！吾圣母皇太后万岁万岁万万岁！谢太后老佛爷隆恩！"

"来人，将太后的恩赏抬到大福晋的房里。"侯久满说完大步出门。他疾步走进客房，直奔门老先生床边询问。门刀与吴丁贵陪在一旁，老先生脸色青灰，极其虚弱。侯久满大惊："大师傅这是怎么了？标下走时，见那几刀不是并未伤到要害吗？"

吴丁贵忙道："大人，前些日子夜里闹贼，大师傅怕是被吓着了。"

"局里戒备森严，又是住在你的斋房，怎么会进贼？"侯久满瞪着吴丁贵。

吴丁贵："小的猜测，局里几百号工匠，难免有手脚不干净的。"

门老先生："算了……算了，老爷先忙，夜里来小老儿这儿说话。"

侯久满看看门老先生，又看看门刀："也好，你们祖孙多年不见，有什么吩咐，让下人叫我。"

侯久满不放心，一步一回头："大师傅，您真的没事吗？"

"没事，没事。"门老先生微微挥手。侯久满走了出去。

门刀忧虑地看着："爷爷，您这个样子，好像不是外伤。"

吴丁贵敏感地看看门刀。

"刀儿，爷爷身上是有些陈年旧疾……"门老先生咳了几下，捂住腹部呻吟。吴丁贵："快去给你家爷爷找些热水来暖暖肚子。"门刀看看吴丁贵，匆匆跑出。

阿尔萨兰回房里问善缇："你的电报也不讲清楚，那四个小东西，是不是去了我阿玛家？"

"回姑爸爸，奴才遵从姑爸爸吩咐，一直暗中跟着并护佑着老爷，的确不知少爷和小姐去了辽东何处。"善缇跪着。阿尔萨兰思忖。善缇接着道："正如姑爸爸所料，老爷到了京师，确实有人昼夜监视。奴才遵嘱，适时提醒了老爷。"

阿尔萨兰："老爷不知太后的厉害，我这也是为了府里平安。快回厨房吧，就说你探亲，回来销假了。"善缇退出门去。

侯久满大步走入伙房，四下巡睃。木棉问："老爷寻找什么？"

侯久满："我让人带到府里的那位呢？"

木棉："哦，那个老妈妈说，今天的菜少几样老爷爱吃的作料，刚刚出门采买。"

侯久满怔怔，咕哝了一句"要坏事！"转身离去。正巧善缇快步进门，与他差点儿撞上，急忙闪在一旁，他盯了善缇一眼。

侯府午饭，餐桌上佳肴丰盛，小辈的桌前多了门刀。阿尔萨兰款款进门，走向自己的餐桌。门刀一怔，盯着阿尔萨兰。阿尔萨兰坐下，看见门刀，也不由愣怔。

侯久满开口："刀儿，先见过大福晋。……刀儿……"门刀猛然醒神，起身施礼道吉祥。阿尔萨兰仍愣怔着……

侯久满介绍是门老先生的孙儿。阿尔萨兰仍旧愣着。侯久满注意地看了看阿尔萨兰和门刀，端着酒杯，走到小辈桌前："刀儿，从今往后，你便是我侯府一员。孩儿们，辽东一路辛苦，与阿爸同饮此杯。"正良等端起酒杯，随侯久满饮了，一桌子老少很是热闹。阿尔萨兰看着他们，颇为落寞。

门刀不时瞟着阿尔萨兰，玉姑不时向门刀碗里几搛菜："吃，吃，门大哥。"突然，正良的筷子落地，蓦然立起。妹仔等随之望向门口——侯夫人端着菜盘，欲看不看，怯怯地站着。

"阿妈！"玉姑扑过去，"阿妈，您这是……"

阿尔萨兰大惊，霍地起身。

侯夫人垂着头，将菜端到侯久满的桌上，转身欲走。玉姑紧紧抱着侯夫人："阿妈，这到底是怎么回事？"

正良等看着侯久满，侯久满尴尬地瞟了阿尔萨兰一眼，清了清喉咙，还未开口，阿尔萨兰摔下筷子，怒气冲冲地走出门去。

侯夫人回了女佣房，被正良等四人围着她，她说："玉姑，良儿，别怪你们阿爸，他也是好意……"

"什么好意！阿妈，您这叫什么？他居然叫您来当下人，叫您侍候那个旗女，这不是存心羞辱您吗？！"玉姑嚷道。

正良："阿妈，阿爸也没说明他的意思，就那么让人把您接了来？"侯夫人摇摇头。

玉姑："那您来干什么？！"

侯夫人低声道："你阿爸叫。"

"他都把您休了，还怎么叫，您就怎么动？！"

"阿妈猜想，你阿爸是可怜我，常年见不到你们……"

玉姑疼惜地："阿妈！那种铁石心肠的人，他会这样想吗？！"

正说着，侯久满推门走入，看看侯夫人，说道："良儿，你们出去。"

"不出去！你先讲清楚，为何如此羞辱我们的母亲！"玉姑质问。正良拽拽玉姑，被玉姑甩开："你们要走便走，我横竖要听个明白！"侯久满瞪着玉姑，玉姑也毫不相让地瞪着侯久满。

侯久满无奈地挥挥手，正良、可言、妹仔走出房间。侯久满："你要听，就别插嘴！"

侯久满清了清嗓子："我知道，你这人大善若水，一向与世无争，孩儿们听你的，仆妇杂役也听你的。这些日子，你在这府里是否看出，哪些人物，是那个……大福晋一伙的？”

玉姑大惊：“啊？！你这是让阿妈……”

“叫你不要插嘴！”

侯夫人顿然惶恐：“不知道……不知道……老妇人怎会猜到，老爷是叫我来做暗桩的……”

玉姑大叫：“可耻！可耻！可耻！”

“放肆！”侯久满拍桌喝道，“这些年，为父对你已经一忍再忍，今日你竟开口辱骂尊长！滚出去！”

玉姑跪下：“玉姑失口。但，但你故意利用阿妈善良，在自家府里使奸用诈，置阿妈于卑贱，玉姑为阿妈不平！”

侯夫人气得哆嗦：“玉、玉姑，你、你实实地愈发暴戾了，连你阿爸，都敢开口就骂。”

侯久满摆手：“罢，罢罢罢，我与你这女子是前世死敌，大仇未了，打到这一世来了。你等着，你就会看见我如何待你阿妈！”侯久满大步走出，“好好看顾着！你阿妈若出了岔子，我拿你是问！”侯久满重重摔上了门，然后去找阿尔萨兰。如此这般一说，

阿尔萨兰回房，气哼哼地训斥全府仆佣：“你们谁都不清楚，那老妈子的真正身份吗？”木棉、阿六等跪了一片。木棉怯声应道：“回大福晋，我等真的一点儿也不知道啊！”

“什么意思，这个老东西！”阿尔萨兰气愤地嘟囔。

阿尔萨兰把一只茶杯被摔得粉碎，怒吼：“荒谬！荒谬！荒谬之极！你要纳你的前妻做妾？！”

侯久满坐在桌边，十分平静：“正是。而且，老侯一言既出，如白染皂，绝无可改。”

“悠悠千古，无论为官为绅为民，你听说过如此离经叛道、不伦不理、骇人听闻的事情吗？！你无羞无耻，可你骨肉儿女的颜面，你也毫不顾及吗？！”阿尔萨兰气得哆嗦。

侯久满：“他们的阿妈年老无依，这也是为了他们阿妈着想。何况此事虽失常理，却未丧天伦。”

“你！你……那我呢？！我阿尔萨兰，是太后老佛爷亲赐婚姻，你如此儿戏，置阿尔萨兰于何地？！置老佛爷于何地？！”

侯久满：“皇太后赐婚时明言，不准老侯休你，但没讲不准老侯纳妾，更没讲，不准纳何样的妾。纳个老的，还是纳个少的，又无伤国法。”

“你！你这泼皮无赖！请、请皇……”

侯久满立即打断：“怎么，这种事也要罚老侯请皇安么？”

阿尔萨兰晃了几晃，晕倒在地。侯久满一下站起：“哟，哟……至于的吗？来人！”

门外，正良、可言、妹仔惊骇地面面相觑，木棉等女佣和善缇冲入房门。

“不好，阿妈！”正良大叫一声，慌忙跑进女佣房，见侯夫人正踩在凳子上，欲悬梁自尽。玉姑正拼命拦挡。此时，门刀冲出客房，边跑边呼：“侯大人！侯大人！我家爷爷快不行了！”

“姑爸爸……姑爸爸……大福晋……”善缇、女佣围在阿尔萨兰床前，喊成一片。

木棉掐着阿尔萨兰的人中呼唤。

在乱糟糟一片喊声中，侯久满冲入客房："大师傅！大师傅……"

门老先生已奄奄一息，勉强笑着："老、老侯，快，小老儿交代几句，好、好赶紧上路。"又拉住侯久满的手："老侯，小老儿没白跟你这样久。我没有认错，我中国人制枪造炮的大差，就得你侯久满接着了。老侯，千万千万为祖宗续上香火，强兵强国，强兵强国啊！"

"大师傅，您切莫多想，老侯要与您一同为我大清制枪造炮。"侯久满无比悲伤。

门老先生笑笑，对门刀说道："刀儿，过来跪下。"

门刀哭着跪在床边："爷爷，您冒死入关，寻找制造枪炮的帅才。找了这么多年，刀儿刚刚见到您老，您可不能走啊！"

侯久满大惊："什么？！"

门老先生："刀儿，有些事，爷爷一直不曾告诉你。你一岁那年，父母研磨炸药时，不慎炸死，因此你不知咱家身世。其实，我们并不姓门，而是门出戴姓，我们……我们正是戴梓后人！"

"啊？！"侯久满与门刀大惊。

"戴梓之后，世世为衙门严密管束，到了我这一辈稍许松懈，我才得以悄悄入关。老侯，小老儿将戴刀托付于你，你要担着大险，也要为我戴家守住这根独苗哇！"

侯久满含泪道："大师傅……您老……尽可放心。"

门老先生："刀儿，把爷爷教你做的东西拿出来。"戴刀从床下拖出一支木匣，打开，取出把琵琶状的火器。

侯久满接过，双目圆睁："这……这……"

"这才是真正的28珠连环铳。与那小红毛做的虽有些形似，但实去远矣。唉——，那红毛本来孺子可教，只是，可惜了。"说着，门老先生从怀中掏出一册古本，"这宝物，幸亏未被偷儿盗走。刀儿，爷爷当着侯大人的面，将这本《戴氏神器秘籍》传你了。你要牢牢记住爷爷刚才跟侯大人说的那四个字：强兵强国！"

戴刀呜咽着："强兵强国。爷爷，孙儿戴刀记下了……"

门老先生重新攥住侯久满的手："老侯，小老儿名曰找孙儿来送葬，实是召他入你门下。你会看到，他身上有奇异之才，必能助你枪炮大业。"

"谢大师傅！谢大师傅信侯久满如钟鼎！侯久满定还诺大师傅若山岳！"侯久满跪在床前。门老先生点点头，含笑屏口闭目。

戴刀大呼："爷爷！爷爷！爷爷您不能自了！"侯久满惊异："大师傅这是……"

戴刀道："爷爷有内疾，痛楚难忍，他这是想屏息自裁！"

"大师傅！大师傅！您不能，您千万千万不能啊！"侯久满惊呼。

门老先生猛地呕出一口污血，抽息几下，溘然长逝。

戴刀大嚎："爷爷——！爷爷——""……大师傅！大师傅走好！"

侯久满重重磕头，深伏不动。

是夜，番禺墓地多了一座新墓，碑上刻着"戴祖梓之墓"。侯久满与戴刀跪在碑前，戴刀抱起连环铳朝天射击，“突突”的强劲连发声中，一只鹰在高飞。

几日后，侯府大门外鞭炮炸得满天飞红。大轿落下，蒙着盖头的侯夫人被搀入大门。

阿尔萨兰站在门边一张木凳上，一手持扇轻摇，摆足“大婆”架势，一手拿着筷子，敲击侯夫人低垂的脑袋：“我站凳，你站地，我高过你，大过你，你系奴，你……下面是什么？”

木棉怯怯提词：“你系婢。”

阿尔萨兰接着敲侯夫人脑袋：“你系婢，贱人贱命，早生贵子……你还能生吗？”

远处，玉姑怒目欲冲：“我撕了这旗女！”正良紧忙拉住：“妹妹，妹妹，阿爸准她如此出出气，就让这场戏快点过去吧，否则阿妈更加难堪。”

可言一直看着哈哈大笑，玉姑狠狠捶了可言一拳：“该杀的，有何可笑！”

枪厂内，各类机器隆隆，工匠们紧张忙碌，两个洋人工程师亨利与西摩尔，在一旁督查。

炼铁炉前，戴刀指导着煅打、淬火，侯久满惊喜钦服地看着。吴丁贵等拆卸、改装枪械，十分妒忌与诡异地看着戴刀。

侯久满拿起一支林明敦步枪检查，神色欣慰。

乾清宫，早朝。

奕劻：“启禀太后，启禀皇上，粤局首批林明敦兵枪，业已改装完毕。经南苑团河靶场验射，件件精利，无一支遗存后门走火的旧疾。且射准、射远较之以往，提升二至三成。”

慈禧：“好！”

光绪也不禁拍膝：“好！好！重重议赏侯久满！”

奕劻接着禀奏：“不仅如此，粤局目下正研制无烟药和新的林明敦弹子，如若成功，新弹子的子力、射远，将成倍增加，大大优于同类洋枪。为相宜改进，这批兵枪暂未发回。”

光绪：“好！重重地赏！重重地赏！”

慈禧看看光绪，说道：“枪既然修好了，就发归各营。弹子弄成，另发亦可。造好枪，造好炮，也是枪炮各局的本分，议赏从缓。”

光绪颇显难堪。

下了朝，慈禧边走边对光绪道：“皇上，别怪我在朝堂驳你的面子，侯久满是做了桩好事，但那泼猴也着实可杀，他竟然将休了的老婆重新纳回做妾！极尽轻慢、嘲弄我这大清太后的赐婚！”

“那皇阿玛就杀了他！”光绪向边上的岔路走去。

八

枪厂拌药房内，各种化验量器之间，戴刀专心致志地调制着无烟药。侯久满在一旁看着，禁不住问：“刀儿，你为何一直不愿住在府里？”

“侯大人，这无烟药就快试制成了，戴刀住在局里方便一些。”

侯久满感慨：“大师傅果不虚言，刀儿真乃奇才，小小年纪，摆弄这枪炮、火药，竟如此神异！”

“大人过奖。戴刀小时，除了为主家放马，就是跟着爷爷为人打造猎枪、子药。这些，全是跟着爷爷学的。”

侯久满点点头：“无论如何，刀儿，今日回府里吃饭。”见戴刀迟疑，侯久满又道：“就算给老侯一个面子。”

两人回府进了餐厅。戴刀坐在正良等人一桌。侯久满看看侧面的空桌：“言儿，再去叫你额娘。”

可言笑道：“再叫也无用。她讲了，她一人一桌，倒像是成了这家的小婆。”

“天天在卧房吃食，她倒不怕像是成了牢犯。”侯久满蹙眉咕哝。

侯夫人站起身：“还是贱妾回房去吃。”

“坐下！”侯久满：“良儿，你去叫。”

正良站起：“阿爸，良儿叫过了。额娘说，再不准任何一个……一个姓侯的，进，进她的门。”侯久满尴尬地看了看众人，目光落在戴刀身上。戴刀站起身：“那，戴刀试试。”

侯久满：“那就有劳刀儿。”

“阿妈，您不许自称贱妾！……听着！这府里，谁都不准以妾待我阿妈！”玉姑叫道。阿六、木棉等仆佣应答：“知道了，小姐。”

戴刀在阿尔萨兰房门前犹豫片刻，上前轻轻敲门：“大福晋……大福晋……我是戴刀……”

半晌传出阿尔萨兰的声音：“进来吧。”戴刀十分紧张，缓缓推门迈入。阿尔萨兰站在桌边。戴刀，看了他一眼，马上垂下眼睑。阿尔萨兰直视着戴刀：“你……你真的是叫门刀，或是戴刀吗？”

戴刀马上抬起眼睛，激动地：“阿尔萨兰，你还记得蚂蚱吗？”

阿尔萨兰也激动起来：“你，你真是我阿玛家，放马的蚂蚱哥哥？”

“是我！阿尔萨兰，你 13 岁进京备选宫女，还是我赶的大车。”

“你还送了我一朵白菊子？”

“是我！是我！兰儿妹妹，你怎么嫁了个……嫁了个……大你那么多的？”

阿尔萨兰沉默片刻，滚下两行泪水：“蚂蚱哥哥，这都是……都是老佛爷她……”她猛然伏在桌上嚎啕大哭，无数委屈奔泻而出。

“阿尔萨兰，别哭……阿尔萨兰……”戴刀惊慌劝慰。房门推开，侯久满走了进来。戴刀顿显尴尬。

“没什么，没什么。自打你二人首次见面，老侯便猜到你们可能相识。也好，大福晋今后有了个故旧，可以说说话，解解闷。只是，你二人最好不要公开呼名唤姓。吃饭吧。”侯久满说完走出房间，戴刀惊异地看着他的背影。阿尔萨兰抬起泪眼，也颇为吃惊地看着。

不一会儿，侯久满、阿尔萨兰、戴刀依次走入餐厅。

玉姑低声问：“戴大哥，你是怎么劝的？她怎么就听你的呢？”

侯久满清清嗓子：“都听着，我侯府的人，今日便算是到齐了，我有几句话，尔等谨记。侯家世沐皇恩，代代忠良，到了我辈国难重重，更须矢志效命。侯久满肩负朝廷大差，无心家事，我儿能有为社稷更好，无为则应各安本分，顺服尔等阿妈教化。大福晋乃我圣母皇太后隆恩赐婚，我儿应加倍敬重，绝不可造次！国富千山秀，家和万事兴，这个理，想必都懂。”

正良等相互看看，正良站起：“孩儿一定谨记阿爸教诲，顺服阿妈，敬重额娘。”

侯久满示意正良坐下，叫道：“刀儿。”戴刀站起身。侯久满继续，“刀儿，你家爷爷将你托付于我，如果没有异议，侯府愿收你为义子，排序行二。”戴刀一怔，阿尔萨兰也是一怔。

侯久满：“你可愿意？”

戴刀愣住片刻，抱拳躬身：“谢大人。侯大人恩深义重，但戴刀世代布衣，难受豪门约束，还是由着戴刀，我行我素吧。”

侯久满：“不忙回答，刀儿可再想想。”

“大人，戴刀无需多想。”侯久满有些难堪。阿尔萨兰开口：“人家不想做你儿子，何必强求？”

侯久满看看阿尔萨兰，冲戴刀摆摆手：“坐下吃饭。”

戴刀坐下，玉姑拽拽他，低声笑道：“侯府的老爷有为人父的瘾，他还有个红毛儿子呢，你就认了呗。”可言也凑趣：“正是，我这老二的位置，让给你坐。”妹仔拱手：“二哥，四弟这厢有礼，餐后还有事求教。”

在可言、妹仔、玉姑的笑声中，戴刀看着阿尔萨兰。

阿尔萨兰躲过戴刀的目光，垂头用饭。侯久满看看戴刀与阿尔萨兰，也提起筷子。

饭毕，众人回房。妹仔指着一堆焰火材料问道：“二哥你看，小弟做焰火的器料都在这里，可放射的高度和稳定总是不足。”

戴刀翻了翻，捏了些药面闻闻：“妹仔，你这药面里少了一成硝棉，却至少多了一成半的色料。这样的话，非但花色不会更艳，反而影响稳定。”

妹仔惊讶：“不错，不错，为了花色好看，妹仔的确多加了不少色料。”

戴刀：“还有你的硝，质地不纯，是用伙房的墙土熬制吧？”

“是，是。”“你其实可以稍稍加一点儿洋油。”

玉姑惊奇：“你，你看看、闻闻，就能断出这许多名堂？”

窗外，阿尔萨兰神色复杂地看着她们。善缇轻声道：“姑爸爸，那戴刀竟然是钦犯之后。”

“住口！”阿尔萨兰低喝。

此时，侯久满在侯夫人房内，侯夫人垂着脑袋，怯怯地问：“老爷，贱妾一直想问问，老爷为何执意要用这种惊天动地的方式，将贱妾召回？”

侯久满看看：“夫人无错，原本就不该离开侯府。哦，今后，你是不必以贱妾自称。目下，你我儿女都已到了婚嫁年纪，怎能没有夫人操持？特别是玉姑，这女子天地不怕，神鬼不敬，为父疼不知如何呵护，打不知从哪下手，早已无可奈何，只有望她阿妈看管把守。”

侯夫人笑笑：“妾身也管不了她，她的脾气秉性太像老爷了。”

“她像我？她哪有一丁点儿像我？”侯久满惊诧。

可言房内，正良问：“二弟，你说，阿爸如此的惊世骇俗，对阿妈到底是好，还是不好？”

可言看着一本《无政府主义》，眼不离书：“啰嗦！告诉你：名不好，实好。”

“名不好，实好？名都不好了，实还能好吗？”

“哎呀，老侯召回阿妈，其实并不是为了管教你我，而是为了掣肘大福晋，使这侯府名为额娘当家，实由阿妈掌理。如此，侯府的‘帝后之争’，帝党便可得些自在！慈禧要的那套夫妻分治的小把戏，被老侯这一手东、西两宫并立，一下消解许多！”

正良大愣：“有……有如此玄妙？”

可言：“当然！老佛爷将朝堂上那一套塞进侯府，老侯则把光绪皇上的教训悟得清清楚楚。老佛爷治国如治家，老侯治家如治国。如今朝野上下，无人无处不使奸用诈，真真的可悲可叹！”

两人正说着，“砰！”地一声，窗外传来一声炮响。庭院里一束焰火腾空，开得光鲜花艳。玉姑欢跳着：“好美！好美……”

“果然大不相同！”妹仔拍着戴刀，“二哥真乃烟花祖师李畋再世！”

戴刀看着夜空，感慨：“我中华隋、唐便有烟花，到了北宋，甚至精巧得能放出，显现戏中人物的药发傀儡。然而，火药未成利器强国，到了，连玩耍的密技也都失传了。”

妹仔：“二哥知道得真多。”

“不要叫我二哥。”戴刀说着向阿尔萨兰走去。

阿尔萨兰看着头顶的烟花：“过去只知蚂蚱哥哥会放马，却不知，还是个制造枪炮的巧匠。”

“也许大福晋的阿玛知道。还望大福晋在家书往来时，不要提及戴刀和爷爷入关的事。”

阿尔萨兰轻轻叹息：“唉——，一块儿在大草甸上纵马奔驰的蚂蚱哥哥，怎么会是钦犯之后？”

“大福晋，广州也有许多好看的白菊，望大福晋还像儿时一般欢愉快活。戴刀回局里了。”戴刀拱手离去。阿尔萨兰仍然望着夜空，渐渐溢出的泪水，闪烁着烟花的火光。

庭院一隅，侯久满默默地看着阿尔萨兰与离去的戴刀。

戴刀回到拌药房，满怀情丝地淋洒着窗台上的一盆白菊，脑海不禁浮现少时的情景：秋日开满白菊子的草甸上，12 岁的他与 11 岁的阿尔萨兰，驰马嬉笑……

第二日，查理大喇喇地推门走进总办室："我亲爱的老板，您好啊！"

侯久满正翻看表章，抬了抬眼："何事，查理船长？""听说老板这儿来了位神秘人物，造的枪弹都超过了我们英国的工程师，这简直令人难以置信。"

"哼，就那几个洋匠，还不都是当年你和瑞良弄进来的，不是海盗、兵痞，就是二半吊子。标下正盘算着裁换，怎么，你听说了？"

"老板，随便辞退我的朋友，不但是毁约行为，而且是对我大英帝国的羞辱。"查理笑着摘下白手套，丢在桌上，"我要与您的那位神秘人物决斗！"

侯久满看看查理："你的朋友不来闹事，为何你来？何况你是个海盗头子，为爱国决斗，岂不可笑？"

查理："不瞒老板，我是您所说的那些'二半吊子'的海外老爸。老查理有责任维护孩子们的利益和尊严。"

侯久满瞟了一眼："既然你活腻了，想寻死，我不相拦。但尔等在粤局仍想从技艺与工本上虚报冒领，掐老侯的脖子，是一去不返了。一刻钟后，你我各从工台上提一支兵枪，由 1000 码外开始站立互射，如何？"

"1000 码？不不不，你的枪绝对不可能有那么远的射程！"

"行了，你的手套是收不回去了。"

几个人又到了郊野，侯久满举着单筒望远镜看看远处："刀儿，你在多远距离能有胜算？"

戴刀通过绑在枪上的望远镜看着："回大人，此枪有杀伤力的距离，大概在 600 码左右。"

"你造枪在行，打枪如何？那可是个杀了几十年人的兵痞、海贼。"侯久满有些担心。

"试试吧。"戴刀十分淡定。

查理也通过枪上的望远镜看着："射程 1000 码，简直天方夜谭！开始吧。"吴丁贵指着两架枪："一架是亨利与西摩尔先生亲手改装的，一架是戴刀改的，二位请。"查理与戴刀被蒙住眼睛，各从枪架上摸了一支。

亨利笑笑，举起绿色小旗一挥。查理举枪便射。戴刀稳稳击发……

随子弹的哨音，弹头在地上弹了几下，跳到查理脚前，查理吓得蹦开："欧，我的上帝……"

侯久满喊道："向前 50 码。"戴刀与侯久满一同向前走。

戴刀又射一枪。弹头击中查理胸口的铜扣，查理画着十字："圣母玛利亚，这不是枪，这简直是上帝的手指头！"

亨利道："查理老爹，再向前 50 码，就接近那个中国人的有效射程了。"

查理阴鸷地笑笑，从衣兜掏出一颗子弹，压进弹仓："叫他尝尝地道的英国货。"

"查理老爹，您想真的杀死那个人？"亨利吃惊地问。

查理向前走去，神色阴狠："这种人，怎么能给中国留着！"

侯久满与戴刀走着:“想不到你还是个神枪手。刀儿，再放枪，打那老红毛头顶三寸，吓唬吓唬则已。”

“知道了，大人。”

查理举起枪，瞄准……戴刀瞄准……

亨利紧张地：“查理老爹，您再想想。”查理的手指慢慢扣紧扳机……子弹的哨音从头顶掠过，他缩缩脖子，笑着继续紧扣扳机。亨利:“查理，那个中国人故意没有打您！”

“住口！”查理瞄着,手指压到最后一道火,停了会儿……“砰！”一片火光,枪膛爆炸,查理大叫一声倒下……

商务局，阿尔萨兰下了马车，走到门前，犹豫着……又返回马车，痛苦地愣了一阵，决绝下车，大步走进了商务局。

密室内,阿尔萨兰冷冷说道:“你速禀老佛爷,侯久满擅自出关,将钦犯戴梓后人戴刀,引入广东枪炮局。”

“是……是吗？！大姑。”牛子旬睁大眼睛，看着阿尔萨兰。继而抱拳：“大姑忠心，下官感佩之至！”

“阿尔萨兰只求老佛爷一事：宽谅我阿玛管束不严。”阿尔萨兰冷面离去。

牛子旬送走阿尔萨兰，将电文交给一人：“发大内李总管亲收，加急！”

侯久满和戴刀扶起查理上身，查理捂着满是血的右眼。侯久满：“贼娘！这枪怎么会炸膛？”同时，侯久满的一只手悄悄伸进查理衣兜，掏出颗子弹藏入袖折。

亨利红着脸：“总办大人，非常奇怪，我的枪改装得再差劲也不至于爆炸，这非常非常奇怪！”

一行人回到总办室，侯久满取出子弹递给戴刀：“刀儿，拿去看看，这可能是洋人最新的弹子。”

戴刀接过看看:“的确不是粤局制造的。可它的涨力再大,也至于令改装枪炸膛啊？”

“这，你就得谢谢他了。”侯久满看着吴丁贵笑笑。

吴丁贵看着戴刀：“总办大人怕洋人有诈，命小人用未经枪机改造的林明敦，换了亨利他们的枪。”

戴刀大惊：“什么？！”

“下去吧。”侯久满支走吴丁贵：“刀儿，世道凶险，大师傅已遭人暗算，我岂能让他的孙儿再步后尘。查理偷用涨力过大的弹子，炸膛伤眼，也是活该。”

戴刀愣怔片刻：“戴刀虽深谢大人护佑，但……但大人为何不干脆阻止比赛？”

侯久满笑笑：“刀儿，你尚年轻，不知恶须恶治的道理。好了，去做事吧。”

戴刀跪谢：“谢侯大人救命之恩。”

此时，乾清宫内。慈禧异常愤怒：“奕劻！你好大狗胆！竟擅纵侯久满出关勾连钦犯之后！”

奕劻趴在地上:“太后,奴才的确只知侯久满出关是为尽孝,真的不知他别有用心啊。”

慈禧喝道：“饬令两广总督，即刻拿杀了那个戴刀！”

“嘛！”奕劻爬起，“奴才这就去办。”

"那……那些枪呢？"光绪慢悠悠地开口。

慈禧看看光绪："依皇上的意思，该怎么着？"

"皇阿玛心里定有明镜，那侯久满联络戴梓后人，也是为了重振大清兵工。何况，13万条林明敦，目下只修了两千不足。依儿臣的意思：立个日子，命侯久满和戴刀完工齐活。如若失期，再拿他二人是问。"

"皇上比我慈悲。就按皇上的意思办。"慈禧道，"但康熙爷那里也得有个交代。听着，打戴梓流放至今已有180年，命侯久满亲自掌刑，一年一棍，打那戴刀180大棍！"

"皇阿玛……"光绪低唤。

慈禧继续："责令阿尔萨兰监刑，侯久满如若不拼尽全身的劲儿落力打，一棍加罚三棍！"

光绪恨恨地："那样，还不如一刀杀了他！"

慈禧冷笑："皇上，康熙爷难道不明白戴梓是个人才吗？不顺服大清，越是人才越危险！尤其是在广东那么个乱党窝子！还有，阿尔萨兰的阿玛也不容姑息，削官三级，罚俸两年！"

侯府餐厅，玉姑边吃边问："二哥，洋人为什么要把造反叫做革命呢？"

可言："'革命'可不是洋词，《易经》上早有'汤武革命，应乎天而顺乎人'，中国人是革命的老祖宗。"

"是吗？"玉姑举起筷子，大声道，"我宣布：我革命了！"

侯久满一惊，侯夫人忙喝："玉姑，莫要发癫。"

可言笑着："你知道什么叫革命，就革起来。"

玉姑："不是'应乎天而顺乎人'吗？革命，就是女人放大脚，男人剪辫子，中国人敢揍洋人，小民百姓敢骂皇上。"

"放肆！"侯久满喝道。

可言低声："你讲得还不够透彻，革命，其实就是小尼姑向男人抛媚眼。"

"去！"

正良摇头："过了，过了。"

妹仔说道："我等已经革过命，可总是有头无尾，一点儿不爽。"

玉姑："那是造反，造反难免粗糙。革命应该是开仓、吃大户，应该是大街上唱歌、抛纸片，应该是……"

"我告诉尔等什么是革命！"侯久满瞪着眼珠，"革命就是一堆不安分的小马骝精，在老子吃饭、喝汤时，目无尊长地大声吵吵！……简直……简直……呛着老子了……"侯久满被饭食呛得乱咳。

阿尔萨兰冷冷说道："一会儿，所有的人，于香堂请皇安！"

阿六忽然奔入："大福晋，老爷，总督府送来一张鸡毛传帖，请大福晋与老爷速去衙门听旨。"

侯久满一惊，起身看那鸡毛信。阿尔萨兰缓缓站起，瞟了侯久满一眼，走出门去。

与此同时，一队清兵奔入枪厂，直至戴刀，一位军校问："你是戴刀？"戴刀惊异：

“我是。”

“拿下！”清兵捆了戴刀就往外架，戴刀挣扎着：“为何绑我？为何绑我？我犯了何罪？！”

是夜，阿尔萨兰与侯久满从衙门回府，寒着脸进门。侯久满紧跟阿尔萨兰直至她的门前，阿尔萨兰进屋欲关门，侯久满顶住，踏入。继而怒声喝道：“你这告密小人！丑陋奸贼！无耻贱妇……”

阿尔萨兰猛然拉开梳妆台的匣子，抓出把手枪丢在桌上：“侯久满！你可以杀我，但绝不可以骂我！”侯久满抓起枪，上膛，对准阿尔萨兰……

阿尔萨兰坐下，对着镜子平静地梳理头发。

侯久满举着枪，气得浑身颤抖：“你！你……你不是不知，我寻找戴梓后人，所为何事！”

“你也不是不知，我禀报太后，所为何因！”阿尔萨兰接道。

“我侯久满是在为大清办差！”

“阿尔萨兰是在为太后办差！”

侯久满气得无语，阿尔萨兰继续道：“你若不敢开枪，就马上出去。”侯久满颤抖着举枪，“砰”地一声，镜子中的阿尔萨兰被击得粉碎！

侯夫人等人闻声惊恐地奔向阿尔萨兰房间，侯久满怒火冲天地走出。阿尔萨兰呆呆地看着破碎的镜子……

回到房内，侯久满愤怒踱着步。门被敲了两下，吴丁贵走入：“大人，按您的口信，小人已经带着人来了。”

“都能打吗？”

“个顶个的高手。”

侯久满：“尽力将事做得清静些！先在我这儿候着，子时再动！”

“嗻！”吴丁贵诡异地看看侯久满。

残月当空，深夜的侯府静悄悄的。

忽然有三五黑影无声地快速奔过。善缇房间的门缝有刀尖插入，门栓被拨开，吴丁贵等人闪入，直扑善缇床前。善缇惊醒，吴丁贵将浸了麻药的毛巾捂其口鼻，善缇勉力击倒几人，最终晕软，被抬出房门。

侯久满站在香堂前看着，吴丁贵等抬着善缇走来：“大人，弄来了。”侯久满先入，吴丁贵等跟进关门。

窗内响着侯久满的声音：“将他的嘴堵上，弄醒。”善缇脸上被喷了几口水。侯久满：“好了，开始吧。落力打！只要不死即可！”接着，传出木棍打在肉体上的声音，一下，一下……

侯夫人站在窗前，惊恐万分地看着，跌跌撞撞扑跪在观音像前，合十诵经。

翌晨，一队清兵押着戴刀，走入侯府庭院。阿尔萨兰走出房门，有些畏惧地看看戴刀。戴刀悲哀地直盯着她。她躲过那目光：“按倒。”戴刀被按倒，捆于一条长凳。

阿尔萨兰冲阿六说道：“请老爷。”

侯夫人、正良等走到一起，惊愕地看着。玉姑怒喝：“你想干什么？！”正良等紧紧拽住玉姑。

阿六很快走回，惊恐地："大，大福晋，老爷他……老爷他……"

"老爷他清楚何事！请他速遵圣命！"阿尔萨兰冷冷地。

阿六："老爷……老爷问，能否换人？老爷……老爷还问，能否改时？"

阿尔萨兰冲着侯久满房间喊："太后圣命，岂能擅动纤毫！否则依旨，只能加重刑罚！"

房门打开，孱弱不堪的侯久满被吴丁贵等架出。阿尔萨兰大惊！众人大惊。

侯久满瞪着眼："谁都不准动！"

善缇也被推出门，吴丁贵拽掉堵口毛巾，善缇跪在阿尔萨兰面前："姑爸爸，老爷夜里于万岁牌前自罚 180 大棍，并强令奴才监刑作证。"阿尔萨兰惊愕不已地看着侯久满，一时说不出话来。

"侯大人！您这是何必！"戴刀大叫。

侯久满推开搀扶的人，走向戴刀，取过木棒，虚弱地："刀儿，大清国法如山，你就代你先人，受了这 180 棍吧。"他举棍的气力均无，踉踉跄跄，提棍在戴刀屁股上一下一下点着……

吴丁贵报数："1……2……3……4……"

阿尔萨兰不知所措地看着。侯夫人痛心不忍，捂住口鼻奔回房门。

侯久满脸上是豆大汗珠，脚下是顺腿直淌的血水，他粗喘着，摇晃着，不断拄着木棒，半晌才能艰难地提起点戴刀一棍……

戴刀哭叫着："侯大人，您般岁数，怎能为了戴刀如此自戕啊！"

正良、妹仔、可言哭叫着："阿爸……阿爸……"

清兵们不忍再看，一个个扭过脸去。

阿尔萨兰惊慌不安，欲走回房间。

侯久满："你休走！你奉旨……监刑……"

吴丁贵铁青着脸："32……33……"

侯久满点完最后一棍，瘫倒于血泊。

吴丁贵："启禀大福晋，180 棍，数够。"

正良等扑上，扶住侯久满："阿爸……快！阿六，快请大夫！"

侯久满瞪着阿尔萨兰："侯久满是否……尽了最大气力奉旨行刑？"

阿尔萨兰强撑着："遵懿旨，戴刀如若棍下不死，从即日起，须居侯府，与侯久满一道日日请皇安，不容丝毫懈怠！"

戴刀被松绑，扑跪到侯久满面前："侯大人……"

阿尔萨兰："戴刀，还不叩谢太后圣恩！"

戴刀冲北磕头："犯臣戴梓后人戴刀，谢太后饶命。"阿尔萨兰转身进房。

"大人！"戴刀扑到侯久满身边，与正良等疾速将侯久满抬入房门。

吴丁贵看着，对善缇道："总办大人也真是，为这么个毛头小子，竟如此舍命！"

善缇看看吴丁贵，无言离去。

是夜，阿尔萨兰躺在炕上，呆然不动的双目渐渐湿润，滚落两行泪水……

这边，侯夫人在床前侍候趴着的侯久满喝药，戴刀为侯久满擦着额头汗水，正良等看着。

侯久满："夫人留下，孩儿们都歇了吧。"

戴刀："大人，让戴刀守夜，侍候着您。"

侯久满："你更要早些歇息，明日快些回局里，皇上立的那个齐活的日子，本就万难完成。"

"……戴刀……戴刀知道了。"戴刀趴下磕了个头，含泪退出。

妹仔伤心地："阿爸，妹仔想与阿妈一起陪着您。"

侯久满笑笑："好妹仔，阿爸死不了，阿爸又没让那吴丁贵真的朝死打。"

戴刀擦泪走回房间，进了门不由一惊：阿尔萨兰坐在桌边。戴刀未语。阿尔萨兰哀伤地看着戴刀："是我向朝廷举发的你。"

"我知道。"

"阿尔萨兰必须举发。"

"我知道，你不能不顾及你的额娘、阿玛。"

阿尔萨兰："也不全是为了额娘和阿玛。"

戴刀点点头："也为太后，也为你家大清。"

阿尔萨兰沉默片刻："对不起，蚂蚱。"

"你对不起侯大人。"

阿尔萨兰起身走向门口。

戴刀："阿尔萨兰，蚂蚱没有吃棍，即便吃了，即便被打死，蚂蚱也不会怪你。看着你与那个精灵般的小阿尔萨兰判若两人，蚂蚱的心里，比刀割还疼！"

阿尔萨兰欲哭，咬紧嘴唇忍了片刻，说："记着，明日一早，背着那个人，请皇安。"戴刀痛苦地看着阿尔萨兰走出房门。

阿尔萨兰含泪走出，一怔，可言正笑眯眯地看着她："额娘，蚂蚱是谁？"

阿尔萨兰怒道："卑鄙！你竟敢窥探额娘！"

"孩儿没打算窥探，只是额娘不够检点，自打戴刀入府，额娘就有些神不守舍。"

"胡说！"阿尔萨兰举手欲打，可言一把攥住她的手腕，笑着："额娘，其实孩儿……"话未说完，可言的脖子被劈了一掌，晃了晃，晕倒在地。原来是善缇。

阿尔萨兰："扛到我房里。"善缇扛起可言速离。

可言躺在炕上，呻吟了一声，醒来。他揉着脖子看看，见阿尔萨兰坐在桌前，正瞪着他。可言笑着仰起身："螳螂捕蝉，黄雀在后。是善缇干的吧？"

阿尔萨兰："你打算干什么？"

"额娘，您别怕，其实孩儿什么都不想干，孩儿只是现身说法，讲一条道理：在这个实行专制的国度，人人都是听命圣上的狗，个个都是彼此龇牙的狼，谁也不可能有一己的私密，谁也不可能有片刻的偷欢。你想置任何一人于死地，极易；你想躲任何一人的陷害，极难！额娘，中国说大不大，侯府说小不小，人与人相处也罢，狗与狗相安也罢，还是睁只眼闭只眼，嗅着什么也不吠不叫的好。"

“……该杀的，我怎么过继了你这么个东西！”阿尔萨兰听得直愣。

“现在想退还老侯，可能不是时候。”可言起身踱到“囍”字跟前，“这囍字，活像一幅鬼符。‘鹅鹅鹅，曲项向天歌。白毛浮绿水，红掌拨清波’……”阿尔萨兰瞪着可言出门，奔到炕前，扯下单子、枕头，丢在地上，扑倒痛哭……

次晨，戴刀将侯久满背出房门，背进香堂。侯久满看看立在一侧的阿尔萨兰，冲万岁牌跪下：“吾大清国万岁万岁万万岁！吾皇万岁万岁万万岁！吾圣母皇太后……”侯久满猛地一口鲜血喷出，万岁牌上溅满了血星。

烈日之下，地上的血已成溪，侯久满的脚扑扑跌跌……

储秀宫，慈禧守着堆折子，看完一本，用指甲在折面上或划叉，或划道：“择个日子，叫你等的姑爸爸回娘家看看。可怜见儿的，一个人在南边待着，指不定被那妖猴欺负成什么样了。”

宫女应道：“嗻。奴婢这就去传告李总管。”

入夜，储秀宫的上空，一束束烟花怒放，美轮美奂……

慈禧看得喜笑开颜：“美！美！真真儿的美极了！阿尔萨兰，你让宫里提前过年啦！”

“只要老佛爷喜欢就好。”刚回宫的阿尔萨兰伴在慈禧侧后。

“当然喜欢！哪有女人不喜欢花的，何况是开在天上的花！尔等开了眼，还不谢过大姑。”

宫女、太监齐跪：“谢大姑爸爸让奴才（婢）们开眼！”

阿尔萨兰：“快起来，快起来！”

慈禧又对隆裕道：“皇后娘娘也谢谢。”

隆裕笑笑：“谢阿尔萨兰。”

阿尔萨兰慌忙跪下：“娘娘折杀奴婢了。”

隆裕扶起她：“阿尔萨兰，老佛爷见天儿念叨着你，近日又被国事搅得茶饭不思，已经好些日子不曾这样高兴了。”

阿尔萨兰感情复杂地扑跪在慈禧腿前，哭道：“老佛爷！阿尔萨兰也日日夜夜地想您啊！”

慈禧叹息一声：“唉——，我清楚，把你嫁给那么个又老又怪的猴精，委屈你了。”

“老佛爷，阿尔萨兰虽说身处又闷又热的广东，但这心尖儿上日日阴寒得打颤，求求老佛爷，恩准阿尔萨兰留下侍候您和皇后。老佛爷……”阿尔萨兰哭着。

慈禧：“傻话，咱满家的女人最讲老礼儿，哪有嫁了人，回娘家不归的？”

隆裕：“阿尔萨兰快起来，再哭天抹泪就失敬了。”

阿尔萨兰擦擦眼泪爬起：“奴婢大不敬……”

“猴崽子们，再放俩！”随着慈禧的吩咐，几个小太监忙点烟花，“砰、砰”，两束金光腾空……

赏了烟花，慈禧等回内宫。她仰于躺椅上，阿尔萨兰将某种红色浆膏轻轻涂其面部。

慈禧：“阿尔萨兰，在广州那个化外之地待了那么久，见过不少的洋人吧？”

“回老佛爷，奴婢是见过一些。”

慈禧："可曾听见那些洋人，议论我的新政吗？"

阿尔萨兰有些犹豫。

慈禧："叫你回来，就是想听点儿真话，直言无妨。"

阿尔萨兰说道："回老佛爷，新政确实是好，不论洋人，还是本国商人，都说这二年办了这厂、那厂，挣了不少的银子，……只是……只是有人讲，穷苦的人，似乎更穷了。"

"怎么会更穷了？"

"各项新政都须加捐、加税，小民们似乎有些承受不起。像办新式学堂那样的好事，也因争地、占庙，甚至发生农人、和尚打杀教师的惨剧。有些洋人称：此等乱相，皆因我大清新政……只变皮毛，未触……未触根本。"

慈禧："何为根本？"

阿尔萨兰："有人说，根本即国体……国体要么立宪要么共和……"

慈禧沉默一阵："听了这些，你做何想？"

"阿尔萨兰听不懂，也不爱听，奴婢只知国家大事，全凭太后老佛爷做主。"

"那只猴子呢？"

"他好像也听不懂，不爱听。"

慈禧又沉默一阵："洋人、男人都是些狡猾的东西。对付洋人，你只有比洋人还洋人，银子比他多，枪炮比他强，他才怕你，才不会对你的根本指手画脚。对付男人，你也只有比男人更男人，脑子比他精，手腕比他狠，他才服你，才不会对你的活法吆三喝四。知道我为什么喜欢让人叫皇阿玛、亲爸爸、老佛爷了吧？"

阿尔萨兰："知道了，老佛爷教诲的极是。"

"明儿个早起点儿，跟着皇后，随我一同上朝。"

阿尔萨兰又惊又喜："老佛爷，您是……您是叫阿尔萨兰，随您一同上朝吗？"

"明日有要事，叫大起儿。你看看本朝那些一品、二品的男人，与你家猴子有何不同。"

阿尔萨兰笑起来："谢老佛爷天大的恩典！"

慈禧："把脖子也抹上，别狗屎下霜似的，让我的脸壳成了蜡竿挑的面幌子。"

次晨，乾清宫，慈禧面容威严。

奕劻在禀奏："日、俄两国为争夺我东北利权，多年吵闹已然升格，据报，日本海军已经行动。与此，日本公使暗示我国，一旦开战，大清若不能站在日本一方，也须保守中立，勿助俄引祸。"

慈禧："军机们是如何分判的？"

奕劻："依奴才、臣等预估，日俄两强在别国用兵，毫无顾忌，势将糜烂我地方，殃及我全国。"

光绪喝道："都是废话！两个强盗抢人家的东西，还在人家家里打架，能不把这个家给打毁了吗？！"

"臣有禀、禀报！"一个结巴大臣出班，"我海、海军衙门，自、自甲午一败，等待雪、雪耻多年，趁此鹬……蚌相争，我大清，集全、全国之力，不愁不胜！"

屏风后，隆裕坐着冷笑，阿尔萨兰好奇地探着脑袋……

结巴大臣："我中、中国人，四万万多，比日、俄加、加起来还多，的多，至于，战、战船，大清江海纵横，大大小小，渔船、商船、炮、炮船无数，尽数调遣，大、大可临阵……”

“够了！”慈禧喝止，“大清子民固然很多，但像你这种舌头打不过牙的东西，再多何益！”

众人大笑。阿尔萨兰也捂嘴直乐。

“好笑吗？尔等是笑大清居然有这样的海军大臣，还是看大清被人欺负而幸灾乐祸？！”慈禧一阵怒斥，朝臣们顿时鸦雀无声，面面相觑。

早朝毕，慈禧回内宫，绷脸坐在肩舆上。

李莲英奔来跪下：“老佛爷，奴才无能，属下的奴才又逃了一百多，现缇骑已出，正四处拿人。”

慈禧怒视了一阵：“算了，亲贵王爷们都以为又要闹庚子，跑了不少。谁愿走谁走，免于缉捕。”

“谢太后老佛爷开恩！”李莲英从地上爬起。

走了几步，慈禧问：“阿尔萨兰，怎么样，朝堂上我这亲爸爸，没让那些亲儿子们爬鼻子上脸吧？”阿尔萨兰走在一旁，看看慈禧冰冷的脸色，不敢言语。

慈禧又问：“相比我的这群猴子，你的那只，是否还有可爱之处？”

“……老佛爷，奴婢不知如何应答。”

“好好过日子，看着那猴头好好办差，大清又少不了用枪用炮了。”

枪炮局的罐子钢炉前，三五工匠煅打钢件，戴刀指点着：“不错，不错，火候恰好。”工匠们个个笑眯眯地谢他传艺。

远处，吴丁贵搀扶侯久满，一脸妒嫉：“刁买人心！”

侯久满瞪眼：“说什么呢！你的那些技艺，如果也能这样坦荡相授，工效岂不还能大进？”吴丁贵：“大人，小人出洋学的那些本事，样样离不开机器，没了机器，英雄无用武之地。”

“机器，机器！”侯久满焦灼地望向远处，“这都快要开仗了，我那小红毛啊，都逾期半年了，难道你真的携款远逃了吗？”

夜，奕劻惊慌奔进储秀宫：“太后，打起来了！打起来了！真的打起来了！”

慈禧神色峻厉。

1904年2月8日，日俄战争在中国领土爆发。

“奇耻大辱！奇耻大辱！真是气死人了！倭贼小儿跟老毛子在中国打仗，朝廷居然宣布‘局外中立’，还划辽河为界，以东为交战区，以西为中立区。这河东的中国人，岂不成了送人宰杀的羔羊！”玉姑在餐厅拍着报纸怒道。

侯夫人叹息一声。侯久满等阴脸吃着饭。

玉姑看看众人："你们这些男人，怎么无声无息？！……戴大哥！"

戴刀："玉姑小姐，你想我等能说什么？"

玉姑推推可言："二哥！你那狂生的豪气呢？！"可言痴呆一阵，突然丢开饭碗，嚎啕大哭……

广州茶楼内，年长士子长叹一声："唉——，除了河东子民，我大清国的人不看热闹，又能如何？"

"其实，这倒真是一出送上门的戏，东方、西方，黄人、白人，一个是立宪数十载的岛邦，一个是专制历千年的帝国，谁打得赢谁，我等且瞪大眼珠。"年少士子苦笑道。

年长士子："这还有什么悬疑，一条小蚕、一头老熊，显然日必败，俄必胜。"

年少士子摇摇头："难讲，难讲。"

"老弟，我俩以一年茶资做注，打个赌如何？"

"届时无论日胜、俄胜，大清被打没了，这赌局怎算？"

年长士子怔怔，苦笑道："放心，辽河是界，长江未必不是界。像庚子年那样，再来一次东南自保，你我还不照样喝茶？"

夜晚，枪炮局的灯火通明，工匠忙碌。

拌药机前，侯久满穿着工服与戴刀等一同拌和药料。戴刀问："大人，仅仅加开夜工也不是办法，何况机器老旧，超时开动，十分的危险。大人……"

侯久满："刀儿不必多劝，虽说向各局公布秘法，林明敦的改装能够加快，但质量，你我无法作保，一旦出了岔子，停工追查，反而既慢且乱。"

"大人，目下是非常时期，哪能处处想得周全。质量问题，粤局可分头派出熟练工匠……"

"再想想，再想想。老侯出去透口气……"侯久满打断戴刀，走出门去。

出了门，他擦了擦汗，突然大惊："贼娘！你在作甚？！"蹲在墙根的吴丁贵紧忙灭了旱烟。侯久满上前狠狠连踹几脚："痞性不改的老油条！这拌药房前是吸烟的地方吗？！"

"大人，小的累得吃不住，想抽两口提提神，小的下次再也不敢。"吴丁贵将烟杆一脚跺折。侯久满看了看他，望向窗内。

吴丁贵笑笑："顶爷，那个戴刀怎会知道您不愿将改枪秘法，公诸于众的鸿鹄之志。"

"你知道？"

"当然。大清各局，历来自顾，早已是苟且挣扎，朝不保夕。顶爷有志一统江湖，无意助人瓢饮。"

"……小人之心！"侯久满复杂地瞪了吴丁贵一眼，走回房门。吴丁贵看着窗内，眼中闪出一丝阴笑。

侯久满走入拌药房，看看戴刀："刀儿，听你的，明日一早，老侯就报请朝廷，将秘法传报各局。"

吴丁贵朝窗内看着，阴笑着离开。不一会儿，他走进枪厂电话房，看看外面，取出个密码本，拟写电报：

赵秉钧大人钧鉴：
侯久满欲将林明敦改装秘法公布各局……

天津电报房，充满电报声的服务窗前，赵秉钧看看电报，迅疾拟写回电：

烂头蟀：例报收悉，且继续密察。本官将择日亲自赴粤……

九

夜，郊野，玉姑一脸怒气地射击着香火。妹仔靠树坐在地上吹着口琴，一会儿是粤剧，一会儿是《马赛曲》。

而正良在屋内手握十字跪在床前："神啊，你丢弃了我们，使我们破败。你向我们发怒，求你使我们复兴……"

可言提着酒壶，醉醺醺地顺着河边走着："朔方烽火照甘泉，长安飞将出祁连。犀渠玉剑良家子，白马金羁侠少年……"

岸边有几条花船，一个30岁扮相妖娆的疍家女，拉住可言："哟，小哥大才，走路还在吟诗。"

可言："这不是可言的诗，你爱听，可言还有。"

疍家女："爱听，爱听，'可怜'请到小女子的船上来吟。"

"你……你不是小女子……"可言看着疍家女咕哝。

疍家女边拽边在可言身上摸索："我的哥，有银子没有……没有，这身衣裳也行啊。"

可言挣扎着："可言不去船上，大清就要沉了，就要被两个强盗，给，给打沉了。"

"不去船上也成，你我打天醮。"疍家女拖着可言走向灌木丛。"你，你要作甚？"疍家女抱着可言倒在灌木丛后："小哥，不会是头一遭吧？"

"两个强盗，打仗，大、大清，就要不大清了……你，你要干什么……"可言的声音含混不清。

玉姑击灭两支香火，把枪递给妹仔："妹仔，你来！"

"免。"妹仔继续吹琴。

玉姑在妹仔旁边坐下："你可真怪，儿时那么喜欢枪炮，大了，倒厌烦了。"

妹仔放下口琴："不是厌烦，是这世上存在那么多有趣儿的事，妹仔什么都想试试。"

"长不大！"

"妹仔本想一生快活，可……这些日子，好像什么都没有意思了。"妹仔叹气。

玉姑："东洋鬼，西洋鬼，在我们的家里火并，当然谁也快活不起来。妹仔，我们去日本吧？"

"去日本做什么？"

"日本人跑到中国杀人放火，你我为何不能去日本做同样的事？我要专杀那些当爸爸的！"

"何意？"

“子不教，父之过！”

妹仔笑：“我二人也不知谁未长大。”

玉姑叹了口气：“我就是恨！自打缠了这双脚，心里便一直恨恨的，可又不知如何将这怨恨泄出！”

妹仔同情地看看：“玉姑，你的脚只是残疾。路走得慢些，并不那么容易看出。”

“用不着劝我。”玉姑捶着脚，“我就是恨！就是恨……”

妹仔紧忙拉住：“玉姑，别这样，别这样。”

玉姑道：“妹仔，要不你娶了我吧。阿妈说，女人只要成了亲，就会变得像她一样安命。”

妹仔笑道：“好啊，你若愿意，我明日便对阿爸、阿妈讲。”

“不不不，这话不算，不算。玉姑宁死，也绝不想做阿妈那样可怜、懦弱的女人！”

“随你。”妹仔笑笑，接着吹琴。

可言出了灌木丛，只穿着短裤，抱着精光的膀子，狼狈跑向自己房间。正良正好撞见，大惊：“二弟，你这是……”

可言抱住正良大哭：“大哥——，可言我……可言我……大不清啦！”

清晨，内宫庭院，阿尔萨兰擦着发梢上的雾水，匆匆而行。“阿尔萨兰。”听到有人唤她，阿尔萨兰回头一看，慌乱跪下：“皇、皇上，奴婢给皇上请安。”

光绪笑笑：“起来，是去皇额娘那请安吧？我们一路。”阿尔萨兰爬起，忐忑不安地垂头随在光绪身后。

“阿尔萨兰，你回来这么久，我们也没说说话，过得还好吧？”

阿尔萨兰偷眼看看光绪，颇为心酸：“托皇上的福，阿尔萨兰过得还好。”

光绪看看身后太监：“别跟得那么近！”太监站住。

光绪边走边道：“什么托朕的福，朕自己都是个无福之人。其实，我们差不多，都是别人叫我们怎么过，我们就怎么过，一对儿提线的木偶罢了。”

阿尔萨兰扑通跪下：“皇上，您千万不要与奴婢如此相称，奴婢万万承受不起。”

光绪看着阿尔萨兰，颇感辛酸：“阿尔萨兰，朕看见你，就想起那枚玉簪，想起珍妃，就像在大牢终于见着个探监的，想说几句窝在心底的话。可是，难道连你……”

“皇上……”阿尔萨兰感动得有些颤抖，眼泪汪汪，“皇上，阿尔萨兰过得一点儿也不好。阿尔萨兰名曰嫁人，名曰大福晋，实则只是个守着冰窖的木头桩子，一个活死人。”

光绪沉默片刻：“婚姻不幸，人生还有何幸？阿尔萨兰，朕也是名曰天子，名曰大皇帝，实则，连搭救你这么个小小女子的本事都没有哇。”

“皇上……阿尔萨兰能有皇上这句话，这辈子再没什么可抱屈的了。”阿尔萨兰深深伏身。

“起来吧，阿尔萨兰。”光绪看见什么，大步向前走去。

不远处，隆裕正看着他们。

阿尔萨兰看见，慌忙擦泪爬起，奔到隆裕面前跪下：“奴、奴婢阿尔萨兰，给皇后娘娘请安。”

“起来，一起去见太后。”隆裕向前走去。

“是，娘娘。”阿尔萨兰爬起，惊恐地看看隆裕。

隆裕显得十分平和：“阿尔萨兰，仗着太后还宠着你，多去瀛台看看皇上。”

阿尔萨兰慌乱：“皇后娘娘，刚、刚才……”

“我说的是真话。皇上可怜得很，一冬一春，窗户纸破了都没人敢糊，你若胆子够大，抱两床厚被子过去。”隆裕说着，“你知道，皇上他压根儿就没有爱过我，我又打心底畏惧着姑母，有劳你啦。”阿尔萨兰愣在原地，同情地望着隆裕的背影，两人默默地入颐和园蚕房。

蚕房的蚕架前，慈禧拿起一张满是蚕子的纸看着：“哟，今年的春天真是太冷啦，可怜见儿的小东西，一点儿动静都没有。看来，亲爸爸得帮帮你们。”

隆裕：“皇额娘，在蚕房支个炉子吧。”

“不妥，蚕离着炉火有远有近，会出的不齐，大大小小的不好侍弄。阿尔萨兰，来来，你们这些妞妞每人包一张，揣在贴身肚兜，慢慢地孵。”

宫女们笑起来：“老佛爷，您是要我等做蚕婆吗？”

“尔等都是八旗女儿，在家时哪个不年年孵蚕？记着，这阵子都打扮得俊俏些，多想些美好的事，到时我要比比，看谁的宝宝生得最为漂亮。”

“我的宝宝肯定最美！……我的蚕宝宝最美……”宫女们欢腾地挣抢蚕子，用纸包着。

慈禧包了一张，递给阿尔萨兰：“阿尔萨兰，我算了一下，你揣着它，到了广州正好孵出。”阿尔萨兰跪下捧接，惊问老佛爷。

“回家吧，你毕竟只是大姑，既不是宫女，更不是皇妃。”慈禧话里存音。

阿尔萨兰惊惧：“老佛爷……”慈禧已走向门口。隆裕亦惊恐看着。

慈禧边走边道：“蚕这小东西很是有趣儿，从爬出壳，到吐完丝，就那么一二十天，然后变成茧，等着被活活煮死。说起来很是可怜，但，这就是它的本分。如果谁觉着心疼，把蚕茧铰个口，将蛾子放生，不但那茧无法抽丝，变得一文不值，即便那蛾子见了天日，也多活不了几时。”

跟在后面的阿尔萨兰垂头听着，隆裕则瑟瑟发抖。

“阿尔萨兰，别恨我，别想着无儿无女，老太太让你怀里揣一堆小虫子玩。我是让你明白一个理儿：没有什么美的不是丑的，没有谁活着不可怜，各尽各的本分，才是最最要紧的。”慈禧冷冷道。

夜晚，瀛台涵元殿的窗纸被吹得呼呼作响。值夜太监冻得瑟瑟发抖。忽然，值夜太监发现什么，大呼何人！“是我。”阿尔萨兰抱着两床很厚的被子走来。

太监行礼：“大姑，奴才有礼。您这是……”

阿尔萨兰问道：“皇上歇了吗？”

太监：“大姑，您怎敢……”

“求公公行个方便。”

“是阿尔萨兰吗？进来。”光绪的声音从殿内传出。

阿尔萨兰推开太监走进殿门。殿内极其破败，光绪紧裹薄被，正蜷在炕上：“阿尔萨兰，你这是……”阿尔萨兰忍住泪，疾速走到床前，将一床被子铺在光绪身底，一床盖在身上。

“你这样，是要杀头的。那年户部尚书立山，为朕糊了糊窗户，就被太后寻了个碴儿，赐死了。”光绪悲伤地说。

阿尔萨兰红着脸：“阿尔萨兰为了皇上，不怕死。”光绪感动地看着她。

阿尔萨兰：“皇上能那般深沉恒久地爱着珍小主，天下的女子无人不羡慕珍主，不敬慕皇上。”

“好兰儿。”

“皇上，被子是皇后娘娘命阿尔萨兰送的，娘娘一直挂念着皇上，心疼着皇上。”

光绪：“朕知道，朕知道她也委屈。阿尔萨兰，你真的不打算活了吗？”

“阿尔萨兰连夜出宫，太后大概不会为了两床被子追杀奴婢。”

“宫门早已上锁。”

“李总管很给阿尔萨兰面子，说特意留了门。阿尔萨兰猜度，这或许是太后有意。都说太后的心思之深，大海莫及。”

光绪怔怔：“那就快走吧，但愿亲爸爸如你所想。”

阿尔萨兰跪拜，恋恋不舍：“……皇上……阿尔萨兰一扑心地巴望皇上龙体圣安。”

“好兰儿，放心，朕还年轻，朕扛得住，朕终有出头之日。去吧。”

阿尔萨兰退出门后，深情回望一阵，抹着泪跑开。

总办室，侯久满拍着桌上公文：“本分！好一个各守本分！刀儿，你看看，这就是秘法公布换来的结果！”戴刀拿起公文看着。

侯久满：“不但无人领情，那些老局，还说我粤局乃后生虾蟹，做做弹子、土炮都勉强，偏偏妄自尊大，揽了锅烫山药吃不了，想推诿他人！而他们，倒是些各守本分的忠厚臣子！”

吴丁贵笑道：“热脸贴了一大堆冷屁股。”

侯久满：“知道了吧，这就是老侯为何凡事都不得不单打独斗的根由。”

“这枪炮之事，关乎民族危亡，怎能，怎能如此鸡肠小肚！”戴刀极为激愤。

“更可恶的是，有几个局还联署上了折子，参我秘法的各项不是，说以此法改枪，用不了半年，钢件必裂，机簧必炸。吓得兵部难判真伪，已饬令下一批林明敦暂缓运粤！”

戴刀跌坐在椅子上。

入夜，枪炮局里灯火通明。

戴刀赤膊打铁……飞速装枪……

侯久满站在窗外，朝里看着。

吴丁贵在附近阴鸷地盯着。

侯久满走入拌药房，拍拍戴刀：“刀儿，回府吧，你已多日未合眼了。”

“不，戴刀幼稚，给大人添了乱。戴刀对不住大人，对不住粤局。”

“回吧，你不是说，这拌药机扛不住超热吗？以后记着：捕贼使贼法，捉盗用盗招，斗小人须小人刀。”戴刀愣着。侯久满：“算了，这一套不该你学。眼见着日、俄两国鬼子将战火越烧越大，老侯给庆王爷上了个申辩折子，庆王也已请准皇上和太后旨意，改枪之事照旧。只是工期，又大大缩短了。”

“啊？！”戴刀大惊，“……都，都怨戴刀！”

侯久满：“回吧，我等已尽了最大的力，届时误期，杀我的头，你接着干就是。回吧，回吧，那个大福晋就要回府了，我俩偷懒，好些日子未请皇安，再不磕头，又是一桩大罪。”

几日后，阿尔萨兰回到侯府。

侯府大门两侧，火炮各放三响，烟雾腾腾，仆佣齐跪。侯夫人看着大轿落地，迎前行礼：“大福晋吉祥。”

阿尔萨兰下轿，看看火炮，昂然入门。

餐厅内，侯夫人亲自斟酒：“大福晋，老妇人特意跟善缇学了几样满菜，为大福晋接风，望大福晋莫笑。”

“言儿，把菜端到你等桌上。”阿尔萨兰冷冷地端起白饭，向嘴里刨着。

“你！”玉姑霍地站起。正良连忙拉住。

侯久满看看侯夫人：“回来坐下。”侯夫人尴尬走回侯久满一桌。

戴刀看着，轻轻叹息：“妹仔，给大家讲个笑话吧。”

妹仔说道：“笑话没有，新奇事倒有一件。听说去年，美国人造出一种大鸟，至少能驼着两、三个大汉上天。那鸟的翅膀不会拍打，却飞得极高。就是名字难听，不叫飞鹰、飞鹤，偏偏叫做飞鸡。妹仔想，我等要是能骑回一头那样的大鸟，就是日日从天上朝倭寇小儿的头顶拉屎，他们也得败回姥姥家去。”侯久满大笑。

此时，善缇走入，在阿尔萨兰面前放了几盘菜。

一脸苦闷的可言，已饮多杯：“人造大鸟，无非是在宣明：人心翱翔，性系自由，此乃天性！……自由……自由，自由万岁万岁万万岁！”

妹仔：“不错！人欲飞，乃心欲飞！无自由，则如雀鸟无翅！”玉姑接道：“二哥，说得好！自由，万岁万岁万万岁！”

“但你们可知，我等为何没有自由？可言看了一本神书，神书说：‘大因国，小因家，国与家均乃人性之桎梏、囚笼！’我等欲飞，只能打倒一切国！灭除所有家！”

侯夫人：“言儿，你又喝醉了。”

侯久满：“良儿，架他回房！”

正良刚要站起，阿尔萨兰说道：“慢，让他接着讲。”侯久满、戴刀，分别看了看阿尔萨兰。

可言提着酒壶，挪到阿尔萨兰的桌边坐下：“额娘，其实，大清的女人最无自由。天生男女，虽同为人形，女子却不能自立。人者，均为天民，而共受天权，然，一男可得兼数女，而女子却被制于男，虽极苦，亦得从一而终，此大谬也！男女不谐，应允其分离，准其新交，听其择配，顺人性而合天理，一切自由！”

阿尔萨兰：“说得洋洋洒洒，如何得以实现？”

可言答道：“我家大先生康有为有 11 大策：一、设立女学，章程皆与男子相同。二、应考、为官，但问才能，女子也可当选大总统。三……”

“行了，你是喝多了……”阿尔萨兰蓦然捂住胸部站起，急步走出。

“怎么啦这是？”可言与众人望着阿尔萨兰。

阿尔萨兰走回房，匆匆上栓。

阿尔萨兰解开衣怀，取出纸包，那些黑色小蚕已密密麻麻一片。她亦哭亦笑，将小蚕捧到那“囍”字前的案上：“儿啊，你等总算未辜负太后厚望，让阿尔萨兰真的做了一回额娘。但愿你等顺人性而合天理，一切自由，都能选上大总统……”

餐毕，侯夫人回房，玉姑埋怨：“阿妈，您对那旗女为何总那么卑躬屈膝，您又不是她的厨娘仆妇！”

侯夫人轻叹：“唉，既然已是一家，怎么说都不该相视如仇。你弃我于冰牢，我告你于死地，那样恨去恨来，日子还如何过？”

“原本就不是一窝，生要强拉硬配，还不是为了让人人缠斗，宫里那老太婆才觉得太平。”

“玉姑！你连说话都越来越不像个良家女子，如此的自由，有什么好？莫说额娘不快，就是我这亲娘，听着都心惊肉跳！”侯夫人蹙着眉。

“你阿妈说的没错，尔等的自由就是毁灭纲常，无道无伦。”侯久满走入，又冲侯夫人埋怨：“夫人也是，你以为低首下心就能讨好那人？她今日回府，你放了几炮？你差不多打杀了一营的洋兵！夫人也早已僭越礼数了！”玉姑哈哈大笑。

侯久满：“你出去，我与你阿妈有话。”

“这是阿妈房间，我为什么出去。”玉姑不动。

侯久满无奈，冲侯夫人道：“小崽子们一个个都闹自由了，夫人还不抓紧……”

侯夫人看看，说道：“老爷这一阵住在局里，有些事未及商议。妾身托媒人为四个儿女每人相了一门亲，只是言儿，不知当管不当管。”

玉姑嚷道：“玉姑不要！玉姑不要出嫁！”

侯久满：“广州风气已开，媒人免了，请对方来府，或我儿过府，让他们自己见面吧。”

侯夫人：“老爷，已然讲好了，一会儿，四家便来。”

玉姑大叫：“阿妈！四家一块儿，您也不怕弄错了，乱点鸳鸯！”

侯久满赞道：“好！好！夫人平日慎微谨小，这事却办得雷厉风飞！至于言儿，别惹着那人，多来的小姐，正好让刀儿见见。”

“你们……你们可真够可笑！”玉姑怒冲冲走出，出门便大叫：“妹仔！快把你的花炮全都搬出来，侯府就要娶大一堆的媳妇啦！”

戴刀看看窗外，继续埋头画着机关枪草图。门被敲了两下，阿尔萨兰走了进来。戴刀马上放下笔，起身施礼：“大福晋。”

阿尔萨兰将一包东西放下：“这是从京师带回的蜜果，你尝尝。”

“多谢大福晋。”

阿尔萨兰坐下：“你也坐。……你……现在就尝尝。”阿尔萨兰打开纸包，戴刀拘谨地：“我自己，我自己……大福晋为什么没回辽东看看额娘、阿玛？”

“我……我是紧着逃回来的。”

戴刀惊愕：“怎么？”

阿尔萨兰：“不说这个。蚂蚱哥哥，我儿子说的那种自由……”

戴刀疑惑：“你儿子？”

“就是老二！他……他讲的那种男女不谐，可以分离，西人真的是那么自由吗？”

“戴刀也只是从书报上看过，想必……是那样。”

“如果，如果那么随便，这世界岂不变得很脏？”

“戴刀……戴刀也说不大清。”

阿尔萨兰沉默片刻：“听善缇讲，侯夫人相了一群的儿媳，可能也有你的一份。”

戴刀大惊：“什么？！”

窗外一阵炮声骤响。庭院的地上摆着各色炮仗，玉姑与妹仔嘻嘻哈哈地放着。何富商、祁士绅领着花枝招展的三女一男，笑吟吟走来：“这侯府果然是个枪炮之家，相亲也搞得炮火连天！”

侯久满与侯夫人迎着：“各位大人，有劳，有劳。”阿六奔来，对侯久满耳语：“老爷，戴先生不知何故，仓仓慌慌地跑了。”侯久满大惊：“跑了一个？”

从侯府跑出后，戴刀奔入拌药房，喘息着看向窗台上的那盆白菊。

枪炮局机器隆隆，工匠们各在忙碌。

大门外，赵秉钧坐在马车内，从车窗阴鸷地看了一阵大门，低声问：“那事，都布置得怎样了？”

吴丁贵帽檐压得极低：“回赵大人，就等着您的吩咐了。”

赵秉钧：“你我乃河南同乡，好好做事，将来少不了你的好处。”

吴丁贵朝上推推帽子：“小的明白。”

赵秉钧看着大门自语：“出头的椽子先烂，粤局争枪揽权过大，别人还怎么活？侯久满早晚都得有此一劫。”

当晚，侯府花厅内，侯久满怒不可遏：“丢人！……丢人！你们一个个……一个个，简直让我与你等阿妈颜面扫地！”可言、妹仔、玉姑嘻嘻笑着。

侯夫人：“良儿，妹仔和玉姑顽皮也就罢了，你怎么也胡闹自由？”正良垂着脑袋不语。

侯久满：“良儿、言儿的事再讲。妹仔，你的事阿爸也没想今日说成。阿爸打算送你出洋，你愿去美国学造大鸟，就去美国。”

妹仔惊喜：“真的？阿爸？！”玉姑叫着要一起去。

侯久满看看他俩：“阿爸正有此意。妹仔，玉姑，如果你二人能成婚配，阿爸也算是见到了自由的好处。”

“什么，出去还有条件？！”玉姑一听，嘟起嘴来。

阿尔萨兰坐在一旁冷笑。

晚上，阿尔萨兰在盆中沐浴，木棉与另一女佣侍候着。侯久满走到门前，推门跨入，阿尔萨兰惊叫一声，侯久满疾步逃出。

“为什么不插门？！”阿尔萨兰怒斥，“互相打20个耳贴子！轻一罚十！”木棉与另一女佣相互看看，彼此抽打。阿尔萨兰出盆穿衣。

门外，侯久满听着里边“啪啪”的声音，咕哝：“真是有其母，必有其女！”

“进来吧。”阿尔萨兰冷冷道。

侯久满：“门外讲也行。”

“进来！”

侯久满走入：“府里有浴房，为何……”

阿尔萨兰：“你们汉人什么都男女同用，腌臜透顶！何事？”

“今日言儿的事……”

阿尔萨兰打断：“他不是嫌那家的小姐太胖吗？”

侯久满：“我要说的是，言儿所相的小姐，原本是为刀儿预备的，你不该故意让刀儿提前知道。”

“我……什么人在我背后监视、告密？！”

侯久满：“在我侯府，监视、告密又不新鲜。”

“你……”

门被“咚咚”敲响，吴丁贵在门外喊道：“大人！总办大人！小的吴丁贵有要事禀报！”

侯久满连忙开门，烂衫污面的吴丁贵冲入瘫倒：“大事不好了大人！局里的拌药房爆炸，牵带着枪子厂、杆筒厂、棉药厂、镪水厂、淋硝厂、木工厂炸的炸，燃的燃，目下局里一片火海！”侯久满扑通软在地上：“这！这……这是何故……”

吴丁贵：“想必是拌药房的机器超时转动，过热引爆了药料！”

侯久满忽然想起，紧忙起身：“戴、戴刀呢？戴刀如何？！”

“小戴师傅当时恰在拌药房，那里已经炸得尸骨无存！”

侯久满“啊”地一声再次发软，被吴丁贵架住。

阿尔萨兰痛极而呼：“啊——蚂蚱——”

吴丁贵惊异地望着阿尔萨兰……

此时的枪炮局已是一片火海，人车乱奔。

侯久满远远望着，痛心疾首：“刀儿——！刀儿——！这叫我如何向你家爷爷交代啊！”

阿尔萨兰泪汪汪地看着。

“戴大哥——！戴大哥——”妹仔抱着哭喊的玉姑，正良、可言含泪望着火海。

消息很快传到了储秀宫，慈禧惊呼：“什么？粤局炸了？！侯、侯久满呢？”

袁世凯：“回太后，侯总办尚安，正设法挽救粤局。”

慈禧恨恨地：“该杀的！多少万条枪压在粤局，他怎么不一块儿炸死！”

袁世凯偷眼看看慈禧：“电报上讲，那些枪与枪厂还好，只是工匠伤损惨烈，太后与皇上所限定的改枪工期，已无从谈起。”

慈禧：“气死我了！气死我了！下去！”

袁世凯退门，又惶恐跪下：“皇上圣安！皇后娘娘圣安！”光绪和隆裕均充满仇恨地盯着他。

光绪：“袁世凯，你何时又管起枪炮局的事了？！”

袁世凯：“回皇上，微臣会办练兵处，粤局那些待改装的林明敦，划归练兵处调用，总办庆王……”

“滚！”光绪低声喝道。袁世凯垂头蹿逃。

侯久满床前，侯夫人侍候他服药。侯久满说道：“夫人，快把孩儿和那个人叫到花厅。”

“老爷，是不是再过几日……”

“快去，此时不分家，怕是就要抄家了。”

侯夫人叹息一声，擦擦侯久满额上的汗水，快步离去。几个人很快聚在花厅。

桌上摆了三张银票。侯久满说道：“这是三张银票，我儿一人一份。你们或求学，或经商，或办厂，阿爸一概不问，但记着，这银子是要还的。如若阿爸还管着粤局，你等打明年开始，要年年拿出两成利是，助阿爸重振枪炮。”

正良道：“良儿受阿爸、阿妈养育之恩，未尽一分孝敬，怎能再要这银子。”

可言也道：“可言有遗产继承，足以生存，无须再拿。”

“你们没有听懂，阿爸不是给银子养活你们，是让你等牟利回报。”

正良为难地：“良儿……不会，不会经商……”

可言也说：“可言也只会读书。”

侯久满一拍桌子：“这时只会读书了！尔等还是没有听懂，老子是叫你们竭智尽力，全身心于实业、实事，别以为是放你等脱缰撒野，读妖书、入邪教、造反乱世！”妹仔在一旁笑笑。玉姑神情麻木，像是什么都没听见。

次晨，侯久满看着妹仔收拾行装，问道：“妹仔，昨晚你为何只是笑，不发一言？”

“妹仔明白阿爸心思，阿爸是想以生存压力令我等收心务实，不要再整日夸夸其谈，想入非非。”

侯久满叹息：“妹仔，阿爸最舍不得的就是你。知道阿爸为何放你出洋？阿爸看得清楚，除了爱玩，你是我侯府最不愿问政的一人。此番出国，你除了技艺，切记不要学洋人的政治，更不能与孙文、康梁勾连，特别是要看顾好玉姑，切莫让这造反坯子如鱼得水。最好，你俩能行前成婚，有个……有个什么东西坠坠，拴住她的性子。”

妹仔笑道：“阿爸，您怎么变得婆婆妈妈了。对于婚姻，我与玉姑妹妹全无概念。何况，玉姑对戴大哥还要胜于妹仔一些。”

侯久满一怔：“你说什么？”

妹仔忙道：“请阿爸宽谅，妹仔失言。戴大哥不幸，令阿爸骤然老了许多，妹仔不知如何劝慰。”

侯久满叹道：“是啊，阿爸今年不过46岁，却一下觉得疲惫不堪。”

门被敲了两下，一身素衣，面色苍白的阿尔萨兰推开门，看见侯久满在，说了句：“额娘一会儿再来。”侯久满起身走出：“你们谈。”

阿尔萨兰进门看看书架：“妹仔，额娘想打个商量，你出洋期间，你的这些书，能不能借额娘看看。”

“当然可以，额娘喜欢，全都搬去。”

阿尔萨兰：“还有……还有，你能不能去言儿那里，把他讲的那本什么神书，也借来。”

妹仔：“什么神书，那不过是本鼓吹无政府、无家庭、无伦常的小册子，妹仔替您要来就是。”

“在这府里，额娘也就能和你说说话，你却走了。要是额娘也能出洋看看就好了。”阿尔萨兰叹道。

妹仔笑笑：“额娘，您想拿什么书自已拿，妹仔有事出去一下。”说罢，妹仔戴上副墨镜，匆匆走出。阿尔萨兰惊奇地看着他。

妹仔刚出门，面色悲凉的玉姑，恰好遇见他："妹仔，你去哪？"

妹仔笑着指指外面："快走了，出去玩玩。"

玉姑："这几日你总是鬼鬼祟祟，也不带着我。"

妹仔："你若是觉得心绪好些了，就同我一块儿。"

玉姑怏怏道："不，我走不动。"

妹仔边往外走，边扬手："开饭时不必等妹仔。"

京城,庆王府。袁世凯与41岁的练兵处襄办大臣铁良,走入庆王府签押房,各自抱拳："王爷，身子可是见好？"

奕劻："好些了。看茶。"

各自落座后，奕劻问道："粤局的事，老佛爷有何旨意？"

袁世凯："还能有什么，将那些枪原封运回，然后拿办侯久满就是。唉，几千两运银打了水漂！"

"这事蹊跷得很，侯久满是个何等精明的主，怎么会闹出这么大的祸事？目下朝廷库帑奇绌，各局纰漏此起彼伏，真该整治整治。其实，也用不着养那么多的局，早就该裁撤兼并。"铁良说道。

奕劻接话："好哇，铁大人乃我旗人少有的带兵名将，若能下去巡察，熟稔军工，岂不是全才。"

铁良："本官早就怀疑粤局好大喜功，包揽十几万条枪，又贪多嚼不烂，怕失期交不了皇差，干脆弄把火，敷衍塞责。王爷若是准本官下去，本官怕是先要借侯久满的一颗人头，端正风气，同时扫扫各局之苟且萎靡。"

袁世凯："铁大人言重了，粤局虽说是个小局，但在侯久满的经营下，奋发图强，颇见起色。为了赶工期，侯久满人困马乏，出些事故也在情理之中。"

铁良:"袁大人说得轻巧,半个厂子都烧没了,岂是'事故'二字就可以遮掩过去的?袁大人若是有意回护你等汉臣，我铁良便更想掂掂那颗猴头几斤几两！"

奕劻劝道："好好商量，好好商量，别意气用事。"

袁世凯笑着："铁大人别忘了，那颗猴头不重，却有万岁牌保着。铁大人若真想杀人立威，世凯教大人一法，比砍颗猴头，更能令各局跃然。"

"何法？"铁良问。

袁世凯："削去侯久满各差，流徙山林，永不准其染指枪炮。"

奕劻苦笑道："你更狠，你这是诛心。还不如找碴再杀侯久满两次，那万岁牌也就不管用了。"

夜，枪炮局的废墟上，侯久满乱发如蓬，独自坐在石块上呆望。良久，他哀叹道："刀儿啊，你怎么可能，这一转眼的就没了？"

侯府内，妹仔匆匆走入伙房，翻找了些食物狼吞虎咽。玉姑走入，掏出两张票："妹仔，这是明早的船票。"妹仔看了看："你的行囊收拾妥了吗？"

玉姑："阿妈还在收拾。"

妹仔："玉姑妹妹，戴大哥如若还活着，你也真的会去美国吗？"

"什么意思？玉姑本来就是戴大哥活着时，讲好的要同你一起走。"

"玉姑，妹仔还有事需要抓紧。"妹仔笑笑，咬着饼奔出伙房。玉姑在身后喊着："明早就走了，你还哪去？"

侯久满吸着水烟，依然呆望废墟。

"老侯，这是兵工厂，即使一半成了废墟，也不应该随便吸烟。"

有人在背后说话，侯久满始无反应，过了片刻，猛然回头一赫顿笑眯眯地正看着他。侯久满瞪大眼珠："你……你……是人是鬼？"

赫顿说道："老侯，你老了。"

侯久满跃起，揪掉赫顿的帽子："……是红毛！是我的小红毛！儿啊，你可算回来啦！"

赫顿紧紧拥抱着侯久满："老朋友，你好！虽然我不是你儿子，但见到你，仍然像看见爸爸一样高兴！"

"儿啊！儿啊！我的好儿啊！"侯久满激动地拍打赫顿。

"老侯，你要的机器，我全都买回来了。"

"我知道，我知道，阿爸没有看走眼，老子的小红毛，肯定是个大大诚信的人！"侯久满泪流满面。

次日，侯久满雅间里满桌佳肴，侯久满给赫顿搛着菜："吃，吃，好好地吃！"

赫顿的嘴塞得满满："对、对不起，让你担惊害怕了，要说这件倒霉的事，也是你和查理叔叔惹出来的。你们在海上，消灭了查理叔叔的一个竞争对手，可那人的弟弟拿我报复，绑架了我好几个月，没拿到赎金，要我帮他修了许多的大炮，才释放了我。"

侯久满倍加感动："……绑架，赎金？你都没动那200万两银子？"

"老侯，只是那些机器被海关扣了。虽然我说是开矿用的设备，可是……可是他们不信……"

"别噎着，别噎着。"侯久满拍拍赫顿的背，长叹一声，"唉——虽说大清海关全被洋人把持着，那些机器总会有办法弄回来。只是，只是如今机器有了，人，却又没了！"

这日，行署签押房，袁世凯指令一幕僚："发电报告诉智庵，既然那个人还活着，就命不当绝。赶紧设法留下此人，待粤局裁撤，或侯久满离任，袁某还要用此人为我的北洋机器局效力。"赵秉钧接全后到商务局密室。牛子旬道："赵大人，你我一北一南各办各差，你如此擅入人家窝巢，犯了我等的行规了吧？"

赵秉钧阴阴地："下走奉令办差，保一人性命，怕是不亲自露面，这人说没就没了。"

"你奉的不就是袁世凯的令吗？本办做事，只听太后一人招呼。"

赵秉钧从袖中取出一卷纸："再打嘴仗无益，牛大人先看看这个。"

牛子旬看着，越看越惊恐："这……你这都是从哪弄来的？"

"牛大人原为广东劣绅，戊戌年勾结土匪充任官差，被维新党查办，是太后保了你。后来，你毛遂自荐追杀康梁，但这些年你除了滥杀妇孺，还做了什么？三合会的枪哪来的？瑞良将军哪去了？广州、香港的洋人给了你多少贿银？这些，哪一条不为太后恨之入骨？”

牛子旬扑跪：“别说了，别说了，小人已知，小的虽与大人同行，但远远不及大人。”

赵秉钧：“讲，我家宫保想用之人，你趁水会抢救粤局大火时，给悄悄移去了何处？”

牛子旬爬起，拉着赵秉钧就跑：“快，快，有一洋人买这个戴刀的性命，正在路上！”

洋人诊所，查理右眼遮着黑色眼罩，微笑着与推着平车的医护走入病房，看到浑身缠着纱布昏睡的戴刀，独眼溢满了笑：“对，就是这位先生。他可是个很了不起的中国人，我要送他去个更好的地方。”戴刀被抬上平车推出。

庭院的树林里停着一辆汽车，戴刀被抬了上去。查理钻入驾驶位置，说了声“谢谢。”

恰在此时，牛子旬和赵秉钧奔来，挡住车头：“停，停住！”

查理探出脑袋：“牛，我已经给了你很多的钱，你可不能反悔。”牛子旬：“不行，不行。”

查理发动汽车，欲撞。赵秉钧掏出手枪，冲天开了一枪。医护们惊叫，奔回诊所。查理跳下车，拔枪互射，与赵秉钧、牛子旬杀进树林。

这时，妹仔奔入诊所：“怎么回事？洋人诊所半夜开战？”

躲在桌下的护士问道：“先生，你有什么事？”

妹仔抱拳：“哦，请问，你们这儿是否收治过一个炸伤的中国人？”

“有一个，但他在外面，有两伙人正在为他打仗。”

“啊？！”妹仔惊愕地飞奔出门。

诊所庭院的树林里，枪弹划着一道道火光。

次晨，侯久满、阿尔萨兰、侯夫人等站在箱包一旁，焦急地望着门外。玉姑：“真是急人！船都要开了！”

“来了，来了。”妹仔背着昏迷的戴刀奔来，“你们看，妹仔把谁背回来了？”

阿尔萨兰扑过去：“……蚂，蚂蚱？！”

玉姑同时扑去：“……戴大哥？！”阿尔萨兰与玉姑相互看看。

妹仔奔向戴刀房间：“快，戴大哥一直昏迷着，快请个大夫！”

侯久满紧跟在后面：“这是……妹仔，快讲，这是怎么回事？哦，妹仔，快将刀儿放下，你赶紧与玉姑去码头，阿爸就不送你们了……”

载着两人的马车狂奔而去。

车内，玉姑为妹仔擦着满头汗水。妹仔笑看着送行的正良、可言：“我一直不相信，戴大哥那么的精于枪炮火药，怎么会让拌药机过热出事？这里面肯定有鬼！于是我就在善堂、药局，还有租界的诊所，找哇，找哇，哈哈哈哈……还真让我找到了！也不知那两伙为戴大哥拼命的都是什么人，现在他们肯定看着空车打得更欢了！哈哈哈哈……爽！爽！”

玉姑关切地：“妹仔，你没伤着吧？”

“没有，没有。”妹仔看看玉姑，笑问：“玉姑妹妹，你还与妹仔一同走吗？”玉姑接着为妹仔擦汗，未语。

送走了玉姑他们，侯久满回房，他坐在床边，看着戴刀："大福晋，能否用用你的手下，查查到底是何人在谋害戴刀与老侯？"阿尔萨兰看看侯久满，又看着戴刀，未应。

侯久满："起码你应禀报太后，既然让老侯办差，就应保着老侯做事的臂膀，少纵放奸人一害再害。"

阿尔萨兰："你在说谁？！"

"当然，此次之事定非大福晋所为，但大福晋绝然能够知道，所为者是何人。"

"枪炮局爆炸与戴刀被人争夺，未必是一桩事码，老爷休想借着戴刀，推卸失职责任。"

侯久满："太后放你盯在老侯身边，想必是令你督军，粤局经营不善，恐怕大福晋也难逃其咎。"阿尔萨兰被气得无语。

忙着照拂戴刀的侯夫人无奈地看看侯久满，又看看阿尔萨兰，轻声叹息。侯久满接着道："今后老侯做事，大福晋最好多看少说。特别是这几日，大福晋最好看都不曾看见。"

"这几日？你，你想干什么？！"阿尔萨兰瞪大了眼睛。

十

广州码头，玉姑被正良、可言连搀带拽奔到验票口，妹仔催促道："快，快，肯定就剩我俩没有登船了！"玉姑却站住了。

正良："快进去啊，玉姑。"

玉姑喃喃："妹仔，也不知戴大哥……醒得过来，醒不过来……"

妹仔看着玉姑……

可言催道："快走吧，船要开啦！"

玉姑看着妹仔："玉姑也不是别的……那年去辽东，戴大哥，还是玉姑找到的……"

妹仔笑笑，将一只箱子还给正良，拍怕玉姑："别说了，玉姑妹妹，好生照看戴大哥。"

此时，汽笛鸣响。

玉姑不舍地："妹仔，尽早学会制造大鸟，快些回来。"

"我会的。妹仔走啦！大哥，二哥……"妹仔冲玉姑、正良、可言摆摆手，向客轮奔去。

正良喊着："妹仔——写信——""知道啦——"

玉姑久久凝望着妹仔奔跑的背影……

阿尔萨兰从侯府出来，怒冲冲走入商务局密室："牛子旬！如实回话！戴刀的事，你是知道还是不知道？！"

牛子旬偷眼看看阿尔萨兰："回大姑，下官确实不知什么带刀、带枪之事。"

"真的不知？！"阿尔萨兰瞪着。

牛子旬打岔："大姑，下官能问问，是何人带刀杀了谁吗？"

总办室，侯久满厉声训斥："吴丁贵，你从实招来！你怎么知道拌药房爆炸，是机器过热所致？！"

吴丁贵跪着："大人，小人也是猜的。大人不是也听小戴师傅讲过，拌药机早就不堪运转过热吗？"

"爆炸时，你人在局里，怎么会没看见戴刀被人拉走？！"

吴丁贵从容不迫："当时小人忙着救火，加上本局与局外的水会奔进奔出，后来小人又去了您的府上。"

侯久满看看吴丁贵，摸着吴的脖颈，阴森森地："吴丁贵，你自然清楚，何人若敢在标下这里暗室亏心，阴图不轨，标下可不只有秉法拿人的手段。"

吴丁贵眨眨眼睛："小人清楚，顶爷还有家法山规，足令小人不敢瞒天昧地。"侯久满拂袖而去。

次日，码头公事房。

眼戴墨镜、富商打扮的侯久满派头很大，用手杖敲敲一洋人海关职员手里的公文："看清楚，总督衙门与领事馆的这些公文，足可证明，那些机器全是我大华矿厂的。矿里还有你等洋人的股份，误了开工，你去向领事大人解释。"

洋海关看着公文："不，不，这份文件表述得很不清楚，并没有您说的这些，我需要认真核实。"

"你现在就可以给领事大人打电话。""现在？现在领事先生早已下班了。"

"那好，我等明日上午再来。"走出公事房，侯久满恶狠狠地："红毛，叫你的查理叔叔速来见我。"

赫顿："老侯，你可不能胡来，你答应过我，不乱杀洋人！"

"不杀，不杀。"侯久满应着。

查理如约到茶楼雅间，侯久满："查理船长，你的这只眼睛治好了，也该做做事了。来，老侯我先敬你一杯。"

查理推开酒杯："治好了？永远也治不好啦。"

侯久满笑了一下，拍拍查理的肩："老侯过去说过，要与你合股办厂，如今你的侄儿将机器置齐，老侯的话照样做数，只要你办好今晚的差事，依然有股。"

"不！我查理船长虽然是个老牌海盗，但这种有损大英利益的事，老查理绝对不干！"

侯久满冷笑："什么查理船长，只要老侯一句话，你只是个查理乞丐。那条兵舰，不想开了？"

"不开了！它早就快跑不动了！"

"那十几个捧着查理老爹饭碗的洋儿子，你也不管了？"

查理笑笑，端起酒杯："老板，开个玩笑。来，这叫'敬酒不吃，吃罚酒'。"查理一饮而尽。

侯久满站起身："你们叔侄多日不见，说几句话马上做事。如果等到明天那家伙真给领事馆打电话，你们英国说不定能为此，与我大清再开上一仗。标下另外有事，先走了。"

查理看看离去的侯久满，用英语对赫顿说道："赫顿，查理叔叔提醒过你，不要为中国人把好事做得太过！"

赫顿真率地："查理叔叔，我没有办法不做这件事。因为全世界也找不出第二个像老侯一样的人，能将200万的白银，毫无任何抵押地交给一个毫无亲缘关系的人，去万里之外的地方办事。我绝对无法辜负如此神圣的信任。"

茶楼厅堂，侯久满掏出叠银票，交给迎上来的吴丁贵："带着你的人，依我吩咐，能用银子过关的尽量用银子，过不了的……"

"大人不必说得太细，小的把活做干净就是。"吴丁贵将银票揣入怀里。

码头公事房，查理与洋海关喝着酒。

查理醉醺醺地搂住对方脖子："告诉你，老弟，那个大华矿业的机器，根本不是什么开矿的，全是，全是制造枪炮的！"

“什么？造大炮的？我的上帝，这是严重的违禁事件！”洋海关也醉意甚浓。

查理拍着洋海关：“所以，你很倒霉，很悲惨……”

“砰”的一声，门被一脚踢开，侯久满走入：“你跟他说什么？老子曾在水师学堂学过洋文，还听得懂几句！”

查理笑道：“反正他已经喝醉了，明天也记不住。”

洋海关：“你们说、说什么？”

侯久满：“他还是不签字？”查理点点头。“那就只好……沉了……”侯久满含糊其辞地说罢，走出门去。

查理看看，冲洋海关笑着：“你还有什么话要对上帝讲，请快一点儿。”

洋海关莫名其妙：“什么意思？”查理笑着，一掌劈晕洋海关，将其扛出了门。

查理扛着洋海关摇摇晃晃到了码头边，将其扔下海。

侯久满与吴丁贵到附近货仓看了会儿，佯装不知，匆匆走来问：“你把什么东西扔下去了？”

查理：“老板，您讲的，把他沉了。”

“胡说！快！快！”侯久满奔下台阶，一条腿踏进海水，“快，把人捞出来！”吴丁贵一个猛子扎入……

“老侯——老侯——”赫顿愤怒跑来，“你答应过我，不杀人……”赫顿跑到跟前，吴丁贵将洋海关举出了海面，扛上码头施救。赫顿看看渐渐苏醒的洋海关，又看看湿了半截的侯久满，愣怔着。

侯久满瞪着查理：“你真是喝多了！我命你把机器沉了，你怎么把人给扔进了海里？！”

“你……你……”查理完全糊涂了。

侯久满冲吴丁贵说道：“沉了！”吴丁贵立即奔向货仓。片刻，吴丁贵领着许多工匠抬着货箱走出，一一抛进海里……

赫顿一头雾水。侯久满拍拍洋海关：“先生，看清楚，你的货仓，根本就没来过机器，什么机器都没来过。”

洋海关：“你，你想消灭证据？”

侯久满笑笑：“中国有句话，叫‘多一事不如少一事’，如果你听不懂，可真的有可能，被人沉了。”洋海关愣怔着。

侯久满快步离去，赫顿紧跟其后：“老侯，快把那些机器捞上来，那都是好不容易才弄来的！”

侯久满笑着：“不用，那些木箱里全是石头。”

“石头？……怎么会是石头？！”

查理：“赫顿，老板肯定是趁我与那个家伙喝酒时，买通了一路的人，将机器悄悄运走了。”

赫顿看看侯久满袍襟上的水：“不管怎样讲，老侯，你很守信，你不但没有杀那位先生，还救了他一命。”侯久满笑笑，走去。

查理的独眼阴狠地盯着侯久满背影，拍了拍赫顿：“我的孩子，我们都很傻，但你尤其傻得可气！”

赫顿莫名，回到枪炮局，崭新的各式机器隆隆运转……赫顿与吴丁贵忙碌地指导着工匠。侯久满欣慰地看着这一切。

戴刀房内，玉姑带着哭腔叫着："戴大哥，你醒醒，醒醒……再睡，你会饿死的，妹仔就白救你了……"

阿尔萨兰焦炙地在门外踱着，欲进又退，默默听着玉姑的哭叫。

戴刀已奄奄一息，玉姑无法喂入汤水，满脸泪水地哭叫着："戴大哥，你就张张嘴，张张嘴,吃一点儿吧……"侯久满无奈地踱着。窗外,阿尔萨兰双眼含泪,焦炙地望着窗内。

忽然，侯久满想到什么，他忙取下墙上那支28珠连环铳，将戴刀的手放在枪上："刀儿，你摸摸，这是什么？刀儿，你摸摸，你摸摸……"

良久，戴刀的手指开始蠕动……玉姑惊呼："动了！动了！戴大哥的手指……"

门外，阿尔萨兰听见喊声激动欲进，但还是默默退回。不远处，侯夫人奇怪地看着阿尔萨兰的举动。

玉姑在屋内喊："戴大哥，你醒醒，喝点儿汤，喝点儿汤……"

戴刀仍紧闭着嘴唇。他的手,一下从枪身滑落……玉姑哭喊。侯久满也惊呼"刀儿！"

"砰"的一声门被推开，阿尔萨兰终于冲入直扑床边，含悲痛呼："蚂蚱哥哥！蚂蚱哥哥……"玉姑惊愕地看着她。阿尔萨兰不管不顾地叫着、摇着："蚂蚱哥哥，阿尔萨兰在叫你，阿尔萨兰在叫你，我们去大草甸骑马，采白菊子！蚂蚱哥哥，小阿尔萨兰在叫你！小阿尔萨兰在叫你……"戴刀忽然哼出一声,恢复了呼吸。玉姑与侯久满惊愕对视。

阿尔萨兰激动万分，痛哭起来："你还活着……你还活着……"

"……大……大福晋，你接着叫。"侯久满看着阿尔萨兰说，"你想怎么叫就怎么叫。"阿尔萨兰看看侯久满，接着转向戴刀："蚂蚱哥哥，我是阿尔萨兰啊，你醒醒……"

窗外，侯夫人吃惊地看着她。阿尔萨兰还在唤着："蚂蚱哥哥，我是小阿尔萨兰啊，醒醒啊……"戴刀的呼吸越来越重，终于缓缓睁开了眼睛……

侯久满一把抓住戴刀的手，流下泪来："刀儿！刀儿！"玉姑默默地离开床边，走出门去。

储秀宫内，慈禧兴奋异常："好猴子！好猴子！好猴子！"

奕劻："侯久满搞到的全套机器，不仅可使所有的林明敦兵枪，在限定工期内全部修好，而且为我大清的新枪研制奠定了基底，功德无量啊！"

光绪亦满脸振奋："马上着兵部、户部、工部议商，多少拨些银子，助粤局修复炸毁的设施，及早研制新枪！"

慈禧看看光绪："新枪可以琢磨着，银子就甭给了，那猴子有的是法子。"光绪顿时一脸难堪。慈禧接着道："我这猴子能在洋人海关的眼皮儿底下，破了洋人的禁，真是让人解气！解恨！"

与此同时，袁世凯处签押房内，赵秉钧跪着："下走无能，把差事办砸了。"

袁世凯笑笑："小受蹉跌，不必在意。既然那侯久满搞回些好东西，就让他先干着，鸡养出油来更好吃。但愿他真能搞出什么新式枪炮，咱们提前弄来就是。……这是你的犒赏，神鬼不知地炸了粤局一下，削了削那猴精的势头，前半截你办得还算漂亮。”

“下走无颜受赏。”赵秉钧深伏在地。

袁世凯：“拿着，拿着。”

侯府内，赫顿展开一摞图纸。侯久满睁大眼睛：“这是什么？”

“这是美国、德国、瑞士、荷兰和丹麦的几种新枪、新炮的设计图纸。”

侯久满大喜：“好！好！我的好儿！单单这些纸，也足顶200万两银子！哎，怎么没有英国新枪？”

赫顿看着侯久满未语。

侯久满：“哦，过分！过分！阿爸贪心不足！哈哈哈……我的好儿！那年的绿气炮，怎么就把你这么个宝贝蛋给阿爸崩了过来。”

赫顿：“老侯，你已经叫我小红毛了，千万别再叫我宝贝蛋。”

“小红毛，小红毛，阿爸一定也要为你这小红毛捐个身份！”侯久满兴奋不已。

“老侯，你是要为我也弄一个我叔叔那样的上校吗？”赫顿十分高兴。

侯久满：“大清没有上校。阿爸起码要超过我其他那几个儿子，先为你捐个四品道台，再请庆王爷举荐，保你个三品知府！哈哈哈哈……”

这日，在茶楼雅间，可言向何富商敬着酒：“前辈请。可言初涉商途，今日有个谋财盘算，恳请前辈帮着断断。”

何富商冷淡地：“想经商？笑话，你这样的，在街头巷尾摆两碗云吞面卖卖差不多。”

“晚生知道，可言未敢高攀令媛，惹前辈不快。但可言确实是想先立业再成家，待晚生有了一斤、半斤的分量，再正式托媒，隆重纳采。”

何富商冷笑：“一看你就是个巧嘴滑舌之辈。什么盘算，说来听听。”

可言道：“在这广东地界，暴富无非三途：贩烟、放赌、开妓寨。利最大者首推贩烟。其实，贩洋烟风险难测，且令人不耻，不如自种土烟，量大、运资少，价贱、销路广，又可使洋烟无奇可居，自然断绝。如此，商家岂不既谋了利，又爱了国？”

何富商吃惊：“……想不到你这书生，还精过冇尾蛇，一起手，便在烟上打主意。”

可言：“中国的甘、陕、桂、黔，地荒民贫，投注小资，便可获利巨丰。前辈，是不是此理？”

何富商：“理是此理，可跨府越省，你敢将鱼饵撒得那么远吗？”

“晚生以为，经商无非一赌，小赌贩夫，大赌豪门，胆气而已。”

何富商怔了怔：“后生可畏。真要我说的话，此事别人难为，你侯府的人却做得。”

“这话怎讲？”

何富商：“谁不知你阿爸有块通天保命的万岁牌？而且你本人也有个四品候补道的身份，越走小地方，越显贵重，还不由你呼风得风，唤雨得雨？”

可言：“此事当真可为？”

“手拿把攥！老夫加上一股，且不须你跑腿，老夫手下就一一办了！”

“多谢前辈！”可言举起酒杯。

教堂内，正良跪爬着擦抹地板。抹布却被人一脚踩住，正良抬头一看是可言。“你这是成何体统？！”可言揪起正良，“大哥，阿爸放我等出门是赚银子的，不是让你当洋人杂役的！”

正良继续擦着：“我说了，我不是挣银子的材料。”

“那你明年拿什么交账？！”

“阿爸给的银子，正良都留着，一年两成，可交五年。”

可言：“你不吃不喝不住了？！”

正良：“我吃住都在这里。”

可言气极：“叫可言如何说你这位大哥，你书没我读得多，读得好，却比我读得呆！这洋教堂管你吃住，还管你娶妻生子吗？你个堂堂男子，就甘心一生在此拂尘擦地吗？！”

正良平静地：“人各有信仰，正良能虔心擦出方寸净土，此生足矣。”

可言拖起正良：“走！走！要信教也别信洋教！我家大先生康有为推崇孔教，可言引你入圣学会或保皇会！”

“二弟，那是两回事情，上帝不是孔子，也不是皇上……”

可言拖着正良走入家庙庭院：“大哥，你就与可言同住这家庙，要么与我一起经商，要么你另辟蹊径。”

“你那也叫经商？正良宁可挨阿爸板子，也不沾你的烟字。”

可言：“别叫烟，叫药，土药，专克洋药。大清积贫积弱，病根就是个银子缺乏。我中华要想富国强兵，千条万条，头一条就是得有银子。”“你那银子不干净……”

“金银原本就不是干净东西，但用于大道，妖魔也能休成正果。那老侯半官半匪，亦侠亦盗，头一桶银子还不是开着炮舰劫来的！可他为的是振兴大清兵工，你能说老侯半个不字？”听罢此话，正良睁大眼睛，张口结舌。

戴刀被安置在庭院晒着太阳，玉姑与阿尔萨兰一左一右，喂药，剥桔。

玉姑瞪了阿尔萨兰一眼：“我在喂药！你剥桔子干什么？！”

“这药是医治昏迷的，早就不必再用了。”

玉姑：“谁说他全醒了，他还不知东南西北呢。戴大哥！张嘴，喝！”

“真是少见，喂药竟然像是填鸭！”

玉姑愤然：“谁是鸭子？谁是鸭子？戴大哥，这人说你是鸭子！”

戴刀端过药碗，虚弱地：“我喝，我喝，我自已喝。”

侯夫人站在一角，看着这一幕，忧虑自语：“求菩萨保佑，千万保我侯府，可别冒出什么荒谬之事啊！”

玉姑为戴刀擦擦嘴：“戴大哥，不苦吧？玉姑专门加了蜜的。刚吃完药，不能再吃生冷东西，特别是桔子。”

阿尔萨兰气得将桔子丢入自己嘴巴："我吃！"

"刀儿"，侯久满兴高采烈领着赫顿走来，"我为你领来一位同行！"

赫顿与阿尔萨兰愣怔对视，均觉尴尬突然。还是赫顿先伸出手："阿尔萨兰小姐，哦不，阿尔萨兰夫人，您好。"阿尔萨兰边问好边闪开赫顿的手，惊慌走回自己房间，半途还被绊了一下。

侯久满看看，笑着介绍："刀儿，这就是玉姑曾经讲过的那个，老侯的洋儿子，赫顿！一名枪炮军械师。他这回救我粤局于危噩关头，立了天大功劳！来来来，你二人拉拉手！"

赫顿向戴刀伸手："非常高兴认识你，我是专门来看你做的28珠连环铳的。"

戴刀："你好，你的诚信之举，真是惊世传奇。"

赫顿："有其父必有其子……哦，不不，我不是老侯儿子。"

"哈哈哈……"侯久满开怀大笑，走向戴刀房间，"你等着，小红毛，你等着。"

赫顿端详着戴刀，戴刀纳闷："……你看什么？"

"你就是伟大的戴梓的后代？……你十分英俊。"

玉姑得意地："英俊吧，是我从一块蛮荒的草窝子里，把他翻腾出来的。"

赫顿："玉姑小姐，你也越长越美丽了。"玉姑脸红："要你啰嗦！"

侯久满抱着枪走来："看看，看看，红毛，虽说这连环铳的外形与你造得不差几分，但你打打看！"赫顿急切地抓过枪，仔细摆弄。"打打，打打，冲天……"侯久满催促。

一串子弹射上天之后，赫顿惊愕："我的天哪，好有劲！180年前就能造出这样的武器，简直是奇迹！奇迹！我一定要拆开看看，好好研究研究它的原理。"

戴刀："原理很简单，它用的是黑药铅丸，放置在铳的脊部，以机关开闭……"

"我一直以为弹夹在腹部。"

戴刀接着："这铳有相连的两道机关，扳动一机，药弹自动落入铳腹，触动另一机关的机链，并摩擦燧石起火。如此反复转运，则可连射28发。"

赫顿恍然："原来它有两道机关！太妙了！太妙了！"

侯久满笑道："阿爸早就说过，我中国人的思路，往往与洋人不同。"

"赫顿先生，这支连环铳就送给你吧。我的桌案上，有几张不久前画的机器炮图样，还望赫顿先生指教。"戴刀真诚地看着赫顿。赫顿拥抱住戴刀道谢。侯久满欣喜万分："小红毛，你也在阿爸这府里住下，我等朝夕相处，一同研发新枪、新炮！"

"这……这……"赫顿看看阿尔萨兰的房间，"这合适吗？"

"有什么不合适，今晚将良儿、言儿也叫回来，正式为你接风！哦，对了，阿爸再给你一桩差事，早晚教教刀儿、玉姑洋文。府里的家丁仆佣，凡愿学者一同上课！"阿尔萨兰正在房中，默默望着窗外。

当晚，侯府餐厅设宴，桌上杯盘狼藉，多人微醉，赫顿唱着一支英国民歌，侯久满等击着拍子……可言走到侯久满桌前，拍下一张银票："阿爸，这是一千两！毛毛雨。"

侯久满愣怔："阿爸要你等明年还利，你怎么……"

"可言原想收了药再拿银子，未曾想，现在就有人争着抢着，朝可言的袖子里塞、塞银票。"

侯久满更惊异："言儿卖的是什么药，这样抢手？"

"二弟他……"正良刚要说话，可言"嘘"了一声："阿爸，您拿着就是，不多，先帮您造几粒弹子什么的。"

侯久满拍拍可言，将银票塞回："孝顺！我儿孝顺！但阿爸说话算数，明年再收利是。"

玉姑不断为戴刀搛菜、擦汗，问长问短。赫顿摇摇晃晃走到阿尔萨兰桌前："阿尔萨兰夫人，这个家很奇怪，为什么要三张桌子吃饭，而且夫人单独一桌。难道您……得了传染病吗？"

阿尔萨兰蹙眉，冲着所有人："简直放肆，这里哪像是我清国大吏的府邸，简直就是个下等的饭铺酒肆！善缇！"善缇从门外闪入。"扶病人回房！"善缇应诺着架起戴刀走出门。

阿尔萨兰看看赫顿："我没冲你。你的歌唱得很好听，每日教洋文时，不妨也教教唱歌。"说罢，她挺胸昂首，摇摇甩甩地走出餐厅。

赫顿跟在后面："夫人，您不该发火，弄得大家十分扫兴……"

玉姑不屑地："耍何威风？生怕别人看不见她！"

侯久满瞥了阿尔萨兰背影一眼，兴奋依旧，举着酒杯："喝！喝！我们喝我们的！"侯夫人忧虑地看看侯久满，又看着门外。

赫顿追到庭院，说："阿尔萨兰夫人，有些话，我想跟您谈谈。"

"不管什么话，先跟你那阿爸谈完，再找大福晋不迟。"阿尔萨兰走进房间，插上门栓。

赫顿在门外叫道："夫人，赫顿要是住在这里，有些话必须先跟您谈谈，夫人，夫人……"门里没一点儿动静。

侯久满喝多了。阿六将他架入房间，放倒在床上。侯夫人将侯久满的鞋袜脱了，擦洗着侯久满的脸和脚。侯久满："夫人也歇了吧。"

侯夫人边擦边道："老爷，有些话不该妾讲，可是，妾看着大福晋也太过可怜，才22岁，就这么……日日看着老爷，却夜夜独守空房。这等羞辱，哪个女人能忍？老爷虽说比大福晋大些，但也只是四十多，还在当年……"

侯久满看着侯夫人："夫人，菩萨心肠并非处处可用。我与那旗女被太后拴在一起，原本就有牵制之意，加上我与那人均性烈如火，进房都如入沙场，怎么可能还同上一床？此事夫人切莫再提。"

可是妾身不明，既然老爷清楚大福晋与刀儿有旧，那位洋人也对大福晋有情，老爷为何还执意要将这二人留在府中？难道老爷是想陷大福晋于不名誉之地？"

侯久满苦笑着："难得夫人几十年唯唯诺诺，今日头一次敢于如此诘问。老侯哪里有构阱陷害之意，除了刀儿奉旨须日日请皇安，我等三人时刻相守，全为争分夺秒制枪造炮。为了强兵强国，其他的事均乃纤末枝节。何况，你我也看得出，那个旗女也不是一个随便之人。"

侯夫人轻叹一声："老爷胸襟宏阔，只是从此府里怕是难安了。妾身回房歇了。"

"夫人有了岁数，夜里小心凉着。"侯夫人为侯久满掖掖被子，走出门。

侯久满苦笑一下，望着窗外，自语，我那妹仔，该是到了美国了吧？

1904年4月6日，美国旧金山的码头海关。妹仔提着箱子走出，好奇地东张西望。忽然，身后一阵喧闹，妹仔回头去看。厅内，美国官员在盘问一人：“孙先生，您的这本护照像是伪造的，我们不能准许您入境。”

孙中山：“我的所有手续都是在檀香山办理的，怎么会是伪造的？”

美国官员：“对不起，我们得拘留您，请马上跟警察离开。”

“我抗议！你们肯定是听人诬陷，故意这样做！”孙中山被警察架走。

妹仔看着这一幕，身边走过两名鬼鬼祟祟的清廷官员。官员甲低声问：“捉住了？看清楚是孙文吗？”官员乙答：“没错，正是孙文。美国人挺好诓骗。”

妹仔一怔，佯装系鞋带，蹲下细听。官员甲又说：“并非是骗。前两日领事馆得报孙贼来此煽惑华侨，领事大人以保全清、美邦交，照会了美国。”

“噢——，但愿这回，别像那年在伦敦，又让孙某脱逃。”

“放心，孙某定然被困在拘押偷渡犯的海关木屋，他活不了几日。”官员甲掏出个纸包晃晃。妹仔惊愕，迟疑片刻，提起箱子离去。

妹仔走入一家旅店房间，丢下箱子倒在床上，不由愣怔，儿时在王氏书舍读书的情景，历历在目：

十岁时的妹仔与正良、可言、玉姑等十几个少年小儿读书写字，一先生巡看着，并不时警惕地望着窗外。忽然一阵喧哗，“快！快！别走脱了乱党！”一队清兵冲入书舍庭院，朝对面房间开枪。

妹仔等奔到窗口，玉姑问道：“先生，这是怎么回事？”

先生叹息：“唉——，这书舍对面有位医人医国的圣手，秘密创办了一个农学会，鼓呼革命，为我国人幸福，为你等小儿未来，不惧生死地寻找富民强国的道路。”

妹仔与玉姑等对视一阵，问道：“先生，这位圣手名叫什么？”

先生一字一顿地：“记着，妹仔、玉姑，此公名叫孙文。”妹仔、玉姑点点头，瞪大眼睛望着窗外。清兵从对面房内推出几位伤者，押出庭院，扔在地上的是一面青天白日旗……

1895年，孙中山领导第一次广州起义，因叛徒告密，未发事败，陆皓东、朱贵全、丘四等人牺牲。

回想至此，妹仔起身在房内踱了一阵，又倒在床上，侯久满的声音响在耳畔：妹仔，阿爸最舍不得的，就是你……除了爱玩，你是我侯府最不愿问政的一人。此番出国，你除了技艺，切记不要学洋人的政治，更不能与孙文、康梁勾连……忽然，门外传来一阵脚步声和一个人的低语：“冯先生，今晚的事您就不要参加了，孙先生还期盼您早日造出我华人的第一架飞机呢。”妹仔看着门一怔，从床上跃起，拉开房门，楼道内已无人影。妹仔痛苦地又踱了两步，一头栽倒床上，拉开被子蒙住脑袋。

清晨，侯府书房内，赫顿指着墙上的字母纸片教众人发音。阿尔萨兰等着跟他念。

入夜，旧金山海关的木屋前，官员甲、乙扮作厨佣，提着饭桶、水壶走来，左右看看，将纸包里的毒药倒进壶里，然后敲敲门上小窗：“开饭了。”

小窗打开，孙中山伸出手：“谢谢同胞兄弟。”

突然，一只手打落水壶："尔等休想戕害孙先生！"几个黑布蒙脸男人，将官员甲、乙打倒，转身飞跑。看守木屋，正在不远处与女人搭讪的警察，使劲吹响了铜哨。"好个逆贼乱党！"官员甲、乙掏出枪来，紧追不舍。

附近，一个白布蒙脸的人，看着黑布蒙脸的男人跑过，待官员甲、乙奔来，猛然伸出脚，官员甲绊倒，官员乙随之也倒，那人拔腿便逃。官员甲、乙爬起紧追："站住！站住！再逃，就开枪了！"那人只得站住。官员甲、乙靠近，一把揪掉蒙布，露出妹仔的脸来。他叹了口气："唉——真是倒霉！大鸟怕是造不成了。"

官员甲纳闷："什么大鸟，转过身来！"

妹仔突然大叫："孙先生快跑！"官员甲、乙不由回头。妹仔撒腿又逃，并掏出摔炮向后连丢几个。官员甲、乙吓得趴在地上。

警哨骤急，两三个美国警察奔来，将官员甲、乙按住。

海边的一片盐田前，正良坐在土丘上吃着饼，呆呆看着远方。远处，仅着兜裆的盐丁，操劳熬盐。一个包着头巾的穷苦少年，边拾柴，边看着正良咽口水。正良看看少年，将饼递出："饿了吧？"少年摇摇头，继续拾柴。

正良看着盐田感叹："天下再没有比盐丁更苦的人了。"那少年趔趄几步，栽倒晕了过去。正良奔过去抱起少年："小弟弟，小弟弟，是饿的吧？快醒醒，吃两口东西……"正良将饼朝少年嘴里塞，但少年张着嘴，却不知咬。

正良愣怔片刻，不禁想起："'乌鸟之情，愿乞终养'，乌鸦尚知反哺……"正良忙嚼烂了饼，口对口地吐入少年口中。少年果然一口一口咽着，终于醒来。少年看着正良抱着自己喂饼，猛然挣扎，头巾落地，竟然是个少女！正良惊呆了。少女满脸通红，爬起疾跑。正良朝着另一方向也跌跌爬爬地狂逃、大叫："我不知道……我不是故意的……正良并非有意非礼……"

次晨，侯府内，侯久满、戴刀、赫顿蓬头垢面地围着戴刀的那张"机器炮"图纸，连争带画。

侯久满道："这种设计坐力过猛，持枪兵弁以肩相抵，难于久支。而且阻力极大，速率必减。"

赫顿解释："坐力大是大些，但它的原理就是靠击发时，药筒底部向后形成的压力，推动枪机后退，而完成的自动循环。"

戴刀指着一处，斟酌着："在这儿……在这儿是否可以加一个复进簧呢？"

窗户被敲了敲，传进阿尔萨兰的声音："你们又吵吵了整整一夜！红毛！还上不上课了？"

"上，上。"赫顿奔出门，"夫人，您最好别叫我红毛，还有那么多其他学生。"

侯久满："正是！人家是先生，红毛是你叫的吗？！"

阿尔萨兰撇了下嘴："戴刀，一会儿的课别听了，赶紧歇息，落下的功课……"

"我补！我补！戴大哥，落下的课我给你补！"玉姑奔来，闯进门，又马上退出："哇，这屋里臭死啦！"

书房内，赫顿给众人上英文课，他开始发卷子："你们这次的考试成绩很不错。但是得A的，只有这两位女士。"赫顿发到玉姑和阿尔萨兰，"你们两个，在语言方面很有天赋，自学能力非常棒，几乎你们一天学的，比我当年一周学的都多。这样下去，用不了多久，你们就可以去英国留学啦。”

玉姑撇嘴：“谁愿去英国，英国鬼子是我广东百姓的宿敌、死敌！”

阿尔萨兰也不冷不热地：“这府里有长有幼，你别将什么人都码在一起，称呼‘你们’。”

赫顿怔怔地：“你们俩……好好，夫人，小姐，今天我和老侯要早些去工厂，这节课，请二位带着大家自习，我晚上回来检查。”说完奔了出去。阿尔萨兰与玉姑彼此看看，阿尔萨兰傲然出门。

玉姑大声道：“今天我是先生，大家跟我念：GO！”

众人：“GO！”

玉姑：“GO是走，也是滚的意思。GO！……GO！……GO！”众人面面相觑，不敢跟读。

阿尔萨兰狠狠瞪了门内一眼，冲赫顿叫道：“小红毛！你不是有话要讲吗？”

赫顿站住：“阿尔萨兰夫人，求求您，别叫我红毛，更不要叫我小红毛，我实在不想也做您的儿子。”

“谁要你做儿子了？”

赫顿走近他：“阿尔萨兰夫人，您也许是在用红毛、小红毛的称呼，刻意与我保持距离，这实在是大可不必了。过去，我曾经冒犯过您，现在真诚地向您道歉。”赫顿鞠了一躬，“其实，回到英国后，我经历了很长时间的痛苦，才割舍了那段苦涩的初恋。我很高兴又回到中国，很高兴又看见了您，同时，我也急于无比诚挚地对您说：阿尔萨兰夫人，赫顿由衷地祝愿您的生活能愉快起来。并由衷地希望，我能做您与老侯，共同的好朋友。”说着，赫顿极绅士地又鞠了一躬。

阿尔萨兰吃惊：“你要跟我谈谈的，就是这个？”

次日，家庙庭院，一贫穷的盲目老妇拄拐急入：“狗东西！你出来！”

可言奔出房门：“老婆婆，您找谁？”

老妇循声一把抓住可言，用头撞着：“狗东西！你做的好事！你做的好事！还我孙女的命来！”

可言大惊：“晚生做了什么？老婆婆……”

老妇骂道：“你糟蹋了我那可怜的孙女，害得她寻死觅活，还装糊涂！”可言一头雾水。

“是我，是我。”正良跌跌撞撞奔出门跪下：“老婆婆，正良确确实实不是故意非礼啊！”

旧金山，旅店房间内，妹仔正在洗脸，有人敲门。妹仔一怔，警觉地问：“谁？”

“您好，我姓冯，也是中国人。”

妹仔犹豫了一下，打开门。

21岁的冯如西装短发，笑眯眯地伸出手：“您好，我叫冯如，我能进去和您谈谈吗？”

“……您好。”妹仔看看，迟疑地与冯如握手，将冯如让进房间，看了看走廊，关上门。

冯如进门，看见妹仔的旅行箱还未打开，笑着说：“真是谢谢您，您连旅行箱都未打开，就……就帮了自己的同胞一个大忙。”

妹仔对着冯如惊讶地嘴巴大张："啊？你会造飞鸡？会、会造大鸟？"

冯如笑笑："我 12 岁就跟着父亲来美国了。这次到旧金山，本来是为了筹措制造飞机的资金，没想到遇上孙先生的事。"

妹仔惊喜过望："这简直太好了！妹仔简直真是太幸运、太幸运了！"

这日，正良和可言到了海边，欲入盐田的一座草棚，被老妇喝止："别进！我家孙女没穿着衣裳！"

可言吃惊："如何不穿衣裳？"

老妇："你们这些纨绔小子哪里知道，盐丁、棚户，哪家不是只有两、三件衣裳，谁出门谁穿。"

草棚内传来少女凄惨的哭声，正良一怔，忙脱下所有外衣丢入："侯正良前来请罪，侯正良前来请罪。"可言也脱了外衣丢进门。

片刻，穿正良衣服的少女父母奔出，揪住正良便打："你这人面兽心的畜生！害得我女儿好惨！"

可言忙拉："别打，别打，这不大可能，不大可能。"

"什么不可能！"少女父亲将正良推进门，"进去跪着！"

棚内四处漏光，少女蜷在地铺上，用草帘掩着自已，痛哭不已。

正良扑跪到少女面前："姑娘，是侯正良大罪，但正良的的确确是好意……"

少女父亲一脚踹去："你还好意！"

正良极力解释："阿叔，正良真的以为是位弟弟，见他饿晕了，想给块饼吃。但他不能咀嚼，正良便想起了乌鸦……"

"乌鸦？"少女父亲不解。

"乌鸦？"可言也愣怔片刻："你……你是不是想起乌鸦反哺那个典故，于是，就口对口地……喂饼？"

正良垂着头："是，正是。正良真的不知是位姑娘，才坏了姑娘身子。"少女在一旁大哭。

"就这些？就这些？"可言大笑，"哈哈哈……人家姑娘没读过书，你这秀才……呆子！真正的一对呆子！哈哈哈哈……"

少女父母惊异地看着女儿与正良。

之后，两人离开草棚，正良慌慌张张回府，奔向侯久满房间。遇见阿尔萨兰与玉姑，边跑边招呼。阿尔萨兰拿了叠纸片踱着，背着单词。玉姑嘴里背单词，手里举枪，瞄着一张很像赫顿头像的靶标，空枪击发。二人不约而同："那人还未回！"

"哦，那我，那我找阿妈……"正良转向侯夫人房间奔跑。

阿尔萨兰"喂"了一声："我问你，你为何不参加上课？"

玉姑接话："管得着吗？人家 13 岁就跟着传教士学通了洋文！大哥，什么事跟着了火似的？"

"我，我，我还是先跟阿妈……"正良急急地说。"阿妈还没玉姑有主意呢，快告诉我。"

"……好吧。"正良站住，将玉姑拉向一边，哭丧着脸："玉姑，你可能得有位嫂嫂了。"

"啊？"玉姑大惊，"什么？大哥要娶亲？才放你等出去了几天？你就，你就'君子好逑’了？”正良叹息了一声。

阿尔萨兰看着冷笑一下，继续背单词。

正良奔进父亲屋内如此这般一说，侯久满瞪着眼珠：“你是说盐丁吗？！”

正良垂头站着说是。侯夫人震惊：“良儿，你，你自由，如何一下自由到盐丁、棚户去了？”玉姑在一旁笑着。

正良怯声道：“孩儿一言难尽，恳望阿爸、阿妈，准允良儿娶那女孩……”

“胡闹！”侯久满猛地一拍桌子。

可言冲入房间：“阿爸、阿妈，大哥他简直迂腐，可言劝得口焦舌燥，他就是不听。哈哈哈……”

“良儿，听言儿如此讲，你乃行善，人家女家又未讹赖，你为何仍旧要娶那女子？”侯夫人不解地问。正良揪着长衫，垂头不语。

“说！”侯久满喝道。

正良畏惧地看看侯久满：“良儿……良儿也没什么道理，只是觉得那家人实在可怜。特别是，特别是那女孩因良儿坏了名声，终日哭泣，羞于出门，良儿，良儿于心不忍。”玉姑大笑。

侯久满怒不可遏：“我侯府世代赳赳武夫，怎么生了你这么个绵软东西！你可还记得，你是侯府长子？！”

“是啊良儿，你是老大，侯府的头桩亲事不能光耀门楣，可也不能惹人耻笑啊。”侯夫人劝道。

正良怯怯地：“阿爸命我等离家时曾讲，我等如何过活，盖不干涉……”

“贼娘！”侯久满骂道，“老子是那样讲过，可你还跑回来问个什么？！”

“良儿……良儿横竖不能见死不救……”

“你也学会了顶嘴！”侯久满举手欲打。

玉姑迅速挡在正良身前：“大哥又没做错什么。”

正良逃躲，玉姑紧护，侯久满满屋追打，侯夫人加入拉劝，可言“哈哈”笑看旁观，屋内乱作一团。阿尔萨兰躺在炕上听听窗外的吵闹，接着看《无政府主义》。忽而，她将书狠狠摔在地上：“什么无法无天的破书！”

最后，侯久满还是来到，盐田草棚。脸上青了一块的正良，冲少女父母一揖到地：“阿叔，阿婶，我阿爸来了，想与您们谈谈。”

少女父母一惊：“你还来做什么？还将你家大人……”

侯久满大步跨进门。少女父母跪下：“侯大人……”

侯久满吃惊地看看一贫如洗的草棚，看看那正在哭泣的少女。楚楚可怜的少女抬头看了她一眼，慌忙垂下。

少女父亲道：“大人请回吧，草棚腌臜，不敢脏了大人鞋子。”

侯久满看看未言，出门站住，久久看着大片的盐田，大片的荒滩，感慨自语：“想不到我大清子民，竟然贫苦到如此地步。”

正良跟了出来：“阿爸，良儿不能像您一样，立志拯救大清一国，您就让良儿救这一女、一家吧。”

少女父亲站在门内：“侯少爷，你已救了小女一命，我们也已谢过，不须你再菩萨心肠。”

侯久满看看少女父亲，接着望那盐田：“这里为何有的滩涂开作盐田，有的却大片荒着？”

正良：“回阿爸，那些荒草是用来烧火熬盐的。”

“……可惜了。”侯久满望着荒滩若有所思，“你问问这家大人，是否愿进阿爸的枪炮局做工？”

少女父亲冷淡地应答：“看来侯大人有所不知，按大清律，盐丁为世代在籍的苦囚，子子孙孙不可变更。我家已经相袭了二百余年，今年才因缴足盐斤，由下等户升为中等。”

侯久满惊讶：“二百余年？！二百余年？！比、比戴梓一族还惨！……老弟，丁籍的事不必过虑，你一家人今日就可随老侯……”

少女父亲：“谢大人好意。但草民的命不值钱，脸却是千金不卖的，我家若因为小女被少爷亲吻过，就发达了，乡人嘲笑不说，就连祖宗，怕是也会夜里来骂门的。”

“……你是个很有骨气的人，标下记住你了。”侯久满冲正良道：“人家不领你的情，也不领我的情，你看着办吧。”说罢，大步离去。

十一

这日，侯久满至广东盐运使司衙门，近60岁的盐运使阿圭，引他走过极其精致的亭台楼阁："今日真乃吉星高悬，侯大人金履踏泥，入我小衙，令本官的方寸天地蓬荜生辉。"

侯久满："阿大人客气了，你这盐运使的衙门声名赫赫，今日一见，果然了得！"

阿圭与侯久满步入餐厅："赶上饭口了，请侯大人随便用用。"

侯久满看着四样精致饭菜："阿大人的饭食倒还俭朴。"

阿圭笑笑："大人千万莫小觑了这几样东西，仅这一碗米，少说也要50两银子呢。"

"什、什么？！"侯久满大惊。

"只多不少。"

侯久满："这，这是碗金米不成？"

阿圭："大人且听本官细讲：这碗蛋炒饭，先须一粒米一粒米地挑选，经蛋汁泡透，再相配鲫鱼舌、鲢鱼脑、鲤鱼白、斑鱼肝、黄鱼鳔、乌鱼片、鲨鱼翅、鳖鱼裙、鳝鱼血等百鱼汤，蒸煮闷炒四五个时辰才成。这鸡蛋，也非一般土鸡所下，且是吃了人参、苍术等药物的鸡下的，所以味道很是特别。大人请用箸。"

侯久满蹙着眉头："如此令人咋舌，标下哪还拿得动筷子，你我还是说事吧。"

阿圭："大人这不是打本官的脸吗？说起来，本官在内务府时，不仅见过侯大人的福晋，而且本官与大福晋同为满洲老姓巴尔拉氏，早有攀识大人之意。"

"既然这样，事就好办了。阿大人肯定知道，标下的枪炮局爆炸一事，标下一直在想，将拌药房和火药厂分离出去，最好迁至荒僻一些的地方。今日偶然看见盐场荒滩，标下想与阿大人商议商议，并恳望相助。"

阿圭显出狡猾，沉吟片刻："谁都清楚，侯大人乃我圣母皇太后面前的头号红人，按说，侯大人的话虽不是金科玉条，也绝不可推诿怠慢，但大人不知，您看到的那片荒滩，看似无主，实则，除了是巡营营产、旗兵兵田，便是各色散户的私地，几无一寸无主，一丝不纷，年年都有为地打出的人命官司。本官仅仅是个六品小吏，对此，连插嘴的能耐都没有。"

侯久满："你吃着这金豆子一样的东西，何谈无置喙本事？""本官真的不敢诓骗大人。"

"真的不想帮帮老侯？""不是不帮，实是本官职微权小。"

"……告辞！"侯久满冷面站起，走出几步又走回，摘下阿圭的顶子，扣在蛋炒饭上。

阿圭看看门，阴笑："想摘我的顶子？也不扫听扫听，我阿圭是如何谋得的这份肥差！”

“贼娘！”侯久满边骂边走出衙门，蹲在地上的正良站起，侯久满边走边道：“良儿，你救不了一国，也别只救一人一家，好生想想，如何拯救一乡！”

正良跟着，怔怔地道：“一乡？阿爸，孩儿如何能拯救一乡？”

“要你自己寻思！”侯久满翻上马背，回总办室。

正好戴刀与赫顿敲门进屋。

“刀儿，红毛带回的这五国图样，看过了吗？”侯久满问。

“回大人，戴刀已看了多遍，有些器料也已用机器试制过。”

“好。老侯偶发一念，捉摸着能否将这些枪的长处……”侯久满看着戴刀，戴刀会意，从怀中取出几张图：“请侯大人过目，这是戴刀依托这几国兵枪，另行设计的一支。”

侯久满大喜：“我就知道，无须多讲，你我自然会想到一处！红毛，快，一同看看！”

赫顿看了一阵图纸，惊奇地看着戴刀：“这么快，你就抓住了这些枪的优劣？不可思议，不可思议，戴先生，你简直是个天才！”仍盯着戴刀。

戴刀淡淡地：“照猫画虎而已。”

侯久满兴奋：“好！好！这是我粤局自制的头一支兵枪，既然脱胎于五国，又产在广州，干脆，借我广州城的一个俗名，且叫它‘五羊枪’！”

“名副其实。”戴刀笑笑。

侯久满愈加兴奋：“刀儿，红毛，你俩尽速画出正式图样，我等先试造样枪！”

“知道了大人。”戴刀拱手，与赫顿走出。开门时，正撞见偷听的吴丁贵，吴丁贵吓了一跳：“哦，哦，总办大人招呼……招呼……”戴刀看了看他，与赫顿离去。

吴丁贵闪入，行半跪军礼。“关上门。”侯久满道。

待吴丁贵关好门，侯久满低声：“听着，林明敦的改装业已完成，这枪厂由戴刀与赫顿管着即可。你暂且离开，协领局内的护军，秘密扩充200健勇，严加水陆训练，待我号令。”

吴丁贵眨眨眼，抱拳：“谢顶爷擢拔！”

“记着，此事绝对不准有第三个人知道，明白吗？”

吴丁贵笑着看看门：“小的明白，顶爷的意思是，此事尤其不能让那两位大善人知道一星半点。”

“好好办差，勿需明讲！”侯久满呵斥。

出了侯府，吴丁贵走入枪厂电话房，看看外面，取出密码本，拟写电文：赵大人钧鉴：粤局侯久满，以5国洋枪为本，积极另创新枪，并着手设计图样……

查理和侯久满在茶楼雅间喝茶，侯久满道：“查理船长，海上的生意是否做得有些吃力？”

查理：“你这当老板的，又做魔鬼，又做圣人，有的让抢，有的不让抢，这哪是做什么生意？”

侯久满笑笑：“是啊，难为你了。可是中国有句将将原则，叫做‘将在外，君命有所不受’。”

“怎么，老板是想放权，让老查理大干？”查理看着侯久满。

“那艘铁甲舰，目下连维护修理都动辄数十万，出海甚至不如趴窝。你应当明白，生财之道并非只有拦路打劫。在中国混了多年，你知道我大清国库的三大财源，是什么吗？”

查理怔怔：“你，你是想命令老查理，抢劫大清国库？”

“放屁！老侯告诉你，大清国库的三大财源是：地丁、盐课、税饷！”查理眨眨眼，愣怔着。“真是愚不可及！你自己喝吧！”侯久满拂袖而去。查理愣了半晌，还是不明白其中之意。

深夜，一条黑影鬼鬼祟祟，躲过巡夜家丁，摸到戴刀房前抽出匕首，拨门闪入。戴刀伏在桌案上酣睡。蒙面人轻轻抽走图纸，溜出房门。刚欲走，肩上重重落下一掌！蒙面人一软，回头一看，善缇正瞪着他。蒙面人功夫不俗，二人斗了几个回合，蒙面人飞跑。善缇紧追，但三绕两绕，蒙面人在玉姑房间的附近突然消失。善缇惊异不已，连忙入阿尔萨兰处禀告。

阿尔萨兰坐在帐内低声问道：“怎么会转眼就不见了？”

善缇半跪：“奴才也实在不解，那贼极为熟悉府内路径，最后就像躲入了哪间卧房一般。”

阿尔萨兰：“府里的仆佣，不是都经你严查过的吗？”

“正是如此，奴才才格外诧异。”

阿尔萨兰：“那，他到底是在哪间房前消失的？”

善缇犹豫一阵：“回姑爸爸，是……是在玉姑小姐的房前。”

阿尔萨兰一惊：“……不可能！那丫头是双残脚，怎么可能与你对打？”

“并非小姐本人。”善缇肯定地说。

“你是说，你是说，有个偷盗枪图的男人藏在那丫头房里？”

“奴才只是如实禀报，不敢妄断。”

次晨，戴刀发现枪图丢失了，大惊，喊了侯久满来到房间。侯久满蹙眉看着空空的桌案：“设计新枪，昨日刚刚议定，怎么当夜就出了贼？！此事，你二人同什么人讲过吗？”

戴刀与赫顿对视了一下：“大人，戴刀大意，昨日回府时，顺嘴跟玉姑妹妹说了一句。”侯久满怔怔：“当时还有何人在场？”

赫顿回忆说没人。“此贼专取枪图，想必是行内中人。只是不知他为了什么人窃密。”侯久满绷着脸，在屋里来回踱步。随后“忽”地一转身直奔阿尔萨兰房间。

他“砰”地推开门，怒目踏入，看看门：“……你睡觉也不插门？”

阿尔萨兰正在穿衣，瞪眼道：“可恨！进我的门为何总这么粗野！”

侯久满问道：“昨日，刀儿与玉姑在院中议论，你是不是听到了什么？”

阿尔萨兰瞥了一眼：“听到什么？我在读书！”

侯久满讥讽：“不可能吧？凡刀儿和玉姑说话，你的耳朵总会格外留意。”阿尔萨兰脸红：“你……你是什么意思？枪图被盗，凭什么大清早地向我问罪？！”

侯久满立马抓住：“你怎么知道枪图被盗？老侯进门，讲过此事吗？”

阿尔萨兰一下语塞：“我……如果真是枪图丢了，我偷它干什么？！”

"这老侯就得问你了！你恐怕不会不知，大清枪炮各局，虽设立早晚不一，大小不一，但为了防止全为汉人把持，朝廷还另设了一家专由皇亲国戚经营的，天津的北洋枪炮局。如今，这津局虽落在袁世凯手里，但毕竟是朝廷近支。你莫不是胳膊肘……有意朝里拐？""你赶紧禀报太后！不帮着老侯追回枪图，老侯干不了这份差事了！"侯久满摔门而去。

阿尔萨兰吼道："又故伎重演！侯久满，你少来诈我！"

次晨，玉姑像是一夜未睡，绣着只方形的荷包："我没与什么人说过啊？戴大哥，你进来吧。"戴刀隔着门："没有就算了，但这是件极要紧的事，玉姑妹妹若想起什么，望速告戴刀或你阿爸。"

玉姑："想起什么也不告诉他！不是他，玉姑何故今日跑不能跑，跳不能跳？！"

阿尔萨兰的马车，在商务局大门停住，阿尔萨兰跳下车边进密室，边冷冷问车子旬："姓牛的，你在我的府里是否也埋有暗桩？！"

牛子旬："大姑这是什么话，下官怎敢做这种不要脑袋的勾当？"

阿尔萨兰："那枪炮局呢？你是否在侯久满的身边藏了眼线？！"

"……枪炮局……"牛子旬嗫嚅支吾着。"吞吞吐吐，胆敢对本大姑藏着掖着！"阿尔萨兰"啪"地拍出手枪，"遵太后懿旨，本大姑有应急射杀三品以下奸官之权！你不正好是个三品么？"

牛子旬扑通跪倒："大姑息怒，大姑息怒，下官是在枪炮局收了几个好吸食大烟的喽啰，但他们都近不得侯大人身边。"

"此话当真？"

"下官拿脑袋担保。"

阿尔萨兰盯着牛子旬眼睛看了一阵："看来，那就是另外有人瞒着太后，在打粤局的主意。"牛子旬垂下脑袋，转转眼珠，不语。

"我大清已在多事之秋，可仍有奸贼窝里作乱！着实可恨！"阿尔萨兰拍案收枪，大步离去。牛子旬紧跟其后，诡秘窥视："敢问大姑，到底出了何事？"

"哼！此事悄然平息了便罢，否则阿尔萨兰定要顺藤捋瓜，都摊到老佛爷面前说话！"牛子旬紧张地看着阿尔萨兰。

茶楼雅间，可言奇怪地看着查理："查理先生，您怎么会想起请我吃饭？晚生目下很忙。"

查理笑笑："二少爷，听说你在种烟？"

可言一惊："你怎么知道？""怎么知道的不重要，重要的是你种出来总要卖吧？查理船长帮你卖，怎么样？"

可言："你是个海盗，我这土药又毋须贩往国外。"

"在中国卖，你也需要一个腿长的吧？比如，你想卖往香港、上海、天津的话。"

可言看看："你是说，用你的船，帮我通过海路运输？"

查理眯虚着眼睛："怎么样？"

可言拍桌："极好！有你的那条船，定然腿长利丰，还不费吹灰之力！可是，可是我阿爸……”

查理：“正是你的父亲对我讲，要我干点儿别的。他还特别神秘地说了地、盐，还有税的事。”“地、盐、税？”可言不明白。

“地的事没想明白，但盐和税我弄懂了，中国的私盐买卖，利润大得惊人，广东守着大片的盐田，不就像抱着一个个金盆吗？而且，我们用船运盐的同时，还可以在海道上设卡，收取过往商船的税金！”

可言吃惊：“贩私盐？自设税？不行不行，这两样东西乃朝廷命脉，把手伸向盐课、税饷，伸向各层衙门，岂不如同虎口夺食？”

查理不以为然：“又用不着你的手乱伸。只要你默认这件事，查理船长就免费帮你运烟。”

“你是想用我，堵我阿爸的嘴？”

查理：“干嘛是我堵他的嘴，这主意未必不是你父亲故意暗示给我的。当然，我老查理也不得不防他一手。”

可言沉吟一阵，诡笑：“我反正什么都没应承。但是……如若在津、沪、粤、港之间贩运丝、茶、布匹这样的东西，则越多越好。”

查理笑笑：“你和你的父亲一模一样，开价很黑！好，我除了帮你运烟，还运土杂、百货！”可言大喜。送走可言，查理便找阿圭。盐运使司衙门庭院里，阿圭问他：“怎么样，将那猴精的小崽子搞定了？”

查理：“搞定！”

阿圭：“这可是把嘴伸进了我大清的两只金碗，一旦败露，你我纵有18条命，也不够砍的。”

“中国话讲，你都老棺材瓤子了，还怕什么砍头？趁着还坐在盐运使这把椅子上，赶紧地划拉吧。”二人哈哈大笑……

阿圭：“干！反正把那猴精顶在前面，他有块万岁牌和一位皇家大姑保着，他死不了，咱们就死不了！”

这夜，侯久满在房内拿着图纸走，不经意地看到，阿尔萨兰在庭院踱着，并不时朝自己房间看着。侯久满不由自主地往窗边闪了闪。阿尔萨兰向侯久满房间走了几步又停住，迟疑地走向戴刀房间。侯久满看了一阵，在桌边坐下……

戴刀正与赫顿在桌案前各自画图。阿尔萨兰敲了敲门走入，看见赫顿有些难堪。赫顿站起：“夫人有事吗？”

阿尔萨兰迟疑：“我……找他……”

“哦……你们谈。”赫顿看看戴刀，又看看阿尔萨兰，走出门。

戴刀有些紧张地站着：“大福晋……这么晚了……”

阿尔萨兰坐下，拿起图纸看了一阵：“你也怀疑，是我指使人盗了你的图吗？”

戴刀：“不，不不，戴刀想不出大福晋为什么要这样。”

阿尔萨兰：“你告诉那个人，奉旨看顾他的并非只有阿尔萨兰，他的局里恐怕就有暗桩。”

戴刀怔怔："您为何……不自己告诉大人？"

阿尔萨兰看着戴刀，眼中渐显哀伤："蚂蚱哥哥，你怎么了，怎么突然变得畏畏缩缩？"

戴刀轻声道："阿尔萨兰，蚂蚱清楚你的心里非常非常的苦，你不但奉旨做着极不情愿的事，而且奉旨做着极不情愿的人。"

沉默一阵，阿尔萨兰垂头低问："蚂蚱哥哥，你真的清楚阿尔萨兰？"戴刀欲言又止，默默看向窗台。窗台上有一盆白菊。阿尔萨兰随戴刀目光看去，走到花盆前，抚着花叶。

"阿尔萨兰，自从你在戴刀的病床前喊出蚂蚱这个名字，戴刀这些日子清楚看到，大人对大福晋……对大福晋和戴刀什么都心知肚明，但侯大人为了枪炮，一切都佯装不知。这，令蚂蚱汗颜。"

阿尔萨兰沉默片刻："这人越是如此，越令阿尔萨兰永无出头之日。"

戴刀："大福晋，请回吧。"

阿尔萨兰眼泪盈眶。"……好啦！"她擦擦泪，走到桌边，拿起笔，"戴刀，你也教教我画这枪图吧，说不定哪日，我也像西洋的女子一样，出门做事，或干脆去枪炮局上工，造兵枪，造大炮。"

戴刀："大福晋，夜确实深了。"

阿尔萨兰执拗地："不，今晚我偏要画几笔才走。"

戴刀为难："这……这……"阿尔萨兰故意有些撒娇："蚂蚱哥哥……"戴刀怔怔："那……那你拿好尺、笔。"

阿尔萨兰坐下："画哪？……怎么画？"

戴刀犹豫一阵，不得不从背后揽着，把住阿尔萨兰的双手："在这里画线……"

"砰！"门突然被撞开，玉姑怒目瞪视。戴刀倏然放手站直，满脸通红。阿尔萨兰怔了一下，很快镇定："何事撞门？"

玉姑："你们在干吗？！"

阿尔萨兰平静地："额娘我有事，请戴刀转告老爷。"

"呸！什么额娘！你那老爷的房间离你只有几步之遥，有事不去直讲，何故绕远托人？"

阿尔萨兰："我与你阿爸，你又不是不知。"

玉姑："就算你与那人不谐，但你毕竟担着个大福晋的名，你不要脸，可这院子里还有别人！"

阿尔萨兰霍地站起："谁不要脸？！"

玉姑索性大骂："你不要脸！你这从雪窝爬进关的女鞑子，不要脸！"

阿尔萨兰"嗖"地从袖中掏出枪："住口！小蛮婆，敢辱我旗人？你早就欠我一枪！"

玉姑也飞速从靴中出枪："扬州十日，嘉定三屠，你等辱我汉人，辱得还少吗？！"

戴刀挡在中间："都放下，都放下！你们两个，怎么在自家府里也时刻带枪！"

玉姑又转向戴刀："戴刀！你也好不要脸！不管过去你与这人是否相识，但你怎么着也不该对那个人忘恩负义！他为了你，差点儿自己把自己打死，你忘了吗？！"

戴刀嗫嚅："我……我怎么会忘，玉姑妹妹……"

"呸！谁是你的妹妹！"玉姑收枪出门，摇摇晃晃地疾步走向自己房间。

戴刀追着："玉姑……玉姑……"

玉姑怒道："别叫我！别弄脏了我的名字！"

"玉姑妹妹，戴刀做人自有操守，不需向谁多费口舌，但你刚才的确不该辱骂旗人。"

"还帮她说话！想不到堂堂七尺，竟为个女子忘了先祖戴梓为何人所害！你这小人！"

"你！你……简直不可理喻！"戴刀大步离去。

"滚！小人！"玉姑奔进门，扑倒在床上痛哭。

赫顿站在自己房间的窗前，蹙眉看着这一切。侯夫人也忧虑地站在窗前。侯久满坐在案头，冷冷地向窗外看了片刻，继续看着图纸……

回到房内，阿尔萨兰满含眼泪，愤怒踱着，猛然坐在桌边伏案痛哭起来。

戴刀怒冲冲走到侯久满房前，定了定神，敲门道："大人，我是戴刀。"

侯久满看看窗外，未动："刀儿，我已经歇息了，有什么事明日再讲吧。"戴刀只得，轻叹一声离去。

盐田。正良手上缠着洇血的布条，将背来的草堆在草棚门边，那里已垛得很高。

盲目老妇："又是你吧？真没见过你这样的傻少爷！进门喝口水吧。"正良"哎"了一声，正欲进门，草棚里传出少女声音："别进！"

正良怔怔地退回："阿婆，跟阿叔、阿婶讲讲，把这些草卖了，给姑娘买件衣裳吧。草，总无分贵贱。"

正良与少女相距很远地坐在海边的沙丘上，分外忸怩。

正良："敢、敢问小姐芳名？"

少女声音极细："烟。"

"连姓带名，就一字？"

少女点头。

正良："嫣，很美。"

少女始终低着头："烟只呛人，哪美？"

正良惊异："啊？是那冒烟的烟？……为、为何要叫这个烟字？"

"阿爸说，日日、月月、年年、世世地熬盐，我就是盐变的烟，海风一吹便散了，没了。"

正良看着少女，颇感辛酸。烟抬头看着海。

正良："如果……如果小姐愿意，跟你阿爸说说，把烟改成嫣然一笑的嫣吧。"

"什么叫嫣然一笑？"

"就是……就是女子很美很美的一笑。"

烟又垂下头："可这个字，阿爸不懂，阿妈、阿奶也不懂。而且盐丁家很少笑的。公子，你是好人，谢谢你救了我，没让烟那么快就被风吹走。……我回家了，你别再跟着。"说罢便起身离去。

正良含泪看着远处烟的背影，高声喊道："你是人——不是烟——你不会被海风吹走的——"

清晨，正良又在海边埋头割草。一个极轻的声音在身后响起："公子停下吧。"正良回头，蓦然呆住，素旧女装的少女，娇小温婉，挽着拾柴的筐子，红脸垂头：“阿奶告诉你，我已经有了衣裳，不要再割了。”正良惊慌不已，弯腰继续：“要割……要割……”

少女：“这草是有主的，不准乱割。”

正良惊住：“草也有主？”

“人家怕你阿爸，这几日才未敢问你。”

正良慌张地说：“呀，我不知道……真的不知道，我，我赔那家银子吧。”

“不必了，阿爸说他帮那家做些杂活就是了。”少女说完，低头便走。

“小姐等等……”正良喊。少女加快步子，正良紧跟。

签押房内，袁世凯挠着头皮，哈哈大笑：“这猴子果然成精了，这么快就猜疑到我的北洋来了。”

赵秉钧说道：“牛子旬讲，那位大姑还威胁，要将此事告到太后面前。”

“那几张‘五羊枪’的枪图，我们的人看了能造吗？”

“回大人，据说这图还有几处没有画完，造是可以造，但造出来可能驴头不对马嘴。”

“蠢材！”袁世凯思忖片刻，“最近，朝廷已定，铁良很快要巡察全国的枪炮局厂，这可是攸关各家去留存亡的大事！我津局搬迁德州新建，难掩自身弱小，如果其他的局过于光彩，津局会更显暗淡。最好……最好能利用这枪图做些文章，在那猴子与看猴的之间……在几家老局之间……”

赵秉钧拱手：“大人不必明言，下走有数了。”

海边，吴丁贵连踢带打，训练兵弁攀爬一条大船：“快！快！……快着点儿……”

侯久满站在岸边，锐目冷看。兵弁们攀上大船，乱枪射击草人。

侯久满问吴丁贵道：“清楚老侯要你做的事吗？”

吴丁贵笑着：“回顶爷，小的明镜似的。顶爷是先哄着查理走私、诈税，钓出他的同党阿圭，然后借机夺了阿圭这些年当盐运使的贪银。同时，回过头来，再收缴查理的黑盐课、黑税饷。”

侯久满看着训练的兵弁：“不要伤了查理性命。”

吴丁贵：“顶爷何必顾忌，跟那小红毛随口说的一句话？”

侯久满瞪眼：“混账东西！”

吴丁贵忙打千：“嘛！顶爷法旨，小的照办就是！”

入夜，玉姑眼泪汪汪地躺在枕上撕扯着绣花荷包，忽然，隐约传来一阵石门开启的声音。玉姑怔怔，扑向窗边，歪歪倒倒地被桌腿磕了残脚，不禁疼得弯腰揉足。庭院里，一条黑影闪闪现现。善缇边隐边跟。蒙面人到了阿尔萨兰门前，左右看看，掏出匕首插入门缝。玉姑扑到窗边，瞪大眼睛看看，不由低声骂道：“戴刀，你个贱人！”

蒙面人轻轻推开门，刚要潜入，一声枪响，击其头顶门框。蒙面人丢进房间一样东西，转身便逃。善缇扑上前，蒙面人三转两绕，在玉姑房间附近又不见人影。仆佣、家丁举着火把、枪、棒，敲着锣高喊捉贼！侯久满披衣出门问：“什么人打枪？！”阿尔萨兰、赫顿、侯夫人纷纷披衣奔出……

见侯久满出来，善缇半跪道："回老爷，不知何人打枪。但确实有一贼人闯入府里。善缇暗中跟随，本欲探其来路，不料枪响，贼闻声逃走。"

阿尔萨兰问道："你是说，此贼身后，另有一贼为其报警？"

"你才是贼！"玉姑提着枪，缓缓出门："枪是本姑娘打的。"

侯夫人一惊。

玉姑左右看看，冷笑："好像少了一人。"

侯久满看看左右，冲玉姑道："你平日枪法精准，要打为什么不干脆击中或击伤那贼？"

玉姑看看阿尔萨兰，"哼"了一声，转身回房。侯夫人追着她："玉姑，你跟阿爸讲清再走。"

"弹孔在谁门上，谁最清楚！望尔等今后明白羞耻，好自为之！"玉姑背身喝道。

侯久满蹙眉："散了！各自回房歇息！"

阿尔萨兰："慢！看来，那枪是冲着我的房门打的！"

侯久满吼道："散了！"

"都等等！看清楚再散不迟！"阿尔萨兰走向自己房间。善缇紧跟，低声道："姑爸爸，还是明日再讲吧。"

"不，今夜就弄个明白！"

侯久满无可奈何："下人全都散了！"阿六、木棉等仆佣、家丁离去。

阿尔萨兰走到自己门前，门框上弹孔赫然。她冷笑着："果然，贼是冲我大福晋来的！枪也是我冲大福晋来的！"

门未关，侯久满发现什么，奔进捡起一个纸袋，打开抽出一看，竟是枪图！他盯着阿尔萨兰。善缇忙道："老爷，善缇看见，这东西是那贼人丢入我姑爸爸房门的。"

"住嘴！没人问你！"侯久满仍盯着阿尔萨兰，"图是从刀儿那儿偷的，要还也应还回原处，为什么偏偏丢在大福晋房间？此贼是想嫁祸大福晋，还是格外惧怕大福晋？"

玉姑站在自己门前怒喝："什么都不是，他们原本就是一伙，贼喊捉贼，监守自盗！"喊完回房。

侯夫人追到她房内："玉姑啊，你怎么能这么晚了都不睡，专盯着人家的房门呢？"

"什么呀阿妈，我是因为房子的什么地方有动静，被惊醒的！"

"哦，如此便好。"侯夫人叹道，"玉姑，你阿爸讲，刀儿今夜在局里赶工，要你不必疑神疑鬼。"玉姑捂住耳朵不听。

侯夫人正色道："玉姑！他是你阿爸！都十年了，为何对你阿爸还是这样？！"

"阿妈，玉姑越是长大，越是感觉自由可贵，越是痛恨这双残脚！不是骑在马上，玉姑连这院门都出不得！不是这双残脚，凭什么……凭什么会有人看不起我！"

侯夫人愣怔地看她："也不尽然，你不是因为自己变卦，早就与妹仔出洋去了吗？"

"可……可玉姑没走，除了当时因为那个戴、戴刀，再就是我害怕出洋后，天天被西人耻笑，不但不能帮衬妹仔做什么事情，还要让妹仔当包袱背着！"

侯夫人沉默一阵："唉——，女人一辈子，命中本该箕帚炊茶……"

“不！人生在世，当匡济艰危！怎能为柴米琐屑终其一生？”玉姑打断她，“好啦阿妈，您快回屋歇息吧。”便强搀侯夫人出门，侯夫人把住门框叮嘱：“玉姑，阿妈再说一句：多给妹仔写写信。”

“好啦，好啦。”玉姑关上门，靠在门边痛苦地闭上眼睛。

此时，阿尔萨兰正含泪看着那“囍”字，跪下哭道：“老佛爷，老佛爷，您叫阿尔萨兰过的这是什么日子啊？”

旧金山，旅店房间内，妹仔与冯如搭建着一架双翼飞机的模型。

“冯如兄，将来的飞机，就是这般模样吗？”

“也不一定，这模型只是便于分析各部比例。”冯如道，“妹仔，你入门很快，在学校的成绩也好得出奇，但在造飞机的资金筹足之前，我想建议你进工厂做做工，掌握些专门技能。”

“行，我听冯兄的。你不是说飞机的燃料极为重要吗？我就找家化学工厂吧。”

“也好。”

门响两下，一男人声音：“冯先生与侯先生在吗？”妹仔看看冯如，拉开门。是个年轻的清廷官员。来人拱拱手：“在下是领事馆武官善清，久闻冯先生大名，冒昧造访。”

冯如：“您有何事？”

善清笑着看看模型，取出些美元放下：“我等同为大清臣民，望先生早日造成飞机，报效国家。”

妹仔：“你怎么知道冯先生在我这？”

“善清今日还有些事情，改日再来求教。”抱拳，特意深深看了妹仔一眼，离去。

妹仔自语：“这人好生面熟，像是在哪见过。”

郊野，侯久满趴在地上试射新枪，打了几发：“刀儿，我的手抖，还是你来。”

“大人，这是总督衙门刚差人送来的信。”戴刀交给侯久满一信，然后射击，前方靶心连连命中。赫顿在一旁赞枪好。

侯久满看完信：“我等要抓紧了，铁良大人巡察各局，要先来广州。此人对粤局素有成见，加上爆炸一案未结，毁坏厂房大多没修，此次粤局只有显示超绝实力，才能使他无话可讲。”

戴刀坐起，拉了拉枪栓：“枪机和扳机有些僵涩，得再改改。大人放心，戴刀与赫顿老师一定抢在钦差到粤之前，完善此枪。”

“好，近日老侯要专注其他，这新枪就全权拜托二位。”侯久满拱拱手，神色严肃地离去。赫顿看着他的背影：“老侯好像另外有什么大事，不愿让我们俩知道。”

戴刀专心地拉动枪栓：“不关你我的事，不要多猜。”

茶楼前，鞭炮密集，洋乐吹打。

雅间内，查理一身中国新郎打扮，向可言、阿圭等中外客人抱拳：“谢谢，谢谢，谢谢各位大驾光临。”

阿圭笑着："查理船长好是生猛，一天便娶了七位新娘！"

"哈哈哈……不多，不多……一天才一个。来来来，让我介绍一下我美丽的夫人们。"查理介绍七个高矮胖瘦、各显奇丑的新娘，"这是星期一，这是星期二，这是星期三……"可言与中国客人纷纷窃笑。

介绍完，查理拍拍可言问："二少爷，怎么样，我的夫人们？"

可言道："美丽！美丽！查理船长将我大清最美最美的女子，一网打尽！"

查理大笑，又拍拍可言："二少爷，你的土药还没长出来，却已经跟着老查理发了大财！"

此时，侯久满与赫顿走入，双双抱拳："恭喜了，查理船长。"

查理迎前："老板，您能接受邀请，我非常的荣幸！来来，您上座。"

侯久满看看阿圭。阿圭抱拳："侯大人。"侯久满未睬，看着可言道："你怎么也在这儿？"可言不知怎么回答。查理忙道："哦，您的二少爷是我的伴郎，这些夫人都是他介绍给我的。"

可言急赤白脸："谁说的！谁说的！"

商务局密室内，牛子旬对阿尔萨兰道："大姑，下官得知，侯大人秘密训练了一支既能陆战又可水战的军伍，不知想干什么？"

阿尔萨兰不信任地看了牛子旬一眼："先盯着，没有弄明白之前，不要毛躁乱报。"

从茶楼出来，侯久满回总办室，他冷冷说道："七个老婆，哼！羊已经肥得快成猪了。听着，今夜行动！"

"嗻！"吴丁贵打千。

侯久满："盐场、盐运使司衙门、附近的厘金税卡、查理的船，同时拿下！船上大多是自家兄弟，不要伤人，别让他们看出破绽就是。记住，务必夺得各地私盐行销的凭证，以及海涂、荒田的户主簿册！但，阿圭别杀，老侯留着此厮，还有用处。"

吴丁贵："嗻！顶爷尽可放心！"

深夜，一伙蒙面人提枪翻墙入盐运使司衙门，踹门冲入阿圭房间，将架子上的所有簿册装入麻袋，阿圭被堵住嘴巴，也塞入麻袋。另一伙蒙面人冲入某税关小楼，直扑职房，打开大箱小匣的碎银、铜圆，只取账册装进布袋。蒙面人又翻上巨舰甲板，击晕值夜，冲进船长室，两支枪各顶住查理和"星期一"的脑袋。

之后，蒙面人将麻袋扛到海边盐田，扔入没顶的盐池。

正被于土丘呆望盐田的正良发现，他惊恐地慌忙趴下。

吴丁贵扯下面巾，喘了几口："差不多了，拖上来！"其他蒙面人将麻袋捞出，吴丁贵朝麻袋四周开了几枪，率众离去。

正良见人远去，奔到麻袋边解开绳索，阿圭已然吓晕。正良大惊。

次晨，侯久满对着正良哭笑不得："你！你……深更半夜，你坐在海边作甚！"正良垂着脑袋，怯怯地："孩儿……孩儿惦着阿爸的话，在日夜苦想如何能够拯救一乡。"

侯久满："你……那女子不嫁，你魔怔了不成？！贼娘，怎么这么蹊跷，偏偏让你给撞上了！你把阿圭弄哪去了？”

“那个吴丁贵走后，孩儿将阿大人送回盐运使司衙门了。”

“你，你报官了没有？！”正良摇头。

侯久满盯着正良：“你打算举发你的老子吗？”

正良嗫嚅：“我……阿爸，您为什么要做这样的……”

此时，阿六禀报盐运使阿圭求见。侯久满看看正良：“……请！”正良欲走，侯久满喝道：“你待着！”

阿圭魂飞胆破地走入：“侯，侯大人……哦，公子正好在……多谢大少爷！”阿圭冲正良深深鞠躬、作揖，正良忙还礼：“阿大人受惊了。”

侯久满冷冷地：“找我，还是找他？”

阿圭又冲侯久满作揖：“侯、侯大人，多谢令公子夜里救了下官一命。”

侯久满：“出了这么大的事，你不去报官，跑到标下这里作甚？”

阿圭扑通跪下：“罪臣阿圭，求侯府救人救到底！”阿圭先磕了两个响头，“罪臣被人抢掠，即便想隐忍不发，可为大少爷撞见，想瞒也瞒不住，索性向侯大人彻底坦白，求大人为罪臣谋条生路。”

侯久满看看正良，故意问道：“罪臣？你犯了何罪？”

“回大人话，这些年……这些年，罪臣与盐枭、私商，还有洋人查理，内外交结，贿货公行，污了一些银子。”正良听得目瞪口呆。

侯久满喝道：“好大狗胆！你寿星公吊颈，嫌命长啊？身为盐运使，居然勾结盐枭！那朝廷的大宗税银还不尽入尔等私囊？正良！替阿爸绑了他，送官！”

阿圭紧着叩头：“大人饶命！大人饶命！看在阿圭与侯府大福晋乃一姓祖宗的面上，求大人救救小的！”

侯久满：“恬不知耻！死到临头，还东攀西扯！你有面子，大福晋就在府中，去找她吧！”

“不不不，侯大人就能保住小的，侯大人有面万岁牌子……”

侯久满上去一脚，将阿圭踹翻：“天底下竟有你这等不要脸的东西！”正良默默出门。走了几步，发现阿尔萨兰站在自己门前，正冷冷地盯着他。

“什么事？大清早就杀猪宰牛一般！”

“额、额娘，正、正良什么都弄不明白……”说罢飞逃。

“站住！”阿尔萨兰喝道。

“额娘饶了我，正良真的什么都弄不明白……”正良逃得磕磕绊绊。阿尔萨兰看看正良，走向侯久满房门，但犹豫了一下，又转身折回……

侯久满看着门外，暗暗吐了口气。他转向阿圭，声音缓和：“狗东西，你真的怕死？”

阿圭忙道：“怕！怕死！怕死！”

侯久满：“你的蛋炒饭，还想继续吃下去？”“想，哦，不想！不想！”

侯久满轻蔑地：“看你偌大的年纪，起来吧。”

十二

盐田附近的荒滩，燃起烧荒大火。

两排工匠冲天鸣枪。枪声中，一块木牌砸入地皮——广东枪炮局火药厂。

“大家看着，这是 137 家盐丁户籍……”侯久满兴奋地冲盐丁们挥挥簿册，走到烟的一家跟前，“标下知道，你没有名字，只有个‘丙辰九十九’的丁号，此等羞辱，到不了 100 了！”侯久满将簿册抛入大火，“从此往后，你与其他 136 户，就是我枪炮局的工匠。各户的男人、女人、细仔，都有工做！”

“欧——”，不少盐丁欢呼雀跃，扑跪磕头谢恩，但烟的一家及许多人却更加悲伤。侯久满惊奇：“怎么，你并不高兴？”烟的父亲，丙辰九十九说道：“侯大人，您的确是个好人。但大人不知，许多盐丁的户籍，是刻在盐运使司的石碑上的。”

侯久满吃惊：“石碑？还有石碑？！你也是？”“而且大人的厂子建在此处，断了我等用水洗盐的河道，我等不知又要多吃多少苦头。”丙辰九十九带着一家默默离开。侯久满怔怔看着。

远处沙丘上，正良正哀伤地望着这边。

茶楼雅间，可言看看沮丧的查理和阿圭：“查理船长，晚生早就说过，盐课乃大清命脉，是走不得私的。何况，你还与这贪渎的狗官勾在一道！”

阿圭：“二少爷休要污口骂人。今后私盐照走，只是一切唯你阿爸马首是瞻，我等成了你阿爸的马腿而已。”

“什么？！……你说什么？！”可言震惊。

查理捶着桌子：“你的那个爸爸，是个最大最大，最坏最坏的恶棍！”

与此同时，阿尔萨兰与牛子旬在密室内商议。

牛子旬叹了口气：“唉，大姑，贵府的老爷又犯了死罪，这朝廷的盐课、税饷，是能随随便便落格的吗？”

阿尔萨兰：“什么落格？”

牛子旬尴尬：“哦，哦，本地土匪的黑话，黑吃黑之意。”

阿尔萨兰：“哼，你对土匪倒是熟悉。”

牛子旬：“大姑，这桩案子非同儿戏，是不是即刻向太后……”阿尔萨兰打断：“铁良大人不是要到了吗？让铁大人看着办吧。”

“铁大人是来巡察枪炮的，未必想到盐、税上的事。”

“侯久满劫扣盐、税，也是用在枪炮上，铁大人总会查账。”阿尔萨兰道。

牛子旬阴阴地看着她："那……依大姑的意思……"

"大姑的意思已经有了！"阿尔萨兰起身出门。

牛子旬看着她的背影片刻，冷笑："看来日久生情，竟开始护着那猴子了。"

阿尔萨兰走出商务局大门，善缇搀扶她上车："姑爸爸，您的气色似乎不大好。"

阿尔萨兰："没事。去枪炮局门口看看，然后回府。"

枪炮局，侯久满陪铁良在机器工匠间巡看。两人进了总办室，铁良看着墙上的《防火条说》、《禁烟条说》、《五羊枪进程》、《粤局各厂筹划》等表章，翻着各色账本。随后又到郊野，戴刀试射新枪，铁良举着望远镜查看，靶心被频频命中。铁良的脸上开始有了笑容："本官试试这'五羊枪'！"

侯久满立即递过一支新枪："铁大人请，铁大人请，弹子已经上膛了。"

铁良射击。报靶人报中靶心。随员纷纷喝彩。侯久满："好枪法！铁大人真乃神枪！"

铁良再拉枪栓时看看枪膛，哈哈大笑："爷的枪法，似乎从未这么好过！"

侯久满诡异地笑笑："铁大人再打两枪，让我等开开眼！"铁良又举枪瞄准……

贴靶纸的席片后面，靶心处有一工匠用手指顶着，听见枪响，便捅一孔。铁良"弹无虚发"，乐不可支。正在此时，赫顿面色惊慌地跑来，一把抓住侯久满乱喘："老、老、老侯……出、出、出……"侯久满将赫顿拽远几步，低喝："何事慌成这样？！出什么事了？"

赫顿看看铁良，放低声音："老、老侯，我刚才去西、西商会，看见、看见好几个中国人，在向外国商、商人，推销五、五羊枪的复、复制图。"

"什么？！"侯久满大惊，将赫顿又拽远几步，"红毛，你慢点儿说。"

赫顿喘了片刻："我去西商会查资料，看见几个中国人，在分别向西方商人，悄悄地推销五羊枪的复制图。而且，有的商人很、很感兴趣。"

"贼娘！……贼娘！"侯久满骂着，忿忿踱了几步，看看铁良那边，蹙眉急思一阵，低声问，"你是说，还看见有的洋人对五羊枪很感兴趣？"赫顿点头。侯久满揽住赫顿的脑袋："小红毛，你马上赶回西商会……"

铁良阴沉地朝侯久满那边瞥了一眼，在欢呼、喝彩中，又射了两枪。试枪完毕，侯久满在茶楼雅间，佳肴款待。席间，侯久满道："诸位大人，九州天下，皆知我粤人不问鸟兽蛇虫，无不食之，今日铁大人光临，标下一定要请大人们尝尝这道'三蛇龙虎斗'，此菜不但其味儿绝美，且强筋壮骨。"

铁良："何为'三蛇龙虎斗'？"

侯久满道："三蛇，乃饭铲头、金脚带、过树榕；虎，乃果子狸。天下争雄，一虎斗三蛇，谁胜谁负，吞进肚里，肠胃自知。"众笑言有趣。

侯久满端起一杯绿颜色的酒："铁大人，请先饮了这杯蛇胆酒。"

铁良说声同饮。众人饮酒，皆赞不绝口。

铁良冲侯久满低声笑道："侯大人给我的那支枪，装的全是光听响的空爆弹子，靶标后面，是否立有一人？"

侯久满笑笑，低声应："铁大人乃老军爷，这点儿小伎自然瞒不过。标下只是觉得那么多随员面前，大人想亲自操枪……”

铁良拍拍侯久满的腿：“领情，领情。但小把戏耍个乐子，大事切莫拿我当猴。”

侯久满道：“大人这是说到哪去了。”

铁良放开声音：“侯久满，我问你，粤局借爆炸一事，将火药等厂迁离另建，这固然是个万全之策，但大笔的建筑银子，你是哪来的？”

众人一怔，都看向侯久满。

侯久满笑笑：“铁大人，当年太后命标下回广东制枪造炮，但银两一文不给，可差事还是办了。大人知道这其中奥秘吗？……那是太后给了标下一宝，这就是：不问标下的银子从何而来。”

铁良怔了一下，继而大笑：“哈哈哈……太后圣明……太后不问，本官为何要问？哈哈哈哈……”侯久满跟着大笑。铁良暗暗瞪着侯久满，心说：泼猴，竟拿太后压我！

铁良继而脸上带笑，话藏杀机：“侯大人，你那五羊枪不错是不错，但仍有毛病尚须改进。再过数月，乃太后70万寿大喜，各局都有些枪炮要赴南苑靶场校射，届时，各局与侯大人也来它个三蛇斗一虎，如何？真刀真枪比出的魁首，无疑对太后是份别样大礼。”众人附和。

侯久满笑笑：“标下原以为列强环伺，日俄尤甚，竟在我肘腋使枪弄棒，铁大人的练兵处督导各省增练新军，我粤局的五羊枪既然已研制成功，恰可尽速送兵部验射，及早列装。”

“不忙，不忙，待本官各地巡察详尽，全局了然，再统一筹划。”

侯久满：“标下敢问，铁大人是否真想以枪炮的优劣，决断枪炮局的去留？”

铁良：“怎么，侯大人如此发问，是对粤局的五羊枪心中无底吗？这，可与侯大人争强斗狠，不择手段的秉性，不大相符啊。”

“对五羊枪，标下自然信心满满，只是恳望比枪前后，铁大人法度无私，秉持公正。”

铁良：“无须侯大人教训，爷是军人出身，岂会儿戏枪炮，自误军伍？”

“既然铁大人一言凿凿，标下的五羊枪定当校场争锋，当仁不让！”侯久满揭开一笼蒸乳猪，“各位大人，请再尝尝我粤人的一道名菜：‘帝赐肉’。愿我等不辱帝命，恪忠国事！请铁大人举箸。”

吴丁贵疾步走入，在侯久满身边低语：“大人，那个小红毛领着位土耳其商人，急着见您。”

“洋商？洋商见本办作甚？”侯久满故意高声问道。

吴丁贵看看四周：“说是，说是来买枪的。”

铁良惊奇：“买枪？还有洋人要买咱大清的枪？”

吴丁贵答：“回大人，小人详情不知。”

铁良：“真是稀罕！叫他进来，让本官瞧瞧。”

吴丁贵看向侯久满，侯久满道：“请！”

赫顿领着一个大胡子洋人进门：“对不起老侯，这位先生要登船回国，所以急着见您。”

大胡子洋人笑眯眯地挥挥手，吃力地说着汉语：“你们好，我的中国话不行，请这位赫顿先生……”

侯久满示意赫顿："你说，红毛。"

赫顿道："简单讲，这位先生曾经和我一样，是名土耳其的军械师，他在看见了五羊枪的图纸后，认为非常的好，很想为他的国家大批定购。"

侯久满问道："你一个商人，能做主此事？""能！能！我是本帝国苏丹陛下的侄子。"

侯久满看着铁良。铁良道："兹事乃大，本官须禀报朝廷。"

侯久满笑笑："反正朝廷不急，要不标下先拿五羊枪，换些洋人的银子？"

"放肆！侯大人这里面还背着大过呢，新枪乃国家机密，枪图何以到了洋人手里？！"

侯久满抱拳，正色厉声："铁大人，有人几次三番盗取我粤局枪图，标下正想恳请大人，速将此事与五羊枪研造成功一并禀报朝廷，禀报皇上，禀报太后！"铁良怔住。

此时，侯府餐厅，阿尔萨兰、侯夫人、玉姑一人一桌，默默用饭。阿尔萨兰捂着肚子，面色不佳。侯夫人看看，说道："大福晋，府里这般冷清，日后用餐，我等是否同桌，热闹一些？"阿尔萨兰未应，丢下筷子走出门。

玉姑埋怨："阿妈，您真是多话！"

侯夫人轻轻叹息："你坐到阿妈一桌来。"

阿尔萨兰回房蜷在炕上"哼哼"着。

不一会儿，侯夫人端碗进门："老妇人见大福晋气色不好，知道大福晋又到了每月遭罪的日子，想送碗红糖水为大福晋缓一缓。"

"用不着，端走。"阿尔萨兰冷冷地说。

侯夫人把碗放下："试试吧大福晋，长久硬挺，只怕会落下其他的病。"

阿尔萨兰执拗着让拿走。"请大福晋趁热喝。"侯夫人说完走出门。

阿尔萨兰恨恨地瞪眼，捂着肚子继续哼……她看看那碗，端起闻闻，嘟囔着："会不会有毒？"

晚饭后，玉姑在庭院练射五羊枪。阿六走来禀报："玉姑小姐，有人想见您。"

"见我？什么人？"

阿六低声："小姐，来人讲他们曾经在刘婆老堂下。"

玉姑一惊，看看左右："叫他们去我二哥家庙等着。"

玉姑悄悄到家庙，玉姑吃惊地问来人："什么？你等找我购枪？！"可言亦惊问："你等想走我妹妹的门子，从我阿爸那儿弄枪？！"

两个湖南乡民似的汉子，甲道："正是。我等曾听刘婆老生前讲过，玉姑小姐是个侠义之人。"

"可，可你们有所不知，我从小与阿爸冰火不容，连我自己用的枪弹，都先是刘婆老赠送，后由市井高价购买。"玉姑为难。

两个汉子对视一阵，甲又道："那，斗胆一问，能否绕过侯大人，直接从枪炮局的库房……"

可言："偷？谈何容易，局内有护军日夜值守不讲，库里的枪也是有数的。"乙叹息一声。

玉姑："你们很急吗？是不是又要……又要做什么事情？"甲起身拱手："玉姑小姐

若能助我等购枪最好，旁的，无意牵连小姐。我等暂且告辞。”

两个汉子随后走进树林，向等候在这里的湖南哥老会首领马福益禀报。龙头大爷，玉姑小姐颇有难处。

马福益沉吟片刻：“枪的事再做盘算。既然已经到了广东地界，你二人速向本埠各码头，口传消息：我三湘兄弟将于今年十月，老妖慈禧70寿宴之际，与华兴会黄兴相约举事。望各路豪杰，积极响应！”二位汉子抱拳领命。

出了茶楼，侯久满回总办室，高兴地拍拍赫顿：“阿爸的好儿，不错，这场戏演得恰是火候。叫那铁良妄图打压我粤局新枪！”

赫顿叫道：“老侯，我没想照你的主意演戏，这是真的！你看，这是那位商人草拟的合同。”赫顿取出几张纸。

侯久满笑：“还挺周密，小红毛，你也学会阿爸的一套了。”

赫顿起急：“老侯，你看看，这真的是真的！”

戴刀也道：“大人，戴刀已经看过，的确是真的。”侯久满接过合同，大睁眼睛：“真的？我中国的兵枪也能出洋？！”

这夜，侯久满回府，觉屋外有动静，便问道：“谁在门外？”玉姑迟迟疑疑，迈入门槛。见玉姑，他一怔，笑笑，“你可是难得迈我这道门槛。”

玉姑走到桌边坐下，看看枪图，艰难开口：“……不是我想找你……”

侯久满笑着：“那你何事？”

玉姑吞吞吐吐：“就算我找你，也是白找。”

“什么事，先说来听听。”

“我……我想进你的枪炮局做工。”

侯久满吃惊：“什么？你想……做工？怎么好好的……”

“什么好好的，玉姑偌大的人，成日守在这枯井冰窖一般的侯府，早晚活活闷死。”

“你还闷？一个女儿家男人装束，天天地挥枪纵马，十里八乡，谁不惊为奇观。”

玉姑使性子。侯久满让着：“好好好，别瞪眼，千万别说来就来，阿爸我前世欠你的……”“你今世欠玉姑！”

侯久满愣愣：“我……好好，阿爸准你入厂。说吧，想做什么工种？”

玉姑：“我这个样子，能做何工？！你将玉姑放在库房，当个看库的库头。”

“看库？我的枪子厂倒是有些女工、童工，你如果不嫌有失身份……”

“不！玉姑只去枪库！”

侯久满怔怔：“为何只去枪库？”

“我明日便去上工！”玉姑说完就走了出去。侯久满愣愣地看着玉姑背影。

玉姑走出房门一怔，阿尔萨兰站在门前，吃惊地看着她。玉姑瞪眼：“你偷听？！”

“谁、谁偷听！”阿尔萨兰醒过神，走进门去。

阿尔萨兰走进侯久满房间，看看门外：“这小野驹子，想进厂做工？”

“住嘴！谁是小野驹子？！”

阿尔萨兰：“一个昏天黑地的疯野丫头，何故突然想在你这不疼不爱的老子手下受拘？”

“住口！你怎知老子不疼不爱？！老侯的女儿老侯管，无需你多嘴多舌！”

阿尔萨兰看看侯久满：“懒得与你啰嗦。知道吗，你擅自抄砸盐运使司衙门和厘金税卡，是灭门之罪！别以为你有万岁牌保命，无所顾忌，万岁牌保你的头，可不保你一家老小的头！”

阿尔萨兰欲走，侯久满拦道：“慢！侯久满替朝廷疏通盐路、税道，哪来的灭门之罪？”

“你那不过是落格之举！大清自有盐官、税吏，何须你到处伸手，越俎代庖？”

侯久满：“我越俎代庖了吗？老侯惩治惩治贪官墨吏，可曾收缴过一两纹银？”

“你目下尚不缺钱，但你拿住了盐道、税关的命门，随时可将盐银、税银尽收囊中！”

侯久满被阿尔萨兰戳得尴尬：“待、待老侯那样做了，你再告密不迟，何须现在如此辛苦？！”

阿尔萨兰“哼”了一声，转身便走：“别不识好歹！”

“等等，老侯也有话！今日，巡察钦差铁良大人得知，被盗枪图已然流落市井，并为洋人所获。你该心知肚明，这盗图之人不仅对粤局心怀叵测，而且是个贪利卖国的小人！”阿尔萨兰一怔，绷着面孔走出。见善缇赤膊练功，舞着那把一等侍卫的金刀，呼呼有声。她愤愤地：“善缇！记着，明日一早随我出门！”

次日，玉姑被吴丁贵引进枪炮局陈列室，吃惊地睁大眼睛：玻璃柜中仅有几只手枪、步枪，房中央摆着舒适的藤椅、茶几，以及一杯已然泡好茶水。

“这就是你们的枪库？！”

吴丁贵：“局内有许多枪库，总办大人吩咐：这一间最为适合玉姑小姐把守。”

“放屁！就这么几支破枪，还用把守吗！”玉姑愤然离去。吴丁贵窃笑。

玉姑气恼地冲入总办室：“……人呢？！”

吴丁贵：“小的不知。”

“气死我了！走！带我去其他枪库看看！”

吴丁贵：“小的不敢。”

“不去，我自己问！”玉姑转身离去。

吴丁贵忙追：“小姐……小姐……今日所有枪库的库头全都告假，回乡下割稻子去了……”

此时，侯久满正与戴刀巡看着海边的火药厂工地。侯久满：“刀儿，五羊枪不必等朝廷验校，你铺排一下，我等即刻开工生产。”

戴刀迟疑：“这……大人，这行吗？”

“国难当头，加速投产新枪，朝廷没有道理不准。兵部若敢久拖不决，老侯真的把枪卖到土耳其去！”

戴刀：“那，大批生产，资银从何而来？”

侯久满沉吟：“是啊，老侯虽然守着金盆、银盆，但被大福晋一记闷棍，还真的不敢挪用。”

“大人有银子？”

侯久满把话岔开：“不说这个，刀儿，你先筹划开工。另外今日回府，你先走一步，帮老侯先挡挡炮火。”

戴刀奇怪：“什、什么炮火？”“你那玉姑妹妹，不知为何突然想进厂做工，还指定要去枪库。如今世道纷乱，老侯担心她受奸人蛊惑，图谋不轨。”戴刀愣怔。侯久满望着远处：“我那小女，似乎天生是个造反的魔头。”

密室内，阿尔萨兰猛拍桌子：“牛子旬！说！你是否勾结洋人，阴心图利！”

牛子旬呆愣：“大姑，您这是从何说起？”

“你敢说，不曾在枪上动过心思，串通洋商？！”

牛子旬心虚：“大、大姑，您，您又使诈……”

“说！不讲实话，本大姑直接禀报太后！”

牛子旬扑通跪下：“大姑，那都是过去的事了，下官是与洋商曾做过一次小、小生意。”

阿尔萨兰心里并无底，看看牛子旬：“……不止一次！……不止过去！”

牛子旬：“就一次，就一次啊，下官着着实实说的是真话啊！”

“滑头！不想尽招？那就在大姑这儿挂着账，待大姑进京贺寿时当面禀报太后！”

牛子旬道：“大姑，您也就是想抓个把柄好使唤下官，下官知道怕了，绝不敢擅自举发侯大人。”

阿尔萨兰有些慌乱：“胡说！你胡说！你想举发谁，举发便是！”

牛子旬翻了阿尔萨兰一眼：“下官真的知道怕了，没有大姑放话，下官真的绝不敢胡告乱举侯大人。”

阿尔萨兰：“你胡说！胡说！”

侯久满在火药厂工地，正良兴奋奔来：“阿爸，阿爸，良儿想好了！良儿已经想好了……”

侯久满诧异：“你想好什么了？”

“阿爸，您给良儿的银子，孩儿总算知道该如何花了！‘天大地大，惠农事大’，良儿要创办盐垦农场，拯救一乡！”

侯久满：“什么农场？”

正良兴奋地：“孩儿要集农垦、制盐为一体，兴办新式实业，儿连名字都想好了，叫‘伊甸园盐垦农场’。”

“什么叫伊甸园？”

“伊甸园是圣……”戴刀正要解释，正良忙道：“伊甸园是圣人居住的地方，圣人居住的地方，是人类先祖的乐园。”侯久满疑惑地盯着正良。

正良继续说道：“阿爸，总之办盐垦，正是您说的那种起码能救一村一乡的好事。”

侯久满缓缓地：“制盐，乃朝廷专务……”正良看看侯久满，嘟囔：“盐运、收税也属于朝廷专务。再说，大清新政，枪炮都允许阿爸自谋……”

侯久满愣怔、思忖片刻，笑起来，拍拍正良：“良儿，你多少算是有了些许阿爸的影子。阿爸似乎觉得，我儿这桩事情如果办得好，连阿爸的枪炮，都可能跟着我儿沾光。”

正良惊慌：“不不不，良儿做的是和平之事，与枪炮毫无干系，阿爸千万别打良儿主意。”

侯久满向前走去：“好了，毋庸多讲。刀儿，抓紧五羊枪的投产！”

正良紧跟着侯久满：“阿爸，阿爸，良儿做的是和平之事，您千万千万别打良儿的主意，阿爸，阿爸……”

是夜，玉姑气哼哼地坐在堵着侯久满房门的一张椅子上。

侯夫人：“小祖宗，今日去了趟枪炮局，这是怎么了？怎么连你阿爸都被你吓得不敢回府了？”

玉姑叫道：“阿妈，你别管！气死我了！”

戴刀走过来：“侯夫人，您歇息吧，戴刀同玉姑妹妹谈谈。”

“你谈什么？走开！”玉姑冲戴刀嚷道。

侯夫人看看：“好好，你们谈，你们谈。”

玉姑看看戴刀：“是那个人叫你来的？走开，小人！”

戴刀直截了当，低声问道：“玉姑妹妹，你真的是在打局里兵枪的主意？”

“你……你胡说！”戴刀接着问：“你真的是为什么人，在设法搞枪？”

玉姑更加窘迫：“你……你……胡说！胡说！”

“玉姑妹妹，你看你，简直还是孩子，这么简单就露了馅，你怎么可能做那么危险的事？”玉姑有些慌张：“我，我没有！你快走开！”

戴刀感慨：“今日的中国，真是再无一户清静，一人昏睡了。玉姑妹妹，如今天下纷纶，烟生火起，人人渴望济世救国，但慷慨赴死易，死得其所难。认准真理，寻得正途，才是关键啊！”

玉姑看看戴刀：“少对玉姑说教，这种话不过是个怕死鬼的自圆其说！”

戴刀看了看阿尔萨兰房间，从怀中取出一个信封，低声道：“戴刀早知玉姑妹妹报国心切，这是28珠连环铳的制造图要，一般工匠均可学会，玉姑妹妹若觉得有用，暂且应急。”玉姑愣住。戴刀将信封放在玉姑手里：“拿着，快回自己房间吧，不要一味与你阿爸斗气。”

阿尔萨兰在房间里冷冷地看着窗外，神情复杂……

储秀宫，慈禧高兴地看完一个折子道：“这猴子越发地能耐了，竟然弄出了洋人都眼馋的枪！好！好！这在咱大清，还是破天荒的头一遭！”

“是啊，这等喜事，竟弄得军机大臣们不知如何应对。究竟能否外销土耳其，还请太后示下。”光绪说道。

慈禧：“卖！干嘛不卖？！不但可以卖，而且要低价卖，好好彰显彰显我大国风范！”光绪错愕。慈溪又道：“怎么，你又有异议？”

光绪：“儿臣以为，新枪是否应该尽先自用。”

慈禧冷笑：“你终究器量浅小。这五羊枪说好，又能好到哪去？侯久满本事再大，还能一下盖过所有的洋枪洋炮吗？逮住一个赏识这东西的土耳其，为何不借水行舟，扫一扫大清在世人面前萎靡无能的模样？挣出半张脸来，是半张脸！”

光绪怔怔：“……皇阿玛胸有昆仑。”

“叫那猴子尽早送样枪过来，兵部验校后从速投产，一边配发大内禁军，一边外销。”

光绪答道：“儿臣知道了。”

慈禧拿起另外的折子看了几眼，大怒：“《十月皇会起义书》？天杀的革命党，竟企图趁我寿诞，作乱举事！这孙文未除，怎么又冒出个黄兴？！”

“不只黄兴。”光绪蔫蔫地说。

慈禧思忖片刻：“皇上可以颁个旨意，就说我70万寿，大赦天下，除了康有为、梁启超、孙文，戊戌案内的其他各员，均宽其既往，予以自新。革职者恢复原衔，监禁者一律开释！”

光绪怔怔：“谢皇阿玛。”

“但同时下谕各省，分摊军费，增练新军，对那些仍想使枪弄棒，阴图谋反者，杀！杀！统统地杀！”

这日，玉姑、可言走入。某小客栈。可言：“请问，有两位湖南客住在此处，是哪个房间？”

店主看看可言与玉姑：“他们出门用饭，估摸一会儿便回，请二位坐下稍等。”可言和玉姑坐在椅子上，打量客栈。店主与伙计使了个眼色，一起走出门。

门外，店主低声吩咐：“快去禀报牛大人，又来了两个乱党。”伙计应声跑走。店主走回，探问：“二位像是本地大户人家的少爷、小姐，敢问贵府……”

“我们是……”可言正要回答，被玉姑打断：“你扫听这个干什么？！”

店主忙道：“哦，失礼，失礼。”

此时，一队清兵正疾驰。原来是牛子旬闻讯后派兵抓人。

小客栈内，可言喝着茶，玉姑焦急地望着门外，店主在暗处盯着他俩。

一辆马车向奔来，轿帘处伸出一支步枪枪筒，冲客栈门顶连击三枪，街上大乱。玉姑、可言奔出门。

“可能不好！快走！”玉姑拉着可言挤进人群。

店主紧忙给清兵马队指着方向：“快，朝那边跑了，女的是个小脚，肯定跑不快！”清兵冲去，将人群兜住。可言拽着玉姑，钻入一家店门躲过。

是夜，侯久满推门走入戴刀房间，看看研究着机关枪图样的戴刀和赫顿，问道：“刀儿，今日去总督衙门听旨，你为何突然离开？”

“哦，戴刀忽然想起件急事，于是未等大人。”

侯久满：“皇上与太后要粤局速送五羊枪进京，我想，最好是你们两人前往。”

赫顿：“好啊！我早就想看看中国的武器试验场了。”

“大人急于投产新枪，我与赫顿同时离开，恐有影响。”戴刀担忧地说。

侯久满：“此事我先撑着。近日查理的船要去天津，你二人一起走，兴许安全些。”

“乘查理先生的船，岂不更无大碍，为什么还要两人？”戴刀不解。

侯久满：“枪图都有人盗窃，何况样枪？朝廷有意裁并枪炮局厂，各局难免不择手段。就这样，你们做些准备，二人一同走。”侯久满看看戴刀、赫顿，似斟酌什么，踌躇出门。

戴刀与赫顿面面相觑。赫顿："老侯好像还有什么没讲的话。"

此时，签押房内，袁世凯："样枪？对，有此事，侯久满是要派人送五羊枪的样枪进京。"

赵秉钧看着袁世凯脸色："大人知道，从广州到京师，最便捷的行程，是乘船先来天津……"袁世凯看着赵秉钧。赵秉钧接着："大人，您只须点头。"

袁世凯迟疑："……可这事……是太后亲自下的旨意……"

"大人不必多讲了。"赵秉钧起身，抱拳离去。

深夜，玉姑垫着毛巾在房里揉脚，忿忿地："破脚！今日性命险些丢在这脚上！真是越想越恨！"

可言劝道："好啦，你就别再记恨阿爸了。往后，这种事情，你个女儿家最好还是别做。"

"绝不！二哥，湖南肯定有事，我们去湖南吧。"

可言："去湖南？去湖南何地？寻找何人？"

玉姑："先去长沙，找谁再说。人家是因为刘婆老才找到玉姑头上，玉姑一定要对得起刘婆老，好歹将枪图送去。"

可言："玉姑妹妹，你我已然不是当年王氏书舍的少年，不能再脑子一热，走哪算哪。我们……"

"你去是不去？！""我……可言生意上的事，近日要随查理的船，去天津。"

玉姑："我自己去！你回你的庙吧，我要歇息了！"

可言："你看你，你一个人简直就是个枪炮局，吓死人！好，生意不做了，可言陪你去湖南走一遭！"

"这才是玉姑的好二哥。"玉姑笑着穿靴，"回吧，玉姑送你到大门。……哎，二哥，你说，今天到底是谁向我们开枪报的警？"

可言思忖："……想不出……不知道。"便走了。

而阿尔萨兰房间内，善缇正半跪禀报："姑爸爸，今日奴才上街办货，看见衙门的人抓乱党，奔逃的人里有二少爷和玉姑小姐。"阿尔萨兰看着书，眼睛从书上抬起："你是说，这两个家伙是乱党？"

"奴才不敢说他们是衙门要抓的人，还是随人群闪避的人。"阿尔萨兰思忖着，便起身去侯夫人房间。

侯夫人正在灯下做着针线，阿尔萨兰敲门，侯夫人抬头见是她，一惊。

阿尔萨兰踏入，巡睃了一眼屋子。侯夫人忙倒茶："大福晋，快坐，快坐，您还是头一次进老妇人的门。"

阿尔萨兰冷冷地："不用沏茶，就两句话。"

"那个人把你接回这侯府，想必有件事情是你该担待的。"阿尔萨兰站着说道。侯夫人紧张问是何事。"管教好你的骨肉，别让他们做出什么对不起我大清的事。"

侯夫人吃惊："谁？谁又惹祸了？"

阿尔萨兰："你清楚，大清对那个人不薄，待你也不薄，否则皇太后根本不可能允许，你我二人这等荒谬的事情存在。"

“知道，知道，老妇人感激大福晋的宽宏，感激皇太后的法外恩典。大福晋，是不是我那玉姑又惹着您了？”

“不是惹我！是对不起大清！除了你女儿，还有那个狂人。”

侯夫人：“言儿？言儿不是过继给您了吗？”

“休要推脱！他不是你的亲外甥吗？”侯夫人怯怯地称是。

玉姑送走可言，返回庭院，忽然止步。见戴刀站在前面。她看了看欲走，戴刀低声：“玉姑妹妹，戴刀提醒过你，要你务必小心。”

玉姑一惊：“你，什么意思？”

“戴刀今日去总督衙门，在堂外等候大人时，碰巧听见有人告密。”

玉姑：“是……是你报的警？”

“玉姑妹妹，你做的不一定是错事，但千万小心。这不仅关乎你的性命，而且干系着侯大人的枪炮大业。大人所做之事，虽与清廷相关，但也与中国强盛相关。”

“你，你救了我和二哥，玉姑谢了。”玉姑点了一下头，欲走。

“要枪的人叫黄兴和马福益。”戴刀掏出一封信，“这里面是我听到的只言片语。”

玉姑不由自主地接过信，看着戴刀：“你为何帮助我们？”

戴刀沉默一阵：“回吧，今后多加小心。”玉姑看看戴刀，离去。戴刀看着玉姑走远，左右看看，刚要离开，“等等。”戴刀一愣，转身看到阿尔萨兰正酸楚地看着自己。

玉姑奔回房间，忙抽出信看。

“你看的是什么？”玉姑一惊，发现侯夫人坐在桌边。

“阿妈，您吓死我了！”

“谁的信？拿来阿妈看看。”侯夫人走近玉姑，伸手拿信。

玉姑躲着：“阿妈，没什么，您别看，没什么。”

侯夫人怒道：“没什么，阿妈为什么不能看？给我！阿妈偏要看看，你今天都做了些什么！”

“阿妈，求求您，您真的别看。”

“不行，今夜就是动家法，阿妈也要看看这是封什么样的信！拿来！拿来！”

玉姑急了：“阿妈！这是戴刀给玉姑的！”

“刀儿？刀儿写给你的？一个府里住着，还用得着……”

“情诗！一首情诗！您看……您看……您看呀……”玉姑故意将信塞给侯夫人。

侯夫人愣怔，躲着：“……罢，罢，这个阿妈不看。”

玉姑瞪着眼珠问侯夫人：“是那个旗女告诉您的，我是乱党？！”

“大福晋没有那样讲，她也是好心，怕你无法无天地惯了，终有一日闯出塌天的祸事。”

“谁用她好心！她不过是清廷的那个老太婆栽在这府里的一根刺！”

“玉姑！做人要知良善，去年在刘婆老的事上，你与言儿他们是不是就有说不清的地方？可大福晋心知肚明，却一直没有加害你们！”

玉姑怔怔：“她知道什么？知道又如何？害我们？来呀，‘我自横刀向天笑，去留肝胆两昆仑’！”

从此，阿尔萨兰坐在假山边的石凳上，绞着手帕。戴刀看看左右：“大福晋若确实有事，能否明天……”

阿尔萨兰顾自说着：“那小丫头片子，的确长得很美。”

“你说什么？”

“那种缺家少教的性子，也许就是新派，很讨男人喜欢。”阿尔萨兰说道，“蚂蚱，阿尔萨兰妒嫉你们，也羡慕你们。你们就像西书上写的那样，用不着父母之命，媒妁之言，也用不着等谁赐婚，自己就做了自己的主。”

“阿尔萨兰，你可能误会了。”

“我已经两次看见，你悄悄送那丫头书信。”戴刀愣了。

“蚂蚱哥哥，西书上说，这是每一个人的天权，干涉与破坏都是邪恶。但，但是阿尔萨兰想让你劝劝那丫头，切莫性子使野了，疯过了头，做出什么大逆不道，害人害己的事。”

戴刀惊愕地睁大眼睛。

“阿妈歇息吧。”玉姑挽着侯夫人送到门口。

侯夫人道：“玉姑，尽管阿妈原本一直认为你与妹仔……但，刀儿也确实不错，你阿爸也十分喜欢。你们正当嫁娶之年，一个府住着，就别信来信往的。我与你阿爸讲讲，干脆你们就……”

玉姑大叫：“阿妈，千万别讲！千万别讲！”

“阿尔萨兰，你真的误会了，我给玉姑妹妹的信，完全没有你所猜之意。”戴刀解释。

“好了，蚂蚱，阿尔萨兰说出来了，心里清爽了许多。”阿尔萨兰站起身欲走，戴刀不禁伸手拉了一下，又惊慌撒开。阿尔萨兰看着戴刀，戴刀也看着阿尔萨兰。良久，戴刀说道：“戴刀真的不知如何解释，但……但希望你能善待玉姑小姐。”阿尔萨兰依然默默地看着戴刀。

远处，侯久满与赫顿看着他们。赫顿先转身离开。侯久满又看了片刻，走向赫顿房间。

进屋后，侯久满与赫顿的眼睛虽冲着图纸，实是各自愣神。赫顿看看侯久满：“老侯，你……不会，恨戴刀吧？”

“红毛，你那查理叔叔六十多岁的人，还一下娶了七个老婆，阿爸怎么也该为你迎娶一房。”

赫顿笑笑：“真的吗？”

“绝无戏言。阿爸一把找她10个、20个，任你挑选，且任何一个，都不会比查理的那些丑八怪差。”

“谢谢你，我的好朋友。但是老侯，你能听一句不太好听的话吗？”“你和你的小妻子这样生活，对你们两个人来讲都非常不幸，非常痛苦。特别是对你的小妻子，非常的不人道。这样的婚姻没有理由继续下去，你们应当……应当离婚。”

侯久满看着赫顿。

赫顿继续：“你应当将幸福，还给花园里的那对青年。”

侯久满沉默片刻：“红毛，你真是个好洋鬼子。阿爸一定要为你选个最美、最好的中国女子。”

“不不不，老侯，我赫顿今天诚实地向你坦白，我的确曾经爱过你的阿尔萨兰夫人。

但那种痛苦，在让我明白阿尔萨兰夫人永远不可能属于我的同时，也让我明白了自己：我昂崔思·费迪莱克·赫顿，已经彻彻底底失去了这一生唯一可以爱的女人。”

侯久满吃惊：“你……你是说，这辈子，你再不娶妻了？你，你一个洋人……”

“这和洋人不洋人没有关系。老侯，我已经熬过来了，心里已经恢复了平静……”

侯久满急切打断：“红毛……小红毛……”

赫顿也打断他道：“老侯，红毛希望你，帮帮花园里那两个渴望爱情的人。”又沉默了一阵，侯久满向门口走去，在门边说道：“你清楚，那女人由谁说了算。”侯久满脚步沉重地来到庭院，看看已无人的假山，看看戴刀在画图、阿尔萨兰在拭泪的两个窗前剪影，长长地叹了口气。

天上渐渐落下小雨，侯府一片忧伤……

次晨，书房。赫顿在黑板上写着英语：安娜·卡列妮娜。

座位上已坐了些仆佣。戴刀、阿尔萨兰先后冒雨奔入，用英语问候：“老师早。”

“你们好。”赫顿看看，用英语说道：“阿尔萨兰夫人，您的脸色似乎不大好。”

“没什么，昨天晚上睡得晚了些。”阿尔萨兰用英语应答。

赫顿转向戴刀，仍是英语：“戴先生，你可以为夫人端一杯茶来吗？”

阿尔萨兰忙用英语：“不用，谢谢，快上课吧。”

赫顿看看，玉姑的座位空着，问：“玉姑小姐呢？”阿六跑出去找。

赫顿：“朋友们，从今天开始，我们的英文课，将结合一本伟大的俄罗斯小说进行学习。这是一本讲述了自由与爱情的小说，它的名字叫《安娜·卡列尼娜》。”

这边上着英语课，那边，侯夫人走进侯久满的房间：“老爷，您忙吗？妾身想说个事。”

侯久满：“夫人坐。”

“老爷，妾身觉得玉姑与刀儿年纪相当，彼此有意，是不是……”

“夫人，你从哪看出刀儿与玉姑有意？你是不是又被那小魔头给糊弄了？”

“怎么会，妾身亲眼看见……”

阿六敲了两下门，惊慌走入：“老爷，夫人，玉姑小姐不见了。这是小姐放在桌上的。”阿六递过一信，侯久满忙取信速看。

此刻，家庙前，马车在雨中起步，加鞭奔驰。车内，玉姑浑身湿淋淋地打着喷嚏。可言用手帕擦着玉姑头发：“你全身透湿，最好还是换换衣裳再走。”

玉姑：“不行，说不定一会儿阿妈就追来了。哎，怎么没有看见大哥？”

“大哥日日忙着办农场，时常睡在外面。”“睡外面？大哥那样的人，也能夜不归宿？”

可言笑笑：“今非昔比，大哥不知是为了他的伊甸园，还是为了他的烟，天天如同中魔一般。”

“烟？就是那个盐丁的女儿吗？”玉姑打了大大的喷嚏。

此时的正良在破败的海神庙里，正蜷紧身子睡在神像底下。漏雨，滴在他脸旁的《西夷农学》、《新式晒盐技艺》等书籍上。

侯府内，阿六探信回跑入花厅：“大福晋、老爷、夫人，二少爷家庙的和尚讲，玉姑小姐清早跑去，拉着二少爷简单收拾了一些行囊，上了马车就走了。只留了一句话，说是要走些日子。"

侯久满拍着玉姑的信："这，这简直成何体统！"那信只有大大的几个字：阿妈，玉姑出门了。

侯夫人喃喃："难道，难道玉姑昨晚看的那信，是言儿写的？她与言儿……私、私奔了不成？"

侯久满："先别讲得那么难听！阿六，多叫些人，骑上马分头追！找着人，捆也要捆回来！"

侯久满瞪着阿尔萨兰与侯夫人："你们两个，一人管一个，还管不住！"说完大步走出。

侯夫人："老爷哪去？"

"去局里！"

阿尔萨兰冷笑道："管？这府里，谁能管谁？！"

侯夫人忧虑地："大福晋，这言儿与玉姑，尚未出五服啊！""你应该忧虑的不是这个，而是这两个家伙造反去了！善缇！"阿尔萨兰喊道。善缇从门外闪入。"你也去追！"善缇应声奔离。

总办室内，侯久满来回踱着。戴刀、赫顿与吴丁贵走入。戴刀问道："大人，玉姑小姐真的走了？"

侯久满："不管她！刀儿，红毛，你二人将枪厂的事向吴丁贵交待一下，马上准备进京。记住，路上千万多加小心！"赫顿："放心吧，老侯。"吴丁贵诡异地看了看戴刀与赫顿。随后他走入枪厂电话房，看看外面，又取出密码本……

十三

这日，盐运使司衙门，正良一脸苦恼地看着阿圭："阿大人，正良欲办盐垦，不曾想做事如此之难，仅第一步收购地权，便寸步难行。原本每亩地银30两不到，可风闻晚生创办公司，一夕之间，竟然每亩翻到了300两！晚生想问问大人，朝廷在这方面，有无章程可援？"

阿圭冷笑："大少爷，书呆子也。生意场，自古以来便是愿买愿卖，两下相商，岂是朝廷该管的？大少爷乃四品身份，何不设法谋个实缺，旱涝保收，还不辱斯文。"

正良道："晚生无才，做官也只是个庸官。南通张謇讲，凡有国家者，立国之本不在兵，不在商，而在乎工农。晚生感佩张状元的真知灼见。"

"大少爷，你头顶有那么一位神通广大、手腕狠辣的阿爸，为何不问计于他？"

"……晚生，晚生害怕阿爸行事过头。"

阿圭笑笑："得。看在大少爷曾救过本官一命的份上，本官给你出个主意：你先花少量银子，将海边的那些滩涂买了，让箍在里边的田也好，地也罢，断了向海里放水的水道，那些田主、地主，自然主动杀价。"

正良愣怔："这……这……岂不是不仁……不义……"

阿圭不耐烦，起身推正良："呆子，走，走，走您！"

夜，乡野客栈，玉姑坐在床边，一下接一下地打喷嚏。可言喝得微醉："我等欲救中国，不可不因国情而利导。中国人，公德缺乏，团体涣散，非择一举国同戴者，为精神统领，而此人，唯有孔子也！"

玉姑："二哥，我有些不舒服，想早些歇了。"

"你睡吧，我不碍事。振兴孔教，抵御耶稣，唯此为大……"玉姑要洗漱，可言仍是不走。

片刻，可言摇摇晃晃走过去："玉姑妹妹，你是不是发热病了，让二哥摸摸……"欲摸玉姑脑门。玉姑推开他。

可言醉眼朦胧地看着玉姑："妹妹的脸红彤彤的，艳如鲜梅，灿若桃花……"

"二哥，你喝多了，快回房歇息。"

"不不，让我再小坐片刻，你我为了救国浪走天涯，今夜对影豆烛，何不一敞胸怀？"可言不由心生欲火，在床边坐下，"妹妹自小便是巾帼女杰，可言仰慕久已，想必妹妹也早知可言之心。"

"二哥，你又发癫话，又忘了你我乃近支兄妹！"

"没忘，没忘，近支兄妹不能阻挡陆游、唐婉，岂能挡住我与妹妹？即便西书说，这等关系于生育不宜，你我不要儿女便是。”可言双眼痴迷，扯开衣领向玉姑靠近，“玉姑妹妹，可言恨不得剜心以示……”

玉姑“嗖”地抽出枪……又马上佯装用手帕擦着：“二哥，你再胡言乱语，玉姑可要恼了。”可言畏惧地看着那枪……

“请二哥别坐玉姑的床。”可言怯怯站起。玉姑冷冷地：“二哥，不劳你陪玉姑了，玉姑要独走湖南。”

可言忙道：“不不，君子一言，岂可半途而废。”

“你回房歇息。”可言看着玉姑，退出房门。玉姑扑过去插上门栓，靠着门，吐气蹙眉。

此时赫顿已寻了她的信儿直奔侯府。“侯夫人，我一再询问玉姑小姐的情况，可是二少爷什么都不愿意讲。”赫顿道。

侯夫人：“这可如何是好，到处乱糟糟的，一个女儿家，独自一人……”

赫顿安慰：“侯夫人，玉姑小姐的自立精神很强，她不会有什么问题的。”。

侯久满道：“一个残脚女人，连路都走不稳当，自立精神再强又有何用？！”

阿尔萨兰冷冷地：“哼，这时候你知道，她脚残凄惨了！”侯久满被噎得赧颜。

侯夫人伤心拭泪：“这孩子，从小就没过过一天开心的日子。”“罢！罢！且当侯府从来没有过这个祸精！”侯久满面色阴沉地拽住赫顿，大步走出。

进了自己房间，侯久满劈头责怪：“红毛啊红毛，你怎么跑回来了？我不是一再提醒你要与刀儿同走吗？！”

“戴刀他再三劝我，五羊枪首次批量生产，质量问题离不开把关。查理叔叔也说，戴刀有他照顾，不会出任何麻烦。”

侯久满脱口而出：“麻烦就麻烦在那个查理身上！”

赫顿一怔：“……老侯，你什么意思？”

侯久满急得踱步：“唉，原本是想让你们搭乘客轮的，我担心路上有歹人尾随，才让你们上了查理的船。不曾想，你居然突然下船！”

赫顿困惑：“老侯，查理叔叔的船不就是你的船吗？难道……你是在担心查理叔叔？”

“不行，得设法通报沿线码头，拦住此船！枪丢了无妨，刀儿万不可失！”侯久满疾步出门。

赫顿追着：“老侯，老侯，到底是怎么回事？”

巨舰甲板上，查理热情地与戴刀握手：“欢迎本世纪最聪明的中国人！”

戴刀背着布套裹着的长枪：“查理船长，您好。”

“老查理一定会遵照老板指令，毫发无损地把你送到天津。”

“多谢查理船长。”戴刀看看赫顿：“赫顿，我还是觉得，五羊枪的性能十分稳定，随便找个工匠送往京师都行，绝无必要你我同去。”赫顿道：“可能老侯有老侯的考虑。”

戴刀：“新枪已决定投产，没有你我一人看顾着，一旦酿成损失，岂不因小失大？”

“道理是这样，但老侯再三强调……”

查理插言：“我看也没必要，有我老查理在船上，有什么不放心的？要不，赫顿，你自己去北京。”

“我？我一个英国人送中国枪，恐怕那些好面子的大官们会很不高兴。”

戴刀："那就我送。枪厂的事你多担着。"赫顿迟疑。

查理："就这样吧，我要开船了。"

"等等，"码头上，可言提着箱子奔来，"等等我……"

巨舰望台，查理阴鸷地看着海："不要靠海岸航行，更不要停泊任何码头，直航天津！"

西摩尔应："明白，查理老爹。"

客舱内，戴刀擦拭着样枪，可言仰脸呆望舱顶。

海边盐田，满脸煤灰的正良边看书，边守着大锅熬盐。烟提着瓦罐走来，倒了一碗水，羞涩地说："阿爸吩咐，给公子送些水。"正良道谢接过碗一气喝干，"烟，再给一碗。"烟笑笑，又倒。正良接着猛灌，一下呛着，狼狈大咳，烟伸手欲拍，又不好意思。一只大掌在正良背上拍了两下，正良缓过来："谢谢烟……"猛一抬头，丙辰九十九笑着看他。

正良慌忙作揖深鞠："多谢阿叔。"

"真是弄不懂，你这人放着好好的少爷不当，偏要与我等盐丁为伍。"

正良："阿叔，我办盐垦遇上了难处，思忖先摸索制盐改良，好减少将来置田的亩数。"

丙辰九十九："灶户煎盐，世世代代都是用柴草烧火，你用煤烧，这就是改良？"

"西书上讲，草火力弱，煤火力强。"

"但草灰可以引卤。"

正良："书上讲，煤屑也可以引卤。您看……"

"我不识字。"丙辰九十九看看锅，看看火，点头，"……果然。"

正良高兴地："书上还讲，改良包括许多，以富卤为第一，次之改灶，再次之改釜，再再次之改池，再再再次之……"

"少爷，你可否讲得浅些，让我这粗人长长见识？"

"好，好，阿叔您坐下，我将这书上的门道一条一条详尽翻译，然后你我一同亲手试试。"

丙辰九十九道："等等，少爷，我多叫些兄弟来听。"

正良兴奋："烟，再多提些水来，我们上课。"

巨舰客舱内，戴刀问道："可言，都这么些日子了，难道你还是不愿讲，为什么要离开玉姑妹妹？"

可言躺在床上，一脸痛苦："……她病了，也不知现在是死是活？"

"什么？！玉姑病了，你还独自离开！"

可言烦躁地："我不想离开！可她拿枪指着我！而且，她竟然半夜偷偷骑马跑了！"

戴刀痛悔："怪我，怪我，我该想到的，玉姑很可能会自己亲赴长沙！"

可言惊诧："怎么，戴大哥，你知道此事？！"戴刀奔出舱门。

西摩尔站在望台内看看后方："查理老爹，非常奇怪，我们后面有艘小客轮，一直不远不近地跟着。"查理向后看。远远的，海面上果然有艘小火轮。

小火轮驾驶舱内，北洋新军装束的邢队官，举着望远镜："跟紧了，今夜动手。拿不到那支枪，赵大人请我等吃红丸！"

舵手应道："小的明白。"

此时，戴刀奔进望台："查理船长，请尽快在前方港口停靠，我要给侯大人发封急电！"

查理看看戴刀："什么事？到最近的港口也得明早。""明早？明早就明早，请您尽快！多谢了。"戴刀抱拳，叹息一声，焦炙离去。

查理看着戴刀背影阴阴一笑。

侯夫人跪在观音前，捻珠诵经："求观音大士指点迷津，消弭怨愤，可怜我那小女有家似无家，有亲像无亲，早日清除她心中积恨，护佑她还家……"

侯久满进门看看，咕哝："若是念经管用，夫人最好求求菩萨，连同刀儿一起保着。"

侯夫人走出房门，焦急地喊道："阿六……阿六……"

木棉奔来："夫人，阿六说他家中有事，老爷已准假离府了。"

"那木棉你跑一趟，找良儿问问，看良儿知不知道玉姑去了哪？"木棉速离。

阿尔萨兰走出房间，看看一脸忧虑的侯夫人，离去。房内，侯久满看看是阿尔萨兰，紧跟其出门。

阿尔萨兰在拦了辆马车。侯久满，问道："大福晋出门，从不用府里的车马？"门房答："只是偶尔不用。"

"给我也拦一辆！"门房拦了辆车。侯久满上车，冲车夫道："快，跟着前面那辆！"

阿尔萨兰的车在商务局门前减速。忽然，一辆马车疾驰到一侧，齐驱并驾，善缇依轿窗叫道："姑爸爸……"阿尔萨兰掀起轿帘。"老爷在后面跟着您！"善缇说完，他的车迅速离去。阿尔萨兰冲车夫道："接着走！"阿尔萨兰的车驰过商务局。

侯久满的车跟至。他看了看商务局的门匾。

傍晚，侯久满疲惫不堪地走入总办室，打开电灯，跌坐在椅子上。

赫顿走入，看看："老侯，你怎么累成这样？"

侯久满喝了阵凉茶，忧心忡忡地喘着："红毛啊，阿爸心神不定，感觉非常不好。"

赫顿："怎么？"

侯久满喃喃："非常非常不好。"

阿尔萨兰回府，抱着大包小包东西走向自己房间。善缇走过，主动问道："姑爸爸，有什么要奴才办的吗？"

阿尔萨兰左右看看，低声道："被那老东西盯着，我的事情没有办成。你速去见总督大人，就说戴刀此次送样枪进京，我等得全力保障人、枪安全，望他传报沿途，加力迎护。"

"嗻！奴才这就去！"

夜，海上风狂浪大。火轮驾驶舱内，舵手道："邢大人，风浪太大，很难向那大舰靠帮。"

邢管带："靠！那也得靠！"

巨舰客舱内，戴刀靠在床头看书，床内侧是蒙着布套的枪。

可言躺在床上，依然呆望着舱顶。忽然，门外人声嘈杂："不好啦！走火啦！走火啦！"戴刀和可言跳下床，舷窗外一片火光。二人欲冲出救火，戴刀拦住可言，抓起枪塞给可言："你别动，看好样枪！"

甲板上，一团缆绳之类的杂物起火，几个水手站立不稳地扑打。戴刀刚冲出舱门两步，门边闪出一人，用枪柄在戴刀脑后一击，然后吃力地背起昏迷的戴刀，跌跌撞撞扑到舷边，将戴刀扔下海去！查理转过身，喘着粗气笑笑，离去。一中国水手提水桶奔过，被西摩尔击晕，也扔入海中。

可言抱着枪，竭力朝窗外看。西摩尔奔入："二少爷，不好了，戴先生在甲板上没有站稳，掉进海里去了！"可言大惊，刚奔出门，又奔了回来丢下枪，接着奔出。查理闪入客舱，迅速将枪从布套取出，卸下枪机，用匕首刮挖枪管内径……

次日晨，吴丁贵冲进总办室："大人，大人，福州的急电！是二少爷发来的，他人还在电报房等您的回话。"

侯久满倏然立起，哆哆嗦嗦接过电报看了两眼，跌坐在椅子上："果真……果真完了！"

赫顿忙取过电报，看罢大呼："天哪！戴刀！戴刀他，怎么会落海？！"

侯久满吼道："什么落海！刀儿肯定是为奸人所害！"

"我的朋友！我的天才的朋友！谁，谁会做这种事？！"

侯久满气极捶桌："谁？！谁？！你说是谁？！我……我……"

吴丁贵看完电报："大人，也不一定是奸人施害，二少爷讲，昨夜风大浪高，还有两名水手不慎落海……"

"放屁！风浪真得大到人都无法站立，甲板上必定浪打涌翻，火从何而起？！此等小伎，岂能瞒过我这大清水师干了20年的炮弁！"吴丁贵只得嗫嚅称是。

侯久满喊道："杀了他！杀了他！我要杀了他！"

赫顿痛苦不堪："老侯，这到底是怎么回事？你要杀谁？"

吴丁贵小心翼翼地："大人，二少爷还等着回话。"

"回什么话！叫他跟船上我们的人讲，看住那个混蛋查理，赶紧把船开回来！"

赫顿震惊："你……老侯，难道你怀疑查理叔叔？"

吴丁贵诡异地瞥了侯久满一眼："那……那样枪不送了？"

侯久满怔怔，稍冷静一些："……记！给言儿回电……"

此时，可言在福州电报房，衣衫不整地紧搂着蒙布长枪，沮丧地蜷在椅子里。查理站住一边，含笑看着可言。

一职员走来："侯先生，您的回电到了。"可言忙抓过电报。查理侧身窥视。电文只有八个字：如约送枪，路上小心。

侯府，赫顿含泪抚摸着那把28珠连环铳，禁不住回想起查理曾经对自己讲过的话："小子，查理叔叔也很爱中国，但爱它的理由是：中国就像是一个巨大的牧场，放满了柔弱、温顺、顶多长了一对小犄角的绵羊。我们来到这里，可以剪剪羊毛，但绝对不能给绵羊披上盔甲。"赫顿痛苦地思忖着。

闻讯后的阿尔萨兰也在屋内哭泣着，捂着嘴竭力不出声。她愤怒地从梳妆匣取出手枪，大步出门。

侯久满躺在床上，额上敷着毛巾，侯夫人与木棉在一旁侍候着。侯久满虚弱地叫道："红毛……"

赫顿走到床边，默默看了一阵："老侯，我们都很悲痛。我知道，戴刀是你的兵工事业不可或缺的一条臂膀。"

侯久满淌下一行泪："我曾向刀儿的爷爷发过誓，要千方百计护持好他，可我……可我不该想得那么美好，指望刀儿带枪进京，能为朝廷赏识，放弃钦犯之后的成见，加以重用。不该啊，不该啊！我不该冒如此之大的凶险！不该啊，不该啊！"侯久满边说边使劲捶着胸口。

侯夫人拉着侯久满的胳膊："老爷，老爷……"

赫顿的鼻子又一阵发酸："要怪，就怪我不该下船。……老侯，如果你早就担心查理，为什么上船前不明确告诉我？"

侯久满叹了口气："自打去年查理单挑着刀儿决斗，并暗使阴招，我就一直谨防着他，可……可毕竟没有更多证据。"

"查理对中国发展自己的军工，的确有他的看法，但我很难接受他会为这个杀人。"

"红毛，你莫忘，查理，海盗也！"

"老侯，失去戴刀，我的痛苦一点儿不亚于你。但戴刀是不是查理害死的，我希望找到确凿的证据，你再做裁决。"赫顿默默走出门。

侯久满喊道："红毛！你休想拦阻我为戴刀，为大清枪炮，杀这个恶洋人——！"赫顿在门口僵立片刻，淌下两行泪水，默默离去。

阿尔萨兰怒冲冲到商务局密室，怒喝道："姓牛的！你曾亲口交待，你与那洋鬼子查理做过生意，此次戴刀在他的船上被害，你敢说丁点儿不知？！"

牛子旬："冤枉啊大姑，下官的把柄既然已攥在大姑手里，怎么还敢继续与查理来往？"

"狼狈为奸，狗改不了吃屎！"

"大姑，您就别诈了，此事若真是下官所为，下官一颗狗头在此，大姑拿去任煮任炖。"

"……那你听好！使出所有手段，彻查此案，尽速拿住真凶证据！无论是不是查理，大姑立誓，必定亲手杀了此贼！"

"嗻，下官遵命。"牛子旬惊奇地瞟了阿尔萨兰一眼。

乾清宫，铁良殿前禀奏："启禀太后，启禀皇上，奴才巡察大清枪炮，所见各局千疮百孔，弊端多多。奴才主张，及早裁撤合并，集中器料、人才、资费，着重办三、五个大局即可。"

慈禧问道："铁良，你有腹案吗？"

"回太后，奴才以为，以沪局、鄂局为基础，兼并宁局、粤局那样半大不小的局，统归朝廷直辖，可期速见成效。而川局、滇局等各省小局，则放权地方，任其自生自灭。"

光绪看了看："如此大举，一旦不像你讲，大清兵工岂不伤筋动骨，七八年缓不过气来？"

"回皇上，如若求稳，奴才以为也可先撤一局，观察利弊。"

光绪："你意先撤何局？"

"奴才思忖……"

慈禧故意打断："铁良，你下去走马观花才几日，就把大清数十年经营的枪炮局，看得如此不堪？"铁良愣怔。

慈禧："不是听说，有的局，还搞出了不错的新枪吗？"

"回太后，是有其事，粤局称说他们新创了五羊枪。但奴才走完各局，发现能造五羊枪的，绝非一家。且大同小异，质量不相上下。"

"有这事？"光绪吃惊。

奕劻出班奏道："启禀皇上，据粤局侯久满报，五羊枪的枪图曾经被盗，而且又莫名其妙地失而复得。甚至，此图竟然于市井为洋商所见。奴才想，怕是有人忧虑裁撤，阴使手段，弄到了粤局的枪图。"袁世凯面色尴尬。

铁良道："据本官亲眼目睹，各家所造之枪像归像，但仍旧有所不同，难说是谁仿了粤局。甚至难说，谁比谁的新枪造得更早。"

奕劻："粤局新枪早有奏报，怎能说不知谁前谁后？"

光绪怒道："可恶！有本事各尽其能，实力争先！何须窝里狗窃鼠偷？！"

"算了，这种混账官司，越打越让人心烦。"慈禧说道，"既然好几家能造五什么枪，就选一家造得最好的得了。"

袁世凯快步出班："太后圣明。铁大人有一主意，臣甚是赞同：让各局送样枪赴南苑靶场校射，同场竞技，不但可以比出的魁首，且不失为一件恭贺太后万寿的大礼。"

慈禧笑笑："这样甚好。裁撤合并之事，另议。"

下了朝，光绪随慈禧走着："皇阿玛，那五羊枪，皇阿玛曾经亲准侯久满投产，如今重新比试，粤局岂不前功尽弃？"

慈禧毫无表情："那猴子如今已成出头椽子，不如此怎能服众？放心，那猴精不想吃哑巴亏，他自会设法。只要不出大格，我们且借他的鬼灵精怪，撩拨撩拨那些死不塌眼的老局，好歹让那些死火凉灰，也燃得旺些。"

光绪看了慈禧一眼，含着一丝揶揄："皇阿玛此法，若能振作各局当然极好，但只怕激怒了侯久满，他不出大格的可能，微乎其微。"

慈禧恶狠狠地："哼，那就走着瞧！"

侯府。侯久满甩掉额上毛巾，霍地坐起："什么？真的以比武论是非？！那戴刀与粤局的心血，不就打了水漂吗？"

吴丁贵回："衙门送来的邸抄，是这个意思。"

侯久满挣扎下床："天理何在？！公理何在？！"侯夫人忙上前搀扶。"走，去电报房！老侯要问问朝廷！"侯久满甩开侯夫人，扑跌到门前险些瘫软。赫顿扶住他："老侯，你先别急，戴刀的枪，不怕和任何人比赛。"

"红毛，你不明白，大清的靶场，烧火棍也可能比成一等一的好枪！粤局的枪图已为各局所有，本来就是一母同胎的五羊枪，正常比试难分伯仲，肯定早在场外就定了优劣！何况比枪，只能为裁并粤局埋下后手！"

赫顿疑惑："这，这样做，对国家能有什么好处？"

吴丁贵不屑地："你是个洋书呆子！中国的事，少见多怪。"

侯久满瞪着凶狠的眼睛："一不做二不休，红毛！立即调整全局生产，全力以赴提高五羊枪产量！并从速联络那个土耳其商人，以粤局名义签订合约！"

“那样做，万一中国政府不承认，外交上必然会惹出很大麻烦。”

侯久满：“惹出麻烦，开战便是！可朝廷敢吗？！”

吴丁贵吞吞吐吐：“但……大人，大批生产，这银子？”侯久满恶狠狠地：“惩办阿圭时，那些原来不敢动的厘金、盐课，此时不用，还待何时？！”吴丁贵恐惧。“还有，马上大批招收女工、童工，裁撤杂役，降低工本，并将习圃艺徒，统统充往造枪关口！”

“如此……如此怕是粤局内部也反了。”

侯久满：“造反？局里的护军是吃素的吗？！”

吴丁贵：“大人，擅动朝廷的厘金、盐课，可是塌天……”

“吴丁贵！你若怕死，滚出本斗！”

吴丁贵怔怔，打千：“嗻！死有何惧？小的愿随顶爷一同做鬼！”

是夜，枪厂内机器飞转……侯久满、赫顿巡看着。

盐运使司金库，阿圭痛心疾首地看着吴丁贵等便衣护军，将大量金银装箱……

枪厂内，吴丁贵走来，对侯久满耳语一阵。侯久满说：“知道了。你马上问明二少爷已到何处，南苑比枪的场面还得走着，别授人任何口实！”吴丁贵应声，暗笑着离去。

行署签押房，袁世凯剔着牙走进：“枪的事闹大了，别吃不了，也兜不住。”

赵秉钧跟入：“部堂大人放心，南方的大局、老局在明里，大人的新建津局在暗里，正好行事。毕竟夺了魁首，就有先造五羊枪、先配五羊枪的便利，这对大人的北洋新军，意义绝非一般。”袁世凯看看赵秉钧：“本督忙于创办劝业、教育、邮电、交通种种更为紧要的新政急务，没工夫为一支破枪操心。”

赵秉钧笑笑：“下走明白，下走明白。这枪的破事，与大人毫无干系。”

侯府，赫顿走入戴刀房间，默默看着屋里的一切。叹息一声，他走到机关枪设计图前坐下，动手画着。门被推开，阿尔萨兰走了进来。“夫人……”赫顿站起，欲离开。

“别走，我是看见你进来，才过来的。”阿尔萨兰看看屋里，看看图纸，“你在接着做他的事？”

赫顿：“我很想这样，但很难。戴刀的才华，很少有人能够跟上。”

阿尔萨兰：“你很佩服他？”

赫顿：“不是佩服，是崇拜。”

阿尔萨兰看看赫顿，转过脸去按按眼窝，又转回问：“赫顿老师，我问你，你了解你的那个叔叔吗？”

“……怎么，夫人也怀疑查理？”

“此人劣迹斑斑，与枪炮局素存芥蒂。你曾讲，你离开戴刀下船，也有此人怂恿。”

赫顿：“这也许是巧合。判断一个杀人凶手，一定要有确凿的证据。”

阿尔萨兰冷冷地：“我找你，并未打算从你这儿得到什么，只是看在你是本府上下的友人，又是我等的洋文先生，想同你事先打个招呼：一旦有了凭证，我将亲手杀了你的叔叔！”

赫顿摇摇头：“阿尔萨兰夫人，您已经被愤怒气昏了头脑……”

“我没昏！赫顿，你可能还不知道，‘阿尔萨兰’这个名字，在满语里是什么意思，是狮子！狮子！狮子是绝对不会数清了寒毛，再吃仇人的！”

“谢谢你的友谊和教授的知识。”阿尔萨兰走向门口，看见窗台上戴刀的那盆白菊，怔了一会儿，将其抱在怀里。她刚开门，见侯久满站在面前！侯久满看看那盆菊花，走入房间。赫顿极为气愤：“老侯，你们是不是商量好了，因为查理，要把我赶走？！”

侯久满沉重地：“阿爸没有赶你。”

阿尔萨兰吼道：“你还视他为儿子！”

“够了！你自己那个过继儿子，此时尚在险境当中，还是多想想他吧！”

阿尔萨兰一下子愣住了。

阿尔萨兰回房，吩咐：“善缇，你赶紧禀报总督大人，就说很可能有人会劫二少爷的枪，请他即刻电告天津直隶总督行署，派兵加意保护。”

善缇道：“姑爸爸，老爷这阵子强取厘金、税银，砸了许多大小衙门的饭碗，总督大人杀老爷的心都有，怎么可能为救二少爷，联络直隶？”阿尔萨兰犹豫。

“姑爸爸，奴才有个旧交在天津旗营任参领，奴才可不可以直接求他？”

“好，你就用本大姑的名义与那位参领商议。快去电报房！”

“嗻！”善缇离去。

阿尔萨兰看着窗外心想，但愿那狂生、登徒子的命大。

天津港码头出口，可言背着枪，被几个水手簇拥走出。查理：“二少爷，出了戴先生的事，我十分的内疚，无论如何也不能让您再出麻烦，还是让老查理陪您一起去北京吧。”“有这么多人跟着，你还是将生意料理明白，等我回来。”可言与水手们走去。查理站住，笑了笑。赵秉钧与几个便装巡警闪出，跟上可言。

天津港码头出口，可言背着枪，被几个水手簇拥走出。查理：“二少爷，出了戴先生的事，我十分的内疚，无论如何也不能让您再出麻烦，还是让老查理陪您一起去北京吧。”“有这么多人跟着，你还是将生意料理明白，等我回来。”可言与水手们走去。查理站住，笑了笑。赵秉钧与几个便装巡警闪出，跟上可言。

可言上了马车，抱着枪喊：“车夫，快点儿，别误了去京城的火车！”

“小的知道。”车夫加鞭。

一队便装巡警快马追来：“下车！下车！我等是侦探队查私烟的！”

可言暗道不好，怕什么来什么，遇上劫枪的了：“车夫，冲过去，爷我这里加十倍的车钱！”

“小的，小的性命要紧。”车夫勒马欲停，一水手将车夫踹下车，挥鞭硬冲。便装巡警开枪。水手们还击。可言趴下紧搂着枪，颤音道：“打……打……狠狠地打！千万别弄丢了阿爸的命根子、戴大哥的遗腹子……”

水手一一倒下，可言看见血，“咯”地一声晕了过去。便装巡警追上，将可言扯下马车，将样枪一把夺去。“你也找娘吃奶去吧！”一巡警欲向可言开枪，“砰”的一声，巡警倒下。接着又是几枪，又有几个便装巡警栽倒。查理冲来，扛起可言便跑。

斜街处，大队清兵追来。查理十分英勇，借着店铺截截抵抗。清兵死伤几个，为首的参领张望片刻，大声喊道：“洋鬼子！我等奉皇宫大姑之命，救护公子，你抵抗下去毫无益处！”

查理一惊，紧忙放下可言，拍打可言的脸：“二少爷，二少爷，醒醒，看清楚，是老查理救了你！”

与此同时，病重的玉姑伏身马背，来到长沙城门。

百姓们围观着一溜画叉的人像，一人在念告示：“匪党勾结，惑乱大清。抗逆太后，搅扰万寿。违天害理，背祖忘恩。欺世惑俗，作法自毙。斩尔贼首，以儆效尤……”玉姑听见一晕，坠下马，散出一头长发及手枪……

百姓围来：“呀，是个女人！……还有枪！……怕是，也是个乱党！”

1904年秋，长沙起义未举事败，马福益等牺牲。

行署签押房，袁世凯兴奋走出：“那东西弄来了？”

赵秉钧与便装巡警们半跪，得意地：“回部堂大人，弄来了，这布套里便是。”

袁世凯：“快，快，取出来放两枪试试！”一巡警从布套抽出枪，装填子弹。袁世凯急不可耐：“拿来，本部堂要亲自把玩！”赵秉钧拦住：“大人，新枪不尽保险，还是小心为宜。……你放。”那巡警应毕，举枪冲天射击，“轰”的一声，枪机炸裂，巡警仰面而倒。袁世凯、赵秉钧溅得满脸污血，惊得丑态万端。

这日，吴丁贵奔入侯府：“大人！二少爷送枪途中被劫杀，幸为查理所救，但样枪被劫。”

侯久满、赫顿等纷纷出门，侯夫人急问：“言儿伤着没有？”

“回夫人，邸报上说，并无大碍。”

侯久满：“你刚才说，二少爷被谁救了？”

“那个老查理。”

侯久满疑惑：“……他？！”

“那也不等于戴刀之事，与此人无干！”阿尔萨兰走出门。赫顿看了看阿尔萨兰与侯久满。

吴丁贵：“大人，邸报上还讲，各局新枪，除了粤局已齐集南苑靶场，近日将开赛比试。”

赫顿愤怒地捶了院中大树一拳：“完了，我们再送样枪，也来不及了！”侯久满看了赫顿一眼，走向自己房间，淡淡说道：“也不尽然。”赫顿惊愕。

庆王府签押房，奕劻摆弄着崭新的五羊枪：“好枪，好枪，你是怎么来到京师的？”

阿六跪在地上：“回王爷话，我家老爷命小的扮作道士，搭客轮先到天津，然后乘的火车。”

“也是打天津来的？路上，你没遇见什么吗？”

阿六：“回王爷，小的去车站时，遇上一场枪战。但小的谨记侯大人所嘱，路上不管发生什么，概不理睬。”

奕劻笑道：“这猴精！如此紧要的事，竟让个家仆单枪匹马地办，真是胆大得出奇。”

阿六："王爷，我家老爷估摸，上次送您府上的弹子，该打得差不多了，命小的又捎来50箱。"

"你家老爷还真是个有心的主，补得正是时候。得，回去时告诉侯大人，比枪之事，本爵自会秉公裁断。"

阿六跪谢："多谢王爷！"

赫顿亦惊亦气："老侯，你……你竟然做了备份！"

侯久满声气低沉："红毛，莫怪阿爸，世事险恶，老侯不得不什么都防着一手。此事没有事先告诉你和刀儿，阿爸给你赔个不是。"说罢作揖。

赫顿看看侯久满："求你别再阿爸、阿爸的，特别是现在。你的那个二少爷是不是查理叔叔救的，请与戴刀的死一同认真调查。我工作去了。"

侯久满看着已显得生分的赫顿走出门去。

十四

京城。南苑团河靶场，验官席上，奕劻看看袁世凯、铁良问："二位大人，开始吧？"

铁良一脸惋惜："可惜啊，粤局的样枪不得不缺席了。"

奕劻："哦，粤局的枪昨日已送到本爵府上。阿六。""小的在！"阿六奔来跪拜。

脸上贴了块纱布的袁世凯大吃一惊："你……你是粤局何人？"

"回大人，小的是老爷侯久满的家仆，阿六。"

奕劻问道："阿六，你会放枪么？""回王爷，小的从未放过枪。"

"那本爵找个人代为放射，射好射坏，你家老爷到时莫讲闲话。"

"这似乎不妥。"铁良道，"王爷，您差人射击，下官与袁大人恐难评说。"

袁世凯却道："无妨，无妨，射击以中靶精度论输赢，射手身份不在考评之列。"

"那也不妥，王爷的人代劳粤局，其他各局心生忐忑，只怕射击失准。"

奕劻不快："依你之意，各局样枪均应由本爵代射不成？"

铁良："枪炮验射，早有定规，哪家的东西哪家操持。既然粤局心存轻慢，只来了这么一个家仆，侯久满也怪不得旁人。"

射击位置的射手们当即附和："铁大人所言极是！"

奕劻看看各局射手，无奈地冲着阿六："你也看见了。"

阿六为难："那……要么，小的试试？"

奕劻挥挥手："各局就位！"阿六挤入射手队伍，趴下。

奕劻不放心，走到阿六身边，低声："不会放，先看看旁人是如何放的。"

"知道了，谢王爷指点。"

奕劻下令："放！"各局纷纷射击，屡中靶心，转瞬射完。阿六看着他人，一动未动。奕劻叮嘱："甭急，慢慢来。"

阿六笨拙地将子弹压入枪膛，拉栓时竟冲着身旁，引得射手们一片惊呼。奕劻蹙眉："朝前！朝前！"

"嗻。"阿六左瞄右瞄，半晌终于放出一枪……竟中靶心！

"好小子！正中！"奕劻哈哈大笑，"就这样，接着放！"

阿六慢慢瞄着，慢慢放着，居然一枪不失，皆中靶心。

铁良与袁世凯面面相觑："这小子真不会，假不会？"

袁世凯："猴窝里来的，谁知道。"

验官报靶："禀王爷，除沪局、鄂局、粤局五枪皆中，其他诸局均有脱靶。"

铁良："王爷，请命沪、鄂、粤三局，加射五枪。"

奕劻却起身离去:“算了,皆大欢喜的事,何必较真!”铁良无奈,袁世凯暗自笑了笑。

枪厂,侯久满心事重重,蹙眉巡看。赫顿道:“老侯,我们已经增加了四个这样的车间,在日夜加班。”

“还要快!你及早将土耳其的使臣接来,提前验货!”

“老侯,我还是想提醒你,买枪卖枪,应该在政府之间贸易。你这样干,叫走私。”

“老侯知道在做什么,毋需红毛多虑。言儿可能已经到家,戴刀之案,你我一同究查!”侯久满说完走开。

长沙,李大姐家小院。随着两声枪响,墙边奔蹿的两只老鼠扑毙。玉姑擦了擦手枪。30岁的李大姐奔出房门:“姑娘,姑娘,莫放枪把官兵招来。”

“对不起大姐,玉姑看见两只偷食苞谷的老鼠。”

李大姐看看死鼠:“姑娘真是神枪!怎么,姑娘的身子好利索了?”

“好了。李大姐,多谢您救了玉姑。”

李大姐:“多悬哪,一个姑娘家倒在城门,身上还掖着枪。要不是你那身打扮,让我以为你是一位熟人的同党,我怎敢将你背回家来?”

玉姑问道:“大姐,您总讲有位也喜欢女扮男装的好友,她是何人?”

“是大姐过去的一个邻居,她从湖南去了京师,不久前又说去了日本。她姓秋天的秋。”

玉姑惊喜:“是秋瑾吗?您说的可是秋瑾?!”

李大姐惊奇:“怎么,你们认识?!”

“神交久已!她是玉姑平生最钦敬、最拜服的女大侠!”

“怪不得你们的装扮、秉性如此相像。”

玉姑念道:“‘身不得,男儿列,心却比,男儿烈。’‘俗子胸襟谁识我?英雄末路当磨折。’”

“对对对,这都是秋瑾的诗句。”

玉姑望着远方:“因为这些诗,玉姑时常被阿妈责骂。”

李大姐笑笑:“姑娘,想阿妈了?”玉姑点了点头。

侯府,侯夫人房内,可言躺在床上,疲惫沮丧:“阿妈,玉姑妹妹一直没有消息吗?”

侯夫人:“你做的好事!玉姑到底去了哪?你和良儿住在一起,竟连他也瞒着!”

“不是我不讲,是玉姑妹妹不让讲。她那脾气,您又不是不知,动不动就拔枪相向。”

门被推开,阿尔萨兰踏入,冷冷地:“回来了,为何不先见额娘?!”可言瞥了一眼,未答。阿尔萨兰:“回我话,那丫头到底去了哪?!”

是夜,侯府花厅,灯火通明。侯久满、阿尔萨兰、赫顿的面前,站着可言及几名水手。

侯久满喝道:“戴刀落海那日,因何起火?风浪究竟多大?有谁看见戴刀及另外两人出事,尔等要从实说明!”

一水手道:“回大人话,这件事的确蹊跷,那日夜里,风浪大是很大,但绝不至于无法站立。要说戴先生不常出海,失足落水尚有可能,但那两位兄弟,都是老把式,绝不可能掉进海里。”

赫顿问：“那两个水手当天晚上喝酒了没有？”

水手怯怯：“那晚……那晚……查理船长说大家辛苦，允许大家喝了一些。”

“胡闹！”侯久满训斥，“海上行船，怎可饮酒？！何况还有风浪！别的呢？！”

水手：“大人，至于甲板上的火因何而起，小的也曾经问过诸位兄弟，但无一人看见。”

侯久满盯住可言，可言道：“孩儿与戴大哥见到火光，戴大哥要孩儿守枪，他独自冲出。但不一会儿的工夫，西摩尔称戴大哥落海，孩儿随之奔至船舷，人……人已不见踪影。”

赫顿：“当时查理在哪？”

可言答：“我看见他在救火。”

阿尔萨兰：“他一直在救火吗？”

可言：“这个，不知。”

一水手道：“回大福晋，救火时人人奔走取水，肯定不会有谁一直守在火旁。”

阿尔萨兰：“也就是说，无人能证明那个查理，一直在众人视线？”

赫顿：“恐怕很多人都不在。”

侯久满大声道：“无论怎样讲，刮风、饮酒、走火、落海，这么多巧合赶在一起，便是有鬼！查理身为船长，莫名其妙地怂恿喝酒，单此一条，就脱不了干系！”

可言惊愕：“阿爸，你们怀疑查理？不不不，查理船长绝不可能做这等恶事，孩儿在天津，要不是查理舍命相救，孩儿早就死在劫匪枪下了。”

赫顿建议：“我看，最好也听听查理叔叔一方的说法。”

“他能说出什么？！”阿尔萨兰气愤走出。

赫顿看看阿尔萨兰的背影，盯着侯久满：“老侯，夫人失去理智是因为爱情，你可不能……”

“住口！放肆！”侯久满看看水手们，瞪着赫顿。

“对不起，赫顿也失去了理智，不该当着外人……”

侯久满再喝：“住口！”赫顿决定去找查理。

阿尔萨兰走回房间摔上门，闭目靠在门上。

侯久满在房间走走坐坐，痛苦踱着，不断看着挂在墙上的五羊枪等粤局制造的兵器。

阿尔萨兰含泪抚着那盆白菊。侯久满忽然推门走入，阿尔萨兰慌忙擦擦眼泪：“可恨！为何又不敲门？！”

侯久满看看白菊，淡淡地：“老侯不得不提醒你，这种时候，大福晋心里的那事，最好尽力掩饰，别乱上添乱。粤局存亡，命悬一线，老侯已然很难了，大福晋不顾及老侯与枪炮局，还望怜惜戴刀未尽的事业。”

阿尔萨兰怔怔地看着侯久满，半晌说道：“你尽可放心，既然老爷公私分明，阿尔萨兰也知孰轻孰重。戴刀是我一道从小长大的同乡，突遭噩运，阿尔萨兰有些失态，望你见谅。但，戴刀奉命办差，杀戴刀便是挑战朝廷，便是我大清死敌！我阿尔萨兰定要彻查元凶，严惩不贷！”

侯久满看看阿尔萨兰：“老侯宜说不宜说的，都说了。你我有一样的地方，也有不一样的地方，大福晋好自为之。”

“不需老爷费心提醒。”
“你歇息。”侯久满冷面走出。
阿尔萨兰寒眉看着：“你也歇了。”

此时，商务局密室，毒瘾已发的西摩尔被绑在椅子上：“求求您先生，赶快让我吸一口，吸一口……”
牛子旬拿着烟筒逗引：“香啊，真香啊！”
西摩尔歇斯底里地喊叫：“啊——，该死的中国人！给我烟！给我烟！”
牛子旬：“想要烟，很容易，一句真话换吸一口。”
西摩尔：“什么真话？你想问什么样的真话，我这儿都有……”

深夜，巨舰船长室内，赫顿问道：“查理叔叔，请您以您父亲的名义，诚实地告诉赫顿，我的好朋友戴刀，到底是怎么掉进海里的？”
查理透着狡黠：“回不回答还有什么意义吗？这条船已经被你的中国爸爸封锁了，还特意驶离码头五百多公尺，我连下船搂搂老婆都不可以。西摩尔也失踪了，一切都结束啦。查理叔叔的灵魂，就要回伦敦了。”
“不会的，在没有得到确凿证据之前，老侯不会做什么。他答应过我，不乱杀一个洋人，这是我和他成为朋友的基本前提。”
查理笑笑：“赫顿，今天的世界，怎么能把杀不杀人，当作朋友的标准。我们杀了多少中国人？你怎么可能指望中国人不杀洋人？这一点，我都替你的中国爸爸觉得不公平。”赫顿无语。
“孩子，查理叔叔和你的亲叔叔不一样，你的亲叔叔热爱英国，也热爱中国。可老查理只爱英国，对于中国只是喜欢。就像那七个老婆，她们让我销魂，但一个都不值得爱。我提醒过你，别帮中国帮过了头，早晚成为大英帝国的叛徒！”

侯府。阿尔萨兰“砰”地一声，推门走进侯久满房间。侯久满冷冷地：“你进老侯的门，为何也不敲？！”阿尔萨兰：“听着，我已经有了人证，是查理亲手将戴刀打晕扔下海的！他的目的极其简单：这个海盗不愿看见中国存在戴刀这样的枪炮天才。”
侯久满：“证人是谁？”
“查理的大副，西摩尔。”
侯久满蹙眉沉吟：“一个烟鬼，恐怕难以让红毛服气。”
阿尔萨兰厉声问道：“你去是不去？”侯久满痛苦思忖。“不去我去！”阿尔萨兰大步走出，直奔巨舰。
此时，巨舰上，水手将烧鸡和洋酒放在桌上。查理看着赫顿笑笑：“知道这叫什么吗？‘最后的晚餐’。孩子，你快走吧。”
“不，查理叔叔，老侯绝不会像你想的那样，他是一个极其讲信用的人！”
“你快走！否则会坏了老查理的大事！”
“你想干什么？不，不，我不希望你们任何人胡来！”

“快滚，小子！”

门“砰”地被推开，阿尔萨兰提着手枪走入。查理看着赫顿笑道：“看见了吧？查理叔叔比你要了解中国人。”

赫顿拦住阿尔萨兰：“不！阿尔萨兰夫人，你要干什么？！”“让开！”阿尔萨兰推开赫顿，“查理，你知罪吗？！”

查理笑着：“夫人，您拿枪的样子很好看。我听说，您结婚都两年多了，但还是个小姐,是吗？”阿尔萨兰“砰”地朝查理开了一枪。赫顿夺枪:“不！阿尔萨兰！你疯了！你疯了！”

查理捂着左臂：“不太准。这要是老板的那位玉姑小姐，还差不……”阿尔萨兰又开一枪。查理捂着胸口，靠床坐在地上。

“不！不……”赫顿喊道。

侯久满突然出现，按下阿尔萨兰的枪:“……查理，你扳倒了我大清一根难得的栋梁，死有余辜。受刑之前，你有什么话要留给家人吗？”

赫顿：“老侯！你并没问清事实真相，不能杀人！你曾经向我郑重承诺过！”

查理捂胸笑着：“老板，查理唯一的家人就是赫顿，该说的，我已经跟他说完了。但我还是有一个希望:请您允许让这条英国的老船，带查理回国。”侯久满:“这不可能。”

查理笑笑，点燃根雪茄吸了一口，然后拉开床底抽屉——里面是满满的炸药！侯久满大惊。

查理笑着：“我本来想带老板一起走的，是赫顿这个傻瓜救了你们。好吧，给你们一分钟时间……”查理将雪茄对准极短的药捻。侯久满推着赫顿、阿尔萨兰奔出门。查理狂笑着：“哈哈……一分钟！只给你们一分钟！”

侯久满边奔向舰舷，边大喊：“所有的人赶紧离船——”

阿尔萨兰扶着舷梯准备下到舢板。“来不及了！”侯久满抱起阿尔萨兰扔下海，又扔下一个救生圈，同时冲赫顿喊道:“红毛快跳！”随之跳海。赫顿犹豫片刻，跳了下去。爆炸声起，火光冲天……

侯久满浮出海面，四下寻找。阿尔萨兰在水里挣扎着。侯久满游过去抱住她，到处张望：“红毛——红毛——”赫顿也在水里挣扎。侯久满大惊，单臂抱着阿尔萨兰游过去：“怎么？！你也不会泅水？！”赫顿被海水呛得猛咳，瞪着侯久满：“你……背信……”“少啰嗦！”

侯久满抱着两人，极难游:“不行！一会儿兵舰沉没会形成漩涡，我们谁也走不了！”

赫顿骂着，挣着：“老侯，你是个混蛋！你是个说谎的混蛋！”

阿尔萨兰也挣扎着：“放手！我用不着你救！阿尔萨兰早就活够了！放手！”侯久满两边看着，艰难抉择……

突然松开两人游走，阿尔萨兰、赫顿很快沉了下去……

侯久满扑到救生圈边，抓住游回，先潜水拽出阿尔萨兰，将救生圈套其身上：“死不了便等着！”又潜水拽出赫顿，抱着游向海岸。

赫顿仍旧挣着。侯久满游得十分吃力，不得不一拳将赫顿击昏，加快游速，并不断回头：“你等着！……等着……”

“蚂蚱哥哥——！阿尔萨兰来了——！”阿尔萨兰扔掉救生圈，很快沉没。侯久满回头看看，寒目拼命游着……

此时，侯夫人仍在闭目诵经。善缇敲敲门，跨入急问：“侯夫人，您知道大福晋和老爷去哪了吗？”侯夫人咕哝着，未应。

侯久满拖着赫顿爬上岸，掐了阵鼻中，赫顿醒来。侯久满飞速转身，刚踏进海里，巨舰大爆炸，迅速沉没。侯久满僵住：“完了……真完了……”

“查理叔叔——”赫顿扑前，揪住侯久满，“你这混蛋！为什么不等弄清事实，就看押、逼迫查理叔叔！”

侯久满：“事实只有查理自己知道，他会说吗？！你肯定也已问过他，他讲了吗？！”

“那你们也不该急急忙忙地杀人！”

“畜生！”侯久满一掌将赫顿扇倒，“因为先救你，那旗女丧命，你还啰唣不休，良心何在？！”赫顿无语，仰在海里，呆呆看着舰沉方向……

侯久满凝望良久：“……阿尔萨兰，你的命苦，神鬼共知，老佛爷将你我生捆硬绑，早晚会逼你走此一途。你是个聪明女子，清楚侯久满为何不先救你，你一路走好吧。”又望了一阵，架起赫顿，踉踉跄跄走上海滩，赫顿回头望着。

“大人——！大人——！”侯久满惊愕回头。一名水手托着昏迷的阿尔萨兰，正游向海边。侯久满与赫顿慌忙扑进海水。

被救出的阿尔萨兰躺在炕上昏迷不醒，侯夫人为其擦洗面孔。侯久满、善缇站在炕边默默看着……赫顿在门外踌躇……

次日晨，侯久满醒来，猛然预感到什么，霍地爬起，奔出门直冲赫顿的房间。只见赫顿房内，床上整齐，桌上放有一信。他慌忙抓起信，赫顿写到：

老侯，你再次救了我的命，而且是在我与你的夫人之间，做出的这种惊人选择，你的伟大友谊毋庸置疑，但是赫顿不得不离开你了。查理叔叔虽然并不是一个好人，甚至，他很可能真的是杀害戴刀的凶手，但未经合法审判，给查理一个公正的死亡，这是我绝对无法容忍的。何况，查理是我的同胞，是我二十多年视为叔叔的人。老侯，我知道，这时离开，将加深你已经面临的严重危机，但很遗憾，无论是因为查理，还是因为一个英国人的尊严，我都无法继续留下。别了。

你曾经的一个洋人朋友　昂崔思·费迪莱克·赫顿

侯久满跌坐在椅子上，眼中酸楚湿润。侯夫人走了进来，看看他：“老爷，大福晋缓过来了。”侯久满无语，侯夫人叹息一声。

不一会儿，阿尔萨兰也进了门。她看看屋内，看看侯久满，冲侯夫人说道：“你出去。”侯夫人走出，将门关上。

阿尔萨兰在桌边坐下：“他走了？”

“走了。”

“到底是两国人。”

侯久满站起，冲阿尔萨兰抱拳深鞠一躬："夜里的事，对你不起。"

阿尔萨兰看看侯久满："不必。你若救了阿尔萨兰，倒让阿尔萨兰别扭。"

"老侯确实并非故意。"

"不须解释。坐。"

侯久满看看阿尔萨兰，欲走。阿尔萨兰道："叫你坐下。"侯久满看看，坐了下来。

沉默良久，阿尔萨兰开口："他能去哪呢？一个是非不分的小红毛！"

侯久满恶声："他的是非清楚得很，分明得很，真切得很！唯其如此，他才可敬，可爱，可惜！"

阿尔萨兰："我知道，在戴刀之后，你断了右臂又失左膀，你的枪炮局摇摇欲坠。但阿尔萨兰不能不杀那个查理……"

侯久满抬手："你也不须解释，查理杀便杀了，只是早晚而已。"

"如此想便好。"阿尔萨兰站起，走到门边又站住了，"你的……你的枪炮怎么办？"

侯久满看看："你说怎么办？"阿尔萨兰无语，走出门。侯久满重新伤心地拿起赫顿的信："小红毛啊！阿爸的小红毛啊——"

枪炮局，机器轰鸣，工匠忙碌。

总办室内，侯久满神色峻厉："失去那条铁甲舰，截获私烟的进项将少掉大半，制造五羊枪的银两定显奇绌，但开弓没有回头箭，粤局不得不犯天下之大不韪，铤而走险。"

吴丁贵道："大人要小的做什么，尽管驱策！"

"时不我待，若想来得快捷，主意只能继续打在盐课、厘金上。"

"大人，收缴盐课、厘金，局里的护军已全部替代盐运使司和少部夺占了厘金局的职权，目下还能做些什么？"

侯久满："原本不过是抓住本地官吏的贪墨把柄，截留了一些陋规黑银。现在别管那么多了，收缴的范围能扩展至何处，便扩展至何处！"

吴丁贵怔怔："那样，别说两广衙门，即便两江、湖广、云贵的要员，也将视大人若寇。"

"做已做了，索性做了初一，饶上十五！千刀万刀砍来，也只一颗脑袋！"

"小的遵命！只是，小的还当着枪厂总管，护军的兵也远不足用。"

"枪的事本办兼着。兵不够，可将那些裁撤杂工召回。法子尽你去想，但规矩要立：只惩贪夺脏，莫滋事扰民！你若把练勇搞成土匪，标下先拿你的脑袋问罪！"吴丁贵半跪领命。

然后，他走出总办室，立了片刻，感叹："老侯真豪杰也！"之后又匪气地笑笑，大步走入电话房，拟写电报：赵大人：侯久满为粤局枪炮，决意破釜沉舟……

侯久满入盐运使司衙门，阿圭惊问："什么？下官的事发了？"

侯久满寒着脸："是，时间久了，难免走漏风声，朝廷拿你，也就是十日、半月之事。"

阿圭扑通跪下："侯大人救我！侯大人救我……"

侯久满看着阿圭作揖、磕头、抱着自己的腿乱摇，过了一阵才道："标下救不了你，但你自己，未必救不了自己。"

阿圭滴泪横流："大人何意，请快快指点迷津！"

“阿大人在盐运、厘金的位置轮换久坐，未必不清楚各地同僚的所作所为。臭虫多了，或许法不责众。”阿圭愣着……

“想不明白，赶紧逃命也是一法。”侯久满起身离去，诡异地笑笑。

之后，侯久满请士绅在茶楼雅间吃饭。

侯久满笑着：“去年你我的儿女亲家没有做成，老侯一直想着摆酒赔罪。加之今晨老侯猛然想起，今天似乎是祁大人当年落难致仕的日子。”

祁士绅怔怔：“……是今日吗？”

侯久满：“祁大人当年在都察院，攥着各处贪官墨吏的小辫子，谁不知您只是因为知密太多，才被朝廷借故免了差。此事，我等粤人何时想起，何时为祁大人忿忿不平。”

祁士绅生疑：“侯总办，你为何……突然提及此事？”

“标下近日听说，朝廷整顿盐务，咱们这儿的盐运使阿圭，屁股不干净，为了自保，想拉几个陪绑，举告几个同类，不知祁大人是否想借此机会，一泄旧愤？”

祁士绅：“此事与你老侯何干？你回粤时，以一张济远舰的海图蒙哄我等，屁股上也不甚干净。”

侯久满笑笑：“但你等从老侯这里分得的红利，不是至今还在拿着吗？”

祁士绅怔怔，也笑笑：“这倒是。”

“不过，兴许拿不了太久了。”

祁士绅忙问：“此话怎讲？”“大人先看看是否隔墙有耳？”祁士绅看着侯久满，踟踟蹰蹰地走向门口……

是夜，宝棚内的赌徒们吆三喝四。吴丁贵带着两名枪炮局的护军踏入，掀翻一张桌子，冲天放了两枪：“人生苦短，尔等年韶力强，竟蜗居鼠洞，为一毫两角徒耗性命！”赌徒们一愣：“你是干什么的？这等疯狂！”

吴丁贵：“若是大丈夫，何不以天下为赌，做个乱世英雄？有想扛枪吃粮的吗？！”“你是谁呀，就来此拉兵抢马？”“大爷非官非民，非兵非匪，头顶一方万岁铁券，天不杀地不灭，江南半壁任我为侯！”

门外，玉姑路过，驻马观看。

赌徒不屑：“癞蛤蟆吞天，好大的口气！你也不怕闪了舌头……”吴丁贵朝那赌徒脚下开了两枪。玉姑骑马回侯府。

见女儿回家，侯夫人拿板子拍着，亦喜亦怒：“你！你这忤逆不孝的冤孽！上辈子阿妈欠了你金山银海，烧了你华屋豪宅不成？你如此地折磨阿妈！”

玉姑跪着，嬉皮笑脸：“阿妈，玉姑知错了，孩儿就是憋闷得慌，想出门游历几日。”“游历？游历便一言不告，一信不通吗？！”侯夫人高高举起板子。

侯久满在房门外重重咳了两声。侯夫人看了看：“快！去见过你阿爸和额娘，跪下请罪！”

“玉姑又没做什么错事。”爬起，打开门，冲侯久满淡淡说道：“我回来了。”

“去哪了？”

“湖南。”

"为何？"
"玩呗。"
"玩得可好？"
"极好。"
"还想去哪？"
"暂且不知。"玉姑绕过侯久满，走出门。
侯夫人追出："去见你额娘！"
"什么额娘，不去！"
阿尔萨兰在自己房前,冷冷地看着玉姑。侯久满两边看看,喊道:"阿六。速将大少爷、二少爷叫回。"
善缇快步走过来，阿尔萨兰会意，转身进屋。善缇随入："禀姑爸爸，老爷又在招兵买马。他的手下，甚至以万岁牌与南国侯为旗号，招摇勾栏、宝棚。"
阿尔萨兰怔了一下，狠硬地说:"穷池之鱼，失林之鸟，看来那人不惜捎着全家性命，抢着死第二回了！"
善缇："姑爸爸，老爷这等大张旗鼓地私练团勇，瞒怕是瞒不住的。"
阿尔萨兰沉吟片刻:"你先送大姑去商务局，然后定购近日船票，大姑要马上进京！"
"嗻！"善缇随阿尔萨兰疾步出门。

夜，储秀宫，慈禧看着成摞的折子。李莲英走入，又递上一折："太后，这里有大姑阿尔萨兰与广州牛子旬的一道紧急密奏。"
慈禧接过，看了两眼摔在地上："该死的妖猴！"怒目思忖片刻："宣奕劻！"
侯府内，肤色如炭、破衣烂衫的正良与可言匆匆走入侯久满房间，侯久满看了一惊："你……怎么这付模样？！"
正良看看自己衣裳："阿爸，孩儿试制晒盐新法，日曝盐浸，衣裳实不经穿。"
"乖戾！"侯久满瞥了一眼，"坐吧。连夜叫你二人回府，有一事告诉你等，近日阿爸恐有祸事临头，并会牵扯家眷，你二人最好携带你等阿妈与玉姑妹妹，尽快寻找藏身之处。"
可言问："玉姑妹妹回来了？"
侯久满叹息："回还不如不回。"
可言："阿爸可是盐上的事，败露了？"
"……你怎么知道？"
可言苦笑："若真是与此事相干，我等逃又能逃到何处？"
"能逃则逃，逃不脱……阿爸有愧夫人，有愧我儿。"
正良惊恐不已："阿、阿爸，到底，出、出了何事？"
可言："大哥别问了，这一天早晚会来。我等陪着阿妈和玉姑妹妹，这些日子且好吃好喝。"
侯久满:"阿爸行事，是有些无羁无绊，但我儿须知:阿爸所为，全是为了大清枪炮。"
次日，某税卡，三五清兵正翻检商贩货物，吴丁贵率便装护军，鸣枪纵马冲来，三鞭两棍，席卷银箱而去……

枪厂内，机器轰鸣，侯久满高声叫道："各位局员、司事、工匠，连轴加班，日夜赶工，都辛苦啦！本办特准，各按贡献，升添薪银半至两成，人人有份！"工匠们欢呼谢恩。"这是我大清开天辟地头一单的外销枪，请各位师傅务求质地精良，如期交货。标下这里拜托诸位！拜托诸位……"侯久满抱拳四面而拱。

秋日的乾清宫内，铁良禀奏："禀太后，禀皇上，两广、两江、湖广、云贵等督抚衙门联名参劾，广东枪炮局总办侯久满，不安守枪炮局职所，竟豢养兵弁跨省越府，私设盐关、厘卡，劫掠皇家税银。其恶如疯犬，丧心病狂。这是督抚们所列侯久满的20大罪！"

慈禧面若寒冰："呈上来。"李莲英从铁良手中取过奏本，捧向慈禧。慈禧溜了一眼："送皇上看。"李莲英将奏本中转光绪，光绪认真看着。

铁良继续："太后，皇上，侯久满仗持圣宠，骄悍无状，视国法刑律如破帽敝屣，已非一日。其先海盗而后土匪，先两广而后江南，气焰之嚣张，日甚一日，再不弹压，恐更加尾大不掉。"

光绪放下奏本："铁良，朕问你，侯久满制造枪炮卓有勋绩，何故好好的，越府跨省，去管人家税收、厘金的事？"

奕劻出班："皇上，奴才这里有侯久满的条陈，专言此事。"

"奏明。"

"嗻。侯久满称，粤局位处广州，制造枪炮所必须之煤、硝、铁、锡等原料均购自外埠，而运输途中时时遭受各处税关盘剥，徒增枪炮工本。虽粤局屡屡投告地方，却如雪花入海，毫无改观。奴才这里，有侯久满举发各地贪官357人名册，另有凭证五大箱，暂寄军机值房。"奕劻呈上一折。

铁良不满："哼，好一个恶人先告！且不说侯久满举告是否属实，即便件件真确，大清上有刑司，下有衙署，用得着一个工匠头子包打天下吗？！"

奕劻："侯久满逾越法度固然大谬，但事出有因，本意还是为了办好朝廷的枪炮大差。"

铁良："王爷此言缪也。若我朝臣工为办本差，均可不遵纲纪，四出劫掠，岂不天下大乱？"

光绪问道："那依你之意，应如何处置侯久满？"

铁良："回皇上，依奴才之见，仅两个字：拿杀！"

光绪："杀了侯久满，谁可接任粤局总办？""回皇上，这是吏部职事，奴才无权与闻。"

"你曾巡阅各局，了解人事，朕就不能问问你么？"

"奴才失言。"

铁良跪下，"回皇上，奴才以为，可借此事裁去粤局，器料设施尽数调往鄂局。"

光绪："你不知道粤局正日夜赶工，忙着制造五羊枪吗？""奴才知道，但那五羊枪谁都可造。若粤局不撤，鄂局、宁局、沪局的帮办，均可调往粤局充任总办。"

光绪："这三个人，也有能耐不取朝廷一文银子，办好皇差吗？"

"这……这，奴才不敢夸口，他们诚无这等本事。"

"那朕放你去兼这个总办，如何？"

“皇上，朝廷不放银子，奴才亦不敢奉此大差。”

奕劻看看光绪与慈禧的脸色，说道：“皇上，太后，如若杀了竭蹶办差的侯久满，却放过那357个贪墨自肥的宵小，朝野人心岂能顺服？”

袁世凯急忙帮腔：“庆王爷所虑极是。我大清像侯久满一样的能臣干才本就不多，杀一个岂不少一个？”

“屁话！”慈禧开口，“什么东西不是杀一个少一个？”袁世凯赧颜缩回。

“奕劻”，慈禧阴阳怪气地，“都说你是本朝第一大贪，今儿个你怎么倒振振有辞地肃起贪来？”

奕劻惊愕：“太后，您不是昨个……”

慈禧马上打断奕劻：“铁良，你指斥他人时气壮如牛，皇上叫你兼那个粤局总办，如何却畏若孺子？他侯久满能夺能抢，你就不能吗？亏你还是带兵出身，好个没出息的东西！”

铁良怔着，听出话音：“太后明鉴，一言点破侯久满祸国所在：那357个大小官吏纵然贪婪，但还只是狗窃鼠偷。若是自侯久满始，大开明抢明夺的先例，即便为公，天下也将乱不可治！”

“哼，你只说对一半，另一半，下朝好生去想。”慈禧冷笑道。

“奴才谨记！”铁良叩头，“奴才斗胆谏言，拿杀侯久满，请太后、皇上先收了那面万岁牌！”

“再议！退朝！”慈禧起身离开。光绪坐着未动，慈禧回头叫道：“皇上……”光绪悻悻而起。

下朝出了乾清宫，铁良埋怨：“袁大人，是你怂着本官参劾侯久满，裁并粤局，怎么朝堂上，你要么一言不发，要么竟帮着老庆说话？！”

袁世凯讪笑着：“谁能想到，那猴精死到临头，还拉了那么多垫背的。不过，铁大人今日雄辩滔滔，明显占了上风，着实得太后激赏。等着，用不了多久，铁大人必有升迁！”

“我铁良一心为了大清社稷，绝无卖俏行奸之意。袁大人，太后要本官思忖，不能不拿办侯久满的那一半道理，到底是什么？”

“袁某愚钝，想不出子午卯丑。算了，太后思虑深沉似海，岂是你我能猜得透的？告辞，告辞，袁某回天津衙署了。”袁世凯拱手离去，回行署签押房。

赵秉钧跟袁世凯进门：“大人，您真的不知道那一半理？”

袁世凯冷笑：“老袁岂能不知。这回两广、两江、湖广、云贵联署告状，吓住了老太太，也犯了朝廷大忌！如今的督抚大吏，十有七、八皆为汉员，这早已成了朝廷心病。庚子年，曾搞了一次‘东南自保’，已存分庭抗礼之嫌，如今为枪炮之事再度集合，老太太能不心生畏惧吗？”

赵秉钧兴奋：“那么说，侯久满此次在劫难逃，部堂大人的津局稳收渔利？”

袁世凯一脸不快：“津局！津局！你怎么总将本督看得如此之小，本督有的是大事需要劳神！”赵秉钧似悔似笑地赔罪。

侯府，仆佣们大箱小笼地忙着装车，善缇侍候阿尔萨兰出门。可言站在窗前，笑道：“大难临头各自飞，我额娘逃命，也不知招呼孩儿一声。”

正良：“玉姑，我们还是再劝劝阿妈，赶紧走吧。”

玉姑看着书：“劝也没用，阿妈生来就是为那人殉葬的。”

“那……我们就这样坐以待毙？”

“老的不怕死，小的怕什么？横竖玉姑有枪，清兵真的敢进府拿人，玉姑先杀他几个，替你们抵命。”

可言马上附和：“说的是！人终将一死，何足道哉？！可言还有一策，我等在这府内尽埋炸药，待贼兵进门，点燃药捻，来它个玉石俱焚！”

“好！好！”玉姑丢下书，“说干就干！”

正良拦住门：“使不得！使不得！你们自戕，还要炸死阿爸、阿妈不成？！”

侯夫人房内，木鱼笃笃，她闭目捻珠：“南无阿弥陀佛，南无阿弥陀佛……”

枪厂内，机器飞转，侯久满巡看着。

阿六奔来：“老爷，不好了，二少爷和玉姑小姐赶着马车去了火药厂，说是要往府里搬运炸药！”

“搬炸药？”侯久满愣怔一阵，“……你赶紧去总办室，给药厂挂个电话，就说我讲的，玉姑他们到了门口，放他们进去，愿搬什么搬什么，愿搬多少搬多少。”

阿六大惊：“什么？老爷，玉姑小姐说，是要炸府！”

“老侯知道，知道，快去！”

“这……这……”阿六走向总办室，惊愕不已地回头。

“快去！”侯久满思忖着。

果然，可言、玉姑在火药厂指挥工匠，朝马车上搬扛炸药木箱。

远远的，正良坐于土丘望着盐田：“……烟，我与你阿爸的新式制盐刚有起色，不想遭此厄运……”

次日，街头，大批清兵驰来，在街口分成两队奔去，他们径直进了枪厂，直奔亲自操作机器的侯久满。清兵军校抱拳：“侯大人，小的奉总督府衙饬令，请大人过府走一趟。”

工匠们围来护住侯久满：“你们想干什么？！你们想干什么？！”

“让让，师傅们让让。”侯久满推开众人，平静地放下袖子，看看军校：“你们是否也去了本办府上？”

“回大人话，确有另外一队去了贵府。”

“想必你等已知，本办在府里存了不少炸药。我那几个孩儿任性，切莫闹出什么乱子。”

军校大惊：“什、什么？……快！快去通报！”一清兵飞奔离去。侯久满看着笑笑，走向厂门。工匠们呼喊着：“大人，总办大人……”

报信清兵狂呼着奔到侯府大门：“不能进府——！不能进府——！侯府里有炸药——”清军头目一惊，慌忙对兵弁喊道：“都听着，听着！只在府外把守，绝不可踏入大门一步！”兵弁们快速散开，将侯府团团围住。

庭院里，炸药箱摞得小山一般，玉姑一手握枪，一手举着火把，坐在顶上，怒视大门方向。可言及阿六、木棉等仆佣、家丁，各持棍棒枪械，环箱而立。房内，侯夫人一身白色素服，闭目诵经。

正良冲入：“阿妈，阿妈，官军像是没有入府拿人的意思。”

侯夫人睁开眼：“什么意思，想困死我们不成？”

“孩儿不知。”

“那你们阿爸呢？你们阿爸呢？”

此时，着死犯囚衣的侯久满，正在水牢外，沿着黑暗潮湿的甬道重镣而行。狱卒打开一扇铁门，将他推入漂着死人的水池。

侯久满被熏得剧烈呕了一阵，推开死尸，笑道：“太后果然一言九鼎，那万岁牌仍旧作数。你家大人不敢杀我，便与那年的瑞良一样，想磨死标下！哈哈哈哈……”

狱卒捂着口鼻：“总督大人说了，侯大人乃二品大员，日日不能少了肉与喝的，这两样就在大人面前，管够。”

狱卒关门，水牢里漆黑一片，侯久满大骂：“小人！龌龊小人！”

十五

庆王府签押房，袁世凯对奕劻说道："王爷，既然命粤局生产完五羊枪再撤，袁某举荐一人，暂代粤局总办。"

奕劻："谁？"

"粤局现任枪厂总管——吴丁贵。"

铁良开腔："吴丁贵？不行不行，此人当年只是李鸿章派往德国学操兵船的一个普通弁勇，毫无资历，怎可居此高位。"

袁世凯道："吴丁贵虽说资历浅些，但毕竟是粤局老人，有利平稳过渡。"

铁良断然否决："不行，此人乃侯久满死党。还是从鄂局或沪局，择派一名帮办过去。"袁世凯遗憾地看看他。

枪炮局机器停转，无一员工匠。吴丁贵陪着新任总办四处巡看。新总办问："这人呢？如何本办刚刚上任，这局里便冷冷清清？"吴丁贵："回大人话，近日局里有十几名工匠突然患了鼠疫，人心惶恐，害怕局里不干净，被染上痒子病……"

"什么？鼠疫？！"新总办跌跌撞撞，闪闪躲躲，惊恐而走，"本办早就知晓，广东这地界不是什么好地方！"吴丁贵笑看着。

水牢里，侯久满靠在墙角处，高声哼唱着粤剧。侯府内，侯夫人抹着眼泪："衙门还是不准送牢饭吗？"

正良低声回道："阿妈，连仆佣都不准出大门半步，也不准外面往府里送任何食物。真让您说中了，衙门是想困死我等。"

可言踱着怒骂："阿爸为强兵强国造枪造炮，何罪之有？竟缉捕囹圄，株连亲族！此等劣政恶法，一日不除，天下永无光明！"

侯夫人沉默片刻，说道："良儿，去伙房看看，还有多少粮米。"

"良儿已经看过，全府五十余口，每日一餐稀粥，也仅能维持半月。"

侯夫人："这可如何是好……"

可言接着斥骂："天下之政，莫毒于专制！天下之苦，莫惨于专制王朝下的子民！专制者，适情任性，为所欲为，涂毒天下之肝脑，敲击万夫之骨髓，不变法，不大举，我千古中华亡国亡种不远矣！"

"二哥，你不饿吗？"玉姑看着书。

"只要府里的水井不干，可言就要痛骂！打倒专制——！打倒独夫民贼——！"

玉姑放下书，望着窗外叹息："唉，要是妹仔在就好了，我等将那些炸药做成摔炮，冲杀出去！"

与此同时，在旧金山，妹仔在各种化学器皿前炼制着某种液体。

善清问："妹仔，你炼制的这种燃料，真的比一般洋油火力劲猛？"

"正是。如若能进一步解决工业化生产，就能够申请专利了。"

善清看了一阵妹仔："……妹仔，是不是有一阵未收到你阿爸来信？"

妹仔停手："是啊，你怎么知道。"

善清又看看妹仔："善清本不该多嘴，但你我已是朋友，知情不讲，于良心不安。"

妹仔大惊："怎么，难道我阿爸出了什么事？！"

"妹仔，侯大人为许多封疆大吏参劾，下了大牢。"

"啊？！是为何故？"

"令尊为枪炮事，惹了众怒。你的家人……亦困厄府中，危在旦夕。"妹仔跌坐在椅子上。

善清："妹仔，冯如兄乃我大清侨胞之佼佼者，朝廷亦有所闻，不知你能否请冯如兄讲讲话，善清愿通过领事馆，上奏朝廷。"

妹仔扑过去抓住善清："善清兄，你说的这些都是真的吗？你怎会知道妹仔家中之事？我一直觉得你极其面善，你到底是何人？""我是何人无干紧要。妹仔，务请相信我的话，赶紧联络冯如，赶紧联络侨胞中的名人。"

"妹仔学造大鸟，不问时事，极少交际，认识的最大名人，是孙文孙先生。"

善清敏感："孙文？孙文就算了。"

这日，风尘仆仆的阿尔萨兰赶到京城，急匆匆疾步来到储秀宫大门。"哟，这不是大姑吗？！"门值太监惊喜跪下，"奴才有礼！"

"免礼。"阿尔萨兰跨入，向庭院疾走。太监、宫女们纷纷行礼。

李莲英迎上来，先行鞠躬："奴才见过大姑。大姑您来得可真够快的。"

阿尔萨兰还蹲礼："大总管好。我太后老佛爷可健豫？""健豫，健豫。但大姑来得不巧，日俄两个鬼子国开仗乱打，已逼近奉天祖陵，为祛灾消难，老佛爷闭关念经，已然多日了。"

阿尔萨兰又惊又急："这……这……老佛爷何时出关？"

李莲英："少说还有十日。"阿尔萨兰又急又累，闻此言差点儿瘫坐在台阶前。

狱卒敲着水牢铁门："喂！还活着吗？活着哼一声，大爷我就不开门受那个臭味的熏啦！"铁门上的小窗射入一束光线，侯久满靠在池边，晕眩下沉，挣扎站起，推开浮尸，又沉。

此时侯府内，侯夫人闭目躺在床上，玉姑端着碗米汤："阿妈，您就吃一口，吃一口吧。"

侯夫人极其虚弱："你们阿爸，不知是死，是活……"

"阿妈，您吃了这碗粥，孩儿去门外问问。"

"玉姑，是不是，就剩这最后一碗了？你们三个……分分……"侯夫人头一歪，晕厥过去。玉姑急呼："阿妈！阿妈！"可言、正良扑跌过来，正良号脉："还，还好。但这碗假米汤不行，无论如何，得让阿妈吃点儿真的。"跌跌撞撞走向门口。玉姑："大哥，你去哪？"

正良扑进伙房，巡睃一圈，朝菜刀盯了片刻。他捋起裤腿，用草绳扎紧大腿根，取刀，闭目欲割。"大哥！你想干什么？！"玉姑扑进，夺刀扔在地上："阿妈连汤都不喝，难道会吃……"

玉姑从靴中拔出手枪，踉跄出门。"玉姑……"正良慌忙解掉绳子追出，"玉姑！你要干什么？玉姑！玉姑……"正良追上抱住玉姑："玉姑妹妹，你不能！你不能出门啊！"

玉姑挣着："放开！敢割自己取肉，为何不敢杀狗！让玉姑冲出去，为阿妈抢些吃的回来！"

"不行不行！大哥绝不放你送命！"

"我去！……我去！"可言抱着万岁牌从香堂奔出，扑扑跌跌冲过庭院。

正良又追可言："二弟！二弟……"

可言冲出侯府大门，被清兵拦住，"万岁牌在此！何人敢伤我一根毫毛？！"可言高举万岁牌，不管不顾地冲向斜对面的一个包子摊。清兵一时呆愣。正良、玉姑冲出，被清兵横枪拦住。

可言揪下身上的玉佩扔给摊主，抓了几个包子揣进怀里，举着万岁牌奔回。"站着！"清兵举枪顶住可言胸口，眼睛看着头目。那头目看看万岁牌，按下清兵的枪，瞪着可言："下不为例！"可言将万岁牌塞到头目手里，跑回包子摊。头目如捧烫手山芋，扑通跪下，清兵们跟着纷纷跪下。

可言端起包子摊的整个笼屉跑回来。进了大门，可言喝道："还我！"头目忙将万岁牌放在笼上。可言奔向庭院："阿妈——吃包子——"头目与清兵仍跪在地上，傻傻地看着。

阿尔萨兰直奔长春宫，对隆裕跪着："奴婢恳乞皇后娘娘，跟皇上说说，那侯久满擅收盐课、厘金，实属为朝廷制造枪炮资费无着，才行此下策。念在他忠心办差，聊有功绩的份上，且饶了他这一回吧。"

隆裕说道："阿尔萨兰，你又不是不知皇上的难处，那么多的大臣举告侯久满，连太后都无奈，皇上怎好趁太后闭关另行主张？何况，这么些日子过去了，那侯久满说不定早就让下面磨死了。"

阿尔萨兰："侯久满秉性顽梗，未必那么容易磨死。即便死了，奴婢也恳乞娘娘宽恕他的家人。"

隆裕看看："怪了，阿尔萨兰，侯久满死了，你正好逃脱苦海，何必这么为他苦苦哀求？"

阿尔萨兰沉默一阵："奴婢受太后与皇后娘娘教诲，知道做人不讲个情字，也得讲个公字，侯久满原本罪不当诛，这与奴婢的私情无干。"

隆裕有些惊奇地看着阿尔萨兰，渐显哀伤："好一个只讲公字不讲情字，你一语道破了这皇宫大内的寒冷。是啊，你逃离了侯府又能怎样？即便回到宫里，也只能与元大奶奶与四格格一样，年纪轻轻地守活寡。唉——，环宇之内，不知还有哪个国家的内廷像我大清，满门的寡妇！就连我这皇后……与皇上也是咫尺天涯，有名无实……”隆裕越说越伤心，擦着眼泪。

阿尔萨兰惊慌："娘娘，娘娘，奴婢不该惹您伤心。"

“起来吧。你胆子大，直接闯到皇上那儿去试试，只是别让太后知道是我的主意。”阿尔萨兰伏身叩头。

此时，皇宫门外，李莲英正将一张银票塞入袖折。他用半张脸对着赵秉钧："尔等做事悠着些个，老佛爷没收那面万岁牌，是留着后手呢。你弄死那只猴子不打紧，万一哪天老佛爷要拿这桩案子说事，尔等吃不了兜着走。"

赵秉钧深鞠拱手："多谢大总管指点。我家袁大人非但没有搅入举告侯久满的事，反而很为侯大人不平，所以想从大总管您这儿，探探太后口风。"

“哟哟哟，还‘我家袁大人’起来了，别忘了，是谁把你举荐到袁世凯身边的！更别忘了，那也是一只猴子，猿猴！更精！更滑！”

赵秉钧忙道："是是是，下走绝不敢忘，太后与大总管才是下走正枝儿的主子。"李莲英转身回宫。

从隆裕处离开，阿尔萨兰便跪在内宫庭院道边。光绪走来，一惊："阿尔萨兰？"

“吾皇万岁万岁万万岁！奴婢阿尔萨兰愿吾皇龙体康健，万寿无疆！”

“快起来说话，听说你回宫了，为什么跪在这里？”光绪问道。

“奴婢……专等皇上。”

光绪挥手命太监离远，然后搀扶阿尔萨兰："快起来，朕一见你，就想起你冒死送朕的那两床被子，不是你，朕所谓的龙体还真是难讲。"

“皇上千万别这样说，奴婢每每想起皇上处境，心若刀剜。”

光绪叹息："唉——，知我者，又敢言者，唯我阿尔萨兰。"

阿尔萨兰感动欲跪，光绪搀住："阿尔萨兰，此次回宫，是不是为了侯久满的事？"阿尔萨兰答是。

光绪又问："与侯总办过得好些了？"阿尔萨兰辛酸："回皇上，言及夫妻之事，阿尔萨兰欲哭无泪，苦不堪言……"

光绪看看："罢，不说此事。有什么话，你讲。"

“皇上，侯久满有罪，但罪不当诛，恳乞皇上网开一面，饶过侯久满及其家人。”

光绪看看阿尔萨兰："无情却说情，好个大度的兰儿。但，朕柄国之时，且任何旨意均须太后复阅才能颁行，何况如今太后早已再次训政。"

阿尔萨兰急切说道："可太后闭关不出，侯府老老小小几十口的性命，已危若游丝。"

光绪："阿尔萨兰，你看见的是侯府，没看见我‘皇府’未必不是危若游丝啊。大清连禀公效命的忠臣都难保，大清的江山还保得久吗？"

储秀宫内，李莲英跪于黄绸帐外，递着盘点心、茶水："老佛爷，用些茶点吧。"

慈禧的手伸出，接过盘子："……拣紧要的说。"

李莲英打开折子："近日，鬼子国日本调集兵力，与鬼子国俄罗斯会战我大清辽阳，经鏖战，日军以折损两万四千人的代价，暂且得手。目下双方重兵又于沙河展开激战，互有胜负，形成对峙。”

慈禧：“他们没有再往奉天打？”

“托老佛爷的福，鬼子国的主战场，开始向旅顺转移了。”

“阿弥陀佛，给我拿两块冰镇的西瓜来。”

“嗻，奴才这就去取。”李莲英退了出去。

出了门，李莲英一怔看到：阿尔萨兰端着纱罩的西瓜盘走来。“大姑，您可真是老佛爷肚子里的虫，她老人家刚想着西瓜，您这就端来了。”

“李总管，求求您，就让阿尔萨兰为老佛爷护关，送送茶水什么的吧。”

“这可不是奴才能做主的。”李莲英去取盘子，阿尔萨兰不松手。“快松手，老佛爷正等着呢。”李莲英取过盘子，进了门。阿尔萨兰无奈焦灼地看着门内。

侯府内，玉姑躺在侯夫人身边，拉着侯夫人的手，虚弱地：“阿妈……阿妈……”

侯夫人闭着眼睛：“阿妈还在……”

“阿妈，狗官盼望我等速死，我们偏不。阿妈，千万千万要挺住啊。”

侯夫人：“只要你阿爸还在……”

水牢里，侯久满昏昏沉沉，挣扎着不使自己沉水。忽然，一柱光由天而降，水牢顶部开了天窗，妹仔的脸在笑：“阿爸！阿爸！妹仔给您送吃的来了！”接着一个纸包和一壶酒随绳子吊下……

“好妹仔！好妹仔！阿爸的好妹仔！”侯久满惊喜伸手，但一抓再抓，什么都没抓着。光柱消失，侯久满缓缓沉没。

旧金山，清廷领事馆前，妹仔冲着远方哭喊着：“阿爸——，阿爸——，妹仔无能！妹仔无能啊！”

冯如劝慰：“妹仔，我等已经尽力了。”

善清叹息着：“唉，愚兄好不容易说服领事大人，代转了冯兄等侨胞名人的求情条陈，可，可朝廷却连收到电报的回音都没有。”

“阿爸——这是个什么混蛋朝廷！您为它白白送命！”

“妹仔！休得胡言！”善清看看领事馆大门，拽着妹仔迅速离开。

储秀宫内，隔着帐门，慈禧问道：“是不是你等的大姑回来了？”

李莲英答：“回老佛爷，大姑阿尔萨兰为救侯久满，已回宫多日了。”

慈禧沉默一阵：“举发了猴子，又要救猴子，这种事也只有我旗女做得出。告诉阿尔萨兰，莫怪我，国家有难，家事再大也应让让。”

“嗻，奴才一会儿便转告大姑。”

慈禧又道：“其实，那妖猴死得了死不了，他不是硬逼着朝廷，给自个儿预埋了一条活路吗？”

“……奴才愚笨，请老佛爷明示。”

“走开，我该念经了。”

“嗻。”李莲英疑惑、思忖着退离。

退出门，李莲英低声问阿尔萨兰："听见老佛爷说的了？"

阿尔萨兰使劲点头："听见了。"

李莲英更加低声："还不快去找听得懂的？"

"……多谢大总管！"阿尔萨兰转身奔出院门，飞跑，直至瀛台涵元殿前，"快禀报皇上，阿尔萨兰求见。"

太监回道："大姑，皇上临时叫了大起，刚走不久。"阿尔萨兰一下瘫软在地。

乾清宫内，光绪问道："奕劻，朕召见几个枪炮局的人，都叫齐了吗？"

"回皇上，都齐了。……这几个便是。"

鄂局黎元洪、沪局总办章志腾、宁局总办叩拜："吾皇万岁万岁万万岁！"

光绪看了看："听说你等各局于南苑比试新枪，均有佳绩，朕甚欣慰。前些时日，太后曾有懿旨，为彰显大清胸襟，这头一批的新枪，将外销土耳其国。近日，因粤局有些事端，已预备裁撤，你们哪个局，可以接揽这桩差事？"

黎元洪等面面相觑。

"你等放心，如此要差，朝廷会如数拨放所需资费。"

黎元洪等相互看看，黎元洪抢着道："回皇上，此事关乎我朝体面，鄂局愿肩山扛鼎，挑此重担！"

话未落音，章志腾极力高声："朝廷大差，沪局理应勇往直前，尽忠效命！"

宁局总办紧接着："我宁局乃大清第一老局，既然皇上、太后均有旨意，宁局岂能畏首畏尾？"

"甚好，你等真是我大清能臣干将。"光绪极淡地笑了一笑，"这样吧，因为那粤局狂徒侯久满，已鲁莽与土国签约，十日内须交齐枪弹，你等就三局分担，每家产枪 2000 支，弹子 30 万粒，如何？"

"啊？！"黎元洪等目定口呆。

光绪："怎么，你等还是期盼一局独揽？好，沪局规模宏大，与洋人多有交涉，就沪局接着。"

章志腾紧忙回道："不不不，皇上，沪局虽大，却不如鄂局设施、机具精进。加之铁大人前时巡察，建议沪局迁往河南，目下我沪局人心惶惶，恐怕难以如此短时，胜任重差。"

光绪点名鄂局。黎元洪忙道："回皇上，鄂局主要生产的是仿德国的 7 密里 92 口径，88 式毛瑟兵枪，使用圆头弹子，日产也仅仅 50 支。而新枪完全不同，是尖头弹，且十日内要交出 6000 支枪，微臣实实不敢欺君。"

光绪看向宁局。宁局总办忙道："沪、鄂两个大局均无力应差，宁局多年来专造弹子及少量抬枪，且规模甚小，机器老旧，厂房不甚坚固，地复卑湿，以致所存弹子都时常锈涩……"

"够了！"光绪一拍龙椅，"时才还在各自吹擂，转瞬便换了副嘴脸！宁局既然连老掉牙的抬枪尚且制造不好，你那新枪是如何弄出来的？！"宁局总办扑通跪下："皇、皇上，臣有罪……"

“朕今日有急务，不想追究尔等新枪来历，一个个不中用的东西！铁良！方才各局所讲，是否属实？”

铁良忙答：“回皇上，基本是实，他们的确各有其短，难胜此任。”

“哼！”光绪怒目转向袁世凯，“袁世凯！津局乃我朝近支，且资费历来优渥，目下皇差煌煌，你为何装聋作哑？！”

袁世凯慌忙跪下：“皇上，微臣素知津局负有皇家圣命，但自庚子年被八国联军焚毁，迁址重建，一直没有恢复元气。而生产外销枪这等大差，事关国家荣辱，臣绝不敢吹大法螺，欺主罔上。”

光绪恶狠狠地骂道：“狗才！蠢猪！”袁世凯吓得瑟瑟发抖。

光绪又瞪了一阵：“奕劻，你告诉他们，朕为何紧急叫这个大起。”

“嗻。”奕劻看了看所有朝臣：“各位臣工，因有协约在先，土耳其国使臣连日照会我朝外务部，催请如期交发五羊枪，否则，土国将加倍索赔，并将此事通报各国使团，联合问责。此事该如何应对，请各位臣工为皇上分忧。”铁良等面面相觑。

“尔等听清了吗？新枪外销，原本是件光耀大清的事，可偏偏不能守信践约！”光绪瞪着铁良、黎元洪等，“朕满怀信任，指望你等保住朝廷颜面，可尔等一个个推三挨四，畏葸不前！朝廷年年花着大把银两，养尔等何用？！铁良！跪下！”

铁良跪倒：“皇上息怒。”

“要你巡察枪炮，是让你游山玩水的吗？你就是如此整肃这些庸官惰吏的吗？！给朕听着！你是这里唯一见过那个土耳其洋商的，此事如何善结，就交给你了！办不好，罪加三等，免去一切功爵！退朝！”光绪大步离去。

铁良与跪着的袁世凯呆呆互望。出了乾清宫门，奕劻得意地：“二位，我府上新添了一座洋钟，奇妙有趣得很，一块儿过去看看？”

袁世凯赔着笑：“老袁还要赶回天津，谢过王爷。”奕劻笑着离去。

铁良看着他的背影，啐了一口。袁世凯问：“铁大人，皇上雷霆震怒，您作何打算？”

“太后不在朝上，他瞪眼睛又有何用？”

“太后不是有旨意吗，外销枪还得卖。且十日时限一晃即过，铁大人是亲贵大臣，不惧问责，但袁某可陪不起大人，干吃瓜落儿。”

铁良：“那你说怎么办？”

袁世凯：“这不明摆着吗？如今的朝廷，敢开罪哪一国洋人？那约是谁签的，还得谁兜着。”

“你是说，放了那个侯久满？”

“待那猴子造完了外销枪，再撤粤局不迟。当然，前提是那只猴子眼下还活着。”

铁良疑惑地盯着袁世凯：“袁大人为何对裁撤粤局，如此上心？”

袁世凯躲闪着铁良的目光：“袁某上什么心，袁某不过觉得，铁大人合并鄂粤两局的方略，利在朝廷而已。”铁良的眼神愈发复杂。

这日，吴丁贵与两广衙门的官员疾步奔入水牢：“快开牢门！快开牢门！”狱卒慌忙打开铁门。吴丁贵等被熏得扭头：“侯大人……”水面上只有死尸，没有侯久满。吴丁贵一横心，跳入水中摸找。官员将狱卒一把推下：“你也下去！快摸！”

终于，侯久满被捞出水牢。

清兵抬着蓝布蒙着的担架走进侯府庭院。侯夫人哭喊着扑向担架。吴丁贵扶住侯夫人：“夫人莫急，侯大人还活着，我等若晚到半分钟，大人兴许就……”侯夫人欲揭蒙布看。吴丁贵拦阻：“夫人，还是不看为好，大人被水牢泡得实在不堪目睹。快，赶紧抬入大人房间！”

是夜，侯府上下一片紧张。请来的大夫惊惧地号完脉搏，放下厚厚的帐子，踉跄走向桌边。侯夫人急忙询问病情。

大夫摇头：“老夫行医多年，从未见过这等情形，侯大人的肌肤几乎全部糜烂，与尸身无二，但居然还能一息尚存！不是有拔山撼海的意志，大人恐怕半月之前便殁了。”

侯夫人：“那，那老爷还有救？”“大人牙关紧咬，里外皆无施药之处，只望天命不绝，待大人自调精气，缓转元神了。”

“这可如何是好啊……”侯夫人哭泣。正良、可言也在一旁落泪。玉姑眼眶湿润，默默看着侯久满的床帐……

此时，阿尔萨兰在涵元殿前急切踱着：“公公，求您了，就向皇上传禀一声吧。”

“大姑，您就饶了奴才，老奴实在难以从命。”

阿尔萨兰掏出银子：“公公，求求您，阿尔萨兰见皇上一眼就走。”

“不是银子的事。大姑，这瀛台是太后老佛爷划的禁地，您不知道，您每次冲闯，都有奴才为此挨打，甚至送命，咱家实实不敢再放您进去。”

阿尔萨兰含泪冲殿门跪下，高声叫道：“皇上，奴婢阿尔萨兰听说，经皇上百般措法，侯久满已无罪开释，奴婢不知如何感激……奴婢，叩谢皇上天恩！”阿尔萨兰重重磕了三个头，拭泪离去……

光绪推开门，默默望着。

一缕晨光，照入侯久满屋内。

侯夫人伏在床边，正良等亦伏案睡着。帐内隐约传出侯久满极其微弱、含混的声音。侯夫人如同得了感应，猛然惊醒，聍听片刻，急忙叫道：“良儿，言儿，快过来听听，快过来听听，你们阿爸像是在说什么。”正良等惊醒，奔至床边倾听。帐内，侯久满的声音微弱之极，根本无从分辨。

可言：“阿妈，您听差了，阿爸哪是在说话？”侯夫人：“不，不，你们阿爸确实是在说话！”

正良：“阿爸是不是因为身子太疼？”玉姑焦急看着。帐内咕哝着……

“不，他像是很急！”侯夫人急切地问：“老爷，您是想说什么吗？”咕哝继续。侯夫人倾身听着：“……开……开、工……老爷，您是在说开工吗？”咕哝忽然止住。“是开工！”侯夫人扑扑跌跌奔向门口：“老吴……老吴……”吴丁贵奔了进来。“快！快！老爷叫粤局赶紧开工！”

吴丁贵吃惊：“夫人，大人醒了？”

“没有。但老爷清清楚楚地在说，开工！开工！”

“嗻，小的这就去局里！”吴丁贵奔去，悄悄抹了一把眼泪。

侯夫人奔回床边：“老爷，您的枪炮局开工了，您的枪炮局已经开工了！”帐内无声。

这日之后，大批工匠阔步走入枪炮局，机器再次飞转……

旧金山，善清兴奋奔入旅店房间告知妹仔好消息，冯如从飞机草图前转身。

“冯如兄，妹仔的阿爸被朝廷放了！”

“噢？太好了！妹仔去大学听孙先生演讲，还未回来。”

善清大惊：“什么？！妹仔从不问政，为何要去捧孙文的场子？”

冯如责备：“你这是什么话？”

妹仔正在某大学教室，与青年学子们静静听着孙中山演讲：“同学们，你等知道做人最大的事情是什么吗？就是要知道怎样爱国。如今无数的国人痛恨专制，爱国的最切、最大之举，便是革命！人生不过百年，莫不有一死。死有重于泰山，有轻于鸿毛，死得其所则重，不得其所则轻。今日世界，为革命世界，吾人可谓生得其时！”

学子们鼓掌。妹仔站起问道：“孙先生，大清朝廷固然腐败无能，但革命难免生灵涂炭，玉石俱焚，为何不能以和平建设方式，改良局面？”

孙中山笑笑：“这个问题，十年前，文也这样问过自己，甚至，文还苦心孤诣写了8000字的《上李傅相书》，寻人托情，呈送李鸿章。文记得，书中有这样的话：‘窃尝深维欧洲富强之本，不尽在于船坚炮利，垒固兵强，而在于人能尽其才，地能尽其利，物能尽其用，货能畅其流——此四事者，富强之大经，治国之大本也。’可见，文与许多的读书人相同，也曾为改良国家出谋划策。而其结果呢？一个闭目塞听的朝廷，不但不可能采纳任何的建言良策，还会将仁人志士打成乱国贼子。最终国家迎来的是《马关条约》、《胶澳租界条约》、《旅大租地条约》、《展拓香港界址专条》、《辛丑条约》等等，一个又一个丧权辱国的卖国条约！这样的朝廷，你还能指望它什么呢？！除非推翻再造，实行彻底革命，我辈无以救中国！”学子们热烈鼓掌。妹仔默默听着。

玉姑在房里读着章士钊编译的《孙逸仙》。正良、可言敲敲门，各自拿着吃食进入：“玉姑，吃些东西吧。”

“不饿。”

“不饿？饿了这么多天，我到现在都没缓过来。”可言说道。

正良吃着，看看那书的封面：“玉姑，别总看这等反书，孙先生虽说爱国，但革命终究当不得饭吃。”

玉姑眼不离书：“谁说当不得，孙先生主张民生主义，就是为了扫除社会不平，人人有饭吃。”

正良：“人人有饭，应当倡行垦荒种植，最好不要为了一些人的饭碗，而砸另一些人的饭碗。”

玉姑：“不砸三五个大碗，何来千千万万个小碗？”

深夜，阿尔萨兰看着郑观应的《盛世危言》。隆裕忽然推门走入。阿尔萨兰惊得跪下：

"奴婢失敬，不知皇后娘娘驾临……"

隆裕看看屋里："你家侯久满已经放了，怎么不赶紧回去看看？"

"回娘娘，李总管传告懿旨，命奴婢待老佛爷出关，再做打算。"

隆裕："哦，起来吧。看什么书呢？"

"是郑观应写的《盛世危言》。"隆裕随手翻了翻："听说这个郑观应，与那个孙文是一县同乡？"

阿尔萨兰惊慌："回娘娘，郑观应虽与孙文是同乡，但这书并非反书。"

隆裕坐了下来："别慌，这书我也看过，有些个话，很有道理。"

阿尔萨兰松了口气："皇后所言极是。但这位郑大人因招商局人事，得罪了袁世凯，屡遭贬黜。"

隆裕恨恨地："那个该死小人，早晚得遭天谴！听说你家侯久满这回落难，也是那厮幕后弄鬼。"

"奴婢也有耳闻，袁世凯乃当世顶尖的枭雄，虽然身为直隶总督，但天南地北四处伸手，遍布暗桩、爪牙。"

"阿尔萨兰，有句话，我一直想问你，戊戌年皇上闹变法，被袁世凯举发后，老佛爷突然将你送到我的长春宫，是不是也是借你的眼睛，做我身边的……"阿尔萨兰慌忙跪下。

隆裕笑笑："起来吧，横竖这宫里的人，相互盯着，彼此防着，早就习惯了。阿尔萨兰，今晚你我敞开嘴巴，说说话儿。倘若明个儿太后知道了什么，不是我卖你，就是你卖了我。"

阿尔萨兰忙说："奴婢绝对不敢。"

隆裕让阿尔萨兰坐下，阿尔萨兰坐了半个屁股。

"阿尔萨兰，你久住广东那么个开化之地，据你所知，西洋的妇人真的婚姻自主，结也自由，离也自由吗？"

阿尔萨兰看着隆裕："娘娘……为何，问这个？"

"讲，尽你所知，实话实讲。"

阿尔萨兰和隆裕聊得投机："娘娘，奴婢看过一个法国女子写的书，叫《婚姻谈》，看得人面红耳热，心跳如鼓。目下的广州城，别说西人自由，即便中国的一些少男少女，也已自由得很，他们甚至连婚仪都变革了。"

隆裕："是吗？他们不再对八字、合相缘，下喜帖、送聘礼了吗？"

"不用了。现在代之以互赠戒指、订立婚书，三五分钟仪程便了了。"

"啊？人生大事，竟如此儿戏？"

"小民们有首打油诗，写得十分有趣：'自由择配有情郎，不用媒人排酒缸。秘密不向父母讲，三茶六理一扫光。'"隆裕听罢哈哈大笑……

窗外，宫女看看房内，冲另一宫女道："哟，咱们主子，还从来不曾这般笑过。"

隆裕笑出泪来，擦了擦，叹息道："唉，小民过活何等有趣，不像我等……"阿尔萨兰张了张嘴，未敢接话。

"阿尔萨兰，是有西书写了许多……写了许多近亲婚姻的弊处吗？"阿尔萨兰点点头。隆裕沉默片刻："不知为什么，我大清皇家的子嗣日显稀薄，到了同治爷竟然无后。

就连当今皇上……皇上与我不谐，可即便他宠幸那个珍妃，数年恩爱也未见有孕。”阿尔萨兰吃惊地看着隆裕。

隆裕叹道：“唉——大清国啊——”

侯久满仍旧昏迷，脸上肌肤多有结痂，大夫小心施药。侯夫人、正良、可言、玉姑在一旁看着。侯夫人看看可言：“言儿，该给你额娘去个电报，告诉她，你阿爸的情形。”

“她？谁知她现在何处？”

“除了紫禁城，还能在哪？阿妈知道，你阿爸能逃此一劫，定是她求了太后。”

可言道：“何以见得？她与阿爸一对乌眼鸡似的。”

侯夫人：“去年你额娘效仿太后，找了几个奶妈想吃人乳，可几个小儿略一哭喊，她便满脸羞色，逃之夭夭。从那日起，阿妈便知，你额娘是个面寒心软的人。更何况，一夜夫妻百日恩。”

可言笑道：“一夜？他们哪有一夜？”

玉姑看看侯久满，走出房间。

庭院中，玉姑走了走，看了看，先入戴刀房间转转，又入赫顿房内转转，最后拐入妹仔房间，走到钢琴边坐下，愣怔片刻，按动一键……又按一键……正良走了进来，坐在玉姑身边，不语。

“大哥，有事吗？”

“玉姑，大哥刚才见你一个房间一个房间巡看，你是不是在想戴刀、赫顿，还有妹仔？”

玉姑沉默：“玉姑心里空荡荡的，胡乱走走。”

“是啊，曾经那么热闹的侯府，转瞬就变得冷冷清清。妹妹，那三个男人，你最想哪个？”

“大哥，你说什么呢？”

“三个都是绝好的男子啊！妹妹，要么你出洋找妹仔去吧，千万别让妹仔再走失了。”

玉姑笑道：“哥，是你在想烟姑娘，才胡乱猜测玉姑的吧？”

正良苦笑：“大哥是挺想烟，但也想盐，想盐垦，想我的那个伊甸园。”

“那你去忙你的呀？”

“阿爸尚未苏醒，我这做长子的，怎能不床前尽孝？玉姑，待阿爸身体见好后，你随大哥一同去办农场吧，我们为这多灾多难的大清，做些实事。”

“我不去，晒盐能将大清晒好，已经有人晒了几十代了。”

“那你也不能永远如此，独守闺门啊？”

“什么独守闺门，玉姑顶不爱听这样的话！我，我烦！”

说完“叮叮咚咚”胡乱弹琴，正良同情地看着她。

李莲英跪在帐帘前，读着折子：“自旅顺首次强攻受挫，鬼子国日本正调整部署，增调兵力，寻机与俄国决战。目下分判，二鬼子国伤损惨重，暂无侵害我大清奉天之虞。老佛爷，密报读完了。……老佛爷？……老佛爷？”

半晌，传出慈禧的声音：“这两个混蛋打了多半年了，也不知何时是个头。告诉埋在日、俄两军的探员，多收罗些人家的枪炮送过来。”

“嗻，奴才记住了。”

“我的那只猴子，活过来了吗？”

“回老佛爷，据牛子旬报，侯久满尚未苏醒，但其昏迷之中，已下令粤局赶工。”

沉默一阵，慈禧说道：“难得如此大忠。”

李莲英：“还有，练兵处会办铁良问，粤局是否裁撤，请太后明示。”

“忙什么，先挑两个太医南下，好生调治侯久满。”

“嗻。”李莲英看了看帐帘。

次日，慈禧至颐和园湖边，阿尔萨兰笑吟吟地扶她在石桌前坐下，用签子扎了颗蜜饯：“老佛爷，您请用。”

慈禧接过，放入口中嚼着，笑眯眯地：“阿尔萨兰，听说你在广州，衣食住行，举手投足，处处学我，是这样的吗？”阿尔萨兰大惊，慌忙跪下，“奴婢不敢！奴婢万万不敢！”

慈禧笑着：“说实话。”

“奴婢……奴婢在那生人窝子势孤力单，想着效仿老佛爷一星半点，以威服府邸。”

慈禧咀嚼着蜜饯：“是啊，一只猴子尚且大闹天宫，一窝猴子，没些手段压着，岂不天都塌了？得，起来吧，我准你在侯府也当个‘亲爸爸’。”

“谢老佛爷！谢老佛爷！”阿尔萨兰磕了两个头，爬起。

慈禧站起身：“看着干什么？你也吃啊。别学汉人那些虚礼，你满名狮子，遇上食物争抢才是。全吃了，全吃了。”

“啊？全、全……谢老佛爷。”阿尔萨兰苦笑，看着四大盘甜品悄悄蹙眉。

慈禧边走边道：“阿尔萨兰，一会儿下棋时，你也给我讲讲那西洋的婚俗。”阿尔萨兰一惊，看着隆裕。

隆裕脸红，尴尬低声：“我只是当笑话叨咕了几句，绝无恶意。”慌忙走开，跟上慈禧。阿尔萨兰忿忿看着。

宫女低声提醒：“姑爸爸，千万别将老佛爷恩赏的这些剩下一星半点儿。您昨晚不该私下与娘娘坐了那么久。”阿尔萨兰看着慈禧的背影，痛苦地吃着。

霞光缓缓移动到侯久满的脸上，侯久满渐渐醒来，他左右看看：侯夫人伏在桌上睡着。他虚弱地喊道：“夫……夫人……”

侯夫人惊醒，奔到床边，“老爷……您可算活过来了……快来人！老爷醒了！老爷醒了！”

二位太医奔进，直奔床边。侯夫人：“老爷，这二位是太后专门派来的太医。”

侯久满看着，挣扎欲起。正良、可言、玉姑奔入。

侯久满挣扎着，被太医按住躺着。侯久满却使劲挣扎下床，正良、可言不得不架住：“阿爸，您要干什么？”

侯久满跌跌撞撞出门，挣扎着走向香堂。众人惊愕。侯久满扑进香堂，冲着万岁牌一下趴伏在地上，晕了过去。正良、可言忙拽他。侯久满很快醒来，推开正良、可言，竭力大声：“吾大清国万岁万岁万万岁……吾皇万岁万岁万万岁……吾圣母皇太后万岁万岁万万岁……”

侯夫人站在香堂前抹泪。两个太医无比感动：“侯大人真乃大清第一忠臣也！”在一旁的玉姑鄙视地扭头走开。

乐寿宫庭院，慈禧坐在门前，由李莲英梳着头：“那两个太医有信儿了吗？”

李莲英：“回老佛爷，昨个刚得着信儿，说是侯久满能下床了。那侯久满下床的头一桩事，便是扑爬到万岁牌前，为皇上和老佛爷请安。”

“果真如此？”

“两个太医分别打的电报，奏报的意思一模一样。”

慈禧含混不清地“嗯”了一声。

慈禧的炕前，阿尔萨兰与宫女铺着新床单。阿尔萨兰突然惊奇地发现——慈禧的枕头中间，有个小碗大的洞。

“老佛爷的枕头，怎么……”

“嘘——”宫女看看外面，低声说：“大姑有所不知，自打闹乱党，不知什么人曾半夜闯进过园子，老佛爷便特制了这种枕头，睡觉时耳朵放在洞里，极小极小的动静都能听见。”

阿尔萨兰抱起枕头：“这……这也能防乱党？”

坐在庭院的慈禧看看晾晒被褥的宫女，说道：“整日的烦心事不断，今儿个，我领你们去花圃躲躲，那儿才是咱们女人该待的地界儿。”

宫女们欢欣：“老佛爷见天地带我们玩耍才好。”

慈禧：“我也乐不得天天泡在这园子里，可是难哪，如今是男人不像男人，才弄得咱女人不像女人。”

颐和园的玉澜堂内，光绪仰在躺椅里，深情地抚摸着珍妃那枚的玉簪。太监走入，低声道：“禀皇上，外面有人送来两口箱子。……皇上……皇上……”

光绪半晌才听见：“何事？”

“禀皇上，外面有两口从关外送来的大箱子。”

“东北送的？”光绪疑惑出门。

来到庭院，光绪惊异地看着两口长长的木箱：“什么东西？打开。”太监们撬开木箱，竟然全是枪炮部件，光绪大惊：“这，这东西怎么送到朕这儿来了？”

太监跪下：“回皇上，送东西的说是兵部的人，奉旨转送这两箱东西。”

“人呢？！”

“他们放下木箱便走了。”

光绪震怒：“既然是奉旨，就该知道是奉谁的旨！怎么会送到朕的宫里？！”

“奴才不知。”

“何况朕这儿一向门禁森严，连朕都出入不便，怎么会这种东西都抬进来了？！”

太监垂着脑袋：“……奴才确实不知。”

光绪怒视木箱：“哼！莫不是想试试朕心，想污朕谋反？快！抬走！”

“皇、皇上，抬、抬到哪里？”

“该抬哪抬哪！不是奉旨吗？！”

“……嗻。”太监们慌慌张张抬起木箱走出。

“如果人不在乐寿宫，去哪了便抬到哪，让她亲眼见着！”光绪冲门吼了一通。

而此时，花圃里，慈禧拿着把金剪子，欢欣地修剪花草：“阿尔萨兰，看见这棵绿菊了吗？这可是我的一大发明，打它的乌库妈妈（曾祖母）起，我就见年地采集种子，用绿色米汤日浇夜灌，生了好几代，才成了这般模样。”

阿尔萨兰由衷赞叹：“老佛爷真是活菩萨，凡事都能弄出花样。”

隆裕突然惊叫一声。慈禧：“怎么啦？”

“好、好大……”慈禧走过去，只见是一条肥大毛虫。

慈禧笑笑：“一个乱党。”慈禧用手拈起毛虫看看，用剪子戳着：“你是康有为啊？还是孙文啊？不是逃出洋了吗？乱臣贼子，看你还反不反！反不反！反不反……”

此时，满身大汗的太监将木箱抬进：“启禀老佛爷，皇上看见木箱里的东西十分生气，命奴才刻不容缓地给老佛爷送来。”

慈禧看了看：“皇上说什么了吗？”

“皇上说，莫不是有人想试探皇上的心思，想诬陷皇上谋反。”隆裕和阿尔萨兰大惊，面面相觑。

慈禧：“抬走，别弄脏了我的花！也别抬远了，就放在你等大姑的门口。”

阿尔萨兰惊愕：“老佛爷，这是什么呀？”

“没什么，是我专为你家猴子淘来的，看看吧。”阿尔萨兰走到木箱边，太监们打开盖子，她吃惊地看那些枪炮部件。

十六

夜，乐寿宫内，慈禧满脸涂着红色花泥仰在榻上，闭目听着南府太监在窗外唱的京剧。李莲英站在窗边禀报："老佛爷，大姑来了，说是想见您。"慈禧准。

阿尔萨兰走入跪下："老佛爷，您将两个鬼子国的枪炮放在奴婢那儿，不知老佛爷是不是想要奴婢回广州了？"

慈禧慢吞吞地："你见我为你翻皇历了吗？"

阿尔萨兰笑笑："没有。奴婢吓了一跳，阿尔萨兰还想侍候老佛爷的70万寿呢。"

"难得你这片孝心，要不是那泼猴这回犯的灭门之罪，还挂带着你，我早收了那万岁牌，扒了这泼猴的皮！"

阿尔萨兰叩首："谢老佛爷惦记着奴婢。"

"尤其可恨的是，这猴子竟将粤局办成了花果山的私家买卖，他要是死了，还就没人上工干活了！甚至，攥着与洋人的契约妄自尊大，胁迫朝廷！"

阿尔萨兰小心地："那个侯久满说到底，也就是个兵痞。"

"不过，话说回来，我还真舍不得杀他，他的五羊枪能远销海外，毕竟给大清长了脸，养只不安生但能办事的泼猴，总比养一大群听话但白吃食儿的蠢猪强。明儿个，你给他拍个电报，就说我想他了，准他身子养好了，进宫一块儿乐呵乐呵。"

阿尔萨兰迟疑："太后，这电报……您还是让李总管拍吧，奴婢与那人向无书信往来。"

慈禧："一个仙女似的小人儿放在眼皮底下，这么久了，那猴子竟一直不动心？阿尔萨兰，会不会是你……"

阿尔萨兰："奴婢……看着那老头便恶心。"

慈禧："这话你说错了地方，多少跟了皇上的女子，不是嫁了老头？"

阿尔萨兰惊慌失措："奴婢失口，奴婢失口！"

"阿尔萨兰，你可别贪恋哪个年少小生，做出什么有辱我旗人颜面的事。"

阿尔萨兰惊恐："老，老佛爷，是不是……有人向您……告了奴婢的刁状？"

慈禧故意不语，阿尔萨兰偷眼看着。

慈禧睁开眼睛："哟，哟，怎么还跪着，快起来，起来。"

枪炮局，侯久满被吴丁贵架着巡看，每到一处，工匠们欣喜行礼。侯久满一一抱拳谢着："托福，托福，托各位师傅的福。"

茶楼雅间，可言为何富商敬酒："前辈，可言敬您一杯。"

何富商："还是我敬小侯老板。侯府遭此浩劫，竟然毫发未损，不是天佑神护，绝难想象。”

“同饮，同饮。”

二人饮毕，何富商抹抹嘴：“贤侄，还记得你当初承诺么？事业有成，便要……”

可言眨眨眼：“便要怎的？”

何富商不快：“真的忘了，还是学了一身商场奸猾？”

可言思忖片刻：“啊，啊，前辈说的是与令媛议婚之事，没忘没忘，须臾未忘！只是晚生何谈事业有成，目下只不过是有了仨瓜俩枣。”

“你与查理贩运私盐、丝茶及土杂、百货，鲸吞了大笔大笔的银子，以为老夫不知？”

“此事是有，可晚生立马将那些银子放在上海投了地产，尚不知祸福。何况我等合股在外省种的那些烟田，不是也还未曾收获吗？”

何富商眨眨眼：“这样吧，洋人有种买卖，叫做期货交易，老夫相信你是个人才，就认你这个期货女婿了。”

可言忙道：“使不得，使不得。”

“有何使不得，老夫看准了，只要有你阿爸，只要你阿爸有那面万岁牌，你这个期货，只赚不赔！”

“前辈……前辈……”

恰在此时，阿六走到门口：“二少爷，大福晋从宫里给您来了封电报。”

可言拆开电报看着，冲何富商抱拳：“对不住前辈，朝廷有桩大差要晚生急办，对不住，对不住……”可言趁机逃出了门。

何富商在身后叫着：“贤婿，贤婿，洋油的事还未商议……”

可言笑着疾走：“阿六，你来得可真是时候，你简直就是我的救命恩人！”

侯久满仰在总办室躺椅里，翻看簿册。可言推门而入。侯久满虚弱地：“你怎么来了？”

“阿爸，瞧您，身子如此虚弱便来局里。”

“何事？”

可言取出电报：“那个人从宫里给孩儿来了封电报，说太后做寿，要您进京。”侯久满“哦”了一声，接着看簿册。

可言：“那人还开了个单子，要孩儿采办贺礼，估摸得好几万两银子。”侯久满看着簿册，不语。“这要是皇上做寿，孩儿跑跑腿也还请愿，可那个擅权专横的老太婆……”

侯久满骤然摔下簿册：“混账东西！大逆寻死啊？”

可言：“那老太婆本来就……”“混账！再多讲一句，老子叫你也尝尝水牢滋味！”可言不敢再语。

“出去！银子去府里支取，几万不够，照10万以上用！”

“孩儿有银子，用不着府里的。阿爸进京要带些什么吗？”

侯久满看看可言：“你哪来的那么多银子？”

可言笑笑：“孩儿不多赚些，明年拿什么还阿爸利是。”

侯久满愣怔：“你大哥的事做得怎样？到时也能像你一样吗？”

“大哥那个盐垦，八字尚无一撇。阿爸，您放心，到时候，我替大哥和妹仔一起还您！”

“难得你这份孝心和手足之情，但阿爸有言在先，不会多要谁一文。办事去吧。”

“阿爸别太累着。”可言离去。

侯久满悲哀地看着房门，良久：“刀儿没了，我那妹仔和小红毛啊，你们何时回来帮帮阿爸！”

海面金光粼粼。正良与烟，相距较远地坐在沙丘上。正良笑眯眯地看着烟，烟羞涩地垂着脑袋。正良问道：“烟，盐家的人，风刮日晒，个个都黑黑的，正良干了没有几日，也如同非洲人一般，可是你，为何总是如此白皙呢？”

烟更加羞涩：“阿爸说，太白了不好看，也不中用。”

正良：“好看，好看，你比那些用脂粉抹出来的小姐太太，好看多了。”

“那为什么，阿爸不高兴烟长得白呢？”

“也许，阿叔是担心你的身子太单薄。”

烟点点头：“大少爷，你刚才说的非洲人，是什么人？”

“非洲人是一种肤色很黑，但心地极为善良的人。烟，我给你讲个故事吧。有一位传教士，去很远的非洲传福音，他每天都得把《圣经》一句一句地译成土语。有一日，传教士看到一句话时犯了难，那句话是：‘有人夺你的东西去，不用再要回来。’传教士知道，只要他将这句话一说出口，他的全部家当定会被人搬得精光，自己将活活饿死。”

烟问：“那，传教士译这句话了吗？”

“他照实译了。因为，他相信神的大能。”

“后来，人家没搬他的东西吧？”

“当时就搬了。不但搬走了所有家具、铺盖、衣服、食物，甚至还拿走了传教士的书籍。”

“那，那传教士怎么办呢？”

“传教士只能在空空如也的房子里，整夜跪在那儿祷告，祷告……到了第二天，你猜怎么的，当传教士打开房门一看：全部的东西又搬回来了！一件不少地全都堆在门口。”

烟一展笑颜：“真是太好了。”

正良欣赏地看着：“烟，你真是难得一笑。”

烟说：“非洲人真善良。传教士也很善良。嗯，这个故事最终像是在说，神很善良。”“烟，你听说过《圣经》吗？”烟摇头。“我给你读吧，你就做正良传福音的第一人。我一边传福音，一边教你识字，好吗？”烟沉默一会儿，点点头。

正良欢呼：“欧——，我的伊甸园，有第一个信众啦——我的伊甸园有第一个信众啦——”海潮阵阵。

总办室，侯久满语气缓慢：“朝廷虽说还了本办差事，但再像以往那样跨省越府地收罗银子，是不可能了。枪口、炮口，本是吃银子的虎口，资费的事一定得另想法子。”

吴丁贵：“总办大人为了粤局，真是气凌霄汉，九死不悔。”

“错矣，老侯立誓制造好枪好炮，岂止只是为了粤局？近日，海上的生意如何？”

“现在只靠顶爷最早的那条蚊子船出海，收益显然大不如前。除非……除非顶爷放话，容我等放开手脚，无论打劫走私洋药的，还是别的什么。”

“不准胡来！”侯久满喝道，“好啦，我累了。你这几天做件事情，去盐场看看。看看我那老大，何故挺好的事，为何总无进展。”

吴丁贵疑惑：“大少爷的事，与枪炮局有什么牵扯？”

“毋须多问。”

“嗻。”吴丁贵行礼，疑惑离去。

街上，可言紧跟着一对洋人母女走着。提着大包、小包东西的阿六奇怪：“二少爷，您干嘛总跟着这两个洋婆？”

可言：“香啊……”

“什么？”

可言：“真香啊！”

那对洋人母女进了一家百货洋行，可言跟着走入。

洋行内，货架上琳琅满目，全是各色舶来品，两个中国店员忙着招呼顾客。

洋人妈妈站住，盯住跟进的可言，用生硬的中文问道：“中国人，你想干什么？总跟着我的女儿？！”

可言尴尬：“不不，误、误会了，我不是为了跟您的女儿。”

“那你倒是跟着我了？”

“不不不，我不是跟着你们……不不，我是跟着你们……我是跟着你们身上的气味。”洋人女儿笑起来。

“岂有此理！”洋人妈妈非常气愤。

可言：“夫人，您千万别误会，我额娘在北京命我买一种西洋香水，电报上说的那种牌子没了，我在街上偶然闻到您们走过时的气味，便一路跟了过来，想讨问一下，您们抹的是什么东西？”洋人女儿又笑。

洋人妈妈：“你的妈妈在北京？还懂香水？她是贵族？”

可言怔了一下，神气起来：“当然！何止是贵族！我额娘此次开列了一个长长的单子，大批采办洋货，专为我大清皇太后的70寿辰，备置贺礼。”

洋人妈妈看看阿六手里的东西，展出笑颜：“先生，您是在为皇宫，为皇太后，选购生日礼物？”

“正是。”

洋人妈妈浅浅鞠了一躬：“对不起，请原谅我刚才的不礼貌。”

可言摆摆手：“无妨，无妨。请问，您们身上抹了什么？”洋人女儿又笑。

“无礼！西西，赶快向这位先生道歉。”洋人妈妈责备女儿。那女儿提着裙子蹲了一下：“对不起，先生。”

可言下意识地也蹲了一下：“无妨，无妨。”洋人女儿索性哈哈大笑起来。

洋人妈妈赶紧道歉：“对不起先生，我这个女儿看见您，好像浑身痒痒。先生，能请您到客厅坐坐吗？”

“怎么，这家洋行……”

“这家商店是我的。我叫茱莉亚，我女儿叫西西，我们是英国人。”

可言与洋人妈妈伸出的手握握：“啊，好，好，我还以为你们是姐妹呢。”

“谢谢。先生，您叫什么？”

“啊，晚生贱名侯可言。”“侯先生，请。”

茱莉亚引可言走入富丽堂皇的客厅：“请坐，侯先生，您是喝茶？还是喝酒？”

“喝酒？喝酒好，喝酒好。”

印度男仆为可言倒了些酒，可言拿起一饮而尽。男仆看看，又倒了一些，可言道：“倒满，倒满，怎恁小气？”坐在一旁的西西又哈哈大笑。

茱莉亚：“侯先生，不好意思，我能看看您母亲的采购清单吗？”可言掏出电报。茱莉亚飞速浏览了一遍：“您的母亲看来非常内行，她开列的这些，全是西方上层妇女最时尚的精品、珍品。侯先生，本店十分荣幸能接待您这样的贵宾，也十分荣幸地告诉您，您母亲这份礼单上的东西，本店大部分都有，没有的也能很快从香港进货。如果您能将这笔生意交给本店，我一定在最优惠的单价上，再整体打九折。”

可言笑笑：“茱夫人，在下不但也是个商人，而且还是个四品道员，道员起码比你们英国一个郡的长官大，您若是货价不实……”茱莉亚颇有风度地还回电报：“侯先生，谢谢您。我只是想通过这次交易，认识您的母亲。”可言顿显难堪。

西西突然问道：“侯，你这么年轻，就当了官吗？”可言点头。

“你很了不起。”

可言顿时得意：“做官算什么？中国最了不起的不是官，是读书人。论读书的本事，不是吹牛，我侯可言博古通今，天下难寻……”

茱莉亚打断：“这样吧，侯先生，请我的女儿陪您在柜台和库房走走，您考察一下我的话是否诚实，同时，你们两个年轻人也认识认识，随便聊聊。”

西西走到可言面前，提着裙子蹲了一下，向可言伸出臂弯。可言愣怔：“什么意思？”

茱莉亚笑道：“出于对女士的尊重，您应当挽着我女儿的臂弯。”

可言站起，犹豫地用指尖触碰西西：“在、在我们中国，只有老太太需要这样搀着。”

西西大笑，挽起可言的胳膊：“那我搀着您！”

晚餐时分，可言兴奋地走了回府。

侯夫人问：“言儿，为何这么晚才回？”可言仿着西西，作提裙状一蹲：“回阿妈，孩儿将额娘要的东西一举办齐。”

侯久满看看可言：“你买着什么了，两眼放光？”

可言又如是一蹲：“回阿爸，孩儿真是开了眼，购置了许多许多神奇之物。”

侯夫人：“快坐下用饭。”

可言又一蹲：“谢阿妈。”

玉姑哈哈大笑：“二哥，你干嘛老母鸡似的，拃着翅膀一蹲一蹲的？”

侯久满瞪着眼：“你是不是去烟馆吃了药了？！”玉姑笑得更加厉害。

可言：“没有，没有，绝对没有！”

“中了邪了。”侯久满咕哝，目光转向正良：“良儿，你的那个盐垦为何了无声息？”

正良道：“回阿爸，因为地价太高，孩儿的农场一直无法开办。但近日，孩儿与盐丁大叔们试出一种西式制盐法，只需买少许盐田，就能胜过大片盐场。只是孩儿尚未定下决心，买哪一家的地是好。”

侯久满又嘟囔："慢慢悠悠，踌踌躇躇，岂能做成大事？！"

晚餐后，侯夫人与木棉搀着侯久满走进房间，侍候宽衣，准备就寝。侯久满说道："夫人，过些日子，我要赴京师为太后贺寿。"

侯夫人一怔："老爷这等状况，哪禁得住长途跋涉？"

侯久满："夫人有所不知，有人想谋我性命，实是为了裁撤或兼并粤局，目下虽说老侯的命暂且得保，但粤局性命仍旧堪忧，我只有趁贺寿机会进京，当面向皇上和太后为粤局乞恩。"

侯夫人看看："老爷如此尽心国事，还有奸人戕害。要么，算了吧，番禺与惠州的田产、果园，足够老爷清闲度日。"

侯久满不快："妇人之见！那样的话，老侯还不如死在水牢里！"

侯夫人怯怯地："老爷莫气，妾身只是忧虑……"

"去吧，去吧，我要睡了。"侯久满不耐烦。侯夫人理理被子，走了出去。

月光中，侯久满躺在床上，直愣愣地看着墙上的那些兵器。

次日，可言在家庙的房间里冲着镜子忘乎所以地不断"蹲着"。正良走进说他魔怔了。

可言扯住正良："大哥，你坐，你坐，我跟你讲，昨日可言在沙面的一家洋行，遇上个洋仙女。嘿，是那般的风情万种，那般的馨香撩人，那般的……大哥，明日我一定要带你去看看。"

正良大惊："二弟，你怎么可以看上个洋女子？"

"洋女子如何？你整日捧着《圣经》，捧着洋上帝，你不会是心口不一吧？"

正良："这，这婚姻与信仰，恐怕不能相提并论。"

"只要是经，就是念给全人类的。怎么，你那伊甸园还分种族吗？"

"可，可伊甸园的夏娃、亚当也是同族，并非一个西女，一个华男。"

"真是愚不可及！你的中国书读得呆，洋书读得也呆！等明日你见着那个西西小姐，看你呆还不呆！"

正良着急地："二弟，烟的事都将阿爸、阿妈气成那样，你再找个洋女，岂不要他们老命？不行不行，你可万万不能心血来潮，有失体统。"

"嘿，我侯可言仰不愧于天，俯不怍于人，何谓有失体统？得得得，找你的那股烟去！捂住了，攥紧了，别让烟姑娘飞了！"

可言将正良推出，正良挣着："二弟，二弟，追洋女，你还不如追玉姑……"

"追玉姑，我怕她的手枪侍候。"

正良抓住门框："二弟，二弟，我来是想问问你，阿爸为何突然关心起我的盐垦来。"

"不知道，不知道，可言现在满脑子全是西西！"

正良来到盐田，与丙辰九十九等盐丁忙着制盐，烟提在瓦罐为众人倒水。阿六搀着侯久满走来。丙辰九十九忙招呼。正良这才看见忙问。

"辛苦，辛苦。"侯久满冲盐丁们友好地拱拱手，拉着正良走向一旁，低声道："良儿，阿爸已经替你买好了地。"接着掏出厚厚一沓地契："别问那么多，拿着，这是地契。这几日，别光围着那几口锅转，赶紧购置其他荒滩、盐田，多多益善。阿爸保你地价极低。"

正良惊愕："阿爸，您买了哪家的地？"

侯久满指着海岸："为父将这沿海一线，100 里的滩涂全买了。"

"啊？您，您，您是不是存着与阿圭大人同样的主意，打算用滩涂封锁别人的出水口？"

"阿圭？阿圭也出过这样的主意？那你为何不早干？"

正良张嘴欲说，侯久满扶着阿六离去："别讲那么多，剩下的事，你自己务必做好！"正良紧跟，欲扶侯久满，被推开。"别管我，好好干你的！有朝一日，阿爸的枪炮，说不定用得着你们几个。"正良站住，愣怔看着他。田埂上，身体虚弱的侯久满，显得有些滑稽地踉踉跄跄。回到侯府，侯久满便悄悄嘱咐阿六准备上京。

签押房内，大箱小箱上摆着各色珍玩，袁世凯攥着鸡毛掸子一一敲打着："大路货！大路货！统统是些大路货！多动动脑子，得想法子在如山似海的寿礼中，奇也好，怪也罢地显出咱的东西，让老佛爷的眼珠子一亮！一亮！"

管家答应着："是，是，小的另行置备，另行置备。"

赵秉钧走进，看了看，轻声道："部堂大人。"

"哦，来了。"袁世凯指了一下贺礼，"智庵，都看见了吧，离太后万寿大喜的日子越来越近，本督可不想在这种时候给老太太添什么堵。"

"下走明白。大人尽可放心，天津地面的治安，下走可保万无一失。"

袁世凯不快："我说的不是天津！"赵秉钧一怔。

"原本，本督所倡导力行的新政，样样在大清独占鳌头，颇得太后与朝野激赏，偏偏为了一把破枪……你出去。"

"嗻。"管家快步退出。

袁世凯接着说："偏偏为了把破枪，你一步一步将本督快带进了沟里！"

赵秉钧扑通跪下："下官有罪……"

"没叫你跪！"赵秉钧又赶忙爬起。袁世凯恶狠狠地低声："听着，新政也好，洋务也罢，枪炮、兵弁，仍是老袁心底的重中之重！你该干什么还得干什么，但别总是偷鸡不成蚀把米！"

"下走无能，下走知罪。"

"告诉你，那只猴子也得了旨意，要进京贺寿。自打他的枪图失盗，就已疑心到我北洋头上，再加上后面的裁撤、丢枪，特别是……"袁世凯停下，看了看门外。

赵秉钧忙道："大人不需再讲。下走明白，无论如何不能让那只猴子……"

"打住！你别总猜度着本督的心思办事，还自以为大差不离，远着呢！说了归齐，你不是那猴精的对手，已经干得屎裆尿裤的事，赶紧拾掇干净。如若那猴精在老太太面前告了什么枪炮上的刁状，本督可是一概不知，你自己尽早地洗干净了脖子！"赵秉钧愣怔。"听明白了吗？"

赵秉钧糊里糊涂："下走……下走……"

袁世凯拍了拍赵秉钧的脊梁："去吧智庵，本督还是信得过你的。"

"……下走告退……"赵秉钧懵懵懂懂地退出门。

庭院中，赵秉钧边走边疑惑地回头看着，表情阴鸷地想了会儿，咕哝："这云里雾里的……干脆，一不做二不休……”赵秉钧招了一下手，片刻，那个邢队官走来。赵秉钧阴狠地：“听着邢队官，跟本官出趟远门！”

晨，光绪、隆裕来到乐寿宫给慈禧请安。

隆裕：“姑母，喜子在门外听阿尔萨兰讲，姑母睡得极安适。”

“是。你们没什么事，就去吧。”

光绪道：“皇阿玛，见着阿尔萨兰，儿臣想起一事。听说皇阿玛准侯久满进京贺寿，不知皇阿玛是否已决意保存粤局？”

慈禧看看光绪：“贺寿是贺寿，与保不保什么东西有何干系？”

“儿臣是有些顾虑，这消息若被那些嫉恨侯久满的人知道，侯久满来京师的路上，怕是凶多吉少。”

慈禧：“皇上多虑了，杀个造枪的工头，能有多大的好处？去吧，都甭跪了。”光绪看了看慈禧，与隆裕分别说了声“谢太后”、“谢姑母”，先后退出门。

阿六等五六个家丁围护着侯久满上了客轮。身后不远，牛子旬阴笑着随之登船。阿六等将侯久满送入头等舱，两名家丁分立门边。牛子旬走来看看，进了斜对面一舱。

客舱里，侯久满吩咐阿六：“告诉船上的伙房，我每日在自己舱内用餐，叫他们做得清淡些。”牛子旬开着门缝，朝外窥视着。

此时，颐和园湖边的石桌旁，慈禧坐着，阿尔萨兰跪着，下着“进退棋”。慈禧闭目搓着色子，念经一般：“6……6……6……”然后一丢，果然是6，宫女欢呼。慈禧向前走子6步：“阿尔萨兰，该你了。”

阿尔萨兰心事重重地望着远处，没有听见。慈禧又唤一声，宫女急忙捅捅阿尔萨兰。“哦……”阿尔萨兰猛醒，捡起色子，又拜又搓：“我也学学老佛爷，念念经：老天保佑，老天保佑，6……6……6……”

客轮伙房，厨子将瓦罐端下灶：“大人要的菜粥煲好了。”

阿六递过食盒：“盛在这里。”

“是了。”厨子欲盛。

“等等。”阿六从瓦罐中盛了点儿，取出块银牌试了试。

“瞧您，您不是一直在边上看着吗？得，替您刷刷提盒。”厨子用水冲洗食盒，用抹布擦干时，趁阿六观察银牌，厨子换了一块抹布，擦了擦食盒内侧。

阿六提着食盒沿船舷走着。忽然，从一舱门伸出根拐杖，阿六被绊倒，粥洒了一地。接着，一个很大的包裹扔到阿六身边，包裹上还绑扎着一封信。

“何人？！”阿六惊异不已，两边巡睃，未见一人，于是回客舱。

客舱，侯久满绷着脸看着阿六打开那个包裹：是大饼、咸菜和水壶。阿六拆信，念道：“‘侯大人，船上有奸人，您只能食用包内东西。’……这人是说，伙房会有人投毒？不可能啊，小人刚才特意用银牌验过。”

侯久满：“再试一下。”

阿六取银牌刮下食盒内的剩粥……银牌眼见着开始变乌。阿六扑通跪倒："小的该死！小的该死！刚才小的明明验过……"

"起来！好好想想，怎么回事？！"

阿六回想："那厨子洗涮完食盒，用抹布擦干……莫不是那抹布上有鬼……狗东西！"

阿六愤怒欲寻厨子，被侯久满喝止："慢着！奸人肯定不只伙夫一个，暂且不要管他。"

"那，那老爷在船上，天天就吃这些？难道这些东西，就没问题？"侯久满看着信捉摸："这是什么人？"

阿六掰了块饼丢进嘴："小人先尝尝。"侯久满看着阿六……

阿六摸着肚子："没事，老爷。"

"不管此人是谁，我等姑且信他。"侯久满放下信，拿起壶喝水。

此时，牛子旬从门缝处向外张望着，突然门被撞开，半边脸缠着纱布的赵秉钧与便装的邢队官闯入，未待牛子旬出声，邢队官便捂住其口。赵秉钧低声："牛大人莫慌，下走有事与你商议，切莫大声。"牛子旬点点头。

邢队官松开手，牛子旬讶异地："赵大人，您怎么也在船上？"

赵秉钧："实不相瞒，下走此次是专取侯久满性命的。"

牛子旬大惊："不行不行！牛某奉太后密旨，要一路守护那只猴子，赵大人若杀了他，牛某如何交得了差？"

赵秉钧笑笑："登船时看见牛大人，下走便知大人负有此命。但没办法，我等各为其主，下走还是无论如何都要杀了侯久满。"

牛子旬："你……你家主子袁世凯，难道要造反吗？"

"袁大人并不知此事，下走只是揣摩主子的心思行事。"

"不行，不行，你要杀侯久满另择个日子，切莫牵带牛某为他陪葬。"

"对不住了牛大人，下走已然开始动手，停是停不了了。"

赵秉钧示意，邢队官将一团毛巾塞入牛子旬口中，将其捆起。牛子旬惊恐挣扎。家丁听到动静，走到牛子旬舱前查看。片刻，赵秉钧提着酒瓶走出，佯装自语："这厮真是没用，半瓶不到就醉了。……牙疼不是病，疼起真要命。"赵秉钧捂着半边脸离去。

当晚，阿尔萨兰为慈禧按摩着肩膀。慈禧："那猴子今日该上路了吧？呸呸，什么叫上路了。"

阿尔萨兰笑笑："没关系，奴婢无所谓那猴子是启程，还是上路。"

"刁蛮！你可不许猴子、猴子地乱叫。"

"他本来就是老佛爷养的一只老猴，要着解闷儿的。"

慈禧扭脸看看阿尔萨兰，叹息道："唉——，这满天下的人，竟无一人能解我的心思。"

洋行内，西西挽着可言走着："侯，你是说，你的妈妈曾经是清国皇太后的宫女吗？"

可言拿起一只花瓶把玩："正是。她既当过太后的宫女，也当过皇后的宫女，而且目下是整个大清皇宫的大姑爸爸。"

"大姑爸爸？"西西大笑，"一个女人，怎么能够当爸爸？"

"这有何可笑，宫里的那个老太婆，还当着皇爸爸呢。"

西西："你们中国人好奇怪，既然女人叫爸爸，那男人叫妈妈算了，反正男人也梳着大大的辫子。"

可言怔怔："这话是你说的，若换了旁人，我侯可言要与他拼命！"

西西摸摸可言的脸："侯，你生气了？"

可言躲了躲："……没，没。不过，你说得也没错，我大清还真是阴盛阳衰，可言早晚要剪掉这根辫子！"

舱内，阿六为侯久满盘着发辫，侯久满边扇扇子边啃大饼："这舱里真闷！别编了，今日无论如何也得冲个凉！"

阿六："老爷，船上的冲凉房，人杂乱得很。"

侯久满向外走："走，此刻是午膳时间，不会有什么人。拿上洋皂。"

家丁簇拥着侯久满来到浴房前，阿六先入，查巡了一番走出："老爷，小的仔细看了，没有一人。"

"你等门口守着。"侯久满走入房看看，确认无人，开始脱衣。房顶，有块板子悄然移动，瞬间，一蒙面人无声落下，抽出匕首靠近他……侯久满抹了满脸洋皂，待感觉不对，勉强睁眼时，蒙面人已扑来，一手捂口，一手举起匕首。侯久满拼命挣扎。蒙面人忽然一软，瘫了下去，背上插着一把飞刀。房顶那洞口缓缓掩上。

此刻，牛子旬的舱内，邢队官拽下塞口布，喂牛子旬吃饭。牛子旬："赵大人，牛某实在不懂，你何时不能杀那猴子，偏偏选这么个地方，这么个时辰。"

"牛大人终会清楚。"

"清楚个屁！你等一旦得手，还不灭了爷的口？！"

赵秉钧笑笑："人终有一死，概莫能外，大人暂且吃饱喝足。"

舱门外忽然一片嘈杂："杀人啦——！冲凉房有人遭杀啦——！"

片刻，有人轻轻敲门，邢队官打开，一人走入对赵秉钧耳语。赵秉钧蹙蹙眉，拍了拍牛子旬，牛子旬哀呼："赵大人，看在你我同道……"

"别喊！接着吃，您一时半会死不了。"牛子旬惊恐地眨着眼。

喊声中，侯久满头发披散，湿淋淋地走回客舱，冷笑道："老侯还真是上了贼船！"

阿六问："老爷可看见救您的大侠？"

侯久满："什么大侠，想必是朝廷派来的镖客。"

阿六一愣："那，想杀老爷的是何人？"

侯久满拿起饼使劲啃下一块，就着咸菜嚼着："如今想杀我老侯的，数不胜数。"

湖边，阿尔萨兰拿着英文的《安娜·卡列尼娜》，低头边念边走。

对面，光绪走来，惊奇地看着阿尔萨兰，笑着故意不出声。阿尔萨兰读着走着，一下撞在光绪胸口，大惊跪下："皇上？奴婢该死……"

光绪笑道："想不到，阿尔萨兰，你竟然学会洋文了。"

"回皇上，奴婢穷极无聊，学几句鬼子国的话解闷儿。"

光绪搀起阿尔萨兰："懂洋文好，便于阅读西书原文，免得那些译员漏掉了人家的精髓。朕也悄悄学了一些。怎么，太后歇晌了？"

"是，皇上。"

光绪："走，去看看朕的那几册课本，是否适用。"

"奴婢……奴婢不敢……"

"这园子要比瀛台管得松些，别怕。"

"奴婢不是怕别的，是……奴婢实在也是初学。"

"走吧，朕已听了一阵，你总比朕学得强些。"

"那……谢皇上。"阿尔萨兰高兴地跟在光绪侧后。

光绪问道："你的洋文，是跟那个赫顿学的吧？"

"正是。"

"赫顿与戴刀为朝廷立了大功，他们都还好吧？"阿尔萨兰立即显得沉重，看看光绪……

"朕名为天子，却连位洋教习都请不得，用的还是京师大学的几本旧书。"光绪苦笑，靠近阿尔萨兰耳语："阿尔萨兰，知道朕熬到真正柄政的那一日，最想的做头一桩事，是什么吗？"阿尔萨兰摇摇头。"朕最想做的，便是周游世界，饱览列国，尽收他山之石，以攻我大清之玉。"

阿尔萨兰低声道："皇上会有这一天的。"

光绪振振胸臂："朕也这样想。朕要好好吃，好好睡。"

阿尔萨兰随光绪到了玉澜堂的宫门前，惊奇地发现，大门两侧的墙壁与小山之间的夹道，均被砌墙堵着。

"这两边为什么砌墙？"

光绪笑笑："这两边，原本一条道通着乐寿宫的后门，一条道通着处理朝政的排云殿。后面也有一堵新砌的墙，隔开了皇后住的宜芸馆。太后命人在朕的住所三面封墙，你说是什么意思？"

阿尔萨兰愣怔："这，这……连娘娘见皇上，都……"

光绪看看身后太监，低声："明白了吧？众人只知朕与皇后不谐，却不知，太后压根儿就不愿她的外甥女与朕有多么亲密。"

阿尔萨兰惊愕："怎么会……"

光绪走进院门。阿尔萨兰看看那两堵墙，跟着入内。

光绪与阿尔萨兰穿过庭院，太监们轻慢地哈哈腰，并贼溜溜地盯着："皇上……大姑……"光绪带阿尔萨兰径直走入房门。

光绪进门便骂："狗奴才，等朕熬到那一日，要一个个挖了他们的贼眼！"

阿尔萨兰打量大而简陋的房间，看到光绪床上的帐子，竟然打着许多补丁！

"坐。"光绪从枕边拿了两本旧书。阿尔萨兰欲为光绪倒茶。光绪背着身："你别忙，朕从来不喝那些狗才没有当面沏的茶。"阿尔萨兰惊恐地看看光绪，看看茶壶。"当然，真有什么，也是防不胜防。"光绪翻着书，说了句英语单词。

光绪转过身："知道朕说的是什么吗？"

阿尔萨兰笑笑："皇上好像说的是'沉默'一词。"

"正是。"光绪感慨，"朕自主政，曾有多少经天纬地的宏愿与抱负，不曾想被袁世凯那狗贼两面阴行，背逆密告所断送！每思及此，朕气涌如山，咬断钢牙！'沉默'，'沉默'，而今唯有'沉默'……"光绪用英语又说了三遍"沉默"。阿尔萨兰同情地看着。

光绪苦笑："阿尔萨兰，朕一直想知道，洋文中，'皇爸爸'这个词该怎么说，你教教朕。"

阿尔萨兰又怕又为难："皇……皇……"

"皇爸爸。"光绪讽喻地笑着。

"奴婢……奴婢也不知……"阿尔萨兰突然看着门，惊叫一声："皇上……"光绪看向门——隆裕与一个端着盘子的宫女，惊愕地站在那儿！

阿尔萨兰扑跪："皇后娘娘吉祥。"

隆裕醋意十足地："阿尔萨兰，你可真是个盛话的篓子，打你回宫，凡是个人逮着你，都想狂说一通。"

阿尔萨兰跪着："娘娘，皇上只是想问奴婢几句洋文上的事。奴婢乞退。"

"皇上正与你说得热闹，怎么好我一来，你就走人？"隆裕笑笑，"起来吧，我也就成心酸那么两句，皇上多年无人说话，难得你能让皇上心里松快松快。快起来吧。"隆裕亲手搀扶阿尔萨兰。

"谢娘娘，谢娘娘。"阿尔萨兰悄悄吐了口大气。

隆裕又对光绪说道："皇上，臣妾娘家送来两匣自制的小点心，这萨其马做得格外酥甜，臣妾端来几块，想请皇上尝尝。"

光绪冷淡地："放桌上吧。"

隆裕看看："皇上，您就给个面子，若是担心不好吃……臣妾先吃一口。"隆裕拈起一块点心咬了一口。光绪看看，应景地拿起一块吃着。

"阿尔萨兰，你也吃两块。"

"奴婢不敢。"

光绪故意地："兰儿，皇后叫你吃，你吃就是了。"

阿尔萨兰扑通跪下："皇上，您千万别这样称呼奴婢……"光绪默默吃着。

隆裕哀伤地看着光绪："皇上，您大可不必让阿尔萨兰如此难堪，臣妾也有个额娘起的小名，喜子，可从不见皇上称呼。皇上一直防贼似的防着臣妾，可皇上不知，臣妾被姑母、皇上两头夹着，心里有多苦……"说着，隆裕抹起眼泪。光绪默默看了一眼。阿尔萨兰又道："皇上，娘娘此话全是泣血之言。奴婢知道，宫内、宫外的许多臣民，都为我大清的皇后娘娘伤感不已。"

光绪沉重地道："朕不是不知皇后的苦处，但，或许朕唯有如此，对皇后还要好些。"

"皇上，臣妾知道，皇上从未喜欢过臣妾，珍妃在时，臣妾没少使过小性儿，可珍小主去了这么些年……阿尔萨兰……"隆裕将阿尔萨兰拉到床前："阿尔萨兰，你看，皇上手里不只有你捡的那枚珍妃的玉簪，这顶帐子，是珍妃囚禁东三所时用的，皇上找来一直这么挂着，破成这样也不准换……"

隆裕擦着泪："阿尔萨兰，今儿个借着你在，我放胆冲皇上倒一句心底的话：'执子之手，与子偕老'，此话在士子庶民当中能真正做到的又有几人？然我朝皇上，对于一个妃子，却用情如此专一！喜子即便是块石头，日日见着此景，也早已化了。喜子要讲，千秋百代以来，当今我朝的皇上，乃是最好最好的皇上！尤其在满天下的女子、妇人心中！"隆裕说罢，垂头疾步离去。光绪怔了。

"……皇上，奴婢告退了。"阿尔萨兰跪拜后，默默走出门。

光绪一动不动地看着，眼眶湿润……

正在乐寿宫午睡的慈禧翻了个身，像是被梦魇着了："阿尔萨兰，阿尔萨兰，你家猴子好生危险……"

十七

客轮依旧航行。舱内，邢队官说道："赵大人，再不动硬的，怕到了天津码头，就更不好下手了。"

赵秉钧："这不是急的事，明火执仗，难免暴露我等身份，不好收场。本官估摸，暗护侯久满的镖客并不多，甚至未必是朝廷方面的人，否则早就有兵抄船了。等着，总有机会。"牛子旬被堵着嘴，瞪大眼睛看着。

侯久满在客舱内睡着。阿六及一个持枪家丁坐在舱门口，打着瞌睡。

舷窗处，一个礼帽、衣领遮住大半面孔的人，向里看看侯久满，闪去。

一路无险，侯久满进京，坐上马车，直奔驿馆。

马车飞奔。片刻，另一辆马车紧跟奔来。车内，牛子旬说道："谢天谢地。赵大人，在天津时您不下手，到了京师，您怕是没有机会了。"

赵秉钧笑笑："天津乃袁宫保署衙所在，乃下走治安地界，怎么可能在天津杀戮太后宠臣？你这猪头真是留之无用，顶多还有一刻钟，侯久满走了，你陪着上路！抓紧念几句经吧。"

牛子旬大叫："你！你敢在太后老佛爷的眼皮底下……"邢队官将破布塞入牛子旬嘴巴。

京师驿馆的大门，人进人出。对面有一民居小楼，窗口处有一蒙面人朝外看了一眼，提起长枪，调整射击位置。两辆马车在驿馆门口停住，先跳下家丁、阿六，左右看看，扶侯久满下车。

小楼上，蒙面人出枪，开始瞄准……

侯久满走向大门。蒙面人的手指渐渐压紧扳机。"砰"地一声枪响，侯久满僵住。阿六等急忙护住侯久满，侯久满缓缓回身看向小楼。那蒙面人后脑流血，缓缓倒下。客轮上那个礼帽遮面的人走进门，扯下蒙面人的遮脸布看，向上推推礼帽露出脸来——是善缇。善缇向窗外瞟了一眼，迅速离去。

侯久满："快，对面小楼！"家丁冲向小楼。阿六架着侯久满疾走："老爷快进驿馆！"忽然，一面摊摊主从围裙下取出手枪，对准侯久满，"砰"的又是一枪，侯久满再次回头，那摊主晃晃悠悠倒在地上……

附近街角停着辆马车，轿帘缓缓放下。车内，阿尔萨兰放下枪，抚胸长吁了一口气。

善缇跳上车忙问平安，阿尔萨兰让快走。善缇扬鞭而去……阿六拽着侯久满："老爷快进房间……"侯久满使劲朝门外看着。

驿馆的大门不远处停着赵秉钧的马车。赵秉钧慢慢放下轿帘，阴鸷地沉默着。"侯久满命不当绝啊！”赵秉钧看看牛子旬，抽出匕首。牛子旬“唔唔”挣扎。赵秉钧：“别慌，托侯久满的福，牛大人您不但死不了，还得劳您抢先向太后报个信。”牛子旬使劲摇头。“至于如何讲，不用下走多说吧？你我是同道。”赵秉钧的匕首，在牛子旬的脖子处来回舔着，牛子旬拼命点头。

善缇驱车奔驰。阿尔萨兰问道：“善缇，这一路，你弄清那伙人的来路了吗？”

“回姑爸爸，他们的口风极严，头目一直不怎么露面，还捂着半张脸。但奴才猜测，他们极可能是袁世凯的人。”

“有凭证吗？”

“那个头目很像是老爷上次来京，在驿馆监视老爷的人。而那人，奴才最近得知，是袁世凯的属下，天津巡警局总办赵秉钧。”

阿尔萨兰怔怔：“……又是袁世凯？五羊枪枪图失窃，老猴就疑心是他，难道……难道袁世凯害怕老猴举告盗图的事，下此毒手？……至于吗？”

“奴才不知。”

阿尔萨兰自语：“兴许另有更深的隐情。只是没有实证，很难向太后举发。……哼，好歹那只猴精还活着。”善缇看了看她，扬起一鞭，马车奔去。

侯久满入乐寿宫，他深伏在地：“吾皇万岁万岁万万岁！吾圣母皇太后万岁万岁万万岁！祝太后万寿大吉祥！”

慈禧满脸是笑：“起来起来，阿尔萨兰，快搀一把。”

阿尔萨兰象征性地伸了下手，侯久满摇摇晃晃爬起：“谢皇上！谢太后！”

慈禧：“猴子，难得你身子骨没利索，便千里迢迢地赶来，一路上还经风历险的。”

侯久满：“蒙朝廷遣神人护佑，臣感激涕零。”阿尔萨兰看着侯久满冷笑了一下。

光绪惊问：“怎么，路上真有人追杀？”

慈禧看着侯久满：“我是挂着你的安危，才派了个人跟着，不曾想，还真有狗贼再三再四地下手，甚至杀到了京师！皇上，这事还没来得及告诉你。我已传旨，选个侦缉干才，速破此案。”阿尔萨兰惊愕地看慈禧。

光绪：“这是何人，如此丧心病狂？”

慈禧：“不说这事了。猴子，又给我带来些什么稀罕物件儿？”侯久满指着大小礼盒：“回太后，这些全是照着大福晋的礼单办的，臣不敢窃夺大福晋之功。”

“好！好！你们两口子如此相敬，我这媒人甚是高兴。阿尔萨兰，还不快打开让我瞧瞧！”

“是，太后。”阿尔萨兰解开礼盒彩带。

慈禧兴奋地：“先拆小的，先拆小的，由小到大……”

此时，颐和园大门外，赵秉钧不停拱手：“多谢大总管举荐！多谢大总管，多谢大总管！”

李莲英：“也真奇了怪了，这侯久满能个儿大了，遭人妒嫉也在常理，可怎么会有人玩了命地追杀他，至于的吗？”赵秉钧附和称是。李莲英：“好生查办，有了眉目，赶紧告诉咱家。”

“下走定将殚诚毕虑，不负大总管举荐厚恩！”

赵秉钧掏出银票，塞入李莲英袖折。“还真不少。”李莲英取出看看，拍回赵秉钧手里：“这回老佛爷是真的要拿几颗人头，办完了，咱们再说事儿。”赵秉钧哈腰附和。

宫内，看礼盒的慈禧闻着一个小瓶：“哟，熏得我脑仁直晕。不好，这洋人的香水，哪有我宫里这些鲜花、鲜果的香气自然。”

阿尔萨兰：“老佛爷，这香水不是熏屋子使的，是点在身上的。”

“点在身上，我岂不与那些公使太太们一个味儿了？换一个瞧瞧。”慈禧拿起一对小瓶闻闻，“这个更怪。”

阿尔萨兰：“太后，这是染发的药水，涂在头上，用不了半个时辰就得，还一点儿不污皮肤。”

“一点儿不污皮肤？那敢情好！来来来，现在就试试。”

“先看完了吧，老佛爷。”

“留着念想，先试试这小东西。”慈禧欢欣地坐在椅子上，“来，来……”

阿尔萨兰笑着解开慈禧的头发。侯久满欲退。“猴子，你和皇上都别走，不是说西学中用，可焕我大清生机吗？咱们一起看看，这洋人的东西，能不能先把我大清国变得年轻些个。”光绪与侯久满对视一下，光绪鄙夷地笑笑。

宫外，牛子旬上了一辆马车：“赵大人，前面的事，牛某已在太后那儿替您遮过去了，但那几颗人头，您得自己……”

“这事也得拜托牛大人。”

牛子旬吃惊：“我？！”

赵秉钧说道：“你得找几个正宗的广东人交给下走，还得吃得住打，砍头的时候都得咬死，承认他们是为了侯久满的朝圣贡品，而一路杀入北京的。”

牛子旬怔怔，拱手：“牛某与赵大人相比，真是惭愧之至。”

乐寿宫内，阿尔萨兰、侯久满及宫女们惊得面面相觑，光绪幸灾乐祸地笑着——慈禧的头发成了黄色！慈禧看看众人：“你等一个个为何这种神色？拿镜子来。”

阿尔萨兰惊恐得都快哭了：“老、老佛爷……您再等等……”“怎么？”慈禧嗔怒。阿尔萨兰战战兢兢，磨磨蹭蹭地取了镜子。在递镜子时，阿尔萨兰飞速抓了块手帕盖住慈禧头发：“老佛爷，西文说条上讲，要用布巾包裹片刻，加些温度……”

慈禧：“加温度？你是觉得我老糊涂，很好耍骗吗？”阿尔萨兰扑通跪下：“老佛爷，奴婢有罪！”

慈禧的手抓住手帕，不敢一下掀开：“你个婢子，把我弄成了什么模样……”慈禧犹豫一阵，欲掀，“要么就等等？”慈禧等了片刻，“……我还就不信了！”慈禧猛然揪去手帕——头发乌黑！侯久满等目瞪口呆。

慈禧看着镜子，笑容顿展：“阿尔萨兰，你何罪之有？”

阿尔萨兰恐惧地缓缓抬头……一下坐在地上，长长吐了一口气。

稍候，侯久满与阿尔萨兰一前一后走出宫门。侯久满看看后面，冷笑道：“你幸亏没将我大清圣母皇太后的脑袋染得洋婆子一般。如果那样，你还不如染个绿色的要好些，起码没有崇洋媚外之嫌。”

“少啰嗦！即便弄错了，也是你家那个该死的老二，不会办事！”

“什么我家老二？明明是你家嗣子！”

“哼！”阿尔萨兰大步走去，忽又停下，回头，“快些走！”

侯久满：“你走你的！”

阿尔萨兰返回，搀住侯久满：“怎么没在水牢里沤死？！”

“用不着！”侯久满推开阿尔萨兰的手，踉踉跄跄走在前面。

“不知好歹！”阿尔萨兰咕哝。

侯久满随后进了庆王府，奕劻站在长箱前，摆弄着他送的五羊枪：“好！好！亏你惦记着，我府上亲兵的家伙是该换换了。”侯久满坐在椅子上吃药。

“不过，其他王公大臣的府里，侯大人最好也意思意思，特别是铁大人和袁大人。”“标下已有准备，只是怕宫里的禁军还未装备齐整，做得过了，皇上和太后那里……”

奕劻放下枪：“也是，也是。”

侯久满站起：“王爷，标下想问问粤局的前程……”

奕劻接过仆佣递来的毛巾，默默擦手。

侯久满着急地看着：“怎么，王爷……”

“侯大人，实不相瞒，你前一时祸闯得太大，惹恼了朝廷最为倚重的几个内外大员，连太后老佛爷都有些忌惮。目下，军机处已议定粤局撤裁，只等着太后最后旨意。”

侯久满十分沮丧：“那……太后有什么口风吗？”

“没有。侯大人不妨趁太后万寿的日子口高兴，逮着机会说说话，本爵也插空敲敲边鼓。”

侯久满抱拳：“多谢王爷。”

夜，乐寿宫里到处响着留声机放出的贝多芬的《命运交响曲》。慈禧好奇地围着留声机连看带找：“这小妖精是从哪冒出来的动静，轰轰隆隆，好大的脾气。”

阿尔萨兰：“老佛爷，您别找了，声音是从这盘子上转出来的。”

慈禧盯着唱盘：“就这张黑饼？”

阿尔萨兰笑道：“这不是饼，是唱盘。”

“喔唷，真真是个好玩意儿！就是不知这妖精会不会唱京戏？”

“会，会。”阿尔萨兰换了一张盘……

慈禧听着更加兴奋：“谭老板的《定军山》！好，好。这妖精叫个什么名？”

“留声机。”

慈禧重复：“留声机。洋名怎么说？”

“英文叫……”阿尔萨兰说一句英语。慈禧磕磕巴巴学了一遍，阿尔萨兰纠正。慈禧重复了两遍：“阿尔萨兰，打今儿起，你也教教我这老太太，学点儿洋文吧。”

阿尔萨兰：“老佛爷，奴婢这两下，卖瓜都不够使的。”

慈禧：“嫌我老？皇上你都教得，我，你懒得教？”

阿尔萨兰大惊失色。

慈禧笑笑："说着玩的，那个叫伊莉什么白的英国女皇帝不学我大清国语，为何我要学她说话？是不是，阿尔萨兰？"阿尔萨兰擦着冷汗称是。

总督行署，袁世凯边进门边喝问："这阵子你去哪了？鬼得连本督都找不见影了！"

赵秉钧："部堂大人恕罪，下走想办成件大事，又不想牵扯大人，因此没有事先禀报。"

"何事？！"

"……下走无能，又没有办成……"

袁世凯怒道："问你何事？！"

"……下走……下走想杀了侯久满……"

"杀……？"

"部堂大人知道因何缘由。"

"你办的好事！本督怎会知道缘由！"袁世凯气愤不已。

"下走……下走实在是担忧侯久满进京，不但举发环绕五羊枪的种种，还会潜心追究那个戴刀……"

"打住！"袁世凯喝道。

"如若那样，事就大发了……"

"打住！打住！给老子打住！"袁世凯吼道。

颐和园大戏楼，张灯结彩，太监、宫女们忙碌布置……

光绪看了看，问道："准备得如何了？"

南府执事太监："回皇上，一应事体全都齐备了，只待太后与洋人的茶会一结，这边就开锣。"

"今日有不少洋人，多演几个洋人看得懂的打戏。"

"……嗻……"南府执事看看光绪，"只是……只是太后寿诞，怕是不太愿见刀和枪的……"

"怎么，朕连点个戏码的权力都没有了吗？"

"不不，奴才不是这个意思，奴才是说，这戏码是不是请寿星佬……"

光绪看着一处，忽然叫道："太后驾到！"

太监、宫女，及隆裕、侯久满、阿尔萨兰等霎时齐跪，伏身高呼："圣母皇太后万寿吉祥！"然而，久无动静，光绪忽然哈哈大笑。众人缓缓抬头，并无慈禧。知道是光绪恶作剧，不禁随着一片大笑，纷纷爬起身。阿尔萨兰笑得前仰后合："我还以为老佛爷真的来了，皇上可真能逗闷子。"

光绪显得格外开心，拍打着侯久满："哈哈哈哈……好耍……好耍……"侯久满跟着傻笑着。

"哟，什么事儿啊，这么高兴？"慈禧这回真的与公使团的一些洋人及夫人走来。光绪与众人乱哄哄跪下，乱哄哄叩拜："太后万寿吉祥……太后万寿吉祥……"

"平身。说说，何事让尔等这般开心？"慈禧又问。众人尴尬，彼此相看。

隆裕搀住慈禧："没什么姑母，您万寿大喜，丁点儿的事儿就让大家吃了蛤蟆骨朵似的。"

慈禧走向座席："开心就好，这大清的皇宫好久没听见这样的笑了。往回数数，我50那年，法国人在马尾跟咱开战；60那年，日本人在大东沟跟咱开战；今儿个70，也有个叫黄兴的想搅合，可他被身边的人举告，给提前灭了！说起来，还是咱的新政得人心啊！"

奕劻："托太后洪福，大清万象更新，蒸蒸日上，国泰民安！"

慈禧："说得好。奕劻，我尤其喜欢这个万象更新！这70的大寿，咱得好好地过！"

"马屁精！"光绪看着戏码折子，嘟囔，"别忘了，日、俄两国还在东北打着，英国人又入侵了西藏。还有广西会党举事，这大清的东南西北，哪有一寸清静？"奕劻顿显尴尬。

慈禧忿忿地瞥了光绪一眼："谢皇上提醒！开戏！"

南府执事问道："老佛爷，您想听哪一出啊？"

慈禧恶狠狠地："打！打！打！哪出打得热闹，来哪出！"

戏台上顿时锣鼓山响，刀光剑影。

街头，小孩们奔跑、欢叫着："革命啦——！革命啦——！"

一清兵吼道："小兔崽子，喊错了，不是革命啦，是杀革命党啦！"

小孩改过口来："杀革命党啦——！杀革命党啦——！"

囚车行来，车内押着那两个湖南汉子。

甲汉道："好啊，今日是清廷那老妖70，我等此时做鬼，正好飞越千山，去京城讨杯酒吃！然后锁了那老妖，一同见阎罗！"

街边，玉姑、可言与西西挤在人群中看着。

"我二人还要为那老妖唱上一段！"乙汉唱道："落日龙旗大清崩，皇朝去矣共和更！今日抛头擂天鼓，唤起千军唱大风。"

清兵头目："快！快封了他们的口！"清兵跃上囚车，扯住两位汉子的辫子，割断了他们的喉咙。

"狗贼！"玉姑怒目圆睁，弯腰欲从靴中抽枪。

可言紧紧拉住："走吧，我怕见血……"

人群中有人喊道："不合规矩嘛，断头之前，总要让人家唱两句！"

"就是！就是！"人群涌动向前，堵住了囚车。

"反了！"清兵头目挥刀乱砍。兵民缠斗，血溅街头。

慈禧走入乐寿宫："扫兴！奕劻，日本人和俄国人到底打得如何了？"

"回太后，两国鬼子仍在旅顺激战，据报日本人强攻不下，正日夜挖土，欲以坑道爆破。"

"挖我龙脉，不得好死！他们还真拿大清做戏台，拿我等当看客，打得没完没了了！猴子……"

“标下在！”

慈禧：“都说我大清乃礼仪之邦，处处占优，只是器不如人。可是兵工之事，自曾国藩开设安庆炮局，也已数十年之久，怎么仍然比不过人家？”

侯久满看看慈禧，说道：“回太后，标下以为，中国兵器无法赶上外国，原因有三：一是迂腐，认为礼义二字足胜枪炮，自欺欺人。二是无为，认为外国势强终难赶上，得混且混。三是苟且，认为造不如买，一味依靠进口。有此三者，大清枪炮局虽多，然尽是苟延残喘，不思进取之辈。”

奕劻：“侯总办所言不虚。”

侯久满：“太后，目下我大清以新式枪炮装备的陆军，虽有数万，但论兵器精利，御外仍然远远不足。何况水师自甲午战败，一直未能恢复，一旦洋人再举，社稷必危。标下斗胆恳请朝廷，勿忘国耻，善修内政，针对当前寇情，合理铺排军械制造……”

“好了猴子。”慈禧不快地打断，“我要你说说，没要你说这么一大篇，更没要你说什么国耻、内政。”

侯久满还想说：“太后……”

“行了，你是做事的，不是说话的。”

侯久满不语。阿尔萨兰看了看侯久满。

慈禧：“阿尔萨兰，跟你家猴子说过，你门前的那两大箱子东西吗？”

“回太后，奴婢没有太后旨意，未敢乱讲。”

慈禧看看阿尔萨兰：“……侯久满听旨！”侯久满慌忙跪下。

“着，侯久满尽速督造五羊枪，并研制新枪、新炮！除粤局差事，授侯久满巡枪御使特权，顾问江南各局枪炮制造事宜，不得有误！”

侯久满惊愕。奕劻、阿尔萨兰俱呆。

李莲英提醒：“侯大人……”

侯久满眼眶渐湿，叩首：“谢圣母皇太后再造圣恩！”

慈禧说道：“侯久满，你得牢牢记着，‘久满’这两个字是谁改的，是什么意思。”

“侯久满一世不忘太后赐名隆恩，代代不负永固大清教诲！”

“还有，朝廷仍然没有银子给你，但差事要办，纲纪要守，我的盐课、厘税，绝不许你再骄悍染指！”

侯久满怔怔：“……嗻。”

“江南的几大总督对你恨之入骨，你要息事宁人，自个儿摆平。”

侯久满怔怔：“……嗻。”

“另外，听说你的几个儿女不怎么安分，你也要好生管束！”

侯久满又怔怔：“……嗻。”

“好了，除了银子，你有什么要我帮你的？”

“谢太后。标下确有一事，一直想恳乞太后的恩典。”

“你讲。”

“粤局能有今日，有一洋人功不可没，标下恳乞朝廷授其官衔、秩品。”

阿尔萨兰吃惊地看着侯久满。

慈禧："你说的是那个小红毛吧？"
侯久满："正是。"
慈禧："准。奕劻，你让吏部拟个折子。"
奕劻："奴才遵旨。"
侯久满跪谢："太后胸阔似海，谢太后！但标下恳乞太后，先下旨外务部，寻找这个赫顿。"
慈禧惊异："怎么……你是先找顶子，再找戴顶子的？"

玉澜堂门前，隆裕怯怯地劝道："皇上，为长久计，您别总戗着太后。太后大喜的日子，您为何哪壶不开提哪壶？"
"谢皇后。特别是你替朕的玩笑搪了那么一下。"光绪走入宫门。隆裕看看，轻叹一声，转身离去。
是夜，慈禧绷脸乍着胳膊，由宫女褪去厚重、华贵的寿服。
李莲英一脸谄媚地问："老佛爷，您真的是要您的那只猴子，也住在这园子里面吗？"
"不错，猴子为我大清吃了苦，什么时候身子骨养好了，什么时候再走。"
李莲英故意地："嗻，奴才专门为侯大人在山顶的果园里，找了间阔绰的房子。"
"蠢！难道刚才没听清我的话，不准另行安置，就让那猴子与阿尔萨兰一间房里住着！"
李莲英笑："奴才没有另外铺排，连被子都没有多加一床，只是故意打个诳语，逗老寿星一乐。"
慈禧瞥了一眼："老东西，有何可乐？"
"老佛爷怕是不仅仅要侯久满养好伤势，而是想亲自看着，要让阿尔萨兰大姑怀上一只小猴子，才准他俩回家吧？"
慈禧展颜笑开："就你鬼！"
李莲英："今天，老佛爷又做寿星佬，又做送子娘娘，真乃恩加泉壤，泽沐五湖。"
慈禧笑笑："我就不信，我保的大媒，就没个结果！"

阿尔萨兰靠在房门边，仰脸看着月亮。侯久满在两个木箱前，翻看着枪炮部件。良久，阿尔萨兰看了看侯久满："喂，你不累吗？"侯久满像没听见，继续翻看。阿尔萨兰又看了一阵："喂，你那几个儿女的事，不是我禀报太后的。"
侯久满停了一下，摆弄："我又没说是你密告。"
"但你劫扣盐税，是我举发的。"
"举发得好。"
阿尔萨兰怔怔："如何举发得好？"
"不是你举发，老侯的枪炮何以更加发达，还弄了个巡枪御使的官？"
阿尔萨兰感叹："老佛爷真是深不可测。喂，你怎么会突然想起红毛？"
"一直就没忘。枪炮之事，没银子不行，没人才更不行。"侯久满远望，"我那小红毛啊，你可千万千万别回了国哇！"而赫顿正在天津烟馆吸食鸦片。

阿尔萨兰蹑手蹑脚走入乐寿宫，慈禧面朝里睡着。阿尔萨兰冲宫女低声道："你回去歇着，我值夜。"

宫女低声："姑爸爸，这怎么可以？"

阿尔萨兰催促："快去吧。"

"阿尔萨兰。"

阿尔萨兰一惊，慈禧仍面朝里，说道："你怎么来了？"

"奴婢该死，吵醒了老佛爷。"

"这园子里，除了皇上，还没哪个全和男人能在此过夜，你与那猴子不知道我的意思吗？"

"……太后，知道是知道，只是奴婢不来这儿，那猴子怕是要在台阶坐上一夜。"

慈禧道："回去，坐哪由他。"

阿尔萨兰："他的伤势还未痊愈，秋深了，夜里又怪冷的……"

"那你坐在外面。"

"……嗻。老佛爷安适。"阿尔萨兰看着慈禧的背影退出，用手向宫女比划，意要去宫女房间。

慈禧仍背着身："不许去旁人房间。"

"……嗻……"阿尔萨兰怨懑地瞥了慈禧一眼，走出门，回住处。

无奈，阿尔萨兰与侯久满各披棉被、褥子，坐在台阶两头，侯久满拆卸着部件，阿尔萨兰茫然看着星星……

翌日，湖畔的石桌边，慈禧、隆裕坐着，阿尔萨兰跪着，下"进退棋"。侯久满站在一旁忍着瞌睡，强打精神地看。

慈禧闭目搓着色子："6……6……6……"

奕劻乱喘着奔来："太、太后，有、有信了……"

慈禧睁开眼："什么有信了？"

奕劻："那个小、小洋鬼子，在天、天津海关……"

侯久满一下醒过来，抓住奕劻："王、王爷，是不是找着红毛了？！"

"……是，……是，他做了个二、二、二……"

"红毛做了个二？！"

"二等……译员……"

海关公事房，赫顿伏在桌上翻译文书。

亨利站起身，端着茶走来，看看墙上挂着 28 珠连环铳："赫顿，你天天背着这东西上下班，那样子非常的傻。"赫顿合上文书，摘下连环铳走出。"赫顿，你哪去？"

"该吃午餐了。"

赫顿和亨利来到街边的"狗不理"包子铺。

亨利道："赫顿，你不能再抽鸦片了，否则这一生就完了。"赫顿默默吃着，显得十分抑郁。

亨利："为什么你离开了那个枪炮厂，就变成了这样？"

赫顿拿起醋瓶："要醋吗？"

"谢谢。侯老板不是对你很不错吗？你和你的中国爸爸，是为什么事闹翻的？"

旁边的一张桌前，邢队官与几个新军兵目喝着酒。一兵目喝醉，大声说道："那个姓戴的，真他妈不识抬举，好吃好喝侍候了这么久，就是不给袁大人面子……"

赫顿转脸看着他们。

邢队官训斥："不要命了你！架着他，走！"

醉汉还在说："有什么呀？不就是一个破做工的！还要大爷绝、绝密……"

邢队官"啪啪"扇了醉汉两记耳光："住口！"

赫顿看着邢队官等离去。亨利看看那些人的背影："赫顿，知道吗，你天天晚上去的那家烟馆，西摩尔每天的中午去。"

赫顿一惊："西摩尔？西摩尔也在天津？！"

亨利："和你我一样，都是总税务司赫德先生安排的。"

赫顿霍地站起就跑。

"干什么赫顿？别找那个杀人犯。"

赫顿又奔回来，抓起28珠连环铳，扔在桌上几个铜板，接着转身奔跑……

赫顿冲入烟馆，四下巡睃。西摩尔躺在青烟之中。赫顿奔过去，一把揪住："西摩尔，西摩尔，你看看我是谁？"

西摩尔怔了一下，笑笑："赫顿，查理老爹的假侄子。"

赫顿："西摩尔，告诉我，那次你与查理叔叔来天津，到底发生了什么？你为什么要害查理？！"

"我害查理？我为什么要害查理？我根本没有害他。"

"是你告诉侯久满，查理杀死了戴刀。"

西摩尔笑道："噢——，是那件事。不过那件事也说不上是谁害了查理，他确确实实是将那个中国人扔海里去了。"

赫顿紧紧揪住西摩尔："真的吗？真的吗？是这样的吗？你现在清醒不清醒？！"

"我刚刚躺下。小子，你的查理叔叔还让我扔了两个水手，这有什么，中国人有的是。"

赫顿极度痛苦："……他！他为什么要这样？！为什么要这样？！戴刀是我最好的朋友！"

西摩尔笑笑，拍拍赫顿："小子，你付一个月烟钱，我告诉你个秘密，那个戴刀，可能没死。"

"什么？！……你说什么？！"赫顿惊呆了。西摩尔重复道："那个中国人很可能没死。"

消息传到侯府，玉姑拿着电报，奔入侯夫人房间："阿妈！阿妈！戴大哥可能还活着！戴大哥可能还活着！"侯夫人放下手里的针线。

"小红毛突然给他爸爸来了封电报，您看……"

侯夫人看着电报让玉姑告知侯久满，玉姑奔出："我这就去电报房，小红毛还等着呢！"

此时，天津的电报房内，赫顿急切踱着，随着“赫顿先生”的呼唤，他撞翻两张椅子扑向柜台，取出回电看着，由笑转惊：“老侯在北京？！”

又一夜，侯久满与阿尔萨兰各披被褥，仍旧坐在台阶两头，侯久满拆卸部件，阿尔萨兰望着星星。良久，阿尔萨兰仰着脑袋淡淡开口：“快熬不住了，进屋睡吧。”

侯久满捉摸着手中部件：“……你比我良儿还小一岁。”

“想什么呢，我是说你岁数大了，伤又未好，自己去睡。”

“你想什么呢！我是说你小女子一个，怎好让你门外蹲着。”

阿尔萨兰看看侯久满，仰天而叹：“老佛爷啊，瞧您的这份好心！”

此时慈禧睡得很是安稳。宫女靠墙坐在地上的毡子上，打着瞌睡。

次晨，奕劻快找侯久满：“侯大人，侯大人……”见他正满脸油污地伏在木箱上睡着，奕劻忙问：“侯大人，你怎么趴这儿睡着了？”

侯久满醒来，慌忙站起：“王、王爷。”

奕劻看看，诡笑道：“侯大人，阿尔萨兰大姑妙龄美貌，夜里悠着些个。”

侯久满：“啊，啊，王爷找标下，是不是小红毛……”

奕劻取出封信：“是，园子外面呢。”侯久满兴奋地、哆嗦地拆看，惊得一下瘫坐木箱：“刀、刀儿可能还活着！”

奕劻：“谁还活着？”

侯久满起身便跑：“红毛——，我的好红毛——”

奕劻一头雾水。侯久满又跑回来，拉着奕劻一块儿跑：“王爷，标下跟着您，老侯自己出不了这园子。”奕劻被拖得跟头把式：“什么事，着了魔似的？”

侯久满几近疯狂地跑着：“小红毛——，刀儿——，刀儿——”

阿尔萨兰提水走来，怔怔：“……蚂蚱？”随即，扔了桶，紧追，三人狂奔向颐和园大门。

此刻，颐和园大门外，赫顿焦急地朝里张望。“红毛！红毛……”侯久满远远高呼着扑奔而出，紧紧拥住赫顿使劲拍打，涕泪俱下：“小红毛！阿爸的小红毛啊！想苦了阿爸……”

赫顿眼眶湿润，轻轻拍抚：“老侯……”

侯久满哭得无所顾忌：“小红毛啊，你可不能再跑了，阿爸与你可是有着生死之交哇……”

赫顿：“是，是，老侯……”

门内，奕劻吃惊地看着：“这简直……简直令人难以置信！”

阿尔萨兰同样震惊：“这猴精，还真与红毛有父子之情。”

赫顿入园子。被带至湖边，宫女斟好茶，阿尔萨兰双手捧奉：“赫顿老师，皇太后特别恩赏，准您进颐和园看看，一会儿还有专人陪您。”

侯久满一直攥着赫顿的手：“阿爸也陪着，阿爸也陪着，正好阿爸还从未在这里面走走。”

“谢谢夫人，谢谢皇太后。老侯，我们还是快想办法救戴刀吧。”

“对对对，红毛，刀儿活着到底是真是假？那么大的风浪被抛进海，怎么可能……”

“西摩尔说，那次出海，一直有艘小火轮尾随着，戴刀被害的那天夜里，这艘火轮想靠帮，因为风浪太大，靠不上，但却恰巧救了落海的戴刀。”

“那是条什么船？”

“西摩尔原以为是条海盗船。但他到了天津，无意中听说，那船是北洋水师的，最初是有人想抢五羊枪，可是没想到，查理把枪的主人扔给了他们。当然，查理当时并没看见这些。”

“这么巧？！”阿尔萨兰叹道。

侯久满思忖：“现在看，一路谋害老侯的，并非为盐税报复的哪路督抚，而是有人害怕老侯追查刀儿之事。这就对了，从枪图被盗，老侯对袁世凯的津局便心存疑窦。”

赫顿：“戴刀要是活着，肯定在袁世凯手里。可我们没有证据，也不知道人藏在哪。怎么办，老侯？”

“是啊，如若贸然向朝廷举报，袁世凯，或袁世凯的手下，很可能杀人灭口，反而害了刀儿性命。”

阿尔萨兰急问：“你原本不是水师打炮的吗，北洋就没有什么旧人？”侯久满想着。

阿尔萨兰焦炙万分：“快说话呀！袁世凯的银子早将庆王爷买得提溜乱转，目下庆王已经知道了戴刀的事，他那张破嘴，难免走漏风声！”侯久满看着阿尔萨兰。

阿尔萨兰有些难堪：“……救人要紧，我没有别的意思。”

侯久满看着：“只有照你的意思，先通过水师，探知有无出海劫船和带回一人之事，然后摸清藏匿此人的具体位置。”

赫顿站起：“走，老侯，我们现在就走！”

侯久满看着阿尔萨兰：“你能说服太后，放了老侯吗？”阿尔萨兰一脸的为难。

乐寿宫，李莲英禀奏：“老佛爷，阿尔萨兰大姑与侯久满在门外候着。”

慈禧摆弄眼镜，看着折子：“不是叫他们领那个红毛，逛逛我的园子吗？告诉他们，好生在园子里养着，往后用不着来我这里请安、侍候。”

“嗻，奴才这就去传话。”李莲英笑笑退出。李莲英走出宫门，坏笑着：“大姑，侯大人，你们真是前世修来的福分，咱家侍候老佛爷这么久，还从未见老佛爷这么疼过谁。”

“谢大总管。”阿尔萨兰欲进门。

李莲英拦住：“大姑，您弄错了。老佛爷传话，要您好生陪着侯大人，静心在园子里养着，用不着见天地请安、侍奉。”

侯久满：“大总管，请您禀报太后，圣恩浩荡，侯久满感怀不尽，但皇命在身，标下乞望早归职所效命。”

“侯大人，办差做事也不差这几日，莫辜负了太后美意。”

阿尔萨兰：“李总管，求求您，让阿尔萨兰自己同老佛爷讲。”“大姑，老佛爷的脾气您最清楚不过，如果硬撅她老人家的面子，连奴才都得跟着吃瓜落。您饶了奴才。”李莲英拱拱手，走回门去。

“这……这……”阿尔萨兰急得一下蹲在地上。

湖边，侯久满急急走来。赫顿迎上："老侯，怎么样？"侯久满掏出几封信："红毛，我一时走不脱，写了几张条子，你速去打探。有了消息，编个由头，还是请庆王爷疏通，来见阿爸。"赫顿接过信："老侯，这么紧急的事，你什么时候才能离开这里？"

侯久满忿叹："唉，简直荒谬绝伦！老鸟与那母鸟不生出只小鸟，怕是飞不出这笼子了！"

赫顿："什么意思？"

侯久满又掏出一信，左右看看，低声道："红毛，如果实在无法探到消息，你拆看此信。尽管阿爸深知你是个不愿行奸使诈的人，但是万一刀儿真的活着，为了救他，也只好照此试试。"

赫顿惊愕："老侯，你又想做什么？！"

"快走吧。"侯久满拉着赫顿走去，"记着红毛，实在没有办法了，再拆看此信！"

十八

“老佛爷，那个死心眼儿的大姑，一直在门外立着，犟着见您。”李莲英禀道。

慈禧靠在榻上，看着那本已经很旧的《西游记》，过了很久才开口：“李莲英，你知道这个爱造反的孙悟空，为何套着紧箍咒，都一直野性不改吗？”

“回、回老佛爷，奴才愚钝。”

“因为少了一只母猴。”

李莲英大笑……忙捂嘴：“奴才失敬。”

“真是少了只母猴，消消他的野性。”慈禧笑着，继而恶狠狠地自说自话：“如今，虽说有只现成的，偏偏这母猴也不是什么善种，竟敢与一个忤逆不孝的皇上暗通款曲！非常时，非常人，非常事，我放了猴子那么大的事权，不得不小心着。盼只盼，这两只桀骜不驯的猢狲，真能做到一处，即似水如鱼，又同床各梦，相生，相克！”李莲英缩脖赔着干笑，臂弯处的拂尘瑟瑟发抖。慈禧看看：“你抖个什么劲儿？冷吗？”

是夜，阿尔萨兰的房前，侯久满披着褥子研究枪械。阿尔萨兰走出门：“喂，你造这种东西的那对左膀右臂还不知怎么样呢，为什么一点儿也不着急？”

侯久满慢吞吞地：“我怎的不急？”

“你一向诡计多端，为什么这次不紧不慢的？”

侯久满像是自语，咕哝：“一切全看小红毛的了。”

阿尔萨兰看看侯久满，进门，又退出：“我们……我们也不能总这么夜夜熬灯啊？”

侯久满：“你若不嫌老侯腌臜，你睡上半夜，老侯睡下半夜。或你睡夜里，老侯睡日里。”

阿尔萨兰想想，说了声“行”，走回屋里，关门。“最好给老侯留着亮。”阿尔萨兰怔怔：“我要洗洗。”“洗完了开门。”阿尔萨兰关门片刻，又打开，急切地说：“你最好想个主意，赶紧离开这笼子！”“放心，老侯不救蚂蚱，还急着救刀儿。”阿尔萨兰尴尬地怔怔，缓缓关上门。

黑暗中，侯久满靠墙闭上眼睛：“小红毛啊，为了刀儿，你可千万千万不能心慈手软啊！”

赫顿刚回天津，便急匆匆走入海关公事房。

亨利道：“赫顿，你这些天去哪了？都超假了，上司很不满意。”

赫顿在桌前飞速写着：“去中国海军拜访了几个人，可那些人要么不见我，要么说我是洋人，大清的秘密无可奉告。”

“你想了解人家什么？”

赫顿折起纸：“亨利，这是我的辞职书，请你代交。”

“你，你到底想干什么，赫顿？”

赫顿取出侯久满的最后一封信，犹豫片刻，拆看，面色大惊。马上至京师驿馆客房内。阿六看着侯久满的信，也满脸惊愕。赫顿：“阿六先生，你觉得这办法，是个办法吗？”

“别别，赫顿老师，阿六只是个下人，千万别叫我先生。”阿六看看信，“虽说，我也弄不清老爷为何又要干这等杀头的事，可大瘟疫那年，老爷曾救过阿六一家的性命，京师这边，老爷叫我如何，我就如何。但广州吴丁贵那里，还是……还是请赫顿老师打电报。”

赫顿拍拍阿六：“那好，为了戴刀，我们就大体照着老侯的主意，造反！”

阿六疑惑：“什么叫大体照着？”

傍晚，赫顿又赶回了天津。

“赫顿，你疯了？你这么有教养的先生，怎么也想干这种事情？！”亨利问道。

“亨利，求求你，你无论如何得帮帮我。”

“你连那个戴刀是否真的活着，都不确定。”

“没有办法，我必须拯救戴刀，为了这位朋友，赫顿不惜献出生命。”

“知道吗赫顿，你对那个戴刀的感情，似乎已经超越了一般的朋友！”

赫顿看看亨利：“你根本不清楚我对这位中国朋友，是一种什么样的情感！崇拜，崇拜，你明白吗？！”

亨利怔怔：“可……可你为什么偏偏要找我？”

“对不起亨利，我知道，你与西摩尔一样，都曾经是查理叔叔的手下。你在广州，可能还有很多过去的朋友……”

天津，某豪宅的门窗前，站着五六名持枪挎刀的新军兵丁。

戴刀出门，被两名兵弁喝住：“请戴先生留步！”

“我要在院子里走走！”

兵弁机械地说：“请戴先生留步！”

赵秉钧走来，谦卑地：“戴先生，酒膳已经备了多时，还是快些回房用膳吧。”

戴刀道：“我说了，再不放我出去，打今日起，戴刀只有绝食自裁！”

几日后，豪宅卧室，戴刀靠在窗边看着本《西夷格致》(物理)，桌上是一动未动的佳肴。

赵秉钧劝道：“戴先生，下走真是不懂，您这一身的本事，在粤局是造枪，在津局也是造枪，何必非死守着一个主子呢？”戴刀不理。

“侯久满对您是有伯乐之恩，可袁大人开出的价，远在粤局数倍之上。研制新枪、新炮的设施，更是由先生说了算，先生为何不以事业重，而拘囿私情？”

戴刀眼不离书：“你能否离开？这些话，已说得这屋里的板凳都能倒背如流了。”

“戴先生，是否只有侯大人哪天不小心跌跤跌死了，您才可能换个主子？”

戴刀警惕地：“你……你敢碰侯大人？！”

赵秉钧笑笑：“下走哪敢做那样的事。其实，下走啰唣不休，只为讨先生一句真话。”

戴刀放下书吼道：“真话，真话就是戴刀只造‘国’字号枪炮，而绝不造什么‘袁’

字号、'方'字号的枪炮！"

"大胆！"门口的邢队官喝道。

赵秉钧扬了一下手："戴先生，如今袁大人的新军乃精锐中的精锐，为袁大人造枪便是为新军造枪，为新军造枪便是为大清造枪，为大清……"戴刀揉了两个纸团，塞入耳朵眼。

赵秉钧看看，作揖鞠躬："先生还是吃些东西吧。下走告辞。"赵秉钧出门时向邢队官丢了个眼色，邢队官拔刀冲向戴刀，将其按倒，用刀对准戴刀脖子："姓戴的，别不识好歹，我等侍候了你这么些日子，早就不耐烦了！今儿个，你给个痛快话，愿为袁大人效命，咱现在就送你去德州。不愿意，这一刀下去，大家落个清爽！"

戴刀冷笑："张口袁某，闭口袁某，还妄谈什么为国！幺幺小丑！"

"小子，明年此时便是你的忌日！"邢队官举刀扎下，随着戴刀惨叫，鲜血溅了邢队官满脸！

庆王府大门外，奕劻出门入轿，亲兵随扈背着崭新五羊枪，前呼后拥而行。

街角，阿六将一坛酒淋在着新军军装的家丁们身上。家丁佯装醉酒转过街，迎着奕劻大轿拦去，摇摇晃晃地唱："'谕尔兵，仔细听，为子当尽孝，为国当尽忠。朝廷出利借国债，不惜重饷来养兵。一年吃穿百十两，六品官俸一般同'……吔，这是谁呀，敢挡爷的道……"

奕劻在轿内问道："什么人闹事？"

扈从："回王爷，有几个醉酒的兵弁。"

"赶开！"

扈从驱赶："庆王爷在此！谁敢胡来？走开！走开……"

家丁道："哟，还都是新枪，比爷的家伙都好，咱天字一号的北洋，装备竟不如跟屁跑的马弁。可气，抢狗娘养的！抢！"家丁们大打出手，夺取扈从枪支，街头一片大乱。

奕劻："反了！开枪！开枪！"

家丁们转瞬夺了所有扈从的枪和马，高唱飞蹿："'自古将相多行伍，休把当兵自看轻'……"

奕劻走出轿子怒视："他们唱的是什么？！"

扈从："回王爷，好像是袁世凯大人营里的《劝兵歌》。"

奕劻："混账东西！莫不是成心冲着本爵的五羊枪来的？！"

夜里，袁世凯奔进庆王府，抱拳哈腰："王爷受惊，王爷受惊了……"

奕劻："你干的好事！"

袁世凯忙跪："王爷息怒，打接着王爷电话，袁某就遍查各营，实在是不曾查出有那样几个兵痞。"

"少护犊子！你的兵骄横跋扈，屡伤人命，本爵早有耳闻！如今竟拦街下了王府卫队的枪，你练的真是好兵！"

"袁某一定再查，一定再查！早日拿杀这几个害群之马，整肃军规，给王爷解气！""袁世凯，你不会是看中本王的那几条枪了吧？"

“袁某冤枉啊，属下八九万的兵，别说几支五羊枪，就是几百支六羊枪、七羊枪，抢了又有多大好处？”

奕劻：“你袁世凯长着马蜂窝似的心眼儿，谁知你有何用？！好了！从速将本王的兵枪追回，少了一条，拿你是问！送客！”

“王、王爷歇着。”袁世凯看看，躬身作揖，刚退出门，一声雷响，大雨滂沱，袁世凯不由退回。

奕劻：“我这儿没伞！”袁世凯苦笑一下，抱着脑袋奔入雨地。

此刻，侯久满正冒雨站在长箱旁，催促：“快！快！”

阿尔萨兰走到门前看看：“我抬不动。”

“少啰嗦！快抬！”阿尔萨兰不得不跑进雨里，吃力地与侯久满将两口长箱抬进房内。

乐寿宫内，宫女为慈禧打理好头发，准备就寝，突然电灯熄灭，片刻，灯又明，但很快又灭。黑暗中，慈禧怒喝：“怎么回事这是？！”

李莲英奔入：“点蜡，点蜡！快着点蜡！老佛爷您别动弹，小心磕绊，奴才这就查问。”李莲英奔向外屋，抓起电话，拍打压簧：“喂！喂！电气房……电气房……狗东西！怎么回事？！”

宫女找蜡、点蜡，慈禧生气地坐在炕沿，瞪着电灯泡。宫女：“老佛爷息怒，奴婢侍候您躺下。”

“不躺！”

李莲英奔进跪下：“奴才该死，惊着老佛爷了。”

“说！乱党又摸进园子了吗？！”

“回老佛爷，是这么档子事，园子里的电气房讲，有只耗子钻进了机器，跳闸憋了什么保险。电气房正加紧检修，一会儿就得。”

“什么东西！他那儿闹耗子，凭什么我这儿黑灯瞎火？把这洋泡子揪下来，拿出去摔了！”

“嗻！”李莲英摘了电灯泡，跑出门，很快听见“砰”的一声。紧接着，外屋灯亮。李莲英奔回：“亮了，亮了，老佛爷，又亮了。”

慈禧瞪着外屋看看，望着窗外的雨，片刻，说道：“叫那个什么房，再弄只耗子，把园子里的灯再给我全灭了！”

李莲英愣怔：“再、再灭了？”

“灭了！”李莲英又快步奔出。

“听着……”慈禧缓缓躺下，“一会儿，你去那只猴子住的地方看看。”

外屋，李莲英发愣：“看……老佛爷要奴才看什么？”

“你说看什么？这又落雨又没亮的，看看那两口子……看看那两口子冷是不冷。”

李莲英揣摩：“老佛爷是要奴才，给大姑送些被褥？”

慈禧朝墙侧过身去：“蠢！”

李莲英猛然醒过闷儿来，笑着自抽了两个嘴巴：“蠢！蠢！真真地蠢到姥姥家了！”

慈禧调整睡姿，将耳朵对准枕上小洞。

黑暗中，阿尔萨兰在抽屉里乱翻："蜡呢……蜡呢……怎么连根蜡都没有？"

侯久满拽了一阵灯绳，在长箱上蜷下身，盖上褥子："别找了，有蜡也点不到天亮。"

阿尔萨兰看看侯久满："就……就……就这样？"

侯久满："就这样吧。"

阿尔萨兰犹犹豫豫坐在床边："你……你……不许过来！我……我的枕下有枪！"

"放心。你别过来便是，老侯的身下不仅有枪，而且有炮。"

阿尔萨兰看着侯久满，和衣躺下。

小太监为李莲英打着伞，李莲英捂着嘴笑。

小太监低声问："干爸爸，大姑他们说什么？又是枪又是炮的。"

李莲英忙一手捂小太监的嘴，一手拧小太监的耳朵，踢着小太监离去："走！走你！"

阿尔萨兰紧紧裹着被子，冷得瑟瑟发抖。侯久满连拉带拽，窄窄的褥子裹不胜裹，冻得上牙磕下牙，打了个大大的喷嚏。阿尔萨兰马上也接了个喷嚏。于是，侯久满、阿尔萨兰不可遏制地你来我往，喷嚏传着喷嚏……

侯久满起身，走向阿尔萨兰。

阿尔萨兰惊恐："你……你想干什么？！"

侯久满将褥子扔在阿尔萨兰身上，然后走到屋子中央，边搓胳膊边道："尽可放心，老侯世代行伍，拜的是武圣人关公，明大礼知大义。况且你乃满洲的兔子，我乃岭南的猢狲，不是同种。更何论你还是个主子用来看管老侯的女谍、禁婆。"侯久满边说边打起拳来。

阿尔萨兰："谁是禁婆！"

"谁是谁知。"

"你才是个禁锢阿尔萨兰一生的该死牢头！"

侯久满："你是说，你我不是同种，倒是同行？"

"呸！"侯久满冷笑一下，专心打拳。

阿尔萨兰铺好褥子，裹紧闭目。片刻睁眼，看了一阵："喂，老东西，要不上半夜你先睡？"

"睡你的！甲午那年，老侯海战落水，整整漂了一夜，比这冷多了！"侯久满刚劲有力地打着。

阿尔萨兰默默看着，良久，阿尔萨兰起身："你岁数大了，你先睡。"

"老侯说了，老子在海里都……"

"我知道，你扛冻还经泡！要不你怎么能在水牢里挺过来！"

侯久满瞪眼："不提水牢还罢，提起，老侯恨不得……"

阿尔萨兰回瞪着："恨不得如何？！"

侯久满瞪瞪，走向床边睡下："我睡就我睡！过两个时辰叫我！"

侯久满朝里翻身去。阿尔萨兰看看，打起同样的拳："你打的这套太极，哪有我阿玛打得地道！"侯久满回头看，阿尔萨兰一招一式，像模像样……

次日，雨过天晴，颐和园内，美景宜人。

慈禧兴致勃勃地指挥太监挖藕：“挖左边那根……左边……左边……”

“老佛爷，是这根吗？”

“再前面一根……对对，就是它，别挖断了！”

岸边已有不少鲜藕，宫女们嘻嘻哈哈地洗着、比着：“看我这条，有多肥！”

“我这条才肥呢，简直就像个胖娃娃。”

“像，像，真的挺像你，哈哈哈……”

“老佛爷，您瞧这婢子，满嘴胡吣，您快给她找个人家吧！”

慈禧笑着：“那边，那边那根……”

远远的，阿尔萨兰不断打着喷嚏走来。

宫女纷纷行礼：“姑爸爸好。”

“大姑爸爸好。”

“你好……你好……”阿尔萨兰还礼，跪下：“太后……啊嚏！……太后吉祥。”

慈禧像是没听见，继续指挥挖藕：“笨哪，那边，那边……”

李莲英笑着道：“老佛爷，大姑来了。”

“不是这根！这根肯定太老，我这群小婢子人嫩，没人爱吃！”阿尔萨兰敏感地看看慈禧。

“对，就这根，挖吧。……哟，你怎么来了？”慈禧这才回头。

阿尔萨兰：“回老佛爷，李总管说，老佛爷宣奴婢。”

“啊，对对，你看我这记性。快起来阿尔萨兰，藕下来了，陪老太太尝尝鲜儿。”

“谢太后。”阿尔萨兰爬起。

“哟，你这脸上怎么有块黑油？”

阿尔萨兰摸摸脸，果然在右脸后部有块油污。

慈禧：“怎么回事？是不是我那猴子弄上去的？”宫女们笑。

“不是那么回事，不是那么回事，肯定是那老东西弄到枕头上，又弄脏了奴婢……”

慈禧：“那还不是一回事。”

阿尔萨兰：“不是的，不是的，老佛爷……”

慈禧摆摆手：“别说了，有枪侯，必有枪婆。”宫女们笑得更响了。

“老佛爷……啊，啊嚏！”

“哟，昨晚怎么的了？还冻着了。”宫女们羞笑。“老佛爷，真的不是，奴婢实在快熬不住了……”

慈禧举手打断：“羞臊什么，早晚的事。……拿给大姑吧。”

李莲英笑着端来一只盘子，上面有个巴掌大的金饺子：“大姑，这是老佛爷恩赏您的子孙饽饽，快接过去谢恩吧。”阿尔萨兰怔怔地看着。

慈禧：“你是旗女，还不知这是什么吗？打开看看。”

阿尔萨兰掰开金饺子，12个小金饺“哗啦”落了一盘。宫女们齐跪高呼：“愿大姑早生贵子，儿孙满堂！”

阿尔萨兰大惊：“这……老佛爷……”

“好了，帷幔之事毋须再讲，我这媒人请大姑爸爸过来，是吃藕尝鲜儿的。”

阿尔萨兰扑通跪下："太后折杀奴婢。"

"哟，我哪说错了吗？起来，起来。"

阿尔萨兰爬起："谢太后。但是……"

慈禧打断："一人半根，都将嘴堵堵，叽叽嘎嘎的，都吵吵了老太太半晌了。"

李莲英忙道："使不得老佛爷，老佛爷何等尊贵的身子，怎么能生吃这个……"慈禧掰断一藕，给了阿尔萨兰半根，自己攥着半根啃了一口："……鲜！鲜！"宫女们哈哈大笑。

阿尔萨兰看着那盘子孙饽饽，苦不堪言。

驿馆客房内，赫顿焦急地踱着步。阿六嘟囔："一切事宜均照老爷说的办了，怎么什么动静都没有？老爷他自己都没出来……"

赫顿："搞不懂，明明是怕袁世凯知道，为什么还要冒充新军去惹袁世凯？"

阿六叹息一声："唉——，真是急死人了！"

当晚，侯久满围着木箱焦灼踱着。一宫女匆匆走过，侯久满忙问："姑姑，敢问我家大福晋现在何处？"

"还在太后那儿呢。"宫女左右看看，低声道，"老佛爷的身子有些不对。"侯久满惊愕地看着宫女离去。

乐寿宫内，慈禧仰在塌上捂着肚子哼哼。光绪、隆裕跪在一边。隆裕："姑母，清早见您还好好的，怎么一下子……这是怎么啦？"

慈禧摆摆手："没什么，皇上、皇后歇着去吧。"

光绪："看皇阿玛的气色怕是不轻，要不要赶紧请两位洋大夫瞧瞧？"

"谢皇上了，还用不着。你们歇着去吧。"

光绪与隆裕对视一下，叩拜："愿皇阿玛早日康愈。"

光绪、隆裕退出，慈禧狠狠瞥了一眼："逆子！就盼着我早死！"

阿尔萨兰惶恐地看看慈禧。

慈禧："阿尔萨兰，看看那几个家伙，开出方子没有。"阿尔萨兰快步走出。

外屋，四个太医凑在一起咕哝。阿尔萨兰问："各位太医，老佛爷问你等的方子开好了吗？"

太医相互看看，一太医怯怯说道："大、大姑，我等能否借大姑的舌头，看一眼？"

阿尔萨兰惊诧："什么？！太后不适，干嘛看我的舌头？"

太医低声说："太后的舌头怎敢乱瞧。我等听说，今儿个大姑与太后吃了同样的东西……"

"看吧，看吧。"阿尔萨兰冲太医们张开嘴巴。

不一会儿，李莲英走出："大姑，老佛爷叫您。"阿尔萨兰赶紧进门。

慈禧有些虚弱地："阿尔萨兰，去，叫你家猴子来。"阿尔萨兰怔住，退出。

刚走出乐寿宫大门，阿尔萨兰就见侯久满："你怎么在这儿？"

侯久满低声："听说太后小恙？"

"你怎么知道的？！"

"是不是？"

"太后要见你。"阿尔萨兰转身进门，又想起什么，低声嘱咐："站这儿等会儿。一会儿进去，千万别讲你听说她病了！"

"我懂。"

乐寿宫外屋，四个太医蹲在地上，相互背身，各在膝头写着药方。里屋，慈禧躺在炕上"哼哼"着。

太医们写好药方，折起。阿尔萨兰与侯久满走入。太医一一交药方："大姑，方子开好了，请太后过目。"阿尔萨兰接过药方，与侯久满进门。

侯久满进到里屋迅速跪下："标下给圣母皇太后请安！"

慈禧笑笑："都夜里了，请什么安。起来，猴子。"

侯久满大声道："太后健豫，我大清永远都是大清早！"

"喔唷唷，还是我的猴子会说人话！好，好，真个受听！"

侯久满爬起："谢太后夸奖。"

慈禧："猴子，看见外面那些太医了？不行啦，今儿个贪了一口嘴，就有革命党在肚子里造反了，老啦！"

侯久满接着高声："太后这般年纪还能采食野藕，恰恰证明，我圣母皇太后童心未泯，青春不逝。"

慈禧呵呵大笑："……好猴子，好猴子……"

阿尔萨兰鄙视地瞥了侯久满一眼："老佛爷，这是太医们开的方子。"

"还吃什么药，你家猴子已经给我治好了一半。"慈禧还是接过药方看看，摘下腕上的佛珠，闭目念了一阵，随手抽了一张："这个吧，就在外屋煎药。李莲英，你看着。"

"嗻。"李莲英捧过药方走出。侯久满惊愣地看着。

"猴子，身子好些了吗？"

"承太后天恩，标下的身子已经好好的了。"

"既然好了，就早些回去吧，粤局还真离不开你，连外国流氓都惦记着你的枪。"

侯久满眨眨眼睛："太后，粤局怎么了？"

"回去便知。你来时，劫道的那伙毛贼已经抓住砍了头，回去的路上尽可放心。"阿尔萨兰惊奇地看着慈禧。

侯久满道："太后如此悉心关照标下，标下诚惶诚恐，感激不尽。"

"猴子，有些个话，我前几日已经说了，你好自为之。这些天没放你走，也有任你为巡枪御使后，想听听那些内外大臣动静的意思。猴子，若想南北各局服气，鬼要打，佛也要念。"慈禧深深看了侯久满一眼，又道，"过些日子，朝廷要从沪、鄂、粤三局的样枪中，定出支模范枪，我先给了你两箱日本和俄国兵的枪样，这里面的心思，你明白吗？"

侯久满鼻子发酸："太后隆恩……标下……明白……"

慈禧点点头："阿尔萨兰，拿床毯子来，你们夫妇就跪安吧，我好像有点儿冷。"

“嗻。”阿尔萨兰拿了毛毯盖在慈禧腿上，顺手摸了摸慈禧脑门，“老佛爷是否起了内热？”

“大胆！阿尔萨兰！”李莲英突然喝吼。

慈禧亦怒目瞪着阿尔萨兰：“你想干什么？！”

阿尔萨兰怔怔，猛然跪倒叩头：“奴婢该死！奴婢该死……”

李莲英喊道：“来人！绑了这大逆犯上的婢子！推到林子里砍了！”进门的太监怔怔，立即动手捆绑。阿尔萨兰不断磕头：“奴婢死罪！奴婢死罪……”

侯久满震惊：“这……这是……这是……”

慈禧怒道：“吃了豹子胆了！好生养着你，倒日益地没了人样！”

李莲英跟着道：“竟敢触碰太后天庭，罪当万死！拖出去！”

侯久满霎时明白，忙跪下紧着磕头：“太后饶命！太后饶命！恳乞太后饶标下大福晋一命……”阿尔萨兰被拖，侯久满扑抱住阿尔萨兰的腿：“太后，太后，大福晋只是好心，无意中冒犯天条……”阿尔萨兰吃惊地看着侯久满。

李莲英喝道：“侯久满！松手！”

侯久满紧紧搂着：“恳乞太后饶了大福晋！太后，太后，标下有三不死，愿让大福晋一次！”

慈禧冷笑：“哼，三不死，你以为只用了两回？当年你在这园子里两次惊驾，就不算数吗？！”侯久满愣怔。

外屋，太医与宫女们瑟瑟发抖。

“放手！”太监们使劲掰着侯久满的手。侯久满紧搂不放。

阿尔萨兰：“放开……你放开……”侯久满一言不发，就是不松手。

慈禧看看：“都松手！”太监们停住，侯久满仍抱着。

慈禧：“无法无天，早就欠收拾了！贼婢子，知罪吗？！”

阿尔萨兰推开侯久满，跪下：“奴婢知罪。”

“今儿个看在猴子的面上，且饶过一回，但活罪得受！两百个皮笊篱！侯久满亲自掌刑！”

侯久满呆愣……

李莲英速由外屋取来皮手套，丢在侯久满面前：“侯大人，还不遵旨？！”侯久满愣怔不动。

阿尔萨兰催促：“快点儿打啊，要想救我，快打！”慈禧阴鸷地看着。侯久满缓缓戴上手套。

“打啊！”阿尔萨兰闭上眼睛。侯久满咬咬牙，抡起胳膊……

“慢着！”

侯久满看向慈禧。慈禧缓缓地：“女人的脸打不得。还是记着一顿板子，你们回到广州再打吧。”

阿尔萨兰伏身：“谢太后，谢太后不杀之恩。”侯久满也紧忙伏身跪谢。

慈禧挥挥手：“走吧，车已经为尔等备好了，连夜就走。”

侯久满、阿尔萨兰一同叩头：“太后万福，标下（奴婢）别过太后。”

慈禧阴阴地问："阿尔萨兰，是否还要去皇上那里辞行？"

阿尔萨兰怔怔，再次伏身："奴婢再也不敢肆意妄为，这就谨遵懿旨，离开园子。"

"记着，别以为得着什么男人的宠了，骨头就飞飞地轻贱起来！"慈禧说此话时，眼睛狠狠瞪着侯久满。侯久满抬头看了一眼，慌忙低下。

阿尔萨兰："奴婢不敢，奴婢万死不敢。"

深夜，北京郊野，一辆马车独行。车内，侯久满和阿尔萨兰默默无言。

阿尔萨兰淡淡开口："我欠你一份情。"

侯久满亦淡淡地："你恐怕不只是摸了太后脑袋差点儿丢命，老侯早知道，你喜欢皇上，还藏了把皇上的扇子。"

"……我就是喜欢皇上。"

"你喜欢的人真是太多了。"侯久满抢白道。

阿尔萨兰看看侯久满："你还会吃醋？"

"记着，你还欠着老侯一顿板子。"阿尔萨兰的脸扭向一边。

侯久满笑了笑，片刻，思忖着："可是太后骂你'别得着什么男人的宠，骨头就轻贱'时，眼珠子干嘛狠狠瞪着我老侯？"

阿尔萨兰想了想，摸出那个子孙饽饽，背身扔给侯久满，掉在车上："这是太后赏你的！"

"什么这是？赏我个金元宝？"侯久满捡起，无意一掰，小金饺撒落："哟，哟，什么东西？"

阿尔萨兰冷冷地："你儿子，还有孙子。"

侯久满大惑："这东西是我儿子？我孙子？"

阿尔萨兰冲赶车的清兵喊："赶车的，加两鞭，本大姑的肚子也有些不好！"

"嗻！"随着两声清脆的鞭响，马车奔跑起来。

清晨时分，马车赶到了驿馆。侯久满跳下车奔入大门，边急切地敲着客房的门，边喊："红毛！小红毛！小红毛！阿六……"

直隶总督行署签押房，袁世凯边进门，边怒冲冲地命令："听着，天津的事先放放，即刻查拿抢夺老庆枪支的是何人！"

"嗻，下走遵命！"跟入门的赵秉钧转身走出。

袁世凯的卧房内的电话响个不停，他抓起话筒问："哪个？"

听筒那边，是在京师电话房的赵秉钧："对不住大人，下走已探明案情，怕人犯跑了，不得不惊扰大人。"

"这么快？"袁世凯一下清醒了过来。

赵秉钧："下走先问明庆王扈从，说那些抢枪的一口广东口音，下走便一下想到侯久满带来京师的家丁，到了驿馆一查，果不其然。"

袁世凯吃惊："是侯久满干的？！"

"正是，所以下走未敢马上拿人。"

客房内，侯久满问阿六："夜里是否有可疑的人来过驿馆？"阿六答道。"有，有人来查夺枪的事。听驿臣讲，来人的头目叫赵秉钧。"

"赵秉钧？"侯久满思忖。

阿尔萨兰道："这人是天津巡警局的总办。"

侯久满："走，马上去天津！"

赫顿紧跟："天津？老侯，你是说戴刀在天津？"

门外，一个佯装扫地的偷听仆役，慌忙闪开。

侯久满大步走出："红毛，你不是讲，在天津曾听见兵弁议论，有个姓戴的被他们看守吗？"

赫顿："是。可是不知道是不是戴刀，更不知道具体在哪。"

"来不及了，袁世凯已经露了马脚，直接找他要人！"

阿尔萨兰："你故意这样大张旗鼓，难道不怕人家灭口？"

侯久满对阿六耳语几句，然后大声说道："快走几步，先去买票！"阿六应了一声，向前跑去。侯久满等人随之疾走。仆役丢下扫帚，奔进客房，摘下电话拨号……

此时，袁世凯坐在床上，狠狠自语："拿我袁某当大头？哼，看谁狠过谁！……进来！"邢队官大步走入施礼。袁世凯："那个枪匠死了没有？"

邢队官："回大人，小的前几日只是刺了他肩臂一刀，人还在。"

袁世凯："此事该了了，你看着处置吧。"

"嗻！小的遵命！"

邢队官正要退出，又听袁世凯阴狠说道："听着，此事知情的人太多太多了，最好想个万全之策。"邢队官怔怔地看看袁世凯，惊愕地退了出去。

火车车厢，阿六冲着身穿披风、貌似侯久满、阿尔萨兰等人的背影说："大福晋，老爷，往里走。""侯久满"等走入车厢深处。赵秉钧及七、八巡警粗喘着奔了进来，看了看"侯久满"等人的背影，找了座位坐下。列车启动。角落里，化了妆的牛子旬，悄悄看着赵秉钧一行。另一处，善缇压低帽檐，盯着牛子旬。

忽然，赵秉钧感觉不对，猛然站起："不对！那个洋人呢？！"

前面，阿六笑着大声说："有谁带着牌九，摸两把。"假侯久满、假阿尔萨兰解着披风，几个家丁故意将短枪拽出，拍在茶几上："六哥，我等还是等车开到郊野，打鸟比枪吧。"

"快走！"赵秉钧铁青着脸招呼巡警，但看看已提速的列车，无奈地跌坐在座位上。

此刻，侯久满、阿尔萨兰、赫顿等人正策马狂奔在郊野。

阿尔萨兰："喂，你突然改变主意，这样行吗？！"

"沉住气！目下全在明面上，袁世凯未必敢乱来！此时就看刀儿自己的命数了！"

邢队官将几粒红丸丢入酒壶，晃了晃，来到豪宅卧室门前。端餐盘的卫兵惊恐地："大人，这……"

"死不在你手里，半月之后才会见效。"

邢队官低声说完走进门："恭喜贺喜！戴先生，您就可以回家了。"

戴刀靠在床头，左臂吊在胸前。他瞥了邢队官一眼，接着看书。

邢队官："本官绝无虚言，戴先生稍用几口酒食，恢复些体力精神，本官马上送您登船。"

"饱死饿死无所谓，要杀，杀便是了。"戴刀平静地说。

"戴先生误会。"

邢队官掏出一张船票："您看，这是今日直达广州的船票。"

戴刀看了一眼，下床："那就走。"戴刀踉踉跄跄走向门口。

"戴先生，少用几口酒饭不迟。"

"免了。"

"别敬酒不吃吃罚酒！灌！"邢队官将戴刀摔倒，抓住酒壶硬朝戴刀嘴里灌，戴刀紧闭嘴巴，拼命扭着脑袋。邢队官满头大汗，倒尽最后一滴酒也未成功，瞪着戴刀粗气直喘。

卫兵问："邢大人，怎么办？"

邢队官站起身："另想办法！弄死个人还不容易？关键是，袁宫保暗示，还有那么多知情的！"

戴刀被堵嘴捆于铁路桥底，身上被绑满了炸药。邢队官望向远处："赵大人，对不住了，小的不得不执行袁宫保同归于尽的命令。"

此时，正刷牙的袁世凯，刷着刷着忽然停下，愣怔自语："那泼皮猴精，难道说，难道说，是成心敲山震虎？而且故意用老庆，盯着我袁某？"

侯久满、阿尔萨兰、赫顿等人策马狂奔……

铁路桥下，戴刀望着远处，焦急地"呜呜"挣扎……

车厢内，赵秉钧阴鸷地望着车顶……

突然，"轰"地传来一声爆炸，火车紧急刹车，马上慢了下来。一巡警探出窗外望望："不好，赵大人，铁轨被人炸断一截！"

"什么？！"赵秉钧大惊。

铁道上冒着黑烟，侯久满等上马，继续奔驰。

车厢内，阿六微笑着。牛子旬愣怔着。善缇冷冷地看着窗外。

十九

铁道桥下，一个巡警举着望远镜喊："不好，邢大人，那个皇家大姑和侯久满来了！"

邢队官看了看，拔出枪对准戴刀。"大人——"远处一匹快马奔来。

袁世凯的卫兵奔到邢队官面前，跳下马耳语几句。邢队官听完大惊，怔了怔，朝戴刀方向开了一枪，上马率队快速奔离。

"快！快！"侯久满满目峻厉地拔枪，正奔向铁道桥。

"戴刀！"赫顿突然惊喜地叫了一声——前方，被击断吊索、双手捆在身后的戴刀，趺趺撞撞地奔了过来："大人！侯大人！"

侯久满大喜，赫顿激动地大喊，阿尔萨兰眼眶湿润。

"我的好朋友！"赫顿跳下马，紧紧拥抱戴刀，戴刀疼得叫了一声。

"大人，戴刀见礼！"戴刀扑到侯久满面前跪下。

"刀儿！老天有眼！你还活着！"侯久满含泪抱起戴刀，"你真的还活着，好刀儿，老侯差点儿又无颜面见你家爷爷……"

"……大福晋……"戴刀看向阿尔萨兰。

阿尔萨兰心疼地轻轻抚摸戴刀伤处："蚂蚱你这伤……"

戴刀看看伤处，感慨道："戴刀还能活着，这完完全全算不得什么！"

侯久满催促："快！快将刀儿身上的炸药除去！"

赵秉钧跪着，半愧疚半埋怨："袁大人，您实实该杀了那个戴刀，而不应将他放了啊。"

袁世凯："怎么杀？还怎么杀？连庆王爷都被侯久满成心扯了进来！杀了那个枪匠，事情闹大了，你保得住那么多看管他的卫兵，就没有一个会向朝廷漏风？！"

"那，那这样放了，岂不更加麻烦？"

袁世凯有些心怀欣赏地笑着："那只猴子真是成了精了。他在王府门前夺枪，将本督逼出台面，也故意给自己背了个欺诈王爷的罪名，这一手不是明明白白地告诉你：只要你保命放人，他不但不想深究你，而且也无法深究你？"

赵秉钧怔怔，垂下脑袋："下走远非侯久满对手，还给部堂大人惹了天大的麻烦。"

袁世凯摆摆手："算了，算了，老庆那儿也就是银子的事儿。至于侯久满，你是真得小心了，他为了尽快离开北京，还自个儿打了自个儿的粤局。但他没用你的那个吴丁贵，而是用了几个洋人海盗，这说明，他连那个吴丁贵都不信任了。"

赵秉钧突然哭起来："下走愚不可及，蠢笨不堪，狗屎不如，真不如桥断车翻，一把翻死！"

袁世凯看看："嘿嘿嘿，不是没死吗？你哭个什么劲儿！"

侯府大门两侧，火炮各轰两响，鞭炮飞红。

侯夫人、正良、可言、玉姑及仆佣迎出。车队行至，侯久满等下车，相互施礼问候。正良端了碗酒走到戴刀面前："戴大哥，您是再生之人，请饮了这碗酒。"

戴刀饮尽摔碗，冲侯夫人作揖："侯夫人，戴刀惊着您了。"

侯夫人笑道："哪里，老妇人真替刀儿的爷爷高兴！"

侯久满兴奋无比："进门！进门！老侯这一大家子，除了妹仔，如今又团圆啦！"

当晚，餐厅，侯久满微醉，举着酒杯："我侯府虽然屡遭大难，但承蒙皇上和皇太后天高地厚的圣恩，苦尽甘来，气势更旺！我等要竭智尽节，报效国家！红毛，刀儿，阿爸为你俩做了件事情，路上，朝廷已有捷报。来人……"

阿六捧着一套官服走入。

"红毛，你已是我大清三品的知府了！"

赫顿惊喜："真的吗老侯？这是我的吗？"

"凡是阿爸过去说过的，统统都要算数！"

"现在，我能穿吗？"

"穿！穿！"

侯久满惭愧地看看戴刀："刀儿，朝廷有些旧制很难破除，因为你祖上的事，这回只授了个笔帖士。"

可言："好生小气！一个抄抄写写的小吏，还不如不授！"

"谢大人，您费心了。"戴刀致谢。

侯久满："阿爸过些日子接着上折子，接着请庆王爷……"

玉姑鄙视地："好像那破官虚名，是什么宝贝似的。"

侯久满看看，冲玉姑、可言、正良说道："你们几个听着，太后她老人家专门对阿爸提及了尔等，尔等要安分守已，以仁居心，以义行事，别做出什么辱没家门与朝廷的事！"玉姑与可言撇了撇嘴。

正良："阿爸，我等听清楚了，请阿爸放心。"

阿尔萨兰独坐一隅，默默看着。

侯久满帮赫顿拉扯拉扯朝服。赫顿高兴得手舞足蹈："老侯，穿上这个，我是不是，和曾在中国当上校的叔叔一样了？"

侯久满："红毛，你又搞乱了，你叔叔当的是长毛的炮兵上校，而你，是我大清的枪炮大吏！"

赫顿："OK,OK! 戴刀，我很精神吗？"

玉姑："精神什么，猴子似的，不伦不类！"

侯久满、侯夫人及仆佣忙道："精神！精神！甚是精神！哈哈哈哈……"欢闹声中，阿尔萨兰默默走出门去。戴刀同情地看着阿尔萨兰的背影。

善缇扎着围裙在伙房炒菜，忙着上菜的木棉看看，问道："善缇，你刚回府，也不歇歇？"

善缇："大福晋的吃食只有我做。"

"什么时候教教我吧，我看着你们满人的饭菜挺馋的。"善缇看看木棉，没有回答。

木棉看看门外："善缇，问你个事。听说，老爷这次去京师，与大福晋……与大福晋……同、同房了，是吗？"

善缇瞪了一眼："你一个婢女，关心主子这个作甚？！"

"我……这有什么，侯府的人谁不期盼着老爷与大福晋和睦相处，别总分个帝党、后党，弄得我们做下人的左右为难？"善缇看看木棉，未语。

"高兴……高兴……我等又要大干一场……"酒醉的侯久满被戴刀、赫顿扶到床上。戴刀为侯久满倒了杯茶，铺被子时与赫顿看见——床头里面，放着那锭子孙饽饽。

赫顿好奇："咦，老侯，这是什么？"

"哦，一个玩物，太后赏大福晋的，她又丢给了阿爸。你们谁喜欢，拿去玩。"戴刀愣着，他显然熟悉子孙饽饽在满俗中的讲究。

侯久满先将子孙饽饽塞给赫顿，赫顿："不不不，这好像是黄金的，我怎么能接受这么贵重的东西。"侯久满又塞给戴刀。

戴刀猛然灵醒："哦，大人，这物件是不能送人的。"

侯久满："我知道，这是太后恩赏，但，不就是个玩物吗？"

戴刀看了看侯久满："大人，您若无事，戴刀想回房了。"侯久满猛然想起戴刀身上有伤，忙嘱咐戴刀回房休息。

"红毛，坐下，阿爸有件事想问你。"侯久满问赫顿，"阿爸很是奇怪，在粤局演一出苦肉计，阿爸的密信里，安排的是吴丁贵，你怎么换成了洋人？"

赫顿沉吟片刻："不知为什么，我不太信任那个吴丁贵。"

侯久满奇怪："为何？"

赫顿："说不清。戴刀也不喜欢那个人。"

侯久满想了想："红毛，我等有许多大事要干，自己的窝里切莫再乱。"

赫顿点头："这个你放心，查理叔叔的事情已经真相大白。而且，我和戴刀都是工作至上的人。"

戴刀走入自己房间，愣怔了一阵，快步走向机关枪图纸，兴奋地看看，坐下抓起笔。玉姑犹犹豫豫地向他的房间走来，在门前徘徊了一阵，离去。阿尔萨兰在窗前望着，神情有些复杂。

这时，侯夫人敲了敲阿尔萨兰房门："大福晋歇了吗？"

"进来吧。"侯夫人拿着个小布包进门，笑吟吟地打量阿尔萨兰的腰身……

阿尔萨兰看看自己肚子，奇怪地："你看什么？"

"大福晋，您不在府里的这些日子，老妇人学着做了一双满鞋。"侯夫人笑着打开布包，是双婴儿绣鞋！

阿尔萨兰大惊："这……这是何意？！"

侯夫人笑道："大福晋，听衙门送邸报的人讲，官场上早就传遍了：说老爷此次进京，太后特意恩准老爷与大福晋一起住在颐和园，而那园子，除了皇上，是从来不许其他完整男人过夜的。”

“这事怎么传得这么快？！”阿尔萨兰蹙了蹙眉。

侯夫人：“做官的视为殊恩，当小民的传为佳话，自然就快了。刚才老妇人帮着老爷收拾行囊，还看见个金灿灿的子孙饽饽，这肯定是太后美意，专门赏您的。”

“你，你怎知那东西叫子孙饽饽？”

“咳，女人间的事，还不大同小异？我汉族新妇乞子，所吃的蒸饺，也是这般模样。”侯夫人看看门外，笑着低问，“敢问大福晋，有了吗？”

阿尔萨兰又羞又恼，扭过脸去：“有什么了有！”

侯夫人：“这有什么可臊的？侯府上下，知道老爷与大福晋弃怨和好，人人欢喜得什么似的！大福晋不知，这些年外面的街巷小儿，唱着许许多多古古怪怪的童谣，什么‘侯府三大怪，一家三桌菜，夫妻分房睡，上下两大派。’”

阿尔萨兰愣怔：“有这事？”“老妇人这还是拣好听的说，那些不堪入耳的，简直气死人，臊死人。”

阿尔萨兰吃惊地瞪大眼睛：“竟有这种事？！”

侯夫人：“不说这些，都过去了。如今侯府已无家丑授人笑柄，大福晋与老爷相谐，我等只盼着大福晋早降贵子，早降千金。”

阿尔萨兰怔怔，转过身去：“谢侯夫人美意。我……我有些乏了。”

“一双小鞋，不值得感谢。老妇人这里，还要深谢大福晋的大恩大德！”侯夫人庄重行礼。

阿尔萨兰惊异：“谢我什么？”

侯夫人道：“老妇心里清楚，侯府这次能够逃脱大难，全凭大福晋在太后那里求了恩赦。”

阿尔萨兰看看侯夫人：“你，你可知，告密的人也是我？”

侯夫人道：“老妇人这样猜过。但即便大福晋有举告之事，也是因为两难，大福晋毕竟是宫里的人。好了，老妇人不搅扰了，大福晋的身子要紧。”侯夫人笑着走出。阿尔萨兰哭笑不得。

是夜，正良房里，正良问玉姑、可言：“你们看见了吗？阿爸带回个会下崽的大元宝。”

可言道：“什么大元宝，那东西叫子孙饽饽。看来，我等的额娘不但有其名，而且有其实啦！”正良、玉姑愣怔对视。

戴刀回枪炮局，机器飞转，他左臂吊在胸前，兴奋地抚摸着一台台设备。工匠们不断聚拢、欢呼：“小戴师傅回来了！”“喂——，小戴师傅回来啦——”

戴刀激动地挥着手：“回来啦，回来啦，我戴刀又闻见枪味儿啦！”

侯府正为找不到他恐慌，阿六告知侯久满、阿尔萨兰戴刀在枪炮局，众人才松了一口气。

阿尔萨兰淡淡地对侯久满：“刚才，你那老婆给我送了双婴儿小鞋。”

侯久满一怔。阿尔萨兰：“还问我有喜没喜。”

“什么？”

“我问你，园子里的事，是不是你故意张扬的？”阿尔萨兰眼神凌厉起来。

“我，我张扬那事作甚？！”

阿尔萨兰瞪着：“三四年了，你是不是怕人说你不是男人？”

“可笑！我老侯是不是男人，在枪炮不在女人！在沙场不在床上！”

“那你说，是什么人这么好事？”

侯久满想了片刻：“定然是庆王爷！定然是庆王爷穷极无聊！”

阿尔萨兰：“你得设法澄清。”

侯久满怔怔：“为、为何要澄清？这不是自取其辱吗？何况又如何澄清？集会布告，还是登报宣明？你是你，我是我，该如何还如何，不就得了！”

阿尔萨兰：“凭什么！凭什么我好端端冰清玉洁的身子，糊里糊涂，就归了……就归了一个比我阿玛还老的东西！”

侯久满看看阿尔萨兰：“归了没归，还不是你知我知。再说，你再冰清玉洁，老侯的原配再丑陋枯槁，也是你鸠占鹊巢！老侯厌恶鄙视、避之千里尤恐不及，谈何贪恋你的身子？！”

阿尔萨兰：“谁人不知，你与你那大11岁的老婆，从无情感。”

侯久满：“无情无感，却有忠有义！即便是一碗清水，也非一桶酱汤可比！”

阿尔萨兰看了侯久满一阵：“我还真小看了你。告诉你吧，我对你那老婆已无反感，她虽说岁数大些，但善气迎人，你能有这么一位老婆，也算是几世修来的福分。”

“承蒙夸奖。我倒想问问，夫人问你园子里的事，你是怎么澄清的？”

“我……我什么都没说。”

“这倒奇了怪了，奇耻大辱，你为何不痛剖清白？”

阿尔萨兰似有难言：“不说这个了，我来你这儿，想说别的。”

“什么事？”

阿尔萨兰看着窗外，沉默一阵：“不得不又回这个猴窝了，阿尔萨兰不得不认命，老佛爷这回差点儿杀我，看来再回宫也难了。但愿这个窝能雾散云收，风平浪静，让阿尔萨兰苟且度过此生。”侯久满怔怔地看着。

阿尔萨兰：“要么，我把大福晋这个名分让给她，我也天天跟着她吃斋念经吧？”

侯久满：“你这是怎么了？”

阿尔萨兰扭过脸，擦了擦泪：“我知道，你是个好人，求你一件事。”

侯久满：“为、为什么这样说话？”

阿尔萨兰：“求求你们，别再把我一个人丢在一边，别再让我一人一桌地吃饭。”

侯久满同情地看看阿尔萨兰：“……你如若愿意，可以回你阿玛、额娘的家。”

“东北在打仗。再说，太后并没销了我的差事，我敢走吗？”

侯久满：“……难为你了。”

阿尔萨兰又擦擦泪，轻叹一声：“我问你，什么时候掌刑？”

“你是说太后记的那顿板子？”

侯久满笑笑：“算了，太后她老人家又没讲打多少，明摆着说说而已。”

“那你今后，不许拿此事说事儿。”

侯久满安慰道："你尽可放心。"

"我来，还想告诉你，阿尔萨兰再也不会举告你什么了。"阿尔萨兰站起身出门。

侯久满看着，犹豫一阵："老侯……老侯也想问问，回广州这一路，你为何……为何与刀儿一句话都不讲？"

阿尔萨兰看看侯久满，默默走出门去。

次日晨，侯府重新响起一片英语的朗读声。赫顿拿着英文的《安娜·卡列尼娜》教着，戴刀、玉姑、阿尔萨兰、可言，以及善缇、阿六、木棉等仆佣，人人捧了一本同样的书跟读……

赫顿："很好，今天就读到这里。不会的生词请注意自习。"众人起立感谢。阿尔萨兰站起时书本落地，戴刀看见，与阿尔萨兰同时捡书，脑袋撞在一起，二人对视了一下。戴刀捡起书，放回桌面，阿尔萨兰淡淡地用英文道谢。玉姑乜斜了一眼。

侯久满笑着走入："很好，很好。我侯府就是要如此家和人亲，人人为振兴国家好学上进。阿六，打今日起，餐厅只摆一张大桌，阖府老少一桌用膳。"

阿六笑着看看阿尔萨兰。阿尔萨兰与侯久满对视了一下。

玉姑看看阿尔萨兰和侯久满，招呼了一声"戴大哥"，走出门。戴刀看了看阿尔萨兰，随玉姑走出。

玉姑从书包取出一信，低声道："这是你给我的连环铳枪图，没用上，还你。"

戴刀低声问："玉姑妹妹，你是不是亲自去了湖南？"

"是，晚了一步，要枪的人被杀了。"

戴刀怔怔："玉姑，我说过，这种事非常艰险，你不能太过莽撞……"

"好了。"玉姑说着走开。

戴刀追了几步："玉姑妹妹，方便时我们得谈谈，要造反，也不是如此造法……"

玉姑打断："戴大哥请留步。"

远远的，侯久满、阿尔萨兰、赫顿看着，片刻，阿尔萨兰默默离去。侯久满与赫顿又看着离去的阿尔萨兰。

总办室，侯久满取出卷草图："刀儿，红毛，老吴，这是我前些时日琢磨日本与俄国枪炮，得出的一点儿想法。你们看看，可否将这两国兵枪的长处，结合进五羊枪，造出一支改进型样枪，速送朝廷。"

赫顿惊异："又要搞射击比赛？"

侯久满："不是比赛，而是沪、鄂、粤三局的枪，孰优孰劣，朝廷急着要个说法。"

赫顿："说法？那两家兵工厂，明明是抄袭了我们的五羊枪，还想要什么说法？"

吴丁贵插话："我大清的名堂，你个洋鬼子懂个球。"

"放肆！"侯久满瞪了吴丁贵一眼，"红毛，此次在北京，皇太后有意为老侯提供样枪样炮，老侯揣摩，太后除了要我以明显占优的新枪服众，还有，朝廷很可能要选枪，作为大清的统一制式兵枪，这可是一桩绝大的要事。"

"一国之兵早就该统一枪制。"看着草图的戴刀说道，"大人，您设计的这份枪图极为可行，且不难实现，大人真不愧既可当总办，又能做匠首的枪炮全才。半个月吧，我与赫顿交您‘五羊乙’的样枪。”

“好！好！有刀儿这句话，老侯在颐和园的那些日夜就算没有白熬！”侯久满大喜，搓着手：“只要你等将新枪造好，银子的事，老侯尽力筹划。盐课、厘税的算盘是不能再打了，虽说老侯升了个江南巡枪御使的官，但手脚束缚，往后的日子将更加艰困。”

赫顿：“老侯，既然我们要大干一场，现在有那么多的国外银行进了广州，我们为什么不能贷款呢？”

侯久满一愣：“贷款？什么叫贷款？”

“就是先借银行的钱办事，到了一定的期限再还给银行。当然，你得有些东西做抵押。”

侯久满怔怔：“老侯只有枪炮，若以枪炮局做押，我大清重器岂不攥入洋人掌心？不行不行，绝对不行。”

戴刀：“大人，在确保兵枪精利的前提下，我与赫顿老师当想方设法，进一步降低工本，无论是枪是药，重新调整工艺，减少耗损，还是有很大可能的。”

“好！好！”侯久满赞许地拍拍戴刀，“就这样，我等分头做事，银子方面你等就毋须操心了。”侯久满匆匆走出。戴刀忧虑地看着侯久满的背影。

海边荒滩，正良看着图纸，指挥着测量，丙辰九十九等盐丁和穿长衫的技术司事，扛着器材，忙着丈量、测算。烟提着瓦罐，四处倒水。

海边，西西光脚在沙滩上嬉戏，可言在一旁傻笑。

远处，侯久满两边看看，走向正良。正良发现侯久满，忙迎：“阿爸，您怎么来了？”

侯久满取过图纸看看，又看看测量的人：“六分场？你的总场在哪，就一下有了六分场？”

“阿爸，自从滩涂被您封住，这海边方圆百十里的各类户主，主动找到孩儿，要入股孩儿的农场，于是，一下子就有了一大片。”

侯久满笑笑：“这筹划图，是你画的？”

“不是，是孩儿招聘的几个洋人农技师和留洋归来的学生，在替孩儿做主。”

侯久满极满意：“良儿，阿爸对你真要刮目相看了，阿爸早知这办盐垦的主意大有可为。”

侯久满看着图：“不过，也不能只是制盐、种粮，你最好多预留些地方建工厂。”

“建厂？”正良不解。

“你看啊，你多养桑蚕，多种稻麦，就可建纱厂、染织厂，就可建面粉厂、碾米厂和榨油厂，下脚料又可建造纸厂、肥皂厂，这么大的摊子，还必得有个农具厂、修理厂、小铁厂。就是制盐，你也得有个很大的制卤厂、制灰厂，哦，这两样已经有了。”

正良惊异：“阿爸，您怎么对盐垦也这么熟悉？”

侯久满笑笑：“不是说了吗，阿爸早就知道你干的是桩大事，当然就了留心，多看了几本书。”

“可是……可是建那么多的厂，银子从哪来呢？”

“你现在使的不就是股银吗？我粤人得风气之先，习惯合股经营，只要你谋划精当，做得越大，越令人诚服、信任。”正良疑惑地看着侯久满。

侯久满："良儿，用人不疑是对的，但你刚才说，别人在替你做主，这就大错特错。阿爸给你们银子创业，是为了下崽儿的，不是送外人戏耍的。"

正良怯怯地："阿爸……孩儿实在不敢像您讲的那样，气势磅礴……"

侯久满瞪眼："别刚刚夸了你，就孬种！记着，不做则已，一做就要做得满天神佛，惊天动地！"正良无言。"还有，记着向阿爸交红利的日子！"

正良："孩儿记着。"

侯久满看向远处。烟正忙着倒水。侯久满问道："怎么什么时候来，什么时候看见她在倒水？她只会倒水吗？"

正良看看烟，满脸幸福："倒水是次要的，只要看着她，人人都觉着凉快。"

侯久满看看正良："良儿，哪天将这女孩和她的父母一同请到府里吃顿饭。你可以娶她。"

"阿爸，您同意了？"

正良惊喜拱手："多谢阿爸！多谢阿爸！"

"但，只能做妾。正妻，留着合适人家。"侯久满攥着图纸离去。

"什么？！"正良追着，"阿爸……阿爸……阿爸，孩儿的图……"

"就没有备份吗？"侯久满快步走着，片刻止步，望着远处：西西欢笑着向可言撩泼海水。侯久满自语："尽管言儿是把抓银子的好手，但那一对，要想进我侯府，鬼影儿都没有！"

戴刀在阿尔萨兰房门外犹豫、徘徊。窗内，阿尔萨兰看见他，犹豫了一下，离开窗前。戴刀看到，隔窗叫道："大、大福晋。"

阿尔萨兰淡淡地问："有事吗？"

戴刀急切地："大福晋，侯大人又遇到了难处。大人研发新枪，力夺全国制式兵枪的生产，可粤局资银奇缺，苦于无米之炊。戴刀想恳请大福晋，以您的特殊身份跟朝廷讲讲，能否让粤局规复正常，得到合理的经营库帑。否则，侯大人万般无奈，又难免做出什么非常之举。"

阿尔萨兰看看戴刀："我皇太后自打准那人制枪造炮，就立了规矩：只放权，不放钱。那人如今要是扛不住了，自会找朝廷说事，旁人多嘴，只怕显得那人无能，反惹得两头不快。"

"大福晋，话虽这样讲，但侯大人为了枪炮，数番铤而走险，侯夫人与正良兄妹，陪着屡遭劫难。如今大人肩负江南巡枪御使的大差，更加急于建功立业，万一不择手段的旧疾复发，其祸更难预料！于公于私，戴刀都乞请大福晋，攘助侯大人，谨防大人再蒙厄运。"

阿尔萨兰沉默一阵，说道："进来说话吧。"

"大福晋，戴刀的心意已然讲完。"

"进来。"戴刀怔怔地走进门。

戴刀拘谨地在桌边坐下。阿尔萨兰看看，问道："你觉得我有能耐帮衬那个人吗？"

"大福晋毕竟曾是太后与皇后的贴身宫女，还是皇宫……"

“还是皇宫大姑。可你知道吗？我这个大姑差点儿让太后砍了脑袋。”

戴刀大惊：“什么？！……为什么？”

“不说这个。我问你，从天津回来的一路，你为什么不同我讲话？”

戴刀口拙：“我……我以为，大福晋也没有与戴刀讲话的意思……”

阿尔萨兰沉默片刻，感叹道：“你我都欠着那人的情啊。蚂蚱，你不知道，当听说你从查理的船上落海，阿尔萨兰疯了一般，很是不管不顾地讲了些不该讲的话，做了些不该做的事，很是将那个人的颜面、尊严伤得不轻。但是，没想到那人竟在太后要砍杀阿尔萨兰的时候，死死抱着阿尔萨兰的腿，紧紧拖住了阿尔萨兰的一条命。”

戴刀听着，感慨地：“侯大人，乃赳赳武夫，堂堂君子。”

阿尔萨兰苦笑：“确实是个君子。蚂蚱，你听说我与那人在太后园子里的事了吗？”

戴刀看看阿尔萨兰：“听说了，戴刀恭贺大福晋与侯大人……”

“恭贺什么？我与那人什么事都没有！”戴刀一怔。“那人是个君子，是个好人，可越是好人，越像是阿尔萨兰的阿玛！越像是阿尔萨兰的玛法（祖父）！阿尔萨兰越不可能与他同床共枕！可这些，说了又有谁信？”戴刀同情地看着阿尔萨兰。

“……蚂蚱，你信吗？”阿尔萨兰轻声问。

戴刀：“听……听府里的人讲，侯夫人询问此事时，大福晋默认了……”

阿尔萨兰哀伤地：“我不默认又能怎样？一个大福晋的名分顶了三、四年，阿尔萨兰没有感到片刻的尊荣，反而成了黄口小儿都在传唱的笑柄、怪婆。我……我……阿尔萨兰认命了。甚至，我都有些感激太后在园子里的那种荒谬铺排。就让阿尔萨兰借着这个讹传，假装做个既有名也有实的大福晋，假装做个既体面又完整的女人，躲开那些嘲笑、讥讽，苟且偷安地活着吧……”阿尔萨兰边吐委屈边抹眼泪。

戴刀深挚地：“阿尔萨兰，戴刀相信你讲的话。”

阿尔萨兰长吁一口：“在这荒谬世界，除了遥不可及阿玛、额娘，阿尔萨兰连一个亲人都没有，也只好跟你说说了。”

戴刀缓缓站起：“大福晋保重，戴刀做事去了。”

阿尔萨兰与戴刀恋恋不舍地相互看着……

戴刀走到门边，刚握住把手，阿尔萨兰叫道：“等等，那是你的花。”戴刀看向窗台那盆白菊。

“是听说你遇难时，我抱来的。”

戴刀：“大福晋想留，就留着吧。”

“不，还是你愿抱走，就抱走吧。”

戴刀看看阿尔萨兰，抱起白菊，缓缓走出门。阿尔萨兰默默看着。

戴刀从阿尔萨兰房中走出，恰逢侯久满路过，极显难堪：“大……大人，戴刀找大福晋，是想恳请大福晋……”

侯久满攥着盐垦图纸：“没事，没事，得空，你们这两个辽东乡亲可以多说说话。这是什么花？”

戴刀看看怀里花盆：“哦……这……”

阿尔萨兰拉开房门，淡淡地：“这花在辽东叫白菊子，这盆原本是戴刀房里的。”

“哦，挺好，挺好，挺好看。”侯久满敷衍着，快步走向自己房间。

戴刀看看怀里的花，与阿尔萨兰极其尴尬地看着侯久满的背影。

玉姑在窗前默默看着……

侯夫人蹙眉望着窗外……

侯久满走回房间，将手里的图纸远远地抛向桌案，而后表情复杂、眼光冷峻地看向正墙——墙上的兵器，又多了一支五羊乙。

冬日的街头。

报童沿街叫卖：“《中西时报》，《中西时报》，东方打败西方，黄种打败白种，小日本打败了老毛子。快看报，快看报，东方打败西方，黄种的打败了白种的……”

茶楼内，年少士子眉开眼笑：“前辈，请客，请客，你输了，立宪国果然战胜了专制国！”

年长士子道：“真是绝难想象，一条幺小幼蚕，居然胜了一头壮硕老熊！”

侯府餐厅，一张大圆桌，侯久满居中，阿尔萨兰居左，侯夫人居右，正良、玉姑、赫顿坐侯夫人一侧，可言、戴刀坐阿尔萨兰一边。

可言极为兴奋：“日、俄之战，并非国家之战，而乃政体之战！事实证明，二十世纪之大时代，不立宪，诚无以立国。今日的大清，外交，如烈火煎膏；内患，如腐肉糜烂，若想绝地图存，非立宪莫属！”

玉姑：“你的意思是，只要立宪，国家就可以强大？”

可言：“正是！”

玉姑：“你不再主张革命救国了？”

“玉姑，言儿……”侯夫人制止。

“让他讲。”侯久满吃着，貌似漫不经心：“眼下满街的立宪、立宪，今日由言儿说个痛快。”

可言激昂：“日本强盛，始于明治维新，而‘明治’一词，乃取自我国《易经》，‘圣人南面听天下，向明而治’，有开明统治之意。禀此信念，日本建立了以天皇为神圣的君主立宪制，这才短短数十年，便打败了环宇第一强大帝国，简直不能不说，是个奇迹！”

戴刀缓缓开口：“中国落后，确实与没有宪政相关。但要说一立宪便能国家富强，我看未必。”

赫顿：“没错。西方确立宪政的最初目的，是为了公正统治，当宪政不断完善，国家自然强大起来。”

戴刀：“就是此意，对于立宪，恐怕不能抱持工具主义的态度。”

可言：“是工具又如何？有了吃下去可以救命的丹药，为何不用？可言以为：明定君主立宪，时不我待！”

侯久满看看正良：“良儿，你为何一言不发？”

正良蔫蔫地：“阿爸，孩儿未曾想透。”

“想了多少，讲多少。”

正良：“《圣经》上说……”

侯久满："不许提《圣经》！"

"孩、孩儿以为，百年前的欧洲，君主暴戾，残民以逞，所以以立宪医之。而中国的情况，是官骄吏奢，君权不振，连'专'都没有，哪里还有'制'？"

玉姑："依大哥的意思，中国根本不存在专制？"

可言："愚！立宪正是要还政于皇上！君权不振，那不是因为有个老太太吗……"

"打住！"阿尔萨兰喝道。

可言看看阿尔萨兰："总而言之，悟世界政治之趋势，参各国军事之内情，日、俄之战不可谓不是中国之幸，日本的胜利，实乃君主立宪的胜利！东方的胜利！我大清的胜利……"

"放屁！"玉姑与侯久满同时骂道。骂完父女俩彼此看看，侯久满："越说越不成体统！"

可言："阿爸，可言还未畅所欲言……"

"不准再说了！再讲下去，你连自己是中国人还是日本人都分辨不清了！"

伙房里，仆佣们也端着饭碗议论。木棉问："阿六，你知道什么叫做君主立宪？"

"君主立宪，就是我等小民与皇上一同说了算。"

木棉大惊："啊？这可能吗？如果小民说了算，那还要皇上干什么？"

"住口！"善缇一刀斩断了根萝卜。

是夜，储秀宫内，慈禧看着一册《日本宪法》。光绪走进："皇阿玛找我？"

"坐。南通张謇去了趟日本，回来密呈了这么一套书，12册我全看了。你也拿去看看。"

光绪接过书翻了翻："皇阿玛觉得这书如何？"

慈禧看看光绪："待你看完再讲。"

签押房，袁世凯笑看一信："如今这天下的名士，为了拱本督做个立宪先锋，真是毫不吝惜溢美之词，你听听，'公今揽天下重兵，肩天下重任，但执牛耳一呼，各省无不响应。'舒服！舒服哉！"

赵秉钧："那……部堂大人是要领衔呼号立宪了？"

袁世凯诡谲地："气候不到，老袁哪有那般好使。但目下风云乍起，不期之时必然群雄逐鹿，我大清人多，兵广不难，但……"

"但枪炮甚是稀罕。"赵秉钧接过话来。

袁世凯盯着赵秉钧："你说呢？"赵秉钧笑笑。

侯府内，侯久满手里捏着一粒子弹，在屋里踱步。阿尔萨兰推门走入，径直在桌旁坐下。侯久满看看："有事吗？"

阿尔萨兰："这天下是不是要乱了？"

"已经乱了。"

"我们应当如何？"

侯久满："你是说我和你吗？"

阿尔萨兰瞥了侯久满一眼："明知故问，你是太后的猴子，我是替太后牵猴的婢子。如今朝野上下，到处充斥反对专制的声音，这，是不是在公然反对太后？"

侯久满："你……你到底是爱皇上，还是爱太后？"

阿尔萨兰："……干嘛问我？你在这屋里老驴推磨，就不是为此苦恼？说，我们应当如何？"

侯久满："该如何便如何，老侯只知强兵强国。"

阿尔萨兰："听说你的五羊乙终于被朝廷点为制枪，可眼下人心浮动，保住一个粤局已实属艰难，你还真的想做那个巡枪御使？"

"兴许只有做好这个御使，才能真正保住粤局。"

"告诉你一件事：前时，太后之所以默认把你下了水牢，她老人家憎恨粤局被你搞成了自家的花果山，是最要紧的根由。你可别盘算将大清的半壁江山再搞成独立王国。"

侯久满笑笑，抱拳："多谢大福晋点拨，其实老侯此时想的正是这事。"说着，侯久满将那颗子弹丢入钵内。

次日，吴丁贵摇摇晃晃地走进总办室，打千："总、总办大人。"

"怎么醉成这样？"

"秉承大人密令，小的已将川局、桂局、滇局等几省小局管事的，接到广州，日夜陪着他们玩耍，小的已经有些吃不消了。"

侯久满："喝水。"

"谢大人。"吴丁贵从凉水瓶倒了一杯，大口喝着。

"这些人的各自嗜好，都摸清了？"

吴丁贵抹了把嘴："摸清了，无非酒色财捧。大人，您是巡枪御使，为何不风风光光去各局巡查，反要把他们当爷似的请到广州大开洋荤？"

侯久满："多问！你去安排，今日中午，我与他们茶楼见面。"

"嗻！"吴丁贵走出总办室，回头看看，思忖片刻，跌跌撞撞走入枪厂电话房，看看外面，拟写电报：赵大人钧鉴：粤局侯久满，不知何故，召集川、桂、滇、浙、赣五省枪炮局管事，会聚广州……

天津电报房内，赵秉钧站在窗外阴鸷地看着服务生回电：烂头蟀，叼住猴毛，盯紧猴踪，其他莫动！

茶楼雅间，侯久满与五个官员及吴丁贵走入："坐，各位大人，标下只是请大人们喝杯清茶，没有叫局，还望诸位见谅。"

官员们纷纷道："哪里哪里，御使大人客气。"

川局总办问道："御使大人召我等前来，所为何事，敬请大人明示。"

侯久满："好，标下就直言了。我粤局的五羊乙蒙朝廷赏识，定为大清制枪，这事，想必各位大人已然知晓。标下有意，与诸位共制此枪。"众官员一惊，面面相觑。吴丁贵也怔怔地看着侯久满。

川局总办："御使大人，您不是说笑吧？我等早知粤局大气，不拿银子造枪，只靠卖枪周转。可五羊乙乃粤局荣耀，亦粤局金碗，如何舍得与他人分羹？”

侯久满答道：“正因五羊乙乃全军制枪，早一日生产，便早一日列装，仅靠粤局一家，要产到何时？”

官员们对视片刻，又问：“大人此话当真？”

侯久满：“标下清楚，各位大人的宝局饷项支绌，机器老旧，这些年只是勉力支撑，我等何不相互扶持，齐心协力为朝廷办差？大人们如若愿意，粤局愿与诸位结成联盟，共荣辱，同进退。当然，要生产五羊乙，各宝局的机器设施会略加更新，粤局这里，愿分送各局五万银两。”

官员们面面相觑：“侯大人是要与我等分羹，还要先赠五万白银吗？”

“君子一言，快马一鞭！”

川局总办起身抱拳：“御使大人果然是太后肱股的气派，我川局心悦诚服！”

其他四局官员也纷纷站起：“我等皆愿以粤局马首是瞻！”

侯久满起身，高擎茶杯：“承蒙各家宝局抬爱，标下且以茶代酒，与各位大人满饮此杯。”

吴丁贵悄悄拽拽侯久满：“大人，粤局哪来那么多的银子？”侯久满一掌打开吴丁贵的手。

一挂鞭炮吊在“伊甸园盐垦总公司”的门匾旁炸着。公事房内人来人往，很是忙碌。

侯久满与正良走入：“怎么今日才挂牌子？且偌大公司，一挂小鞭应景，还不如个卖槟榔的开张。早告知阿爸，我给你拖它20门大炮来。”

侯久满看看墙上的许多纸：“那是些什么？”

正良：“回阿爸，都是些管理专条，如《执事专章》、《银钱专章》、《煎房专章》、《灶友专章》、《雇工专章》，共有五十多种。”

侯久满怔怔：“你还什么都没干，就搞了这么多条条框框？”

正良答：“孩儿的德国顾问讲，办实业，管理甚为重要。”

“话虽不错，可这也太多……”烟过来行了个礼，默默倒水。

侯久满看着：“还是只会倒白水？”烟垂头脸红，磕磕绊绊地速躲。

正良笑道：“公司要办的事多，只好尽力节俭，请阿爸见谅。”

侯久满：“我说的是她，怎么仍不见她与我有一句可讲？”

正良沉了一下，道：“阿爸，烟虽轻，但不贱，您要是只允许孩儿纳她为妾，她连孩儿都无一句话可讲。”

“……好个有志女子。”侯久满从烟的背影上收回目光，“良儿，你的账上目下有多少银子？”

“三十一万五千七百二十一两六钱。”

“很好。你借给阿爸二十五万。”

正良大惊：“啊？阿爸……”

侯久满：“两个月后还你，三厘的息。”

“阿爸，孩儿刚刚开业，刚刚定了规矩，刚刚……”侯久满打断：“你可以用农场做押，另去洋人的银行贷款。”

“贷款？什么叫贷款？”

侯久满：“问小红毛吧，他会帮你。”

“阿爸，洋人的钱如何保险……”

“好了，一会儿吴丁贵过来具体办理借银子的事。”侯久满头也不回地向外走。正良紧跟其后“阿爸……阿爸……”地叫着。

烟捂嘴笑看着他。

二十

这日，在戴刀房内，侯久满与他、赫顿一同看着一架机关枪的木质模型。

“刀儿，我觉得这28珠连环铳的曾孙、玄孙，机器炮可以试制了，总停在纸上和模样上，很难真正发现不足。”侯久满道。

戴刀：“再推敲推敲，以免浪费。”

赫顿：“同意。”

“你是同意阿爸，还是同意刀儿？”

“我同意戴刀的意见。”

侯久满看看赫顿：“正值多事之秋，还是尽量抓紧。另外，老侯结合日、俄两国山炮，弄的那个‘五羊炮’图样，你二人也尽快看看。”

此时，可言挽着西西走入：“阿爸，您是今日找了大哥吗？”侯久满等一怔……

可言：“哦，阿爸，这是西西小姐，我的女友，英国人。”

西西先向侯久满行礼，然后向戴刀、赫顿行礼，接着便好奇地看着赫顿。侯久满瞪眼：“你怎敢大喇喇地把她领进府里？！”

可言：“这有何不可，您一直没见过西西，孩儿特意领来让您看看，刚才已见过阿妈。”

“你们这……不伦不类，大庭广众地……成何样子？！”

“阿爸，这是在广州，您怎么……好好，不说这个，这只是孩儿自己的事。阿爸，听说您去找大哥借钱，您为何不找我借？”

侯久满怔怔：“当然要找你，不过暂且还用不着。”

可言笑笑：“这亲儿子与养儿子到底不同。西西，我们走吧。”

西西盯着赫顿：“先生，您……是……”

可言：“啊，忘了说，西西，他叫赫顿，也是英国人。”

“是吗？”西西高兴地伸出手，赫顿接过西西的手吻了一下：“您好，西西小姐。”

“干什么？！干什么？！”可言推开赫顿，“你怎么可以乱亲我的女人？！”

西西：“侯！你很无礼！”

可言挽着西西出门：“快走吧，电影要开演了。对了阿爸，孩儿有单生意要出远门。”

西西回头冲着赫顿：“赫顿先生，您是英国什么地方的人？我是普雷斯顿的……”

可言：“走吧，走吧，你管他是哪的。”赫顿看着西西被拽出门，微笑着未应。

西西被拽到庭院，仍回头望着：“侯，那位赫顿先生好像和你们家很熟。”

“当然，他是我阿爸的儿子。”

“啊？！赫顿先生是混血？”西西吃了一惊，仍回头看着，“侯，我很想认识这位混血儿先生，你能晚几天再出门吗？”

“不行，不行，其实这次出门并非为了什么生意，而是有桩极要紧、极要紧的大事！”

西西：“什么事？”可言不答，只是催促西西快走。

“侯，你为什么不带我去看看，你那个叫大姑爸爸的妈妈？”

“那个爸爸，哦不，那个妈妈就算了。”

侯夫人端着汤罐走来，看着可言、西西的背影叹息一声，走向阿尔萨兰房间。

门前，侯夫人恭谨地：“大福晋歇了吗？”

少顷，传出阿尔萨兰懒懒的声音：“进来吧。”

侯夫人走进房，阿尔萨兰放下那本《安娜·卡列尼娜》，懒懒地从炕上起身。侯夫人笑着：“大福晋看书呢？您躺着，躺着。老妇人让厨房做了些蜜枣猪腱汤，土是土些，但能安胎止呕，补气养血，还可以润燥消肿。大福晋若不嫌弃，稍用几口。”

阿尔萨兰蹙眉看看，不快地：“你看我哪块地方见肿？”

侯夫人尴尬看看阿尔萨兰：“大福晋……还真是不见变化……”

“放那儿吧。……唉哟……”阿尔萨兰忽然捂住小腹呻吟。

侯夫人慌忙放下汤罐，扶阿尔萨兰躺下：“哟……哟……这是怎么了？”

阿尔萨兰责怪地瞥了侯夫人一眼：“怎么了，被你这一气，老事儿又来了！”侯夫人大惊：“什、什么？大福晋没有……没有怀上？”

阿尔萨兰蜷缩呻吟着，侯夫人不知所措。阿尔萨兰：“还愣着干什么，按哪！”侯夫人急忙搓搓手，为阿尔萨兰按摩。

阿尔萨兰问道：“我问你，府里还有人拿我当外人吗？”

“没，没了。”

“街上还有小儿唱那个“三大怪”吗？”

侯夫人怔怔：“……没了，没了。”

阿尔萨兰呻吟着。

入夜，侯久满走到阿尔萨兰房前，在门前犹豫着踱了几步。侯夫人从屋里走出。“哦，夫人，怎么这么晚了……”

侯夫人遗憾地看了侯久满一眼：“大福晋肚子疼得厉害。”

侯久满：“她，什么东西吃坏了？”

侯夫人叹息：“唉——，老爷，为何回到府里，您与大福晋倒不住在一起了？”

侯久满一怔：“说什么呢。夫人回房歇息吧，我找她有两句话说。”

侯夫人：“老爷，大福晋面子薄，又怕人议论，总不好叫她主动去您的房里。人家毕竟是皇宫大姑，太后的贴身小袄，还是老爷您搬过来的好。”

“夫人这是怎么了，快歇着去！”

侯久满欲进门，又回身道：“哦，先告诉夫人一声，我明日要出趟远门，差事上的事。”

“知道了。老爷快进去吧，外面凉。”侯夫人轻叹一声，转身离开。

侯久满走进房间，阿尔萨兰面朝里睡着。侯久满看看那个“囍”字，苦笑一下，从案上的一摞新书拿起一本看看——《西夷文明》。正要取第二本……“别动，那是准备寄给皇后娘娘的。”侯久满一惊，看着阿尔萨兰的背。

阿尔萨兰缓缓转身："何事？"

侯久满："你……脑后也生着眼睛？"

阿尔萨兰支撑坐起，侯久满看到阿尔萨兰的枕头中央有个洞，惊愕："你的枕头，为何……"

"说，什么事？"

侯久满坐下："你提醒老侯的那件事，我想了几日，有了些盘算。打算明早赶赴武汉，去见一位当年的结拜兄弟，老侯听说他做了协统，并提调鄂局。"

阿尔萨兰："我提醒了你什么？"

侯久满不满地瞥了一眼："你提醒老侯：太后怕我搞独立王国！所以老侯要去各处磕头、巴结！"

"你要去巡枪？进我的门就是这事？"

"是，临行突然想起，还是告诉大福晋一声，老侯此次若有什么非常之举，大福晋也好如实禀报太后。"

阿尔萨兰紧忙下床："你又要干什么？！"

"别一惊一乍，老侯如今是巡枪御使，还能怎样？只是鄂局那样的老大，对此定然会有许多不服，老侯到时恐怕不得不有些随机应变。"

"你别水牢泡烂的嘎巴还没落尽，又想再泡一回。"

侯久满站起身："少说得那么难听，老侯这回可是先打了招呼！"

阿尔萨兰："等等，我有一事，也正想找你。"

"你是不是还有一条什么蚊子船？"

侯久满疑惑："是，问这个干什么？"

"什么叫蚊子船？"

"小型炮艇的绰号。"

"我要随这炮艇出海。"

"你？作甚？"

"我要做海盗。"

侯久满大惊："什、什么意思？"

"你不是造枪缺银子吗？我去帮你抢。再说，阿尔萨兰不想一辈子白吃白喝你的。"

侯久满愣怔看着。

"看我干什么，有人劝我攘助你制枪造炮，阿尔萨兰只有当海盗帮你。"

侯久满拱手鞠躬："老侯谢你了。"

说着要走，阿尔萨兰叫道："我说的是真的！"

侯久满喝道："笑谈！你连泅水都不会！当什么海盗！快歇了吧！"

"我可以学习泅水！"

"你以为你是西洋女子？广州只有疍家女会水，你一个皇家大姑也要做个湿淋淋的水鸭子吗？听着，老侯做得的事，你未必做得！海盗？你想都别想！"

阿尔萨兰呆愣，不由打了个喷嚏。

侯久满看看一身薄衣的阿尔萨兰："快躺下，别冻着！"便大步出门，阿尔萨兰呆呆看着他，又打了个喷嚏。

戴刀小心翼翼地给白菊浇着水，赫顿默默看着，良久问道："戴刀，你很喜欢这种花？"

"是。"

赫顿："它很像是一个人。"戴刀敏感地看看赫顿。

赫顿问道："戴刀，按照中国人的标准，我们算不算是最好的朋友？"戴刀笑笑："如同高山流水。"

赫顿："这好像是形容两个男人的友谊的。"

"典故如此。"

赫顿高兴地："那我们是知己了？你能对知己说一句最真实的话吗？"

戴刀："当然可以。"

赫顿："戴刀，你很爱阿尔萨兰夫人吗？"戴刀看看赫顿，接着浇花。

沉默了一阵，戴刀转过身："赫顿，此次海上一劫，戴刀发现：我一个不名一文的人，竟被人接二连三，当成了不用宁杀的人物。在软禁的那些日子，戴刀想了许多，既然戴刀生来便是个继承祖业，为中国强盛制枪造炮的人，别的一切，再如心似命，再难割舍，也须泣血力斩。更何况，侯大人屡屡犯险相救，是我戴刀的再造恩人？"

"……那你，彻底放弃了？"

戴刀默默浇花。

武汉，黎宅花厅内，侯久满抱着黎元洪用力拍打："黄陂老二，想煞为兄了！想煞为兄了……"

黎元洪被拍得直咳："……大哥轻些，……大哥轻些，二弟岂是您枪局里的沙箱、铁坯……"

"来来来，让大哥先答谢二弟厚恩！"侯久满深深鞠躬，"闹自立军那年，要不是二弟捆住大哥的那几个小畜生，他们还不知给老子惹出什么祸事。"

"这是干什么？大哥快坐，大哥快坐，上茶！马上去最好的汉阳大菜馆，订最好的席！"

侯久满："慢，慢，老侯今日就在二弟府上叨扰，听说二弟刚刚迎娶了一位如夫人，还将人家的危姓改成了黎姓，你怎么也得让大哥见见这位，让你又怕又爱的新人吧？"

黎元洪笑："大哥连这个都知道？"

"怎么不知？前年你 40 得子，取字'重光'，看来，二弟的长毛心结，甚是深长呢。"

侯久满说明来意："老二，我等是自家兄弟，大哥就直言相告了。老侯这次来鄂局，虽说顶的是巡枪御使的名，但实是为粤局，向鄂局提亲、纳采来的。"

黎元洪笑笑："谁不知，大哥如今是太后膝前宠爱有加的猴精，粤局正红得发紫，哪里看得上鄂局？"

侯久满："你家张之洞才是天下闻名的猴精！老二，实话说，大哥是冲着你的煤、铁来的。"

"怎么，粤局短缺这两样？不会吧？这么些年粤局都是如何干的？再说，从我鄂局调运煤、铁到广州，您付得起运资吗？”

“不用运，我的枪炮放到你的鄂局来造。老二，大哥知道，鄂局年前遭洪水淹泡，损失浩大，目下连修缮伙房灶台的银子都不足，更别说制枪造炮，泡都跑到你等几个督办、提调的嘴上了。”

“哪有这么凄惨。难是难些，但我湖北枪炮，恢恢大局，闹了场水，何足道哉？”

侯久满：“还嘴硬，你再有个把月不开工，数千的工匠怕是要往我粤局逃难了。虽说老侯要不了那么多，但精干的艺工、匠首，绝对来者不拒。”

黎元洪忙道：“大哥，您可不能趁火打劫，挖小弟墙脚。”

“黄陂，大哥的脾气你清楚，送上门的银子不要，还一劲儿穷酸，那墙脚我定然会挖。”

黎元洪怔怔：“谁不知太后可劲使唤你，又不给你喂料，你哪来的银子？”

“老侯的五羊乙送给你造，你可以向朝廷讨要预购的枪银啊。这样，既稳定了人心，又恢复了元气，还白捡了名利。”

黎元洪想想：“五羊乙已列为大清制式兵枪，少说得数十万条，粤局一家哪里造得过来？大哥您不上门，朝廷也会交办我的鄂局。”

侯久满掏出叠文书拍在案上：“黄陂小子，你还太嫩！这是粤局与川、桂、滇等三局联手造枪的契约！”黎元洪抓过看看，傻眼。

“大哥！这是什么话，你一来便要陷害小弟！”

侯久满开怀大笑。

“汉阳大菜馆”雅间门前，可言与一位汪姓幕僚相互谦让：“汪先生请，汪先生请，汪先生乃张之洞大人的心腹幕宾，晚生怎敢走先？”

“好好好。”汪幕僚入门，可言跟着走进。

雅间内，汪幕僚低声问：“侯先生，您确实带有康、梁书信？”

可言点点头。

“能否一看？”

可言掏出个信封：“汪先生可认得笔迹？”

“……的确是卓如的字。”汪幕僚看看信封里面：“怎么没有……”

“晚生怕路上危险，信中内容尽背脑中。简要说，当下中国‘南张北袁’支撑大半江山，袁世凯乃戊戌叛逆，康梁二位大先生自然寄希望湖广总督张之洞，为速行立宪，领衔鼓呼。”

汪幕僚：“侯先生，您与康梁……”

“晚生当年曾在万木草堂读过书，康梁二位先生与晚生素有密信往来。”

“哦。”

汪幕僚点点头：“要说，我家张大人已有奏请12年后实行立宪的折子，若速行立宪，势必干系太后权威，张大人恐怕……”

“汲取戊戌教训，我等何不先哄着那老太婆做立宪首脑？一旦功成，皇上亲政，老太婆自然架空。”

“来啦——，二位大人，老鸭煲藕——”侍者走入上菜。

汪幕僚问道：“侯先生，你是否与令尊大人一同来的武汉？”

可言一惊："什么？我阿爸也来了？"

侯久满与黎元洪仍在讨价还价："当然，老侯的便宜也不是白给，我大部的五羊枪在你鄂局生产，但我的五羊炮，也得借助你鄂局的精良机器，在此制造。"

"什么，大哥还有五羊炮？"

"这是一种结合日、俄两国优长的山炮，正因造炮之事必耗大量煤、铁，所以老侯的粤局选择鄂局合作，明白了吗黄陂？！"

黎元洪："大哥的拳拳报国之心，日月可鉴。"

侯久满狡黠地："但为了确保合作顺畅，你鄂局起码要给老侯一个会办职衔，专务炮厂。"

黎元洪大惊："啊？你还要在我鄂局做官？！"

侯久满笑嘻嘻地："正是。"

黎元洪："不行不行！不行不行！绝对不行！"

黄昏，武汉驿馆庭院，可言背着手边欣赏院景，边走向一处房门，推门而入："阿爸……阿爸……"

侯久满从可言身后走了进来："你怎么来了？"

"阿爸，您刚回来？"

侯久满："你说有单生意要出远门，就是来武汉？"

可言笑笑："回阿爸，孩儿来武汉不只是生意，还有别的事情。阿爸，您也带着孩儿去湖北枪炮局风光风光吧。"

侯久满看看："来的正好。既然做生意，你带了多少银子？"

可言："有个几万吧。"

"这样，你做两件事。第一，你等的宋卿叔新娶了一位夫人，你买些东西送去……"

可言："黎元洪？不去不去！""什么话，阿爸刚刚开口。"

"阿爸，您有所不知，辛丑年我与大哥、妹仔、玉姑来武汉，那黎元洪曾将孩儿扒了裤子游府，这等奇耻大辱，孩儿饮恨终生！"

"那也是你等小儿不懂事理，想跟着自立军造反，宋卿不过是代为父教训教训尔等。"

"不行不行，您让孩儿杀了黎元洪可以，让孩儿给他老婆送礼，万万不行！万万不行！"

"……好吧，第二件事情必须做！今日阿爸从宋卿处探知，那鄂局说了算的是会办张彪。这张彪惧内，他的夫人是……"

"孩儿听说过张彪，他的夫人曾是张之洞的婢女，所以张彪有个绰号，人称'丫姑爷'。"

"你怎知道？"

"阿爸，您是要孩儿，替您给那位丫头送礼吗？"

侯久满看看："别用阿爸名义，要用……就用你额娘。"

可言笑道："用那个皇宫来的婢女？妙！妙！"

侯久满正色："婢女是你叫的么？！你阿爸也是丫姑爷？！"

可言笑笑，觍着脸："阿爸，孩儿帮您做事，您是不是……是不是也得成全孩儿与西西小姐……"

"滚！滚！生意做到老子头上来了！"侯久满走开。

可言缠着："阿爸……您就开开恩，成全了孩儿与西西小姐吧。"

次日，枪炮局大门外，西西翘脚向里张望着。赫顿与戴刀边说着话，边走出大门："日本与俄国的炮，根本算不上好炮，老侯为什么要选择这两种？"

"侯大人只是要我等以他的草图为基础，你我完全可以……"

"赫顿先生！"赫顿、戴刀一怔，西西跑了过来，先冲戴刀行礼，然后转向赫顿："赫顿先生，我等了您好久了。"赫顿礼貌地问好："您好，西西小姐。"

"赫顿先生，今天晚上西商会有个舞会，我的朋友刚离开广州，您有时间吗？"

"谢谢西西小姐，我非常非常的荣幸，但是……"

西西打断："赫顿先生，我专门跑到您的工厂来邀请您，您千万千万别驳我的面子。"

赫顿看看戴刀："西西小姐，当着我朋友的面，您最好说中文。真是对不起，西西小姐……"

"你们谈，你们谈。"戴刀礼貌地走开。

西西道："赫顿先生，我已经打听清楚了，您来自伦敦的一个军人世家，您不会看不起我这个乡下丫头吧？"

赫顿一怔："……那，那能容我先回去换换衣服吗？"

夜，驿馆客房，可言已经入睡，像是在做美梦，笑眯眯地口水流得很长。另一处，侯久满拿着摞枪炮图纸，靠在床头也睡着了。

一条黑影摸到门前，用匕首拨开门栓，闪入屋内。黑影先摸到侯久满床边，看了看，然后摸到可言床边……

屋内，戴刀与赫顿画着山炮图。戴刀说道："赫顿，这样可不好，你既然答应了西西小姐，怎么又不去了？"

赫顿："我请阿六给她送了道歉的信，我们的工作确实很忙。"戴刀看看赫顿，笑了笑。

次日晨，侯久满起床穿好衣服，走到可言床前，给可言盖了盖被子。可言醒来："阿爸，这么早……"

"你再睡会儿。"侯久满正要走，突然发现可言的皮箱奇怪地挂在洗脸架上！

"你的皮箱……怎么回事？"

可言一看大惊，蹿起来奔到箱前，打开翻了一阵："……阿爸！……阿爸！不好，我的银票没了！"

此时，阿尔萨兰看着一封电报：姑爸爸，老爷和二少爷欲盗用您的名义行贿……"该死的！"阿尔萨兰骂了一句，想想，走到桌边铺纸，提笔写着。

侯久满继续踱着步："你不去谁去？总不能叫你阿爸这个御使，觍着张老脸……"

可言："叫我去，您还不如杀了孩儿。给他老婆送礼都是要命的差事，更何况找黎元洪借钱？阿爸，实话说，那几万两银子根本不是做什么生意的，而是孩儿来武汉为活动立宪之事用的。”

“立宪？这么说，偷儿有可能是……正好，正好，你找宋卿，就说你的银子被革命党偷走了！”

“滑稽可笑！革命党再怎么反对立宪，也不至于做梁上君子。再讲，我凭什么为了向一个婢子行贿，去求一个仇家？！”

“阿爸有天大的事由在肩上！你去是不去？！”侯久满左右看看，从掸瓶抽出鸡毛掸子。

“不去……不去……”可言被侯久满打得满屋乱蹿，抱头捂腚地蹿出门时，突然发现门槛上有封信。

“阿爸，等等，信……”可言捡起信，拆开怔了：“我的银票！”

此时，善缇疾步走出驿馆大门，衣袖里掖着阿尔萨兰给他的回电：除了护佑老侯安全，其他一概莫管！

茶楼雅间的桌边，放着大堆礼盒，一个三十多岁的女人闻着瓶外国香水。可言道：“张夫人，实话讲，晚生这已经是第二次采办这些东西了，上一次晚生的额娘为太后70寿诞，也办了这么一套。”

张夫人：“喔哟哟，这不是僭越，大不敬吗？虽说我侍候过几年张之洞大人，但你额娘可是侍候过老佛爷和皇后娘娘的，我怎敢这般不知深浅，收你额娘的重礼？”

可言：“这不是有劳夫人吗？我阿爸能否做上鄂局会办，全仰仗夫人在张之洞大人面前美言。”

张夫人：“我家老爷正做着这个会办，且做得好好的……”

“夫人运筹运筹，张大人不是就此升升，做了帮办了吗？”

“瞧你说的，我只是个奴婢，哪有那么大的面子？”

可言故作神秘：“夫人，晚生私底给您透个风，此次太后以巡枪御使命我阿爸巡察江南，实有简拔为父，实际参与各局事务的意思，太后不过碍着为父曾开罪江南几位督抚的旧事，不便明着下旨。但此时若有哪位大员挑个话头，太后顺水推舟，此后定然惦记着这位大员。”

张夫人怔怔：“要是这样，顺水人情的事……”

湖北枪炮厂。炮厂内的所有机器停转，只有几门半成品的火炮。黎元洪陪侯久满巡看：“大哥，在广甲舰一同吃粮时，小弟的印象中，您并非是个钻营、攀附之人，如今，您粤局总办做得好好的，为何非要多谋个鄂局会办的位置？”

侯久满：“大哥老了，越发地做官有瘾。”

黎元洪：“又说笑。”

“真的，顶子越多，权势越大，差事越好耍。这鄂局长在大清的肚脐眼儿上，有煤有铁，又是九州通衢，天然的兵工中枢，大哥不在此插上一脚，专弄枪炮的这一生，岂不遗憾？”

黎元洪看了看侯久满：“昨日得告，张之洞大人要见您。”

“噢？”侯久满故作不知。

“见之前，要您先应一桩事：凡在鄂局制造的五羊乙，得换个品名。”

侯久满笑笑：“莫不是，得称‘汉阳’？”

“正是。”

侯久满又笑笑，向外走：“这湖北枪炮厂改名汉阳兵工厂，五羊乙既然嫁人，自然当随夫姓。”

黎元洪高兴地：“大哥下一站是去宁局，还是沪局？”

侯久满：“早晚会去，先回广州。”

黎元洪怔怔：“您当的这是什么巡枪使，只巡我鄂局一家？”

侯久满走出门，看看四周，畅快地：“好大的鄂局啊！争天下者必争武汉，争武汉者必争汉阳！”黎元洪怔怔看着侯久满。

离开湖北，侯久满风尘仆仆，赶回入总办室，直奔戴刀、赫顿面前的炮图：“怎么样？炮图已经改完？”

戴刀：“侯大人，在您的图上，赫顿与我做了些改动，主要是改螺式炮闩为楔式，并改了杠炮钩套、表尺曲柱等六七处小的地方。”

侯久满看着图：“好……极好……极好……就照此试造样炮！”

赫顿：“老侯，我们现在的罐钢厂规模太小，不同炉、罐炼出的钢，纯度不均，还常有拉力不足的问题，我们急需这方面的工程师。”

“阿爸清楚这些，所以才要利用鄂局。往后，我粤局应以研发新枪、新炮为主，生产维持正常即可。红毛，刀儿，你二人即刻做出样炮策案，然后一同前往汉阳。”

吴丁贵看看侯久满：“大人，局里已有耳闻，您将五羊乙让给川、桂那样的小局不说，还把大半份额交给了鄂局，这不是砸自家饭碗吗？”

“庸人！我粤局岂能长久吊在一支五羊乙上？不腾出精力、物力，何以生产下一代新枪？！尤其是本办最最看重的机器炮？！你立即代我去一趟南京，直接面见宁局总办，就讲：我有意将全部五羊乙的弹子，尽数转让宁局生产。但他得举荐老侯，做宁局的帮办。”

吴丁贵：“大、大人，您做着川、桂三局的盟主，粤局的老大，鄂局的老三，还要做宁局老二？！您真是想做整个大清枪炮的顶爷？”

“少啰嗦！今日你就启程，有了口风，马上电报禀告！”

“嗻。”吴丁贵出了总办室，疾步走入枪厂电话房，拟写电报：赵大人钧鉴：侯久满刚刚插足鄂局，又欲向宁局伸手……

侯久满回府大步走入阿尔萨兰房间。

“回来了？”阿尔萨兰看了侯久满一眼。

“回来了。这次在外面，为了差事，用你的名分给湖北统制张彪的夫人，送了几样东西，向你知会一声。”

阿尔萨兰：“恐怕不只几样吧？”

侯久满看了看阿尔萨兰：“真是多余，告不告诉你，你也尽知老侯一切。”

“喂，你真的是想当大清的枪炮王吗？”

“……不假，老侯有此意。”

“我提醒过你，太后叫你江南巡枪，未必是叫你当真地管制整个江南的枪。”

“巡枪又不是观花，总要处置疾患。大清积贫积弱，各枪炮局捉襟见肘，唯有整合在一起，才能统一调配人才、物力，避免各自求全不得，没一家关键时刻可胜大差。”侯久满说道，“为兼理鄂局、宁局等家，老侯请托了一些人，还望大福晋能在太后那里说说话。”

阿尔萨兰：“你这不是害我吗？太后已经怪我不安分，还差点儿杀我……”侯久满打断，狡黠地眯虚着眼睛：“你何不接着举发老侯？”

阿尔萨兰愣怔：“……你的意思，要我以举告你货贿公行的名义，转述你为枪炮计议的真实意图？”

侯久满抱拳：“多谢大福晋。”

阿尔萨兰看着侯久满，片刻：“好！还有什么事，想让我一起举告？”

侯久满望着窗外：“还有一事太后也解决不了，人才奇缺啊！要是我那妹仔能够回来就好了。”

旧金山，某饭店酒吧，冯如、善清与妹仔都已有醉意。

冯如：“来，再次祝贺妹仔的航空燃油，终于获得专利！”

三人碰杯。

善清叹息：“唉，明明是妹仔发明，却因没有美国身份，只能用他人名义，可惜！可惜！”

妹仔：“有何关系，只要专利费能在我等手里造飞机就行了。而且妹仔根本不想要什么身份，我答应过阿爸，一旦学会制造大鸟，立即回国。”

善清：“唉——，妹仔，你可能真的得马上回国了。”

冯如：“怎么了善清，今天你总是长吁短叹的？”

善清：“领事馆得到消息，美国进一步强化了《排华法案》，除了驱逐华工，甚至连商人和访问学者都在驱逐之列。妹仔为了飞机的事，一直没有正式注册入学，这次怕是也在黑名单上。”

冯如吃惊：“不走！这个《排华法案》定了有二十多年，我华侨同胞一直没有停止抗争！”

“抗争！坚决抗争！”妹仔笑笑：“但妹仔的确很是想念阿爸。”

“没出息，女子一般！”善清推了妹仔脑袋一下，站起身：“我先去排排他美国水儿！”

善清有些趔趄地走向卫生间。一个美国女人走在前面，回头看看善清，进女卫生间时，脑后的发卡滑落地上。善清招呼她，美国女人已经进门，善清只好捡起发卡，放入口袋。捡发卡、装发卡的情景，被一个刚走出男卫生间的美国男人看见。善清正要进门，那个美国女人从女卫生间冲出：“我的发卡！我的发卡不见了！有人偷了我的发卡！”

善清欲还发卡，笑着上前招呼，美国男人却劈手揪住善清：“夫人，您的发卡什么样子？”

“金的，镶嵌着三颗宝石。”

美国男人：“夫人，就是这个大辫子的中国人偷了您的发卡！”

“胡说！”善清正欲争辩。

“贼！”美国男人一拳将善清打倒。

“混蛋！”善清跳起，几下将美国男人打倒。

美国女人奔跑呼喊：“来人——！来人——！警察——”

侍者、客人、妹仔、冯如跑来，立即演变成一场美国人帮美国人，中国人帮中国人的群殴。美国女人领着警察奔至，按倒善清，从口袋掏出发卡，警察围着善清狂抡警棍，将善清打得鲜血迸流。

次日，何领事与鼻青脸肿的妹仔、冯如走出警察局大门。

妹仔：“何大人，善清明明冤枉，您为何不保善清出来？！”

何领事：“保了，人家不放。”

冯如：“外交人员不是有刑事豁免权吗？”

何领事：“那是对其他的外国人而言。”

妹仔：“何大人，您是领事，怎么也得救救自己的下属……”

“住口！不是尔等酗酒胡闹，本官哪来的这场麻烦？！大清的脸，生生叫你们这些浮浪子丢尽了！”何领事上了汽车，扬长而去。

妹仔喊着：“狗官！你还知大清要脸！善清是大清武官，是外交使节，善清就是大清的脸，你竟扔给洋人！”

冯如拉住妹仔：“不行，我们得赶紧发动侨胞，搭救善清！否则，中国人在这种排华高潮时刻进了警察局，无异于进了洋阎王的鬼门关！”

妹仔捶门大喊：“还我善清——！还我善清——”

侯府餐厅，善缇在阿尔萨兰面前摆了几碟菜。

“木棉呢？”阿尔萨兰问道。

“回姑爸爸话，听说木棉病了，奴才做好就直接给姑爸爸端了过来。”

阿尔萨兰：“善缇，你也太过辛苦，今后不必为我再做满菜，每餐将我吃的另分一碟就是。”

“谢姑爸爸关照，这是奴才应尽的本分。姑爸爸慢用。”

玉姑看着报纸：“可恨！美国警察竟然侮蔑一名中国武官，偷窥洋人妇女如厕，并抢劫珠宝，将这个武官打得骨断筋折，危在旦夕！”阿尔萨兰一怔。

已走到门口的善缇突然站住，大步走回：“玉姑小姐，这份报纸能借我看看吗？”

“给。”玉姑道，“此报敢讲真话，哪日，玉姑也要办一张这样的报纸！”

善缇抓过报，边看边迅疾走出。阿尔萨兰亦紧跟着出门。侯久满、玉姑等诧异地看着。

是夜，医院病房，被绷带裹得只剩眼睛的善清虚弱不堪：“谢谢诸位，还能让善清死在同胞怀里。”

妹仔伤心地安慰：“善清，医生不让说话，你好生养着，好了咱们再图报仇。”

“正是！”冯如甩着报纸：“好心不得好报，还被诬陷得如此不堪！此仇不报，何以为中国人！”

善清流下眼泪："善清给大清丢了脸。"

妹仔："善清！别这样说，就是这个大清见死不救！那么多的侨领吁请朝廷设法，可朝廷就是无动于衷！"善清闭上眼睛，痛苦地摇头。

护士走入："先生们，请你们出去吧，病人很痛苦。"

"善清兄，你好好养着……"妹仔、冯如被护士拥着朝外走。

善清睁开眼叫着妹仔，妹仔跑回床边，善清拉着妹仔的手："妹仔，善清想托你一事。"

妹仔难抑悲痛："……你说……"

善清："你不是一直觉得愚兄面善吗？其实，善清是你阿爸府上善缇的弟弟。"

妹仔惊愕："什么……"

善清垂泪："请你归国之后，亲口告诉我家兄长：善清绝无做过半点有辱大清祖宗的事。"

妹仔伤心地点点头："……妹仔记住了。你切莫多想，一定要好好养着。我和冯兄就在门外，你睡一会儿，我们再进来。"妹仔看着善清退出病房。

善清艰难地抬起手，从枕下摸出手枪，顶住额角……

房门外，妹仔哭道："想不到善清，竟然是善缇的弟弟……"突然，"砰"的一声枪响。妹仔、冯如奔进门。只见善清的绷带溅满鲜血，死不瞑目！妹仔痛呼："善清——！善清——"

隔日，玉姑骑马出门。眼睛红肿的善缇跨马跟来："玉姑小姐，我与你一块儿练枪！"善缇纵马奔去。

玉姑怔怔，抖缰追着："哎，你怎么了？"阿尔萨兰奔出门看着。

树林里，善缇飞马射击，尽泄悲愤。树上的木瓜一一粉碎。玉姑惊异不已。

阿尔萨兰骑马奔来，默默看着善缇。善缇看见阿尔萨兰，喘息一阵，奔近下马，半跪道："姑爸爸，奴才失态。"

阿尔萨兰轻声道："随大姑回府吧。"

"嗻……"善缇缓缓上马，怀中的报纸落地，没有察觉，随阿尔萨兰离去。

玉姑疑惑地看看，捡起报纸看了一眼，再看善缇背影，惊疑："难道……难道这个叫善清的……该杀的洋人！该死的朝廷！"玉姑怒骂着扬手一枪，木瓜被击碎。

旧金山，致公堂。孙中山写着文章。妹仔走入，叫了声"孙先生"，双膝跪下："学生侯妹仔。我要革命！"

孙中山怔了一下，笑道："妹仔？那个在我演讲时总爱提问的妹仔？"

"正是，孙先生。"

孙中山搀起妹仔："我们认识。而且，我听冯如等人说起过你。"

"妹仔听了孙先生那么多的演讲，一直不敢深信先生的道理。但善清之死终于让妹仔觉醒，先生是对的，朽烂透顶的清廷已无可救药，只有彻底推翻它，创建一个崭新的中国，中国人才能在这个世界活出尊严！"孙中山拍了拍妹仔。

"先生，请问入您的会有哪些门坎？歃血、刺字、斩凤凰，妹仔愿一一来过！"

孙中山笑着微微摇头："坐。妹仔，听说你的阿爸是我们广东的枪炮局总办？"

"是的，孙先生。提起阿爸，妹仔很是痛苦，阿爸送我出洋时曾再三叮嘱，不要参与政治，但，今日妹仔不得不背叛阿爸。"

孙中山看看："妹仔，依我看，你还是全力跟着冯如，早日造出中国人的飞机，这对我等国家的未来，极有益处。"

"孙先生，您是不信任我吗？尽管妹仔深深愧疚于阿爸，但妹仔既然认准革命，便九死不悔，绝无反顾！"

孙中山："这样吧，革命先交给你一项任务：在学造飞机的同时，承袭你阿爸的行当，也学造枪炮、炸弹。如何？"

妹仔怔怔，抱拳："侯妹仔愿领受一切考验！"

树林里，玉姑纵马射击，木瓜一一炸碎。

"好枪！"玉姑循声而望，喝彩的是一位拄着手杖的老和尚。

玉姑驾马驰近："大师傅，你是说我的枪好，还是说我的枪法好？"

"都好。姑娘小小的年纪，这般杀气腾腾，不知是为公，还是为私？"

玉姑发现老和尚说话时，眼睛看着别处："大师傅，您的眼睛……"

"被官军的火炮炸瞎啦。"

"瞎了？瞎了，您还能知道我的枪法好与不好？"

老和尚笑笑："与官军打了十几世的仗，但凡与杀戮相关的事，老衲已经用不着眼睛了。"

玉姑跳下马："怎么回事？您这和尚，是个杀人的和尚？"

"姑娘还未回答，你如此炽烈的杀气，所为何来？"

玉姑："我也不知，似乎自打阿爸逼我缠足，便将我缠成了一颗炸弹，心里的怨愤无处喷泄！我恨极了这个连女人的脚都要戕害的世道！"

老和尚点点头："私怨公仇，怒在世道。看来，玉姑姑娘真是同道了。"

玉姑一惊："您认识我？您是谁？"

老和尚笑笑："'老衲供茶碗，斜阳送客舟。'刘婆老，姑娘可还记得？"

"刘大侠？您与婆老大侠一路？"

"正是。老衲已然观望姑娘多日了。"

"大师傅，您找玉姑有事？"

"不知玉姑姑娘是否愿意继承刘婆老的遗业？"

玉姑愕怔："您是说，反清复明？"

玉姑跟随老和尚骑马来到一处山洞，洞前石柱刻有"日月堂"三字。

"大方丈。"堂卫行三指扪心礼，将老和尚扶下马。洞内走出五、六个会党成员，行同礼。

玉姑看看："大师傅，您这里是庙？是会？"

大方丈笑道："老衲祖上是大明最后一科武魁，与清狗打了十几辈子，到了老衲已成独枝，于是边念经超度先人，边集众继续征战。数月前，在清狗的会剿中伤了双眼，只得择日另选堂主。"

一个三十岁左右的黑瘦男人看看玉姑，问道："大方丈，这位小姑娘……"

"哦，各位香长、盟证，这位就是老衲请来的白纸扇。"

玉姑愣怔："我？"

黑瘦男人："她？她一个小小的女子，怎能做军师？"

大方丈："黑头，毋需多言，玉姑娘有无本事，日后自然知道。姑娘，请。"大方丈被堂卫搀扶着走入洞府。玉姑糊里糊涂地随着，好奇地左右张望。

黑头看着玉姑步态，鄙视地笑道："玉姑娘只怕还是个缠足的小姐吧？"

玉姑瞪眼："你是干什么的？一上来就看我不顺！"

"本堂护印。"

"一个背木头章子的，如何这么牛皮哄哄？！"

"嘿，你个小八婆……"

"住口！老衲请来的白纸扇，谁敢小觑？！"大方丈呵斥。

玉姑抱拳："大方丈，标下还未应承入会……"众人大笑。

黑头："什么人物，一个黄毛丫头口称标下！"

大方丈亦笑："玉姑娘，你这怕是跟你阿爸学的吧？"

玉姑道："既然想从军打仗，玉姑自然要随军规称呼！"众人又是一阵笑声。

黑头："生马驹子，什么都不懂！"

大方丈："玉姑娘，还是那话，不懂山堂规矩无妨，老衲只是问你，有无决心继承刘婆老遗业？"

玉姑道："反清廷无异议，复大明没兴趣。不过，玉姑早有追随刘婆老之意，今日既然大方丈不嫌弃，玉姑愿意入会，只是不愿做那个什么白纸扇、黑纸扇，实在要给个官做，就让标下当个军靴！"

众人又笑，黑头道："她居然知道军靴！你这等走路都拧来扭去的，做将军也只是个金莲将军，小脚将军！哈哈哈……"

玉姑怒目圆睁，"嗖"地从红马靴中抽出手枪，扬手朝黑头一击，黑头的礼帽飞走，惊得一缩脖子，速拔手枪。玉姑又一挥枪，黑头枪落，怔怔地去绑腿上抽出匕首，"当"的一声，匕首也被击落！黑头弯腰呆看，众人愣怔。

玉姑道："一而再，再而三，以为标下是好欺侮的吗？！听着！今后谁再敢在标下面前提什么小脚、金莲之类，标下的弹子可就不仅仅冲着物件飞了！"众人面面相觑。

大方丈笑道："这三枪就算你等初识。各位香长、盟证、坐堂、总印，你等是否愿意玉姑娘入会？"众人对视无言。

大方丈："玉姑娘，你反清不复明，只能算是半身入会，本堂事务，你可介入也可不介入，一切听凭姑娘自由往来。老衲所以如此待你，均缘于刘婆老生前有话：玉姑娘是个可信之人。"

玉姑抱拳："大方丈，标下听懂了！"

玉姑插好枪，走出洞府。

众人看着玉姑离去，香长抱拳："大方丈，今日之事是否有些太过草率？"

黑头帮腔："就是。这丫头虽说枪法不错，但新马开坛入圈的仪程一项未走，怎能准她随便出入？”

大方丈意味深长地：“非常之期，非常之人。你等知道她是谁家女子？广东枪炮局总办，侯久满的千金。”

香长：“难道……难道大方丈另有深意？”

玉姑在山林里骑马缓行，疑惑地看着身后。

枪厂内，侯久满疾步走着，将一卷图纸交给工匠甲：“你带几个顶尖师傅，依此图样尽速造出试样。”

工匠甲看着图，愣怔：“大人，这是什么？”

侯久满：“造就是了。要快！要绝守机密！”

图纸上，是戴刀设计的机关枪。

二十一

春夜，储秀宫内，慈禧看着大堆的折子。李莲英走进，低声道："老佛爷，皇上来了。"慈禧像是没有听见。李莲英又道："奴才这儿，还有大姑阿尔萨兰与牛子旬刚上的一份密折。"

慈禧抬起头。李莲英递过折子，慈禧看完笑了笑："这丫头，怕是被我一吓，倒与猴子亲近起来，学会拐弯抹角地为猴子讨起官来。"

慈禧扯下折子内的纸，撕碎："不过，猴子也是揣摩出我的心思，才上蹿下跳。准。转告军机和吏部，就依猴子的意思，他眼馋什么官儿，就放什么官儿。另外，密令牛子旬，侯府的事，他可以单独禀报，不必受制大姑。"

李莲英："老佛爷的意思……"

"请皇上进来吧。"

片刻，光绪进门，欲跪行礼，慈禧："不用了，坐。"

"谢皇阿玛。"光绪坐下，看看地上的碎纸。

"哦，侯久满想要顾问江南各局的实权，我已准了。皇上没什么异议吧？"

光绪看看慈禧："没有。侯久满忠心贯日，尽可以大差相授。"

"那套《日本宪法》，看完了吗？"

"回皇阿玛，儿臣看完了。"

"目下，立宪的事闹得上下鼎沸，皇上有何想法？"

"日、俄战毕，中国大局更危，所以人心喧腾。"

"此话怎讲？""……皇阿玛是否会责怪儿臣？"

"你尽管直言。"

光绪道："皇阿玛，近年来，洋人各国盼我维新，劝我变法，每每疑我拘牵旧习，首鼠两端，群怀不信之心，未改轻侮之意。日、俄战毕议和，各国在华利益大体纷争安定，势必联手迫我做出安全保证。届时，我朝如无必要之殊常举动，恐难化群疑而消积辱。"

慈禧看看光绪："皇上的意思是，只有立宪方可让洋人放心？"

光绪："大清命运，全在皇阿玛指掌。"

慈禧站起身："走，陪皇额娘出去走走。"光绪搀着慈禧走出门去。

内宫庭院里，慈禧边走边说着："我不怕立什么宪，也不怕变什么法，我还能活几年？只要你不像戊戌年，想围我的园子，你立你的，变你的好了。我担心的是，你想立的没立起，想变的没变出，倒把大清的朝廷立倒了，把祖宗的江山变没了。你以为立宪就能国强民富吗？你想清楚没有，立宪无一不牵着放权于民，而这民，100 个里面，99 个是汉民，只有一人为满民。强不强，富不富的，我是看不见了，但立宪推行中，汉民将借势造反，定然无疑！到那时，江山还姓爱新觉罗吗？”

光绪答道：“日本行实君立宪，有大法保证，天皇仍旧万世一系，总揽统治，并不见江山易主。”

“大法，宪纲，那不过是一堆纸。何况日本为一国一族，而大清百汉而一满，镇压都不能杜绝长毛、捻贼、会匪、乱党，平权就能服汉？”

“可如今，内外臣工，十有七、八倡行立宪。”

慈禧蹙眉：“十有八、九又能怎样？为君者，要有乾纲独断的定力，你真是难改听风落雨，躁切冒急的秉性。目下的大清已然弱不禁风，怎能吃得住立宪这种翻江倒海的动荡？”

“儿臣不如亲爸爸思虑深沉，横竖全凭亲爸爸做主。”

慈禧摇摇手：“不怪你，不怪你，今儿个是我急了。其实，我岂不期盼大清富强？就是变法，亦乃额娘素志，早在同治初年，我就曾采纳曾国藩建言：派子弟出洋留学，习造兵船枪械。可是当下，国势衰微，推行了几年新政，财力虽有增长，但为辛丑赔款压得气息难喘，且新政各项捐资成了累民，人心更加离散。此时变革政治，岂不是自乱根基？难，难，难哪！”

光绪：“家国社稷即已如此，变亦险，不变亦险，莫如铤而走险，尚许还有生机！”

慈禧看看光绪：“如此，不妨准了张之洞、袁世凯等人的奏请，简派几个亲贵大臣赴外国考察。我们出洋看看，以缓内压，也让洋人看看我们，以解外疑，走一步，算一步吧。”

光绪看看慈禧：“听亲爸爸的。”

侯氏家庙，可言面对七八个男女青年，口若悬河：“今日欧、美各国之所以国强民富，不过行立宪法。欧洲16国，除法国革命，其余各国无不走立宪之途。而法国因倡导革命，致80年大乱。且法国之民仅为中国十分之一，中国四万万众，各省各府，各怀私心，各私乡土，若革命起，必各自统领，各相并吞，四万万同胞怕是要血流成河，死其半也！”

西西坐在门外的台阶上，托腮望着远处。正良走过，招呼了一声欲走。

西西问道：“大侯，您是去盐场，看您的女友吗？”

“哦，西西小姐，我的盐场遇到些麻烦。”

“大侯，您知道赫顿先生去哪了吗？”

“听阿爸讲，好像赫顿老师与戴大哥到汉阳办事去了。”正良欲走，西西又问：“大侯，您为什么不参加您弟弟的革命？”

正良看看门内：“道不同不相与谋。幸好，他那儿也并非革命，只是鼓吹立宪，坐而论道罢了。”

西西：“您的妹妹是不是在革命？刚才我看见她和许多男人骑着马，带着枪，冲过去了。”

正良大惊：“什么？！朝哪冲过去了？”西西指着隐隐响着枪声的方向。

此时，树林里，玉姑在训练十几个会党成员骑马射击。

看了一阵，玉姑道："好了，收操！早晚时辰，各自须加紧苦练，大方丈有令，近日与盐场的盐勇将有一战。"

众人应："听玉姑娘的。"

"回山！"玉姑率队，呼啸而去。

正良奔来猛追："玉姑——！你，你千万别真的做了土匪——"

枪厂内，侯久满守在工匠甲等身旁，看着机关枪部件的制造。阿六快步走来，牵牵侯久满的袖子，走到一边低声道："老爷，您吩咐小的平时多注意玉姑小姐，今日街上，有个卖柴禾的讲，玉姑小姐与一伙男人常在林子里骑马放枪。"

"一伙男人？往日不是只有她一人去林子里吗？"侯久满责备，"既然听见传闻，为何不马上探个究竟？！"

阿六："这种事……这种事，小的没有请准老爷，不敢冒犯小姐。"

"快去！亲眼看个明白！若确有一伙男人，务必弄清都是些什么人！"

"是，老爷。"

阿六欲离，侯久满又道："等等！连那个狂浪不羁的二少爷，你一起注意着！"

阿六为难："老爷，二少爷的事……是不是听听大福晋的？"

侯久满："你怕她作甚？！"

阿六："小的不是怕，小的是担心……府里的人都说，大福晋与老爷刚刚真正成为一家……"

"什么叫刚刚……"侯久满猛然领悟，瞪大眼珠愣怔。

阿尔萨兰走下善缇驾的马车，走入商务局密室。正喝茶的牛子旬看看阿尔萨兰，并未起身，阿尔萨兰问："太后的旨意是不是早该到了？"

牛子旬："噢，到了。太后没说什么。"

"没说什么，你也应当及时禀告。"

"啊，下官近日很忙，一时给忘了。"

阿尔萨兰怀疑地看看："牛子旬，是不是又开始忙着与什么人，做起了生意？"

牛子旬阴笑道："承蒙大姑提醒，但大姑自己……好自为之便是。"

"什么意思？"

"没什么，没什么。"

阿尔萨兰又看了看牛子旬，"哼"了一声，走出门。

牛子旬依然未动："不送大姑。"

阿尔萨兰走出商务局，疑惑地回头看看。善缇扶阿尔萨兰上车，阿尔萨兰咕哝："好像不对。"

海边盐田，丙辰九十九叹息道："唉，这新式制盐虽说出盐神速，可销路被盐枭把持，制得越多越卖不出去。眼看新盐堆积如山，一旦雨季来临，岂不全功尽弃？"

正良："朝廷推行新政，盐务也有改革，我们不是能与衙门商议，自谋销路吗？"

“大少爷，自从你阿爸被禁止插手盐税、厘金，盐运使司衙门越发地凶恶起来，那个狗官阿圭，恨不得我们一颗盐粒都卖不出去。”

正良看看烟：“烟，我们再去试试。”

烟跟着正良欲走，丙辰九十九道：“烟就别去了。”

正良：“阿叔，有些事也让烟历练历练吧？”

丙辰九十九道：“大少爷，恕阿叔直言，阿叔尽管钦佩你的为人，也感念你为我等盐丁、灶户所做一切，但我家女子实难与大少爷相配。你在公事房派了她个端茶倒水的差事，已经给了她一碗饭吃，就不要带着她走东走西，抛头露面了。”

正良怔怔：“阿叔，如果这样让您和烟觉得不合世俗，我听您的。但正良也求您一件事，烟的身子单薄，在家里时就别再叫她挑水、捡柴了。”

烟说：“公子，盐丁家的女儿哪能那般娇气。”

正良央求地看着丙辰九十九。

“好，阿叔答应，挑水免了。”

“那，我走了，阿叔。”正良看看烟，离去。

丙辰九十九看着正良背影：“难得的好后生啊，可惜老天爷没有给你这个命，阿爸无论如何不会让你过门就做小的。”烟眼泪汪汪地看着远去的正良。

这晚，侯久满、侯夫人、阿尔萨兰三人用餐，侯久满故意问道：“怎么这些日子，总不见玉姑？”

侯夫人答：“这孩子出出进进，越来越没有准头，问她，她说是在张罗办什么报纸？”

侯久满惊奇：“办报？她哪有银子办报？”

“要不，老爷帮衬一把？”

“什么报？”

侯夫人支吾：“好像叫……《天足报》……”

侯久满怔怔，无语。

正良大步走入：“额娘，阿爸，阿妈。”

侯夫人：“良儿何事，跑得满头大汗？用饭了吗？”

“还没有。阿爸，孩儿遇上难处了。”

侯久满看着正良：“怎么了？”

正良：“阿大人请孩儿吃了碗饭，就把孩儿打发出来，盐引的事只字不提。”

“贼娘的阿圭！他真的又吃起那种一碗50两银子的蛋炒饭？！”侯久满在屋里骂道。

侯久满踱了几步：“良儿，你自己先设法找找销路，哪怕暂时走走私盐，容阿爸忙过这几日。”

正良：“私盐被盐枭垄断，孩儿与好人的交道都打不明白，况且坏人？如今许多地方食盐断销，但官盐、私盐却被大量囤积，正良原想济困救民，而今连自己都被卡住了脖子。阿爸，这雨季一来，盐场就惨了，公司还贷着洋人银行的巨款……”

侯久满看看正良：“唉，你要是言儿，哪怕是玉姑，阿爸借你枪局的两棚护军，一个阿圭、几个盐枭，算什么东西！好了，待阿爸忙过这几日，一定亲自拿问那阿圭！”

正良怯怯地：“孩儿务农志在行善，用兵就不麻烦您了……”

侯久满看看又显绵软的正良，烦躁地喝了一声："滚！"

枪炮局，工匠们各操机器，有条不紊地忙碌。

总办室里，侯久满边兴奋地摆弄刚造出的机关枪，边问："宁局这一水白走了？那个总办为什么不同意？"

吴丁贵诡异地看看机关枪，看看侯久满，回道："听那人的口气，似乎也未完全封死，小的听话音，好像宁局总办的意思是，除了想总揽我粤局新枪弹子的制造，还想要些其他大件，以便更好保全宁局，避免裁撤。"

"给鼻子登脸！他的那些老旧机器，我清楚得很，什么正经枪炮都造不了！……这样，你联络川局，请他们将地雷的生产让给宁局，我将外销枪的份额分给川局一些。"吴丁贵嘴上应着，却没有走，而是盯着机关枪。

"顶爷，您这是哪弄来的机器炮？"

侯久满得意地："哪弄的，老子自己造的！再改改几处毛病，就可以试射了！"吴丁贵惊异着。

"哦，对了，你在外面听闻了我老侯的什么事情没有？"

吴丁贵一惊："小……小的又没盯顶爷的梢……"

"老子是说，你就没听人议论，老侯在太后园子里的什么事？"

吴丁贵恍然，坏笑道："听是听到一些，但粗言鄙语，大都是艳羡顶爷，老牛吃嫩草……"

"滚！"

"嗻。"吴丁贵刚退至门口。

"等等！"侯久满又问，"外面有没有关于我那老二与一个西女的什么传闻？"

吴丁贵又笑："是二少爷和一个英国洋妞吧？有！传闻太多了！不过传说此事的人都挺解气！恨不得二少爷多办他几个红毛女子……"

"放屁！滚！"

"嗻。"吴丁贵笑着又退。

侯久满眨眨眼，想到什么："等等！"

吴丁贵站住："顶爷，小的讲的都是……"

"过来！公事办完了，再办件私事！……走近些！"

吴丁贵将耳朵凑近侯久满嘴边。侯久满耳语几句，吴丁贵听完笑着："不不不，顶爷，这等勾当小的可做不来，二少爷如若知道此事，还不千刀万剐了小的。何况二少爷还是大福晋的……"

侯久满瞪眼："贼娘！你到底是哪只斗的？！"

"嗻，小的遵命便是！"吴丁贵打千，笑着退出。

吴丁贵走出总办室，回头笑笑，大步走进电话房，取出密码本，拟写电报：赵大人，侯久满自研自制，已经造出了机器炮试样……

吴丁贵随即到洋行，找到西西说："西西小姐，你能看中我家二少爷，真乃慧眼识珠！我家二少爷自幼学富五车，不要说在广州，即便在整个大清，也是个博古知今的大大神童！尤其长大，我家二少爷越发的天文地理、世间万物，无所不明，无所不精！特别是东西风俗，中外文明，我家二少爷更加的……”

西西听得糊里糊涂：“吴先生，您找我，到底想说什么？”“哦，我侯府大福晋，也就是我家二少爷的额娘，听闻小姐与二少爷之事，命小的来看看小姐，果然，小姐虽是个外邦夷种，却生得毛黄眼绿，奇形怪状，与我家二少爷真真地是才子佳人，天作之合！”

茱莉亚不解：“您是在赞美我的女儿吗？”

“是，是。我家二少爷虽说手无缚鸡之力，肩无担水之功，但有一条三寸不烂之舌！中国古时有一纵横家，名唤张仪，未发迹时，人家疑他偷了东西，打得他遍体鳞伤，他却问他老婆：快看看，我的舌头可还在否？哈哈……后来，这张仪竟果真凭了这根舌头，兴一国，灭六国，尤其是狠狠扫平了那个污他是贼的国家！如今，我家二少爷鼓呼革政变法，更是不需枪炮，只需舌头……”

西西听得蹙眉。

茱莉亚不耐地打断：“行了，你是在夸你家二少爷是个小心眼儿的政客，还是在夸你家二少爷是个世界上最了不起的牛皮匠？”

“夫人，小的又不是来看你的，请你不要搅合我家二少爷与西西小姐的美事，我家二少爷能看上一个进化不足月份，浑身怪味儿的蛮邦异类，是你家祖上还算积德，占了我侯府天大的便宜……”

西西愤怒打断他，“送客！”茱莉亚也忿忿站起。

吴丁贵痞痞地打量了一下客厅，笑着走出，半途还夺了印度仆人手里的洋酒：“我家二少爷酒色财气，尤好第一字：酒。西西小姐，小的告辞。”

茱莉亚看看吴丁贵的背影，冲着西西：“这个中国侯的妈妈，是个什么贵妇？！怎么会派这样的人来看你？！我的女儿什么时候成了绿眼睛？！”

日月堂山洞，玉姑对大方丈道：“大方丈，您得答应标下，这次打盐场筹款，只打官盐，千万莫打我大哥的盐垦农场。”

“这是自然，何况是你亲自带队。”

玉姑：“还有，所筹之款，除了购枪，得留下一些，给标下办报。”

大方丈迟疑一阵：“玉姑娘，老衲讲几句话，请你切莫误会。原本，山堂不该叫你这小小女子，尚未入盟便带队杀伐，但为了助你早日立威服众，老衲不得不行此有悖常理常情之事。依照堂规，阵中斩获当尽数充公，个人私留属三刀六眼的大罪，因此玉姑娘最好还是不要……”

“明白了。”玉姑拱拱手，起身要走。

大方丈又道：“还有，玉姑娘练兵，最好不要选择自己常去的林子。”

玉姑一惊：“怎么……”

“姑娘刚行此道，疏忽大意在所难免。”

“标下已经暴露什么了吗？”玉姑忙问。

大方丈：“还没有那么严重，只是姑娘近日不要再来山堂走动。”

“……知道了，标下告辞。”玉姑怔怔，离去。

“玉姑娘……”大方丈又喊。玉姑站住：“大方丈还有何事？”

大方丈沉吟一阵："老衲对玉姑娘寄以厚望，姑娘日后便知。"

玉姑即上街头募捐，边演讲边找穿着阔绰的太太、小姐募捐："办报——办报——《天足报》——，女同胞们，这偌大中国，最最受尽欺辱的，就是我们二万万的女同胞了！我等从小生下来，遇着好老子尚说得过，若遇着脾气杂冒的，恨不得举起摔死。为了长大打发个所谓好人家，还要早早强扭我等的性子，缠裹我等的天足，限制我等的自由！太太，小姐们，让我等为中国女子的人权出力，办报吧！太太，国家兴亡，我们女人也有天责……"

此时，一辆马车走过。侯久满一脸铁青，从车里朝外看着。

回到侯府，侯久满怒冲冲走入侯夫人房间。见阿尔萨兰与侯夫人坐在一起，绣着婴儿鞋面，做着婴儿小鞋。

"这是干什么？" 阿尔萨兰瞥了侯久满一眼。侯夫人同情地看看阿尔萨兰。

侯久满："夫人，今日我总算见着那个小冤家了！她竟然在大街之上乞哀告怜，讨人钱财！"

侯夫人笑笑："老爷要是不好出面，妾身给玉姑一些银子，她能找件事做，总比整日骑马放枪强。"

"不行！这不是钱的事，她要是因为穿金戴银手紧，把这侯府的梁子拆了，我都准。可这祸精，魔王托生的一般，满眼仇怨，浑身杀气，府里的饭桌上都反声不断，办报？她岂不把满天下的神明都骂遍了？我这里给她半文，都是害她！"

"那老爷说，怎么办？"

"嫁人！"。

侯夫人和阿尔萨兰默默地看着侯久满。侯久满马上自己气短："……是，嫁人，哪有人敢要她！" 说罢转身走出。

阿尔萨兰仍麻木地绣着。

侯久满大步走向后院，遇见阿六："去！去叫那个吴丁贵来见我！"

然后，仰天长叹："唉——，我那妹仔呀，也只有我那妹仔能管住这个祸精！"

他日日惦记的妹仔。此时此刻正在法国巴黎。巴黎某旅社前台，孙中山办完入住手续，欲提皮箱，皮箱被一人先提了起来。孙中山看那人——妹仔笑着。

"妹仔？你怎么来了？"

"先生离开美国，妹仔一路追随，英国、比利时、德国，一站未落。"

孙中山笑笑："妹仔，你追着我跑路，可不等于革命。我让你做的事情呢？"

"先生放心，除了听先生演讲，我在所经国家，寻机考察了与枪炮、炸药相关的各种事体。"

"好妹仔。妹仔兴奋地跟在孙中山身后。两人到了一个客房门口，孙中山按铃，片刻门开，露出一张中国人的脸，看看孙中山："君从何处来？"

孙中山："从南方来。"

那人："向何处去？"

孙中山："向北方去。"

那人："贵友为谁？"

孙中山："陆皓东、史坚如。"

"孙先生，您好！"那人打开门，与孙中山热烈握手。妹仔兴奋地看着。

一进了门，四五个青年涌来，争着握手："孙文先生"，"孙先生您好"……

孙中山："好，好。我们抓紧议事，晚上正式开会。妹仔，你在门外，看看有无清廷使馆的人。"妹仔走出。

众人坐下，孙中山："你们议得如何了？"

青年甲："我等几人，都曾在国内参加过自立军或惠州举事，总结失利教训，我等以为，今晚会议核心，应研讨更换脑筋，将起义力量的重点，转向运动新军和学界两个方面……"

妹仔离开客房一段距离，佯装看报，警惕地注视周围。

房内，孙中山继续道："现在不能久议，这样吧，今后举事起义的方式，定为运动会党、新军并进。另外，中国革命当务之急，必须解决团结问题，我们要早日成立统一的团体，定立一致的会纲，要有鲜明的誓言，譬如：'驱除鞑虏，恢复中华，创立民国，平均地权。矢信矢忠，有始有卒。倘有食言，任众处罚。'"青年们兴奋地称好。

青年甲将当晚与会者的文章交给孙中山。孙中山打开皮箱，将信放入，不禁大惊："不好！比利时、德国和法国入盟人员的名单，不见了！"青年们紧张起来。

孙中山又翻了一阵，想着什么，咕哝："刚才，我去了趟卫生间，妹仔帮我提了一会儿……"

青年甲与另一青年立即奔出门，片刻，将妹仔进来。妹仔笑着："会开完了？"青年甲迅速动手，在他身上查找。

妹仔惊异："怎么回事……怎么回事……"

"放开，不会是妹仔。"孙中山焦急地踱着："到底是在哪出了问题？"

青年甲抓起枕巾塞入妹仔口中，又用床单蒙住妹仔："不能放此人！赶紧换地方！押着这家伙一同走，就说他得了急病！"青年们不由分说，簇拥着孙中山疾步出门。

茶楼雅间，可言已醉，爬到桌上冲着七八个青年男女高声呼号："起起起！我同胞诸君！起起起！我大中华的青年！我辈实不可再生息于专制之下！专制政体，我辈之公敌也！大仇也！"

"说得好！"青年们狂热鼓掌。西西蹙眉看着可言。

雅间外，牛子旬拥着一茶花走过，站住窥视。附近，吴丁贵也在窥探。

可言："我辈若仍与专制并立，上，无以对我祖宗，中，无以对我自己，下，无以对我子孙！我辈当组织请愿大军，奔赴京师！不惜生命，鼓呼立宪！"

青年们举拳齐喊："立宪！立宪！立宪！"

西西走出雅间。牛子旬慌忙走开。可言追出："西西，你怎么出来了？"

"侯，我累了。我不太习惯这种饭馆里的革命和舌头上的革命，我想走了。"

"你们接着讨论，酒钱已经付了。"可言冲门内喊毕，摇摇晃晃地追着西西。吴丁贵笑着看看，跟着走开。

此时，侯久满工整地写着信：妹仔吾儿，不知你大鸟学造如何？阿爸甚是想念。《排华法案》愈加苛刻与旧金山武官受辱事件始，我国民抵制美货浪潮日甚一日，两国交恶势所难免。阿爸期盼吾儿早做盘算，最好归转……

窗外，玉姑徘徊着，犹豫进与不进侯久满的房门。

阿尔萨兰站在自己房内，望着窗外的玉姑。她的窗台上，码放着一长溜各色婴儿小鞋。

侯久满似有察觉，看看门外，问道："谁？"玉姑一怔，疾步走回自己房间。愣怔一阵，抓起杯子喝水。侯久满推门而入。玉姑一惊。侯久满打量屋内：床上堆了半边的书，墙上挂着各色刀、枪，还有一张男人画像。

侯久满惊问："这是谁？"

玉姑看了看："你有何事？"

"我问你，这是谁？！"

"谭大侠！"

"谭嗣同？"

"正是。"

侯久满："你……且不说此人是个砍头钦犯，就说你这女儿房间，怎好挂着一幅男人画像！"

玉姑冷笑道："都挂了两年了，你今日才知。"

侯久满有些尴尬："不是阿爸不来你的房间，实是……为父怕你。"

玉姑看看侯久满："何事？"

"不是我有何事，而是你有何事，在阿爸门前转来转去。"

"我……我……我没事。"

侯久满："没事便好。如果……你是想添置什么东西，尽管跟你阿妈开口。阿爸虽然官俸不多，但并不缺银子，你想买什么，阿爸全然满足。"

"我不想买东西，我只想办一张……算了，跟你讲，也是白讲。"

侯久满看看玉姑，走到门口："阿爸说了，你想买什么都可以，但是女儿家，最好别自己满世界讨钱。"玉姑看着侯久满出门，一头仰倒在床上。

门被敲了两下，玉姑看着门："我不买东西！"门开，阿尔萨兰拿着手帕甩甩地走入。

玉姑惊得坐起："你来干什么？！"

阿尔萨兰也是先打量屋内情景，然后盯着谭嗣同的画像。

玉姑嚷道："喂！看什么看！我没让你进门！"

阿尔萨兰走到桌边坐下，掏出一张银票放在桌上："这是一万，不够再要。"

玉姑惊愕："你干什么？"

"这是我的私房。当然，侯府的银子全是你阿爸挣的，他除了是个二品总办，还是半个专劫洋烟的海盗。这种银子不算干净，也不算太脏，不花白不花。这银票归你，但有个条件：你得让我一同参与办报。"

"你……你怎么知道？"

阿尔萨兰笑笑："一个小丫头，光天化日之下沿街乞讨，也不怕丢你阿爸的脸。不过，我还是挺佩服你的勇气，竟敢面对大庭广众，张牙舞爪……"

“呸，谁张牙舞爪？谁小丫头？你才大我几岁？你还真以为你是谁的什么娘？！”

“都说我的嘴厉害，你比我还厉害。”阿尔萨兰看着谭嗣同的像，“那人是谁？”

“休管！”

“听着，这侯府如今，也就剩你，将我视为外人了。”

玉姑讥讽：“我知道，自打从颐和园那个温柔乡归来，你已经是侯府名副其实的大福晋了，什么时候生个小阿哥或小格格啊？”

阿尔萨兰脸红：“你……我的意思是，这侯府只剩下你我还如同仇人！我来助你办报，并非怕你！一来，我也困在这笼子里度日如年，不想被如此激荡的时代甩在一边。二来，我也给你把把关节，免得你口无遮拦，给这个刚刚安稳的宅子再惹出什么是非！”

玉姑怔怔，走到桌边将银票塞给阿尔萨兰：“走，走，你闲得慌，自己另行办报，叫《保皇报》、《爱清报》都行。玉姑与你截然不是同仁同道，岂能在一张纸上说话？”

“我可是主动放下架子，好心好意……”

玉姑推着阿尔萨兰：“你的架子愿端还是端着，只要别在玉姑的面前乱甩乱晃。走，走你！”阿尔萨兰被推出门。

阿尔萨兰：“你！不识好歹的东西！别忘了！我还是你的额娘！”玉姑高声吟诵：“‘鹅鹅鹅，曲项向天歌，白毛浮绿水，红掌拨清波’……”

“混账东西！”阿尔萨兰气得将银票使劲撕碎。

次日，玉姑又上街头，她一手抱捐盒，一手挥舞报纸：“太太、小姐们，这是《天足报》试样，看看吧，看看吧，让我等一同奋争自由，鼓呼女权。”

二三浪荡子故意挡在她身前，散发大把纸票：“先生们，先生们，晒足会举办金莲大赛，18省金莲美人齐聚羊城，尽展‘瘦、小、尖、弯、香、软、正’之极品美足！先生们，免费赠票，奉送茶点，欢迎评头品足。”

玉姑走哪，浪荡子挡哪，玉姑愤怒：“嘿！为什么我走到哪，你等就跟到哪？！”

浪荡子恬着脸：“多新鲜，这街面又不是你家的，你鼓呼无羞无臊地放大脚，我等主张美轮美奂地缠小足，你没皮没脸地自由言论，我等有根有据地言论自由，我们同是新派先锋，谁碍着谁了？”

玉姑无奈，接着募捐，浪荡子继续横挡在前喊。

附近凉茶摊前，吴丁贵边饮边看，乐不可支。

忽然，肩上被拍了一掌，吴丁贵回头一惊看，是化妆成小贩的赵秉钧，草帽压得低低地正看着玉姑那边：“放着正事不做，何以闲散街头？”

吴丁贵低声：“大、大人怎么突然从大北面，来了南边？”

赵秉钧阴笑着：“你不是说，侯久满弄出了机器炮吗？袁宫保讲，那猴子做得巡枪御使，我为何做不得巡枪密使？！”

吴丁贵愣怔：“大人是专门为了机器炮……”

枪炮局操场，侯久满兴奋地趴在地上，身后是围观工匠。侯久满压好机关枪弹夹，瞄准前方排列的水罐。

工匠甲说道：“侯大人，这新炮凶险，还是让小的试射为好。”

“老侯来，老侯来，老侯对这东西早就梦寐以求。”

侯久满拉动枪机，贴紧枪柄，一串子弹射出。突然，一双手按住枪，利落地卸下弹夹。吴丁贵说道：“大人，您是我粤局家业的顶梁柱，江南枪炮的主心骨，这等事情怎能劳您来做？还是小的试试。”

侯久满：“混蛋！老子刚起兴致……”

“是好是坏，待小的放完这一匣，大人再试不迟！”吴丁贵不由分说提起机关枪，离开几步趴下：“大人切莫过来！”随之射击，前方瓦罐纷纷炸碎。

化妆成工匠的赵秉钧，站在人群中不动声色地看着。

机关枪剧烈抖动，吴丁贵狂射……枪管渐渐发红，有青烟冒起……

侯久满大呼：“停！停……”几乎同时，机关枪枪管炸裂！工匠们一片惊呼，奔过来。侯久满抢前一步，抱起满脸是血的吴丁贵：“老吴！老吴……”

吴丁贵睁开眼，咧嘴笑笑：“无妨，大人，这炮管，经不住持久放射的高热……”

“好小子，你代老侯挡了一难！快！快送医官室！”工匠们抬起吴丁贵。

吴丁贵笑着：“大人，小的还替您，差不多摆平了二少爷和玉姑小姐……”

侯久满：“别多说，快！快送医官室！”工匠们抬着吴丁贵飞跑。

赵秉钧冷笑着摇摇头：“什么机器炮，这下可真成了烂头蟀。”赵秉钧挤出人群。

次日晨，可言在庭院刷牙。西西走入家庙：“早安，侯。”

可言高兴地：“这么早？有什么急事吗，西？”

西西看看可言：“你最好不要这样称呼我。”

“你总是‘侯’、‘侯’的，我也叫你‘西’，显得平等。”

西西：“侯，对不起，我昨天晚上没有睡着，想了一夜，决定还是清楚地告诉你：我不能再做你的女友了。”

可言大惊：“怎么了，西西？”

“因为，我发现自己已经爱上了脚踏实地的赫顿先生，尽管他理都不愿理我，但我的脑子里怎么也无法摆脱赫顿的影子。再这样下去，对你很不公平，侯，我们结束吧。”

“不，不，你不能离开我……”

西西在可言脸上轻轻吻了一下：“再见了，你是一个很难见到的充满激情的中国男人。”西西转身走去。

可言摸着被吻的地方愣怔片刻，满嘴牙膏沫地追着：“西……西……你不能走！你不能走，西……”

西西上了马车，离去。

可言跑进侯夫人房间，跪抱着侯夫人的腿大哭：“阿妈，她就那么走啦……就那么简简单单地说了句话，丢人啊，我堂堂一个四品道员，一个万贯富商，一个大清栋梁，怎么就被一个女人给甩了呢？悲悲乎，凄凄乎……”

侯夫人拽着：“到底怎么回事？你快站起来讲话。”

可言依然跪抱着哭诉。阿尔萨兰走入：“怎么回事？青天白日的，嚎得宅子乱晃！要嚎也不去你额娘房里嚎！”

“屁的额娘！阿妈，您帮帮孩儿……”

阿尔萨兰气得走出。玉姑与阿尔萨兰擦肩而入："二哥，怎么啦？怎么啦？"

可言又一下扑抱住玉姑的腿："玉姑……还是中国的女人好！还是中国的女人好！哇……"

玉姑惊愕地推着："你干什么？松手，松手……"

可言的哭号中，正琢磨断了半截枪管的机关枪的侯久满，尴尬地朝窗外望望，提枪出门。他心虚地向侯夫人房间看看，缩着脖子，搂着断枪，蹑手蹑脚溜过庭院，逃出大门。

海边。

正良一手拿着《圣经》，一手拿着树枝，在沙滩上写着，念着："神创造天地……"烟跟着念，用树枝写：神创造天地。

"地是空虚混沌……渊面黑暗……"

烟跟着读写："地是空虚混沌，渊……这个渊字好难写。"

正良把着烟的手："这样……"

烟满脸通红，胡噜着被攥过的手。

正良也脸红起来，忙道歉。

烟垂着头，羞涩地："烟没有怪你。"

正良动情地看着："……烟，你真……"

"……真什么？"

"侯先生——"远处，巨大的盐囤前，一个盐工喊，"侯先生——，纱厂工地那边有急事，请您速去——"

正良看着烟。烟说："公子给大家放礼拜，可自己还是这样忙。"

"没办法。那，我们把《圣经》的这第一段学完：神的灵运行在水面上……"

此刻，一个个巨大的盐囤前，两个鬼鬼祟祟的清兵握着匕首，摸到那盐工身后，一刀割断盐工喉管。清兵甲朝正良那边看看："阿大人也怪，这等事情为何不等到晚上再干？"

"晚上看守多，不好下手，干吧。"清兵乙提起煤油，朝盐囤上泼洒。

海边，正良直起身："烟，那我走了。你先回家吃饭，下午我们接着再学。"

烟细声说道："公子快去快回。"

正良："烟，以后能不再叫我公子吗？"

烟羞涩地低头："……阿良哥，快去快回。"

"哎。"正良应道，笑着，"烟，我很快就回来。……阿良！我是阿良哥……"正良欢呼着跑走。烟幸福地看着正良背影，朝家走去。

烟走到盐库附近，闻到气味，转脸看时：盐囤已经起火！"走火啦！救火啊"烟喊着，可是她的声音实在不大，他跑到盐囤前的水缸，提水扑火……

正是午饭时间，盐场不见一人。

火海中，烟长发飘飘，柔弱纤小，奋力奔走、扑救，她不断自言自语着："神创造天地。地是空虚混沌，渊面黑暗；神的灵运行在水面上……"当烟再次扑到盐囤前时，"轰"地，盐囤倒塌，烟被埋没。接着，一个个盐囤崩坍，巨大的盐山上，飘起一缕白烟，袅袅升向天空……

夜里，火已灭，正良哭喊着，疯狂地扒着焦黑的盐山："烟——！烟——！烟——"丙辰九十九、烟母和盲目老妇哭倒在盐堆边，盐工们含泪劝着。"大少爷……"有人拉拽正良，被正良凶狠推开："我不是大少爷！我是阿良！我是阿良哥！烟——！烟——"

盐山上青烟缠绵。正良仰脸悲呼："烟——，你不能就这样飞走了啊——"

正良回府，便伏在侯夫人的腿上嚎啕。侯夫人边抹泪边抚摸着他的头。侯久满、阿尔萨兰坐在一旁，默默看着。可言触景生情，也哭起来。玉姑气愤地踱着。

正良哭道："都怪我！都怪我！我真该死！阿妈，要是孩儿不离开烟，要是孩儿送送烟，要是孩儿早下决心娶了烟，烟都不会这样飞了哇……"侯久满汗颜。

正良拼命捶打胸口："我该死！我该死！我为什么就不能娶了烟！"

玉姑道："既然是故意纵火，不是盐枭所为，便是阿圭那个狗官干的！大哥，你等着，早晚会有人为你出这口恶气！为你的烟报仇雪恨！"

侯久满霍地站起："正是！迟早要出了这口恶气！"阿尔萨兰冷冷地盯着侯久满，侯久满不禁万分尴尬。

法国巴黎某大学的煤库内，妹仔浑身乌黑地坐在地上，望着小窗外的月亮。

学生宿舍内，孙中山踱着："……不行！你们还是得将妹仔放了，我怎么也不能相信是妹仔偷了名单。"

青年甲："孙先生，我们可是有着对叛徒、奸细毫不宽贷的誓词，妹仔非但不能放，一旦查清，还必须处死！"

门敲了敲，一青年走进："孙先生，很是奇怪，清廷驻法公使孙宝琦，转了好几手，给您送来一封信！"

孙中山迅速拆信："……啊，这不是那份名单吗？！"孙中山接着看信，看毕长叹一声："唉——，名单已被这个孙宝琦电告了清廷。""这孙宝琦只是担心在法国抓捕我们，再闹出那年伦敦那样的麻烦，所以不但把原件送了回来，还将交名单的人训斥了一顿。"

青年甲："滑头！交名单的人是谁？"

孙中山："这个，他怎么可能讲？"

青年甲："肯定是妹仔的同伙！我这就去杀了他！"

孙中山一把抱住青年甲："不可以！我已经给比利时和德国发了电报，等等那边的消息再说！"

青年甲："留法学生中的人员名单也被盗走，怎么会与德国、比利时相干？

孙中山："不管怎样讲，等等再说！"

煤库，妹仔望着窗外月亮，笑眯眯地哼唱着一首客家山歌："唔怕死来唔怕生，唔怕叔公研脚踭，研了脚踭有脚趾，两人有命总爱行……"

日月堂前，玉姑为首，割腕向酒碗滴了三滴血，捧起："三点暗含革命宗，入我山门莫透风，养成锐势复仇日，誓灭清廷一扫空！"

大方丈执礼："跪——"

玉姑与身后的红旗大管事、蓝旗巡风以及几十名会众跪下，高举酒碗："天为父，地为母，日为兄，月为嫂，忠心义胆刀下过，不忠不义剑下亡！"会众尽饮。玉姑未饮，浇于面前。

大方丈："兴——"

玉姑等立起，摔碎酒碗。

深夜，广东盐运使司衙门前，只听"砰砰"两枪，清兵门卫栽倒。玉姑黑布蒙面，率领会众放着乱枪冲入。红旗大管事一脚踹开阿圭房门，阿圭跳窗逃走。玉姑朝大柜上的铁锁开了一枪，柜门打开，里面全是银锭。"抬走！去盐场！"

盐田火光四起，枪声大作。玉姑纵马飞驰狂射，勇不可挡。其身后，会众的马队如飓风风席卷……

次日，额头多了道疤的吴丁贵，惊愕走入总办室："大人，听说昨夜有人步您后尘，攻打盐场与盐运使司衙门！"

侯久满看着报纸："老侯正在看报。"

"简直怪异，也不知何人所为，明火执仗，山呼海啸，干得比小的那回生猛多了！虽说一点儿章法不讲，却疾如闪电。据讲，总督衙门和将军衙门被此事吓得猴惊狗急。"

侯久满放下报："这带队的家伙会不会打仗？完全一锤子买卖的劲头。"

牛子旬在密室内踱了几步，问一干瘦探员："你说，昨夜之事，会不会是侯久满又缺银子了，故态复萌？"

干瘦探员摇摇头："小的不知。"

牛子旬想想："叫你的人盯紧侯府。这猴精的手越伸越长，权越抓越重，朝廷不能不防。"

"嗻。大人，但大姑那里万一知晓，还望大人替小的担待些个。"

"憨鸠！没听清楚吗？盯紧侯府，包括盯那个旗女！"

干瘦探员大惊。

敲门声响起，是阿尔萨兰。牛子旬一怔："说曹操，曹操到。快……"随即打开一道暗门，放走干瘦探员，然后开门，拱拱手："大姑。"

阿尔萨兰走进密室，看了看："干什么呢？"

"哦，为昨夜之事草拟个密折。"

阿尔萨兰问道："你说，此事是什么人干的？"

"下官已猜了很久，猜不出来。……大姑有什么消息吗？"

"没有。虽说，此事很像是侯久满所为，但他的枪炮正顺风顺水，绝无必要。"牛子旬阴鸷地盯着她。

劫了盐场，玉姑率众回日月堂，众人倒着大堆银锭。香长、会众等摆酒宴饮，欢腾一片。玉姑默默擦着枪。

红旗大管事向大方丈三指扪心："大方丈，小弟入圈五年，大小阵仗经了几十，但没有一次像跟着玉姑娘这回如此痛快！玉姑娘真乃当年红灯照大刀周秀英、秀姑娘再世！"

蓝旗巡风拱手："小弟也有同感！玉姑娘能入马山堂，是本堂大幸，我愿列队玉姑娘麾下，为玉姑娘持鞭坠蹬，随玉姑娘赴汤蹈火！”

参战会众一起立身，冲大方丈扪心：“我等均愿列队玉姑娘麾下！”

玉姑将手枪插入红靴，默默吃着饭。

大方丈笑笑：“玉姑娘一战成名，兄弟们愿追随猛将，这很自然。但，玉姑娘毕竟尚未正式入盟。”

黑头：“大方丈所言极是，一个连红单均未填写的风，岂能执掌山堂兵权？何况，昨夜一仗虽有斩获，但生冲硬闯，不计兄弟死活。且如此招摇呐喊，岂不暴露形迹，引祸总堂？”

香长附和：“黑头护印说的有理。”

“可毕竟昨夜大胜，且未伤一员草鞋！”红旗大管事说道。

蓝旗巡风：“正是。”

黑头：“那也是莽打误撞，侥幸讨了便宜。”

红旗大管事：“护印何时也带领我等莽打一回？”

大方丈：“争什么？！胜便是胜了，何况这是玉姑娘初战。至于玉姑娘是否愿领本堂马队，还要看玉姑娘本人何时正式出世。”

玉姑放下筷子：“标下如若拜正，想请总堂更改堂名。”会众惊诧。香长冷笑：“姑娘放肆了。”

大方丈问道：“想改何名？说来听听。”

玉姑答道：“天足堂。”众人大笑。

黑头：“我等本来就是天足，岂能为你一人改名？”

玉姑：“那就叫……雌雄堂。”众人更笑。

黑头：“本堂又不是鸭棚鸡圈！”

玉姑又道：“共爱堂！”众人更加笑得前仰后合。红旗大管事：“别笑，别笑，玉姑娘的‘共爱’，想必取自留日女学生的共爱会。秋瑾秋大侠就是该会会员。”

黑头：“那我等又不是女学生！”

笑声中，玉姑不屑一顾地吃着。

二十二

海边，正良望着海，泪流满面。远处，侯久满默默看了一阵，走到正良身边。正良欲站，被侯久满按住："坐着吧。阿爸对你不起，若是阿爸能及时出手，帮你铲除阿圭那帮恶人，或许那个烟姑娘不至于……阿爸追悔莫及，向我儿赔个不是。"

"阿爸，孩儿知道您担着朝廷重差，一时顾及不上。孩儿只是痛悔自己……"

"别讲了，别讲了，阿爸知道，你更怨恨阿爸不准你明媒正娶那位好女子。"正良蒙脸痛哭。"阿爸现在不仅欠你的银子，还欠了无法还的……"

"阿爸，别说了，孩儿不怨您……"

"好歹有人为我儿聊报此仇。"侯久满沉重叹息一声，离去。

煤库的小窗外落着雨。昏睡在煤堆边的妹仔，饥渴得嘴唇干裂，雷声使他渐醒。妹仔艰难地爬到窗前，伸手够着雨水，然后用嘴舔着……

宿舍内，孙中山踱着，申斥青年甲："不像话，在没有确凿证据的情况下，你们怎么能连口水都不给！"

青年甲："孙先生，您不该因为妹仔是您的同乡，便心慈手软。"

"这与同乡不同乡毫无关系！"

一青年走入，指着另一提着皮箱的青年："孙先生，这位是比利时的留洋生胡秉柯。"

胡秉柯握着孙中山的手："孙先生，接到您的电报，我等经过密查，名单与盟据失窃之事，实与比利时加盟者无干，我等无一人心存后悔，叛变革命。"

孙中山甚怒："深查！还须深查！"

青年甲："事情早已明了！还留着那个奸人何用！"

青年甲冲动地拉门欲走，迎面撞入一青年，上气不接下气："孙、孙先生，德、德国的信……"青年甲看看，将匕首掖入衣内，杀气腾腾地离去。

孙中山飞速拆信看着，突然朝外疾走："快，快将他拦住，叛徒出在德国……"

被雨水淋得湿漉漉的孙中山，抱起地上的妹仔："对不起，妹仔，对不起，委屈你了……"

妹仔渐渐苏醒，虚弱地："孙……孙先生……"

孙中山："快，水！"

青年甲递过水壶，深深鞠了一躬："对不起妹仔，我们冤枉了你。"

孙中山喂了几口水，妹仔急切问道："到底怎么回事？"

青年甲："孙先生在德国发展组织时，留德学生王发科、王相楚因从众而加盟，三分钟热度过后心生悔意。二人跑到巴黎，与刚刚入盟，也打了退堂鼓的汤芗铭、向国华联手，趁孙先生午餐，窃走皮箱内所有欧洲革命成员的名单盟据，交给了驻法使馆，以图所谓‘将功赎罪’。妹仔，实在对你不起，不是孙先生数次拦阻，只怕是……”青年甲又深深鞠了一躬。

妹仔虚弱地笑笑：“孙先生，现在……妹仔可以入盟了吧？”

孙中山紧紧搂住妹仔。

这日，阿尔萨兰在洋行门前下了马车，走到门边，被一阵小儿说唱吸引。只听，两个小儿边打花掌边唱：“侯府新三怪，少妻老来爱，四年不养子，枪生好几代……”阿尔萨兰蹙眉。

茱莉亚看看阿尔萨兰，问道：“小姐，您想进来看看吗？”

“哦，我是来找人的。请问，西西小姐在吗？”

茱莉亚：“您是……”

阿尔萨兰:“听说这里的西西小姐，与我家侯可言有些嫌隙，哦，我是侯可言的额娘。”

茱莉亚大惊：“啊？！您、您就是贵国皇太后身边的那位贵妇人？那、那个中国侯的妈妈？”

阿尔萨兰脸红：“我是。我想为我儿子与西西小姐说合说合，别好好的姻缘，糊里糊涂弄得非常痛苦，日日的哭天抢地……”

茱莉亚眼睛睁得老大，画着十字：“我的天哪，我的天哪，中国真是太奇妙、太奇妙啦！”

侯府晚宴，侯久满兴奋地向戴刀、赫顿敬酒：“来！来！刀儿，红毛，你二人鄂局这一趟，日夜操劳，神速造成五羊炮，建了大功！张之洞大人还亲自上了折子请赏。来，阿爸敬你二人一杯！”三人同饮。

玉姑吃着，冷笑道：“再赏，也还是个笔帖式！”

侯久满尴尬地看看玉姑：“刀儿，此事朝廷的确待你不公，阿爸一定向朝廷……”

玉姑又道：“没喝就多了，人家认了吗？自比阿爸！”侯久满蹙眉看着玉姑。

戴刀忙岔开话：“大人，戴刀实在不是为功名利禄做事，大人不必为此烦劳。”

赫顿:“但的确太不公平了。老侯，你向上面报告时，就说我愿意把我的那顶三等帽子，让给戴刀。”

玉姑用筷子敲敲赫顿的碗:“老师，您好好吃您的饭，如今的大清国，‘道台满街走，通判贱如狗’，一品的帽子又算得了什么？”侯夫人急忙阻止她。

阿尔萨兰淡淡开口：“木棉，拿酒壶来。”木棉将酒壶递给阿尔萨兰。阿尔萨兰故意瞥了侯久满一眼，站起身：“既然戴先生与赫顿老师为大清国立了功，大福晋我自然要亲自为二位斟酒。”说着，捧壶走向戴刀、赫顿。

侯夫人吃惊地看着阿尔萨兰。侯久满一脸的若无其事。忽然，阿尔萨兰脚下一滑，木棉慌忙扶住。然后，她从容地一一为戴刀、赫顿斟酒。赫顿与戴刀站着，一个有些新奇，一个十分紧张：“多谢夫人”，“大福晋，戴刀实不敢当。”玉姑等全都惊异地看着。

阿尔萨兰：“木棉，把我的杯子拿过来。”木棉看看侯久满，将酒杯递给阿尔萨兰。阿尔萨兰自斟一杯：“来，戴先生，你是头功，大福晋敬你一杯。”

戴刀大窘，飞速看了侯久满一眼："大福晋，没有这样的道理，戴刀实在不敢……"阿尔萨兰将戴刀的酒杯塞入其手，自己先一口将酒饮尽，然后目光执拗地盯着戴刀："请，戴先生。"

戴刀难堪至极，不知如何是好。

侯久满开口："刀儿，既然大福晋已经喝了，你不喝怎么收得了场？"

戴刀看看侯久满，硬着头皮双手捧杯，深鞠一躬："戴刀谢过大福晋。"

戴刀饮干，阿尔萨兰又深深地盯了片刻："望戴先生再接再厉。"戴刀拱手俯身："戴刀记住了。"

阿尔萨兰转身，忽然脚下又是狠狠一滑，酒壶飞出，戴刀一把抱住，脱口叫道："小心兰儿！"

侯夫人、玉姑震惊以视，侯久满也瞪起了眼睛。戴刀慌忙松手，满脸通红。

木棉扑通跪下："对不起，对不起，木棉下午给这餐厅打了洋蜡，忘了提醒大福晋！"阿尔萨兰看看自己那花盆木跷底的满鞋："起来，收拾干净。"阿尔萨兰看看侯久满与众人，淡淡地："都看着我作甚？"

侯久满回过神："吃，吃！"

此时，阿六疾步走入，交给侯久满一个纸袋，"老爷，这是总督衙门刚送来的邸报，说是与盐银被劫的事有关，请老爷速看。"

玉姑怔了一下，瞥了邸报一眼。

侯久满似乎找到一个出气的口子："此事与老侯何干，要我看这劳什子？不看！"

阿六："送信的差役还转诉了总督大人一句话，说是请老爷看完，给个说法，以助剿匪。"

"岂有此理！抓贼剿匪是他衙门的事，老子给个什么说法？！"

阿尔萨兰故意阴阳怪气："明摆着，老爷不久前曾做过同样的事，而这回，不论强人姓何名谁，干得又与老爷有几分相似，衙门查不出子午卯丑，不敲打敲打老爷，敲打何人？"

玉姑有些惊慌，搛的菜掉落在桌上。阿尔萨兰看了看她，戴刀也看了看她。"贼娘！是想试探我老侯？"侯久满看看阿尔萨兰，当即拆开邸报。看毕，折收邸报时也看了看玉姑："怪事，这为首头目竟与老侯有相同嗜好：自称标下！"

玉姑的碗"当"地落桌。侯夫人忙问："玉姑，怎么了？"

"哦……我吃饱了。"玉姑站起，匆匆走出。侯久满等一起看着玉姑背影。

"大福晋、大人、侯夫人，戴刀也吃饱了。失礼。"戴刀起身拱手，也走出餐厅。

戴刀追着玉姑到门前，犹豫一下："玉姑小姐，戴大哥在武汉给你买了样东西。"说着，推门跨入。

房内，玉姑仍有些惊魂未定："戴大哥……你买了什么？"

"戴刀什么都没买。"戴刀盯着玉姑低声问道，"玉姑，你是不是真的做了什么惊天动地的事？"

"没，没有啊。戴大哥为什么，这么问？"

"戴刀一回广州，就听说了劫杀盐运衙门的事。此事做得轰轰隆隆，无章无法，极像我们东北刚刚拉起的杆子所为。玉姑小姐，你的胆子太大，经验太少，旁人几句议论，你就显得坐立不安。”

“我，我没有啊，玉姑干嘛要坐立不安……”

“小姐，戴刀虽不是这党那党，但我是戴梓之后，对清廷的失望，与小姐相差无几。只是戴刀没有看清真正可以信仰的正途，绝不会随风逐浪，盲目躁动。但戴刀绝不反对一切试图改变中国命运的壮举，小姐一巾帼少年，再三再四不顾生死地抗争，戴刀感佩之至！且越是如此，戴刀越是恳望小姐，切莫鲁莽，切莫躁切。”

玉姑看看：“戴大哥不须多讲，玉姑该听的听见了，该懂的已懂，人终有一死，或重于泰山，或轻于鸿毛，谢谢戴大哥好意。但这好意，似乎使错了地方。”

戴刀轻叹一声：“小姐多多保重。请你起码再遇到刚才那种事，千万千万沉住了气。”

玉姑看着戴刀走出，到镜子前看了看自己的脸，咕哝：“标下……你真无用！”

侯久满正绷脸在庭院里踱着，阿六主动靠近，低声问：“老爷，是不是有什么要吩咐小的？”

“听着，给我盯紧了玉姑。”

侯久满走回房。片刻，阿尔萨兰推门走入，径直走到墙边，摘下五羊乙。

侯久满：“你要干什么？”

“有人要造反，我房里也得备支长枪。”

“谁要造反？”

“那个同样自称‘标下’的家伙。”阿尔萨兰离开墙。

“等等，我有话问你。”

“我还没打算走。”阿尔萨兰在桌边坐下，“我先问你，你说，你那死对头刚才是不是有些怪异？”

侯久满：“还是老侯先问你，刚才在餐厅，你与刀儿那一幕，是不是故意所为？”

阿尔萨兰：“你是说我滑了一跤，戴刀扶了我一把？木棉不是说了吗？打蜡忘了告诉我，什么故意不故意的。”

侯久满大声：“就算你无意，戴刀却被你惊得无意有心，当众露底！”

“什么意思？”

“老侯不想纠缠此事，你还是恪守身份，别毁了戴刀，别毁了自己。”

阿尔萨兰冷笑道：“我会毁自己？是哪个混蛋指使吴丁贵那狗才，假借我的名义去洋行，毁人姻缘？！”

侯久满一怔，眨眨眼：“吴、吴丁贵，怎么了？”

“少装傻！还想让我将西西小姐和她的洋额娘请来，当面对质不成吗？”

“你轻点儿声，轻点儿声……”侯久满跑去关上门，讪笑，“老侯是在你那个儿子与那洋人女子中间，做了些手脚。可老侯也是为了……”

“住口！行公事，你盗我之名不择手段，倒也罢了！行私事，居然也不惜借我之名为非作歹，毁我名誉！我阿尔萨兰，处处是你这猴精狗怪手里的一个玩物吗？！”

侯久满赔着笑脸：“别生气，别生气，老侯也没多想，只是看着言儿与那洋女不伦不类，信口说了那么一句。言儿不是过继在你的名下了吗？”

“侯久满！你着着实实毁了我阿尔萨兰的一生！”

侯久满：“轻点儿，轻点儿，你的一生，怎么能说是老侯毁的，你清楚，老侯既不想娶你，又不敢休你，是你房里的那个大黑‘囍’字，镇着你，也镇着我老侯。这样吧，洋行里的事，你要是实在委屈，这里没人，你打老侯几下，出出气。”

阿尔萨兰气得面色通红，又无可奈何，“打你能出气，我为何不杀了你！一了百了！”

侯久满：“杀是不能杀，老侯的命不是为你活着的。”阿尔萨兰：“可，可我却成了为你活着！你知道吗，外面拿你我取乐的小儿童谣，又换了新词，说我不生儿女，却专门为你生枪生炮！”

侯久满：“难听，难听，着实难听。”

“老佛爷园子里的那点儿破事，不知要被市井瓦舍翻唱多久！”

“那件事天知地知，你知我知，我没欺负你，良心干净。你没被欺负，身子干净。你我还是互不相干、清清爽爽的两个人。何况，这事也有它的好，侯府不是不再分两派了吗？只要身后太平，老侯办差没有后顾之忧，便是天大的喜事。”

阿尔萨兰：“可是你有枪炮，我有什么？！”

侯久满：“什么意思？”

阿尔萨兰含着热泪：“你生是枪炮头，死是枪炮灰，我为何要随着你，为冰枪冷炮殉此一生？！”

侯久满愣住。

玉姑拿着换洗衣物，路过侯久满房间，吃惊地听着房内阿尔萨兰的声音，接着是阿尔萨兰嘤嘤的哭泣声。

“轻点儿，轻点儿，老侯也为你抱屈，可是……”侯久满一边劝慰一边忙着关窗，看见了玉姑。玉姑看看他，无言走开。

侯久满转回身：“刚才，你问老侯那女儿是否有些怪异，老侯提醒你，你的委屈归委屈，但你与玉姑，最好谁也别招惹谁，谁也别伤害谁。”

阿尔萨兰擦擦眼泪，吁了口气，站起身：“无需提醒。”阿尔萨兰走向门，侯久满看看桌上的五羊乙：“枪，你不要了？”

“心里好些了。”阿尔萨兰像是自语，头也未回地走出门去。

戴刀回房默默拆卸、验看着那挺断管机关枪。赫顿坐在图板前翻看机关枪图纸，默默开口：“戴刀，我怎么不知道你给玉姑小姐买了礼物？”

“哦，算不上礼物。”

“你……是不是又爱上了玉姑小姐？”

戴刀转过头：“为什么这么问？”

赫顿：“离开广州前，我很多次看见你和玉姑小姐悄悄来往，回来的第一天晚上，你又……刚才我和老侯他们看见，你没敲玉姑小姐的房门就进去了，这在中国好像很不平常。”

“刚才我是急了些，但没有什么不平常的，我就与玉姑小姐随便讲了几句话。”

赫顿追问：“讲了什么？”

戴刀有些奇怪：“赫顿，你为何要问得这么细致？”

赫顿：“……对不起，我可能过分了。但我觉得，你心里一直思念着阿尔萨兰夫人，怎么能够又同时爱上玉姑小姐，这很不像你。”

戴刀：“我没有，我真的没有。”

赫顿站起：“这款机关枪的缺陷分析得差不多了，老侯也想办法弄到了德国的枪管，我们明天重新制造样枪吧。”赫顿走出房间，戴刀奇怪地看着他。

木棉拿着毛巾及换洗衣物，随阿尔萨兰走进侯府浴室。

玉姑正在淋浴，见阿尔萨兰进来，一怔：“你怎么来了？你不是从来在自己房间洗的吗？”

“额娘也想用用这洋人的人工降雨。”

玉姑瞥了一眼：“旁边还有一个。”阿尔萨兰没走，欣赏地看着玉姑的身子。

“不许看我！”

“这么美的身子，怎么会……”

玉姑喊道：“更不许看脚！”

阿尔萨兰笑笑走开，边脱衣服边问：“戴刀给你买了什么？”

玉姑怔怔，顽皮地：“一对玉镯，一对翡翠发簪，还有一对金耳环！”

阿尔萨兰笑笑：“你连耳朵眼儿都没扎，要耳环做什么？”

玉姑：“没听说过吗？大姑娘上轿，现扎耳朵眼。我明日一早就扎去！”

“真不知羞！”

“就不知了！刚才，我与戴大哥还那样了一下！”

“……怎么了一下？”

“就是洋人的电影里，男人、女人的嘴，那样狠狠了一下！”阿尔萨兰无意弄翻了面盆，发出一声脆响。玉姑得意地哈哈大笑。

阿尔萨兰打开水龙，“啊”地惊叫一声跳出：“好冷！”

玉姑：“开另一个！”

阿尔萨兰关一个，开一个，“啊”地惊叫一声又跳出：“该死！好烫！”

“笨哪，谁叫你关掉冷水了？”

阿尔萨兰小心翼翼地调整水温，淋着：“……果真舒服。”

玉姑：“尽兴用，明日我要拆了它。”

“为什么？”

“不知道现在全国都在抵制美货吗？”

阿尔萨兰看看水龙上的洋文说：“这是英国造的。”

“美国人是英国种！”

阿尔萨兰边洗边道：“小丫头，休想故意气我，你这般打打杀杀的魔头，能与什么男人会那样一下？还狠狠的，可笑！说，戴刀与你谈了什么？是否与你阿爸接的那份邸报有关？”

“……少诈我，什么邸报不邸报，与我何干？”

“你看看你在餐厅的那副模样，一派做贼心……”

玉姑喝道：“打住！想必你是想借风放火，找岔陷害，灭了你的情敌！”

阿尔萨兰正色：“听着，我不想问你太多，否则我俩这般光溜溜地打起来，谁都不好看！我只是警告你，在林子里骑骑马，放放枪，也就罢了，切莫真与林子里的什么强人、匪盗勾串在一起！你想自由、想解放，我也想自由、想解放，但绝不能只图把自个儿放了，却把别人，特别是把你的一家老小，送进了牢里！”玉姑一下被镇住。

侯夫人走进侯久满房间：“老爷，我这心里扑通乱跳，是不是府里又要大难临头了？”

“哪来的那么多大难，夫人休要多想。”

“妾身是越活越不知怎么活了，如今，天下乱哄哄的大事我看不懂，这侯府里的家事，我也越看越糊涂。良儿、言儿、玉姑与刀儿，这一个个，一对对的，怎么就没一个正常？死的，散的，好了又坏、坏了又好的，眼花缭乱！哪有凭媒妁之言，父母之命来的规矩、安稳？”

侯久满：“天下大乱，人伦大乱，看不懂就不看，管不了就别管，爱如何便如何吧。孩儿们的婚姻之事，老侯是再也不闻不问了，我已害了良儿，老子欠了儿子一笔良心债！其他的，福兮祸兮，自作自受。”

“老爷，天下能乱，人伦怎能大乱？这人伦乱了，岂不如同禽兽？”

侯久满看看侯夫人：“夫人，有一句话最不当我讲，我想，这侯府大门里的事，夫人且装聋作哑，即便对大福晋，也睁只眼闭只眼吧。”

侯夫人一阵惊异

“那旗女，与那位可怜的烟姑娘相比，没有强到哪去。”侯久满默默走到窗前。

这日，阿尔萨兰扎着湿漉漉的头发从窗前走过。侯久满看看如同出水芙蓉的阿尔萨兰，未语，拉上窗帘。

次日，玉姑骑马出门，走了不远。阿六也拉马出门，看着玉姑背影正欲上马，“阿六。”

阿尔萨兰走来：“干什么去？”

阿六：“回大福晋，老爷吩咐小的办件急事。”阿尔萨兰递过一封信：“再急，也先将我给阿玛、额娘的这封信发了。”

阿六接过信，看着玉姑离去方向。阿尔萨兰催促：“快去！”

“是，大福晋，小的这就去。”阿六又看看玉姑离去方向，上马朝反方向驰去。阿尔萨兰也看了看玉姑离去方向，转身走回大门。角落里，那个干瘦探员闪了出来，解开附近的一匹马，朝着玉姑跟进。

玉姑进了树林，边骑行，边向身后看着。干瘦探员远远紧盯。玉姑跳下马，走到一块石头旁，左右看看，掏了样东西放在石底，然后上马飞驰。干瘦探员奔至跳下，欲搬石块，有人拍了他一掌，被吓得一软。

“什么人？！为何跟踪我家小姐？”阿尔萨兰问道。

“大、大姑，切莫误会，我……我是巡警局的探员。”

“探员？我家小姐犯了何事？”

干瘦探员紧张：“没、没什么，只是玉姑小姐，一位大家闺秀，时时来此使枪弄棒，略显蹊跷，哦，她刚刚还在这石块底下藏了什么……”

干瘦探员欲搬石块，阿尔萨兰喝道：“等等！先回我的话！你是不是早在侯府外埋伏？！是不是不仅跟踪小姐一人？”

“大、大姑，小的是奉命办差，知之甚少……”

阿尔萨兰“嗖”地掏出枪：“一看你就不是什么巡警局的！说！讲老实话，你到底是什么人？！”

干瘦探员瘫软：“大姑，小人真真的是巡警局的。”

阿尔萨兰“咔嗒”打开手枪保险，顶住干瘦探员脑袋：“招是不招？！”

“慢，慢，大姑，小人是牛子旬大人的下属。”

“小人奉命守看侯府上下，包括大、大姑。”

阿尔萨兰一怔：“胡说！牛子旬哪来恁大的狗胆？！”

“真的啊，小的句句是实。”

阿尔萨兰想了想：“把枪扔掉，滚！”

干瘦探员看看石块：“大、大姑，小人真的看见，玉姑小姐在这石块下面藏了什么。”

“滚！大姑会看！”

“还是小的看看吧，如此小的回去也好交差。”阿尔萨兰又举起枪，干瘦探员忙掏出手枪扔下，离开：“好，好，小的不问，小的不问便是。”

阿尔萨兰看着干瘦探员走开，弯腰去掀石块。

干瘦探员目露凶光，拔出匕首飞奔几步，扑倒阿尔萨兰：“对不住大姑，小的奉牛大人之命，牛大人奉太后之命，小的只有亲眼看看所藏何物！”干瘦探员一手将匕首横在阿尔萨兰颈处，一手去掀石块。阿尔萨兰趁其不备夺刀，二人搏斗。阿尔萨兰左肩被刺一刀，抓住刚才被扑落的手枪，击毙了干瘦探员。

阿尔萨兰捂着肩，踉踉跄跄走回，掀起石块，不禁骂了一句：“该死的丫头！”石块下，只是一块善缇做的满族点心：萨其马。

总办室，侯久满反复看着那份邸报，一只手在子弹钵中抓拿着。一工匠忽然撞门奔入：“大、大人，赫顿先生与吴总管打起来了！”

“什么？”侯久满一惊，急走，“何故打架？“

工匠：“大概……因为吴总管班上吃烟，赫顿先生二话不讲，上去便给了一拳，于是就……”

侯久满惊愕：“我的红毛会打人？”

赫顿与吴丁贵鼻青脸肿，一个西洋拳，一个中国武术，你来我往地恶斗，工匠们劝止不住。戴刀奔来，隔在中间，抱住吴丁贵劝架。赫顿狠狠给了吴丁贵一拳。“你拉偏手！”吴丁贵一拳将戴刀打倒，接着与赫顿恶战。

侯久满进门，看看现场，重重咳嗽一声。赫顿与吴丁贵看看侯久满，停了下来。侯久满走近，看看两张变形的脸，问道：“哪个无错？”赫顿、吴丁贵对视看看。

侯久满：“本办在问，哪个无错？！”赫顿、吴丁贵谁也开不了口。

“各罚三个月俸银！”侯久满扭头走去，冲工匠们：“各做各事！”工匠们奔回各自机器。

戴刀扶着赫顿："去看看医官吧？"赫顿粗鲁地推开戴刀，走出门。戴刀颇为不解。

医官为赫顿上着药。侯久满在一旁关切地问，赫顿很冷淡，侯久满笑笑："真想不到，我的小红毛，还会先动手打人。"

赫顿瞪眼："老侯！别不分场合地叫我小红毛！"医官一惊。侯久满也愣了。

日月堂洞内，玉姑道："大方丈，标下虽然没有看到邸报内容，但听我阿爸口风，清狗只是捕风捉影，尚未发现任何痕迹。但标下今日出门，有人跟踪，虽被半途甩掉，可是不知此事是否与劫银有关？"

大方丈道："玉姑娘放心，线人报告，清狗目下惶恐自危，对所有大员，甚至眷属均有监视，不仅侯府一家。但玉姑娘进出多加小心，今日也早些回府。"

玉姑起身："标下知道了。"

大方丈："被跟踪之事，不必再对其他兄弟言说。"

"知道了大方丈。标下告辞。"玉姑离去。

大方丈突然问道："玉姑娘，今后是否不要再自称标下？"

"不，玉姑第一仗就打出块牌子，丢了可惜。"

大方丈笑笑："随你。"

玉姑抱拳告辞，走出山洞。

阿尔萨兰捂着肩走入房间，刚跌坐在椅子上，善缇敲敲门奔入："姑爸爸，听说您落马……"

"关上门，我有话讲。"善缇迅速关门。

傍晚，阿尔萨兰在房内自己处理着伤口。

庭院里，戴刀焦急地徘徊在阿尔萨兰房间门口。玉姑走过，问道："戴大哥，你这是？"

"哦，没事，没事。"玉姑看看阿尔萨兰房间，走进侯夫人的房。"阿妈，您叫我？"

侯夫人问道："玉姑，你的报纸筹办得怎样了？"

玉姑支吾："嗯，还、还在筹款。"

侯夫人拿出张银票："阿妈将你外公留下的地产卖了，你拿去吧。"

玉姑忙推："阿妈，那块地是您唯一的私房，您怎么能把它卖了？！我不要，我不要。"

"小点儿声，别叫你阿爸听见。玉姑，阿妈只盼着你有件正经营生，别总是风风火火，出入无定的，让阿妈成天为你担惊受怕。"

"阿妈，您别为玉姑操心，玉姑就是万一出了什么事，您就当没生养过这个女儿就是了。"

侯夫人嗔怒："胡说！生没生养，也可以是轻轻松松当或不当的吗？"

"反正我不能要您的银子，玉姑一个女儿身，生在这么个只能靠男人吃饭，不能自立的国度，无法奉养您，哪里还有脸面搜刮您养老保命的银子？不要，不要。"

侯夫人叹道："玉姑啊，只要你和言儿能安安分分，侯府不生祸事，你阿妈已过半百，好好歹歹再依傍你阿爸几年，何须留什么私房保命？"

"阿妈，您看看您，说的这叫什么话？那人又不是树，您又不是树上的虫子。"

"唉——，不说阿妈，阿妈这辈子都快过去了。玉姑，侯府的上上下下，包括你阿爸，虽说都怕你怕得躲得远远的，可人人也有疼爱、呵护你的禅心。"侯夫人取出双绣花小鞋，"你看，这是你额娘亲手为你做的锈鞋。"

玉姑瞪大眼睛看着："这！这是她做的？"

"玉姑啊，阿妈真是期盼你出门安于世事，在府和睦亲情，早日还原了女儿身份。"

玉姑一把夺过绣鞋，冲向门口："这是那满婆成心讥讽玉姑！"

侯夫人忙追了出去："玉姑……你额娘落马伤着了，别去烦她……"

玉姑冲入阿尔萨兰房间，将绣鞋狠狠摔在地上："你这是何意？！笑话我的一双残脚丑陋，得扮些花蒙羞吗？"

阿尔萨兰靠在炕头看着《安娜·卡列尼娜》，看看玉姑："发什么癫？"

"再做这等阴损之事，小心玉姑的枪在你那双美丽大脚，一只种上一粒弹子！"

阿尔萨兰笑笑："你真可笑。"

"不信便走着瞧！"玉姑转身出门，猛然看见门角的纸篓里，有件血衣，左肩有个刀口。

玉姑盯着阿尔萨兰："……你骑马摔着了？"

阿尔萨兰接着看书："不干你事。"

玉姑急走炕边，不由分说地解阿尔萨兰的衣裳："你说谎！让我看看，让我看看。"阿尔萨兰极力捂着，玉姑碰疼阿尔萨兰伤口，飞速扒开他的左肩，那里胡乱缠着布条，洇着血。

玉姑惊愕："怎么回事？你跟谁打架了？"

阿尔萨兰生气地拉上衣服："跟，跟你阿爸！"

"不可能，他理都懒得理你，怎么会跟你动刀？"

"谁说他懒得理我，他一个兵痞，有时会粗野之极。"

玉姑惊异："……你是说，他真的会……跟你那样？"

"你说呢？他又不是什么圣人！"

玉姑看了阿尔萨兰一阵："那，那你还与戴刀那样？"

阿尔萨兰："我，我与戴刀怎样了？"

玉姑："这侯府里都演了三年的《西厢记》了，谁是崔莺莺，谁是张君瑞，我等又不是瞎子。"

阿萨兰脸红："你胡吣！"

玉姑："你与那老侯若真的有名有实，你还敢如此明目张胆地惦记戴刀？"阿尔萨兰语塞。

玉姑看看窗台上那成排的婴儿小鞋，有些同情地看着阿尔萨兰："你日日夜夜地做这婴儿小鞋，既不送人，也不货卖，是什么意思？"阿尔萨兰看着那些小鞋，无言。

玉姑："不说我也知道。你真可怜，我不大相信你与那老侯能有穿这种鞋的人。"

阿尔萨兰的眼眶有些湿润……

"告诉我，刀伤哪来的？"

阿尔萨兰吁了口气："好吧，告诉你，我在街上跟个流氓撕扯了几下，行了吧？"

"……你等着！"玉姑奔出门，冲回房，从衣柜迅速翻出些外伤药物又奔出。在庭院里，看了看焦急的戴刀，又奔进阿尔萨兰房门。

玉姑："把衣裳脱了，我给你弄弄。"

阿尔萨兰吃惊："你怎么会有这些？""我整日骑马放枪，能不备着一些吗？快脱！"

庭院里，戴刀焦炙地踱着，张望着。

阿尔萨兰疼得吸气："你轻着点儿！"

"酒精！能一点儿不疼吗？"

"你到底懂是不懂？"

"不懂！你就忍着些吧！"

"别将我这条胳膊弄废了！"

"废了更好！"

这时，侯久满随侯夫人快步来到阿尔萨兰房前，看见徘徊在门口的戴刀。戴刀极窘："我听说……大福晋……"侯久满看看他，欲推门，阿尔萨兰在屋内喝道："别进来！"侯久满愣住，与侯夫人对视。

屋内，玉姑边贴纱布边说："不叫这个进来，叫不叫另一个进来？外面有只蚂蚱急得直蹦。"

阿尔萨兰脸红："你既然什么都心里明镜似的，别害我！"

玉姑"哼"了一声："你们若真有那个胆量，私奔！"

"放肆！"

玉姑笑笑，示意阿尔萨兰看的书："小红毛老师教你我读的这本《安娜·卡列尼娜》，不就写了那个吗？"阿尔萨兰慌忙将书塞入枕下。

玉姑："我很是佩服那个叫做安娜的女子，敢作敢为。"

阿尔萨兰看看玉姑，故意问道："真的？此话由衷？如若我真的那个，你不会上吊、投井？"

"你以为玉姑娘是何人？一个只知炊茶箕帚，离了男人便寻死觅活的孱弱小婆？"

阿尔萨兰见玉姑不像戏言："你是不是，恨极了你阿爸，故意地怂恿我……"

玉姑已扎好绷带，生气地站起："放屁！你真可怜！"说着端着药盘气愤地走出。阿尔萨兰愣怔地看着她。

侯久满与侯夫人惊异地看着玉姑绷脸离去，侯久满问："她刚才在房里说什么？"

侯夫人："好像是说，放蜜。大概玉姑的药苦。"

侯久满看看侯夫人，一条腿迈进门，犹豫一下又退出："刀儿，你一同进来，向大福晋问个安吧。"

戴刀有些尴尬："大福晋不方便，还是请大人替戴刀问候一声。"

侯久满："看看吧，你们毕竟是同乡。"戴刀迟疑地应了声，跟着侯久满踟蹰走入。侯夫人惊奇地看着侯久满。

此时，赫顿正站在自己房间的窗边，冷冷看着阿尔萨兰门前这一幕……

戴刀进屋，阿尔萨兰惊愕地看着他，坐起："你，你们……"

侯夫人："大福晋，伤势好些了吗？"

戴刀关切地看着阿尔萨兰："大……大福晋……"

侯久满看看戴刀，冲阿尔萨兰："躺下吧。"

阿尔萨兰呆呆看着戴刀，像没听见。

侯久满："夫人，快扶大福晋躺下。"

阿尔萨兰灵醒："哦……哦，我没什么，你们都回吧。"

侯久满："你自称马背上长大，怎么好好的，会落马伤成这样？"

阿尔萨兰："马失前蹄，还不是常有的事。"

戴刀看着阿尔萨兰泛青的面色，急切地："大福晋，您似乎，您似乎，不像只是摔伤！"

阿尔萨兰看看戴刀："真的只是摔了一下，你们请回吧。"

侯久满与侯夫人有些呆愣，冲着阿尔萨兰与戴刀两边看着。侯夫人："大福晋好生养着，我叫木棉过来陪着。"说着看了戴刀一眼，示意他随自己出门。"歇着。"侯久满也朝门走。

阿尔萨兰看看，叫道："请老爷留步。"侯久满怔怔站住。侯夫人与戴刀走出，侯夫人带上门。

侯久满关切地："你真是落马摔伤的？"

阿尔萨兰道："听着，我叫你留步是想告诉你，既然你顾虑家事搅扰你的枪炮，从今往后，这府里的一切，包括你的儿女，最好尽交我这大福晋管着。你无须过问，也无须指使你的狗腿子掺和。"

侯久满怔怔："你还在计较洋行的事？"

阿尔萨兰："不是洋行的事，我说的是你那宝贝女儿，也由我看顾。"

"你？"

"我已降住了她。"

侯久满瞪大眼珠。

深夜，牛子旬走出商务局大门，正欲上他的马车，忽然觉得斗笠压得极低的车夫不对："你，你是何人？"那人飞起一脚踢倒牛子旬，两三下将牛子旬击晕，丢入车篷，驾车驰离。

清晨，赫顿拿着《安娜·卡列尼娜》，一句一句领读后半部。

阿尔萨兰走进书房，用英文道歉："老师早。对不起，我迟到了。"

赫顿："听说夫人受伤，玉姑小姐已经为您请了假。"

"我可以上课。"阿尔萨兰走向桌边，坐下时先冲玉姑说了声"谢谢"，又低声冲戴刀说了声"谢谢你来看我"。

戴刀低声问："好些了吗？不行，切莫勉强坚持。"

"无妨。"

戴刀："您的气色很不好，真的不像只是落马……"

赫顿使劲敲了敲桌子，冲着戴刀用英语说道："在我的课上，请用英文会话！"戴刀一愣，忙用英语道歉。

林子里，牛子旬被绑在树上，与干瘦探员的尸体面对面捆着。

“好汉，好汉，求求您，放下此人，这人都已经有味儿了啊！”

树后，绑架者斗笠遮面地睡着，渐醒：“……认出你对面的家伙了吗？”

“好汉，下官真的不认得此人啊！”

“那接着认，直至认出为止。”绑架者拿开斗笠，是善缇：“我去吃些东西，何时回来，没准。”

牛子旬大叫：“别走！别走！下官认出此人了，他是下官的探员。”

善缇：“知道他为何而死？”

“下官不知。”

“我走了。”

“别走，别走！下官只是派他守候侯府，确实不知道他为何被杀。”

“为什么监视侯府？”

“下官……下官尚无真凭实据，只是怀疑侯府有人不轨。”

善缇走到牛子旬对面：“认得我吗？”

牛子旬大惊：“你，你，你不是阿尔萨兰的侍卫吗？”

善缇一掌扇去：“姑爸爸的名讳是你叫的吗？！狗官！你竟敢暗使手段，窥探主子，并纵放走狗戕害姑爸爸！”善缇“嗖”地抽出匕首，插进牛子旬左肩。

牛子旬疼得大呼饶命不敢。

“天下哪有你这狗官不敢的事？！我家老爷奉旨进京贺寿，太后命你暗中随护，你却勾结奸人，屡次三番刺杀我家老爷，并送了几个无辜的广东人抵案，欺蒙太后！有无此事？！”

牛子旬目瞪口呆：“……那、那回，一路护佑侯大人的，难道，难道是你？”

善缇道：“我家姑爸爸念及同为太后做事，一直未说破此情，可你这杂种却恩将仇报，冲着姑爸爸来了！”

“下官死罪！下官死罪！求大侠来个痛快的……”

“杀你如碾死只蟑螂、臭虫，但姑爸爸不愿你走了，再来一只更臭之物，且存你狗命！”

“谢大姑不杀之恩！下官再也不敢背着大姑阴行暗事，再也不敢了！再也不敢了！”“哼！但必须废尔一臂，令你长些记性！”善缇冷笑，将匕首再插牛子旬左臂，牛子旬痛呼。

总办室内，侯久满兴奋地拍着机关枪枪图和策案：“好！好！好！我等的机器炮终于可以再次动手试制！这份策案我看了，非常得详尽、周至！吴丁贵，你立即依照这策案上的器料清单备齐一切，我等今日便开工制造样炮！”

赫顿在一旁冷冷地说：“老侯，我看还是按照世界通行的称呼，叫机关枪，别叫机器炮。”

侯久满怔怔：“为何要动手了，却想改名？”

“它本来就是枪，不是炮。”

侯久满看看戴刀。戴刀道：“赫顿老师讲得有理，我们不该以炮夸说这种兵器的威力。”

侯久满：“那好，机关枪就机关枪。吴丁贵……”

吴丁贵已翻完策案："大人，小的已浏览料单，大部器料均有，只是炮管……这种特殊办法弄来的洋部件，不归小的管理。"

"对，枪管在我那儿。走吧。"赫顿站起，径直走出。

侯久满看看赫顿，问戴刀："刀儿，红毛这几日是怎么啦？"戴刀摇摇头。

"红毛是个知情厚义的人，大概是有什么极特别的事，发生在他极近的人的身上，搅得他不快，又难以启齿。"侯久满看看戴刀，走出总办室。

戴刀觉出弦外有音，看着侯久满背影发愣。

几个人随后走入赫顿与戴刀的公事房，窗台上的白菊甚是洁净。赫顿打开木柜铁锁，搬出个长条木箱，掀开盖板，里面全是油纸包裹的机关枪枪管。侯久满、戴刀看着。吴丁贵暗暗冷笑。

赫顿取出一根，拆封之后大惊——枪管上虽有黄油，但居然生出了铁锈！赫顿忙取另一根，几下拆开，也已生锈！赫顿又拆，情景同样。

侯久满瞪着赫顿："红毛，这枪管怎么全都成了这般模样？！"

赫顿惊愕不已："不可能……你交到我的手里才半个月时间。"

吴丁贵说道："这种事过去也常有，凡是海上来的水货，因风咸雾潮，到手时或轻或重总有锈蚀。"

"放屁！"侯久满怒道，"到岸时老侯专门验过，丁点儿瑕疵没有！"

赫顿："是，老侯交给我的时候，我还用放大镜看过，确认合格后，又重新抹了黄油。"

吴丁贵："那就是你的黄油可疑。"

"黄油有什么可疑的？"赫顿从枪管上抹了一些，冲着吴丁贵，"你看，你看，这有问题吗？"

吴丁贵："那你说，这铁锈从何而来？"

侯久满极其恼火："都住口！这木柜的钥匙有几把？"

赫顿答："三把，都在我这儿。"

侯久满三面检查柜门……思忖片刻，走到桌边坐下，生气地想询问戴刀有何办法。戴刀回道："回大人，这种枪管，中国目下还无法制造，主要是自炼的钢料质量不济。"

"鄂局的精钢也不行吗？"

"鄂局的精钢虽然强度稍好，但在拉管成型时，常常厚薄不一，废品居多。"

侯久满长叹一声："唉——，这机器炮，这机关枪！只有停下了！"

戴刀说道："大人，大清兵工不解决炼钢，终究事事受制。戴刀愿暂且转行，潜心钢铁。"

侯久满看看戴刀："不行！不是善法！你是枪炮行家，我不能指望你退回去现学炼钢，炼钢不成，再退回去现学采矿！"

赫顿重重摔下枪管，搬动木柜："混蛋！这里肯定有鬼！"

侯久满喝叫："住手！红毛！"

"我非要弄个明白……"赫顿搬开木柜，露出背板被撬痕迹，"……老侯，你看！这背板被撬开过，是重新钉上的！"

侯久满重重叹息，走过去看看，遗憾地看着赫顿："小红毛啊，这几日你到底是怎么了？你可真是太傻太傻啦！"

傍晚，戴刀提着药罐等物匆匆走过庭院，直奔玉姑房间。阿六打着巡夜灯笼路过："戴先生，玉姑小姐随夫人去庙里上香，还未回来。"

"小姐何时能回？"

"不知道。阿六去后面看看。"

戴刀焦急地朝阿尔萨兰的房间看看，犹豫了一下，走过去："大福晋……大福晋……"房内，有阿尔萨兰隐隐的呻吟声，戴刀怔怔，神色大惊，推门闯入。

炕上，阿尔萨兰面色通红，昏迷呻吟。

"大福晋！"戴刀奔至炕边，"大福晋！……大福晋……来人——！来人啊——"戴刀奔到门前高呼，无人应答，又奔回炕边："阿尔萨兰！……"阿尔萨兰痛苦呻吟着。戴刀急得团团转。他狠狠心，飞速打开药罐，捧到炕边，犹豫一阵，闭上眼睛，双手抖着，解开阿尔萨兰的衣服……

木棉听到呼喊奔来，走到门口大吃一惊，慌忙退了出去。木棉仓皇奔离房门，又不敢离远，惊恐地望着阿尔萨兰的房间顿足、乱走……

玉姑搀着侯夫人走来。侯夫人看看木棉，惊奇地："木棉，你这是在干什么？"

"夫人！小姐……"木棉奔到面前抓住侯夫人的手，看看阿尔萨兰的房间，看看玉姑，不敢直言。

玉姑问："怎么了？见着鬼了吗？！"

"不不，夫人，木棉送您回房……"木棉搀着侯夫人就走。

玉姑看看阿尔萨兰房间："那人睡了吗？"

木棉："睡、睡了……"玉姑看看，走回自己房间。

木棉搀着侯夫人进屋，一进门便急切说道："夫、夫人，大事不好了！戴、戴先生他……"

侯夫人紧张地："戴先生怎么了？"

"戴先生……与大福晋……"

侯夫人焦急道："快说，木棉！"

二十三

总办室内，侯久满的手在子弹钵里抓拿着，蹙眉瞪着一箱锈蚀枪管。

茶楼一隅，赫顿独自喝着闷酒。

侯府侯夫人房内，善缇、阿六等仆佣各持棍棒怒视戴刀，戴刀鼻青脸肿地跪着：“侯夫人，戴刀讲的句句是实，自上次戴刀随侯夫人与夫人探望大福晋，就疑心大福晋很像是中毒，而非简单摔伤。戴刀悄悄观察了几日，更加确定，便在街上配了祖传秘药，想交给玉姑小姐，不曾想，小姐不在……”

“狡辩！”善缇说道，“侯夫人，这禽兽趁我姑爸爸之危，阴行龌龊，绝不能轻放了这畜生！”

阿六帮腔：“老爷与大福晋时好时坏，正是这姓戴的忘恩负义，生鸡公一般，嗜色好淫，从中搅合！”

侯夫人：“阿六，事情尚未弄清，你等就如此轰轰隆隆地闹腾，此事若张扬出去，你们叫老爷与大福晋如何出门？”

阿六：“夫人，这些年，外面连街头小贩，都一直拿着老爷与大福晋的事，调侃取乐，我等下人早就忿忿不平！早就想铲了姓戴的这个祸根！”

侯夫人看向戴刀：“刀儿，老妇人知道，你与大福晋青梅竹马，又异乡相逢，可不管你对大福晋有着怎样的情愫，大福晋毕竟是太后赐婚于老爷，你总该知所进退，恪守礼法。”

“夫人，您吃斋念佛，对这厮也太过和善！还是交给我等，家法从事！”说着，阿六与善缇一边一个架起戴刀。

侯夫人忙说：“阿六！不行，不行，还是等老爷回来再讲……”

戴刀：“善缇，阿六，你们如何处置戴刀都无妨，但你等这样，反而玷污了大福晋的清白……”

“住口！我等早就想替老爷出了这口恶气！”阿六吼着，与善缇将戴刀架出门。

玉姑在阿尔萨兰窗前焦急地看看，奔到炕边，摇着阿尔萨兰：“喂，喂，你快醒醒！快醒醒！戴刀刚才到底做了什么？”阿尔萨兰昏迷不醒。

戴刀被捆在树上，善缇挥舞皮鞭。木棉等仆佣惊恐看着。

这时，侯久满提着断管机关枪走来，看见大惊：“这！这是怎么……”

阿六等回头看见侯久满，齐跪，阿六禀报：“老爷，戴刀趁大福晋病重，图谋不轨！”

侯夫人奔出：“老爷，您可回来了。”

“先把人松开！”侯久满看看戴刀，快步走向阿尔萨兰房间：“请大夫了吗？”

侯夫人紧跟其后：“府里闹成这般情景，一时没敢请外人进府。”

侯久满：“糊涂！脸要紧，还是命要紧？！救人！”

“我去！”善缇飞奔而去。

大夫被请来去看阿尔萨兰，阿六、善缇则跪在花厅中央，侯久满吼喝：“混账东西！家法是我侯家的家法，何须你等下人、奴才擅自拿人问刑？！”

善缇垂着脑袋：“老爷，这不干阿六事。”

“不不，此事与善缇无干，全是小的气愤不过。”

“住口！你等不分青红皂白，也不问个子午卯酉，就张狂闹事！这刀儿有祖传秘方，是老侯特意请他为大福晋疗伤的，干你等何事？！”

已裹了纱布的戴刀惊愕。

侯久满扬手打断戴刀：“眼下局里的事正格外棘手，你等却把刀儿打成这样！让老侯如何做事？！”

善缇、阿六与坐在一边的侯夫人，惊愕地看着侯久满。

“混账东西！混账东西！”侯久满一人一脚，狠狠将阿六、善缇踹倒在地，“滚出去，各拿皮鞭，一接一递地互相抽！狠狠地抽！抽到刀儿睡觉睡着了为止！”善缇、阿六爬起退出。

“侯大人……”戴刀想说什么，又被侯久满打断。侯久满瞪着侯夫人：“你也是！完全不知老侯的苦心！”

侯夫人赧颜：“贱妾无能，可是刀儿……”

“住嘴！”侯久满怒颜走出。

庭院里，善缇、阿六对面站着，你一鞭，我一鞭，狠狠地相互抽打……

戴刀在侯久满面前跪下：“侯大人，您且息怒，善缇、阿六纯属误会，如此打下去，您让戴刀如何睡觉？如何睡得着？”

侯久满：“睡不着，就一直打！”

戴刀蹙蹙眉头，厉色高声：“侯大人！您这样做，怕是对戴刀也心存怨愤，刻意在善缇、阿六的身上抽打，也在戴刀的心上抽打！”

侯久满：“刀、刀儿……你这是什么话……”

“都停下——！”传来阿尔萨兰虚弱但严厉的声音。玉姑架着阿尔萨兰出现在房间门口。侯久满、戴刀等看着呆愣。阿尔萨兰扶着玉姑走到戴刀面前，福了一福：“阿尔萨兰谢过戴先生救命之恩。”众人皆惊。

茶楼里，赫顿已大醉，摇摇晃晃离开桌子，一茶花搀扶：“洋哥哥，要茶花送送您吗？”

“请走开……”赫顿推开茶花的手，跌跌撞撞。

茶花仍旧殷勤扶着：“真客气，您这样的洋哥可不多见。”

第二天，玉姑为阿尔萨兰换着药。阿尔萨兰：“想不到，连大夫都讲，那流氓的刀是浸过毒的。”

玉姑："我就不明白，一把市井流氓的破刀，为何还要浸毒？"说完去厨房。

善缇刚做出一笼点心，玉姑小心捏了一块，吹吹，咬了一口："以后这种东西，别尽给你的主子开小灶，给我和我阿妈也送一份。"

善缇笑笑："这是我们满人的芙蓉糕，小姐爱吃？"

"凑合吧。"

"小姐爱吃，善缇多弄几样，聊表谢意。"

玉姑惊奇："谢我？为何谢我？"

"姑爸爸多蒙小姐疗治。"

玉姑看看："好个忠心的奴才。善缇，我来就是想问你，你的主子到底是怎么伤着的？"

善缇忙掩饰着做事："善缇一个厨子，哪里知道？"

"哼！看来，这偌大府里，你还真的就只认一位主子！"

善缇看看玉姑："小姐莫问太多，记着日后出门，防备身后有狗就是。"

玉姑怔怔："……你说话天上一半，地下一半，岂不是吓我？"

善缇轻叹一声："唉，姑爸爸是在你常去的那片林子，被一密探所伤。""她也去了那片林子？"玉姑大惊。玉姑默默走到阿尔萨兰房前，思忖着：难道这旗女竟然是为我受伤？她到底知道我的多少秘密？

脸上还有伤的戴刀走进总办室。侯久满问道："红毛呢？"

"回大人，赫顿还在查访是何人破坏枪管。"

侯久满叹息："唉，小红毛往日旷达快活，如今这个样子，真让人心痛。"

"大人，戴刀给你添了大乱，戴刀最好还是搬出侯府……"

"打住，那事已然过去了。再说，太后命你与老侯日日请皇安，你又能躲到哪去？"

"老侯，"赫顿大叫进门，"越来越多的证据显示，那批枪管到我手里不久，就有人晚上进过我的工作室，那些枪管不但被水泡过，而且还泡过硫酸！"

侯久满："何人干的？"

"因为是深夜干的，知情的人没有看清。"

侯久满看看赫顿："你以为，还会有人看清吗？"

赫顿不解："什么意思？"

"小红毛啊，阿爸看见枪锈，就已经知道是人为破坏，想着不露声色地暗下查访，可你偏偏毛毛躁躁，扯旗放炮！这奸细是一人，还是一伙，你现在还查得清吗？"赫顿愣怔一阵，跌坐在椅子里。

侯久满："红毛，你到底是怎么啦？"

赫顿瞟了戴刀一眼："老侯，对不起，我确实非常非常愚蠢，我马上设法从英国进口。"

"算了，事已至此，就不要再为此烦恼了。再讲，虽然枪械进口稍有解禁，但一国强盛，终究不能全靠输入。近日朝廷下旨，要简派几位大臣出洋考察，命各省分摊资费，我想，这兴许是个机会。"

赫顿疑惑："这是个什么机会？"

"除了几位大臣，还有数十随从一同前往，从名册上看，有各类官员及陆海军将弁，单单少了兵工人才。老侯想多出几个银子，将刀儿报入名册，然后红毛以译员身份进入。”

赫顿兴奋：“老侯，你是想叫戴刀和我一起出国？”

“正是。朝廷考察朝廷的政治，尔等考察尔等的枪炮、钢铁。”赫顿使劲拥抱侯久满：“老侯，你真是太好了！太棒了！太英明、太伟大了……”说着，赫顿在侯久满脸上亲了几口。

侯久满抹着脸：“胡闹！两个大男人，成何体统！”

赫顿拍着戴刀：“戴刀，这下好了，我可以带着你好好见识见识西方文明，你一定能够成为更加了不起的大发明家！大科学家！”

戴刀平静地：“好是极好，可是大人，我与赫顿似乎还是只走一人为妥。大人目下除了掌管粤局，还管着鄂局新炮，宁局雷、弹，川、桂等五局的技艺提升，赫顿与我同时离开，恐怕……”

侯久满：“这些我已想过，虽说这边暂且难些，但为长远计，终究利大于弊。”

“可是此去并非短时，日本明治维新的那次出使西方考察，前后用了1年零9个月之久。”

侯久满一惊：“要，要那么长的时间？”

赫顿：“不一样，不一样，中国又不会踩着日本人的脚印走，肯定用不了那么长。”

“就这样！你二人一同走！虽说这回乘的不是查理的船，但再也不能出上次那种事情！”

赫顿似乎不快，侯久满忙拍拍他：“对不住，阿爸并非故意戳你痛处。”

侯府的晚餐时分，侯夫人、玉姑、戴刀与赫顿坐在桌边等着侯久满，赫顿兴奋地：“玉姑小姐，我和戴刀就要出国了，要去考察很多很多的国家，这肯定将是一次无比神奇美妙的旅行！”

“我也要去。”玉姑吃着。

赫顿顿时紧张：“你？不不，你怎么能去。”

“我去找妹仔，好久好久没见到他的信了。”

侯夫人责备：“玉姑，越来越没规矩，你阿爸还没来！”

“吃吧，吃吧，这等小事，革命就革了吧。”

侯久满走入餐厅，坐下问道：“大福晋还是不方便吗？”

侯夫人：“是，老爷。”

侯久满：“夫人，这几日为刀儿多准备些四季衣裳，以及出洋的一应物品。”

然后掏出份邸报，遗憾地递给赫顿：“红毛，不是阿爸改了主意，是这邸报上讲，海外的革命党沸沸扬扬，声称要刺杀出洋考察的大员，阿爸原本认为，你二人一起走安全，可现在看……”

赫顿：“这只是吓唬吓唬人的，何况有各国政府保护，根本不可能出现那样的事！”戴刀取过邸报。

侯久满：“但阿爸不得不防啊。红毛，邸报上还讲，满人与亲近朝廷的洋人，尤其是被刺杀的要角，阿爸刚才在屋里思前顾后，实在不想……万一……一下失去两个。”

赫顿急得冒出句英文：“不！不！怎么可以这样？！”

戴刀放下邸报："赫顿老师，江南八九个局的枪炮生产，也确实离不开你这样的技术顾问。"

"No!"赫顿推开碗，大步走出。侯久满等人惊奇地看着。赫顿回到房内，愤怒地摔了一阵东西，仰躺在床上，神色痛苦。

阿尔萨兰在自己房内用完两口汤，擦了擦嘴。玉姑进门，径直走到桌边坐下，看着她。

"何事？看着我作甚？"

玉姑盯着阿尔萨兰："你到底是个什么人？"

"又疯！我是什么人？我是你额娘！"

玉姑："我若是拿你当什么鸭婆、鹅娘，根本不会进你的门，更不会给你治伤。不说这个，告诉你一件事：戴刀很快要去京师了，准备出洋。"

这一去，怕是至少一年半载。

阿尔萨兰怔怔："你，为什么，告诉我这个？"

玉姑斜了一眼："真不知，假不知？"

阿尔萨兰沉吟："难道……你真的是想怂恿我……做安娜？"

"不是怂恿你，是可怜你。"阿尔萨兰愣怔。

玉姑站起身："这是个不错的机会，至于有无胆量冲出这只笼子，看你们两个自己的。"

阿尔萨兰看着玉姑走到门口，按捺不住地问道："喂！你自己，不再在意戴刀了吗？"

玉姑顿顿："……那只蚂蚱，从没长翅膀起，便是别人的了。"

玉姑走出门，阿尔萨兰愣怔良久，慌乱而惊恐地徘徊起来。

这一夜，阿尔萨兰在房间里不知所措地胡乱拿放着东西，很是挣扎。

次晨，玉姑走进书房，在桌边坐下。戴刀看看阿尔萨兰的空桌，又看看玉姑，欲言又止。玉姑看着黑板，说了句英语："她昨夜肯定没睡，你应该看看她。"写着板书的赫顿，敏感地回头看看。

善缇端着早餐送到阿尔萨兰门前，一夜未睡的阿尔萨兰和衣躺在炕上，直直望着帐顶："今儿个不用了。"

阿尔萨兰起身，痛苦地绞着手帕，踱着。中午，善缇端着午餐随侯夫人来到门口。

阿尔萨兰看看："谢谢侯夫人，叫善缇端走吧，我不饿。"

侯夫人："您早餐就没用，还是用些吧，这样身上的伤，好得快些。"

阿尔萨兰有些烦躁地打开门："侯夫人，我真的不想吃东西，对不住，我要睡会儿。"阿尔萨兰随之关门。侯夫人疑惑地看看房门，又看看善缇。

阿尔萨兰躺倒在炕上，瞪着痛苦的双眼，脑中不断闪现着：慈禧的脸……侯久满的脸……戴刀的脸……玉姑的脸……如此反反复复。

晚餐时，侯久满拿起筷子，看了看："红毛呢？"

戴刀答："大人，赫顿说不饿。他……早餐、午餐就没吃。"

侯夫人："怪了，大福晋今日也是从早餐到现在，什么都不吃。"

玉姑大口吃着："不吃就不吃吧，一天、两天又饿不死人。"

侯久满看看玉姑，搛了些菜放入戴刀碗里："刀儿，吃。"

此时，戴刀房内，赫顿面色苍白，极认真地画着炮图。有人敲门，赫顿回头，一惊，站起身："夫人？"

阿尔萨兰看看炮图："你怎么不去餐厅用饭？"

"我……我没有胃口。"

阿尔萨兰："不会是因为失去回英国看看父母的机会，而没胃口吧？""不不，我想回国，老侯会随时让我走的。夫人是不是……想找戴刀？"

"我想先问问老师，你们西方的女子，真的可以随便出门旅行吗？"

"当然。"

"假如，她不是自己……而是跟另一个人……出了门……别人，也会像您天天教我等读的那本书里写的，那样看待安娜吗？"

赫顿愣怔半晌："……夫、夫人的意思……"

"赫顿老师，我们已经认识很久了，我相信你是个可以信赖的好洋人。你还记得，你上次离开那个老侯时，也曾想带走一个女人时说过的话吗？"

赫顿大惊："夫、夫人……"他的脑海突然浮现出当年他刚到广州驿馆的情景。

阿尔萨兰："请别误会，我只是想问，你曾经说过的那种走法，在西方，真的会被一部分人视为大逆不道，而被另一部分人所宽容吗？"

赫顿艰难地："……是的。而且，确实因为不道德婚姻，重新勇敢追求自由与幸福的，还会得到……许多人……许多人的理解和祝福。"

阿尔萨兰缓缓点头："真好。"

赫顿马上急切地："可是夫人，您难道不知道，戴刀他……"

正在这时，戴刀走进门，惊愕："……大福晋……"

阿尔萨兰这时才坐下："我找你有事。"

赫顿神色痛苦，"你们谈……"起身欲走。

阿尔萨兰道："赫顿老师请坐。"

赫顿愣怔。"阿尔萨兰没有什么可以向您这位老师隐瞒的。蚂蚱哥哥，你也坐。"

戴刀大惊："大福晋……"

阿尔萨兰平静地："坐，叫我名字，或像儿时那样，叫我兰儿妹妹。"戴刀极为窘促地看看门外，又看看阿尔萨兰，缓缓坐下。

阿尔萨兰："听说你出洋前，要先在京师汇集。"

"是。"

阿尔萨兰平静地："我与你一同走。"

戴刀惊愕："这……"赫顿惊愕地看着阿尔萨兰。

阿尔萨兰："我要回辽东看望额娘、阿玛，13 岁离家，阿尔萨兰一直未曾归省。"

戴刀缓缓舒了口气。

"蚂蚱哥哥，我们可以一同走吗？"

戴刀支吾："可，可以，但得跟，侯大人……说定个日子。"

阿尔萨兰站起身："其他的事，路上再讲。"

戴刀、赫顿惊愕地看着阿尔萨兰慢慢走出，然后对视着。戴刀十分尴尬。

赫顿说道："朋友，看看你脸上的伤，这就是你不能感情专一的结果。"

“不不，赫顿，你肯定是有误会……”

“那你说，你到底是爱玉姑小姐，还是阿尔萨兰夫人？”

“戴刀对玉姑小姐从无任何杂念。”

“那就是夫人了。”

“赫顿，你知道，我与大福晋从小一同长大……”

“那你是知道，夫人约你一起走的意思了？”

戴刀沉默一阵：“……大福晋未必不是真的想探望阿玛、额娘。”

赫顿看看戴刀，悲伤地：“看来，赫顿并不是你的高山流水。”

赫顿走到庭院，踌躇一阵，走向侯久满房间。侯久满在房内看着各类表册。赫顿敲敲门走入：“对不起老侯，打搅你了。”

“坐，坐，小红毛，阿爸还有几页看完。”

赫顿坐下，看着侯久满，感叹：“老侯，你有白头发了。”

侯久满看着手里的东西：“不足为奇。”

赫顿无声地叹了口气：“大清国，像你这样的官员太少太少了。”

侯久满笑笑，合上表册：“说吧小红毛，何事？”

“老侯，在这个剧烈动荡的时代，能在你的家里生活这么长时间，见识这么多中国人极其微妙的事情，我真是十分的荣幸。”

侯久满顿时紧张：“什么意思，小红毛？你是不是又要离开阿爸了？”

赫顿沉默片刻，点点头：“我想搬到工厂去住。”

“为什么？！住得好好的，突然地……”

“我只是这个家庭的一个外国朋友，而不是真正的亲戚，再住下去就很不礼貌了。再说，我该管理的器材没有管好，这种事，绝不能再次发生在我的身上。”

侯久满拉住赫顿：“红毛，你不是侯府的亲戚，但你是侯府的公子、少爷、半个主子！到底发生了什么事，让你这么不痛快？你告诉阿爸！阿爸一定替你……”

赫顿站起：“老侯，我已经决定了，收拾一下，我今晚就走。不能跟夫人和大家道别，特别是不能再继续教我的学生英文，我会留下一封信致歉的。老侯，我真诚地希望，无论你的家今后发生什么样的事情，你都能够以你的豁达、宽容，善待每一个人。”

赫顿走出门道：“明天厂里见。”

侯久满看着赫顿出门，呆呆地跌坐在椅子里。

这夜，阿尔萨兰走入伙房。善缇正煎着中药，慌忙跪下。“姑爸爸。”

阿尔萨兰看看药锅，说道：“不用熬了，戴刀的秘方和玉姑那丫头的护理很管用。”

善缇：“还是各种法子都用用，姑爸爸好得快些。”

“善缇，近日我可能要出趟远门，这次你就不必跟着了，留在府里好生看顾老爷。”

“姑爸爸，您出门，善缇怎能不扈从左右？”

“别跟了，那牛子旬虽然口说不敢再找侯府岔子，但这狗贼多变，还得你时刻堤防。”

善缇扑通跪下：“姑爸爸，奴才离京时，皇太后曾有口谕，命奴才形影不离姑爸爸左右，姑爸爸若有半根发丝伤损，均拿奴才的脑袋抵罪，奴才委实不敢违背太后懿旨。”

“当时太后是顾虑侯久满欺负我，这些年你也看见了，这种事根本不会发生。如今，那侯久满的权责日益重大，几乎担着大清整个江南的兵工，他的身边怎能缺少你这样的人？”阿尔萨兰掏出张银票，“善缇，这么些年，你忠心耿耿，这算是大姑的一片心意。”善缇不收。

阿尔萨兰“嗯”了一声：“宫里的规矩都不懂了？”善缇双手接过银票，叩头大榭。

伙房外，木棉吃惊地看着这一切。

赫顿也在房内默默收拾着东西，他从墙上摘下那把28珠连环铳，神色复杂地抚摸着。侯久满站在赫顿窗外，默默地看着。

次日，一群市民举着纸旗在街上游行呐喊：“抵制美货——！维我华工利权——！中国人不可辱——！大清国不是好惹的——！”

阿尔萨兰惊愕地看着，木棉在其身后提着大包、小包刚买的东西。

洋行前，茱莉亚和西西拼命拦阻企图抄砸的市民：“我这里是英国的店，不是美国的，不是美国的……”

玉姑挤到前面：“这家洋行确实是英国店，你们看，‘普雷斯顿洋行’，普雷斯顿是英国的地名。”

“我们不懂洋文，只知这店名的模样与美国洋行一模一样！砸！”

市民们涌着：“砸！砸啊！”

阿尔萨兰也挤进人群：“等等，等等，这店确实是英国的，它还为皇太后的万寿办过贺礼！”

市民停住：“你们这两个婆娘是何人等？尽护着洋人讲话！”另一市民说道：“散吧，散吧，这位是枪炮局总办的大福晋，当年皇太后的宫女，想必她说的不错。去别处，去别处。”市民们看看，随即离去。

西西拉着玉姑：“谢谢！谢谢！谢谢玉姑。”茱莉亚也冲阿尔萨兰道谢。“不必，再见。”阿尔萨兰拉着玉姑走开。玉姑兴奋地挣着要到处看看。

阿尔萨兰紧拽她不放：“回府！给我回府！”

侯久满看看餐厅：“怎么就只有我们两个？”

侯夫人沉吟：“老爷，有句话，妾身不知当讲不当讲？”

“夫人讲。”

“大福晋这几日……像是有些奇怪，她不断地上街采办东西，似乎是要出远门。”

侯久满漫不经心地吃着：“这人嗜好新奇，买东西是她一大乐趣，由她。”

“可是……老爷，不是妾身拨弄是非，前几日晚上，木棉看见大福晋给了善缇一笔银子，像是在道别。”

侯久满依然漫不经心：“有这事？”

“真的。老爷自己可以看看，善缇是否有些惶惶然，坐卧不宁的样子。”

阿六走进：“老爷，夫人。”

侯夫人：“什么事，阿六？”

“回夫人，小的有件事，不敢不向老爷和夫人禀报。”

侯久满有些烦躁：“什么事？说！”

“今晨，大福晋早早地命小的去客轮码头，购买后天去天津的船票。”

侯久满怔怔，嘟囔：“后天……也是后天。”

侯夫人：“怎么，老爷？”

侯久满：“你去吧。”

“是，老爷。”阿六看看侯久满，不太情愿地离去。

侯夫人看着侯久满，默默等着。侯久满吃了一阵，说道：“后天，刀儿乘船去天津。”

侯夫人大惊：“啊？！这，这，大福晋这是想做什么？”侯久满霍地站起，走出门去。

侯久满怒冲冲走入自己房间，重重摔上门，在屋里疾步踱着。跟过来的侯夫人犹豫着，不敢进门。侯久满踱着，思忖着，看着墙上的那些兵器……猛然立住，想了想，拉开门：“夫人，进来吧。”

侯夫人走入：“老爷，您可想清楚了，侯府可不能出了什么……什么骇人听闻之事啊！”

“天要下雨，娘要嫁人，该出的事早晚会出。”

侯夫人：“这怎么行？您一个世代武门之后，怎能容忍这等羞耻？呸呸，妾身兴许猜得过分。”

“夫人不一定猜错了。”

“老爷……老爷您……到底如何打算？”

侯久满无语。侯夫人：“您可千万千万拦住此事，即便别的一切都不讲，大福晋与老爷可是皇太后亲赐婚姻啊！”

“这个，那人应该比老侯更清楚，其后果，也应比老侯更明白。”

侯夫人喃喃：“难道……大福晋真是豁出一切，拼了性命……”

“最要命的是刀儿！枪炮大业怎能为了儿女私情……老侯怎能纵放了一个顶尖人才！”

这时，阿尔萨兰敲敲门走了进来。侯久满与侯夫人一怔。

阿尔萨兰看看，平静地：“正好都在，原本只是想跟老爷一人讲的……”

“你们讲，你们讲。”侯夫人忙站起欲走。

“别走。”阿尔萨兰在椅子上坐下，捶着腿，显得异常随意：“阿六可能已经告诉你们了，过两日我想回一趟辽东。”

侯夫人忙道：“大福晋，东北那地界，日本与俄国刚刚打完大仗，地面上还没彻底消停，您这时怎么能冒入兵燹之地？”

阿尔萨兰：“自甲午始，东北一直就未曾消停，往后看，消停的日子恐更难祈望。不等了！鬼子打鬼子的仗，我省我的亲。”

侯夫人：“大福晋离家已近十年，确实早该探望额娘、阿玛，但既然已经等了这样久，为何不能再延缓几日，待地面稍稍安静一些呢？”

阿尔萨兰看看侯夫人：“侯夫人是不是想问，我为何偏偏拣着一个人也要出门的日子，急着走？”

侯夫人一下脸红，语塞。

阿尔萨兰笑笑："你看，这事我都没有怎样，侯夫人倒脸红起来。"

侯夫人几近哀求："大福晋，您不能啊……"

"好了。"侯久满打断，看着阿尔萨兰："此事，你已定了？"

"……定了。"

侯久满："这一走，会不会出什么事，你也彻彻底底地想清楚了？"

"我知道老爷所指何事，我想清楚了。"

"绝不后悔？"

"绝不！"

侯久满踱了几步："好！后日，你与刀儿一同走！"阿尔萨兰愣怔一下，惊于侯久满如此直率。

"十年不见爹娘老子，有违天纲人伦。你不惧凶险，断然踏此险途，不但是个孝女，还算得上是个烈女。刀儿赴京师等待出洋，他能护送你多远，便送多远。这些日子局里事杂，老侯脱不开身，夫人是快 60 的人，我们就都不送你了。"

侯夫人快哭出来："老爷……"

侯久满对阿尔萨兰："你回去抓紧收拾吧。"

阿尔萨兰怔怔地站起，看着侯久满，有些迟疑地走出门。

侯夫人看着阿尔萨兰走出，哭道："老爷，您怎么就这样应了？"

侯久满看着门外，良久说道："她一切都做在明处，就是走了，也算不得私奔。"

侯夫人抹着泪："您，您不稀罕这个大福晋，可您刚才还在舍不得刀儿。"

侯久满长叹一声："唉——，我说过，良儿与烟姑娘的事，已让我追悔莫及，我怎忍心刀儿再步后尘？老侯即便再是难舍刀儿，也挡不住一颗心、两条腿啊！一切全凭天数吧！"

两日后，码头上，客轮一声汽笛长鸣。

玉姑、善缇、吴丁贵将阿尔萨兰和戴刀送到码头验票口。

善缇哀伤地："姑爸爸一路小心。"

阿尔萨兰："记住我嘱咐的话。"

"奴才记着，姑爸爸放心。"

善缇冲戴刀抱拳："戴先生，拜托您看顾好大福晋。"

戴刀："知道了，善缇。"

阿尔萨兰看看玉姑，拉起玉姑的手，低声真挚地说道："谢谢你。"

玉姑："谢什么，我又不是送你，我是来送戴大哥的。"

阿尔萨兰笑笑："那也谢谢你。"

玉姑左右看看，低声道："但愿你比那个安娜的命要好一些。"

阿尔萨兰一下抱住玉姑，流下眼泪："谢谢你！好妹妹！"

善缇吃惊地看着阿尔萨兰。吴丁贵诡秘的察言观色。

玉姑拍拍阿尔萨兰："上船吧，快上船吧。"

阿尔萨兰擦着泪："玉姑，请你一定答应我一件事情。"

“什么事？”

“求求你，你别再为缠足之事，与你阿爸势若冰火了。”

玉姑怔怔：“……上船吧。”

此时，总办室，侯久满神情烦躁地翻看着簿册，翻翻停下，望着远处……

吴丁贵敲敲门走入，抱拳：“大人，小的已奉命将大福晋与戴先生送上了客轮。”

侯久满“嗯”了一声：“还好吧？”

吴丁贵看看侯久满脸色，支吾：“回大人，其他尚好，只是小的觉得……大、大福晋好像十分怪异，她与玉姑小姐依依不舍尚可理解，但她脱口管玉姑小姐叫妹妹，小的十分惊愕。”侯久满怔怔。

“还、还有，大福晋与戴先生……似乎有些……眉眼不对……”

侯久满怒道：“住口！”

吴丁贵扇了自己两个嘴巴：“小的放屁！小的放屁！”

侯久满胡乱翻着簿册，纳闷玉姑怎么也搅在了里面。

送走了阿尔萨兰，玉姑回日月堂洞，大方丈问：“玉姑娘，这么说，你将那慈禧老妖的心腹，你那额娘支走了？”

玉姑道：“大方丈，她并非是我的什么娘，也说不上故意支走。”

“怎么，你不是顾忌她与衙门勾串，监视你的行止，有意支走的她？”

“此事只是玉姑家事，我所禀报的，是清廷出洋人员汇集的日子。”

大方丈微微点头：“难得你家事、国事分得这样清，好一个有情有义的侠女。”玉姑看着大方丈，不知是夸是讽。

夏日的颐和园湖边，慈禧与光绪走着：“皇上，出洋的五位大臣，尽是热衷立宪的人物，是不是该添一、两个持重老臣，回来禀报时也好公允些？”

光绪：“就这么几人，已闹得库帑窘困，再加人，恐怕……”

“是啊，偌大国家，出去几个人，居然盘缠都捉襟见肘。也好，先走一批试试水，下一拨再走几个老的。”

“皇阿玛，离出洋还有些时日，为何如此之早地将那些随从汇集北京？”

慈禧：“让这些随从在京师大学堂先蹲蹲，好好温习温习三纲五常，人臣之道。省得出去吃几日洋面包，忘了姓什么。”光绪看看慈禧，冷笑了一下。

“知道吗？这随员里，侯久满将那个犯臣之后戴刀也塞了进来。这猴子数次向吏部举荐此人，都被我挡了，竟然仍旧犟头犟脑，还敢放此人出洋！”

“戴刀精于枪炮，屡有发明，即使祖上有过，也已过去了一百八余年，皇阿玛似不必多虑。”

慈禧：“我岂不懂得用人一技之长？我是被那猴子不时搔挠得又痒又疼，又疼又痒，整个的哭笑不得。你说他皮得能解闷儿吧？可冷不丁地，他能挠你两条血道子。”

光绪看看慈禧：“说到底，皇阿玛还是爱这只猴子。”

慈禧笑道：“可不，我只是暗示了那么几句，你看，他还真就把江南大多的枪炮局拢在了一堆儿，机器还是那些机器，人还是那些人，可经猴子那么一分派，该制枪的制枪，该造炮的造炮，该做地雷的做地雷，该攒弹子的攒弹子，眼见着各家都有了起色。”

光绪：“侯久满堪比大清兵工行里的曾国藩、李鸿章。但他的难处还是不少，目下各局的枪炮多为仿制，受钢铁、机械局限，许多器件尚须进口，这恐怕就是侯久满举荐戴刀出洋的缘故。”

慈禧：“这事就听皇上的，准戴刀出洋。但皇上最好在随员中挑两个机敏些的，盯住戴刀。”

光绪蹙蹙眉：“这种事，自然还是皇阿玛亲自安排，才足以放心。”

慈禧瞥了光绪一眼，喊道：“李莲英。”

大海，鸥鸟翻飞。

客轮船舷，戴刀、阿尔萨兰迎风远眺。阿尔萨兰满面幸福，戴刀神情复杂。“蚂蚱，你在想什么？”

“戴刀在想，侯大人明明能够猜出你我一同登船意味着什么，他为何不加拦阻？”

“……这人终究是个好人。”

“侯大人如此的胸襟豁达，那戴刀是个什么样的人呢？”

阿尔萨兰看看戴刀：“与一个彼此倾心的人逃脱无道婚姻，戴刀绝不会为此比谁渺小。”

戴刀苦笑：“理是如此，心却是乱的。”

“我知道，你愧疚于侯久满的知遇之恩，但他已经成全了我们，我们再无尽自责，岂不显得可笑？好了蚂蚱哥哥，不要再想了。”

戴刀深深吁了一口气：“你说得对，戴刀这样更显可笑。”

一对洋人情侣挽臂走过。阿尔萨兰看看，也迟疑地挽住戴刀，戴刀吓了一跳，忙推开阿尔萨兰的手。

阿尔萨兰却坚持挽住：“怕什么，现在只有大海、鸥鸟和我们两个，我们终于自由了！自由真好！”

戴刀看看阿尔萨兰，看看大海：“是啊，自由真美……真好！”

“我们在天津一下船，便换船去营口，用半日见见额娘、阿玛，然后赶紧离开，否则朝廷不见你报到，缉拿的电文肯定会追到阿玛那里。”

“这是定然。但即便我俩走脱，依你们那个老佛爷的脾气，你阿玛也难躲重罚。”

“我已想过这些，兴许太后念在阿尔萨兰多年服侍她老人家的份上，不会太过为难阿玛。”戴刀看看阿尔萨兰。

“最重的后果，也许不是阿妈、额娘被抄家褫夺……蚂蚱哥哥，你怕死吗？”

“兰儿，我知道你的意思，为自由而死，即便只有一日，也死而无憾。”阿尔萨兰紧紧搂住戴刀臂膀，望着远方……

侧后不远，化了装的阿六冷目盯着戴刀与阿尔萨兰。前一夜的一幕闪在阿六脑际。侯久满阴冷地吩咐着：“记住，阿六，那二人如若是两厢情愿，私奔到何处你都莫管。但假若戴刀尚惦念枪炮，显得犹豫，你立马丝毫不得惶惑地除掉大福晋！”

枪炮局，侯久满神情寒目巡察着，并难掩痛苦地看着远处……

入夜，卖唱女在街边唱着小曲。赫顿醉醺醺地走到了烟馆。

烟花："洋哥哥，想吸一口吗？我们这儿全是进口的上等洋药，烟花也个顶个的美艳。"

赫顿嗅了嗅鼻子，烟花挽住赫顿："多俊朗的洋哥，一看您就不是生客，进来吸一口吧。"

"我只吸烟，什么花都不要。"赫顿推开烟花的手，往门里走。

"赫顿先生！"

赫顿回头——西西瞪着一双哀伤的眼睛，正看着他。赫顿默默退出，西西上前挽住赫顿："我们走。"

西西一直架着赫顿，走到了自家的洋行。赫顿："不，不，我不买东西……"

"您醉成这样，进来喝些咖啡吧。"

西西将赫顿架入自己的房间，赫顿看看："很……很英国……"

"您躺一会儿，我马上就好。"西西将赫顿扶到床上躺下，奔到咖啡炉前。

赫顿从床头拿起本书："《罗密欧与朱丽叶》，很好，伟大的莎士比亚！但，你知道俞伯牙与钟子期吗？"

西西："这是两个中国人吗？"

赫顿满是醉意地摇头晃脑："伯牙鼓琴，钟子期听之，方鼓琴而志在高山，钟子期曰：'善哉乎鼓琴！巍巍乎若泰山。'少选之间，而志在流水，钟子期曰：'善哉乎鼓琴！洋洋乎若江河。'西西，听得懂吗？这个故事，是赞美两个男人，伟大但很凄凉的友情的。"

西西吃惊地："天哪，您说的是两位先生？我还以为是中国的罗密欧与朱丽叶呢。"

赫顿猛然恶心，蹿起奔出门："不行……不行……我得回去……"

戴刀与兴奋的阿尔萨兰走出天津港码头，身后是挑着行李的挑夫。再后面，是阿六。

阿尔萨兰："总算到天津了，我们马上办票换船吧。"

两名三十几岁的官员走近阿尔萨兰与戴刀，一个名叫杨渡声的上前问道："请问，您是戴刀戴先生吗？"戴刀和阿尔萨兰一怔。

"我是戴刀。你们……"

杨渡声抱拳："我二人是与戴先生一同出洋的随员，在此已恭候两日了，专等戴先生一同进京。"

"啊？！"戴刀与阿尔萨兰大吃一惊。

二十四

颐和园的花圃里，慈禧端着瓢，撒着玉米喂鸡。隆裕与欢闹的宫女于四处草窠搜捡鸡蛋，“这有一个！”，“这儿还有一个！”，“我这个个大！”

慈禧：“这个月，谁的鸡下蛋最多？”

“回老佛爷，小宽子的蛋下得最多。”

众人大笑，叫小宽子的宫女追打回话的宫女：“死妮子，你才下蛋最多！”

慈禧笑着：“皇后的那只大肥婆呢？”

隆裕阴着脸：“姑母您还问呢，喜子也不知得罪了谁，我那只肥婆下的蛋，总被捡到别人的鸡窝。”

“你怎么知道？”

“这个月，肥婆的窝里才捡了 11 个蛋，可别的窝时常……”

李莲英走来：“老佛爷，大姑阿尔萨兰到了天津，请旨进宫，看望老佛爷。”

慈禧：“噢？她怎么突然到了天津？在广州时为何不请旨？”

李莲英：“奴才暂且不知。”

京师驿馆，两辆马车在门前停住。阿尔萨兰沮丧地从第一辆车下来。戴刀与二位官员从后面车上走下，拱拱手：“二位仁兄，小弟先送侯总办的大福晋住下，片刻就回。”戴刀提着阿尔萨兰的行李进门，二官员神色微妙地看着。又一辆马车走来，阿六撩起帘子，盯视。

阿尔萨兰刚走入客房便急问：“蚂蚱哥，怎么办啊？你一进京师大学堂，是不是就出不来了？”

“此时尚难预料。但来京的这一路攀谈，你也听得出，这两个所谓接船的，明摆着是奉命监视我的人。”

阿尔萨兰气愤：“想不到这朝廷，都快过去 200 年了，还是信不过你这所谓犯臣之后！”

戴刀叹道：“这就是大清！”

“蚂蚱，恐怕阿尔萨兰也只有借口候见太后，等你找到机会溜出学堂，我们再逃了。”

戴刀：“阿尔萨兰，要是能逃，来京的路上是最好机会，打晕那二人，我们说走也就走了，可……兰儿，路上这十来天，蚂蚱一直在想：蚂蚱该这样为了小我之私，弃侯大人的枪炮于不顾吗？”

“蚂蚱！你……你变卦了不成？”

“兰儿，侯大人的枪炮不是他个人的，强兵强国，这也是我爷爷临终时，留给蚂蚱的仅有四字啊。”

“我不管！我不管！我就要在这驿馆等着，即便太后准予进宫，我也会托病待在这儿，直到见着你，一起出逃！”

阿六佯装蹲在地上捡东西，在房门外偷听着。只听戴刀说：“兰儿，我们是否再想想……”

“不听不听，阿尔萨兰好不容易走到这一步，绝不能再回广州那只猴笼！”

阿六思忖着，侯久满的叮嘱再次响在耳畔，他开始摸着腰间手枪……

“戴先生”，那两名官员走来，阿六慌忙离去。

房内，戴刀低声道：“好吧兰儿，容蚂蚱再想想，三日内，蚂蚱一定设法见你，再做商议。”

阿尔萨兰眼中溢满期冀：“蚂蚱哥哥……”

“兰儿，等着！”戴刀大步走出。阿尔萨兰含泪望着。

大河边，河水潺潺。西西挽着赫顿散步。

西西羞涩地：“赫顿先生，我能求您一件事吗？”

“请讲，西西小姐。”

“中国人抵制美货的风潮越来越凶，晚上店里没有一个男人，我和妈妈非常害怕，您能不能搬到我的家里……”

赫顿看着西西犹豫着。

“请您千万不要拒绝，我已经了解了，您在工厂睡的是办公室，连张像样的床都没有。”

赫顿：“工厂原本有座外国工程师住的小楼，但在一次事故中烧毁了。虽然我可以租房住，可是办公室里有很重要的器材，需要人看管。”

“您又不是普通的守门人，为什么要管那种事情？赫顿先生，如果您觉得不好意思，您可以花钱租我家的房子，租金您自己定。”赫顿为难地看着西西。“求求您了，您就算可怜您的同胞，您就别再推辞了。”

赫顿：“我也许有别的主意，可以帮助您。”

西西委屈地：“赫顿，我这样求您，难道我的话，就那么难懂吗？”

赫顿沉默一阵：“西西小姐，赫顿又不是一个傻瓜，您的意思我早就懂了。能在遥远的中国，遇上您这样美丽、多情的英国小姐，我的内心无比高兴，无比温暖。”

“可是，您为什么总是在拒绝我？”

赫顿迟疑：“……我……我也不知道，也许，我已经中国化了。”

西西扑到赫顿怀里：“赫顿先生，从您赞美莎士比亚的那种眼神里，我看得出来，您根本不可能彻底的中国化！您的骨髓里，永远是个地地道道的英国绅士。”

赫顿看着夕阳：“我会吗？有一个中国男人已经把我当成了他的儿子。何况，还有另一个中国男人……”

西西：“不，您根本不可能真正成为哪个中国男人的儿子，您只能是属于一个英国女人的丈夫或情人！”赫顿怔怔地看着西西。“让我帮你找回英国吧……”西西含情脉脉地盯着赫顿，轻轻地吻了赫顿一下。

赫顿愣怔片刻，突然转身，抱着一棵树干呕起来。

晚上，赫顿回枪炮局，公事房没有开灯，一个背影冲窗外坐着，身边是食盒与酒坛。突然灯亮，侯久满转过身，冲他笑笑。

侯久满："红毛，这两日阿爸天天晚上来找你喝酒，你都到哪去了？"

赫顿苦笑着走到侯久满身旁坐下，动手开启酒坛。

半个时辰不到，赫顿与侯久满就已喝得微醉。

赫顿："老侯，红毛问你一句话，你只许很严肃地说真话，而不许狡猾。"

"你问，我儿。"

"你现在的心里面，最想的是阿尔萨兰……还是戴刀？"

侯久满笑笑："你真可笑，你知道，阿爸最想的……是、是枪！是炮！"

"不不，除了枪炮，你最想的是谁？"

"除了枪炮，阿爸最想的……是它们的儿子……枪子！炮子！"

"狡猾！狡猾！你太、太狡猾……"

乐寿宫，慈禧看着折子，刚摘下花镜，李莲英马上将茶杯朝慈禧面前端了端。慈禧吹着茶，问道："怎么准了阿尔萨兰进宫，倒没见着她？"

"听说大姑路上遇了风寒，怕急着进宫，不吉利。"

"嗯，让太医给她送些好药去。"

夜，阿六潜行靠近阿尔萨兰的客房，拔出匕首，左右看看，正欲拨动门栓，驿使提着灯笼走来。阿六叹了口气，迅速离开。

白天，阿尔萨兰在房内焦急地踱着。驿使敲敲门走入："大姑，有两个日本人求见您。"

阿尔萨兰惊诧："日本人？见我？"

驿使递过名帖："是，这是他们的名帖，一个叫小村护太郎，一个叫长冈寿美。"

阿尔萨兰接过看看："找我何事？"

"下官不知。"

正说着，两个三四十岁的日本人推门直入，鞠躬问候："您好，阿尔萨兰大姑。"

阿尔萨兰皱眉："我还没请你们进来。"

小村护太郎又鞠躬："对不起，我们有十分重要的事情想拜托阿尔萨兰大姑，失礼的地方请多多原谅。"

长冈寿美也鞠着躬："实在对不起了。"

阿尔萨兰："我只是个普通妇道人家，找我何事？"

小村护太郎看看驿使。"你们谈，你们谈。"驿使知趣地退出。

小村护太郎取出一封信，双手捧着："请阿尔萨兰大姑将这封信面呈贵国皇太后。"

阿尔萨兰怔怔："这是什么？"

小村护太郎："我们知道，阿尔萨兰大姑是大清皇太后最信赖的人，并且在广州那种开放的城市，受过某些现代文明的濡染。我们诚恳拜托大姑，向皇太后陈述一个迫切的现实。"

长冈寿美：“这就是，日俄之战已在中国结束，俄国在东北的利益，即将全部转让给大日本帝国，而日本愿借这个机会，诚心诚意地帮助清国。”

阿尔萨兰疑惑：“你们日本帮助大清？”

“是的。清国经数次战败，民心已四分五裂，国力已荡然无存，清国仅仅战争赔款，就需要几十年才可能还清。而这段时间，清国国内的各种暴乱与革命，毫无疑问地会越来越严重。加上清国的统治者，只是一个小小的少数民族，二百多年前威服中国的八旗军队也早就衰败不堪。我们认为：清国的大皇帝与皇太后应早做盘算，以退为进。”小村护太郎口若悬河。阿尔萨兰瞪眼听着。

长冈寿美：“所谓以退为进，就是趁目前尚有能力，秘密将清国的残余资源全部转移至东北，皇族主动退出山海关，在我大日本帝国的帮助下，重新建立一个‘满蒙帝国’……”

“够了！你们两个异邦草贼，竟然跑到我大清国妖言蛊惑！我大清国的命，盛也好，危也罢，与日本何干？用得着尔等小丑跳梁，多嘴多舌？！”阿尔萨兰厉声说道。

小村护太郎：“阿尔萨兰大姑，听说您曾经跟一位英国教师学习，而且成绩很好，我们认为，您不该是个对外国人存有偏见的人。”

阿尔萨兰：“你们，你们怎么什么都打探？！”

长冈寿美：“对不起，我们甚至知道，阿尔萨兰大姑与一位戴先生在客轮上的某些谈话。”

阿尔萨兰将信扔在地上：“滚出去！你们休想威胁我！”

小村护太郎捡起信，神秘地：“大福晋，其实我们在清国的皇族和大臣中，已经有了很多取得共识，关系紧密的朋友。我们所以选择大福晋转交这封信，除了深信您能够直接将信递到皇太后的手里，还因为您有个对清国、对日本都至关重要的丈夫。”

长冈寿美阴笑着：“也就是说，无论为了您的国家，还是为了您住在营口的阿玛的名誉，我们都希望大福晋能愉快地转交这封信。”

阿尔萨兰怒吼：“滚！滚！”

小村护太郎将信放在桌上，深深鞠躬：“拜托了！”两人退出。一直守在门外的驿使走入：“大姑，这两个日本人来者不善，是否马上禀报朝廷？”

阿尔萨兰急步踱着，思忖着：“难道日本人真的在朝臣中建立了秘密组织？……如果进宫禀报，很可能一时半会儿出不来，而今日是与蚂蚱约好的最后一天，万一蚂蚱到了……万一蚂蚱到了……”

同他一样，宿舍内的戴刀焦灼地看着那两个官员，思忖着脱身办法。

二官员背诵着：“景公问政于孔子，孔子对曰：‘君，君；臣，臣；父，父；子，子。’公曰：‘善哉！信如君不君，臣不臣，父不父，子不子，虽有粟，吾得而食诸？’”

戴刀问道：“杨兄，王兄，你们不觉得这里蚊虫猖獗，夜里很难入睡吗？我上街买些蚊香、虫药吧？”

“这倒确实，不曾想堂堂的京师大学堂，连个蚊帐都没有。走，我陪戴兄一同上街。”戴刀看看王兄，无奈。

阿尔萨兰神情痛苦地踱着……她的脑海里，是客轮上与戴刀对自由的热切赞美；她的耳边，是两个日本人的妖言威胁。两行热泪滚出，她望着窗外，心内疾呼："蚂蚱，蚂蚱，那两个可恨的鬼子危及国家，这叫阿尔萨兰如何是好啊！"

这夜，杨渡声与王兄坐在各自床上，边摇扇子边摇头晃脑背着"子曰"。戴刀悄悄取出一个小瓶，看看上面洋文写的"迷药"二字，将药粉撒在蚊香上，然后面对墙躺在床上，用湿毛巾捂住口鼻。杨渡声、王兄背着背着，歪倒昏睡。戴刀翻身看看，溜出房间，大步飞跑在京师街头。

与此同时，阿尔萨兰在乐寿宫，忧戚地望着窗外。

光绪坐在慈禧身边，将信丢在地上："一派胡言！"

慈禧问道："阿尔萨兰，那两个东西真的说，在皇族与亲贵大臣中，有他们的同谋？"

阿尔萨兰慌忙转过身："回太后，那两个小鬼子是这样说的，至于真假，奴婢实难判断。"

慈禧："皇上，这话你信吗？"

"回皇阿玛，儿臣不信。"

"可是这两个东西的名字，我却并不陌生。这二人在三四年前，就曾游说过刘坤一、张之洞，那时的日本，还没在东北得势。"

"有这等事情？！"

慈禧："不管怎样，速命宗人府、都察院，彻底清查所有的亲贵、朝臣！"

光绪："儿臣赞同。"

"皇上去拟旨吧。"

"儿臣遵旨。"光绪跪拜完，看了阿尔萨兰一眼，离去。

慈禧也看看阿尔萨兰："阿尔萨兰，送送皇上。"

阿尔萨兰看了看慈禧，"嗻"了一声，随光绪走出。

庭院里，阿尔萨兰跟在光绪后面默默走着。李莲英在房门口看着。走出大门，阿尔萨兰跪下，低声道："皇上，奴婢不敢再送。"

光绪看她："……阿尔萨兰，过得可好？"

"奴婢……还好……"

"与侯久满，还是那个样子？"

"……是，皇上。"

"唉——"光绪叹了一声，低声叮嘱，"阿尔萨兰，此次回宫，为何到了天津才匆匆奏请，你得想妥个缘由再进去。"阿尔萨兰感动得眼泪汪汪，点点头。

"朕走了。"光绪深深地看了阿尔萨兰一眼，离去。

阿尔萨兰看着，忍不住叫道："皇上……"光绪转身。

"奴婢多谢皇上的惦记！"阿尔萨兰重重磕了一个头。

光绪看看，黯然离去，消逝在夜色中。

阿尔萨兰抹干眼泪，吁了口气，振作一下，站起身。进了房门，她佯装笑脸："老佛爷，小鬼子的信，奴婢没有多事儿给您惹祸吧？"

慈禧："什么多事儿，这样的事警觉得好！你这大姑，到底还是我满人的大姑！"

"谢老佛爷夸奖。"阿尔萨兰拆开礼盒，"老佛爷，您让奴婢日思夜想的，都有些魔怔了，这次本来是回辽东探望额娘、阿玛的，可是走到天津，看见这么个自动来风的扇子，一下就想起了老佛爷。奴婢捉摸天热了，老佛爷一准用得着它，于是就急火火地给大总管打了电报。”

礼盒里是个电风扇。阿尔萨兰故作欢欣，拔下留声机的插头，接上风扇，一股风送出，一直盯着阿尔萨兰的慈禧，顿显惊喜："……哟……哟哟，好大的风！好，好，好好……我还打算审你点儿什么来着，这下，一风吹了……好！好舒服！”

阿尔萨兰试探："老佛爷喜欢，奴婢就算没有白跑一趟。我还给额娘、阿玛买了一个，想必他们也欢喜得不行。”

慈禧瞥了阿尔萨兰一眼："怎么，刚刚到我这儿，就想走了？”

阿尔萨兰忙道："没有没有，奴婢早说过，奴婢巴不得守着老佛爷一辈子。”

慈禧笑笑："阿尔萨兰，这回，你怕是不能见你阿玛了。”

阿尔萨兰一惊："怎么……”

"'自来风'，我派人给你阿玛送去。今夜你就睡在园子里，明日一早，有外务部的人随你回广州。”

阿尔萨兰惊愕不已："……老佛爷，这是为何……”

"目下，大清百姓抵制美货的风潮愈演愈烈，偏偏此时，美国总统的女儿跑到广州，说是来旅什么游，还提出，希望有位懂洋文的女子为她做个向导，我一下便想到了你。”

阿尔萨兰："我？老佛爷，奴婢一个不谙世事的小妇人……”

"什么小妇人，妇人何称其小？！阿尔萨兰听着，那个叫艾丽斯的总统女儿，说是来玩，其实有代表美国示好之意。目下我大清无力与任何洋人撕破脸皮，你的这趟差，只准办好，不准办砸！不懂的地方，问问你的那只猴子，他有的是点子。”阿尔萨兰愣怔。

慈禧："怎么？”

阿尔萨兰跪下哀求："老佛爷……”

戴刀奔至驿馆："驿使大人，侯府的大福晋委在下办桩急事，目下事情有些进展，请大人传禀一声。”

"你来得正好，大姑傍晚进宫去了，但留有一信，说是给戴先生的。”

"什么……”戴刀，接过信，"谢大人。”

附近，阿六盯着他。

戴刀走开几步，拆开信：信封中只有一朵信纸撕成的白菊。戴刀怔怔，看看信封，撕开，信封内面写着一行字：如若不归，此生无缘。戴刀顿时潸然泪下……

此刻，颐和园内，阿尔萨兰站在窗前，亦泪流不止……

番禺墓地，门老先生的墓前，侯久满独自饮酒："大师傅，您这一走都已三年了，标下虽说制枪造炮的买卖，与您在世时不可同日而语，但离您老'强兵强国'那四字，仍旧遥遥无期。标下还没管住那个旗女，如今，她把您的孙子，都给，拐、拐走了。标下对不起您啊，大师傅……”侯久满半醉半哀，抱着墓碑哭得"呜呜”的。

侯久满放声高唱着粤剧调的《满江红》："靖康耻，犹未雪；臣子憾，何时灭。驾长车踏破、贺兰山缺。壮志饥餐胡虏肉，笑谈渴饮匈奴血……”

不远处，玉姑看着。侯久满看见，怔了一下："你，你怎么找这儿来了？"

玉姑："有人说，侯府的祖坟闹鬼。"

"……等等，还有一句。"侯久满接着唱："待从头、收拾旧山河。朝天阙。"

玉姑问道："完了？"

"完了。"侯久满起身："何事？"

玉姑拿出封电报："妹仔给你来了封电报，从皮上看，他好像去了日本。"侯久满接过电报，愣怔住了。

日本，东京郊野。随着爆炸，接连升起几股土浪。妹仔与汪精卫以及一个俄国人趴在地上。妹仔又扔出一颗炸弹，"轰"地又是一响。

俄国人拍拍妹仔，站起，说着俄语："好，好，可以了。"

"教官先生，我这还有很多不同威力的。"妹仔打开一只布袋，倒出十几颗大大小小的炸弹。

俄国人与汪精卫又慌忙趴下："小心！这是炸弹！不是番茄！不是面包！"

妹仔站着笑笑："没关系，我造的炸弹十分安全。"

俄国人重新爬起，狠狠踢了妹仔两脚："傻瓜！你这个大傻瓜！"

汪精卫问："他说什么？"

妹仔笑着："他夸我呢，说我的炸弹很棒！"

汪精卫："骗我！洋人是用脚夸人的吗？对这位专门从俄国请来的暗杀教官，你还是尊敬些。"

俄国人捡起一颗炸弹，拍着妹仔："你很了不起，这些炸弹的威力的确很大，只是尺寸太大了，不便于藏在身上。好好干，你一定会成为中国革命党的炸弹大王！"妹仔致谢。

汪精卫："他说什么？"

妹仔得意地："他这回真的在夸我，说我是炸弹大王！哈哈哈……"

附近的木屋内，有二十余人集会。

孙中山："今日到会的，除暂缺甘肃省外，全国内地17省都有代表到会。由此可见，结成全国性的革命大团体已是大势所趋！"

众鼓掌欢呼："好！好啊！"

1905年8月20日，以孙中山为革命领袖的中国同盟会在日本东京成立。

这日晚上，侯久满提着酒坛、食盒走出侯府大门。侯夫人追出："老爷，您这些日子天天吃酒，小心身子。"

侯久满："小红毛一人呆在局里，我惦着他可怜。"

一辆马车驶来，在门口停下，阿尔萨兰掀开轿帘。侯久满与侯夫人大惊。"侯夫人"，阿尔萨兰走下车，淡淡地冲侯夫人招呼一声，走上台阶。

侯久满傻傻地问道："戴、戴刀呢？"

阿尔萨兰瞥了侯久满一眼："戴刀？老爷不是要他出洋吗？"

侯久满灵醒："哦，糊涂，糊涂！你怎么回来了？"

"什么意思？我不该回来？"

"不不，又说错了，我是问，你为何这么快地就回来了？"阿尔萨兰未答，径直入门。

侯夫人兴奋地跟着："回来好！回来好！大福晋，您也不事先打个电报，府里好放放炮。"

又一辆马车奔至，阿六跳下来。侯久满嘱咐他别多讲话。

庭院里，木棉大声欢呼："大福晋回府了——！仆佣们奔来，纷纷行礼问好。善缇也奔来，打千："姑爸爸吉祥！"

阿尔萨兰拉起善缇，冷冷地看看众人："这是干什么？好像我回府是什么了不起的惊喜。"见玉姑在自己房前，正愣愣地看着她。便直走进玉姑房门，玉姑随之走入。

阿尔萨兰进门，给自己倒了杯水大口喝着。玉姑默默看着，淡淡地问："怎么回事？"

阿尔萨兰放下茶杯，神色哀痛："什么都别问，你得陪我先应趟皇差。"

"什么？"

"是不是美国总统有个女儿在广州玩耍？"

"你是说那个艾丽斯？"

"正是。"

"她早走了。"

阿尔萨兰大惊："什么？！"

玉姑得意地翻出一张报，那上面有幅漫画，画着两只乌龟抬着一个西洋女子："你看，就是因为这幅叫《乌龟抬美人》的漫画，风行广州各报，结果没有一个轿夫愿当乌龟，那个艾丽斯出门无人抬轿，生生给气跑了。"

阿尔萨兰看看报纸日期："她是何时跑的？"

"十多天了吧。"阿尔萨兰骤然色变，蹙眉愣怔。

"怎么了？"阿尔萨兰无语，默默向门外走。

玉姑："你和戴刀，为什么……"

阿尔萨兰："那幅画是不是你画的？"玉姑笑笑。

阿尔萨兰怒冲冲地走向自己房间，侯久满等疑惑地看着。

阿尔萨兰进房，"砰"地摔上门，靠在门上，瞪着眼珠拼命思索："太后命我回广州时，应该清楚艾丽斯已走，难道她是知道了我与蚂蚱的什么，故意将我赶回，甚至连辽东的额娘、阿玛，也不准我见了吗？"渐渐地，两行热泪夺眶而下……

可巧，乐寿宫内抹着厚厚花泥的慈禧仰在躺椅里，吹着电扇，猛然重重打了两个喷嚏。

阿尔萨兰深深吁了两口气，擦净眼泪走出房门。庭院里，只有侯久满一人还在朝她的房间张望。阿尔萨兰看了他一眼，径直走入他房内。阿尔萨兰进门坐下，侯久满跟着进门站着。

阿尔萨兰沉重地："老爷，求你马上给戴刀打个电报，问问他是否无事？"

侯久满："……出了什么事？"

"我怕太后气恨他。"

侯久满看看她："你二人走时，我便托了庆王，无论是你还是戴刀，有什么事情都请他关照。此时没有消息，想必戴刀不会有事。"

阿尔萨兰看看侯久满："谢谢老爷。"

"不必。你是不是没回辽东？"阿尔萨兰默默点头。

"离家十来年了，即便有天大的事，也该回去见见额娘、阿玛……"

阿尔萨兰突然含泪叫道："侯久满！你是不是与阿尔萨兰颠倒了角色，如今你倒做了太后眼线，是你向太后密报了阿尔萨兰与戴刀同行的事？！"

"老侯刚刚讲过，我只与庆王爷通过消息。即便与庆王，老侯也绝不可能有半句涉及……涉及你与刀儿别的什么。"

"那你说是谁？！是谁向太后密报，连阿尔萨兰归省额娘、阿玛的权利也给剥夺了？！"

侯久满瞪大了眼睛："难道，难道你是被太后有意……"

"是！是！我是被太后有意撵回你的猴笼的！"

"有、有人密报？"侯久满瞪眼思忖片刻，忽然想起总办室内，吴丁贵送走戴刀与阿尔萨兰后的禀报：大福晋与戴先生似乎眉眼不对。"难道是他？"侯久满自语。

阿尔萨兰泪水横流："侯久满！假如密告的不是你，我更要问你！此事的前前后后，你什么都清楚！什么都知道！可你为何还要对我如此宽纵？！制枪造炮，你是个寸权必夺的总办，命都不要的男人！难道在儿女之事上，你却真的愿意做个甘戴绿帽子的懦夫吗？！"

侯久满一怔，看着阿尔萨兰："……老侯不清楚你在说些什么。"

"不，你清楚！你什么都清楚！你告诉我，你为什么要做这样的好人，甚至你连你的枪炮都不顾，连你的得力臂膀戴刀都放弃了！你是不是真像太后说的那样，你有的是点子，早就算出，你再宽纵，我也跑不了！再放弃，戴刀也得回来？！呜……你和太后是一样的大能人，大神仙！能将别人的一切一切，都玩于股掌……呜……"阿尔萨兰蒙住脸放声大哭，大有一泻而不可收之势。侯久满默默看着。

侯夫人、玉姑、善缇、木棉等仆佣纷纷出门，看着侯久满房间，听着阿尔萨兰的嚎啕。阿尔萨兰无所顾忌地痛哭着，侯久满坐下，默默地等待着……

次日晨，阿尔萨兰在侯久满房内伏案睡着，身上盖着一条毯子。

侯久满与侯夫人从侯夫人房间走出，看见善缇坐在侯久满房门前，抱膝睡着。侯久满叹道："真是个好奴才。"

善缇惊醒，站起："……老爷……"

侯久满："回去睡会儿，早餐让别人做。"

"谢老爷，善缇只是忧虑姑爸爸……"

"知道，知道，睡会儿去。"善缇看看房门，转身离去。

侯久满与侯夫人欲进门，门却开了，阿尔萨兰从屋里走出，理了理头发和衣裳，郑重地行了一个礼："阿尔萨兰谢过老爷，谢过侯夫人。阿尔萨兰从此往后，愿与老爷和侯夫人本本分分地过日子。"

侯久满与侯夫人默默看着阿尔萨兰走向自己房间。刚走到门口，阿尔萨兰又折回来：

“……老爷，该请皇安了。”说完，麻木地走向香堂……

1905年9月25日，北京城正阳门火车站旗帜招展。“热烈欢送五大臣出洋考察政治”的横幅前，清兵组成的军乐与民乐队各自吹打。送行人等熙熙攘攘，挥舞着写有“立宪”二字的三角纸旗。五位出洋大臣坐在肩舆上，招手致意。

戴刀被杨渡声和王兄夹着，挤向第一节车厢车门。五位大臣下了肩舆，有三人上了第一节车厢。

27岁的革命党人吴樾，仆人装束，腰上扎条红色布带，提着行李箱，摸摸怀里的东西，也向车边挤着。杨渡声看见，冲戴刀道：“戴兄，你们先上车，我见着位熟人。”

杨渡声靠近吴樾，低声道：“先生，何处人？”

吴樾看看杨渡声腰上同样的红布带，低声应：“汉人。”

“怀里有何物？”

“中国物。”

“所为何事？”

“天下事。”

两人悄悄握手。杨渡声说道：“我奉命配合行动。五大臣并不在一处，载泽、绍英、徐世昌在首车。”

吴樾沉吟片刻：“那就首车！”

车门处，戴刀回头看看杨渡声，被王兄拽上车去。

杨渡声先于吴樾上车，挤到戴刀身边，低声说：“戴兄，此节车厢人多，去后面吧。”

戴刀奇怪：“席位不是已事先安排好了吗？”

“快走。”杨渡声暗暗拽着戴刀的手，扯向后面。

吴樾走过戴刀、杨渡声，将手伸向怀内……

车站调度吹着哨，挥舞三角小旗，后面的行李车缓缓靠近，准备接轴。吴樾怒目圆睁，已将炸弹握住，刚一掏出，“咣当”两声，车厢猛然向前一冲，吴樾歪栽一下，手里的炸弹磕在椅背上，“轰”地巨响！

车窗如同火口，烈焰、碎物喷射，送行的各色人等伏地惊望，横幅破碎飘零，“立宪”纸旗残破不堪……

次夜，储秀宫狭小的暗室内，光绪沮丧地低垂着脑袋。隆裕惊恐不安。慈禧无力地问道：“五位大臣怎么样了？”

奕劻禀奏：“回太后，没什么变化，绍英伤重，载泽较轻，其他无事的三位，已回各府安歇。”

“凶手查清了吗？”

“还没有。奴才已责成步军统领衙门、顺天府尹、工巡局、督办铁路大臣等，严切查拿，彻底根究。”

“唉——”慈禧落下两颗眼泪，“不是要立宪吗？我这里还没有出门，就……就……办事何其难哪……”

与此同时直隶总督行署签押房内，袁世凯挠着脑壳望着窗外：“难啊，中国的事真是难啊！出洋这一炸，炸得皇亲国戚人人惊恐，就连太后和皇上、皇后都搬入了暗室。”

赵秉钧：“部堂大人，下走刚刚获悉，有一刺客趁乱，闯入巡抚端方府中，所幸端中丞去了宫里，躲过一劫。那刺客临走时，还故意高呼名号‘我来也’。”

袁世凯看看赵秉钧：“这情势未必不是你大显身手，飞黄腾达的机会。”

赵秉钧谦卑地：“下走已得了李莲英缉拿凶犯的密令，只待部堂大人放话。”

“拿凶自然务必尽速，但戒备森严的京师居然能出这等事情，可见保甲、工巡一套，已朽不堪用。本督早就有意奏请朝廷建立巡警部，这桩凶案你若破得利落，我保你升此要津。”

赵秉钧跪下：“下走绝不辜负大人厚望！”

“慢着，本督的话还没有说完。你真在巡警部任职之后，掌管的可不仅仅是京师的治安，所有亲贵大臣的宅邸，你处处都须严密保障。”

赵秉钧看着袁世凯阴鸷的眼睛，知其深意：“下走明白大人的意思。”

袁世凯更加隐讳：“还有，太后与皇上，关乎我大清命脉，你要更加刻意用心，确保两宫的一步一举，一行一止，均不脱护佑。”

赵秉钧惊恐不已地看着袁世凯：“……下走……下走……”

袁世凯摸了摸赵秉钧的脖梗：“听明白了吗？”

赵秉钧深深趴伏在地，浑身发抖，声音也打着颤：“下、下走，愿为袁大人化为厉鬼。”

深夜庆王府内一声爆炸，一蒙面黑衣人闪过，护弁们追赶：“刺客！刺客！”“庆王爷，我来也！”黑衣人又投下一枚炸弹，蹿上房顶。

奕劻满脸烟痕地扒着门缝叫道：“开枪！开枪！”

黑衣人奔跑在京师大街上，左右腾挪，不断向后投掷炸弹。蒙面巾掉落，原来是妹仔。清兵们追赶着，不断射击。

晨雾中。

侯久满认认真真地在香堂内三跪九拜：“吾圣母皇太后万岁万岁万万岁……”

阿尔萨兰站在万岁牌一旁闭目打瞌睡，拍着嘴，哈欠连天。

侯久满瞥了阿尔萨兰一眼，立起，再跪：“吾大清国万岁万岁万万岁！吾皇万岁万岁万万岁……”

随后入餐厅早餐。

玉姑边吃边看报笑着：“爽！爽！京师一夜之间，竟冒出几百个‘我来也’，炸得鸡飞狗跳。”

可言阴郁地：“夸大其词。这等勾当不过是个把地痞借火车站一炸，趁哄打劫。”

“不对，地痞流氓怎么可能专冲着皇亲国戚丢炸弹？何况这个叫吴樾的人，曾著有《暗杀时代》一书，他是旗帜鲜明，冲着假立宪、伪立宪去的。”

侯夫人在一旁责备玉姑。

侯久满默默吃着。阿尔萨兰一副无所谓的样子。

可言："什么假立宪，立宪尚未实行，怎知真假？这一炸只证明一条：中国久居专制，人民缺乏教养，空气稍稍自由，便会有人自尊自大，无法无天。"

玉姑："二哥，不会吧？这一炸，莫非将你又炸回了专制？"

"反正我讨厌流血，讨厌流血！"

玉姑："立宪就是假的，否则，为什么清廷惺惺作势了那么久，却连个立宪的日期都定不出来？你讨厌流血，不等于血不流，好生好死要流血，赖生赖死也要流血，还不如气壮山河地拼出个吴樾式的轰然一响，惊醒世人，激励民众！"

"玉姑，你只会蹦蹦跳跳，哪里明白多深的道理。"

玉姑夺过可言饭碗："侯可言，玉姑再也不会跟在你屁股后面问这问那了！原来你，革命也是假革命，共和也是假共和，立宪也是假立宪！"

可言夺回饭碗："你懂什么，你就是个没长脑子的瞎共和，傻革命！"

"你！"玉姑再次夺回，"你这假立宪，真保皇，二走狗！"

"你才走狗！"二人将饭碗争来抢去，终于落地摔碎。餐厅内安静下来。侯夫人惊惧看着。

正良默默蹲下，将米拨到自己碗里，继续吃着。阿尔萨兰看看正良，接着吃饭。侯久满边吃边道："吃饱了撑的！"

侯久满回屋里踱着步子，手在子弹钵里抓拿着。

饭毕，阿尔萨兰走入，径直坐下："刚才在餐桌，为何不喝止你那个丫头？"

侯久满看看她："你为什么不喝止？你不是已与玉姑相处甚好了吗？何况，言儿早已是你嗣子。"

"他还没随我的姓呢。再说，你也听得出，侯可言不过一介狂生，全是嘴上功夫。"

"老侯原本是想教训几句的，可又打算听听你如何说法，不曾想，你一言不发。"

阿尔萨兰："我能说什么？这侯府，老爷时不时地不守规矩，挣着造反的银子，小的时不时放言无忌，造反之声频频发作，我的眼睛早已见怪不怪，耳朵也早就生了趼子。"

"好了，玉姑的事，老侯自要拿出办法。目下有桩大事我尚未想好，待想好了，自会找你商议。"阿尔萨兰看侯久满一眼，走出门。

侯久满继续抓拿着子弹。

二十五

京师大学堂宿舍内，戴刀仰在床上，看着杨渡声，思忖着。杨渡声和王兄捧读教材：“上谕：方今时局艰难，百端待理。朝廷屡下明诏，力图变法……”

“各位大人，读书呢？”便装的赵秉钧拱拱手，带着穿警服的邢队官走入。

戴刀一惊，坐起：“你？”

赵秉钧笑着：“戴先生别来无恙啊？下走从名册上见到戴先生大名，特来拜望。”

邢队官道：“赵大人目下是新成立的巡警部右侍郎……”

赵秉钧打断邢队官：“在各位才俊面前，下走仅一捕头而已。”

戴刀冷冷地：“赵大人又找我何事？”

“不不不，不是专为戴先生。各位知道，惊扰各位出洋的主犯吴樾，已经侦明。但据判，吴樾能如此顺利登上火车，应有内应。三位大人，那日登车前后，可曾发现可疑之处？”

杨渡声顿显紧张。戴刀瞥了杨渡声一眼，道：“我等三人一直走在一起，不曾见到什么。”

赵秉钧阴鸷地一一看着三人的脸：“不忙回答，不忙回答，你们三位的席位也在首车，应该看到过什么。”

王兄看着杨渡声，赵秉钧也注意地盯着杨渡声。戴刀忙拿起一本书和一条毛巾，挡住赵秉钧：“杨兄，你借我的这本书看完了，果然是本安神舒怀，养心静气的好书。”杨渡声接过毛巾擦脸擦汗。

戴刀又转头冲着王兄：“王兄，那日爆炸后，杨兄背起你，与我一同逃下车时，你看见了什么吗？”

王兄迟疑：“我……我什么都没看见啊。”

赵秉钧拍拍戴刀：“戴先生，你我是老相识，其实你们三位中若有吴樾同党，最有可能的便是你戴先生……玩笑，玩笑。下走还要去其他各房问问，不打扰了。”赵秉钧拱拱手，与邢队官走出。

王兄羡慕地：“戴兄，您与这位朝廷新宠赵大人极熟？”

“算是吧。”

王兄抱拳讨好：“方便之时，还望戴兄引见引见。”

戴刀：“王兄现在何不为他做个巡察各屋的向导？”

“正是，正是，多谢戴兄点拨。”

王兄奔出门：“赵大人，赵大人，小的为您引路……”

杨渡声长长吐了口气，戴刀递来一杯茶水。杨渡声道：“惭愧，惭愧，我被这个数日便破了无头案的鬼魅人物赵秉钧，一时给惊住了。刚才失态，多谢戴兄及时遮掩。”

戴刀看看门外，低声道：“应该表示感谢的是我，那日若非杨兄将戴刀推走，戴刀说不定……杨兄,您真的是吴大侠的……”杨渡声笑着点点头:“慈禧的人,选我监视戴兄,真是瞎了眼。但那位王兄，你要多加小心。”

戴刀抱拳：“再次谢过杨兄。杨兄，近日京师夜夜神出鬼没的‘我来也’，是否也为杨兄同仁？”

杨渡声低声:“戴兄，经多日观察，我已深知你为何是慈禧疑虑之人。你若真想报国，出洋前，我带你见见真正的‘我来也’。”

戴刀兴奋：“好啊，好啊。”

黄昏，妹仔房内，玉姑胡乱弹着钢琴。侯久满走入，听了一阵：“你弄的动静远不如妹仔弄得好听。”

玉姑一惊：“吓我一跳！”

侯久满：“你胆大如斗，还能吓得一跳？”

玉姑：“什么事？”

“刚才先去你的房间，特意看了看你的墙，还好，阿爸以为除了那个谭嗣同，你又多挂了一张男人画像。”

玉姑瞪了一眼：“那是因为还没找到。”

侯久满掏出张银票，放在琴键上。

玉姑看了看：“什么意思？”

“你不是要办报纸吗？”

玉姑怔怔：“你不怕我大放厥词，给你惹祸了？”

“你不能在广州办。去香港，去南洋，越远越好。”

“你是想把我赶得远远的？”玉姑点点头，“这侯府终于容不得我了。”

侯久满忙道：“不不，你是我侯府的神，岂能说赶？请，请，阿爸惹不起你，请你这尊大神另择净土，开坛布道。”

“也好，你我早就恩断义绝，我也早想离开这口深井铁笼。”

“你看清楚，这是张出国才能用的汇票，你如果不走，就只好委屈你，还是住在这深井铁笼，住在阿爸眼皮底下，并管住你的腿脚，管住你的嘴巴。”

玉姑拿起汇票，缓缓撕成四片：“我会走的，但近日不走，我要等妹仔回来。”玉姑昂首挺胸地出门。

侯久满怒冲冲跨进侯夫人房间:“这死妹丁真是冷热不知，软硬不吃！”侯夫人惊问。

“老侯打算办桩大事，想快刀斩麻，先将这个惹事魔头安置妥当，不想壮起胆子拍她马屁，可话未讲几句，竟弄得小魔头旧恨添了新仇！”

侯夫人听得糊糊涂涂：“老爷，您说的是不是玉姑？”

侯久满气得脸青：“除了这死妹丁，还有谁能将老侯弄得如此不堪？！”

侯久满起身去阿尔萨兰房间，阿尔萨兰做着婴儿绣鞋，见他进门。抬头看了一眼，接着做鞋。

侯久满看看阿尔萨兰手里的，再看看房里各处摆满的各色婴儿小鞋，蹙蹙眉问："你怎么总做这个？"

阿尔萨兰低着头问道："想好了？"

侯久满看看，坐下："想好了。"

"是什么了不起的大事？"

"朝廷的新政改了官制，将广东巡抚一职给废了。"

阿尔萨兰瞟了侯久满一眼："你那个巡抚不过是个虚衔，实差是粤局总办，废了就废了，算什么大事？"

"开缺巡抚的旨意中，有一句话，叮嘱老侯名分虽去，但地方事务仍须积极参赞。"

阿尔萨兰："不过是一句虚应故事的套话。"侯久满不语，望着窗外。

阿尔萨兰："怎么，你以为那话里面，还有什么金丹、蜜果藏着？"

侯久满望着窗外："玉姑那妹丁虽然满口反词，但有一言，恰是我这二年反复思忖之事。这大清仿造西法，推行新政，厂子开了不少，公司办了无数，怎么依然是个挨打乞和，见着洋人就软蛋的孬种？"

"你说为何？"

"老侯亲历甲午惨败，曾以为败在少了几门快炮，器不如人。但几经制器之艰，老侯见到的，却多是人事险恶！今日国人，蔑礼教，弃信义，背道德，有天良者无知识，有知识者无天良，或二者皆无！这等国人即便有了利器，就能胜战沙场，强兵强国吗？"

阿尔萨兰看看侯久满："你的意思，是否万事看穿，不想再做枪匠炮工了？"

"侯久满一生的性命都在枪炮二字上。我是想，与其仅仅造枪，不如连同持枪之人，一并制造！"

阿尔萨兰大惊："什么？你，你是想自练军队，枪、兵一手抓拿？"

"既然开缺旨意中有可以参赞地方事务的话，老侯何不真的参赞参赞这事务中的军务。改粤局艺徒习圃为强兵学堂，扩粤局护厂卫兵为正规新军。"

阿尔萨兰正色："这样做，你就不怕犯了太后大忌？她老人家准你江南为所欲为，可只限枪炮，你染指盐厘财政已经用了二不杀，难道你还想插手兵旅军事，用尽'三不杀'？！"

侯久满笑笑："谁知还有无第三？我老侯只想秉忠做事，顾不得脑袋搬家。"

"侯久满！我阿尔萨兰刚刚看破一切，立誓终老侯府，你又要招风揽火！"

侯久满笑道："你恐怕不仅仅是看破一切吧？老侯若说你与主子渐行渐远，可能言重，但你每日鸡叫，命老侯趴下磕头请皇安，你自己却立着闭目打哈欠，估摸万岁牌什么模样，你说不定都忘了。"阿尔萨兰一时怔住。

"老侯和你商议，除了希望你不要匆忙密报，引得太后误会，还希望你助我一臂之力。"

阿尔萨兰惊问："我能助你什么？"

"一、老侯见你与玉姑关系纾缓，希望你能带玉姑去香港走避一阵，别让她惹祸搅我做事。二、如果玉姑实在不走，望你加意看顾她的行踪，最好收了她的枪弹，莫使她有造反之言，还有造反之行。三……"

阿尔萨兰："打住！你这当老子的意思是，不让我再做太后眼线看管着你，而要命我做你的眼线，去盯着你的女儿？！”

侯久满尴尬：“别讲得那么难听，事关……”

“住口！你以为阿尔萨兰是何人等？一个专爱窥人阴私，举发密告的小人吗？”

侯久满看看阿尔萨兰：“好好，这两条你若不愿意，算老侯没讲。但第三条你无论如何不可拒绝，我的强兵堂和新军建成，也要天天向万岁牌请皇安，此等庄严大典，仍望皇家大姑主持。”

阿尔萨兰：“你……”

侯久满：“若觉辛苦，七日一请也可。”

京师茶馆雅间，杨渡声引戴刀走入：“戴兄，我们先坐，客人一会儿便到。”

茶倌递上茶谱：“二位爷，这是本店茶谱，请过目。”

杨渡声：“一壶茉莉，几样小吃，看着上。”

“得了您哪。”茶倌离去。

突然，戴刀惊得站起，妹仔走了进来。

戴刀扑过：“妹仔！”

妹仔也大惊：“……戴……戴大哥……”

杨渡声吃惊：“怎么？你们，你们认识？”

戴刀惊奇地问：“妹仔，侯大人看重你不问政治，才放你出洋，想不到你非但问了政，还问了一条志在改朝换代的政。”

妹仔放下杯子：“这也正是妹仔即便回广州，也不知如何回侯府的缘故。阿爸当年与妹仔在大牢结下生死之交，并收养妹仔，待妹仔恩重如山，可妹仔却背弃了他，甚或还会给他招致杀身之祸……”

戴刀叹道：“真是时代如此。是人，是青年，概莫能避抉择。”

杨渡声问道：“那戴兄呢？戴兄有无抉择？”妹仔亦看着戴刀。

戴刀想了想：“平心而论，戴刀因祖上缘由，加之亲见清廷无能，故乡东北为鬼子国争来夺去，胸中愤懑早就如同火山。但戴刀又是一介工匠，崇尚务实，素以实干救国为志，不喜危言盲动。”

杨渡声与妹仔对视，妹仔笑笑：“戴大哥还是妹仔心目中的那位大哥，谨厚稳健，脚踏实地。”

杨渡声：“戴兄，我等出洋的头一站是日本，实不相瞒，一到日本我就会脱离所谓考察，而投身同盟会的活动。届时你若有意，我愿为你引见孙先生，你可听听孙先生如何说法。因为孙先生本人，也曾是个实业救国论者。”

戴刀抱拳：“多谢杨兄，戴刀愿闻一切爱国教诲。”

离开阿尔萨兰房间，侯久满走到伙房门前，稍停略思，走了进来。善缇捏着花边饺子，侯久满看看，说道：“善缇，大福晋叫你。”善缇一怔。“快去，你那姑爸爸叫你。”善缇疑惑地看着侯久满，擦手离去。侯久满看着善缇背影，诡异地笑笑。

阿尔萨兰正紧蹙眉头，在屋里来回踱着。

“姑爸爸，您找奴才？”善缇进门。

阿尔萨兰一怔："……谁找你？"

善缇："老爷亲去伙房，说姑爸爸找奴才。"

阿尔萨兰怔怔："……这老猴子什么意思？！"

善缇看看阿尔萨兰："姑爸爸若无事，奴才回去了。"

"等等……"阿尔萨兰想了一阵，像是自语："我算是想明白了，生逢乱世，即便想苟且度日，也是不得安生。那猴子既然不吃打，不吃劝，莫不如跟着他折腾！"善缇疑惑。"善缇，大姑我想明白了，为家族计，为侯府计，也为朝廷计，那老侯还得继续盯着！而且要盯就盯到他的老窝去，盯着他的枪炮局！他造枪也好，练兵也罢，大姑干脆直接拽着他的老猴尾巴，亲自把持着他！"

善缇吃惊："姑爸爸，老爷他要练兵？"

庭院里，侯久满站在一棵树后，显得有些滑稽地朝着阿尔萨兰的房间窥望。

阿尔萨兰道："只是……只是阿尔萨兰已决心不再做举发密报的勾当，而且，那人的狂思谬想毕竟尚未实施……"

善缇："姑爸爸，老爷他若立志练兵，这事迟早朝野皆知，想遮掩也遮掩不住。"

阿尔萨兰看看善缇："你的意思是，晚报不如早报？"

"姑爸爸若不想让老爷闯祸，早报，等于防患于未然。姑爸爸若想支持老爷宏图，早报，等于代老爷试探了太后圣心。"

阿尔萨兰："大姑我这两层意思都有，该，该怎么办呢？"

善缇："姑爸爸，您刚才讲，老爷想举荐您做新建护军请皇安的主持，这不就是个写折子的由头？您只说请皇安之事，岂不既报告了老爷练兵企图，又暗示了老爷忠顺，请太后放心？"

阿尔萨兰看着善缇，恍然大悟："……善缇，那老猴精亲自把你诓来，莫不就是叫你来，与我商议此事的？！"善缇愣了。

侯久满离开阿尔萨兰窗边，蹑手蹑脚走向自己房间。阿六路过，奇怪地看看，低声问："老爷，您这是干吗呢？"

侯久满一惊，站住，招手命阿六走近，低声道："阿六，来得正好，代我给天津小站袁世凯的随营学堂拍个电报，就说老侯求购袁大人亲编的所有新军教范。"

阿六不解地看着他。"快去，马上就办！"

"是，老爷。"阿六犹犹豫豫地离去。

侯久满看看阿六背影，又看看阿尔萨兰房间，笑着溜回自己房间。

乾清宫，袁世凯禀奏："禀皇上，禀太后，臣袁世凯得报，粤局总办侯久满未经请旨，私下积极筹谋组建新式陆军，并创办将弁学校'强兵堂'。臣以为，此事极其荒谬，万不可为。"

慈禧蹙了蹙眉："有这事？"

光绪冷冷地看着袁世凯："这有什么不妥吗？朝廷频频下旨督促各省自练新军，侯久满行伍出身，积极响应朝廷旨意，也是顺理成章的事。"

袁世凯："禀皇上，这兵，旁人人人练得，唯独侯久满这种人练不得。侯久满身为枪炮局总办，管着制枪造炮的要津，再建军练勇，身兼总统官，那造出的精枪利炮还不尽先装备了自家？这样的人练兵，即使原本心无二想，但久而久之，也会自尊自大，另有肺肠，将兵练成了私人军伍。”

光绪：“哼，不是早已有人，将好几万吃着皇粮的新军，练成了私家走卒吗？！”

袁世凯惊惶：“臣……臣不知皇上所指何人……”

“好了。”慈禧喝止，咕哝道：“这才消停了几日？又大闹天宫。”

“皇上该知道我说的是何人。”慈禧看看光绪，然后转向朝臣：“大概这朝野上下，京师内外，无人不知当今的太后养了只猴子，又烦又爱，又恨又宠。是，广东的那个侯久满，是我百般呵护的一个能臣干将，但凡事都得有个尺度！一手抓着我的枪，还想一手拿着我的兵……”

李莲英从殿后匆匆走来，对慈禧耳语几句，从袖口取出个折子，双手捧给慈禧。慈禧看了一阵，愣怔片刻，朝众臣和光绪来回看了看，道：“刚才皇上讲得对，国家正逢多事，朝廷已多次下旨督促各省自练新军，那侯久满领悟圣心，响应朝廷，恰是忠君爱国的楷模！若各处臣工将吏都像侯久满一样，主动做事，勇于担当，我大清何愁不朝气勃发，兵强国威？”

袁世凯急忙出班：“禀太后，臣以为……”

“住口！”慈禧喝住袁世凯，“皇上说得对，你袁世凯练了六镇新军，出操时唱着‘吃皇粮，忠君事’，发饷时却喊着‘谢袁大人给饭’！当我什么都不知道吗？！”

袁世凯扑通跪下：“太……太后明鉴，那全是兵弁们随口乱喊，并非微臣专意指使啊……”

“好了！退朝！”慈禧起身离去。

光绪瞪了袁世凯一眼，走时看见慈禧落在座上的折子，正欲拿起，传来慈禧声音：“李莲英，把折子给我捡回来。”李莲英快步走回，尴尬地看看光绪，取走折子，奔回慈禧身边。光绪既无奈又愤怒地瞪视着。

出了乾清宫，慈禧绷脸走着：“那个死婢子，学我吃，学我喝，还想学我参政！”

李莲英看着慈禧脸色，小心地：“老佛爷，奴才该如何回复阿尔萨兰大姑？”

“告诉她，侯久满要她主持新建护军请皇安的仪典是桩大事！也是要事！她阿尔萨兰不但可以在粤局主持请皇安，而且侯久满的差事管得多宽，请皇安的仪典，她阿尔萨兰就可以主持得多宽！”

李莲英：“嗻。”

“但仅限于此！此事也只口谕侯久满一人，侯久满不得向其他江南各局宣布。还有，传我旨意：侯久满若练成新军，归两广总督管辖。地方有事，粤局新军可由总督衙门行令调用！”慈禧扬长而去。

入夜，阿尔萨兰与侯久满走进房间，阿尔萨兰：“老佛爷是什么意思？准我把皇安请到你能管的任何地方，又不许你跟人家打招呼。”

“这还不明白？太后是只准你做老侯的婆婆，不准你做其他枪炮总办的婆婆。你可以跟着老侯哪都走，哪都看，但只准带着大伙磕头，不准插嘴任何差事。”

阿尔萨兰怔怔：“也还不错，阿尔萨兰起码可以走出猴山，到处游山玩水。”

侯久满苦笑：“老侯真是聪明反被聪明误，自找着将侯府的一双眼睛背上了脊梁，老侯走多远，这眼线便扯多远！”

“极好，极好！”阿尔萨兰走出房门，“许你大丈夫以天下为己任，也许我大女子放眼五湖四海。”

侯久满看看：“你可想好了，你若随老侯出行，所到之处必是日行夜寝，铺床扫炕，都有人精心侍奉，太后园子里的那种事，怕是会处处上演。”阿尔萨兰在门口一下僵住。

侯久满笑笑：“我看你还是三思而后行，还是先教导老侯的那个小魔头，学会请皇安。”

树林里，玉姑纵马射击。树干上贴了许多带名人像的靶纸：假革命、假共和、假立宪、真专制、真走狗……

红旗大管事飞马奔至，抱拳禀报：“军靴，大方丈有令，后日辰正，总堂开抬（集会）！”

“知道了。”“告辞，军靴。”红旗大管事打马驰去。

阿尔萨兰走入玉姑房间，见玉姑正擦着驳壳枪。

阿尔萨兰取过枪看了看：“换枪了？”

玉姑：“川局新仿的德国毛瑟，一匣20粒子，跟吴丁贵要的。”

阿尔萨兰掂掂：“太重，不适合女子。”

玉姑夺回枪：“开放起来痛快，不像你那支勃郎宁，只能打七响。”

阿尔萨兰坐下：“丫头，成日的骑马放枪，也该腻了吧？怎么不见你再吵吵办报的事了？”玉姑敏感地看看阿尔萨兰，继续擦枪。

阿尔萨兰：“我也想开了，这世道再也不可能是一言堂了，百家争鸣，论个是非出来，大清或可找到一条新路。”玉姑抬头又看了看。

“怎么样，我与你一同去香港那样的化外之地，做个女报人？”

玉姑盯着阿尔萨兰：“你怎么和那个人一个腔调？是你招了那人的安，还是那人招了你的安？”

阿尔萨兰有些尴尬：“什么话，你那老子的官再大，也不是本朝正枝儿，如何招安得了我？我只是闲得凄惶，害怕此生浑浑噩噩，活着也像个鬼，这才想扯绊着你，一同逃出去喘喘气，撒撒野，自己放自己的生。”

“听着，玉姑哪都不去！即便要赶我出门，也烦劳过些时日！我要等人！”

阿尔萨兰问：“等谁？”

玉姑坏坏地：“既然你与戴大哥无缘私奔，那玉姑妹妹就望穿秋水，等我戴郎。”

阿尔萨兰“蓦”地站起，走出几步，又折回抓过玉姑的枪，走了出去。

玉姑追着：“你拿我的枪干什么？！还我……还我……”

阿尔萨兰奔出门：“额娘玩两天！”

海边，正良巡查着盐田。他抓了把盐看看，拈了一粒在嘴里嚼嚼：“……杂质虽然减了不少，但煤屑引卤，兴许还是不够科学。”

丙辰九十九道：“大少爷，这样的盐，已经是市面上难得的上品了。”

“上品也是粗盐，我们得尽速研制精盐。”

丙辰九十九：“做得再好再精，又有什么用？上回经绿林好汉扫掠了一通盐运衙门与盐枭厘霸，我们的盐好销了几日。可不到三个月，上下重新勾结，我们照样度日艰难。”

正良轻叹一声：“委屈恒无怨怼，好人终有善报。”丙辰九十九看着正良，无奈地摇头。

正良忽然看到远处，可言的崇拜者，那七八个青年男女，拉拉扯扯，泼泼洒洒，在海水里放胆嬉闹……

丙辰九十九愤怒地：“简直如同猪狗！”

可言被两个女子骑着埋在沙堆里，仅露着颗脑袋大声吟诵：“人之身，天之风也；身之欲，天之雨也；欲之欢，天之雷也；欢之极，天之电也！身欲欢极，风雨雷电，天之真性至伦，大道、大自然也！”

“先生说得极好！形象至极！”女子将沙子弄进了可言的耳朵和嘴巴，可言使劲掏着、啐着，女子哈哈大笑。

正良走来，拖起可言便走。

可言提着酒壶漱口：“……大哥……何事……”

正良斥责：“光天化日的，二弟，你越发地不成体统了！”

“什么狗屁体统，人，赤体而来，腐臭而去，只存天道，岂有……”

“住嘴！”正良将可言推了跟头，“看看你这样子！放浪得人畜不分！一个西西小姐，一颗吴樾炸弹，竟让你颓唐得如此不堪！”

“大哥，可言的心里苦哇！我侯可言三岁习字，五岁吟诗，天生的读书种子，百年一遇的巨擘大德，如何就被一个小小的女子弃若敝屣？大哥，当年一个疍家水鸡，闹得可言的身子大不清，如今西西一个洋女，闹得可言美好的情爱大不清啦……”可言说得委屈掉泪。

正良：“二弟，你总说志大则器大，志小则器小，你这志大盖天的人，怎么如今器小得如同筛眼针孔？”

“你别讥讽可言，丢了烟姑娘，你不一样飞走大半个魂？男人痛惜女人，圣人亦不例外……”

正良拉起可言，为其扑打沙子：“想当圣人就规规矩矩，愿做事情便兢兢业业，你我已经快到攘助阿爸枪炮、还他红利的日子了。”

可言：“什么枪炮，屠戮生灵的恶器、凶器！攘助枪炮，等同助凶杀人，毁灭天良！”

总办室内，侯久满满意地拉着新枪枪栓：“好，好，这‘五羊乙’经你一改，操作又轻便许多，好！”

“老侯，汉阳生产的山炮，我也有些设计上的改动，因此想最近去一趟武汉。”

侯久满看看赫顿：“红毛，你将图样交给别人送去，复杂的地方尽量在信上说明，近日你得留在粤局，辅佐阿爸做件大事。”

“老侯，改动设计就是大事，我是技术顾问……”

吴丁贵敲敲门走入：“大人，您叫小的？”

侯久满“嗯”了一声：“你们都坐下，认真听我说事。”

吴丁贵与赫顿对视一下，分坐两处。

"什么，你想把整个工厂改造成一支军队？让我做总教官？！"赫顿大惊

吴丁贵也不服："他做总教习，我做统领，他才打过几仗，名分还在我之上？！"

侯久满："那么，你做总统？"

吴丁贵："总统官自然是顶爷您做，小的只是不服……"

"打住！本办已再三说明，我练的是正规军旅，不是绿林土匪，再不准以顶爷称呼！"

赫顿："老侯，我实在不明白，你已经是个有很大很大权力的兵工官员，为什么突然还想，在工厂里建立军队？"

侯久满："红毛，因国内混乱，外国列强瓜分大清之势日益危重，老侯虽一介匹夫，然救国有责。广东地处沿海，时刻面临外敌入侵，老侯制枪造炮给那些贪官误国，莫不如自己有枪有兵，随时因应危急之需。"

赫顿怔怔："老侯，我是外国人，愿意跟着你为中国的军事工业和中国的强盛，贡献个人的一点儿力量，但我没兴趣跟着你打仗。"

侯久满看了看赫顿："老吴，你先出去。"吴丁贵看看赫顿，退出。

侯久满把关严门，低声道："红毛，阿爸没想让你真的当什么总教习，只是练兵事大，我不可能时时关顾，只好把你摆在高位，刻意牵制这个吴丁贵。"

赫顿大惊："怎么老侯，你不信任你用得最多的这个人？"

"粤局围绕枪图、样枪、拌药房爆炸和戴刀数次被害，阿爸心中一直怀疑身边有内鬼存在，只是苦于没有凭证，无从清理。我借练兵招摇，也有引内鬼活动之意。大清江南兵工的整合，仅剩沪局游离在外，若想再出非常举措，我得先除掉或控制这个内鬼，才好办事。"

赫顿愣怔半晌："……老侯爸爸，您知道，您的小红毛有个颅相学的业余爱好，可我量过您的头围，您的脑袋也没那么的大啊，怎么这里面，有那么多、那么多的鬼心眼儿呢？"

侯久满尴尬一阵，正颜色道："……中国人，以大头为耻。……当然，也不以狡猾为荣。"

吴丁贵出门走入枪厂电话房，看看外面，拟写电报：赵大人钧鉴：侯久满已加快筹建新式护军，名曰抵御外敌，实意尚不得知……

第二日，枪炮局大门前，赫顿、吴丁贵坐在桌边主持招兵，背后的墙上却写着"募工"二字。青年男子熙熙攘攘，吴丁贵大声叫道："听着，有意学徒做工，报效朝廷者，除出身确系良家弟子，品行诚朴，素无过犯外，尚须验体。如：身长，18 岁者限一密达五八生的以上；另外还有体重、肺量、手力、目力……"

一奇丑青年挤到前面："这位大人，学生敢问，这是在招工，还是在招兵？"

吴丁贵看看，不屑地："少问，你这等贼眉鼠眼之辈站得远远的！"

远处，玉姑好奇地看着。

赵秉钧匆匆走入行署签押房："部堂大人。"

袁世凯在批阅如山公文，抬头看了一眼："哦，赵侍郎来了。"

"大人取笑。部堂，粤局吴丁贵密报，侯久满已加快开办强兵学堂及编练军队。"

袁世凯："这事已让老袁吃了个大大的瘪子，你自己掂量着办！娘的，猿、猴本属一类，

但老袁却屡屡栽在老侯手里！”

赵秉钧：“大人……”

“得得，不听不听！倡行立宪、直隶新政，已让本督忙得不可开交。”袁世凯又看了一眼，“但是你得记着，两宫！两宫！盯紧该盯的地方！”

赵秉钧：“下走谨遵教诲。大人，还有一事禀报，各处线人急告：自吴樾谋刺五大臣之后，南北会匪以及内外乱党，蠢蠢欲动，欲借势大举。”

袁世凯放下公文，看看赵秉钧：“这倒要为朝廷，也为自个儿留心了。”

日月堂，大方丈说道：“我等同门，先烈吴樾，为遏止清廷以立宪惑民，瓦解反清斗志，以一己之身献于大道，惊天地而泣鬼神。目下，为吴先生报仇声势已在大江南北发动，京津有大刀王五，胶州有薄子明，博山有吴大洲，徐海有郭泰胜，广西有黄五肥，倾覆清廷之势，如同烈火！我等此时不与天下好汉奋起，还待何时？！老衲已同周边各堂龙头、香长互通声气，准备约期举义。今日请各位兄弟开抬，望各抒己见，共襄大事。”

香长道：“大方丈已说得明明了了，我等唯有赴火蹈刃，陷阵取将，死不旋踵！”

众人齐声：“香长之言亦我等心声，大方丈尽可用令！”

“好！老衲就铺排了……”

“等等！”玉姑叫道，“标下有话。”众人看向玉姑。

大方丈：“玉姑娘请讲。”

玉姑道：“标下赞同举事，可是本堂人众器少，更无多少管用的枪械。磨刀不误砍柴，标下建议：先取足枪炮，后蓄势发动。”

黑头不屑：“说得轻巧，军械所乃清狗把守重地，有办法去那里提枪，还联络什么其他码头，我一家就拿下了广州！”

大方丈：“黑头，让玉姑娘讲完。”

玉姑接着道：“标下亲眼得见，粤局近日以招工为名，行筹建陆军学堂和扩充守厂护军之实，我等何不趁此遣派部分会众应招入厂，伺机夺取枪库、药库？”

香长：“嗯，这倒是不错一计。”

众人：“好！好！确是好计！”

大方丈沉吟片刻：“玉姑娘，如此入厂夺枪，你就不顾及你阿爸安危？”

玉姑：“我等只取库房，并不危及那人性命。即便因此让那人丢了清廷的顶子，也未必是件坏事。”

大方丈：“玉姑娘如此深明大义，果真尽显当年刘婆老目力非凡。说句实话，老衲谋你阿爸的枪炮之心，已暗存许久。今日得此良机，只做一锤子买卖甚为可惜，莫如真选些兄弟入局操习，练成地道人才，以备大用。且人在局内，何时取枪，易如反掌。”

香长：“大方丈借水行舟，在玉姑娘的妙计上更加谋虑深远！我赞同大方丈的从长筹划！”

大方丈：“既然如此，玉姑娘，就让你带过的那支马队应招。这也是本堂最精壮伶俐的一批兄弟。你若能利用你阿爸方便，经常入厂，暗下督导则更好。”

玉姑抱拳：“标下遵命！”

大方丈："红旗大管事，蓝旗巡风听令！"

"小弟在！"坐在后排的红旗大管事与站在洞口的蓝旗巡风，至前。

"你二人乃马队正副队官，带领兄弟潜入粤局后，应谨言慎行，尽心习练，顺服玉姑娘一切使令。"

红旗大管事、蓝旗巡风三指扪心："遵命！我等对军靴早已心服口服，大方丈尽可放心！"

大方丈沉了一会儿："还有一事，老衲今日要讲，本堂遴选新的堂主早有计议，非常之时，要有非常之人掌舵，老衲郑重通告：玉姑娘虽未正式入圈本堂，但已有数件大功在籍，若再建奇勋，将以副龙头座席，过渡总堂！"

众人大惊，面面相觑。

玉姑忙道："不不不，大方丈，玉姑已经自命军靴，打清狗，倒清廷，已极为高兴，绝不想做什么龙头不龙头，堂主不堂主的。"

黑头不服："大方丈，侯玉姑虽有功劳，但毕竟未填红单（入会志愿书），既无宝（入会证书）又无腰平（会员凭票），怎可蹿升大佬？"

大方丈："护印无须多言，如今连慈禧那老妖尚知顺应时势，破除某些旧习，我等志在翻覆天下之人，怎可拘泥陈规，羁勒形式？"

"大方丈……"

"不用再讲。除香长、盟证已知此事，各位坐堂、总印、刑堂、正堂有何异议？"大方丈问道。坐堂等人，对视无语。

玉姑打马回奔，一脸兴奋。奔至侯府下马，笑着将缰绳丢给阿六："阿六，帮我牵入马棚。"

阿六奇怪："小姐什么事这么高兴？"

回到房内，玉姑兴奋得坐立不安："我就要做副龙头了！我就要做副龙头了！一个女龙头！"又撸臂挽袖："清狗老儿，标下玉姑，就要大开杀戒啦！"

阿尔萨兰推门走入："谁要大开杀戒？"

玉姑一怔："进我的房，为何不敲门？"

阿尔萨兰径自坐下："你又不是男人。"

玉姑看看："别是又来游说办报，玉姑已无兴趣趴在纸堆里了。蛤蟆的声音再大，空言也于世无补。"

"不是这事，你那阿爸要我助其狂想，入枪炮局襄赞练兵。"

玉姑大惊："什么，你也要进厂练兵？！"

阿尔萨兰："……还有谁要进厂？"

"你，你练个什么兵！你一个女人，一个婆娘，一个屋里的，一个奶奶……"

"谁奶奶？"阿尔萨兰喝道，"怎么满嘴胡吣，成天的男人装束，还真就弄得自个儿阴阳不分了！"

玉姑语塞："我……你……"

阿尔萨兰："什么你你我我的，我碍着你什么了吗？"

"不，不是碍着我了，我是说，我是说，你享着清福，当着大奶奶、大福晋，那人发了什么妖思鬼想，把你弄去练个狗屁的兵！”玉姑有些语无伦次，阿尔萨兰怀疑地看着她。

总办室，侯久满伏案，边翻看书堆，边写着练兵诸要。赫顿端了一碟面包，几根香肠，一瓶啤酒走进：“老侯，你还不回家？”

侯久满：“收集了一些袁世凯和我那把兄弟黎元洪的练兵操典，归纳归纳，攫其精华。”

赫顿看看，自嘲：“侯爸爸，你真是个伟大的爱国者，和你相比，我这个英国人真的很惭愧。”

侯久满抄写一阵，猛然抬头：“……什么？红毛，你刚才说什么？”

赫顿苦笑道：“没什么，你吃些东西吧。”侯久满怔怔地看着赫顿出门。

赫顿至“募工”处，赫顿监督登记，吴丁贵指挥验体。男装的玉姑与红旗大管事、蓝旗巡风等数十人分在各路验体的队伍中。

玉姑走到前面：“学生一十七岁，番禺人，取过秀才，家住石井泥城巷九号，左手四箕一斗，右手一斗四箕，保人侯大良、魏二言。”一护军记录，玉姑扭脸避开赫顿眼睛。一护军棚头查看其手，怀疑地：“怎么这般纤小，有力么？”

玉姑缩回手：“老总，有力无力，拿握力器来，试试便知。”

“难得秀才应招，记个红点。”棚头看看玉姑，“身高肯定差点儿，测胸围去吧。老四，给这位秀才让个先。”

玉姑被推到测胸围的队首，叫老四的用皮尺量着，玉姑脸红忸怩，老四：“躲什么躲？抬高胳膊！……咦，个子不高，胸却不小……”

玉姑：“合格便成，讲那么多作甚？！下一项是否该吹肺量器了？”

吴丁贵注意到玉姑，吃了一惊，扯住玉姑袖子走向一边。僻静处，吴丁贵抱拳低声：“小姐，恕小的拉扯不敬，但小姐这游戏也玩得太大了些。”

玉姑：“吴丁贵！别坏我大事！”

赫顿也笑着走过来：“玉姑小姐，你也想当工人？”

玉姑：“什么工人！”

吴丁贵：“请小姐赶快回府，这玩笑莫张扬大了，有碍侯大人体面。”“不回！不论你们是招工、招兵，章程上又没写专招男子，我堂堂正正应试，碍着谁了？！”

“这还用写吗？自古以来，除了长毛的广西大脚蛮婆，营里哪有招纳女兵的？”

“怎么没有，佘太君、穆桂英、梁红玉……”

“小姐，你阿爸姓侯，又不是姓佘、姓穆……”

赫顿道：“我看可以收下，玉姑小姐的性格坚强，尤其枪法，没有几个男人能超得过。”

吴丁贵：“她有一手枪法，她还有一双小脚呢！她能跑操、搏击、行军吗？”

“吴丁贵！”玉姑横眉怒目，“敢提本姑娘脚上的事，不要狗命了你？！”

吴丁贵忙抱拳：“小姐息怒，小的一时忘了玉姑小姐的禁忌。”

得知玉姑应招，侯久满既气又无奈，对着玉姑道：“小祖宗，大祸精，你……你跑到我的大门前出我洋相，搅我大事，你眼中没有我这个阿爸，总该还有个尊长吧？总该顾及顾及我这总办，在几千号司事、工匠前的颜面吧？！”

玉姑道："女子当兵又不是丑事，自古就有木兰从军。当然，我不是代你从军，我是闲得无事。"

"滚回府去！再在我这里胡搅蛮缠，我就……"

玉姑："你就怎样？你还能将玉姑的一双手，缠成小手？！"侯久满气得无语。

玉姑道："告诉你，不让我在粤局当兵也行，反正广州城依照练兵公所督令，正在建办陆军小学，我去那里报名便是。"

"胡闹！你还想将我这张老脸，丢得整个广州人人耻笑吗？！"

门外，赫顿笑着，吴丁贵愣着，听着门内的争吵。

玉姑："男女平权，谁爱笑谁笑！"

"混，混……"

玉姑嚷道："你敢骂我不成？！"

侯久满："我……我……我哪还敢骂你！"

是夜，侯夫人房内，侯久满气哼哼地满地乱走。阿尔萨兰笑眯眯地看着。侯夫人愁容满面："唉——，这玉姑是不是个男子错投了胎哟——"

侯久满吼道："打，打不得！骂，骂不得！赶，赶不走！留，留得日日鸡犬不宁！逼得老子只剩下一条路可走！我杀了这孽障！"

侯夫人："这也只是气话，要杀，老爷早就杀了。"

"老侯我真是痛悔莫及，当年何苦非要缠她那双破脚！缠得如同造了颗炸弹，终身挂在老侯命上！"阿尔萨兰哈哈大笑。

侯久满："有何可笑？！"

阿尔萨兰："我今日才知，小小女子也可使老大的男人计穷智短，无可奈何！好痛快！哈哈哈……"

侯久满："笑！笑！你又不是不知，这小小女子早晚怕是会造反的！"

阿尔萨兰："造反当然不行，但一个女子敢作敢为，能为我等女辈大张生气，也是桩快事！我乐得看见这丫头为考学兵，闹得全城沸腾！"

"你！"

"侯夫人，我回去歇了，明日再来你房内闲聊。"阿尔萨兰甩甩摆摆走到门口，站住看着侯久满："你也不想想，这丫头性如野马，今儿个自愿钻入兵营那种铁桶，又在你的眼皮儿底下，你不正可军法、军规地牢牢拴着？这不比纵着她，满天下狂奔疯跑要强得多？"

侯久满看着阿尔萨兰出门，愣怔良久。侯夫人："大福晋兴许讲得有些道理。"

院子里玉姑坐在花坛旁，一边吃着东西，一边看着侯夫人房间。

阿尔萨兰走过来："你可真是戏班托生的，想起一出是一出，报不办了，又想当兵了。"

玉姑将食碟递给阿尔萨兰："吃吗？"

阿尔萨兰推开："你应该规规矩矩地叫我一声额娘，谢谢我。"

"凭什么？！"

"因为我帮了你，你阿爸很可能被我说通了。"阿尔萨兰骄傲地离去，"记着，进了营，要服我主持，请皇安！”

次日晨起，阿六侍候侯久满穿着新式陆军军服，侯久满照着镜子，浑身别扭。门外传来正良声音，“阿爸可已起床？”

“良儿何事？”

正良道：“阿爸，孩儿按您去年说的日子，来还利是。”

侯久满看看正良，转向镜子看了一阵，问道：“良儿，你说阿爸穿这新军军服，可看吗？”

正良：“孩儿觉得很是神气。”

“神气个屁！简直就是半个假洋鬼子！”侯久满飞速扒掉军服：“良儿，去花厅等我。”

正良走出房门，将沐浴完路过的阿尔萨兰撞了个趔趄。出水芙蓉般的阿尔萨兰，令正良看了一眼即慌忙扭脸：“额、额娘。”

“也不看着点儿！”

“对不起，额娘。”

“什么事，慌慌张张的！”

“没、没什么，阿爸叫孩儿去花厅等他。”

阿尔萨兰：“大男人，挺胸走路，不要低头乱拱！”正良：“是，额娘。”

阿尔萨兰梳着湿淋淋的头发：“这点尚可，就你知道称呼额娘，去吧。”

“哎。”正良快步走向花厅。

阿尔萨兰走进自己房间，看着迎面墙上那个大大的“囍”字，轻叹一声，默默对着镜子梳妆。

不一会儿，侯久满走入花厅，正良掏出银票，恭恭敬敬捧放在侯久满身边的桌上。侯久满看了一眼：“良儿，其实，阿爸已经借了你农场的银子，你用不着再还阿爸的什么利是。”

正良笃实地：“阿爸，枪炮局的借款已经还了大半，一码是一码。”

侯久满问道：“我儿的农场，办得还顺利吧？”

“回阿爸，孩儿的农场办得尚可。”

“好。良儿是个敦朴之人，做事想必扎实。那个言儿，怎么没有与你一起回来？”

“二弟……二弟他兴许有什么事情绊住了。”

“良儿啊……”侯久满反复清嗓子，显得有些犹豫：“你回来的正好，阿爸其实，阿爸其实……”

正良：“阿爸有事，尽请吩咐。”

侯久满又清清嗓子：“阿爸其实还想跟我儿借些银子。”

“阿爸操办军事学堂和练兵，造枪炮的银子又不好擅动，我想，你不是正在筹建纺纱、染织等工厂吗，反正这两个月是台风季节，你可以跟股东们解释解释，缓一缓。”

正良为难地：“阿爸，毕竟上次的借款还未还清，农场在洋人银行的贷款也快到期了。这，再大宗地挪用股银……孩儿实在为难。”

侯久满掏出一信：“阿爸也不是光知道刮剥我儿，你看，这是阿爸从庆王爷那儿，为你的盐垦讨来的一些减税优惠，我儿可拿此信向股东们作保。”

正良哭笑不得："阿爸，这么一封信，顶多能吓住股东，堵堵他们的嘴，但抵不得银子用啊。"

侯久满："横竖阿爸的兵已经招得差不多了，总不能叫上千号人不吃不喝，光着屁股操练。"

"阿爸……"

侯久满瞪眼："嗯？！"

正良垂下脑袋："……良儿照阿爸的意思办。"

"阿爸，我还银子来了！"可言大喇喇地进门，"大哥，你也不等等我。"可言将银票放在桌上："阿爸，要不要多还您一点儿？"

侯久满冷着脸："你种烟、贩烟，这银票上都一股烟味儿，我没腾出工夫教训你，已是你的便宜，谁要你的臭钱？！拿走！"

可言愣怔："阿爸，您……您不是也在海上劫烟，贩烟吗？"

"放屁！我那是劫洋人销往中国的烟，贩也贩回了原地！你个逆子，窝里作孽，戕害同胞，怎可与老子攀扯相比？！拿走！别弄脏我的桌子！"侯久满用水烟袋将银票扫到地上。

可言怔怔捡起银票："您不要，我给阿妈送去。孩儿也不光贩烟，还做着其他许多买卖。"

"贼娘，老子不要，这侯府还有谁敢……"侯久满突然双目圆睁，看着门口："……妹仔？！"

妹仔笑眯眯地站在门口喊了声："阿爸。"

正良、可言惊喜地一同喊起来。侯久满扑过去紧紧抱住妹仔，激动得流出了眼泪："妹仔！妹仔！阿爸的好妹仔，叫阿爸生生想得好苦……"

"阿爸……阿爸，您坐下……"妹仔亦激动含泪，抱了一阵，扶开侯久满，跪下磕头："阿爸，您的妹仔回家了！"

侯久满拉着妹仔："快起，快起，我的好儿……"

"阿爸。"妹仔站起时，身上滑出一样东西，滚了好远——是颗炸弹！

侯久满、正良、可言看着大惊，侯久满："妹仔我儿，你的身上怎么藏着这种东西？"

玉姑冲出房门，奔向花厅，扑扑跌跌地喊："妹仔——，妹仔——，是妹仔回来了吗？"

侯夫人也急急出门。阿尔萨兰推开窗子问："谁？！"

玉姑扑着，喊着："妹仔——"

妹仔慌忙将炸弹塞回怀里，冲侯久满笑笑："路上尽是土匪，吓唬贼用的。"

玉姑扑进门，被门槛绊了一下，跌入妹仔怀里："妹仔！"

妹仔抱住："玉姑妹妹！"

"妹仔，你总算回来了！可算回来了！你一走，玉姑成天蹲在这冰窟窿里……"侯久满咳了两声。玉姑猛醒，离开妹仔怀抱，面色洇红："都怪这破脚，绊了一跤。"

妹仔笑着又抱住玉姑拍了拍："这一跤绊得真好。"

玉姑推开妹仔，嗔道："妹仔！"妹仔哈哈大笑。

侯夫人、阿尔萨兰先后进门，妹仔一一跪拜："阿妈，额娘。"

侯久满冲门外高叫："阿六！知会伙房好好准备，今日全府上下，一起热热闹闹为妹仔接风！哦，将妹仔的房间好好打扫打扫！……啊，还有，快把小红毛也给我接回来！"

阿六在庭院欢快地应道："知道了，老爷。"

当晚侯府上空，焰火"砰砰"飞腾，满天五彩。

"再放一个……这个，这个……"玉姑与妹仔欢笑着燃放烟花。已有醉态的侯久满与侯夫人、阿尔萨兰、赫顿及仆佣们笑看着。唯有善缇神色哀伤，独自坐在远处。

侯久满："好了，好了，别放了，妹仔回府，还没陪阿爸好好说话。"

"好！走，阿爸……"妹仔搀住侯久满。

玉姑嚷道："妹仔，去阿妈房间。"

侯久满："不不，去阿爸房间。"

"去阿妈房间！"

"去阿爸房间！"

"去阿妈房间！"

"去阿爸房间！"

"好好，就去阿爸房间。"妹仔搀着侯久满走着，玉姑紧跟后面。

侯久满："就妹仔一人，去阿爸那儿。"

玉姑大胆挽住妹仔："为何？我偏去！"

侯久满看看，拨开玉姑的手："成、成何体统！"

阿尔萨兰、侯夫人等笑看着三人走入房门。

日本，东京郊外。杨渡声将戴刀送出木屋。戴刀抱拳："杨兄留步，方才听了孙先生一席话，如甘露入心，醍醐灌顶，戴刀定将反复揣摩，永志不忘。"

"戴兄好走。"杨渡声目送。

汪精卫走过来，看看戴刀背影："他就是那个戴梓之后，戴刀？"

"正是。可惜啊，我试探了几次，他虽表示赞同革命，但推说侯久满有大恩于他，不想祸及侯府，仍无加入我等的意思。"杨渡声叹息道。

汪精卫："这样的枪炮大才，过来是骨干，不过来，很可能是祸害。"

杨渡声惊愕："兆铭兄，你这暗杀部的，可千万别盯错了人物。孙先生讲：戴刀这样的人，与妹仔一样，往往头脑清醒，人格独立，一旦抉择，必然是最坚定的革命骨干。"

汪精卫看着戴刀背影，冷冷地："但愿如此。他若执迷不悟，身边的妹仔也会灭了他！"

二十六

走入侯久满房门，妹仔问："阿爸是躺着，还是坐着？"

"靠着，靠着。"妹仔扶侯久满靠在床头，涮湿毛巾为侯久满擦擦脸，接着倒茶。

侯久满问道："妹仔，为何不早日回来，要绕道日本？"

妹仔想了一下："……妹仔想到处看看，多走一国是一国。"

"我儿贪奇好玩之心，终是不变。妹仔，你回来得正好，如今阿爸的粤局不但制枪造炮，还练兵习武，你就进阿爸的强兵堂，做个教习吧！"玉姑兴奋地，"对了妹仔，枪炮局正在招兵买马，我们俩一同当兵吃粮吧！"

妹仔吃惊："什么？粤局招兵？……你也当兵？"

玉姑："正是！妹仔，你可是见过世面的人了，不许跟着顽梗老朽，张口反对！"

妹仔笑道："玉姑，你真是一丝未变，还是个女顽童，想做什么，做什么。"

玉姑："就这样定了，你我一起当兵！"

侯久满："你的事另说！阿爸在问妹仔。"

玉姑："什么另说，你若不同意，我就拉着妹仔报考陆小！"

"你敢！妹仔好不容易回来……"

玉姑不管不顾："妹仔，广州原来的那个武备学堂，近日改成了陆军小学，首批招生八十，廪生、秀才优先入选，留过洋的还可以……"

"住口！"侯久满道，"我……我简直拿你无可奈何！罢罢罢！老子就招你这个女学兵！"

玉姑不屑："不，我不当学兵，我要做学长！按你们的章程，学长为学生领袖，有带领操习，劝善规过，管束纪律之责，我和还可以独住一间斋室。"

侯久满："教习以上才有单独斋舍，谁说学长可以特殊？"

"怎么，你还想让我与那些日日汗臭熏天的男子，同处一室吗？"

侯久满愣愣："……好好好，一切由你！一切由你！"

玉姑："女人总有些自己的事，特别是你弄残了我的这双脚，我得自选课目，随时可以离队。"

"……更是随你！更是随你！"

"还有……"

"住口！再有，你自己办所女军学堂去！"

侯久满转向妹仔："我儿，阿爸问的话，你还没有作答。"

"阿爸，"妹仔神情复杂，颇显为难，掏出张银票捧于床头。

侯久满一愣："这是什么？"

"阿爸，妹仔在美国注册了一项专利，得了不少银子。阿爸助我出洋，待妹仔远胜亲子，妹仔无以回报……"

侯久满大惊："怎么……怎么……你这是要跟阿爸结账……"

"不不不，阿爸，千万不要误会！妹仔不知如何，才能跟阿爸说得清楚……"

玉姑："你怎么了，妹仔？"

妹仔横了横心，说道："阿爸，妹仔与朋友计划在广州开办一家味素厂，初建事繁，妹仔不但不能入粤局帮衬阿爸，在侯府也只能住今日一晚……"

侯久满震惊下床："什么？什么？！你……你只是回来一天？！"

"……阿爸，玉姑，妹仔会时常回来……"

"妹仔！"侯久满痛心地抓住妹仔，"我儿，难道你出洋出得薄情寡义了？"

妹仔跪下："阿爸，您的大恩大德，妹仔铭肌镂骨，怎敢薄情？妹仔确实是有万难抉择的事啊！"

侯久满沉默良久，扶起妹仔："我儿终究是长大了。妹仔，不管你有多难的事，切莫忘了，你与阿爸一同蹲过死牢，差点儿共赴黄泉，切莫看轻了你与阿爸过命的情分。"

妹仔含泪道："这一切，妹仔绝不敢忘记。阿爸……妹仔实在难以讲清……"

"今夜就这样吧，我儿好生歇息。"

"妹仔先服侍阿爸躺下……"妹仔扶侯久满坐在床边，为其脱鞋，洗脚……

玉姑默默看着。

戴刀房内，赫顿正抚弄着戴刀的设计工具。阿尔萨兰走进，默默看着。赫顿浑然不觉。

"赫顿老师。"

赫顿一惊："哦，阿尔萨兰夫人。"

阿尔萨兰坐下："想不到，洋人也如此厚重友情。"

赫顿放好东西："哦，这不奇怪。"

阿尔萨兰："他给你来过信吗？"

赫顿看看阿尔萨兰："来过，戴刀给老侯也写了信，怎么，没有给……"阿尔萨兰看着赫顿。赫顿："哦，对不起，对不起。……不过，阿尔萨兰夫人，请原谅我的冒昧，我一直想问，您和戴刀一起去北方，为什么没有……"

阿尔萨兰："没有私奔是吗？"赫顿尴尬："……对不起。"

阿尔萨兰："你是他最好的朋友，你应该想得到。他……他有比女人更重要的事。"

赫顿神情复杂地点点头，沉默一阵："夫人，您想要赫顿做些什么吗？"

"赫顿老师，我早想见你，讲一句话。正好借这个机会说吧。

"赫顿，我想请你：好好地照顾戴刀，关心他的一切，护佑他的一切，做他一生一世的忠实朋友。"

赫顿怔怔："……夫人，你们，还有机会……"阿尔萨兰叹了口气："不，不可能了，那么好的机会都没走成，我相信这是命中注定。阿尔萨兰和戴刀，鬼使神差地，都永远离不开那个叫侯久满的人了。这家伙如若是个恶棍、混蛋，或许还能成全我们，可他偏偏不是。他于国于家，于公于私，偏偏是个大能人、大善人！我与戴刀非但走不出这个家伙的影子，而且……而且，连做正常的男女同乡，都不可能像过去那样问心无愧，坦坦荡荡了。”阿尔萨兰默默擦泪，“……这，就是我为何要拜托你，照顾戴刀的缘故。”

赫顿感动不已地看着她。

赫顿为阿尔萨兰端了杯水。

阿尔萨兰：“赫顿，你还一直没有答应我。”

赫顿庄重地举起双指：“英国人昂崔思·费迪莱克·赫顿，向上帝发誓：我愿一生做中国人戴刀的忠实朋友，永不背叛！”

“谢谢。”阿尔萨兰站起，深深鞠躬，“谢谢，赫顿老师。”

妹仔走出侯久满的房间，轻轻地带上门。

玉姑道：“妹仔，你真的不去枪炮局，也不回府里？到底发生了什么事，你连这个不是亲爹，胜似亲爹的老头，都……”

妹仔擦擦眼窝：“别问了玉姑妹妹，妹仔已是身有所许的人，确实一切都与从前不同了。”

玉姑：“怎么？你嫁了人？”

妹仔笑着推了玉姑脑袋一把：“胡说八道！”

玉姑甩着妹仔胳膊：“好妹仔，告诉我，到底是怎么回事？”

“好了玉姑，你回房去吧，妹仔还有些事情要做。”

“什么事？我跟你一块儿做。”

妹仔沉重地：“一件很重很重的事，我要见府里的一个人。”

“府里？谁？”玉姑更加困惑，“不行不行，这么神神秘秘的，我要和你一起见！”

妹仔苦笑：“我的玉姑小妹妹哎——”

玉姑拉着妹仔：“走，走，我跟你一起去！”

妹仔无奈：“好好，简直拿你没办法！……这边！”

此时，侯久满正面色严厉吩咐一个仆人：“去，叫阿六马上到我房里。”仆人应声跑去。

妹仔与玉姑走入伙房。正拔着鸭毛的善缇抬头，站起身：“三少爷，玉姑小姐。”

妹仔大步奔过去，半跪：“善缇大哥，受小弟妹仔一拜！”玉姑大惊。

善缇扶起妹仔：“三少爷何必如此。”

玉姑喃喃：“要见的人，是，是他？！”

妹仔抱拳：“大哥，妹仔回府，没有先来拜见，乞请大哥恕罪。”

善缇说道：“敬伴父母，天经地义。”

“谢善缇大哥宽谅。”妹仔从怀中掏出个红绸小包，缓缓打开，是善清的那支手枪。妹仔重新跪下，双手托枪过顶，“这是善清大哥遗物。善清大哥为昭清白，正是用此枪自绝。”

善缇看着枪，倏然泪下……玉姑震惊不已。

妹仔激愤地：“洋鬼子在警察局用尽毒刑，百般残害，也未使善清大哥招认诬陷！善清大哥自裁之前，曾声泪俱下，命妹仔回国见到善缇大哥后，要字字说清，他善清绝无做过半点有辱大清祖宗的事！”

善缇接过枪，抚摸一阵，蒙面痛哭：“……小弟——！”

玉姑：“……那个被诬害的武官，难道真的是……真的是……”妹仔点点头。玉姑含泪拍抚善缇：“……善缇大哥节哀……”

“天杀的洋鬼子——！”善缇怒吼。

妹仔愤怒地：“方才妹仔遵善清之命转诉原话，但妹仔却不敢与善清大哥志气想通！因为，一味苟且，见死不顾，致使善清丧命的，正是软弱不堪的朝廷！是朝廷在关乎国家荣辱的大是大非面前，连自己的使节都弃之不保，才使得善清身心俱寒，走了自裁之路！”

善缇抬起泪眼。

玉姑咬牙切齿：“没错！就是这个腐朽、黑暗的朝廷做缩头乌龟，才害了善清武官！”

善缇擦擦泪，抱拳：“善缇多谢三少爷代转小弟遗物、遗言。”

妹仔：“善缇大哥，实话相告，正是善清之死令妹仔目明心亮，立誓做番大事，为善清复仇！”

善缇道：“三少爷，玉姑小姐，你二人的真挚情意，善缇感怀在心，但激愤之言冲犯朝廷，还望少爷、小姐谨慎为好。千万莫因年韶气盛，失言惹祸，反而辜负了善清的在天之灵。”妹仔与玉姑面面相觑。

善缇：“善缇如实禀告，我弟善清结识少爷，乃是秉承姑爸爸之命，照护三少爷在美国的行止。”

妹仔和玉姑大惊：“什么？！”

“姑爸爸喜欢三少爷，也忧虑少爷贪玩出事，于是命我嘱托了善清。”

玉姑：“你为何不早讲此事？”

“姑爸爸不让讲。玉姑小姐，我姑爸爸真心实意视侯府上下为至亲，做了许多善事，但望小姐、少爷以诚对诚，善待我家姑爸爸。”善缇抱拳一躬。玉姑、妹仔惊愕不已。

阿六疾步走进侯久满房间：“老爷，您叫小的？”

“关好门。”阿六关门前，看看外面左右。

侯久满低声道：“听着阿六，玉姑小姐要入粤局当兵，闹得不但出格，而且令人生疑。前一阵以为大福晋主动关照她，是件好事，现在看，大福晋与小姐日渐亲近虽好，但难免宽纵，还是你多加注意着玉姑。”

“是，老爷。”

“还有……还有妹仔……”侯久满显得犹豫。

阿六惊愕：“三少爷怎么了，老爷？”

侯久满迟疑地挥了挥手：“……算了，算了。”

次日枪炮局，强兵堂讲堂内，万岁牌在前，阿尔萨兰在侧，侯久满、吴丁贵为首，与学兵们三叩九拜：“吾大清国万岁万岁万万岁！吾皇万岁万岁万万岁！吾皇太后万岁万岁万万岁……”

赫顿站在侯久满另一侧，只是随之不断鞠躬。

讲堂门外，穿着军服女扮男装的玉姑靠墙坐地上，以书为扇，扇着凉。

礼毕，侯久满正色高声："现宣读我强兵堂训词：今日世界，乃竞存之世界，强者存，弱者亡，欲转弱为强，唯有尚武一策。盖非武无以立国，非武无以立家，非武无以立身……"

枪炮局操场，侯久满举着崭新步枪："这是我粤局研制的最新兵枪，枪重7斤2两，全长4尺5分，内径2分4厘2毫4丝，来福线6条。子重3钱7分，致远2100码。此枪造法坚致，开关便捷，还配有枪刺。阵仗之际，兵士携带子盒，可随手更替，连珠施放。你等诸生，为我大清首批持有此枪的军人，应倍觉自豪，格外珍爱！"

学兵们齐吼："谨遵总统大人教诲！"

侯久满："授枪！"

排在第一位的玉姑上前，伸手抓枪，侯久满却紧攥不放。玉姑使劲拽拽，侯久满瞪眼。玉姑不得不撇了一下嘴，高呼："忠君报国，视死如归！"

阿尔萨兰房内，阿尔萨兰抚看着善清的手枪："记住这笔血债！"说罢将枪还给善缇："你弟弟以死自清，可歌可泣。大姑准你半年，送善清遗物还乡，且好生侍奉你家额娘、阿玛。"

善缇："谢姑爸爸怜悯奴才。但奴才职责所在，无意回家。而且，奴才想让小弟的遗枪相伴肘腋，宰杀几个洋鬼子祭灵。"

阿尔萨兰："善缇，大姑知你秉性，此仇不报，你一生难安。这样吧，近日入夜，大姑不问你去哪，但你自己要格外小心。"

"谢姑爸爸！"

"记着，那人在粤局担着大差，尽量别给那人惹出麻烦。"

"奴才明白。"善缇打千欲离。

"等等，"阿尔萨兰道，"还有一事，大姑想要你抽空多进粤局，留心老侯与玉姑那个丫头。"

善缇不解："姑爸爸担心老爷做事过头，奴才明白。但玉姑小姐……姑爸爸不是与之和好……"

"和好不假，我喜欢那丫头为我等女人长脸、争气，但她时时出入山林，也是块心病。我保她进粤局做了花木兰，也得保她不是个钻入她阿爸肚皮里的女孙悟空。"

善缇："姑爸爸放心，奴才知道姑爸爸的意思了。"

阿尔萨兰："你若进粤局，先要谨防一人。"

善缇："请姑爸爸明示。"

"留神老侯的那个心腹，阿六。"

"阿六？"善缇愣怔。

总办室，侯久满将一本册子在桌上推推："红毛，你看看朝廷刚到的邸报，特别是仔细看看练兵处开列的各局兵弁数目与装备细节。"

赫顿看了看："……好像看不出什么，我们工厂的情况非常准确。"

侯久满："我向衙门呈报粤局新军数目时，故意少报了 365 名，装备也只讲了个大概，而真实详情，只有你、我和吴丁贵三人知道。"

赫顿恍然："啊……你在有意用这种办法，检验吴丁贵与练兵处的大官，是不是有秘密联络？"

侯久满冷笑："那个大官也在有意通过邸报告诉我老侯，别自作聪明。"

赫顿疑惑："那……那不等于把吴丁贵给卖了吗？"

"看来姓吴的已不值钱了。但那个大官也是在暗示老侯，可以透过此厮，与他私下交通。"

赫顿吃惊："什么？利用一个间谍，做你们搞阴谋的桥梁？那个，那个大官是谁？"

"练兵处就那么三个官，总办庆王爷，帮办袁世凯，襄办铁良，你说吴丁贵一个汉人兵痞，他的后台能够是谁？"

赫顿："……袁世凯？"

这日，赵秉钧面色不快，拿着邸报匆匆走入签押房："大人……部堂大人，您，您怎么能这么做？"

袁世凯埋头披阅公文，瞟了邸报一眼："本督有什么地方，不如赵大人的意了吗？"

赵秉钧跪下："大人，下走实在不明，那个吴丁贵又没出什么漏子，部堂大人为何要将他故意暴露给侯久满？如若这等行事方法，下走的那些走卒，今后还有谁肯卖命办差？"

"你以为，姓吴的在那么精的一只猴妖手下，做了几年的鬼，就没有丁点儿露馅？"赵秉钧愣怔。"听说过一句话吗？'斗不过他，就加入他。'你与那猴子耍心眼儿，耍了那么久都耍不过他，为何不拜在那猴子门下，一起耍？"

"难道，难道堂堂的袁大人，服输认败，是想送个小卒示好？"

"蠢！老袁一则是在告诉那只猴子，谁也不比谁精多少，谁也不比谁傻多少。二则是在用邸报暗示：公事，也可以私办、私了，两相便利。"

赵秉钧怔怔："那侯久满，未必如大人所愿……"

"不，只要那猴子不改张狂行事的做派，就少不了枉法犯上，就少不了要人帮他转圜遮掩，他总有求着我老袁的时候。到了那时，行事的果子咱摘着，张狂的爪子……哼哼！"袁世凯冷笑两声，继续埋头公文。赵秉钧怔怔地看着他。

总办室。赫顿问道："老侯，你会不会哪天一怒之下，杀了那个吴丁贵？"

"为何杀他？"侯久满诡异地笑笑，"你看见他额上的那道疤了吗？他曾代老侯度过一劫，老侯不能不念及他的功劳。何况兵痞对兵痞，总有些惺惺惜惺惺。"赫顿一愣。

"大人……"吴丁贵冲入，"大人，小的这个兵简直没法练！"

侯久满将邸报放入抽屉："怎么了？"

"玉姑小姐女扮男装，虽说只有小的与赫顿知晓，但这位大脾气的小姐事事特殊，惹得教习与学兵们个个侧目。"

侯久满看看吴丁贵："她虽是学长，教习为何怕她？"

“大人忘了，您为使小姐的女人事情方便，给了她一面特殊腰牌，凡人见此，均不得阻碍。于是小姐但凡遇着不爱听的课，便肚子疼痛，四处游逛。”

侯久满尴尬：“这混账东西！”

赫顿笑笑：“也没那么严重。玉姑小姐只是不爱上《四书》、《五经》的那样的修身课，逃过几次请皇安，其他的都很认真。”

“认真个屁！”吴丁贵忙向侯久满作揖，“大人，小的失口。但玉姑小姐，操场上更是实难侍候！”

吴丁贵所言不假，枪炮局操场上，玉姑蹙眉听着她根本无法应付的训练科目，教习：“今日科目：一、步操各式转进。二、刺枪劈刀格斗。三、山地奔袭战术！各堂学长带开演练！”

各排学长喊道：“二排听令：向右——转！跑步——走！”“三排听令：向左——转！跑步——走！”第一排站着不动，学兵纷纷看着排头玉姑。

玉姑十分为难：“……报告教习大人！”

教习恼火：“又是你！何事？！”

“学生腹部疼痛。”

“不是足疾就是腹痛，你身为学长，如此不能吃苦，何堪表率？！”

玉姑捂腹弯腰，并故意亮亮腰牌：“学生确实腹痛难忍。”

教习无奈摆手：“去吧，去吧，要不要叫上两人，搀你去医官室？”

“不用不用。”玉姑迅速离队。教习与学兵们忿忿看着。

此时，侯久满在屋内踱着。吴丁贵：“大人，还是劝说小姐回府吧，否则，小姐迟早惹出祸事。”

侯久满忽然站住：“老侯有个办法，能让那小东西暂且装得像个样子！”

操场上，吴丁贵宣布：“衙门邸抄有报，近日粤地周边会匪蠢动，如若事大，我等将驰援湘赣官军。各位虽是学兵，但亲历战阵，乃最好操演！”

吴丁贵丢了个眼色，教习说道：“今日科目：骑马射枪。哪位同学愿做个示范？”说着，教习与吴丁贵同时看向玉姑。玉姑怔怔。

教习点名：“第一排，学长出列！”

玉姑应了声“到”，跨出一步。

教习：“你屡屡步操敷衍，今日马操，你也足疼腹痛吗？”学兵们嗤嗤发笑。

“试试就试试！”玉姑走向马匹，跨上飞驰。玉姑挥枪射击壶靶，弹无虚发，枪枪命中，将教习看得目瞪口呆。学兵们愣怔一时，阵阵欢呼：“好——！好——！好——”

远处，侯久满毫无表情地默默看着。吴丁贵暗自沉吟：“老侯的法子果真管用，这丫头是个什么人，好生了得！”

“味素厂”楼上密室，妹仔与五六队员密议：“各位同志，今秋，中南几省大灾不断，灾民们不但得不到朝廷赈济，反而各类苛捐杂税更加如狼似虎，灾民的抗暴之心，已如干柴烈火。近日，我同盟会联络会党，计议于灾情最为严重的萍乡、醴陵、浏阳，策动举义。我等须马上赶赴湘赣，分路助阵！”

“好！”一队员道：“妹仔，只要你这‘味素厂’造的炸弹足够，我等随时用命！”

其他队员同声应道："正是！妹仔，我等听令！"

不久，在冬日的茶楼上，年长士子与年少士子各看着一份报纸，报上有三幅照片：浏阳，义军头缠白巾，手持白旗，攻打城镇；萍乡，义军高举"中华国民军南军革命先锋队"大旗，冲杀过河；醴陵，义军挥舞大刀长矛，猛虎下山。

是夜，增援的清兵在山路上匆匆赶路。

丛林后闪出妹仔等人，向为首统领抛掷炸弹……

县衙，地图前，三四官员会商战况，妹仔一脚踹开门，又连投两枚炸弹……

消息传到了乾清宫，奕劻禀奏："此次萍、醴、浏暴乱，匪势凶猛，仅数日工夫会匪啸聚三万余众，震动江南各省。遵上意，军机已督令湖广总督张之洞、两江总督端方、湖南巡抚岑春煊调集湘、鄂、赣、苏四省新军及旗兵、绿营、义勇，共五万人马前往会剿。"

光绪："兵力如若不足，速调两广、福建驻军，务求一举扑灭，莫纵匪势漫延！"

慈禧："两广、福建不可轻动！要他们慎守本职便是。但须严厉饬令张之洞等人，此次会剿绝不可丝毫悯恤！但凡匪巢、贼窝，务须彻底扑灭暴民气焰！"

奕劻："嗻！"

枪炮局，机器彻夜飞转，一片繁忙。

吴丁贵瞧着侯久满脸色探问："大人，听说衙门自己的兵不用，想调粤局的新建护军去湖南，是有此事吗？"

侯久满看着机器："那湖南的岑春煊，做过两广总督，现任总督碍着面子，不好不弄几个兵去应付应付。"

"那，为何偏用粤局……"

"是老侯主动请缨。"

"是您……"吴丁贵大惊。

侯久满："借此机会要些兵费，多造几条枪。……至于何时开拔，让强兵堂的学生，结合出野操，先朝着湖南方向运动运动。"

"大人果真精明。"吴丁贵笑道，"不过，路上若真的碰上匪情，玉姑小姐……是不是就不要去了？"

"为何不去？她现在于学兵之中，不是很有一号了吗？去！给她个临时的队官名义，让她走着最前！"吴丁贵吃了一惊。

侯久满看着机器，朝前走去。

枪库前，玉姑正拿着包蚕豆，边吃边窥视。暗处，扮成工匠的阿六，悄悄盯着她。

玉姑走到卫兵前，故意弄撒豆子，边捡边观察库门大锁。突然，一只手拍了她一下，她吓得一软，欲拔马靴里的手枪。赫顿笑着："侯玉同学，你不上晚自习，怎么在这儿？"

玉姑看看卫兵，立正："回总教习大人，本学长牙疼，刚从医官室回来！"

"牙疼？"赫顿笑笑，拿过蚕豆装进自己口袋，拉着玉姑走开几步，低声道，"我在这枪库前面，已经看见你好几回了。"

"我……本学长好奇，想知道那库里能放多少兵枪？"

赫顿："多少？多的时候一两万，少的时候，你阿爸起码也要贮备两千来支。"

玉姑吃惊："两千？那么多？！"

"这么大的兵工厂，几千支枪算什么？"

"有弹子吗？"玉姑又问。赫顿怀疑地看看玉姑。玉姑忙掏赫顿的兜："好奇，好奇，你还本学长豆子……"

阿六远远看着。另一处，也扮成工匠模样的善缇，连同阿六一起盯着。

储秀宫，光绪跟着慈禧走入宫门："皇阿玛，出使大臣回国后所上奏折，想必皇阿玛早已看过，儿臣想知道，皇阿玛如何打算？"

慈禧坐下，端起茶杯："这些洋奶灌晕了的东西，上的真是好折子，听说还是梁启超等人，帮他们捉的刀！"

"……这点儿臣倒不知。不过，这些动辄万言的折子，还是看得出载泽等奴才的忠心，与急切变政之情。比如折子里讲，这些年中国求强反而益弱，求富反而益贫，究其因，实乃效法西人之末，而不能效其根本，故不能强兵富国。"

"可目下国事不安，匪党勾连……"

光绪打断慈禧："折子里的不少见解恰有针对，比如说'专制之国任人而不任法，其国易危；立宪之国任法而不任人，故其国易安。'"

慈禧："我不是已经准予宣布仿行宪政和厘订官制了吗？"

"但毕竟只是'仿行'，不是真行。如今民情躁动，处处有揭竿斩木之势，还望皇阿玛障百川而东之，回狂澜于既倒，从速敲定大局！"

慈禧不耐烦："好了，无须饶舌，我乏累了。"

"皇阿玛……"光绪无奈地看看，跪下，"皇阿玛夜安。"

侯府，善缇在阿尔萨兰房内密报。阿尔萨兰一惊："什么？老侯要让他的丫头带队剿匪？"善缇点点头。

"好心狠的老东西，他是要直接试探试探那丫头。"

善缇："姑爸爸，要不要奴才跟着，看个究竟？"

阿尔萨兰沉吟片刻："算了，你长时间离府，老侯难免生出疑心。那丫头，自有阿六看着。"

"奴才知道了。"

白天的山路上，行军的学兵队伍中，玉姑骑在马上，东张西望着高山密林，心内想着："万一遇上大方丈他们，可就麻烦了。"

远处，阿六隐秘跟随。

侯府餐厅，桌边只坐着看报的侯久满、侯夫人和阿尔萨兰。上菜的善缇，手腕缠着纱布。阿尔萨兰看看："我说过，不用再为我专做满菜。"

"奴才只是顺手做了几个，姑爸爸慢用。"善缇转身欲走，侯久满眼睛看着报，嘴上却问着善缇："手上的伤，是怎么回事？"

善缇一惊，拉了拉袖口："回老爷，小的杀狗，不慎被咬了一口。"

侯久满："狗乃忠臣，侯府从不吃狗。"善缇一时语塞。

阿尔萨兰道："我想吃，是我让善缇杀的。"

侯久满仍看着报："满人从不吃狗。"阿尔萨兰极为尴尬。

侯久满放下报纸："报上说，近日珠江边上，常有洋人酒醉溺亡。怪事，喝多了为何全要去江边投水？……还站在这儿干嘛？今后杀狗小心点儿。"

"是，老爷。"善缇离去。阿尔萨兰看看侯久满，拿起筷子。

侯夫人关切地："老爷，听说玉姑随学堂出野操去了？"侯久满"嗯"了一声。

侯夫人："在局里，这女仔尚且难混，去野外，玉姑能行吗？"

侯久满吃着饭："她不是整日吵吵这也平权，那也自由吗？这一路，说不定会遇上会匪、乱党，我倒要看看，这祸精是跟着造反，还是从此知难而退，安守妇道。"

侯夫人大惊："什么，老爷？还会打仗？您……您是想用打仗，试探您的女儿？"

"恶疾须用猛药。再则，这也是她自己选的。她要入营，我总不好临阵又将她藏起掖着。"

阿尔萨兰冷笑："好一个忠臣，不吃狗，吃自己闺女。"

晚饭毕，回到自己房内，阿尔萨兰对善缇道："善缇，老侯可能已经有所察觉，你可以罢手了。"

善缇："姑爸爸，奴才立誓要杀一打洋鬼子为小弟复仇，现在已除了 11，还剩下一个，奴才决计专杀美国领事馆的武官！"

"不行！"阿尔萨兰低喝，"那样做太过危险，不但可能给粤局、侯府添乱，更会给朝廷招来祸事！"

"善清之死未引发任何事端，同样一个洋人武官，死了就会塌天吗？奴才这回，偏要看看朝廷如何应对。"

"善缇！你也要造反吗？！"

善缇扑通跪下："姑爸爸，恕奴才此回不能从命，奴才誓死出了这口恶气！如若真给朝廷惹了祸，奴才甘愿自赴领事馆献头！"

"善缇！"

"姑爸爸恕罪！"善缇磕头离去。

阿尔萨兰："……站住！"善缇在门前站住。

阿尔萨兰打开梳妆柜，取出自己的手枪："将这把也带上。"善缇含泪，半跪接枪。

此时，侯久满站在窗前看见：善缇离开阿尔萨兰房间，左右看看，大步走向侯府大门。他叹息一声，微微摇头。

是夜，学兵们宿营，分堆围着篝火相靠而眠。帐篷内，玉姑小心地擦洗身体。

同盟会的三个队员潜行靠近帐篷，一人掏出炸弹正要塞入，"啪"地一枪，被击中手臂，三人慌忙逃走，落地的炸弹轰然爆炸。

吴丁贵奔来，举枪乱射："还真遇上了乱党！给老子追！"学兵们跟着吴丁贵边打边追。

额角被弹片擦伤的玉姑冲出帐篷："别追……别追！寇情不明，岂不白白送死？"

学兵们站住，看着玉姑。

“就一声爆炸，定然是小股刺客，快追！”随着吴丁贵的喝吼，学兵们又跟着追赶。玉姑着急，“啊”地叫了一声，捂着额头故作晕倒。

教习回头看看：“统领大人，那个侯玉昏倒，是否留两个学兵照料？”

吴丁贵看了看，玉姑那边，唉叹一声：“算了！确实天色太黑，收队！”

吴丁贵走回帐前，将玉姑架入帐篷内，放在行军床上，低唤：“小姐……小姐……”玉姑作苏醒状……

吴丁贵：“小姐，要紧吗？小的虽屡历战阵，却不懂疗伤，但招呼医官来，您可就露馅了。”

玉姑“虚弱”地：“弄些药来，我自己处置。”

“这就好。唉——，小姐，您毁了小的立功的大好机会！”吴丁贵叹息走出。玉姑笑笑。

附近，阿六四周看看，提枪潜入夜色。

乡野客栈，妹仔向队员们秘密部署：“据线报，有两路敌情急需要我等行动。一路为：有一队粤军入湘助剿；一路为：两广总督及各国领事设宴迎迓京师来的大员。劫杀粤军统带归我，你等行刺清廷大员。”

一队员道：“妹仔，你懂洋文，便于接近洋人聚集的地方，还是我等劫杀清兵。”妹仔想想说也好。

广州西商会的晚宴上，70 岁的两广总督周馥祝词：“今夜，我总督衙门与各国驻粤领事馆官员，在此为出洋使团的广东籍随员，设酒接风，尔等顺利完成朝廷重托，又数月参与各项考察案卷的整理，甚为辛苦。本督敬各位一杯，愿各位将出使收获，付诸任所，助我清国新政，早日大成！请！”

祝词中，三名随员中的戴刀，显得心不在焉。

西商会庭院外，蒙面黑衣的善缇越墙而入。

西装革履的妹仔，走到酒会门口，对洋人侍者用英语说道：“对不起，我是总督大人的译员，大人来路上要我取件礼物，因此晚到一步。”妹仔笑着，故意亮了亮西服圆鼓鼓的内兜。

“这肯定是件奇妙的宝贝。”洋人侍者笑笑，做了个“请”的手势。

妹仔堂而皇之地走入大厅，观察一阵，走到暗处，掏出炸弹……他猛然愣住：人群中，戴刀正接受周馥敬酒。妹仔迅速将炸弹藏回兜内。此时，玻璃窗轰然破碎，蒙面善缇出现在窗台上，举双枪怒射，身穿军服的美国武官，摇摇晃晃倒在血泊中。酒会大乱，卧倒的，奔逃的，钻桌子的，哭喊声一片……

妹仔冲到戴刀面前，拽住戴刀夺门而出。戴刀惊异不已：“妹仔？你怎么在此？！”

妹仔不由分说将戴刀推到喷泉边：“戴大哥，您在此蹲一会儿，我看看那刺客是何人？”

洋兵追击善缇，善缇被堵在一块大石之后。妹仔奔近，左右看看，掏出炸弹投向洋兵，一声爆炸，洋兵四散卧伏。善缇趁机越过墙头。

妹仔跑回池边，笑笑：“没事了。”

戴刀：“怎么，刺客不是你们的人？”

“没有看清。”妹仔看着远处：“爽！爽！”妹仔拉起戴刀疾走：“戴大哥，我先送您回府。但我的事，千万别同阿爸，或任何人讲。”

“妹仔，不用送我，戴刀去枪炮局住。”

妹仔愣怔：“怎么，您不回侯府？”

戴刀嗫嚅：“戴刀……戴刀愧对侯大人……”

妹仔奇怪：“您……您也加入了我们？”

“不是。……再会，妹仔。”戴刀快步离去。

妹仔惊奇地看着。

是夜，枪炮局公事房内，赫顿画着炮图，忽然听到有人喊他，回头一看，惊喜万分。戴刀提着行李站在门口：“你好啊，老师。”

赫顿扑过去，紧紧拥抱戴刀：“我的好朋友，你终于回来了！”

戴刀被抱得不好意思，拍拍赫顿：“两个男人如此搂抱，实在是……”

赫顿有些尴尬：“哦，对不起，我以为你去了趟西方，已经习惯我们的礼节。”

戴刀看见房内有床：“怎么，你住在这儿？！”

赫顿看看戴刀手里的行李：“……怎么，你也打算住在这儿？！”

此时，侯府大门外，蒙面人奔过来左右看看，攀着棵靠墙大树翻过。片刻，左臂已残的牛子旬与一探员奔来，看看大门，问道：“看清是谁了吗？”

“回大人，看清了，是那个御前一等带刀侍卫，阿尔萨兰大姑的近身护弁，善缇。”

牛子旬凶狠地：“这下，整个侯府都攥在了本官手心！”

突然，一只大手拍在牛子旬肩头：“狗贼，你还有几只手？！”

牛子旬与探员回头一看，又一蒙面人摘下蒙布——是善缇！

牛子旬大惊：“你……你……刚才那人，是、是谁？”

与此同时，先入侯府的蒙面人走进阿尔萨兰房门，打开灯，摘下蒙布——阿尔萨兰舒了口气，解开长发，脱去黑衣……

黑暗中，侯久满坐在房内窗前，边喝茶边看着外边：不一会儿，善缇出现。善缇看看阿尔萨兰窗前灯光，匆匆离去。

侯久满缓缓站起，走到床边躺下，盖好被子，闭目入睡。

月光中，戴刀躺在公事房的桌上，望着窗台那盆已经完全枯萎的白菊枝干。他的枕边是个打开的本子，里面夹着阿尔萨兰那朵用纸撕成的白菊。

赫顿轻声探问：“戴刀，睡着了吗？”

戴刀沉了会儿：“没有。”

赫顿仰起身：“怎么可以让一个天才睡在桌上，还是我……”

“别再推让了，赫顿。”

赫顿缓缓躺下：“戴刀，阿尔萨兰夫人委托了我一件事情，她要我……做你一生的忠实朋友。”

“她……现在与侯大人……怎么样？”戴刀缓缓问道。

赫顿："好像，比过去好了许多。"

戴刀怔怔，微微点头："……那就好。"

"戴刀，你是男人，应该比阿尔萨兰更有勇气，为什么你没带着心爱的女人远走高飞？"

戴刀痛苦地："……缘由，她肯定跟你讲过。"

"……是，她讲的时候非常非常无奈，非常非常伤心。"

"……睡吧……"戴刀落下两颗清泪。良久，戴刀深吁了一口气，离开桌子，抱起那盆残花走出了门，在窗外挖了个深深的土坑，将残花葬入。

次晨，阿尔萨兰对着梳妆台默默梳头。善缇叩门："奴才善缇，禀见姑爸爸。"

"进来吧。"

善缇进门，重重磕了一个头："谢姑爸爸！昨夜之事，想不到姑爸爸……"

阿尔萨兰淡淡地："我只在墙外替你把了把风，起来吧。那个牛子旬，果然并未放弃监视侯府。"

善缇："昨晚奴才又教训了他一刀，想必他多少会收敛些。"

阿尔萨兰："别弄死他，他也是仗恃太后撑腰，才如此大胆。"

"可这条狗，不知是在盯老爷，还是在盯姑爸爸？"

阿尔萨兰沉默一阵，阴沉叹息："……大姑真的没有娘家了。去吧，让大姑想想怎么应付昨晚的事，洋人肯定会与朝廷交涉，牛子旬也肯定会密告太后。"

善缇："奴才一人做事一人当，这就去衙门……"

"胡来！你投案就不牵扯朝廷，就不牵扯侯久满和这一府的人了吗？……去吧，即使大姑想不出法子，也还有那只猴精。"

侯久满的马车在枪炮局大门外停住，侯久满掀开帘子下车，一双手搀住了他，侯久满惊喜叫道："刀儿？你回来了！"

戴刀将侯久满扶下车，双膝跪地："戴刀遵命出洋考察钢铁、枪炮，昨晚归粤，叩见侯大人。"

侯久满忙拉起戴刀："昨晚就回来了？怎么不回府里？"

戴刀："大人，去您的公事房说吧。"

侯久满高兴地："走，走，哎呀，一年了，刀儿清瘦了许多……"

李莲英匆匆走入储秀宫："老佛爷，牛子旬大清早来了一封特急密电。"

慈禧接过看看，生气地丢在地上："作死！又是那个善缇！"

慈禧踱着步："……你也看看！这抵制美货的风潮刚刚稍见纾缓，这个善缇又枪击了美国武官！"

李莲英捡起电报："……呀，与那十来起杀洋兵不同，参与枪击武官的，侯府还有一人……会是谁呢……侯久满？他顶恨洋鬼子。"

"可真给我长脸！怎么连猴子这么精明的东西都不懂事了，偏偏这种时候乱上添乱！统统的都活腻了！"

总办室内，侯久满长叹：“唉——，回国不回家，前有妹仔，后有你刀儿，洋人在你们的汤水里，下了什么药不成？”

“大人，戴刀确实是想住在局里，便于日夜守看马丁炉，用学来的炼钢术，早日炼出适合制造机关枪枪管的钢来。”

侯久满：“你要这样讲，我无话可说。但今晚无论如何回府里住，我们好好的为你接风。”

“谢大人。但戴刀一个晚辈，实在毋庸如此隆重。”

“不行，即便不吃席，你也总该回府看看……看看两位夫人。”

戴刀怔怔：“……那就，改日吧大人，戴刀离去一年有余，的确有几件急不可待的事情要做。”

赫顿坐在一边，默默看着侯久满与戴刀。

侯久满沉默片刻：“也好！等玉姑回来，一块儿接风！到时候，刀儿，你不可再推三阻四。”说完走出门去。

戴刀与赫顿互相看着。赫顿道：“戴刀，不必这样吧？你又不能永远躲着阿尔萨兰夫人。”

夜，湖南某山村火光冲天，树上吊满了尸身。一幼儿树下嚎啕，也被清兵一刀砍杀远远的山路上，玉姑骑在马上愤怒看着，学兵们个个黯然……

1906年，萍乡、浏阳、醴陵起义因武器简陋失败，刘道一等数十首领牺牲，一万多起义群众被屠杀。

侯府大门外，四门火炮轮流放射，鞭鸣炮响。

餐厅内，木棉等女仆忙着摆菜。戴刀的脸极力只朝着阿尔萨兰以外的地方。阿尔萨兰偶尔看看戴刀，几乎毫无表情。

正良走入：“阿爸，妹仔他还是说有事离不开。”

侯久满站起：“我去。”

侯夫人劝道：“老爷，算了，良儿都去了三、四趟了。”

“我去，妹仔肯定回来。”

额角贴了块纱布的玉姑站起身：“没胃口，我回房了。”

“哪去？！”侯久满喝道，“贼娘，老子欢欢喜喜地为你等摆酒，怎的一个比一个拿大？！如今是天乱地乱，难道人伦也乱了吗？爹娘老子的脸，紧巴结着贴你等屁股，还如此不给面子！”戴刀蹙蹙眉。

侯夫人忙按下玉姑：“玉姑，你阿爸大前天听说你要回来，就兴奋地张罗这席酒。再说，你不给你阿爸面子，怎么也得给你戴大哥敬杯酒吧？”

戴刀更加难堪：“侯夫人言重了。”

阿尔萨兰端起酒杯站起，淡然地：“这第一杯酒，大福晋我代老爷，祝贺戴先生出访欧美，满载而归！”侯久满、侯夫人吃了一惊，侯久满：“……老侯尚未说开始。”阿尔萨兰：“怎么，我说不行吗？……戴先生，请。”

戴刀愣了一下，慌忙端起酒杯，手有些颤抖：“谢……大福晋……”阿尔萨兰一饮而尽。戴刀泼泼洒洒地喝了。

木棉添酒。阿尔萨兰：“这第二杯，祝贺玉丫头出门耍了一遭，除脑袋擦破点儿皮，总还算翅儿齐羽全地回来了，难得！额娘先饮！”阿尔萨兰又饮。玉姑呆呆地看着酒杯，猛然呕了一下，捂住嘴奔出餐厅……

此刻，“味素厂”二楼密室内，诸种器皿前，妹仔的同仁们做着炸弹。妹仔站在窗前，愧疚地望着侯府方向，默念着：“阿爸……阿爸……”

阿尔萨兰走进玉姑房间，玉姑从床上缓缓坐起。阿尔萨兰笑笑：“怎么，杀了人？恶心？”

玉姑沉默一阵：“只是看见杀人。”

阿尔萨兰：“你又不是不曾见过杀人。”玉姑咬牙切齿：“但玉姑从不曾见，上自70老翁，下至半岁婴儿，杀得门灭村绝，上万尸身挂在道旁，绵延数十里，鹰叼隼啄，连豺狗都学会了爬树！”

阿尔萨兰惊愕得睁大眼睛：“……如此酷烈？”

“不是亲眼所见，绝难想象，一个畏洋人如仓鼠的朝廷，待本国子民却狠过虎狼千倍！可恶！可恶！可恶至极！”玉姑怒不可遏，看看阿尔萨兰：“……你走吧，这都是你家朝廷做下的大恶，跟你讲这些干什么？！”

阿尔萨兰缓缓站起，走向门口。

“等等。”玉姑说道，“妹仔曾要我向你代转一言，多谢你委托善清，在美国关照他。”阿尔萨兰停顿了一下，走出门。

侯夫人房内，戴刀将各色礼盒放在桌上：“侯夫人，戴刀多年承蒙侯府照料，此次出洋带了些不成敬意的东西，恳望夫人收下，并代戴刀一一送交侯大人、大福晋及各位兄弟和玉姑妹妹。”

侯夫人笑笑：“刀儿，我以为你只是个钻在枪眼炮孔里的呆子，想不到你还如此心细。你与老爷成日见面，也知道老爷一直想收你做个义子，为何不自己直接送给老爷？”

“夫人，正因为侯大人待戴刀恩义如山，戴刀才不知该不该以这等俗物相向。”

侯夫人看看戴刀：“放下吧，我一定替你一一送到。有什么话，想告诉老爷……或大福晋……我也替你转转。”

戴刀作揖躬身：“不用了，多谢夫人。”

冷月下，侯府内，唯有妹仔房间的亮着灯。

侯久满到处看着，抚摸着，在琴凳坐下，摩挲着琴盖……

阿尔萨兰走入，坐下看看侯久满：“还在生妹仔的气？”侯久满未语。

“看来，你已经很难将侯府的人，召齐在一张桌前吃饭了。”侯久满依旧无言。

“你更不该，故意将不愿再入侯府的戴刀，逼着回府喝酒。”

侯久满开口：“什么话？老侯怎么是故意？”

“当然是故意。只是我搞不清，你的故意是善意还是恶意。侯久满，你尽可放心，我与戴刀的事，已经彻底了结了。”侯久满又无语。

阿尔萨兰：“我找你，另有一事，希望你坦诚以待。”侯久满回头，看着阿尔萨兰。

二十七

妹仔房内，阿尔萨兰静静地看着侯久满。侯久满沉默一阵：“善缇的事，其实我早已知道。”

“我估计你该知道，这侯府曾分帝党、后党，人人脑后有眼。”

侯久满看看阿尔萨兰：“你问老侯如何善后，这么大的事，我知道如何？”

“你是猴精。”侯久满苦笑：“即便是猴精，逢着妖精的本事太大，也往往有不灵的时候。”

阿尔萨兰：“你是真没办法，还是成心想看着善缇送命？”

侯久满：“老侯担着大清的枪炮，因此事失大……”

阿尔萨兰站起身：“好吧，我这就叫善缇去衙门投案。”

侯久满抚摸着妹仔的钢琴：“办法有一个，你跟太后讲，是老侯干的，横竖老侯还存着个‘三不杀’。”阿尔萨兰未语，走向门口。

侯久满又道：“急什么？！过几日，太后自然会有懿旨。”

阿尔萨兰回头，讶异地看着侯久满：“……什么意思？”

储秀宫，慈禧看完加“密”字的折子，丢下道：“混账的猴子！连这种屁话，都敢编派出来蒙我！你看看，你看看：‘职久满与善缇二人，因愤漶戴刀与大福晋疑似不检，为顾及颜面，效仿吴樾，冒充革党，欲杀戴刀。不曾想，酒会上误伤外国使节，实属意外。’这话你信吗？你信吗？！”

李莲英忍着笑：“奴才……不敢与闻。”

“他侯久满能替那个戴刀不惜棒下送命，怎么可能为一顶绿帽子，跑到洋人面前去杀人？！”

李莲英：“是不大可能。不过侯久满长着180个心眼，如若真是急了眼，又什么都皆有可能。”

慈禧气恼地指着成堆的折子：“把这些劳什子抱走！抱走！凭什么大清的天要塌了，叫我老太婆一个人顶着！弄走，弄走，统统弄走！”

“嗻，嗻，奴才这就弄走……”李莲英慌乱地抱起折子，往外走。

“今天是哪个狗才烧的火，这破屋烂房如此之冷！给我砍了他！”

“老佛爷息怒，老佛爷息怒，奴才管束无方，奴才这就去亲自烧火。”李莲英慌恐走出。

片刻，窗外响起板子与鬼哭狼嚎的呼号：“老佛爷饶命，老佛爷饶命啊……”

慈禧在惨叫声中渐渐平静下来，坐回炕上：“拟旨！”

李莲英拿着纸笔，奔入跪下："奴才听着。"

"告诉外务部，广州一案，纯属乱党为了谋刺本朝大臣，而误伤友邦官员。朝廷正日夜缉捕凶徒，一旦拿获，定然严惩不贷！"

李莲英一一记下，抬头轻问："……老佛爷，就这些？"

"除了这些还有什么？这不就是混蛋的侯久满，暗示给我的主意吗？！"

李莲英怯怯地："说法是有了，可……可洋人能就此结了吗？"

慈禧想了想："再告诉外务部，除厚恤伤者，并暗示美方：只要好说好商量，英、美、德、法，近日在广州竞争开办电厂的生意，朝廷担保许给美国。"李莲英记着，笑道："那个侯久满也是吃定了老佛爷，知道老佛爷有的是化难呈祥的主意。"

"还有，告诉奕劻，就说我讲的，赏那个善缇一个壮毅巴图鲁的勇号，准他的额娘、阿玛起黄瓦门楼，并加划头等田土50亩。"

李莲英吃惊："这善缇闯了那么大的祸，且两次私刑牛子旬……"

慈禧："姓牛的不过一条野狗，谁叫他差事办得洒汤漏水。"李莲英微妙地露出一丝黯然。

慈禧看了看李莲英："也不是我偏着旗人，善缇弟弟的死，再没有一个说法，连老太婆自个儿的窝里也要起事造反了。先挂着账，待日后消停了，再掂量那奴才的狗头！"

李莲英道："老佛爷谋事深沉，凡人万不及一。"

"至于那只猴子，也早晚彻底收拾！"慈禧恶狠狠地拿起密折："这善缇乃阿尔萨兰的护弁，怎么可能与他侯久满傍在一起杀人？想必这份密奏，是阿尔萨兰这小婢子与猴子商议过的。我一向待这婢子不薄，格外地高看她，还给了她个皇家大姑爸爸的身份，可如今，连她也伙着外人，哄骗我老太婆……"慈禧说着说着，眼眶中盈了泪，用手帕按着。

阳光下，侯久满坐在庭院内，对照图纸装卸着机关枪模型。

阿六走来："老爷，这是衙门刚刚送来的邸报。"

侯久满"嗯"了声，过了好一会儿，才拿起邸报。突然，他睁大了眼睛，邸报上写着：萍、浏、醴暴乱中，有一善使炸弹者，屡屡暗杀要员，危害极大，各地衙署，务须尽速查拿。此匪，年二十二、三岁，偏高身量，相貌俊朗……

有人清嗓子，侯久满抬头，阿尔萨兰与善缇站在他的门前，示意他进门说话。侯久满怔怔地站起身。

侯久满方跨过门槛，善缇扑通跪下磕头："谢老爷大恩大德，救善缇于万死！"

侯久满看看："怎么，太后那儿有旨意了？"

善缇答："太后隆恩，不但未拿杀善缇，还恩赏了善缇及家人。"

侯久满依旧愣愣地，看看阿尔萨兰，冲善缇道："太后毕竟是太后。但此事终究会危及你的主子，也谢谢她吧。"

善缇转向阿尔萨兰："奴才再次叩谢姑爸爸！"

阿尔萨兰说道："你去吧。"

"多谢老爷！"善缇又朝侯久满磕了一个头，离去。

阿尔萨兰看着侯久满："此事就这么完了？"

侯久满含混地："……等着吧。"

"你说会危及我，危及我什么？"

"你也去吧，老侯想打个盹。"阿尔萨兰仍看着。

"那，我这里也谢你了。"阿尔萨兰冲侯久满福了福，迟疑地走出门。

侯久满重新看着手里的邸报，思忖一阵，大步出门。

善缇跟着阿尔萨兰走进房门："姑爸爸，老爷说奴才危及了姑爸爸，奴才甚是不安。"

"我问他了，他也没说会怎样。善缇，你还是好生看顾着粤局，那个老侯的差事出不了事，我还能出什么事？"

"嗻。"善缇退出。

阿尔萨兰若有所思地望着门外。

侯久满来到"味素厂"门前，看了看门匾，犹豫片刻，正要走进，一青年从门房走出："老先生，您有何事？"

侯久满抱拳："请问这厂子的厂主，是个叫侯妹仔的吗？"

青年看看侯久满，问道："您是何人？"

"我是他阿爸。"青年顿时热情："哦，失敬，失敬。总办大人先请门房暂坐，在下先去看看侯先生是否出门了。"

"不用，我就站在这等等。"

"对不住，对不住大人。"青年迅速离开。

密室内，妹仔与同仁制造着炸弹。

青年奔进："妹仔，你阿爸来了。"

妹仔一怔，扑到窗前：侯久满站在大门前，翘首向里张望。

妹仔神情痛苦地看了一阵："……请告诉我阿爸，就说我去外省行销产品，不知何时能回。但你带我阿爸在楼下车间转转，让他放心。"

青年道："妹仔，看得出，你阿爸很是想你，要么，你下去见老大人一面？"

"不了。快去，别让我阿爸久等。"

青年看了看妹仔，轻叹一声离去。

"等等……"妹仔想了想，拿起把匕首，削去辫子递给青年："就说这是我外出之前，留给侯府的。"青年愣住。

妹仔走到窗边，含泪朝下看着。

洋人诊所内，一位西方护士陪着阿尔萨兰走着："牛先生住在前面病房，小姐。"

"叫太太。你可以跟我说英语。"阿尔萨兰说道。

病房内，右腿打着石膏的牛子旬躺在床上，听到门外动静，慌忙闭上眼睛佯睡。阿尔萨兰进门，走到床边看看，冷笑着在牛子旬脸上挥了一下手，牛子旬忍不住颤了下眼皮。阿尔萨兰笑笑，转向护士用英语低声说道："请你们好好照顾这位先生，我的工厂有件大事急需处理……"阿尔萨兰继续极轻地说着。牛子旬眯开眼睛，瞟了一下。

阿尔萨兰说完，看了牛子旬一眼，走出病房。

牛子旬睁开眼，问道："喂，你们刚才在说什么？"

护士："哦，先生，您醒了。"

牛子旬目光阴鸷："我在问你，你们刚才在说什么？"

"啊，这位太太说，她的工厂有件什么非常重要的东西，快要造出来了，得马上走，要我们好好照顾您。"

牛子旬："她不是让你，在我的药里添点儿什么东西？"

护士："添点儿……您是什么意思？"

"去吧，去吧。"牛子旬挥手赶走护士，望着窗外思忖："怎么，这个旗女开始直接插手她男人的差事？"

诊所庭院，阿尔萨兰与善缇走着："这东西会很快会向太后密报的，起码在那个机器炮造成之前，粤局与那个老侯不会有什么事。"

"姑爸爸费心了。"善缇随阿尔萨兰离去。

回到府里，侯久满坐在桌边，悲伤地看着妹仔的那条辫子。

阿六进门，看看那条辫子，轻声问："老爷，您找小的？"

侯久满仍默默看着，良久说道："最近，那个小魔头可算安生？"

阿六："回老爷，玉姑小姐还好。她刚刚回府，像是回来洗澡的。"

侯久满伤感地："阿六，老侯大概是先祖的姓氏没有选好，老一辈猴性、野性十足，生养一窝小猴，也个个的鬼五马六，叛逆成瘾。"

"……老爷……"阿六不知如何应答。

"这是妹仔的辫子。真不知老侯最心爱的这个养子是怎么了，他这是要与我一刀两断，还是别的什么意思？"

阿六惊讶："这……这三少爷，怎么会……"

"你得多盯一个人了，老侯的这点儿家丑，你就包揽了吧。"

阿六吃惊："老爷，您是要小的，打探……打探三少爷？"

"小心些，别让妹仔觉察，伤了情分。"阿六再次看看那条辫子，退出，轻轻关上了门。阿六疑惑地回头看看侯久满的房间，匆匆走向大门。

"哪去，阿六？"阿六一惊，站住。玉姑端着面盆和换洗衣物："为何一出那人的房门，就火急火燎火？"

"哦，玉姑小姐，老爷要阿六办件急事。"

玉姑："听说你的家乡钦州出事了，百姓们为抗拒加征糖捐，与官府对抗，你就不为家人着急？"

"小的怎么不急，家人来信，说官军已经大批大批向钦州、廉州开进，阿六上有老母、阿奶，下有弟弟、妹妹，塌天大难在即，阿六急得不知如何是好！"

玉姑："你快回去看看，不行就将一家人接到我阿妈的惠州住所避避。"

阿六："这……阿六多谢小姐，但……"

"快去快回，我让阿妈告诉那人一声就是。"

阿六："小姐，老爷曾经救过阿六一家，目下又有急务吩咐小的，阿六怎能因私背主？"

阿尔萨兰走过附近。"你再想想吧。"玉姑看看她，遗憾地看看阿六，走开。

"阿六多谢玉姑小姐！"阿六疾步离去，并招呼了一声："大福晋。"

阿尔萨兰注意地看了看玉姑与阿六的背影。

"味素厂"的门房青年走入密室："妹仔，门口又来了位骑马的少年找你。"

妹仔停下手发怔，忙说声"知道了"便奔出门。片刻又返回，脱去外罩，换了件西装，并在身上、头发上喷了阵香水。

一同仁笑问："来的是什么人啊？要这等打扮。"

妹仔笑笑："妹仔的小弟。不如此，我侯家的人，个个都能一鼻子嗅出我身上的炸药味道。"

同仁："不见阿爸，为何倒要见见弟弟？"

"你等不知，我这个弟弟脾气极大，越说人不在，越要翻箱倒柜地乱找。我走了，你等动静小些。"妹仔匆匆奔出。

大门外，玉姑男装、红马靴，牵着马张望着。妹仔笑嘻嘻跑来："玉姑，正方便，让你久等了。"

"我说的，怎么这么大的谱！"

"得罪，得罪。怎么，强兵堂放假了，想看看我的厂子？"

玉姑将马缰交给门房青年，径直向里走："当然。当然要看看你到底在干什么。"

妹仔："细细看，细细地看，走时给善缇带几包我做的味素。这东西，起码在广州独此一家。"

厂房内，设施简单，十几个男女工人忙碌着。

玉姑巡看一阵，说道："妹仔，我也来你这儿做工吧？我吃那个人的饭，早就吃烦了。"

妹仔笑笑："你？你连味素是何东西都不知道，怎么会有兴趣来我这儿上工？"

"是啊，味素是干什么的？"

妹仔："我告诉你它是用来做菜，增添味道的，你还想来吗？"

"做菜的作料？！妹仔，你一个出洋学造大鸟的主，如何弄此小伎，沦落成了厨娘帮办？"

妹仔大笑："说得妙，说得妙哉！妹仔正愁没个好名，'厨娘帮办'，恰如其分也！"

玉姑失望地看着："还笑！什么不好玩，想不到你越玩越发地小器起来。"

"玉姑妹妹，你可别小看了这东西，这东西一旦在中国打开销路，白花花的银子定如山呼海啸一般，没顶而来！妹仔在美国修习化学，回来致用民生，公私两利的事，何谓小器？"

玉姑看着妹仔："想不到你也与二哥一样，从个满腔抱负的热血少年，竟变成了浑身铜臭的市井之徒。"

妹仔嬉皮笑脸："玉姑，你跑到妹仔这里看看新奇就得了，回府之后切莫告诉阿爸见着了我。妹仔怕他也如此骂上一番，今日上午没敢见他。"

“尤其这点可恶，我与那个人有仇，可那人待你比亲子还亲，为什么你屡屡弄得那人长吁短叹？你做得也太过了。”

妹仔闻此，一阵心酸，沉默片刻说道：“玉姑，妹仔已经过了好玩贪耍的年纪，总该忙些生计上的事。你尚小，又是个女子，有些事情未必明白。”

“妹仔，玉姑今日找你，并非对你的‘厨娘帮办’，还是‘帮办厨娘’好奇，你知道我最近在这个国家看见了什么？玉姑想找个人哭哭、骂骂，可你……罢，罢，你终究是个从不问政治的人！”玉姑说着离去。

妹仔默默看着玉姑背影，半晌自语：“这个根朽干残的大清，再也不可能有谁不问政了！”

茶楼内，“莫谈国事”的贴示旁，年长士子与年少士子看着报。报上又有三幅照片：义军夜攻城门、清兵纷纷缴械、徐锡麟举枪射杀巡抚。

1907年5月22日，黄冈起义，数日后因粮、弹不济失败。

1907年6月2日，惠州七女湖起义，十余日后因枪弹缺乏失败。

1907年7月6日，浙、皖起义，因失密，仓促而举失败，徐锡麟、秋瑾等牺牲。

日月堂洞内，一会众奔入跪倒，三指扪心：“大方丈，我洪门兄弟会同孙先生的同盟会，多路举义，虽气势甚猛，连克连胜，然屡因武器简陋，难以久撑。各处码头的龙头、大佬俱知，大方丈在枪炮之事上别有路径，特遣小弟前来联络，恳望大方丈尽快设法，攘助随即发动的新一轮举义！”

大方丈道：“几次大举，日月堂均全力驰骋，然燎原烽火其兴之勃，其灭之忽，个中缘故老衲自然明了。请这位兄弟暂且喝口水，容我等商议几句。”

“谢大方丈。”传信会众退下。

大方丈以盲目朝着正前：“各位兄弟已经听明，反清事机一发而不可收，老衲原本遣派红旗大管事等操习粤局，从长计议之谋已不实际。看来，目下只有动用玉姑娘了。”

香长道：“用吧，好钢本该用在刀刃。且大方丈原想令马队兄弟入强兵堂学些本事，但那些兄弟因为尽是文盲，只入了粤局新建护军，再留下去实无太大意义。”

大方丈：“那就这样定了。”

黑头“哼”了一声：“事到临头，就看那小脚丫头是否真的能大义灭亲了！”

香长担心地看看大方丈：“是啊。”大方丈无言。

是夜，枪库前卫兵把守严密。

着护军军服的红旗大管事与蓝旗巡风走过，偷窥着……

枪炮局钢厂，侯久满与戴刀、赫顿观察炉火：“刀儿，不知这一炉的钢水如何？”

“大人放心，已经连续两炉合格，经过进一步改善成分与火候调整，这一炉只能更好。”

赫顿：“老侯，只要有了合格的枪管钢，我和戴刀两天就能把机关枪的样枪，交给你。”

“好！好！越快越好！”

戴刀：“但我们的这种罐子钢，毕竟规模太小，难以大批量制造，这点还望大人早做计议。”

侯久满看看：“刀儿有什么想法？”

戴刀道：“戴刀从京师回粤，途经上海时，专门看了看沪局及整个上海的工业。毋庸置疑，大批量制造现代兵器，就设施齐备，材料便利，技艺水准而言，依托上海那种环境，最理想不过。”

“胡扯！”吴丁贵走来，“我粤局好不易搞出的机器炮，难道又要拱手让给沪局不成？！”

侯久满看看吴丁贵：“何事？”

吴丁贵靠近侯久满耳语：“大人，近日常见有人在枪库四周转悠……”侯久满蹙眉听着。

玉姑走过枪库，溜了库门一眼。附近，红旗大管事清了清嗓子。玉姑看看离开。红旗大管事、蓝旗巡风跟到玉姑身后，低声道：“军靴，大方丈密令，择日劫枪归山。”

玉姑：“知道了。你等吩咐马队的兄弟做好准备，何时发动，待我消息。”

“是。”

远处，工匠打扮的阿六坐于树后。再远处，善缇捧着大碗喝水，遮了大半张脸。

此时，吴丁贵走入枪厂电话房，拟写电文：

粤局有人异动，疑似有匪党觊觎……

总办室内，侯久满已绷着面孔踱了一阵：“……你从未听清他们说些什么？”

阿六回道：“是的，老爷。小的只是觉得，小姐与新建护军的这两个兵弁似乎相识。”

“你的差事主要是护着小姐，如若看见将发生什么大逆不道的事，可当即鸣枪吓阻！”

“知道了，老爷。”阿六离去。

侯久满又踱了一阵，吴丁贵走入：“大人，您找小的？”

“坐。”侯久满亲自倒了杯水，递给吴丁贵。

吴丁贵受宠若惊。

“喝吧。老吴，你忠心耿耿跟了老侯这么些年，功劳、苦劳不可枚举，老侯谢谢你。”

“大，大人何出此言？”吴丁贵有些忐忑不安。

侯久满道：“老侯刚才想了想你提醒的枪库之事，甚觉你任事小心，提醒得很有道理。广东最近民变连连，怎可不防？你切莫声张，这几日老侯亲自与你悄悄暗访。如若发现不法之徒，力求一网收尽。”

吴丁贵倍感得宠，打千：“嗻！小的唯顶爷马首是瞻！”

“还有，你去弄些酒食来，我与那两个中西秀才要喝一杯，说说机关枪的事。”

吴丁贵看看：“嗻。”

侯久满看着吴丁贵出门，面色转寒。

吴丁贵走出，回头看看。

片刻，工匠打扮的善缇走来，看看总办室的房门，看看吴丁贵的背影。

强兵堂课室，一片学兵们背书的咕哝声："国产之五生七过山炮，系仿造德国格鲁森，其战力虽逊于现时各国通用之七生五炮，惟轻便过之。我国道路未修，东南各省崎岖尤甚，此炮机件简便坚固，实用尽显……"

玉姑在堂前走着，急切思虑。

侯久满提着食盒、酒坛走入公事房："刀儿，红毛，今日终于突破枪管钢冶炼，阿爸略备酒肴，以示小贺。待样枪造出，阿爸还要大操大办！"侯久满说着，目光向窗外瞟着。

公事房前，吴丁贵走到窗边，悄悄停住。

赫顿与戴刀离开设计桌，与侯久满一起摊开食盒："老侯，你真的打算机关枪研制出来后，交给上海生产？"

侯久满："起码是枪管，不让沪局，就得让给鄂局。除非天上掉下大堆的银子，我粤局能够另外进口大型钢炉。"

戴刀："即便能进口钢炉，也难以解决煤、铁等原料。"

侯久满："正是，粤局受自然局限，顶多做个研发枢纽。不过，即便枪管让给沪局，组装还是要在粤局进行。否则，沪局拿去整枪产权，除了大把赚取朝廷银子，未必确保质地。我粤局工匠无事可做，也难免流失。来，我儿辛苦！"侯久满与戴刀、赫顿碰杯，饮酒时又向窗外瞟了一眼。

窗外，吴丁贵偷听着，只听侯久满说道："国家兴亡，匹夫有责。我侯久满好不易得到的头一支机关枪，充其量，只能说服沪局做个帮佣，主要还是靠粤局勤勉赶工，争取早日列装。干！干！"吴丁贵蹑手蹑脚地离开。他急步走入电话房，再次拟写电报：赵大人，刚刚探知，粤局已炼成炮管钢，因钢炉所限，侯久满只能将机器炮的炮管委托沪局，为此，他极有可能亲赴上海……

窗前，善缇走过，向内瞥了一眼。迅速回侯府告知阿尔萨兰。

阿尔萨兰放下手里的婴儿小鞋，问道："吴丁贵？你是说那个兵痞，吴丁贵？难道，难道粤局真的藏有什么人的暗桩？"

"姑爸爸，奴才特意注意吴丁贵去电报房的路上，是否先见牛子旬，但他没去。很显然，吴丁贵、牛子旬并非一路。"

阿尔萨兰沉吟片刻："戴刀的机器炮一旦造成，各路鬼神必将云集关顾，这种时候，各样面孔你都须盯紧。"

"嗻，奴才明白。"

阿尔萨兰又问："那个丫头近日在干些什么？"

"回姑爸爸，玉姑小姐除了到处闲逛，好像还算安生。"

这日，玉姑便装骑马，来到“味素厂”大门，犹豫地朝门内看着。门房青年奔进密室：“妹仔，你的那个弟弟来了。我说你不在，他执意要进。”

胸部负伤的妹仔靠在器皿旁边的床上，画着某种炸弹模具的草图，听说“弟弟”又来，忙艰难起身穿衣：“我说过，只要是这个弟弟来，就绝不要骗他，越骗越出乱子。”

青年道：“你刚从惠州逃回，伤又这么重……”

“快下楼堵着，就说我病了，所以刚才未讲实话。”

玉姑默默地看着女工操作。妹仔笑着走来。

玉姑看看他：“妹仔，你病了？”

“伤风，热刚退，没事。”

“走，去你房里说话。”

“慢，慢，好久未见，妹仔请你吃宵夜吧。”

玉姑径自走向楼梯：“去你房里看看怎的，莫非你的房里也有女工？”

妹仔紧跟：“什么话，房内只是邋遢不堪，难以踏脚。”两人来到楼上密室前，“哪间？这里？”

玉姑推门而入，摸着：“灯绳呢？”

“哦，刚才急着下楼，灯绳被我一下拽断了。”妹仔将一颗炸弹踢入床底：“真的是乱糟糟的，我们还是另找个地方。”

玉姑贴近看着那些配制炸弹药料的器皿：“怎么一股火药味儿？你……还是喜欢自己制造烟花？”妹仔忙打岔。

“哎呦……”玉姑被绊了一下，妹仔一把扶住，一颗硕大的地雷缓缓滚入床底。

“什么东西？！”“没什么，没什么，一个大个的炮仗。”妹仔将玉姑拉出门，脚下，又将一颗炸弹踢入床底。

两人到了茶楼雅间。玉姑吃着，神情严肃地：“妹仔，我要死了。”妹仔笑笑：“又疯，好端端的，如何要死了？”

“如果玉姑真的死了，你会伤心吗？”

“这，我倒想先问问你，假如哪天妹仔突然死了，你会伤心吗？”

玉姑：“当然伤心！你我是从小一同长大的玩伴，你若死了我活着，多、多乏味啊。”

妹仔笑：“好，好，为了你一世开心，妹仔一定争取别死得那么快。”

“妹仔，你现在真的就不关心这个国家了吗？近日广东都发生了什么事情，你清楚吗？”

妹仔沉沉：“无非官逼民反。”

“那你就不想反吗？那天你送还善清遗枪时，那么激愤，我根本不相信你掉进了钱眼儿。”

妹仔看看玉姑：“……富民强国，我辈天职。但，妹仔走的是实业救国之路。”

“实业！实业！我的三个兄长，都在以此逃避现实，做缩头乌龟！”

妹仔苦笑：“玉姑，你从小就装扮大刀秀姑娘，血性胜于许多男子，可你毕竟是个女儿身，有些事情终究不是你该做的。何况阿妈、阿爸老了，身旁终要有人尽孝。‘树欲静而风不止，子欲孝而亲不在’，人生悲哀莫大于此。如今天下风起云涌，妹仔时常会害怕，哪日能安安静静地侍奉阿爸、阿妈了，可阿爸、阿妈却已……”

“那你现在就搬回侯府啊？”

“唉，不是妹仔心口不一，确实是妹仔有上了马便不可下马的事。但妹仔一直深藏着一份孝念，并将这份孝念全都寄挂在你玉姑妹妹的身上……玉姑，你明白我的意思吗？”

玉姑看着妹仔：“反了，反了，玉姑今晚找你，是想劝你回府，劝你代玉姑做个孝子的。”

妹仔一愣怔。

妹仔回到密室，戴刀修改着模具草图边道：“妹仔，玉姑是个好女子，你们切莫将什么情感都当成儿时游戏，误了青春。”

妹仔窗前望远：“玉姑说得对，我们是从小一同长大的玩伴，谁死了，生活都会变得乏味。”

戴刀：“仅此而已？”

“……仅此。”妹仔沉默一阵，走过去看看草图，高兴地：“戴大哥，你真乃兵器神人，几笔就将这炸弹模具，改得十分科学！”

戴刀叹息一声：“妹仔，你与玉姑千万别过去不知爱为何物，如今实际知道了，但相互害怕牵累对方，而不敢爱啊。”

妹仔看看，问道：“戴大哥，玉姑真的曾经孤身一人，给湖南会党送过枪图吗？”

“是。”

“戴大哥，您一定得好好劝劝她，她一个女子，又是双残脚，怎么能做那么大的事？！”

“我劝过。我也想劝劝你，戴刀实难理解，同盟会为何还专设一个暗杀部？暗杀、谋刺，除掉几个亲贵大员，改变不了任何世事。据说连孙先生，都反对此途。”

妹仔笑笑：“戴大哥，妹仔恳求您务必务必劝劝玉姑，在家好好孝敬阿爸、阿妈，别再冒险联络会党。”

枪库附近，玉姑对红旗大管事、蓝旗巡风低语：“明日亥时三刻，这枪库是两个最为懈怠的老油条值夜，暂依此时劫枪。精确时刻，以我信号为准！”

红旗大管事与蓝旗巡风：“遵命！军靴。”

次日，侯久满与吴丁贵走到总办室门前，侯久满问：“这两日如何？”

“尚好，各要害处，小的都安插了顶爷开山时的老人。”侯久满“嗯”了声，吴丁贵开门。

屋内，戴刀与赫顿笑眯眯地看着进门的侯久满。桌上，一件兵器蒙着红绸。

“这……”侯久满惊喜地愣怔片刻，搓搓手，颤抖地揭去红绸——是挺崭新的机关枪！侯久满激动地抚摸着：“试……试放过了？”

戴刀道：“正等侯大人，一同去靶场验射。”

“走，走，快走……”侯久满抱起机关枪，有些不知所措，踉踉跄跄地奔出。戴刀、赫顿笑看，小跑跟着。吴丁贵阴阴地看看，随之出门。

枪炮局靶场，众多工匠簇拥着侯久满走来。侯久满庄重地将机关枪架于靶位。

戴刀轻声道："大人，试放多少有些危险，还是让戴刀来吧。"

赫顿抢道："不不，我来，我来。"

"赫顿，还是我来……"

"别争，你二人都站开些。刀儿，老侯自甲午年在枪摊结识你家爷爷，就期盼着这一日了。28 珠连环铳，相隔一百八十余年终于有后！我来！阿爸来！老侯这个大清水师的正炮弁来！"侯久满挽起袖子，趴在地上。

戴刀帮着装好弹夹："大人，还是戴刀……"

"刀儿站开！"

戴刀、赫顿退后几步。

工匠、护军、学兵、玉姑及分藏两处的阿六、善缇都在看着……

侯久满看看前方靶标，面颊贴于枪托，手指缓缓放入扳机环内，突然大吼："洋鬼子们！侯炮弁回来啦——"

机关枪骤然震动……枪口喷射……钢质的靶标"叮当"倒下……成排的瓦罐水花四进……燃烧瓶烈焰飞蹿……

工匠、护军一片欢呼跳跃："欧——！欧——！欧——"

侯久满跪起，抱着机枪冲天狂射："大师傅——，您的 28 珠连环铳有后啦——！有后啦——"

戴刀、赫顿含泪看着……

射尽子弹，侯久满热泪滚滚，跪在原地，像搂抱婴儿，将脸紧紧贴于枪机，温柔抚摸……

戴刀、赫顿泪流满面地看着……

侯久满抹了把泪，叫道："吴丁贵！"

吴丁贵上前："小的在！"

侯久满大声道："订票！今夜去上海！你与本办一同走！"

赫顿睁大眼睛看看吴丁贵："老侯……还是我陪你一起去吧。"

"不必，你与刀儿好生辨识验射效果，思忖如何再精进一步！就这样，吴丁贵，赶紧办理船票！"

"嗻！"吴丁贵瞪了赫顿一眼。

观摩的人散去，玉姑靠近红旗大管事和蓝旗巡风，低声道："别忘了，今夜见我号灯三明三灭为信，于枪库西侧大树集结！"

红旗大管事与蓝旗巡风："得令，军靴！"

阿六远远看着，善缇在更远处看着。

戴刀与赫顿走入公事房："赫顿，你刚才像是在有意阻止吴丁贵与侯大人一起去上海。"

赫顿关上门，轻声道："老侯他自己说的，他不信任吴丁贵，并且怀疑吴是密探！"

戴刀看了赫顿一阵："我也不信任吴丁贵，从我爷爷死的那一天，就开始了。"

赫顿大惊："怎么，你也……你怀疑，你的祖父是吴丁贵害死的？"

戴刀点点头："爷爷去世时，口吐乌血，不像一般内疾，而像是中毒。"赫顿惊讶。

戴刀："我一直苦无证据。"

"既然这样，更不能让老侯单独带着吴丁贵！"

戴刀："沉住气，侯大人谋略过人，他定然自有深算。"

此时，阿尔萨兰也在叮嘱善缇："记着，老侯和那丫头各自想干什么，尚不清楚，但有阿六在前，不到万不得已的一刻，你只看不动！"

善缇："嗻！奴才遵命！"

阿尔萨兰望着窗外："最可能惦记老侯机器炮的，肯定是那个袁世凯。虽说他近日被调虎离山，但狼子野心未必已死。姑爸爸与你，须谨防贼人变换花样！"

善缇打千："嗻！姑爸爸，奴才明白！"

北京锡拉胡同，袁世凯新的居所庭院内，仆佣们忙碌着搬入家具。

赵秉钧疾步走入签押房，袁世凯躺在摇椅里俯仰，目光炯炯地想着什么。

赵秉钧撩袍跪下："恭贺部堂大人荣升军机大臣！"

袁世凯："屁的荣升！起来说事。"

"谢大人。"赵秉钧看看袁世凯脸色，猥琐爬起："大人，粤局吴丁贵报告……"

袁世凯喝叱："老子正烦着！"

赵秉钧小心翼翼地："大人，您不是说，吴丁贵已成了您与侯久满之间的明棋吗？粤局这回弄出来的，又不是一般二般的东西，也不知那侯久满，是否有意想让大人及早知道。"

袁世凯朝赵秉钧翻了一眼，阴鸷地接着摇……

黄昏，储秀宫内，光绪道："皇阿玛，儿臣实在不解，既然是多事之秋，须谨防汉臣做大，可削了袁世凯实权，给了个军机名分，为何又让他兼着外务部尚书？"

慈禧不耐烦地："同样调入军机的张之洞，除了充任体仁阁大学士，还兼管着学部，袁世凯当然也得给个实职。否则做得太明，岂不令所有汉臣心寒？！"

李莲英进来禀报："老佛爷，新任陆军部尚书铁良，已到门外候见。"

慈禧看了光绪一眼，光绪知趣地跪下："儿臣告退。"尔后忿忿走出，慈禧冷冷看着。光绪跨出门，铁良跪下："奴才叩见皇上。"

"……好好办差。"光绪拍拍铁良肩膀，离去。铁良看了看光绪背影，爬起走入房门。

铁良进门再跪："奴才叩见太后。"

慈禧盯了铁良两眼，问道："皇上刚才跟你讲什么？"

铁良怔怔："回太后，皇上就讲了'好好办差'四个字。"

慈禧盯着……铁良马上又道："哦，皇上还拍了拍奴才的肩膀。"

"拍了你哪边？"铁良想了想："左边。"

慈禧拍了拍铁良右肩："那我也拍你两下。"

铁良惊惧伏地："奴才铁良，不敢有一丝一毫辜负太后圣恩！"

慈禧阴寒着面孔："铁良你听着，我大清龙驭天下二百五十余年，不幸星转斗移，转瞬之间，八旗亲贵便养尊处优，个个成了斗鸡赌马、提笼架鸟之辈！如今，这破烂堆里能扒拉出来的，也就剩你了。你可切记好好保着老太婆，安生地闭眼。”

铁良深深趴伏：“太后如此重言，奴才心惊胆战，实实不敢与闻。”

“好生听着，新政改了官制，将你擢拔为陆军部尚书，不是摆着看的，你从速将袁世凯手中的新军六镇，把一、三、五、六,四个镇亲自掌管起来！”

铁良：“嗻！奴才遵旨！”

“还有各局枪炮，不但给我看好了，守住了，还须加紧精利兵器的造办，尽速装备军旅！”

“嗻！奴才遵旨！”

入夜，枪炮局护军斋室前，红旗大管事与蓝旗巡风分别对两棚兵弁低声说道：“军靴有令，今夜睡觉不得脱衣。”

兵弁齐应：“得令！”

枪炮局大门外，两名换哨卫兵：“军靴有令，今夜睡觉不得脱衣。”

两名下哨卫兵应答：“得令！”

此时玉姑正在堂前踱着，暗暗看着怀表。突然，教习走入课堂喊道：“全体都有，起立！”学兵起立，玉姑看着门口一惊……只见，侯久满笑眯眯地提着机关枪走入，直至讲台。

教习责备：“侯玉学长！做何呆状？！”

玉姑灵醒，叫道：“总统大人健豫！”

学兵们齐声：“总统大人健豫！”

侯久满抱拳：“各位同学健豫。请坐。”学兵齐齐坐下。

侯久满看看玉姑：“侯学长也坐吧。”玉姑呆呆落座。

侯久满笑着看着学兵：“你们的学长见着本办，呆愣得如同木鸡石鸭，大概是她白天听闻本办去了上海，此刻却突然现身课室，以为夜半读书，读出个鬼来。”学兵大笑。

侯久满：“其实简单，我粤局开中华之先河，造出第一支机关枪，怎能不让自己的强兵堂学兵，先知其详呢？于是本办临时变了主意，今夜要亲自登台，为同学们讲讲粤局这支机关枪的来历。课时么，说不定，本办今日高兴，弄不好要说上一宿，还望你等莫嫌老坑（老人）蚊子一般，啰哩啰嗦。”学兵大笑并鼓掌。

侯久满瞟了玉姑一眼，玉姑回瞪一眼。

侯久满接着道：“首先，本办要先说明一件事，为何我这个粤局学堂的头子，不像其他武备学堂，称呼总办，而要命你等照着我新练护军的职衔，称我总统呢？这是……因为……我喜欢当总统。”学兵又大笑。

“特别是听说，搞共和制的国家的头子，就叫总统。”学兵更笑得厉害。

“说笑归说笑，真章的是，我命你等知道我为新建护军总统，而非学堂总办，是令你等时刻记着，尔等不是来粤局做读书郎的，而是来吃皇粮，要随时准备打仗的！大清正值多事，列强虎视眈眈，我等应枕戈达旦，时刻准备效命沙场，与洋兵再见个高低！明白么？！”

学兵齐吼："明白！总统大人！"

"好！老侯正式开讲！说我粤局这机关枪，要先说我大中华的28珠连环铳；说连环铳，又要先说说我粤地先民的神弩。广州古志有记：'神人名皋通，下辅佐，为安阳王治神弩一张，一发三百人。'明白吗？虽是弩弓，这一动枢机，突突突，能放300箭啊！我先民何等了得……"玉姑焦炙地偷看怀表。

储秀宫内，慈禧："铁良，我问你，你要实言禀报，这粤局的侯久满，越做气势越盛，是否终有一日会失去控制？"

铁良想了想："回太后，奴才秉忠而论，那个侯久满做事虽然猖獗，但大都出以公心。奴才刚刚得知，粤局今日新研制出一种，能使千百弹子连发击射的机器炮，其战力威不可当，然侯久满却当即决断，将炮管制造转让沪局。此事显见，侯久满办差能从大局着眼。"

慈禧："今日之事，你如何这么快就知道了？"

"奴才是从袁世凯那儿听说的。至于袁世凯如何知晓，奴才就不清楚了。"

慈禧稍稍沉吟："……天晚了，跪安吧。"

"奴才叩安。"铁良磕了个头退出。

宫女道："敬请老佛爷歇息吧。"

慈禧捶了捶腰："李莲英。"

李莲英迅速奔入："奴才在。"

慈禧看了宫女一眼，宫女们知趣地全部退出。慈禧问道："袁世凯的那条狗，还在围着大内转悠吗？"

李莲英看看门，低声答："回太后，赵秉钧这狗东西虽然面上还敬着奴才，但暗下却四处伸手，收买太医、宫女等内侍，特别是皇上身边的人。"

慈禧沉沉："盯紧了，除了谨防他的爪子伸到我的储秀宫和御膳房，其他的，且继续装作不知。"

"嗻，奴才恨不得长出8只眼睛，16只耳朵。"

果然，赵秉钧正急急走入袁世凯居所："部堂大人……部堂大人……下走刚刚得到消息……"

袁世凯丢下正摆弄的老式丹麦机关枪："你怎么又来了？！"

"大人，下走刚刚得知，陆军部铁良，要亲自执掌北洋六镇中的四个镇，这是太后直接下的懿旨。"

"有什么大惊小怪！本堂已是离山之虎，六镇统统归谁管着，与我何干？目下本堂只管大清的外交与新政，只知积极谋划预备立宪！"

赵秉钧怔怔："……下走知道了。"

袁世凯："办好你自已该办的差！特别是重中之重！"

"下走明白，下走已在两宫广布……"

"护佑好两宫！护佑！护佑！明白吗？！"

"下走明白，护佑，护佑。"赵秉钧诺诺而退。

"等等，侯久满鼓捣出来的那个东西，与我的这支丹麦货有什么不同吗？讲我听听。"

赵秉钧看看袁世凯："……嗻。"

侯久满喝着茶，讲台上已放了四五个空杯，他蹭了把嘴，拿起样枪："我粤局之机关枪，较之洋枪有数处优点：其一，增有练习弹枪口罩、高射装置、纵扫装置。其二，枪闩内各零件可以互换使用，此点尤为要紧。战阵中，胜负往往决于一忽之间，若关键时刻撞针故障、枪机故障，自然不能从容修理，这时若有备件顶替，简直就如同爹娘老子又生你一回！"学兵们大笑。

玉姑焦灼地看着怀表。

护军斋室前，红旗大管事看看怀表："已过了亥时三刻，怎么还不见军靴送出信号？"

"是啊。"蓝旗巡风焦急地望着强兵堂方向。

二十八

强兵堂课室，侯久满还在讲着："我粤局机关枪，除枪闩正身镌有枪号，枪机内各零件也都镌刻了枪号，莫看此区区一改，实为我粤局空前之特大变法，最大新政！其利在作战便捷……"

玉姑如同芒刺在背，烈火焚心。门口处，忽然传来两下清嗓子的声音。侯久满看去，阿六站在外面稍远处。侯久满站起身："各位同学，老侯已讲得口焦舌燥，今日就到此吧。"

玉姑迫不及待地喊"起立！"学兵站起齐呼："谢总统大人！"

侯久满没有提枪，瘸着腿边往外走边道："腿麻了，腿麻了……"学兵们哈哈大笑。

"莫送，莫送，本总统方便一下，将老侯的心肝宝贝看好。"侯久满支开教习，走到讲堂外暗处。阿六跟上，低声道："老爷，小的于新建护军，发现几十人有异动迹象。"

侯久满看看阿六，又看看急步离开课室的玉姑，叫道："请侯玉学长留步。"

玉姑不得不站住。侯久满走过去："本总统想了解学兵情况，请侯学长一起边走边谈。"玉姑注意地看了一眼匆匆离去的阿六背影。只得跟着，恨恨地低声问："你到底想干什么？！"

侯久满亦低声："老子正要问你，一晚上如坐针毡，不断看表，你倒是急着想干什么？！"

"我，我不喜欢听你讲课，天上一腿，地上一脚！"

侯久满笑道："我看学兵们听得津津有味。"

"那是看你耍宝！这是去哪？！"

"走便是了！"

远处，红旗大管事与蓝旗巡风焦急张望着："不好，弄不好要出大事！"

玉姑随侯久满走到枪库附近，不禁大惊："怎么到这儿来了？"

侯久满冷冷地："走！"

卫兵行持枪礼："总统大人！"侯久满点点头，走向大门。门前，库头像是早已等候，见到侯久满，立即掏出钥匙打开大锁。玉姑惊愕不已，待随侯久满入库门，不由更加震惊：库内空空荡荡！

侯久满支走库头，瞪视着玉姑。

玉姑心虚："看、看我作甚？"

侯久满："从你第一次想进粤局做工，我就知道你对这枪库好奇，今夜趁兵枪被朝廷提空，特意带你进来看看。"玉姑嗫嚅："我，我何时对你的破仓库好奇？"

侯久满狠狠地："小东西，虽说你是我亲生女仔，但你毕竟太嫩！心机、手腕，千万莫在阿爸面前班门弄斧！”

玉姑扭头欲走。侯久满低喝：“听着，此事到此罢手，我不问你为何人图谋不轨。明日赴上海之前，老侯会为新建护军搞个操演，沙汰一些兵弁，给你个借口，你从速将你的人马全数撤出粤局！然后你立即去香港！如若不从，我派人捆着你走！”

次日，餐桌旁，阿尔萨兰用公筷向侯夫人碗里搛了块菜：“侯夫人，多吃些。”

“谢大福晋。在此桌用膳的人，真是越来越少了。”

“管他们，就你我二人住在这府里才好！”

门口，善缇看了阿尔萨兰一眼走开。阿尔萨兰看看，站起身：“饱了。侯夫人慢用。”侯夫人看着阿尔萨兰的背影，轻叹了一声。

阿尔萨兰来到庭院，善缇跟上：“姑爸爸，玉姑小姐今日突然离开了粤局，同时离开的，还有新建护军的一些兵弁。”

“什么意思？”

“老爷可能怀疑玉姑小姐企图谋反？”

阿尔萨兰吃惊：“什么？！”

“奴才知道事大，回来禀报姑爸爸一声，还得再探。”

“快去！小猴放一放，先盯着老猴！”善缇飞奔而去。

日月堂，香长焦急地问道：“大方丈，玉姑娘与红旗大管事他们形迹已露，本该速归山堂，为何到现在还无消息？”

黑头讥讽：“怕是那小脚丫头无脸回来，带着马队的兄弟另寻山头，开坛去了吧？”

“玉姑娘怎可能做这等事情？”

“小丫头失了颜面跑了，大管事他们也该回来啊？”众人议论纷纷。大方丈绷着面孔，一言不发。

码头验票口，登船的人熙熙攘攘。六七个护军骑马围着辆马车行至，侯久满下车。附近，瘸了右腿、断了左臂的牛子旬，带着两个探员盯视着。侯久满回头看看，走向验票口。突然，红旗大管事、蓝旗巡风等十几个汉子仍着护军军服纵马奔来，不容侯久满扈从反应，生夺硬抢，尽数缴械，并将侯久满堵上嘴巴，重新塞回马车，加鞭离去……

远处街角，玉姑冷冷看着。其侧后，阿六看着侯久满那边大惊，拔出手枪……玉姑背身扬了一下手，阿六身边突然拥来几个汉子，将其按倒缴械、塞口，也扔上马车，疾速离去。玉姑看看，从容跨上马背，一鞭而走。

牛子旬远远看见，上马追赶，突然三把匕首飞出，两个探员仰身毙命，牛子旬的马伤，一头栽翻。善缇从附近店铺奔出，跃上马背紧跟玉姑。

车内，侯久满躺在车板上“呜呜”挣扎，看着用手枪抵着他的红旗大管事，随后被押至日月堂洞府。

日月堂洞内，大方丈说道：“玉姑娘能如此果敢，足见反清决心，但一会儿见你阿爸，是否还是回避一下为好。”

玉姑坐着：“不必，玉姑既然做了，就要当面认账！”

香长劝道："玉姑娘，大方丈所言，也有希望姑娘继续隐藏之意。"

"不！玉姑从今日起，已斩绝父女亲情，不愿再做蝇营狗苟之事！来人！将侯久满押上！"

红旗大管事与蓝旗巡风架着侯久满走入洞中。侯久满被摘掉蒙布，先瞪着玉姑。玉姑走到侯久满面前跪下，磕了一个头："阿爸，玉姑最后叫你这一声，从此恩断义绝，两不相干。你是玉姑绑的，目的是以你性命，换粤局2000兵枪。"

侯久满一脚蹬翻玉姑："小畜生！你比老子的心肠还狠！我好意放了你一马，你却骗我说去了香港，翻手倒标了你老子的参！"

大方丈说道："侯总办，您误会了，我等不是土匪，不做标参（绑架）、打脚骨（抢劫）的勾当。"

侯久满喝道："住口！你是何人？！"

大方丈笑着："老衲乃本堂龙头，人称大方丈。快为总办大人松绑、看座。"

"不用！"侯久满拒绝红旗大管事解其绑绳，"老子20年前就曾剿过你等这样的草贼，要杀要剐尽管动手！至于要枪，老子已让这小畜生看了，一支也没有！"

玉姑："枪库里没有，是因为你在上课时命人转移了！2000支一点儿不多，这是你平日贮备的最少数目！"

侯久满怔怔："那你就去找吧！有本事你和老子的护军与学兵开上一仗！"

到了开饭时间，侯久满与阿六被捆在椅子上坐着："滚！滚！哪个要吃你等的狗食！"

玉姑和红旗大管事端着饭菜，站在对面，大管事道："总统大人，信已送入粤局，赫顿先生定然会顾念您的性命，悄悄将枪送来。您还是顺其自然，心平气静地用些食、水吧。"

"滚！谁是你的总统！你等管这个小贱人叫总统去吧！"玉姑涨红着脸，将饭菜蹾在桌上，向洞口未走两步，身后"咣"地一声，侯久满将桌子蹬翻。

是夜，善缇打马狂奔，冲回侯府，汗淋淋地跑到阿尔萨兰房前推门而入，打千："姑爸爸，大事不好！老爷被玉姑小姐绑票！"

阿尔萨兰丢下婴儿小鞋，蹿起："什么，那丫头还会绑票？！"

"看来，玉姑小姐早投了一个名叫日月堂的反清会匪。老爷此时被拘押匪巢，骂不绝口，性命堪忧！"阿尔萨兰登时僵立。

"姑爸爸，奴才这就去衙门举报，领兵去解救老爷！"善缇起身欲走。

"慢！领兵去打，即便救得了老爷，那丫头怎么办？朝廷知道侯久满的女儿造反，依大清《连坐法》，侯久满依旧是死，且这侯府上下，一个也跑不了！"善缇愣住。

很快，赫顿与戴刀也得了消息。当夜，公事房内，阿尔萨兰厉色快捷地说道："赫顿老师、戴刀、善缇，此事目下就我等四人知晓，报官还是私了，我等必须当机立断，现在一人一句，二者选一！请赫顿老师先讲。"

赫顿道："夫人，我们连老侯被革命党抓到什么地方去了，都不知道，报案……恐怕……"

阿尔萨兰打断："首先，抓老爷的并非革命党，只是股较大山匪，善缇已经知道位置。

您与戴刀尚在当差，最好不知更多详情。请接着讲。”

赫顿看看阿尔萨兰，说道：“为了老侯安全，我建议私下谈判。”

阿尔萨兰看向戴刀。戴刀看着她：“我同意私了，但大福晋最好讲明详情，别亲自冒险！”

“善缇。”

善缇道：“老爷有大恩于善缇，善缇愿只身与绑匪交涉。”

阿尔萨兰：“好，我身为侯府大福晋，要以老爷性命为第一，与各位意见相仿。请问赫顿老师，2000 条兵枪能否顺利提出，并且不使官府得知？”

赫顿想了想：“老侯给了我一个总教习的官，我能找到借口提枪。而且，护军里有些人是老侯当海盗时的亲信，用这些人转运枪支，应该很可靠。”

阿尔萨兰站起身：“今夜就动！提出枪后，一切交给善缇，赫顿老师与戴刀不再与闻。我回府安抚侯夫人，她很快会听到什么。”

阿尔萨兰走到门口，回头看看戴刀，又看看墙边的两张床，说了句“想不到你二人如此困窘”，转身走出。

赫顿吃惊地看着门口：“真令人吃惊，面对危机，阿尔萨兰夫人好像突然变成了一位将军。”

戴刀淡淡说道：“或许因为她的玛法（祖父）、阿玛都是将军。”

阿尔萨兰在商务局门前跳下马车，疾步走入密室。

牛子旬一瘸一拐地跟着：“大、大姑，何事，突然夜里急见下官？”

阿尔萨兰看看牛子旬，冷笑一下：“怪可怜见儿的！”

牛子旬赧颜：“小人虎口上捋须，自找的。”

阿尔萨兰坐下：“告诉你，侯久满被革命党绑了。”

牛子旬看看阿尔萨兰：“小人已知侯大人的护军内讧，但，但革命党绑侯大人？为何？”

“为枪。”

“那，那为何不赶紧报官？”

“衙门里不知有多少乱党眼线，报官，侯久满还活得了吗？”

“那大姑的意思？”阿尔萨兰站起，“明日，尽数带上你的人，跟着我！”

牛子旬怔怔，躬腰抱拳：“只要大姑准允小人禀报太后，小人一切听从大姑。”

阿尔萨兰边走边道：“要报便快报！”

次晨，侯夫人匆匆走向阿尔萨兰房间，急切敲门。阿尔萨兰坐在梳妆台前，忙将手枪塞入怀内，拿起梳子应道：“请进，侯夫人。”

侯夫人急步走入：“大福晋，一晚上我这心里像钻入了一窝蚂蚁，乱糟糟地整夜未睡。果然一睁眼便听见买菜的佣人议论，说昨日在码头发生绑票，苦主带着护弁都没管用，这会不会是……”

阿尔萨兰梳着头：“我也听说了，绑的是番禺县的知事。侯夫人放心，老爷的船，目下怕是要到汕头了。”

“这就好，这就好。可……大福晋，您是见过大阵仗的，能不能烦您去粤局学堂看看，玉姑这女子，会不会她阿爸一走，便山中无老虎，猴子称大王？”

阿尔萨兰起身：“说得是，我这就去看看。不过您也该明白，山中有无老虎，玉姑这猴子也早已称王称霸了。如果哪日她真的做起山大王，也没什么奇怪的。只是天知地知，你知我知，切切别让外人知道了。”

侯夫人跟着出门：“大福晋讲得也忒吓人，还是吃了早茶再去吧。”

“不了。去了粤局，我要街上逛逛，侯夫人晌饭不必等我。”

山凹外，善缇和阿六强行将侯久满连架带拉弄上马车，侯久满大骂着：“善缇，你这狗才！竟敢与会匪阴行交易，苟合取容！”

善缇道：“老爷，一切待回府再骂。”

玉姑与大方丈站在附近看着。

侯久满回头骂道：“小畜生！你若再踏侯府门槛一步，老子定然亲手绑你见官！”阿六也说道：“小姐，玩玩闹闹也就罢了，一个孤身女子怎好久居山里，还是跟老爷一同回府吧。”

“少再啰嗦！这畜生已经磕了斩亲之头，她与我已无父女干系！”玉姑冷漠地看着，不语。

“小姐好自珍重！”善缇说完，与阿六架着侯久满钻入车帘。十几个便装护军围护，一护军挥鞭赶车。玉姑目送着，眼中渐渐有些湿润。

此时，阿尔萨兰、牛子旬与几十个探员、十几个侯府家丁，正埋伏在山坡。山路上，行走着侯久满的马车与貌似会党的护军。

牛子旬低声问：“大姑，如此半途截杀，乱党会不会伤了侯大人性命？”

阿尔萨兰冷硬地：“是死是活，看侯久满自己的命数。你缠住乱党，我与侯府家丁劫车！”

“靠近甚是危险，还是小人……”

“姓牛的，你可别在本大姑的背后放黑枪！”阿尔萨兰瞪了牛子旬一眼，带着五六个家丁潜向马车。

牛子旬看着阿尔萨兰背影，目光阴鸷地举枪，瞄着阿尔萨兰，旁边一人按住枪，瞪着眼睛：“大人，侯府的家丁并未都走！”牛子旬看看此人，愣了一下。

阿尔萨兰靠近马车，举枪冲赶车护军的头顶一击，护军佯装栽倒。牛子旬等顿时乱枪放射……

车内，善缇按倒侯久满：“老爷莫惊，这只是一场戏！”阿六的目光有些诡异地看着善缇。

阿尔萨兰钻入车帘：“快走！”一家丁跃上马车，赶车速奔。便装护军与山上对射。车内，阿尔萨兰冲善缇甩了一下脑袋。善缇跳下车，滚入草丛，向山坡奔进，一忽工夫到了坡顶，掩在树后，将牛子旬一枪击倒。掺入探员的家丁，立即与山下的便装护军配合，将探员杀得一干二净……

回到侯府，侯久满气愤地吼着：“胡闹！胡闹！谁要你救我？！ 2000 条新式兵枪啊！

你竟敢资敌！”阿尔萨兰精心洗着脸。

“奴才善缇，禀见姑爸爸。”善缇走入房间，半跪，“遵姑爸爸所示，奴才将差事办妥了。”

阿尔萨兰问道：“没有打死他？”

“没有。奴才亲眼看着府里的家丁将他扛入诊室，疗完伤后又送回了居所。”

“确实没留一个活口？”

“姑爸爸放心，奴才一个一个验过。”

阿尔萨兰吁了一口气：“知道了，歇着去吧。”“谢姑爸爸。老爷，善缇告退。”善缇离去。

侯久满惊异地看着：“你等都做了些什么？谁没打死？什么没留一个活口？”阿尔萨兰洗着脸，不语。

侯夫人敲门奔入：“老爷，老爷，妾身见着阿六了，你们不是去上海了吗？怎么回来了？”

当晚商务局密室，牛子旬脖子缠着纱布躺在椅子上，冲一仆佣沮丧地说：“给李总管发报：阿尔萨兰大姑与职秘密解救侯久满，侯久满无恙，乱党死伤无计，然职之属下伤损殆尽……”

电报很快到了京城。夕阳垂落。慈禧在颐和园的花圃里看了两眼电报，丢在地上，继续提着小壶浇花。身后，跟着三四个捧着小壶的太监。李莲英静静地等着。

良久，慈禧开口：“命两广总督周馥传我口谕：侯久满、阿尔萨兰忠肝义胆，堪为臣子楷模，赏侯久满穿黄马褂各局行走，履巡枪御使之职。赏阿尔萨兰的阿玛擢升品秩一等，金饽饽五对。”

日月堂，火把通明，仪典隆重。白纸扇（军师）高叫：“开坛——，恭请坛主——”

香长以下头领齐跪，大方丈被堂卫搀入，在香炉中供奉三把半香火，然后就座。

白纸扇又喊：“传新马——”

玉姑走入跪下，执事红棍以大刀刀背，轻磕玉姑脖梗三下：“此刀本是非凡刀，五祖遗传到今朝。阴心怀私入山门，三刀六眼不容逃。”

玉姑道：“木杨城内真威风，万丈旗杆与日同，顺天行道雪汉耻，神明详鉴一腔红。”执事红棍接过点燃的清香一枝，递给玉姑，玉姑举香过顶。

白纸扇道：“斩凤凰——”

执事红棍提起公鸡：“凤凰生来四头齐，五湖四海尽归依，有仁有义同福祸，脱去毛衣换紫衣。”执事红棍斩鸡，将鸡血淋入酒碗。

玉姑捧酒向天：“凤花亭，高溪庵，马溪庙，明主传宗，侯玉姑今夜歃血盟拜，永无二心！若故违誓约，冲犯香规，任凭剽刀、碰钉、三刀六眼，甘受极刑。”玉姑蹙眉饮酒，摔碗。

白纸扇高声宣道：“新马入圈礼成——”

大方丈重重蹾了一下手杖：“副龙头升座！”

玉姑走到大方丈身左席位坐下。

香长之下头领，向大方丈与玉姑叩拜：“副龙头以盖世之功升座！我等敬服之诚，肝胆可照！”黑头不服地看着。

大方丈道：“鸣枪以贺！”山洞外，数十会众举新枪射击，“砰砰砰”，只响了几下，其他不响，会众纷纷查看枪机……

蓝旗巡风奔入堂内：“禀大方丈，新枪有诈！各箱枪支除面上几条，多无撞针！”

玉姑大惊：“什么？！”会众抬进一箱，玉姑取出一支，拉开枪栓看看，又取……再取……

黑头冷笑：“这盖世之功，原来是个老猫盖屎之功！”

玉姑满脸通红，跪下：“大方丈，标下失察，无脸做这个副龙头。”

大方丈道：“开坛大典已过，岂可儿戏。只要2000新枪不是纸糊的，就是天大功劳。黑头！你一而再，再而三地酸言醋语，蔑视堂规，老衲已然忍耐很久！执法大管事！”

“小弟在！”

“依本堂香规，护印黑头所犯不法，该如何处罚？”

执法大管事回：“至少红棍80。”

“照例执行！”

“来人！”执法大管事一声唤，进来几个会众将黑头扭出。

黑头喊着：“大方丈，您就是打黑头红棍800，黑头也实实不愿在一个小脚女人裙下做事！”

“拖出去！”大方丈喝道。

玉姑看看洞外：“大方丈，标下也该吃棍！”

大方丈起身离去，丢下一句：“副龙头赶紧设法搞定撞针，才是正事！”

侯府侯夫人跪在观音前泪拜：“求观音大士显显灵，显显灵，点拨小女迷途知返，脱离绿林，马上还家。求求观音大士，求求观音大士……”

侯久满冷眼坐着：“菩萨如果也管着人世造反、革命的事，你最好求求菩萨，先将老子的那2000条兵枪要回来！”侯久满怒冲冲地边出门，边道：“告诉你小魔头终于反了，是让夫人早做准备，尽快遣散那些不必受侯府牵累的仆佣！”

侯久满穿过回廊，走向玉姑房间。众多仆佣家、家丁看着。侯久满喝问：“我要的东西。”

“在、在这儿，老爷。”阿六不情愿地取出一把大锁。侯久满夺过，“咔哒”一声锁了玉姑的房门，又走回自己房间。

进了门，侯久满瞪眼扫看，抓起石砚，将钥匙狠狠钉在自己的床架。

侯夫人与阿尔萨兰走入，侯夫人抹着泪：“老爷，您何必这么早就弄得府里上下不宁？”

阿尔萨兰寒着脸：“我特意打了一仗，紧盯侯府的狗没了爪牙，可暂保无事，你却大呼小叫，自曝家丑，难道你是有意以绝亲向朝廷表忠？！”侯久满看看阿尔萨兰，丢下砚台。

阿尔萨兰冷笑道：“你以为此举，就可以保命、保官？”

“不是保命、保官，是保我枪炮！再给老侯数月搞定沪局，江南兵工的统一整合就将大功告成！如此当口，偏偏那魔头……我无论如何得争取主动，换些时日，以防功亏一篑！”

阿尔萨兰怔怔：“那丫头造反之事，原本只有善缇、阿六明细，你本可装做不知。”

“小魔头没反的时候还扯旗放炮，如今反了，你以为她倒会掖掖藏藏吗？好了，毋庸多言，老侯封她的门自有道理！除悄悄遣散仆佣，你二人最好也尽早离府，另寻个藏身之所。”

侯夫人叹息一声：“妾身老了，侯府如若真的在劫难逃，妾愿随老爷左右，任杀任剐。”

阿尔萨兰看看，“哼”了一声，向门口走：“天还没塌呢！”

“大福晋留步。”侯夫人叫住阿尔萨兰，看看侯久满，“事到如今，老爷，还有一件奇恶家丑，妾身也不想再瞒了。”

侯久满瞪大眼珠：“何事？！”

侯夫人冲门叫道：“木棉。”

木棉进门，侯夫人说：“木棉，将你亲眼所见之事，如实禀报老爷与大福晋。”

木棉红着脸嗫嚅：“夫、夫人，木棉见是见着了，但，但实在羞于启口。”

侯久满急道：“讲！如实地讲！”

木棉垂着脑袋：“……二、二少爷他……好、好、好无廉耻……”

阿尔萨兰吃惊：“怎么？那登徒子怎么你了？！”

“不不不，不是怎么了婢子，而是……而是……”

侯久满猛拍桌子：“急死老子了！”阿尔萨兰喝道：“转过身去！把脸冲着墙，讲！”

夜，家庙庭院，在一巨大浴桶内，可言与三四男女坐于桶中同浴。可言握着那本《无政府主义》，大声诵读：“无宗教、无国家、无家庭之‘三无主义’，乃世界一统之根本。人类本茹毛饮血之物种，自有家庭，养累既多，心术必私。故家者，乱世之具也……”可言房内，不断传出男男女女的淫声浪笑。

随着“咣”的一下撞门声，侯久满与阿尔萨兰青着面孔走来，阿尔萨兰一下扭过脸去，可言从浴桶站起：“阿爸？额娘……”

侯久满从阿六手中夺过家法大棍，朝可言等男女劈头就打，可言等扯起毛巾捂着羞处四下奔逃。侯久满一手揪住可言，又抡棍打入房内，片刻蹿出几个裸男裸女，还有两个和尚！可言房内，竟有一通可容十几人的大床！侯久满暴打着可言：“畜生！……畜生！”阿尔萨兰看着那大床目瞪口呆。

阿六抱住侯久满：“老爷，老爷，您这样打法，是要打出人命的！”

阿尔萨兰怒不可遏：“打！朝死里打！”

侯久满搡开阿六：“今夜不打死这人面畜生，侯府不用外人屠戮，自家抹脖上吊，均不足平愤！”

可言抱头叫着：“可言何罪之有？！在此欢跃者皆你情我愿，远比外面的争夺杀伐，胜似百倍！”

“畜生！畜生……”侯久满的大棍劈头盖脑……

翌日，遍体鳞伤、双目紧闭的可言被捆在侯府庭院的树上，头上顶着三支蜡烛。仆佣、家丁、阿六、善缇站在两侧。对面数十步，阿尔萨兰与侯夫人坐在椅子上，一个瞪着眼珠，一个抹着眼泪。正良站在二人椅后。

侯久满提着机关枪喝吼："大棍不足泄愤！如今不是事事都讲弃旧图新么？贼娘！我侯府枪炮之家，从今日起，也立个新的家法！忤逆不孝，人伦尽丧者，要头顶天灯，吃三三见九之机枪弹！尔等听清了吗？！"仆佣、家丁面面相觑。

侯久满冲天打了一梭："听清了吗？！"

仆佣等参差不齐地："听清了老爷。"

正良扑跪在侯久满腿前："阿爸，二弟已受重罚，您、您就饶了二弟的性命吧。"

"滚开！"侯久满喝道："你身为兄长，早就该知道这孽障情形，不及早遏止或禀告父母，也该受罚，一会儿再与你另算！……侯可言！你往日狂思谬想，大言滔滔，老子所以尚且容你，是认为你毕竟有颗愤世嫉俗之心。谁曾想，你走火入魔，竟然堕落成一个猪狗不如的人妖！老子今日执法，若灯灭命存，你须痛思悔改！若狗命休矣，做鬼，也望你做个好鬼！"

可言睁开眼看了一下，虚弱地重新闭上。

侯久满端起机关枪……正良不断磕头大叫："阿爸！……阿爸！"

仆佣、家丁跪下一片："老爷，且饶了二少爷性命……"

侯久满不适应机枪立射，左端右瞄均不得法，最后像步枪一样举着，但双手抖得十分厉害。侯夫人扭过脸，瑟瑟地捻着佛珠。阿尔萨兰也蹙眉扭过脸去。

侯久满抖着，一串子弹射出，同时，突然有一只手托起了枪管："侯大人！"可言一阵凄厉惨叫。

戴刀托着枪管："大人！您一大早要阿六提枪，想不到是做这等事情。戴刀很是遗憾，多年心血熬出来的机关枪，吃的第一口人血，不在杀贼战阵，却是在侯大人的府邸！"

侯久满怒道："刀儿站开，今日谁来讲情，都毫无用处！"侯久满接着瞄准。

戴刀抱拳："侯大人，如若真要用此枪行家法，戴刀请做刽子手！"

同来的赫顿也气愤说道："我同意！老侯，你的手被毒气炮伤过，根本不能准确射击，这对侯可言很不公平！对你自己新立的私刑也很不严肃！"

侯久满愣怔片刻，将枪一把塞给戴刀："那就刀儿代劳！打死于你无干！"

可言被刚才那一梭子弹已吓得崩溃，浑身乱抖，头顶的蜡烛摇摇欲坠。

"可言兄弟，请闭上眼睛。"戴刀提着枪，先走过去抹合可言眼睛，然后走回稳住枪。

"啊——，啊——"可言叫喊着。阿尔萨兰瞪大眼珠，侯夫人闭目诵经，木棉等捂着嘴，大气不出……

戴刀的手指渐渐压紧扳机，"哒哒哒"，"哒哒哒"，"哒哒哒"，随着每次三发的连射，三支蜡烛一一熄灭。众人"呜"地发出一片松气之声，可言垂头不动。

仆佣们忙解开绳索。可言醒来，挣脱仆佣，疯狂大笑着乱跑："我还活着！我还活着！我还活着……"正良与仆佣们追赶、按拿已然惊吓成疯的可言，乱成一团……

侯久满看看，走回自己房间。阿尔萨兰看看戴刀，从他身边走过，进了自己房门。戴刀目送阿尔萨兰回房，提着枪与赫顿离去。

被按在地上的可言狂笑着："哈哈哈哈……我还活着！哈哈……"

正良使劲摇着可言："二弟！二弟！二弟醒醒！"

侯夫人哭着："这，这还不如死了……"

深夜，可言疯癫、瘆人的狂笑已然嘶哑，侯府显得阴森森的。

可言被绑在床上，正良帮大夫灌着药，洒得半身透湿，侯夫人坐在一旁抹泪。

侯久满在房内烦躁地踱着，被可言的吵闹气得大吼："堵住这孽畜的嘴！"

正良慌忙用毛巾塞住可言嘴巴："二弟委屈片刻，等药发睡着了，我再取下……"侯久满看看静下来的窗外，疲惫地倒在床上。门开，阿尔萨兰走入坐在椅子上。侯久满看着，懒得开口。阿尔萨兰淡淡地："你得赔我一个继子。"侯久满未语。

阿尔萨兰重复道："你得赔我一个继子。"

侯久满霍地坐起："你也来烦！这狗东西，你不是从未看上，也从未正式过继吗？！"

阿尔萨兰："那是因为你从未主动为我换一个。"

"换？！……走！走！今日老侯毫无气力再与你等纠缠！"

阿尔萨兰不动，冷硬地："侯久满，你很清楚，你欠我的！而且，既然你已知侯府即将大祸临头，要我离府逃难，难道你就叫我一人孤老终身吗？！"侯久满怔住，无语。

阿尔萨兰又道："你我婚姻有名无实，只有你知我知，何况你曾答应过继一子为我养老，不能言而无信！你是个爷，在外，办爷的差；在内，该做爷的事！"

侯久满道："此事，你为何早前不提？"

"此事我早就想提，绝非今日见这登徒子成了废人才……"

侯久满打断："行了！我是问你……"

门外，传来阿六的声音："老爷，总督大人到，命老爷与大福晋听宣太后懿旨。"侯久满，与阿尔萨兰对视一下急步奔出。

侯久满与阿尔萨兰匆匆走进花厅，抱拳道："不知部堂大人光临，有失迎迓，望大人恕罪。"

"哪里。"周馥抱拳，并特意向阿尔萨兰一躬："大姑，下官见礼了。"

阿尔萨兰福了福："部堂大人客气。"

周馥："我等闲言少叙。阿尔萨兰大姑、粤局总办侯久满听旨。"侯久满和阿尔萨兰跪下。

"大清皇太后口谕：欣闻粤局总办侯久满制成大清第一支机器炮，威猛非凡，甚是惊喜。又惊悉，侯总办日前为绑匪勒票，讹诈枪械，然，侯久满、阿尔萨兰忠肝义胆，冒死周旋，非但军械无损，且击杀奸贼无计，极为欣慰！侯、阿伉俪，琴瑟和同，患难与共，堪为臣子、眷属楷模。特赏：侯久满穿黄马褂各局行走，履巡枪御使之职。特赏：阿尔萨兰之阿玛，擢升品秩一等，金饽饽五对。……二位，谢恩吧。"

侯久满、阿尔萨兰叩拜："谢圣母皇太后隆恩！"

周馥道："好了，天已不早，本督就此别过。"

侯久满忙道："标下送送部堂大人。"

"我皇太后对侯总办真是恩泽有加，朝野百官无人不景慕歆羡。但，老夫想相赠一言。"周馥拍拍侯久满："敬小慎微，祸乃不滋。"

侯久满怔怔："……大人何意？恳请明言。"

"告辞。夜深了，看好门，看好门。"周馥笑笑抱拳离去。侯久满与阿尔萨兰对视一下，疑惑地看着周馥背影。

两人回到阿尔萨兰房间，侯久满与阿尔萨兰默坐良久，阿尔萨兰道："那周馥已然知道了什么不成？"

侯久满摇摇头："不清楚。"

阿尔萨兰："或者还是太后知道了什么，有意欲擒故纵？"

侯久满："更不清楚。"

"真像是夜猫子进宅，无事不来。"

"找死！"侯久满瞪眼，"传谕太后恩赏，何谓夜猫子进宅？！如此的大不敬，我看你与那造反的小魔头，日见相仿！"

阿尔萨兰笑笑："活得好无生趣，找死又怎样？"

侯久满看看，有些怜悯："……你真的想带一子走避？""就看你老侯是爷不是爷。"

侯久满："老侯的亲子加义子总共三人，言儿废了，妹仔走了，难道你要过继老侯的长子正良？"

阿尔萨兰坐着福了一下："谢老爷。"

"你要知道，良儿比你还大上两岁，怎好……"

"这世道还有什么可与不可？我长他一辈，该叫我额娘，也得叫。"

侯久满迟疑："这……这怎么也得与良儿阿妈商议一下。"

阿尔萨兰站起身："我乏了，你自己去商议吧。实言相告，我以侯正良为嗣子，并非为了走避、逃难，而是因为你只认枪炮，漠视亲情，我阿尔萨兰要亲自管束一个男人，重整侯府门风！"侯久满一愣。

"你走吧。"侯久满怔怔地看着阿尔萨兰，怔怔地走出。

侯久满刚出房门，阿六匆匆走来，递过一封电报："老爷，吴丁贵从上海给您来了封特急电报。"侯久满马上接过，急速拆看：大人，沪局差事极为棘手，诸小完全不顾朝廷大局，恳望大人亲自速来。侯久满寒着脸，走向自己房间。

侯久满蹙眉在房内踱着，窗外突然又响起可言的狂笑："哈哈哈，我还活着，大清死了……我还活着，大清死了……"侯久满瞪视着窗外，手在子弹钵中使劲抓拿……

次日，侯夫人震惊得身形晃了几晃："什么？大福晋要过继我们的良儿？！"侯久满坐着，垂头点点。

"大福晋年少，是不是随口说笑？"

侯久满："无论是经过深思，还是因积愤出此难题，她讲出的理由极难辩驳。侯府之乱，我深负其咎，夫人又是绵软之人，她以嗣子为由将良儿召回府内，应对即将发生的事变，既是善意，也是善法。"

侯夫人："那么说，老爷已经应了？"

侯久满道："想了一夜，我的确无暇顾及府中一切。且老侯的差事大急，今日必赴上海，离去的这些时日，侯府真的不知会出怎样的乱子，实实该有个男人奔走内外。但良儿他偏偏生性懦弱，难掌大局。大福晋倒是刚毅果断，可她若时时、事事支派良儿，或唤良儿进门商议，没个正当名分，非但不成体统，甚至有碍观瞻，惹人蜚短流长。"

侯夫人带了怨气："大福晋年纪轻轻，你俩早就该有一子半女，何至有事时，抢夺妾身的儿子强托名分，支挡门面？"

侯久满看看侯夫人："我与那人……不是在太后园子里的那些日子……试了试，没见着动静，这事也就淡了吗？"

侯夫人垂头沉默一阵，抹着泪："我与老爷就这么一个儿子，妾身又已是白发之人，她大福晋忧虑孤老凄惶，妾身不比她更加害怕吗？她好歹还有宫内大姑的显耀，还有那个御赐的'囍'字护身，可妾身有什么？"

侯久满看看，心生不忍："夫人所言都是实情，这些我也都想过，如若夫人真的不肯，我回绝大福晋就是。但今日我走之后，请夫人切莫因为此事与大福晋不谐，徒增是非。"

侯夫人深深叹息一声："唉——，老爷的枪炮差事，何时是个头啊！"

"……夫人继续礼佛吧。"侯久满走向门口。

"老爷稍等。"侯久满回身。侯夫人缓缓走向衣柜，从柜中取出个小布包，打开，里面有两张黄纸："这是良儿与玉姑落地时，接生婆写下的生辰贴。这张是良儿的……"

侯久满接过生辰贴，侯夫人淌泪："妾身清楚，若不是大福晋从山里救回老爷，这侯府前两日就败亡，甚或灭门了。"

侯久满感动地看着："夫人真乃大义明理之人。良儿是个孝子，无论过继这形式如何，他自会一如既往，善待亲娘。"侯夫人垂泪点头。

郊外的一处土丘，炸弹频频轰响，掀起数团土浪。附近，妹仔与二三队员伏在地上。一队员道："这改进的炸弹，果然威力大增！"

妹仔："可以抓紧制造了。孙先生已有密令，新的一波起义很快要在两广与云南迭次展开。"

"妹仔，你的味素厂日夜开工制造炸弹，人进人出的，是否已不安全？"那队员问。

"造完这批，再谋转移吧。"说完，妹仔又抛出一枚炸弹，"轰"然一声，炸倒棵老树。

庭院内，可言疯跑着："我活着，我活着，大清亡了，大清亡了……"

阿六等仆佣连堵带追："二少爷……二少爷，这话可不能乱喊哇……"

阿尔萨兰在房中坐着，平静地看着对面垂头站着的正良："刚才在花厅，你当众不愿跪拜叫我，现在只有你我，总可以了吧？"正良不动。

阿尔萨兰蔑视地："你是这府内最为柔弱寡断之辈，你以为我稀罕拴只绵羊做儿子？！"正良无言。

"老侯召集全府上下宣布过继之事，个中缘由，他定然先同你讲了，你若情愿，趴下磕头，不愿，现在就走出我的房门！"

正良怯怯说道："正良原本也唤大福晋为额娘，即便为大福晋驱使方便，也不一定非要正式过继。我阿妈她已年届60，如此行事太过荒谬，且太过残忍……"

阿尔萨兰冷冷地："你出去。"

正良默默退向门口，握住门把一刻，站了一阵，转回身跪下，磕了一个头："额娘在上，请受良儿一拜。"

阿尔萨兰冷笑："怎么又不顾念你亲娘了？"

"正良虽然不解，但阿爸言之凿凿，过继之事，关系侯府存亡，老少生死。"

"哦，是怕死，才认我为娘。"正良不语。"听着，从今个儿起，你就叫阿正良了。"

正良怔怔："……是，额娘。"

"额娘要你马上办第一件差事，去衙门报告，侯府走失人口。有侯玉姑，因婚姻不遵父母之命，离家出逃，并留下书信，与侯府斩绝一切关联。"

正良大惊："这……这……为何要这样……"

"去之前，你先模拟那丫头的笔迹，写封言词激烈的绝情信，然后带上交给衙门。你不还是个四品的候补道员吗？把朝服也穿上！"

正良大惑："正良……正良不懂……"

"用不着你懂，也没工夫教你弄懂，赶紧回你房间做文章，且快去快回！"正良呆呆地爬起身。

"快！"正良慌不迭地奔出门。

阿尔萨兰厌烦地看着房门："简直是棵莠草！"

日月堂山洞前，玉姑将各色撞针朝新枪上按着……无一根合适。红旗大管事站在一旁："副龙头，兄弟们从各处弄来的这些撞针，一一试过，没有一根适配这粤局新枪。"

"该死！眼看着钦州、廉州举事，迫在眉睫！"玉姑又摆弄两下，狠狠将撞针摔在地上。

"副龙头，听说此次送枪交换侯大人，做主的并非是赫顿先生，而真正执掌大计的是侯府的大福晋。"

"什么？！……是那个旗女？"玉姑吃惊，怔怔地看着侯府方向。

二十九

上海驿馆，一辆汽车驶到门前停住，司机奔下，打开后车门，与吴丁贵一起搀出侯久满。司机冲侯久满拱拱手："侯大人，我局总办章大人讲，今晚为侯大人接风，请大人先事歇息。"

侯久满冷冷地边说边走向门内："告诉你家大人，本御使身子不爽，一应俗礼都免了。至于何日去沪局，到时自会传告。"

司机看着侯久满背影回道："小的知道了。"

侯久满走入客房，问道："这几日的邸报有何消息？"

吴丁贵："没什么，好像会匪与乱党又要有所举动。"

侯久满"嗯"了一声，走向面盆："朝廷方面呢？"

吴丁贵狡猾地瞟了侯久满一眼，抢在前面涮湿毛巾，递给侯久满："朝廷正在四处调兵弹压。"

侯久满接过毛巾擦擦脸和手，盯视着吴丁贵。吴丁贵显得不自然。"你辛苦了。"

"小的没办好差事。"

侯久满突然将毛巾摔入面盆，喝道："吴丁贵！你是怎么同沪局讲的？怎的沪局如此拿大，本办身为巡枪御使，沪局竟无一人于码头迎接！"

吴丁贵扑通跪下："小的谨遵大人意思，一字一句转达粤局愿将机器炮炮管委托沪局制造，不想人家似乎早知此事，一口回绝，声称要么整炮交给沪局，要么一个零件沪局也不染指。"

"他们怎么会早知此事，并有了盘算？！"

"这……这小的不知。"

侯久满盯着吴丁贵："刚才本办询问朝廷动静，并非打探官军如何用兵剿贼，而是在问朝廷对我粤局的机关枪投产，有何说法！听不明白吗？！"

"哦，哦，小的是听到一些传闻，陆军部铁良大人似乎赞同分工制造机器炮，并传令沪局，接受侯大人的策案，可沪局找了种种借口，搪塞敷衍。"

侯久满："还有吗？"

吴丁贵看看侯久满，小心地："还、还有，就是听说，津局……津局倒有意与粤局合作。"

侯久满背过身神秘地笑了一下，马上正色道："津局？津局连马刀都造不周全，有何能耐造枪？！"

"大人说笑了，津局资略丰裕，重建已见规模，听说津局甚至愿为机器炮，快速进口各类钢炉、设备。"

侯久满盯视吴丁贵："……噢？看来，袁大人与铁大人一样，还是识货的。起来吧。沪局素来老大，差事办得不顺，老侯并怪不得你。"

"谢顶爷。"吴丁贵爬起。

侯久满故作漫不经心："不过它也老大不了几日了，两年前，铁良与张之洞就有意撤办沪局，机器、设施、人才一并并入鄂局，这回又如此拿捏抗命，还不是找死？他们以为我老侯此番来，只是求沪局造枪管的，可笑！老子恰恰是来认真巡察，正式计议撤办这个老大的！机关枪，老子与鄂局的把兄弟黎元洪，联手操办！"吴丁贵怔怔看着侯久满……

"这几日，你只管联络船运公司，打听百船左右货物的运价。"侯久满从皮箱中取出黄马褂，站在镜子前穿着：这是皇上与太后在西狩时就恩赏老侯的，此次准我处置巡枪大事时，可以穿上行走。如何？还威风吧？"

"威风，威风。小的这就去船运公司。"

"不忙，今日先随我去两江衙门，知会一声。……那些不知道死活的狗奴才！"

沪局总办室，总办章志腾问司机："那个侯久满到底是有病还是无病？"

"回大人，小的陪吴丁贵喝花酒时，听姓吴的讲，侯久满非但无病，而且确实是在谋划撤迁沪局。"

同僚李某恐慌地道："总办大人，沪局曾为朝廷数次动议内迁，这回开罪了侯久满与铁良，怕是要来真的了。"

同僚于某："我等生于上海，长于上海，机器、设备内迁，人也要随着，去武汉那火炉尚且难活，何况依据旧案，沪局极可能搬至河南一个兔子不拉屎的地方！这可如何得了？"

李某："章大人，您还是放下身段，见见侯久满吧。朝野皆知，那猴子顽劣成性，想得出做得出，是个只要枪炮，连老婆都说休就休的主。他若想休我沪局，还不是眉毛都不带抖抖的。"

于某："是啊，我们连番驳这猴子的颜面，怕是……"

章志腾喝道："行了！本办打甲午年就认得这个侯久满，一个一等炮弁，十足兵痞，狗都啃不动的老油条，我还不知道他么？！且你等的消息，都来自那个叫吴丁贵的，而吴某乃侯久满做海盗时收揽的心腹，他会不会是故意乱放空气？！"

于某忙道："不不不，章大人，下官的消息并非来自吴丁贵，而是袁世凯大人的一位幕宾，透露给下官的。"

章志腾怔怔："袁世凯？……袁世凯与侯久满怎么会打起连裆？"

李某："大人，就算这些都是巧合，都是乱放空气，可猴子那身黄马褂，可绝不是能够乱穿的。"

章志腾："好了！不需再讲，说了归齐，他侯久满再有本事，能吃了江南所有的枪炮局，也休想舔我沪局一口！"

枪炮局大门对面的茶摊，礼帽遮了半张脸的玉姑吹着茶，蓝旗巡风低声问："副龙头，这直接闯到人家虎口前，找戴先生要货，是否太过冒险？”

玉姑：“一切皆因举义事急！一会儿戴大哥出来，答应便罢，如若不答应，一样绑走！”

穿着护军军服的红旗大管事走入公事房：“戴先生，门外来了一位东北汉子，说要见您。”

正在画图的戴刀转过身：“东北来的？”

红旗大管事：“他说，他是您少年时的一个友人，手里有一张图要当面交给您。”

“图？什么图？”

“好像是什么……28 珠连环铳。”

戴刀愣住。

赫顿也转过身：“什么铳？”

红旗大管事：“28 珠连环铳。”

此时，枪厂电话房内，善缇捂着话筒低声说道：“姑爸爸，如您所算，玉姑小姐果然到粤局寻找那些撞针来了……”

阿尔萨兰在自己房内举着电话：“听着，你马上挡住戴刀，无论如何不能叫他走出粤局大门！”

“嗻！”善缇丢下电话，奔出电话房。

阿尔萨兰走出房门，叫道：“喂，莠草！”庭院中，正良给捆在椅子上的可言喂饭，他看着阿尔萨兰应了声“哎，额娘”，将碗交给木棉。

红旗大管事陪着戴刀刚刚走出枪炮局大门，善缇追来：“戴先生，戴先生，大福晋刚才收了一封老爷的急电，要您马上接电话。”

“知道了，我去对面取一样东西，即刻便回。”

善缇拉住戴刀：“还是先接电话吧，大福晋讲，事情格外紧急！”

赫顿奔来，呼哧乱喘：“戴刀，戴刀……阿……阿尔萨兰夫人电话，说老侯他……被人谋刺……”

“啊？！”戴刀惊呼一声，看了一眼大门对面，转身狂奔。

茶摊前，“好你个旗女！”玉姑气得摘下礼帽狠狠摔在桌上，碗翻壶倒。

戴刀奔入公事房，抓起电话喘着：“大，大，大福晋……”

正良在阿尔萨兰房中举着话机：“戴大哥，我是正良，额娘讲，我阿爸正在诊所救治，有要事向您和赫顿先生交待，请你二人速去上海。一会儿阿六送船票过去。”

戴刀放下电话：“是正良打的，侯大人定然已经十分危险……赫顿，赶紧收拾东西，待阿六一到，你我马上动身！我先去见一下客人……”戴刀说着向门口跑。

赫顿喊道：“戴刀，你不能去！”

戴刀站住：“怎么？”

“老侯是不是真的出了事，我不敢说，但你绝对不能单独走出工厂！”

戴刀疑惑：“为什么？”

赫顿说：“我都不信，另外还有一张什么 28 珠连环铳的枪图，你更不应该相信。”

“正因此事蹊跷，戴刀才想去看看。”

赫顿坚定地：“你不能去，我答应过阿尔萨兰夫人，要好好地保护你！”

正良放下电话，正良看着阿尔萨兰：“你……你为何逼迫正良，做这种欺蒙讹骗的丑事？”

阿尔萨兰在纸上描画着婴儿小鞋的花样，冷冷地说：“你阿爸走时有话，将那些家中拖累较重、嘴巴不太严实的仆佣、家丁，多给些银子尽快遣散。你办了几日，为何连一个都未送走？”

正良怔怔，绵绵地：“都是侯府老人，无故打发，正良于心不忍……”

“蠢！这是为侯府，更是为他们！上次官军封堵宅门，饿死七八口子，你忘了不成？！”

正良顿时惊慌起来：“知、知道了，正良这就去办。”正良扑跌出门，片刻又转回：“额、额娘，可怎么说呢？总不好讲，侯府又要遭封……”

“就不会说，侯府家资吃紧，不便用那么多帮手了吗？”

“知、知道了。”正良奔出房门。

阿尔萨兰看着门口，不屑地：“莠草！”

是夜，吴丁贵走进客房：“大人，门房送来府上的一封电报。”

侯久满接过，拆看：小魔头不罢手，为保全你的左膀右臂，特将戴刀、赫顿赶往你处。其他尚安。侯久满呆愣……

吴丁贵：“怎么，大人府中有事？”

侯久满急思片刻：“……哦，是我先打了个电报，催戴刀与赫顿过来，帮我验收沪局机械。”吴丁贵鬼鬼地看着侯久满。

侯久满道：“老吴，我粤局精粹，齐聚上海这个中外流氓麋集之地，你立即招募镖客，确保安全！”

侯夫人房内，正良为侯夫人轻捶着肩膀：“阿妈，侯府真的会因为玉姑，招致大祸吗？”

侯夫人：“唉——，阿妈越活越胆小，宁信其真。”

“既然如此，为何坐以待毙，不早早逃走？”

“你阿爸是个会逃跑的人吗？他不逃，我们怎可弃他而去？就凭这一点，大福晋，你如今的额娘，也是个可敬之人。她年纪轻轻，又是太后贴心人物，原本可以举发玉姑，撇清自己，甚或趁机改嫁，重过安稳日子。但她却选择与侯府捆绑一起，共同守死。难得的侠女啊！”

正良嘟囔：“可她那脾气、心机……不像女子……”

侯夫人：“良儿，不可以你那可怜的烟姑娘，比照天下所有的女子。兴许遭逢乱世，只有大福晋这样的人才能生存。”正良无言。

上海某酒楼雅间，章志腾嘱咐众人：“一会儿那猴子到了，你等不必一味阿谀，只须看着本办与其周旋。”

“下官晓得了。”李某等人应道。

侯久满上了楼梯，吴丁贵低声道：“大人，第一次会见沪局总办，为何不穿上您的黄马褂？”

“怎恁的小器？！”侯久满瞪了吴丁贵一眼，进入雅间。

章志腾等人站起，打千：“沪局总办章志腾及部属，参见巡枪御使。”

侯久满笑笑：“贼娘！”章志腾一怔，抬眼看他。

侯久满笑着又道：“贼娘！”李某、于某惊异对视。

章志腾面孔变色：“侯大人说什么？！”

侯久满依然笑着：“老侯在骂你，贼娘！”

“你！”章志腾瞪眼。

侯久满拽起章志腾：“怎么，章大人忘了你原来的主子李中堂越是喜欢谁，越是爱骂一句‘贼娘’吗？被骂者往往欢欣鼓舞，擎等着升官发财呢！哈哈哈哈……”

李某、于某看看，爬起来：“侯大人真会说笑。”

侯久满道：“老侯平生最敬重之人便是李中堂，爱屋及乌，所以连骂人也效仿李大人。”

章志腾怒不得，气不得，表情十分难看：“多年不见，侯大人第一句便披头就骂，章某实不知是祸事临头，还是要升官发财。”

“哈哈哈……当然是升！从长江下游往上游走走，不就是升了吗？”侯久满走到主座坐下。

“侯大人果然是炮弁脾性。”章志腾也坐下，“当年李中堂讥讽侯大人白身，看来大人真是没读过什么书，还未破题，就开始束股了。”

侯久满被戳了软肋，面色顿红。章志腾开心大笑。

侯久满：“标下是个白身又怎的？标下做不来八股文章，可好在皇上、太后圣明，总算将这狗屁无用的臭八股给废了！否则，标下恐怕至今，仍是个为章大人在烟馆前看马的护弁。”

章志腾：“是是是，今非昔比，山中无老虎，猴子也称了大王。”

侯久满：“山中无虎，却遍地是鼠！猴子在鼠辈头顶做王，还不绰绰有余？！”章志腾张着口，一时没找到更有劲儿的还击炮子。

李某忙道：“章大人，章大人，是不是该端杯子了？”

于某：“是啊，是啊，御使大人来沪多日，今日头一次会面……”

“慢！”章志腾道：“酒晚些饮无妨，侯大人既然已说到沪局往哪走走的话，本办斗胆想问大人一句。”

“请问。”

“侯大人既为巡枪御使，该比谁都清楚，我泱泱沪局打同治朝起，便是东亚第一枪炮局，如今虽说稍有顿挫，但与侯大人的粤局比，无论各类资源，诸种基础，孰高孰低一目了然！即便朝廷有裁撤兼并之说，也应先撤了粤局，再论沪局！”

侯久满默默看着章志腾。章志腾逼视着侯久满：“怎么，不是如此吗？”

“好个东亚第一！章大人，且不说沪局即便在鼎盛时期造的枪炮，连湘军、淮军都不敢使用，就讲近十年，沪局又造了哪些拿得出手的东西？朝廷找洋人买一条兵枪，需要十两银子，可沪局造一条枪，居然本金都要 17 两 4 钱！造枪不如买枪，留你何用？！”

章志腾又被问得无语。

“标下知道，章大人以苏淞太道员兼沪局总办，手里管着税关、厘卡，还有造币局，不愁大把大把的银子，仅此一条，便强于大清各局百倍。但老侯要问，沪局守着金山银海，为何一年才可造弹子9万粒、地雷200枚、仿制老枪2000不足？！你那白花花的银子，都花到哪去了？！”

章志腾惊异：“你，你，你何时在沪局埋了暗桩？”

“何需暗桩！实话告诉你，数年前老侯便密访过贵局，近年又没少看兵部、陆军部的邸报！”

章志腾：“不管怎样讲，沪局再不济，也不差粤局哪去！侯大人若不以皇命压人，不知大人愿不愿与老章赌一把：你我二局，一月之内各造一炮，试放后，谁劣谁撤！”

侯久满看看章志腾：“……我老侯确实不想以巡枪御使的身份欺负了谁。好！就依你，赌炮！但无需一月，一周之内见个分晓！且就在你的地盘上比试，免得运输费时！”

章志腾愣怔：“……此话当真？”

“七天后，沪局靶场见！但标下的皇差不是儿戏，该察验的得继续察验，章大人切莫一丝一毫，藏奸耍滑！……贼娘！”侯久满将酒泼在桌上，大步出门。吴丁贵笑看看章志腾等，急步跟着走出。

回到驿馆，侯久满快步走向客房。吴丁贵问：“大人，即便戴刀与赫顿马上就到，可两手攥空拳，一周时间如何造得出炮来？”侯久满不言，快步走入房门。

房内，戴刀与赫顿站起，戴刀抱拳：“侯大人。”

赫顿上前拥抱、拍打：“老侯爸爸，您好啊！”

“好，好，你二人来得恰是时候！”

沪局总办室，章志腾道：“我就不信，他猴子七十二变，还能变出一门炮来！”

李某：“下官也不信，可那猴子滑得神鬼莫测，说不定就怎么弄出一门，届时，大人……”

“放心，他滑，本办也不傻！他弄得出，本办就弄得出！”章志腾阴鸷地：“倒是猴子那中、西两条手臂，一旦进了沪局，我等不能不防。”

客房内，侯久满冲着吴丁贵：“你还站在这干什么？要你招募镖客，招的怎样了？”

吴丁贵忙答：“小的已然铺排妥当，可确保大人与二位先生安然无恙。”

侯久满：“看桃不如盯着偷桃的！那样比将我等围在铁桶里，强似百倍。”

吴丁贵眨眨眼：“……小的明白。”

吴丁贵走出。

赫顿低声问：“老侯，你叫一个最不安全的人，负责我们的安全？”侯久满笑笑。

戴刀：“大人，上了船，阿六才告诉我俩，您并无遇刺之事，这里面到底是怎么回事？”

“来来来，你二人仔细听着。”侯久满揽过戴刀、赫顿的两颗脑袋，低声密议……

客房门外，吴丁贵蹑手蹑脚地走回，贴耳于门，可是极难听清。

日月堂山洞，黑头道：“大方丈，既然解救侯久满的首脑是侯府的大福晋，说不定那些撞针就藏在侯府。依小弟之见，今夜干脆让副龙头骗开大门，我等翻得出便罢，翻不出，且绑了这大福晋换货！”

香长道：“黑头的主意甚好，如此用不了几个兄弟，即可确保成功。你说呢，副龙头？”

玉姑像是没有听见，呆呆地望着洞壁上的烛火。大方丈以盲目“看着”玉姑。

黑头冷笑着，又道：“副龙头既然能绑亲生阿爸，想必对这个清廷的婢子更无恻隐。”玉姑仍像是没听见，依然望着烛火。

日月堂洞内，大方丈问道：“副龙头，此刻是不是只有你我二人？”

玉姑左右看了两眼：“是，大方丈。”

大方丈：“玉姑娘，你能告诉老衲，为何你能绑阿爸，却不愿绑一个旗女吗？”

玉姑沉沉，答道：“玉姑能绑阿爸，自有不可言说的道理。然而仅此一次，玉姑不愿再以绑架手段，对付任何人物。尤其不愿以任何理由，再滋扰侯府，惊吓我的阿妈。”

大方丈点点头：“……老衲懂了。”

正良走入阿尔萨兰房间：“额娘，您叫我？”

阿尔萨兰向外走：“跟着额娘，去枪炮局看看。”

正良愣怔跟着：“您，您去枪炮局？您不是带着强兵堂和护军，已经请过皇安了吗？”

“啰嗦，不请皇安，我皇家大姑就不能巡察巡察吗？额娘我闷得慌，趁你那老爸不在，好好在枪堆炮山里耍耍！”阿尔萨兰得意地甩甩出门。

夜，总办室内，阿尔萨兰背手浏览着墙上的各种章表。正良跟在后面：“额娘，都转了大半日了，您又不懂。阿妈来电话催了几次，二弟又在犯病……”

“烦不烦！这枪炮局的头子都走了，像座空城。你那妹子，又肯定时刻惦记着那些撞针，我代你阿爸督察督察，谨防出事，有何不妥？！”正良张口难合。

“莠草一根！”阿尔萨兰走向门口，“走，再去枪库转转！”

总办室门外，一个满脸缠着纱布的护军兵弁在偷听，察觉阿尔萨兰出门，慌忙离开。

枪炮局操场，阿尔萨兰与正良一前一后地走着，阿尔萨兰兴致勃勃地左看右瞧：“喂，你说，要是像西洋那样，女子也能进厂做工，是不是做着做着，也能当上个帮办、总办？”正良无话，只是无奈地跟着。

远处，那个缠着纱布的兵弁悄悄相随。突然，一只大手拍在兵弁肩上，兵弁欲回头却被一掌劈在脖颈，兵弁侧倒，紧接着被人骑住，脑袋被按在煤堆里……

善缇低喝：“什么人？！”兵弁使了个拆招，将善缇掀翻，因其眼睛被煤灰封住，只得仅凭听觉与善缇对打，善缇竟难以取胜。二人斗得辛苦，善缇好不易拽掉了兵弁的纱布，大惊：“……阿六？！”

阿六停手，擦着眼睛：“……是。……是我。”

善缇愤怒：“阿六，我早知你功夫高深，藏而不露，且是老爷心腹。可目下老爷已与大福晋患难与共，你为何仍旧暗下跟踪？！”

阿六支吾：“……我……我，面见大福晋再说吧。”

阿尔萨兰房内，阿六跪着，阿尔萨兰恨恨地踱着。善缇站在一边，正良惊愕地看着。

阿尔萨兰开口：“阿六，那老东西难道至今还对我暗藏着一手？！”

“不不不，老爷绝无恶意。老爷……老爷……”

“讲！”

阿六似乎是边想边编：“老爷他，老爷他，走时曾嘱咐……之所以不带阿六做护身去上海，是忧虑侯府安危，特别是，特别是，要阿六看顾好大福晋……”

“胡说！他明明知道，我有善缇！”

“阿六理解老爷意思，侯府安危全系于大福晋一身，所以，所以加派阿六……”

阿尔萨兰侧脸看看正良：“这话你信吗？”

正良：“相信，我相信。如今盗匪纷纶，阿爸自己又刚刚逃脱山寨勒绑，为侯府与额娘计……”

“好了！”

次日，侯久满等人走入驿馆房间：“刀儿，红毛，沪局弊端的缘由，都查清了吗？”

戴刀：“回大人，沪局枪炮品质不佳，生产成本畸高，其缘由可归几处：一、大多原料不用国产，全靠进口。二、执事和匠首以上的薪水，几乎超过其他各局三至七倍。三、人员浮滥，除洋匠极多，且本国管事亦有不少是利用关系当的差。再细的内幕，想必大人自有办法问明。”

侯久满沉吟一阵：“你们的那门炮‘造’得如何？明日是公是母，就要拉出去亮亮了。”

赫顿笑着道：“‘造’好了！‘造’好了！老侯，这个赌，你肯定大赢！”

侯久满笑笑：“其实这个赌炮，谁都是吹牛，老侯原本只是想压压沪局气焰，未料那章志腾如此顽拗，还真的敢赌。”侯久满故意朝向窗外，“听说袁世凯的津局，倒是有意与我等合造机枪，可惜他的器料、设施均需等待进口，太费时日。”

客房外，吴丁贵趴在门上偷听。只听侯久满接着道：“唉——，若能去掉那个章某，老侯倒可以建议朝廷，由津局接收沪局设备。那样的话，粤局与津局合作起来，就便捷得多了。”

赫顿大惊：“怎么老侯，你想杀掉人家的厂长？！”

侯久满“嘘”了一声，看着窗外，揽着赫顿走开几步，放低声音：“小红毛，阿爸给你件差事，只准做好，不准一惊一乍……”

侯久满对赫顿耳语。戴刀看着笑笑，打开图纸工作。

吴丁贵匆匆走入某酒楼雅间。“看看门外。”背身的赵秉钧，低着脑袋自斟自饮。

吴丁贵看了看门外，走到桌边坐下：“赵大人，侯久满以津局取代沪局的意思愈发明显，他甚至想杀了那个牛皮哄哄的章志腾。”

赵秉钧抬了下眼皮：“他不是想用鄂局兼并沪局吗？”

“老侯大概是气极了，等不得那种按部就班的兼并策案了。侯久满的禀性小的清楚，他顶顶受不得别人的白眼，尤其是时不时拎拎他那个白板出身。”吴丁贵“嘿嘿”笑着。

赵秉钧把玩着茶具：“……这枪炮之事，从来就不是本官正差，粗钢笨铁的，哪有本官侦凶缉盗来得奥妙无穷？只是这东西，如今成了所有欲问鼎天下的人物追逐的利器，本官的赌注既然下在袁世凯身上，便不得不勉为其难，在枪堆炮丘里玩票。因此，屡屡栽在你家顶爷手下，也不足为奇。”吴丁贵：“那是，那是……”

“嗯？”

“哦，不是，不是，赵大人只是偶有磕绊。”

赵秉钧：“好了，本官已来沪多日，该回京师了。你河南老家，有什么人需要本官照应吗？”

“多谢大人，小的光杆一条，早无任何牵绊。赵大人，这小鱼吃大鱼，帮着袁大人的津局取代沪局的大差，还没办成，您怎么就要走了？”

“你不是说了，那猴子都不惜祭出杀人的手段，你顺风吹火不就得了？”

吴丁贵愣怔思忖：“……大人的意思是……”

赵秉钧阴鸷地笑笑：“明日沪局靶场，杀了该杀的，保着该保的。”吴丁贵瞪大眼珠，似懂非懂。

雅间外，赫顿靠在门边看报，笨拙地偷听着。

签押房内，袁世凯逗着罐里的蛐蛐。邢队官为袁世凯添茶：“部堂大人，那个侯久满真的会借着吴丁贵，与您的津局暗通款曲？”

袁世凯拨弄着一只锃亮的“蚱蜢头”：“……猴子，……猴子，上！上！你若是真家伙，让老袁开心，老袁给你换个金罐。若是滑头，耍着老袁白等乐子，可别怪老袁借计使计，逗着你和人家掐出小命来，让老袁做个得利的渔翁。”

沪局靶场，观摩席上，粤、沪二局分坐两边，身穿黄马褂的侯久满说道：“章大人，愿赌服输，一会儿你若是败了，半月之内做好动迁准备。”

章志腾冷笑：“鹿死谁手，尚不一定，届时还望御使大人切莫出尔反尔。”

侯久满笑笑：“请亮炮。”

章志腾一挥手：“亮炮！”沪局将一门大炮拖出，推入一个半米深的炮坑。

赫顿推推侯久满，低声说：“老侯，这是美国的布莱德工厂，去年刚刚出厂的新炮。”

侯久满：“知道。吴丁贵讲，这是章志腾从美国领事馆以五倍价银租来的。”

章志腾：“侯大人，该您了。”

侯久满挥挥手：“亮炮！”吴丁贵指挥拖出大炮，推入另一炮坑。

李某冲于某低声说：“吴丁贵透露，猴子弄了门旧炮，这是找了个铁厂用两晚上翻新的。”

章志腾笑笑，抱拳：“请御使大人率先试放。”

“不忙，为防止作弊，我等各验查炮子一枚。”

章志腾一惊：“赌、赌炮，验炮子为何？”

“送来便是。”侯久满说完冲吴丁贵招手。

李某惊慌地冲章志腾低声道：“坏了大人，炮身上的洋人标识已去，却忘了炮子。”于某向远处大炮迟疑走去。

吴丁贵送来一枚炮弹，侯久满：“给章大人。”章志腾装模作样地反复查看……

炮坑旁，于某喊道：“御使大人，炮子箱一时难以开启，请稍候。”侯久满笑笑。于某催促炮手用匕首刮削炮弹上的洋文。

侯久满看看四周围观人员及洋匠，揽住章志腾的脑袋，低声问："这周围的沪局管事，无论土洋，据说有不少都是章大人的小舅子，是吗？"

"胡、胡说！"

侯久满忙拍拍章志腾："小舅子，只是个比方。"

一隅，吴丁贵悄悄叮嘱两个镖客："听着，一会儿若有什么乱子，你等放几枪，搅浑了水就走。"

镖客应道："我等明白。"

侯久满斜睨一眼吴丁贵，悄悄看了看自己手心里的一个红色小囊，冲章志腾道："沪局的炮子箱似乎造得比大炮还结实。那，粤局就先献丑了？"

章志腾忙道："大人请，大人请。"

侯久满扬手，粤局开炮，靶标炸得粉碎。

赫顿欢呼："OK!OK!"又开一炮，又命中，赫顿兴奋得手舞足蹈。

侯久满拍拍赫顿："我儿小心，那厮一会儿说不定瞄的是你。"

"什么？！"赫顿一惊，看向吴丁贵。

"别看他！"戴刀暗下拉了赫顿一把。

吴丁贵挪到观摩席附近，隐蔽地举起手枪，准星前先是章志腾的脑袋，吴丁贵心想："杀章某搅局，还不如杀了这厮更有力道！"准星移动，对准了侯久满，又移向了戴刀，最后停在赫顿的眉心。吴丁贵的手指缓缓压紧扳机……

侯久满的眼睛斜盯着，戴刀的手紧紧拽着赫顿。

沪局炮手满头大汗，还在使劲刮削着……"轰"的一声，炮弹爆炸，连同整个弹箱引爆，尸飞炮倒……围观者慌乱一片。

镖客对视一下，立即举枪朝天乱射……

吴丁贵看着爆炸处怔怔，慌忙向赫顿开枪。戴刀一把将赫顿推倒。同时，侯久满将章志腾按在桌底，随着枪声推掉自己顶戴，捂住脑袋，一股鲜血顺着指缝流出……

章志腾惊呼："侯、侯大人，你的头……"

侯久满背过身去摸摸额头："……还好，擦破块头皮而已。"章志腾感动不已地看着侯久满。

卫兵还击，靶场大乱。侯久满从桌下抬头，诡异地笑看。

章志腾伸出一只手，按下侯久满的脑袋："侯大人小心啊！"

夜，玉姑神色峻厉地策马驰回侯府，在门前兜了两圈，"啪！啪啪！"有规律地甩了三下脆鞭，然后奔到一边暗处。片刻，阿六走出，掩上门，迅速走来，低声道："玉姑小姐。"

玉姑问道："怎样？"

"回小姐，阿六一直跟着大福晋，且去过枪炮局，但大福晋丝毫未露那些撞针的藏处。"

"一点儿都未露？"

"是，小姐。"

玉姑思忖："她会不会发现了什么？"

阿六道："不清楚，大福晋精明过人，阿六怕是装不了几日了。小姐，您还是准阿六上山入马吧。阿六的家乡不过抗拒糖捐，却合村满门被官兵屠杀殆尽，阿六誓死愿随小姐革命，报仇雪恨！"

"阿六，你的仇我报，但我的家还是望你顾着。能找到撞针更好，找不到，也能代玉姑照拂年老的阿妈。"

阿六轻轻叹了口气："唉——，小姐，自从与老爷一起被绑入山堂，您讲的那些道理，阿六铭记在心，也知道那些撞针的重要。"

玉姑抱拳："拜托了，阿六。"

"……小姐放心。"

"多留神那旗女！"玉姑打马奔去，飞速隐于夜幕。阿六看了一阵，返身走回，轻轻掩上大门。

1907年9月1日秋夜，钦州的王光山火把如龙，杀声震天。玉姑挥着枪，与她的马队奋勇在前，似猛虎下山，清兵漫野奔逃……

9月4日攻打防城，玉姑一马当先，率马队、义军冲入城门，神枪披靡。红旗大管事从后面追上："副龙头，义军都督有令，防城已克，只需少留人马，大队立即向钦州进发！"

玉姑："知道了！吹螺号收拢马队！"号手吹得海螺"呜呜"闷响。

蓝旗巡风引一人奔马驰来："禀报副龙头，这是防军统领郭人漳的部下郭时安，前来联络。"

郭时安抱拳："副龙头，郭大人讲，钦廉道已有戒备，我部不能如约策应，请党军勿来。"

玉姑："什么？！都督刚刚令我等进攻钦州，你这里又叫别去，我等到底听谁的？"

郭时安道："副龙头，我本人是同盟会会员，您尽可相信我。请党军暂且转攻灵山，俟郭人漳筹划拿下钦廉道，党军再回师不迟。"

玉姑想想："不成，都督命令岂能儿戏！大管事！你将这里情况速禀都督，我与这位兄弟去钦州，当面问清郭人漳！"

红旗大管事劝道："副龙头，钦州险恶，还是兄弟去吧。"

"执行！……我们走！"玉姑招呼郭时安一声，打马奔去。

钦州防军大营，郭时安引玉姑走入签押房，向防军统兵官郭人漳禀道："郭大人，钦州形势已向党军说明，党军代表前来联络。"

玉姑抱拳："日月堂侯玉。"

五十来岁的郭人漳看看玉姑，感慨道："好个年轻英俊的后生。"

玉姑问："大人，刚才我与郭兄一路进城，并未看见什么异常，怎说贵部已被人挟制？"

郭时安也说："是啊大人，我等当谨守约期，以为义军策应。"

"住嘴！"郭人漳突然翻脸，"本官何时与人有约？！你这阴私通匪的奸人！"

郭时安大惊："郭、郭人漳，你莫非是想……"郭人漳拔枪连射几弹，将郭时安当即打死。

“狗贼！”玉姑欲从靴中取枪，被清军官佐一拥而上，夺了枪。玉姑大骂：“郭人漳！你这两面三刀的小人！你竟敢阵前反叛！”

郭人漳喝道：“堵上他的嘴！一会儿借他人头祭师！”

“狗贼！你这清狗！”

郭人漳道：“都听着，我原本以为党军如何强大，看他们打了几仗，不过乃尔。我等今夜开拔，趁党军奔突灵山，重新夺回防城！”

官佐们抱拳：“嗻！”

突然，门外“轰”的一声爆炸，官佐们拔枪奔出。“砰砰”两枪，马灯被射灭，黑暗中冲入一人，扛起玉姑便跑。那人蒙着面孔，扛着玉姑边射击边逃离……

奔入树林后，蒙面人放下玉姑，大口喘着气，瞪视着玉姑……玉姑看着那人问道：“好汉，你是何人？”

蒙面人一把拽下蒙布——是妹仔！玉姑大吃一惊！

妹仔愤怒地：“玉姑！你何时成了会党大佬？！”

“妹仔，难道……难道你是革命党？”

妹仔：“你先回答我！你怎会入了山堂？！”

玉姑笑道：“这有何奇怪，许你革命，就不许我革命吗？”

“胡闹！你凭何革命？不在府里好好侍奉阿爸、阿妈，你革什么命？！”

“什么话，什么叫我凭何革命，革命还要谁颁个关牒吗？”

“我是说，我是说，就凭你这双残脚，你革得起……”

玉姑瞪眼：“妹仔！妹仔！你也耻笑玉姑！”

妹仔：“不是……不是……唉——”

远处，清兵打着火把，吵吵嚷嚷地奔来：“刚才乱党是向这边跑的，追！”

妹仔看看周围：“你好生趴着！我引开清狗！”

玉姑犟道：“我用不着谁可怜！你走，我引开清狗！”

“就你这残脚，如何走脱？！趴好！”妹仔奔开。

玉姑冲清兵大喊：“清狗们！大刀秀姑娘在此——”妹仔无奈止步，奔回一掌劈颈，将玉姑击晕，扛入树丛，接着跑开，连连放枪。

“那边！那边！”清兵们跑过玉姑，扑向妹仔……

1907年9月15日，钦州起义失败，余众退入十万大山，以待再战。

总办室，正良走入：“额娘，衙门刚送来一份邸报。”

阿尔萨兰接过，神气活现地打开，看着看着，神色严肃：“这上面说，有个号称‘炸弹王’的革命党被活捉了，还是广州人，目下已被押回总督衙门的大牢……”

两广总督衙门的牢房内，妹仔重镣躺在草席上，笑嘻嘻地看着四周。

周馥问道：“你笑什么？这里，你似乎很熟？”妹仔笑看着。

周馥：“炸弹王，请问您的尊姓大名？”

“姓汤。”

“姓汤？不对吧？”周馥笑笑，“其实，你用不着担心说出实情会牵绊何人，衙门早就注意了你的那个味素厂，也早就知道你是何人养子。”

妹仔：“你是说那个死忠清廷的造枪匠？本王早就与他一刀两断了。”

周馥又笑笑：“本督不想使你阿爸难堪，所以，要赶在他回粤之前，先送你上路。”

妹仔也笑笑：“多谢大人，越快越好。”

“好吃好喝地侍候着，不准任何人打搅。”周馥拱拱手，离去。

大牢门前，化了装的玉姑焦急地转着……

一队员靠近，低声问道：“是玉姑小姐吗？”

“……你是何人？”

“小姐不必忧虑，妹仔与我等事先有约，自会脱身。”队员说完即离。

是夜，刑场，妹仔笑嘻嘻地走下囚车，有意晃了晃背上那写着“乱党炸弹王”的标旗。玉姑、红旗大管事等隐在人群，玉姑低声下令：“准备！再无情况，立即动手！”

那队员靠近玉姑，低声道：“小姐切莫莽撞。”玉姑疑惑地看着他。

妹仔被押上行刑台，刽子手喊道：“跪下！”

妹仔笑眯眯地跪下，主动将脑袋贴于木墩，不断调整位置……刽子手奇怪：“你在作甚？！”

妹仔答：“躺得舒服些个。”

玉姑等睁大眼睛看着。总督衙门的大轿及护弁到，周馥下轿走到监刑席坐下。

“准备……”玉姑焦急，欲掏枪。

那队员按住玉姑的手：“小姐莫急，我说过，妹仔战前便预有铺排。”

玉姑瞪眼：“你到底是何人？！”

周馥拿起刑签丢下：“行刑！”刽子手举起大刀……

妹仔此时用嘴叼住木墩边的一根细绳，猛地一拽……“轰”然一声，行刑台坍塌，随之焰火四处腾空，烟浓雾密……

观者惊恐不已，刑场大乱。清兵的乱枪与烟花轰鸣，交混不清……

此时，码头验票口，额角贴着块纱布的侯久满与戴刀、赫顿、章志腾等人走出。望着远处五光十色的夜空，侯久满问道：“今天是什么日子？”

前来接船的正良答道：“阿爸，那边是老刑场，据说此刻正在斩绝革命党的一个要犯。”

侯久满惊愕：“杀何人？怎么搞得过节一般？”

次日，茶楼门前，两侧各有三门火炮，轮番鸣放。接着鞭炮骤急，数对粤狮欢耍。

身穿朝服的十位江南枪炮局总办先后落轿。侯久满着黄马褂，额角的纱布难掩满面的兴奋。门前，侯久满诚心诚意地让先、拉扯一阵，被章志腾、黎元洪等拥入门去。

茶楼二楼的雅间，巨大的圆桌上酒肴丰盛，十个席位前各有一份契约。

侯久满走入：“各位大人请，席前各有名签、契约，请大人们对号入席。”总办们虚让着，各自站到席位前。

侯久满走到主座，拱拱手：“老侯我聊尽地主之谊，就拿大了。”

总办们抱拳，齐声高吼："侯大人乃我江南各局鳌首，理当主席！"

侯久满又惊又喜："你等此言，齐整得犹如演练过一般。"

总办们接着高呼："侯大人升座！"

"哟，哟哟，诸位大人如此说话，老侯倒不敢坐了……"

黎元洪架住侯久满右臂："大哥，您就入座吧，沪局章大人确曾领着我等操练过一番。"

章志腾架住侯久满左臂："侯大人乃章某救命恩人，办折小戏，博大人一乐。"

侯久满被架入主座，笑得飘飘欲仙："乐……大人们同乐……"

川局总办高声说道："这也算不得演戏，论侯大人这些年，为大清枪炮奔走之功，谋划之功，苦心孤诣、殚思极虑之功，侯大人实实就是我江南枪炮各局的将爷共主，龙头老大！莫说对章大人，即便对我大小各局，岂能说，侯大人就没有救命之恩？！"

其他总办齐声呼应："川局总办言我心声！侯大人忠心贯日，劳苦功高，天地可鉴！"

侯久满一下呆住了……突然，他一屁股坐下，扑在席前埋头大哭……章志腾、黎元洪等站着面面相觑……

茶楼一楼，也是一片朝服官员。

戴刀与赫顿独坐一隅，戴刀望着楼上，问道："赫顿，你猜，我们的侯大人现在在干什么？"

赫顿笑着："现在？现在老侯当然乐得合不拢嘴！"

戴刀望着："不，大人此刻一定在哭。"

楼上，侯久满嚎啕大哭着……

黎元洪推推侯久满："大哥……大哥……各局的总办大人还都站着。"

侯久满一下灵醒，慌忙擦泪，站起拱手鞠身："对不住，对不住，老侯失态，让各位大人见笑了，见笑了。"

章志腾拿起契约挥挥："侯大人头顶这块红伤，就是我沪局盟约之大印，我章志腾诚惶诚恐，愿以侯大人为大盟主！"

黎元洪等抱拳高吼："我等俱愿以侯大人为大盟主！"

戴刀望着楼上说道："大人苦尽甘来，他终于将江南十来个各自为战、苟延残喘的枪炮局，整合在了一起。今日契约一签，各局明定分工，协作有序，资帑、原料、设施、人才，一统筹谋，单以兵工而言，侯大人完成了一桩改天换地的壮举！但，这一切，救得了大清吗？"

赫顿笑着："是啊，老侯什么事情都喜欢做别人的爸爸，其实他的某些方面，比谁都像个儿童。你们的女皇让他以长江为界，准许他在江南为所欲为，他真的就一直在为这个童话拼命，并且可笑地耍了那么多、那么多的小手腕、鬼心眼。老侯也不想想，一个国家的军工事业，怎么可能离开中央集权，仅凭个人支撑？"

二楼雅间，契约在圆桌上转着圈，侯久满与各局总办庄严签字、热烈碰杯……

赫顿看着楼上笑着："老侯爸爸，你可太有意思、太有意思了。"

三十

山涧，溪响鸟鸣。

玉姑与妹仔并马而行。

妹仔望着景色："美啊！美不胜收也！"

玉姑撇撇嘴："酸！"

妹仔摇头晃脑："'酸'字乃半边的'酒'，半边的'俊'，不但大美，且醉乎醉哉。"

玉姑说道："妹仔，你的这颗脑袋是怎么长的，怎么金戈铁马的革命，到了你这儿，也成了游戏？杀头，居然杀得天花飞舞。"

妹仔笑着："哈哈哈哈……爽！爽！"

玉姑："你记着，妹仔，如果再像钦州那晚，冲犯玉姑的忌讳，玉姑认你，玉姑的马鞭可不认你！"妹仔笑着看看玉姑的脚。玉姑一鞭挥过去："不准看！"

妹仔："我又没说什么，哈哈哈哈……"

"不准笑！不准笑！"玉姑又是几鞭抽去，妹仔笑着逃走，玉姑追打……追了一阵，玉姑下马，坐在溪边哭了起来……

妹仔吃惊，奔回下马安慰："玉姑，开个玩笑，怎么当真了？"

"我知道，你根本不是玩笑，你的骨子里其实也看不起玉姑，那夜在林子里，你不准玉姑革命，眼珠瞪得那样大！呜……都是那人害了玉姑终身！……该死的！该死的！该死的脚！"玉姑捶打着自己的脚。

妹仔一下抱住玉姑："玉姑妹妹！妹仔真的没有看不起你！真的没有看不起你！你看妹仔与你说笑，其实妹仔的心里，比刀剐还疼！你已是这种情况，还在马背上冲锋陷阵，杀在所有男人的前面，妹仔每每念至及此，都泪不能忍！玉姑！你是一个女子，是一个应当被人格外珍惜、疼爱的女子啊！妹仔堂堂丈夫，怎么忍心你去赴汤投火？！妹仔害怕你革命，是害怕革命对于你太过艰险，太过残酷，害怕革命让妹仔永远地失去你啊！"

夜，大醉的侯久满被戴刀与赫顿架下马车："老侯没醉……老侯没醉……老侯高兴尚且不及……"

赫顿笑着："你还没醉，现在狗咬你一口，都会醉倒。"

"还是我背着大人吧。"戴刀背起侯久满，走入大门。

侯久满被放倒在床上还在嘟囔："高兴……高兴……老侯的制枪造炮，总算有了今日！这劳什子……用不着了……"侯久满揪掉额角纱布，扔得远远。赫顿"哈哈"笑着。

"小红毛，你笑什么？别笑！别笑……"侯久满跟着笑起来，"哇"地一口吐在床上。

"快，快……"侯夫人叫着，正良忙用盆接。阿尔萨兰捂住鼻子躲出门。

阿尔萨兰来到庭院深深吸了一口气，看着房门，冲善缇道："明天看住那个牛子旬，要他等着我的意思，再向太后禀报江南各局联合的事。"

"大福晋……大福晋……"侯久满在房里叫着："大福晋呢？"

阿尔萨兰吃惊地看看房门，快步走入，捂着鼻子来到床边。却看见侯久满一把攥住侯夫人的手："大福晋，快，快，快向太后密报，侯久满大功告成！哈哈哈哈……"

此刻，侯府大门外，大队清兵举着火把奔来，一官佐吼道："快！将整个侯府围住，只许人出，不准一样东西走失！"兵弁们分成两队，包围侯府。

兵弁以枪托猛砸大门，门房刚刚开门，便被一把拽出，抡出老远。门房质问："你、你等何人？！"

一顶大轿停下，周馥下轿，官佐抱拳叫了声"大人"，引领走入大门。

阿六拉着位大夫奔到门前，大吃一惊。

"滚开！任何人不得靠近！"

"我是这府里的仆佣，奉命去请大夫……"

清兵拦住阿六："滚！快滚！"

府内，官佐边走边吼："侯久满听旨——！"阿尔萨兰、侯夫人、正良、戴刀、赫顿等急步出门，看着杀气腾腾的兵弁，大吃一惊。周馥板着脸冲阿尔萨兰拱拱手："阿尔萨兰大姑，快叫侯久满出来听宣。"

戴刀上前："大人，侯大人已经醉得不省人事。"

"本督清楚，那也得把他架出来！"

阿尔萨兰镇定地："良儿，照周大人的吩咐做！"

正良与戴刀回房，片刻，将侯久满架出。

"高兴……高兴……"侯久满看着满院火把，"是不是妹仔回来了？焰火……焰火好看……"

周馥喝道："侯久满听旨！……把他放下！"正良、戴刀一边一个跪着，扶住侯久满。

周馥："太后口谕：开销侯久满一切职衔品秩，即刻净身出户！并，开销侯久满之助手戴刀、赫顿一切职权，及封查侯久满子女一切财产，不得半丝徇情，姑息妄纵！……阿尔萨兰，请你代侯久满谢恩。"

阿尔萨兰惊异："周大人，这就完了？"

"正是。"

"太后也没讲，是何缘由？"

"大姑无须多问，快谢恩离府。"

阿尔萨兰怔怔地叩头："阿尔萨兰代夫君侯久满谢恩。"

周馥看了官佐一眼，官佐命令："开始！"

兵弁们立即如狼似虎，驱赶阿尔萨兰等人及所有仆佣："走！走！快走……"

善缇紧紧护着阿尔萨兰："闪开！休碰我家姑爸爸！"

周馥喝令："对大姑尊重些个！"

乐寿宫内，光绪一脸激愤："皇阿玛，侯久满整治江南各局，其功至伟，此时本是他大显身手之期，何故要早早卸磨杀驴？！”

慈禧：“这猴子得陇望蜀，居然立约结党，搞起了盟会，他还真的想划江而治，做半个皇上吗？！再则，‘子不教，父之过’，他儿女造反，我未灭他九族，已是大恩，何谓卸磨杀驴？！我碰他一根猴毛了吗？”

“皇爸爸心里明镜一般，侯久满忠耿无二，他的子女再如何，他本人也不会怎样！何况侯久满一向多有瑕疵，大清只是急用这样的专才！而如此褫夺侯久满一切，意在将侯久满与枪炮彻底分离，这等处置，无异钝斧诛心，比一刀砍了侯久满的脑袋，更令他生不如死！”

“好了！”慈禧喝断，“我大清又不是单靠一只猴子使棍弄棒地撑着。我就不信，离了他侯久满，大清枪炮的天还塌了不成！”

光绪痛心疾首：“皇爸爸，大清已如风烛草露，何故还要一块一块，自个儿拆自个儿的脚砖？！”

“放肆！你尽敢自比草露，诅咒祖宗社稷朝不保夕，你岂配做个皇上？！”

“光绪本就只是个绪余之光，如今已经38岁，可哪里真正做过一日皇帝？！人说戊戌变法，光绪还做了103天的主，岂不知，即便那些日子，真正的主子也不是龙座上的！摆在龙椅上的儿臣，还不如一条心计诡诈、擅长密告、名曰袁世凯的走狗！”

慈禧看着怒火喷发的光绪，又惊又气，恨得不禁打颤：“好哇，今儿个原来是找茬儿寻到我这儿算总账的！我还没死！你的账算得也太早些了！”

李莲英扑扑跌跌奔入宜芸馆：“皇后娘娘，皇后娘娘，不好了！不好了！皇上与太后撕破脸，完全不顾体面地大吵起来！娘娘快过去劝劝吧！”

隆裕大惊：“什么？！皇上何事不能隐忍，又要惹火烧身？！”

李莲英：“为了皇上好，快走吧主子！”隆裕跌跌撞撞奔出房门。

街头，侯久满躺在铺了两件长衫的地上，笑嘻嘻地梦呓：“高兴……高兴……”侯府几十口人站的站，坐的坐，一脸哀愁。侯夫人抹着泪，阿尔萨兰默默望着遮了月亮的黑云。

戴刀看着侯久满喟叹：“物盛而衰，乐极则悲。”

可言狂笑喊叫：“哈哈哈哈……大清亡了！大清亡了！我还活着……大清亡了……”

乐寿宫，慈禧浑身发抖地乱走着：“气死我了！气死我了！对，你才38岁，‘73，84’，今年又正是我的坎儿，可你休想活到我的后面！”慈禧冲着窗外吼道。

李莲英跪着，惊恐不已：“太后息怒，太后息怒……”

“他这是急不可待了！找死！”

“老佛爷息怒啊，老佛爷再骂下去，奴才实实不敢听闻。”

慈禧：“我问你！那个姓赵的，在宫里铺排得怎样了？！”

李莲英浑身发抖：“他……奴才只知，姓赵的，手越伸越长……”

慈禧：“眯个空子，透点儿风给他的主子，就说皇上为姓袁的与我大闹，恨不得食其肉，啃其骨，寝其皮！”

李莲英："老佛爷，老佛爷，您若真的愤懑难消，不如杀了那个侯久满泄恨，切莫气伤了身子。"

"我，我，我用得着你狗奴才多言？！杀不杀那猴子，何时杀，如何杀，我自有决断！"

"嗻，嗻，奴才多嘴！狗奴才自罚耳贴子，为太后出气！"李莲英狠狠扇着自己耳光……

慈禧看着窗外，黯然泪下："……母子相残，大清怕是真的气数将尽了……"

乐寿宫大门外，光绪与隆裕在寒风中跪在阶下，瑟瑟发抖。

次晨，日月堂山洞前，玉姑惊诧："什么，阿妈和那人全被净身赶了出来？！"

阿六："是，小姐，衙门连一文银子、一件衣裳都不准带出侯府。"

"该死的！"玉姑瞪着眼珠想了一阵，"也好！阿六，除了那人，你把我阿妈他们接到我这儿来！至于那个人，让他受受罪，兴许能让他看清，他所效忠的朝廷！"

阿六摇摇头："小姐，你想得也太过简单了。"

郊野，一农舍内，妹仔焦急地踱着步："不行，不行，起码得给阿爸他们送些吃的去！"

玉姑："你我不能去，也不能派人去，阿六说，阿妈他们的身边，明摆浮搁着清廷的兵弁，正等着你我去了，好顺藤摸瓜，破坏你我各自的堂口和组织。"

"那也不能眼看着阿爸他们活活饿死、冻死啊！"

"妹仔，山堂已接到号令，孙先生与黄兴很快将亲自率领我等，发动新的起义。"

"妹仔已知。可阿爸他们……"

"玉姑想起一人，此人与西商会关系密切，兴许有些能耐。"

次日，阿六来到洋行，拱手问道："兄弟，请问西西小姐在吗？"

店员看看阿六……

玉姑骑马驰回农舍："妹仔，妹仔，不好，西西小姐和她的母亲回国了！"门前翘首等待的妹仔，狠狠捶了门桩一拳。

一座破败的海神庙里，筛过屋顶的晨光照在侯久满的脸上，他渐渐醒来，左右看看：侯夫人、阿尔萨兰、正良、可言、戴刀、赫顿，以及木棉等仆佣，蜷缩在各处。

侯久满一下坐起，使劲眨眨眼睛："老侯，你是在梦里，还是醒了？！"

阿尔萨兰睁开眼，坐起冷笑："老爷可真知守时，即便醉成这样，也记着到了请皇安的时辰了。"

侯久满惊诧："这……这……"

阿尔萨兰："你没在做梦。"侯夫人忙起身，爬到侯久满身边，"老爷，您好些了吗？"

侯久满："什么好些了吗，这是怎么回事？！"侯夫人看看四周，唉叹一声。

听正良诉说完昨夜之变，侯久满望着门外无语。

可言嚷着："饿……饿……"

木棉用瓦片托着一点儿水哄着："二少爷，忍一忍，忍一忍，要不，先喝点稀粥吧。"

"粥？好新鲜的粥碗……"可言捧着瓦看着。

侯久满看看可言，站起身："大福晋、夫人、刀儿、红毛，还有各位，跟着我侯久满受苦了……"说着，冲众人鞠了一躬，默默走出门去。

正良喊道："阿爸，您哪去？"侯久满未答。

戴刀与赫顿急忙跟上，戴刀："大人，戴刀陪您走走。"

赫顿笑着："老侯爸爸，这没什么，你有'三不死'，还差一回，这次肯定死不了。"

侯久满回身拍拍赫顿："小红毛，你是洋人，别赔在阿爸这里。"

"不不不，中国话怎么说来着？这叫，这叫有福同享，有难同当！"

阿尔萨兰靠墙坐着，紧紧按着腹部，蹙眉呻吟。侯夫人关切地："大福晋，您是不是又到了……疼得厉害？"

"没事，忍忍就过去了。"

"唉——，大福晋，您歇着。"侯夫人叹息一声，扎了个平民的头发走出殿门："木棉，分派一下，男的拾柴，女的拣菜，都跟着我出门。"

"是，夫人。"木棉随着走出，"大家都过来一下……"

善缇走入殿内，拿着两只烧黑的麻雀："姑爸爸，奴才弄了两只麻雀，您先垫垫。"

捆在柱子上的可言："我要……我要……"

阿尔萨兰看看，说道："给他吧。"

侯久满独自坐在海边的礁石上，抱紧胳膊，忍受着海风，毫无表情地望着海面……

远处，两个清兵冷冷地看着。

农舍内，玉姑流着泪："但愿阿妈的观音能护佑她。我们一定要多杀几个清狗解恨！"

妹仔擦擦泪，看着玉姑，近乎哀求："玉姑，你能不去吗？"

玉姑看看妹仔："妹仔，你放心，玉姑会小心的。"

"玉姑……"妹仔一把攥住玉姑的手："玉姑，那你答应妹仔，别总冲在第一个！"

玉姑点点头："妹仔，你也要保重。"

茶楼内，年长士子与年少士子各自看报。照片上，炮台硝烟弥漫，冲在最前的玉姑率领马队势不可当，妹仔举着炸弹，与工人装束的义军穿越铁轨。

1907年12月1日，镇南关起义，孙中山、黄兴亲自参战，数日后因寡不敌众失败。

1908年3月，钦廉上思起义，因无根据地依托失败。

1908年4月，河口起义，因投诚清兵不遵号令失败。孙中山于新加坡等地继续运筹、奋战。

海神庙，破衣烂衫的阿尔萨兰躺在草堆中昏睡着。正良端着破碗跪在一边，轻声叫着："额娘……额娘……您就吃一口吧。"

善缇含泪跪着："姑爸爸，您就睁睁眼吃一口，这是大少爷亲自讨要来的啊。"阿尔萨兰紧锁双目。侯久满、侯夫人、戴刀、赫顿默默看着。

侯久满问道："大福晋这是什么病，如何时好时坏，近日愈发地沉重了？"

"唉——"侯夫人叹息着将侯久满朝边上拽拽，低声道："老爷，大福晋身上是种女人家常见的病，只因落难后卫生不济，小病成了大病。再这样下去，不说性命不保，只怕是保住命，大福晋也再难生养了。”

侯久满吃惊：“……这病，当初在府里为何不好好医治？”

侯夫人：“此病并无根治之法，民间皆知，女子凡是生养后，大多自然会见好，可是……”

侯久满愣怔一阵，默默走出门，他的背影疲惫衰老。

街头，木棉搀着侯夫人沿街乞讨……

郊野，善缇奔跑着以石块投掷野兔……

茶楼前，正良不停作揖，伙计将食客吃剩的东西，倒在正良身边的桶里……

药铺前，戴刀跪着，大夫走出：“戴先生，您就别跪了，不是我不愿为大福晋看病，是衙门根本不准任何郎中、大夫进那座破庙。这样吧，这包药是按您讲的情形估摸着抓的，您带回去悄悄熬了，大福晋若是见好，您就再来。”戴刀连连叩头道谢。

海神庙庭院，正良、侯夫人及仆佣们，将讨来的残汤剩羹倒入一口破锅，生火烧着。戴刀把正良拉到一边，低声道：“正良，这是药，你就讲是你讨来的，赶紧熬了，给大福晋试试。”

正良接过药看看：“那，我就代额娘，谢谢戴大哥。”戴刀感觉别扭，转身走开。

戴刀在墙边赫顿的身旁坐下。赫顿在张旧报纸上画着机关枪的设计图，笑着道：“我帮你改了改，不知道对不对。”

戴刀取过看看：“嗯，挺好，这样的外形，散热肯定会好一些。可是……可是根本问题……”

话未说完，图纸被取走，侯久满看了看，苦笑道：“这不还是那支机关枪，并无多大不同。”

赫顿：“老侯爸爸，第一代的机关枪有个致命弱点，它的枪管经过连续射击会非常的烫，很容易发生故障，得不断靠水冷却。戴刀的这个第二代设计，一定能很好地解决这个问题。”

侯久满望着远处：“第一代尚且不知生产如何，列装没有，使用后实情怎样，这第二代岂不是闭门造车？”

戴刀道：“大人，第一款实在只能叫水机关，若想真正实用，早晚要解决枪管的冷却。”

“即便设计合理，材料何在？机器何在？不能研制样枪，岂不是纸上画饼？枪炮与我等再也无干！”侯久满松手，图纸飘然落下。侯久满悲哀、颓丧地走出庙门。

农舍内，阿六哭诉着：“小姐，三少爷，阿六担心老爷与外面失了联系，一直不敢回到他们身边，看着老爷、夫人他们活得不成人样，阿六真是心如刀搅。”

妹仔蒙脸痛哭：“阿爸……阿爸……”

玉姑：“阿妈……呜……”

海边，侯久满如同石雕一般地坐着，脑中闪着当年惨烈的丰岛海战、全军覆没的刘公岛，以及自己面向大海立下的血誓："今日之辱，奇耻刻骨，我侯酒满向所有亡于敌酋战火的兄弟和百姓立誓：侯酒满定要亲手造出天底下最好最好的枪！最好最好的炮！强兵强国！强兵强国！如若不然，侯酒满来生做猪做狗，百世不再为人！"

接着，脑海中又出现门老先生的临终嘱托："老侯，小老儿没白跟你这样久。我没有认错，我中国人制枪造炮的大差，就得你侯久满接着了。老侯，千万千万为祖宗续上香火，强兵强国，强兵强国啊！"

海浪撞礁，天地轰然。侯久满潸然泪下。

一只手落在他肩上，赫顿在他身边默默坐下，一起看着海。侯久满："小红毛，阿爸快挺不住了。"

"老侯，你不会的。"

"我侯久满为国家造枪造炮，又不是为自家置地置房，为何也如此之难？！"

赫顿："大清帝国真的已经彻底腐朽了，再棒的人，也扶不起这个王朝了。"

侯久满吼道："不！不！我侯久满曾发过重誓！一定要为死在洋鬼子炮火底下的兄弟和大清百姓报仇！报仇——"

正良端着药碗，跪在阿尔萨兰身边："额娘，醒醒，这是药啊。"

侯夫人："大福晋，您多少喝一点儿，莫辜负了良儿的一片苦心，大福晋……大福晋……"

阿尔萨兰缓缓睁开眼睛，看看药碗，看看正良，虚弱地："哪来的药？"

戴刀忙道："大福晋，是正良在药铺前跪了很久，才从大夫那儿讨来的。"

阿尔萨兰看看戴刀，转向正良，眼窝滚下两行热泪："……莠草，你救我作甚？我再静静地躺几日，就能回阿玛的家了。"

正良伤心地："额娘，您千万千万别这么讲。"

侯夫人："是啊大福晋，我们一同熬了这么久，大情大义，昭昭烈烈，菩萨一定会看见的。"

阿尔萨兰苦笑："阿尔萨兰杀过人，菩萨也一定看见了。谢谢侯夫人，谢谢你莠草，就由我这么躺着吧。"

善缇扑通跪下，哭道："姑爸爸，您不能如此了断！善缇肩负护佑姑爸爸的重责，姑爸爸要走，也该让奴才先走！"善缇抽出自制刀片，抵住喉头。

阿尔萨兰低喝："善缇！你这是作甚！"

"姑爸爸，侯夫人已是六十多岁的老人，为了大家活命，尚不惜大尊，沿街乞讨，姑爸爸怎就不能顽强生存呢？"

阿尔萨兰惊愕："怎么？！侯夫人您，您……您怎么能去讨饭！"

侯夫人扶抱起阿尔萨兰，从正良手中接过药碗："大福晋，人只要一息尚存，佛光便照耀希望。半年了，侯府几十口人，不是一个都未走吗？喝吧，大福晋肯定会好的。"

阿尔萨兰望着慈母般的侯夫人，含着眼泪开始进药……

储秀宫，慈禧的窗户一明一灭，一灭一明……

李莲英与宫女们站在庭院，默默看着。

慈禧坐在洋式台灯前，拽着灯绳，忽暗忽亮的脸上，流着眼泪。

宫女惶恐地问："李总管，老佛爷她……这是怎么了？"

李莲英长叹："唉——，革命党忽起忽伏，大清国忽死忽生，正如这灯息灯明啊！"

"奴婢是问，老佛爷她……为何一年多来，总是爱……总是爱落泪？"

李莲英黯然沉默，眼眶湿润，擦了擦："太后老了……这话不可再问。"

慈禧擦擦泪，唤道："李莲英。"

"奴才在。"李莲英在外面应了一声，奔入。

"南边，除了朝堂上讲的那些，还有什么消息吗？"

"回太后，除了那些乱党起事，牛子旬还密报了一些小的乱子，无非是抗捐抗粮，以及绅民士子为立宪之事的吵吵嚷嚷。"

慈禧："还有吗？"

李莲英偷眼看着慈禧，试探着："再就是，再就是，据说，阿尔萨兰……大姑她病了。"

慈禧缓缓端起茶杯，喝了两口："……怎么不说了？"

"据说大姑病得不轻，怕是活不了几日了。"

慈禧有些黯然："……接着！"

"嘛。老佛爷，奴才想，是不是把大姑接回宫来，她毕竟曾是老佛爷庚子西狩时，护主有功的贴身丫头。"

"我又没叫她陪着等死！她自知失责不敢回来，也可以回她阿玛老家，何故想做个有名无实的贞节烈妇？！"

李莲英忙道："是，是，这大姑打一进宫，就是个拗脾气。"

慈禧按按眼窝里的泪："……拗着吧，看谁拗得过谁……我真是做了个好媒，怎么将这么两个拗种捏咕到了一起！那猴子还是没有一个字认罪的折子吗？"

李莲英看看慈禧："没有。老佛爷若是一直在等侯久满主动认错，是不是由奴才拐个弯点点他？"

慈禧断然地："不用！他如果命当倒在那'三不死'里，也是他自已造化不济！"

阿尔萨兰额上敷着凉毛巾，满脸通红，陷入昏迷。侯夫人摸着阿尔萨兰的脑门："不好，大福晋还是高热烫手，怕是恶症进发，已很凶险了！"

侯久满焦急地："夫人，难道一点点法子都没有？"

侯夫人："唯一办法，或许只能赶紧送西洋医所。"

善缇道："大不了一死！善缇愿背着大福晋冲出庙门！"

"戴刀愿一起冲出！"

赫顿道："我也愿意！"

仆佣们齐声："我等皆愿一同拼命！"

正良也说："我……我……我也冲！"

侯夫人忙说："不行不行，大福晋今夜还未必有事，你们这样一冲，岂不提早送了她的性命？”

“冷……冷……冷……”阿尔萨兰躁动着。

侯久满看看，脱下长衫递给正良：“给你额娘盖上。”善缇、戴刀、赫顿等纷纷脱下衣服。

夜，玉姑、妹仔、阿六三人蒙着脸，左右看着，悄悄摸到庙墙前，暗处突然冒出牛子旬等清兵和探员，牛子旬喝问：“什么人？！”

玉姑扬手两枪，接着与妹仔、阿六将手中的包裹扔入院墙，边打边退。

牛子旬喊：“捉活的！捉活的！”妹仔连抛两颗炸弹，趁清兵卧倒，与玉姑、阿六上马，驰入夜幕。

庙内，侯夫人与木棉等惊恐地抱在一起。可言大叫着：“我活着！我活着！我死不了……”

侯久满看着那三个包裹，戴刀、善缇、赫顿打开——全是食物与衣服。“收了！”牛子旬与清兵、探员走入，夺走包裹。牛子旬看看侯久满，一瘸一拐走进殿门。

侯久满望着远处：“是何人还在记挂我等？”

戴刀：“大人，想必是妹仔，或玉姑小姐。”

牛子旬站在阿尔萨兰身边阴笑着，并踢了两脚：“大姑，你也有今日。”

善缇揪住牛子旬，一拳将其狠狠击倒。清兵、探员向善缇举枪，牛子旬忙叫：“别开枪！别开枪！”

清晨，一缕晨光照着阿尔萨兰的脸上，显得十分安详。躺在阿尔萨兰头边的正良醒来，看看她，轻轻叫道：“额娘，额娘，您好些了吗？”阿尔萨兰不动。

正良紧张地推推：“额娘，额娘……”

侯夫人爬过来，摸摸阿尔萨兰的腕脉：“不好！大福晋她，她快不行了！”

侯久满等拥来惊看，善缇跪倒在阿尔萨兰身边，哭叫：“姑爸爸！姑爸爸……”

殿内一片哭叫：“大福晋……大福晋……大福晋……”

可言也闹起来：“我没死……我没死……大清亡了……”

忽然有人喊道：“老爷！”

侯久满含泪回头，阿六奔进门殿门，他的身后，西西急步走来！

赫顿惊愕：“西西小姐？！”可言睁大眼睛，一下不闹了。

西西冲赫顿笑笑，匆匆走到阿尔萨兰身边蹲下，摸摸颈脉：“……快，请马上抬到车上！”赫顿、戴刀、善缇立即动手将阿尔萨兰抬起，出门。

可言突然瞪圆眼睛喊道：“西！”

西西一惊，站住：“侯，你……你怎么被捆着？”

可言只是喊着：“西！……西！”

赫顿道：“二少爷的精神方面……出了问题。”

西西扑过去解着绳子：“快，把他也送上车！”

众人将阿尔萨兰、可言抬上汽车。

清兵喝问：“哪去？！衙门有令，只准出门讨饭，不准做其他任何事情！”西西道：

“这是西商会的车！我请客人去商会讨饭！走！”

汽车开动，清兵原地叫着：“不准走！不准走……”

侯久满对赫顿说道：“红毛，快，一起去看看！”赫顿撒腿追着，“西西小姐，西西小姐，等等……”

储秀宫，慈禧显得疲惫不堪，对着面前的五六个大臣说道：“好吧，既然预备立宪仍旧不能让各省安生，那就再走一步，宣布着手建立资政院及各省咨议局。”

奕劻道：“太后，目下各省不断呈递请愿书的意思是：请速开国会，以定立宪根本。”

慈禧怒道：“早就料到有这一天，给点儿笑模样，就爬鼻子蹬脸！这是拿舌头当鞭子使，想赶着我老太婆赤足飞跑啊！乡会、县会、省会且未必开得明白，遑论国会？！”

奕劻怯怯缩回：“是，是。”

慈禧：“袁世凯！你说呢？”

袁世凯忙道：“太后明若观火，洞见症结。但……依臣在天津、保定等地试办咨议局时观察，乱是乱些，可结局，还是见着些新气象……”

“滑头！我是问你，是否也主张开什么国会？！”

“臣以为……”

慈禧打断：“好啦！滚了一夜的车轱辘话，我累了！就照我说的，再走一步，瞧瞧再说！”

洋人诊所的病房内，阿尔萨兰躺在雪白的病床上，静静地睡着。

诊所庭院，赫顿对西西说道：“西西小姐，我代表我的朋友们，对您及时的相助，表示最最真挚的谢意。”

西西看着赫顿，过了一阵才道：“赫顿先生，出了这么大的事，您居然都不回英国，而是陪着您的‘高山流水’，守在破庙里。要不是妈妈的店里有人写信，我真想象不出，您怎么会这样彻底的中国化。”

赫顿一愣：“您……您是专门从英国赶回来的？”

西西点点头：“……我是从订婚仪式上逃走的。”

赫顿震惊：“……什么？！”

神像下，侯久满坐着，盯着跪着的阿六：“你说的是真的？昨夜的东西是妹仔与那个小魔头送的？！”

“老爷，千真万确。”

“阿六，老侯往日待你不薄，你为何背弃我，与那魔头弄在了一起？”

“老爷，甲午年大疫，您甘冒死罪，救了阿六一家及许许多多乡民，对此阿六终身不敢忘怀。但老爷有所不知，您救下的阿六一家及乡民们，仅仅因为活不下去，抗了几两糖捐，竟被朝廷杀得老少无存。阿六发誓报仇之日，恰巧与老爷一同被玉姑小姐绑上了山堂，于是小的主动入马，参加了会党。”

侯久满沉默片刻，问道：“……妹仔好吗？”

“三少爷……小的对三少爷知之甚少，只知道他不再办味素厂了。”

侯久满：“起来吧。你既然回来，还认我老侯，就不能再与玉姑那魔头来往。”

“谢老爷，小的明白。”阿六站起，“小的去街上将老夫人接回。小姐吩咐，即便小的饿死，也绝不能让老夫人讨饭。”阿六躬身拱手，匆匆走出。侯久满默默看着。

颐和园湖边，慈禧坐在黄绸椅子上，看着太监挖藕，似听似未听……

奕劻与铁良站在侧后，奕劻说着：“遵太后懿旨，陆军部已拟定《陆军三十六镇，按省分配限年编练章程》，规定：除近畿四镇、直隶两镇业经编定外，江苏、湖北需各练两镇，山东、山西、陕西、新疆……”

慈禧：“直接讲，目下已练成了几镇。”

奕劻怯怯地：“像些样子的，大概九镇。但以新征兵制取代绿营世兵制……”

慈禧：“兵器呢？”

铁良答道：“回太后，各枪炮局十分勤谨，甚至都躁切了些。沪局奏请生产自研新枪，但须新购机器。鄂局欲改造本局老套筒，但须加拨资帑。川督赵尔巽奏建炮、弹两厂，统计需银十三万两。加之向德国订购机器，需156万1千173马克，折合规银六十余万，这还不算……”

“够了铁良，我让你兼理江南各局，你如何只成了账房先生？！”

“奴才目下实在最愁的就是银子。”

慈禧又问：“北边呢？”

铁良道：“袁世凯年前曾咨报民政部：津局重建大致告成，但不久前，该局黑药库爆炸，震塌房屋十余间，毙伤官兵、工匠二十余人……”

“废物！废物！越是急着用兵、用枪，越是出乱子！……藕！我的藕呢？！”

李莲英忙端盘子：“这儿呢，这儿呢，老佛爷，刚刚洗净，正准备切呢。”

“拿过来！”慈禧抓起一条整藕，左右看看，在椅把上磕断，瞪眼想着什么，并山响地啃着……

海边，侯久满望着海。

“顶爷！顶爷……”吴丁贵哭喊着奔来，扑倒磕头，“顶爷，想煞小的！想煞小的了！”

侯久满看看：“你怎么来了？”

“小的一直想来侍奉顶爷，可是被新任总办盯得死死的，脱不得半步。今日小的豁出性命与那厮大吵了几句，就不管不顾地奔了您这儿……顶爷，苦了您了，您都瘦得脱了相啊！”

“别哭了，起来陪我坐坐。”

“谢顶爷。小的给您带来些孝敬。”吴丁贵打开一堆卤制鸡鸭和一壶酒。侯久满看看，抓起来狼吞虎咽。

吴丁贵流着泪偷眼看看侯久满：“顶爷，您慢些个。这该死该败的狗朝廷！良莠不分，忠奸莫辨，竟将我家顶爷这等国之栋梁，迫害得如此凄惨！这真是人逼我反，我不得不反！”

侯久满看看吴丁贵："说什么呢？"

吴丁贵慷慨激昂："顶爷，反了吧！这狗朝廷已屋漏瓦碎，摇摇欲坠，凭顶爷的本事，带领我等，无论呼啸山林，还是闯荡大海，足可称王称霸！"侯久满吃着不语。

吴丁贵继续说道："顶爷，将门出虎女，玉姑小姐都做了龙头老大，何况是您！"侯久满诡异地看了吴丁贵一眼，喝着酒。

"您若是看不起山大王，干脆找上三少爷，投了革命党！将来得了天下，您堂堂正正做个军工大臣，当个名副其实的枪炮皇上！"

"等等。"侯久满停下，"你说我家妹仔怎么了？他是革命党？"

"顶爷，您不知道？三少爷他如今已是叱咤两广，闻名全国的暗杀客！炸弹王！"侯久满愣怔半晌，重新抓起鸡肉缓缓吃着。

"贼娘！"侯久满突然跳起，狠狠给了吴丁贵一个耳光，并狠狠踢着："你这背逆朝廷，脑袋长了反骨的狗东西！……狗东西！老子此时是身上无枪了，有的话，定然一枪崩了你！"

海神庙庭院，阿尔萨兰在火架上烤着一串串鱼。

善缇站在一旁："姑爸爸，您大病稍愈，实实不该回来。"

阿尔萨兰冷冷地："太后要我死，早晚是死。"

"你死不了。"侯久满满面兴奋地走进门，"老侯也死不了，我等谁都死不了了！"阿尔萨兰惊奇地看着。

侯久满走到墙边坐下，取过戴刀用废报纸已画了一大摞的枪图："太后就要重新放老侯的缺了！"

阿尔萨兰咕哝："怕是与那老二一样，也神经了。"

侯久满高兴地左右看看："阿爸的小红毛呢？"戴刀看着图纸笑笑。

河边，西西挽着赫顿缓缓走着。

赫顿："西西小姐，我知道，我欠了您一份情，一份很大很大的情。"

西西满含深情："赫顿，你能不再对我保持这种生硬的绅士风度吗？"

赫顿："我确实不知道该怎样做，才能表达我对您的深深感激。"

西西哀怨地："赫顿，你能告诉我吗？在你的情感世界里，对于一个男人的友谊，与对于一个女人的爱情，难道是一样的吗？或者，你的前者还要胜于后者？"

赫顿："我……我没有比较过。"

"会不会还有更加恐怖的事，这两种情感，在你那里，根本就是……就是倒过来的？"赫顿有些惊愕。

"赫顿，请看在上帝的份上，你真实地告诉我。"

赫顿望着晚霞，良久说道："西西，我并不认为自己弄倒了什么。我曾经很深很深地爱过一个姑娘，但很可惜，那个姑娘并不爱我。她被她的主人，嫁给了一个毫无爱情可言的老头，而那老头，恰恰是个把我当做儿子的人！当然，我知道，你想问的是另一个中国男人。戴刀，无疑是个让我无比崇拜、甚至痴迷的人，可他与那个姑娘，却应该是真正的一对。情感就是这么奇怪，这么荒诞。也许你根本没必要恐怖，赫顿仅仅是你曾经猜测的：已经彻底的中国化了。”

西西委屈地：“赫顿，你的意思是不是在说，你现在反而觉得英国人陌生了？包括英国的小姐？”

赫顿：“我，我真的为我的中国朋友们，非常非常地感激你。”

西西痛苦地看着赫顿，说了声“对不起”，转身离去。

赫顿叫她，她没有回头。赫顿神情复杂地望着。晚霞渐暗。

“侯久满、阿尔萨兰听宣——”一清兵官佐高叫着走入海神庙，接着，新任两广总督张人骏与扈从走入。

“来了,来了！”侯久满兴奋地整理着破烂衣裳奔出殿门。阿尔萨兰寒着脸缓缓走出。

张人骏抱拳：“阿尔萨兰大姑、侯大人，张人骏见礼了。”

侯久满抱拳：“部堂大人。”

张人骏看看漠然的阿尔萨兰，有些尴尬，清清嗓子：“太后口谕，侯久满、阿尔萨兰听旨！”侯久满、阿尔萨兰，以及侯夫人等跪下。

“大清新政，百业蓬勃，然时有奸人弄巧，忠良莽撞！粤人侯久满，闭阁思过有日，当疚心疾首，救过补阙，重新振作，报效朝廷。着，恢复侯久满一切职衔品秩，放还所有府邸、财产，及子女私业。大姑阿尔萨兰，难能患难相扶，不弃不离，足显满女大义，特别加赏阿尔萨兰宫内司祝名义，食三品禄，并特准大姑参议江南各局枪炮事宜。除此，特准侯久满尽速安顿好职内差事，携大姑进宫贺寿。甚念！甚念我爱卿与大姑！”

侯久满睁大眼珠一时呆住。

阿尔萨兰冷冷地问：“完了？”

张人骏道：“谢恩吧。”

阿尔萨兰：“谁是奸人，谁是忠良？太后仍未说我等何错，必需如此闭阁思过吗？”

张人骏：“没有。大姑与侯大人谢恩吧。”

侯久满激动地抹了把鼻涕、眼泪，与阿尔萨兰叩拜：“谢太后！”

侯久满多磕一头：“谢太后隆恩！太后如此挂念标下，标下不胜惶恐，感激之至！”

张人骏搀起侯久满：“侯大人请起，大姑请起。其实，太后还有一言，不在正式懿旨当中。”

侯久满、阿尔萨兰一怔：“什么？”

“今年太后 74 万寿前的一个月，是袁世凯袁大人 50 整寿，太后要侯大人与大姑，代皇上与太后，携恩赏赴袁府恭贺。”

“啊？！”侯久满、阿尔萨兰大惊，对视一眼，同时看着张人骏。

乐寿宫，光绪走入跪下，机械地问候：“皇阿玛健豫。”

“起来吧。”

“谢皇阿玛。”光绪爬起。

“你来，是请你给侯久满写几个字。”

光绪疑惑："写字？"

"我已经想好了，'枪炮侯'，就三个字。"

"听说皇阿玛还了侯久满差事，不知那侯久满会不会问皇阿玛，为何销他的差？"

慈禧瞪了一眼："那猴子如果是个敢问此话的人，我会还他的差吗？再说，我原本也就只想训诫这泼猴 200 天整。"

"……皇阿玛深沉。"

光绪讥讽地笑笑，拿起毛笔："枪炮侯，听起来既像官名，又像爵称，大清汉臣，唯有曾国藩、左宗棠生前封过侯，侯久满这下得了个不错的虚名。"

"谁让他姓侯，讨了便宜。"

"皇阿玛，这侯久满捉了放，放了捉，已不知多少次，可他对皇阿玛的忠心不移不摇，这几个字，还是皇阿玛亲自写，最为合适。"

慈禧："叫你写，你就写，枪炮之事，是男人勾当，我只会写'福禄寿喜'。"

茶楼雅间，江南十局齐集。

宴席旁，川局总办抱着侯久满痛哭："大人……侯大人……想不到上次会盟之日，竟成了您这盟主大难之时！"

侯久满满脸是泪，强作笑颜拍着川局总办："好了，好了，权当太后跟老侯闹着玩呢，谁让老侯有个'三不杀'呢？"

黎元洪擦着眼角："大哥，你可记着，'三不杀'可已经用完了。"

"还有一次，还有一次。"

黎元洪问："哪里还有一次？"

侯久满笑笑："还有一次真杀。趁脑袋还在脖子上，老侯还是该干什么干什么。"

章志腾道："好！大盟主九死不悔，气盖山河！让我等一同高擎酒杯，为大盟主高呼一声'彩'！"

"好！好！"总办们一起举杯过顶。

章志腾喊："侯大人，彩！"

总办们齐声高吼："大盟主，彩！"

黎元洪将侯久满拽出门，走到一边低声问："大哥，太后懿旨，你那大福晋正式顾问江南各局，怎不见大嫂露面？"

侯久满尴尬笑笑："你那大嫂……你那大嫂何等身份，怎么可能在这酒臊肉臭中走马顾问？"

雅间内，章志腾与三、两总办窃窃私语："太后还是不放心我等汉臣啊，侯大人主持盟会，我等心悦诚服，但一个女人坐偏席，顾枪问炮，闻所未闻！"总办们唉声叹气。

夜，庙内，盖着总办朝服的侯久满躺在草堆里，仰面思忖。侯夫人躺在一边，怯怯地问："老爷，这太后已还了差事，您却仍然住此破庙，传上去，会不会让太后觉得，您是在成心使气？"

侯久满看看阿尔萨兰，低声道："不是老侯不想搬回府里，是她，气还未消。"

阿尔萨兰背身蜷在草堆里，睁着冷厉的眼睛。侯夫人看看阿尔萨兰，轻声叹息。

突然，“砰砰”响了两枪，接着是一片混乱喊声：“有刺客！有刺客！”侯久满等大惊坐起……

庙门外，蒙面的玉姑和妹仔向墙内扔了几个包裹，且战且退。

阿六叫道：“不好，定是玉姑小姐与三少爷不知老爷已经复职，又来送衣食！”

侯夫人：“快！快！快去看看！”

阿六、善缇、戴刀、赫顿奔出，侯久满与阿尔萨兰、侯夫人也紧跟着奔出……

三十一

海边。玉姑和妹仔被清兵围在一棵大树前，子弹、炸弹已经用完。侯久满等奔来：“算了，算了，他们兴许是过路善人，见人可怜，想施舍些东西。”

“善人？……好个善人！”牛子旬一瘸一拐走来，拱拱手：“总办大人，这二人一个是会匪首领，一个是在逃钦犯，下官一直在候着他们。”

阿尔萨兰怒目：“牛子旬，你个奸贼！太后已恩赦侯府，你竟敢鳖咬秤砣，死不松口！”

牛子旬笑笑：“下官职责所在，不敢不尽心尽意。大姑，侯大人，为了大家颜面，下官就不必说出这二人姓名，也不必摘下这二位的蒙面了吧？”阿尔萨兰与侯久满气极无奈。

“带走！”牛子旬指挥清兵押着玉姑、妹仔离去。玉姑、妹仔不断挣扎回头，眼泪汪汪地看着侯夫人与侯久满。侯夫人捂口哭着，晕了过去。

侯久满左右看看，抓起根木棍欲扑救，被阿六和善缇抱住。阿尔萨兰看了看侯久满，冷冷道：“那姓牛的肯定另有太后密旨。”侯久满望着远处，急得跺脚。

侯府大门外，四门火炮轰轰鸣放，却无喜庆鞭炮。浓烟中，“枪炮侯”铁镌金匾悬上门楣。除了侯久满朝服光鲜，其他人衣衫褴褛，人人面寒如冰地看着。

侯久满推开香堂的门，里面的“万岁牌”已落满灰尘。他跨入伏倒：“吾大清国万岁万岁万万岁！吾皇万岁万岁万万岁！吾圣母皇太后万岁万岁万万岁……”阿尔萨兰看看，未等侯久满叩拜完，毫无表情地离去。

阿尔萨兰推开自己房门，墙上的“囍”字因浮尘而朦胧。上百双的婴儿小鞋也尽被灰土。

庭院内有人喊：“阿妈，阿爸……”，阿尔萨兰回头一看，可言兴致勃勃地走入庭院。

侯夫人惊喜地抱住可言：“言儿，你，你……你这是好了？”

可言看了赫顿一眼：“好了阿妈，多亏西西小姐。”

侯夫人：“谢谢西西小姐！谢谢西西小姐大恩大德！”赫顿默默走开。一辆汽车驶离侯府大门，车内，西西默默地回头看着。

可言向阿尔萨兰走来，笑嘻嘻地：“可言见过额娘。”

阿尔萨兰：“好了？”

“好了！‘鹅鹅鹅，曲项向天歌’，哈哈哈哈……我大清立宪已走上轨道，岂能少了可言？”

侯久满看看：“真是好了。”

“别再在我的面前放刁，你已不是我的嗣子。”阿尔萨兰看向正良：“莠草，吩咐烧水，侯府上下，人人洗澡！”

正良：“知道了，额娘。”

可言看看正良，看看阿尔萨兰，愣怔。

阿尔萨兰走入房门，拿起双小鞋吹了吹土，回头看着院中的侯久满：“老爷，请召集江南盟会，本大姑要正式亮相！”

侯久满一怔：“你，你要干什么？”阿尔萨兰关上房门。

次日，总办室，十局总办济济一室，阿尔萨兰案前正座，眉目凛然：“各位大人想必都已知晓，我大清圣母皇太后，特准阿尔萨兰参议枪炮，顾问造办，看护国之重器，把守兵家要津，做古往今来，大中华涉足军工的第一女子，你等惊奇吗？”

章志腾、黎元洪等面面相觑，黎元洪“哦”了一声，忙道：“太后新政，屡有奇崛，我等不惊奇，不惊奇。”总办们忙附和。

阿尔萨兰又问：“你等惊喜吗？”

黎元洪：“我等……我等惊喜，惊喜。”

总办们又齐声附和。章志腾瞥了一眼侯久满，侯久满垂头蹙眉，坐在案边一侧，手在子弹钵里不停抓拿。

阿尔萨兰：“当今世界，男女平权，此为天理之至公，人道之至平，通宇宙而莫易，质鬼神而无疑！”“正是，正是……”总们办又是一阵附和之声。

“望各位大人为强兵强国齐心戮力，用命办差！”

总办们齐立抱拳：“我等谨遵大姑教诲！”

阿尔萨兰看向侯久满：“侯总办，我们是不是各处走走？”侯久满慌忙站起：“各位大人请，请……”

阿尔萨兰甩甩摇摇地走在最前，侯久满与总办们跟出。

章志腾拽拽黎元洪，低声：“黎黄陂，你这马屁拍得‘当当’的，也不怕闪了舌头！你知那女人是个什么东西？听说她与侯大人的两位干将不清不白，甚至在宫里时曾狐媚皇上，差点儿被太后砍了脑袋。”

“章大人，还是先拴好你自己的舌头！太后的驭臣术，你还不懂吗？她老人家是真想用这位大姑，骑在我大哥头顶吗？”黎元洪瞪了一眼，快步走出。

章志腾阴鸷地看着这一切，“哼”了一声。

雨夜，雷声隆隆。乐寿宫内，睡梦中的慈禧突然惊醒坐起：“我的花！我的花！”

睡在毡垫上的宫女爬起：“老佛爷，老佛爷，您魇着了吗？”

慈禧唤道：“李莲英！李莲英……”

宫女：“老佛爷，大总管有岁数了，不值夜。”

“下暴雨了，快叫人把花圃的席棚支好。”

“嗻，奴婢这就吩咐。”宫女欲走。

“还有，马上把李莲英给我叫来。”

“嗻。”宫女匆匆走出。

慈禧缓缓躺下，听着霹雷，有些畏缩地蜷着。

夜。侯久满敲敲阿尔萨兰的房门：“歇了吗？”

阿尔萨兰躺在炕上，正看着光绪送的那把扇子，忙把它塞入枕下：“进来吧。”

侯久满进门：“见你屋里的灯亮着，想进来问问，是不是有什么不舒服？”

阿尔萨兰看看侯久满：“跟我说话，用不着耍心眼。不过，你也算知道怜香惜玉了。这回落难，承蒙你阿玛似的照拂，谢谢了。”

“这是什么话，老侯不是来讨谢的。”

“怎么，是不是怕我今后夺了你的风头，你这个大盟主担心有失颜面？”

侯久满笑笑：“老侯还看不出你？你就是西书看多了，又受了言儿、玉姑那些自由言论的传染，想在男人圈里威风几日，出出这两百来天的气闷。”

阿尔萨兰冷笑：“哼，老侯，你这回可看走眼了，本大姑早就想直入你的猴山老营，提着你的尾巴，好让你尽忠报国之时，也别忘了家人的死活。只是上次请旨，太后只给了个主持请皇安的名分，现而今，她老人家是要我认认真真看顾、监护着那个江南枪炮联盟！”

侯久满：“可是你会吗？自从那次你摸太后的脑门，差点儿掉了自家脑袋，你曾发誓再不做告密勾当。你与老侯磕磕绊绊，滚滚爬爬走到今日，还会重操旧业吗？”

阿尔萨兰有些口讷：“我……我……此一时彼一时，你别想阻碍我进枪炮局，坐你总办室的大堂！”

侯久满：“你，可你懂得什么？你知道6密里8的枪管多粗多细？你知道7生5的陆炮多轻多重？这不是男女平不平权，是一个门外的婆娘入行搅局！你还让老侯怎么做事……”

“住口！谁是婆娘？！反正是你到哪，我就到哪！横竖不能再让你召灾惹难！”

侯久满怔怔：“……你的本意……是怕老侯再出什么事？”

阿尔萨兰：“我是怕这一大家子再出事！”侯久满沉默无语。

雷声隆隆。慈禧躺着：“近来，我动不动就闹肚子，身子也越来越软，怕是没多少日子了。”

李莲英跪着，黯然泪下：“老佛爷切莫这样讲，老佛爷只是童心未泯，好任性贪个生冷瓜果，其他的，老佛爷健豫着呢。”

慈禧：“唉——，毕竟74了，那个人才39，娘俩儿比着活，当娘的怎么可能比得过他？”李莲英垂头不敢多言。

慈禧自说自话：“不过，那个袁世凯，刚刚50。”李莲英看了一眼，又忙低头。

“我选那人的弟弟，载沣的三岁儿子为储君，载沣还能不替他的兄长找袁某报仇吗？哼哼……”慈禧阴阴地笑了几声。李莲英止不住发抖。

“但载沣是个敦厚优柔、见不得血的好好先生，未必是袁世凯的对手。这盘迷局，可能走得好，也可能走不好，全凭天数。我能为祖宗家业做的，已实实在在都铺排妥了，剩下的，就管不着那么多了。”

李莲英擦着泪：“老祖宗千万别再讲这样的话，奴才心若刀剜。”

房内，阿尔萨兰：“说吧，你是不是还有代皇上与太后，为那个袁世凯贺寿，劝我与你进京的事？”

侯久满点点头：“是。老侯担心，太后说是交办差事，实则是宣你我进宫，她老人家显然在疑心你我记恨。你我如果不走，岂不印证这种猜疑？”

“那袁世凯是个什么东西！我身上的病没好利落，经不住路途颠簸。要去，你自己去。”

“你刚才还在讲，老侯去哪，你去哪。”

“我……这一趟不算！”

侯久满叹息一声：“唉——，老侯清楚，你与太后是越来越离心离德了，而且你一丝都不惧怕死罪再临。可老侯是个炮弁，肠子里的气即便再大，也只是用来推进炮子，而不是闷着与何人赌斗的。大门上‘枪炮侯’那三个字，‘侯’可不保，然‘枪炮’不可不保。”

“不用多讲，你恪尽职守，志在强国，阿尔萨兰早已心怀敬佩。但我意已决，你不方便，我自己给太后上个折子，陈述病情。”

“其实，老侯也不想给那个袁世凯送什么寿礼，太后在这里面用心太深，老侯不想不尴不尬，做一颗臭弹。……歇了吧。”侯久满站起：“我也想上个折子，托故留粤。”

“你不想见袁世凯，可太后那儿还是得去的。”

“老侯不是为袁世凯，而是担心妹仔他们。”

阿尔萨兰大惊：“你，你，你想干什么？”侯久满默默出门。

乐寿宫内，慈禧问李莲英：“那个人还是天天写日记吗？”

“回老佛爷，差不多少。”

“最近他写了些什么？”

李莲英支吾：“皇上……皇上他……”

“直讲。”

“皇上他，还是一门心地惦记，一旦柄政，立马杀了袁世凯。”

慈禧看着，沉吟：“……你能见着那个人的日记，想必那个姓赵的，也能见着……”

暗夜中，颐和园大门前停着辆黑篷马车。车内，一个太监将一叠纸交给赵秉钧：“赵大人，这是奴才近日趁皇上上朝，悄悄抄录的。”

赵秉钧翻看一阵，划火点燃：“听着，你看见的这些，有些可以告诉李莲英，有些不必全讲。”

“可皇上身边，奴才这样的，数日一换，奴才只怕太后与李总管另有眼线。”

赵秉钧：“这无须你管。”太监怯怯地应。

玉澜堂内，光绪一脸激愤地写着日记，手边是珍妃的那枚玉簪。

侯夫人房内，侯久满、戴刀、赫顿或坐或站，看着侯夫人，沉默着。侯夫人跪在观音前默默敲着木鱼诵经。停下后，戴刀将其扶起。

侯夫人坐下，缓缓道："妾身赞同老爷，玉姑、妹仔是侯府儿女，侯府认与不认都是不争事实，当然该认。老爷，您就铺排吧。"

侯久满道："老侯已去过总督衙门，张大人揣摩太后意思，朝廷目下为练兵、枪炮二事忧心如焚，正用着侯府，兴许那两个小东西只要具结悔过，同意回府安守本分，太后或许不会逼命。因此，我想请夫人与刀儿，分别去监房好生劝劝玉姑和妹仔。"

侯夫人点点头："玉姑那里，也只有我去。"戴刀垂着头。

"刀儿……"侯久满叫道。

戴刀道："戴刀很想去见妹仔，但恐怕只能代转大人的心意，至于劝其悔过……"

"怎么？刀儿，难道你赞同他们造反……"

赫顿忙打断侯久满："老侯，你们的朝廷一直敌视戴刀这个所谓罪犯后代，他去未必合适，还是让我去妹仔那儿试试吧。"

"……也好。明日有何情况，从速去局里告我。"侯久满起身，沉重地走出房门。

次日，枪炮局，机器隆隆。绷着脸的侯久满与戴刀、吴丁贵巡看着，不断有工匠热烈招呼："侯大人回来了"，"戴先生回来了"……戴刀热情地一一应着。

走入总办室，侯久满看看吴丁贵："吴丁贵，速办一桩要事。"

"请大人吩咐。"

"你马上一一联络江南各局，就说我侯久满建议，盟会所签合约，有一条立即改动：老侯的盟会总统之职，当让给陆军部尚书铁良大人，老侯愿退为帮统。如果我这个帮统有事出缺，鄂局黎元洪、沪局章志腾依次接任。"

吴丁贵看看侯久满："大人，您何故如此？"

"就这样讲！电报说不清，你就一家一家地跑！"

"……嗻。"吴丁贵又看看侯久满，退出门。戴刀默默看着。

赫顿与吴丁贵擦肩急急奔入总办室，叫了声"老侯"，便沮丧地坐在椅子里。侯久满看看赫顿，沉重地："料到会如此，两个小东西若是那么简单就后悔，倒不像侯府的人了。"

赫顿："侯夫人气得晕过去了，我把她送进了医院。"

侯久满点点头："那小魔头，说不定怎样骂我。"

赫顿似乎显得犹豫："……老侯……"我……我自己也有些事情……"

"何事，红毛？"

赫顿先看了看戴刀："老侯爸爸，我要结婚了。"

侯久满一怔："什么？怎么突然地……"

赫顿并无热情："与西西小姐。"

侯久满又怔怔："……好啊！好啊！我儿终于有了可心之人，阿爸一定为你大操大办！祖宗怜爱，祖宗怜爱，我侯府总算有了头一桩儿女喜事！"

赫顿："不不，老侯爸爸，尽管我非常非常地爱你，也非常非常地想举行一个中国式婚礼，可是我的未婚妻坚持要回英国。因此我想向你请假……”

“什么？”侯久满满脸遗憾，“那，那能不能先让阿爸为你们操办一场，你们再走？”

“我没问题，只是，只是西西……”

“好好，不强人所难，不强人所难。”侯久满深情地，“小红毛，回英国多待些日子，莫急着回来。要不这样，你带着你的新娘去各国走走，看看各国花草，也看看各国军工，再帮阿爸选些最新式的枪样、炮样回来。”

赫顿紧紧拥抱侯久满，双眼含泪：“老侯爸爸，你真好。本来，我绝对不应该在这种时候请假，可是西西的妈妈在英国病倒了，而且非常危重。”

侯久满拍着赫顿：“回吧，赶紧回！西西小姐是侯府的救命菩萨，赶紧回！赶紧回！”

戴刀也拍拍赫顿，笑着道：“赫顿，恭喜你。”

侯久满吩咐：“刀儿，今天一切全都放下，代老侯与夫人和大福晋，多多地为赫顿与西西小姐采办礼品。”

“知道了大人。走吧新郎官儿！”戴刀揽着赫顿走出。

赫顿不断回头，极显不舍：“老侯爸爸……”

待赫顿、戴刀出门，侯久满脸上的喜色顿然消失，他看着门，摇头长长叹息一声：“唉，老侯并不为祖宗垂怜哟！”

洋行客厅，可言坐在沙发上，低垂着脑袋：“西西小姐，听说，你要嫁人了。”

“是啊，侯，你祝福我吧，我的未婚夫，是你们家的忠实朋友。”

可言点点头，拿过身边的礼盒，沮丧地：“这是送给你的礼物。”

西西接过：“谢谢，谢谢！这是什么呀，我可以现在就看看吗？”可言点头。西西兴奋地拆去彩带，打开盒盖，惊呼：“啊！天哪，我的上帝！”盒子里是一顶镶着珠宝、金光灿灿的金冠。

“侯，侯，你的这件礼物，我非常非常的……不敢要，这是我们英国的女皇才能戴的！”

可言蔫蔫地：“我就是照着她那顶的样子，请金匠打的。”

西西：“不行，婚礼上我要是戴上这个，连神父也会晕过去的。”

总督衙门的牢房内，浑身是血的妹仔被高高吊在梁上，昏睡着。侯久满与张人骏走入，他仰头看着，眼眶湿润：“你们……何故要这样虐待我儿！”

狱卒道：“侯大人，这炸弹王极善土遁，小的们不敢将他放在地上。”

张人骏：“落下！”狱卒将妹仔放下，妹仔依然昏睡。

侯久满蹲下，酸楚地轻声唤着：“妹仔……妹仔……”妹仔渐渐醒来，眼前模糊的影子渐渐清晰，妹仔笑着叫了声“阿爸”，挣扎欲起，侯久满按住他：“阿爸总算又见着你了，从美国回来，你露了一面就跑……”

妹仔艰难地抬起手，擦去侯久满的眼泪：“阿爸，妹仔不孝，想跑得远远的，可还是牵累了您。”

“妹仔，阿爸实在不解，你这从不问政的人，怎么就成了一个炸弹王？”

“阿爸不要多问，妹仔只盼阿妈、阿爸尽快声明，与妹仔断绝关系。”

"我儿认不认阿爸是一回事，但阿爸绝不会不认我儿。"

张人骏道："三少爷，你虽是侯府义子，但本督为侯大人舐犊之情，深为震撼，他是放下圣恩，放下生死，来看你的，你不顾惜自己性命，难道不念及侯府灭顶吗？"

妹仔看着侯久满，痛苦地流下眼泪："这世道竟连一人做事一人当都容不得！"

"妹仔，阿爸只希望你好好想想，大丈夫无论做侠做寇，笑死如归，脑袋砍了也就砍了。可你怎忍心，你的玉姑妹妹一道赴死？一个女人为男人的事砍头，这是男人的羞耻啊。况且玉姑她阿妈已是六十多的人了，上午劝说不成，竟病倒延医。妹仔，你从小就是个重情厚义的人，正是在这间牢房，你曾多次冒死爬到房顶，为阿爸送酒送肉。目下，难道你就能安之若素，眼睁睁看着一老一小两个女人，伴着你走路吗？"妹仔默然。

张人骏看看："三少爷，你实在不愿落笔悔过，本督做主，你这炸弹王若愿断臂，亦算具结。"

侯久满惊愕："张大人……"

张人骏抽出狱卒的腰刀："三少爷，本督已是网开一面。"

妹仔看着那刀思忖着，缓缓爬起……张人骏举刀……

"不，我自了！"

妹仔扑跌到栅栏边，将左臂插入，身子一仰，"咔"的一声别断……

"妹仔！"侯久满大叫扑了过去……

张人骏看着昏死的妹仔："侯大人，本督只能等你三日，请务必令三少爷说服你家小姐悔过，否则，本督不得不行刑了。"侯久满未应，背起妹仔含泪疾走。

深夜，黑魆魆的侯府，静谧中突然响起阿六的叫声："不好了！不好了！老爷，三少爷他跑了……"

侯夫人扑跌出门："阿六，阿六，怎么回事？"

"侯夫人，三少爷他，跑了！"

阿尔萨兰走出房门，冷冷地看看阿六，盯着刚出门的戴刀。戴刀偏头躲过阿尔萨兰的目光。阿尔萨兰："阿六，不是让你和戴先生好好看顾妹仔的吗？你们两个大活人，怎么生生将妹仔放跑了？！"

阿六闪闪烁烁："不，不不，不是我和戴先生放的，是三少爷说要如厕，可出了戴先生房门，他拔腿便跑，且与几年前盗取侯府枪图的那个黑影十分相像，不知怎的，跑着跑着便没了影。"

阿尔萨兰："胡说！当时妹仔尚在美国，你怎敢借偷盗枪图的事，推脱你二人纵放妹仔！妹仔这一走，谁去劝说那个丫头？！"

侯夫人急得要哭："是啊阿六，妹仔跑了，谁去劝说玉姑？谁去搭救玉姑哇！"

阿尔萨兰盯着戴刀："你怎么不说话？！"

戴刀欲言又止："妹仔，妹仔他……"

阿六："大福晋，妹仔的确不是戴先生与小的有意放的。"

侯夫人忽然想起，扑向侯久满房门："老爷，老爷怎么还不出来？"

侯久满缓缓打开门，冷冷地："既然跑了，还说什么？那小魔头脑袋不保，终究还是她自找的。”侯夫人一软，木棉忙架住。“搀夫人回房，全都散了。”侯久满默默关门。

阿尔萨兰怀疑地看着。善缇走了过来，阿尔萨兰低声道：“留着神，猴精终是猴精！”善缇看着侯久满房门。

黑暗中，侯久满看看墙上挂着的那些样枪，摘下一支，坐在床边默默擦着。

刑场，押解玉姑的囚车走来。玉姑白衣黑裤红马靴，高声呼喊着：“同胞们！我饱受欺辱残害的同胞们！糟朽腐败的清廷就要崩毁了！垮台了！就要灭亡了！大家快快奋起，一道革命，一道反了啊！让我们早日铲除那些朽木烂草，早日建设一个光明幸福、强大而有尊严的国家啊！我二万万亲爱的女同胞们！醒来！醒来！快快醒来啊！在这黑暗的世道，我等女子是压在地狱最底一层，最悲惨不过的牛马奴隶！天生男女，才智见识本无不同，公责权利本应相等，可这世道偏偏要逼迫我们女子，足儿缠得小小，头儿梳得光光，身儿得柔柔顺顺地媚着，气儿得憋憋闷闷地受着，一生只知依傍男子，吃的、穿的全都得靠着男子施舍，似人非人，一世做囚徒！”

清兵挥鞭抽打：“住口！住口！”

人群中，正良搀着滴泪的侯夫人，可言高叫：“不准打女人！”人群一片响应“不准打女人！不准打女人！”戴刀也激愤地喊着“不准打人！”

暗处，阿尔萨兰冷冷地看着。玉姑喊道：“漫云女子不英雄，万里乘风独向东！”“好！”人们喝彩。

“拼将十万头颅血，当转乾坤力挽弓！”“好——！好啊——！”

“同胞们！这些诗句并非玉姑所作，而是我革命党秋瑾秋大侠的名句！同胞们，记住秋大侠！女同胞们，让我等个个都做秋大侠！”

玉姑的呼号声中，刑场对面的小楼里，一蒙面人身背长条布包，急速闪入，从一楼奔至二楼，找到个能看见刑场全貌的地方，打开布包，取出步枪架向窗口，但其双手微微颤抖……

玉姑被押到监刑台前，张人骏问道：“侯玉姑，你还有什么要招的吗？”

“没有！但我有四条要求。”

张人骏说：“讲。”

“第一，准我给阿妈磕头辞行。第二，临刑时不脱衣带。第三，行刑时用枪不用刀。第四，死后不枭首示众。”

张人骏想了想：“准。”

“玉姑——，玉姑——，我的儿啊！”正良、可言搀着侯夫人挤出人群。

玉姑被捆着手臂走到侯夫人面前跪下：“阿妈，玉姑今生不能尽孝了，来世天下万象更新，玉姑定然做个贤淑的女儿，寸步不移，好生地侍奉阿妈。”

“孩儿啊……”侯夫人欲扑抱玉姑，被清兵挡住。

“大哥、二哥，拜托二位哥哥，代玉姑好好照拂阿妈。阿妈，玉姑就此别过。”玉姑重重磕了三个头，转身走去。

“玉姑——，玉姑——”侯夫人呼喊着。正良、可言、戴刀热泪滚滚。

暗处，阿尔萨兰默默流着泪。

玉姑走到一面墙前，昂首站立，平静地说道："开始吧。"一个清兵走到对面。

玉姑大声吟诵："大好春光一刹过，雄心未遂恨如何！投鞭沧海横流断，依剑云霄对月磨。函谷无泥封铁马，洛阳有泪泣铜驼。粉身碎骨寻常事，但愿牺牲报国多。"

吟诵声中，蒙面人的枪管抖得越发厉害，准星中，行刑的清兵与玉姑几乎重叠，枪口时而冲着清兵，时而冲着玉姑……

蒙面人气得揪下蒙布，是侯久满！他满额汗水，心里不断诅咒："这双该死的手！小魔头！小祸精！会不会打着了你，就看你的命了！"他努力瞄着，压扳机的手指剧烈抖着……

玉姑吟诵着，清兵举枪瞄准……"砰"的一声，清兵僵住。玉姑头顶被烧了一绺头发，在微微冒烟，玉姑："什么破枪法！换个人来！"清兵疑惑地看着自己的枪："……我，我放了吗？"

可言大喊："这是天意！我妹命不当绝！"

人群一片高吼："天意——！此女命不当绝——！不可再杀——"

张人骏等面面相觑，惊慌失措。人群向前拥挤，与清兵推拉成一团。

突然，"轰轰"两声巨响，玉姑身后的墙壁仰倒，浓烟中，冒出十几个戏妆勾面的人物，架起玉姑便走，人们惊愕不已。接着，枪声、炸弹大作，刑场乱成一片。

对面小楼内，侯久满抱着枪，睁大眼睛看着。

刑场边，牛子旬与张人骏趴在地上："部堂大人，肯定又是那个侯妹仔搞的名堂！他断臂出狱，只是为了救他的妹子！"

人群中，阿尔萨兰喝道："善缇！快，趁乱了结了那个姓牛的！"善缇奔离。

牛子旬带着几个探员奔跑："快！快！快跟着那些劫法场的人！"善缇奔到附近，举枪瞄准，"砰"的一枪，牛子旬脑门开花。

街头，马车飞奔。车内，玉姑抚摸着妹仔打着纱膏的左臂："妹仔，你这是怎么了？"

妹仔用右臂抱着玉姑，笑着："好悬！我等犯了老调重弹之过，还是在杀头的地方布置了机关，没曾想，你来了个'用枪不用刀'，弄得我等手忙脚乱！哈哈哈……你也真是命大，怎的那清狗的枪就走火了！哈哈哈哈……"

玉姑摸摸烧焦的头发："是啊，这家伙的枪法也太臭太臭了！"

侯府房内，侯久满正擦着枪。阿尔萨兰推门走入。侯久满看看阿尔萨兰，继续擦着："这是我粤局根据中国人体特长，最新研造的'南越'兵枪。"

阿尔萨兰："你的心可真够狠硬，女儿临刑，问都不问。"

"有何可问？她自作自受。"

"可是她没死。"侯久满看看阿尔萨兰，接着擦枪。

"一儿一女，两个造反头子都走脱了，你是否得赶紧想想，如何应对老佛爷？"

侯久满淡淡地："老侯刚接到几处电报：宁局枪弹失窃；沪局药厂漏雨，子料报废；川局运输时机器沉江；鄂局打了洋匠引起交涉。这么多的麻烦，想必太后更急于要老侯救火。"

阿尔萨兰："你……你有多少暗桩，能在这么多地方，同时造假？"

侯久满："你也不必称病不回宫贺寿，我已奏报太后，说我的身子回府后尚未恢复，你须与老侯一同巡察各局，随行侍候。"

阿尔萨兰摇摇头："侯久满啊侯久满，你这颗脑袋到底是怎么长的？"侯久满毫无表情地擦着枪。

郊野农舍内，玉姑惊愕地问："什么？是那个人去牢房，劝你出的狱？"

"是，是阿爸。"

"是他说阿妈劝我不成，晕了过去？"

"是啊，怎么了？"

玉姑："他已知阿六是我同党，还让阿六看着你？"

妹仔怔怔："你是说……你是说，阿爸是有意，暗示我出狱救你？"玉姑望着窗外，无语。

妹仔激动地踱着："依阿爸的机智，他完全可能如此！……阿爸！我的好阿爸！"

玉姑默默望着窗外。

秋夜，狂风骤雨，落叶飘零。储秀宫内，慈禧躺在榻上，格外平和："皇上，《钦定宪法大纲》、议院选举各纲要及筹备事宜清单，均已批准公布，许多的新政善法，就要靠皇上一一施行了。"

光绪漠然地："皇阿玛无需多说。皇阿玛只是身子略有小恙，调养几日就会好的。"

"好也好不到哪了。皇上记着，今后人模狗样，长嘴说话的多了，七七八八的这也想改，那也想变，但宪法前几条绝不可擅动一字！'大清皇帝统治大清帝国，万世一系，永永尊戴'！"

"儿臣明白。"

"还有司法权、用人权、一切军权操于君手，也丝毫不可放松。"

"儿臣清楚。"

"越是关乎祖业命脉的大事，越要谋定而动，你那做事躁切，恨不得一口吃成胖子的脾气要时时自省。特别是为君者，事事应心系大局，切不可一朝柄政，便私行报复，大乱天下。"

光绪看看她："……儿臣知道。"

慈禧看着光绪轻轻叹息一声："唉——，但愿你全懂，但愿你能让我安安生生地躺在棺材里。"

"皇阿玛……"

"跪安吧。"

光绪看看慈禧，跪下："愿皇阿玛早日康健。"

慈禧看着光绪走出，面色阴沉下来："你说他真的明白、清楚、知道吗？"

李莲英低眉抬眼："老佛爷是问奴才吗？"

慈禧阴阴地说道："通过那个姓赵的，给袁世凯透个风，就说我的身子日渐沉重了。"

李莲英扑通跪下："奴才不敢！奴才万万不敢！"

慈禧："就这么讲！"

李莲英瑟瑟发抖："奴才……奴才真的万万……"

慈禧："先把皇后找来。"

"嗻……"李莲英含泪爬起，退到门口。

"李莲英……"李莲英站住，回身。慈禧阴沉地看着："李莲英，你跟了我一辈子，知道的秘密太多了。"

李莲英扑通跪倒，颤声："老、老佛爷，您是要杀奴才吗？"

内宫庭院，太监强撑着不管用的伞，光绪顶风冒雨地坐在肩舆上……

被召来的隆裕跪在慈禧炕前，擦着眼泪。

慈禧："喜子，我这一辈子经了太多太多的事，数十年海疆多故，民生凋敝，满目疮痍。回念50年，我一次、再次训政，实为万不得已。祖宗法制，女人不得柄政。你要记着我的话：大清举行新政，万几待理，为安内攘外，固我邦基，你将来只可好好辅佐皇上，绝不可再干朝政。"隆裕抬头看看慈禧，未言。慈禧："听见了吗？"

隆裕哭着："姑母，喜子听见了。"

暴雨中，李莲英匆匆走出宫门，来到一辆马车边，赵秉钧立即迎上："大总管，何事十万火急地召唤下走？"

李莲英上车钻入帘子："车上讲。"

签押房，袁世凯一脸青黑地踱着……

赵秉钧的眼珠紧随。

袁世凯终于停下，盯着赵秉钧："你再说一遍，李莲英是无意中讲了太后身子沉重，还是故意想告诉你什么？"

赵秉钧跪下："下走以性命做保，李莲英确实是特意将下走急急召去，专讲此事。"

袁世凯沉了沉，阴鸷地："好厉害的老太婆，她不仅早就觉察一切，还想借刀！"

"正是！"赵秉钧道"袁大人，虎毒尚不食子，如此凶狠险诈的老东西，早晚也会加害大人，莫若一不做二不休，一同……"

"住口！"袁世凯立即打断，"老太婆昨日上午还好端端的，你以为她真的会有什么大病吗？"

赵秉钧惊愕："难、难道，这里面一切难说？"袁世凯瞪着眼珠思忖。

"可，大人，目下，下走监视两宫已成明局，这可是满门抄斩、九死不赦的大罪啊！"

袁世凯阴沉地："袁某世沐皇恩，赏擢不断。尤其两宫，都曾有大恩于我。小站练兵，是皇上最早赋予袁某军权。百日维新，是太后鼎力保全袁某性命。我袁世凯宁可被皇上、太后误解，诛灭十族，也横竖不能做出什么背主弑君的事！"

袁世凯说着，手却在赵秉钧的脖子上轻轻搓着，最后又狠狠拍了两下。

赵秉钧垂着头，翻起眼珠看看袁世凯，同样阴沉地："……下走，明白大人苦心。"

赵秉钧佝偻着退出，袁世凯阴狠地看着。

冬日黄昏，大风狂吹，内宫庭院里丧钟轰鸣，一太监的叫声又尖又长："大事不好，皇上驾崩啦——"

瀛台涵元殿内，光绪躺在炕上，面色暗青，嘴角溢着乌血，一手在胸前紧紧攥着珍妃的那枚玉簪，一手摊开垂在炕边，掌心写有二字：杀袁！

1908年11月14日，光绪帝死于砒霜中毒。

次日，储秀宫内，慈禧静静躺着，面若安睡，隆裕与宫女们跪着哭声一片。

1908年11月15日，仅距一天，慈禧身亡。

1908年11月19日，安庆新军起义，因内应误事失败。义军指挥熊成基被捕后，以"革命"二字署名，英勇就义。

茶楼，茶客们读着报纸，照片上：起义新军跃马攻城。

年长士子丢下报纸，痛哭流涕："痛哉！痛哉！我大行皇帝、大行皇太后刚刚宾天，烽烟又起！呜呼哀哉！呜呼痛哉……呜……"

年少士子冷冷地拍拍年长士子："老夫子，天没有塌，太阳还在我等头顶，且风雷滚滚。这天下，说不定就要改朝换代了！"

年长士子一把揪住年少士子："你这大逆无道的狂徒！我大清还在凄凄国丧……"

年少士子护着领口："你哭你的，我说我的，我二人可以再打一赌，这大清，三年内必亡！"

年长士子："忤逆小儿！"

年少士子："你且看看这茶楼的女子，便不难知晓……"

茶楼内，喝茶的女子，甚至管账的女老板，尽是玉姑一样的打扮——白衣黑裤红马靴！

日月堂，玉姑引着已无石膏、但左臂残疾的妹仔大步走入，向大方丈行三指扪心礼："大方丈，各位香长、盟证，这位是玉姑三哥，遵孙先生令，今后专责与本堂联络。"

大方丈笑问："英雄可是那位赫赫有名的炸弹王吗？"

妹仔抱拳："大方丈，在下侯妹仔。"

大方丈："快为大英雄看座。"玉姑引妹仔坐下。

妹仔道："大方丈，各位兄弟，我同盟会孙先生审时度势，看到自科举废除，大量读书青年苦无出路，改投新军当兵，这使得新军成分有了极大变化。为了下一波反清举义，中国革命之方略重点，宜放在广为渗透新军，秘密发展组织方面。"

大方丈点头："唔，孙先生见识不错。"

香长诡异地看看："大方丈是否有意，命副龙头二次女扮男装，率红旗大管事与蓝旗巡风，再入广州新军埋伏？"

大方丈笑笑："是否再女扮男装，这要看副龙头本人的意思了。"

1908 年 12 月 3 日（宣统元年一月二日），乾清宫内，40 岁的隆裕与 3 岁溥仪同座，25 岁的摄政王载沣代小皇帝宣谕："朕缵承大统，登基礼成，追念前谟，弥深乾惕，仰维列圣相传之治法，无非敬天法祖，勤政爱民，凡先朝未竟之功，莫不敬谨继述……"

储秀宫，隆裕领着咧着嘴的溥仪走入："小德张，快抱皇上去换换衣裳，憋得都尿裤子了。"

"嗻。皇上……" 32 岁的新任内务府总办张祥斋，抱走溥仪。

隆裕坐下，埋怨道："载沣，叫我怎么说你这个妹夫，新皇上登基的大典上，他再闹，你也不能一个劲儿冲他说，'完了，完了，快完了'啊，这不是咒我大清吗？"

载沣扑通跪下，扇了自己两个嘴巴："奴才该死！奴才该死！当时奴才见皇上坐不住，怕皇上哭闹起来，一情急，就失了口。"

隆裕："民间谣传什么'不用掐不用算，宣统不过两年半'。你这当摄政王的也应和着。"

载沣紧着磕头："奴才该死！奴才该死……"

隆裕："唉——，起来吧。"

载沣爬起："谢太后。"

隆裕擦擦眼窝："老佛爷宾天前懿旨，不让我学她干政，可她老人家给我留了个这么小的皇上，和这么个糊涂的摄政王。"

载沣又跪倒："奴才该死……"

隆裕烦躁："别跪了，赶紧帮我拿主意，如何才能杀了那个，毁我大行皇上一生的袁世凯！"

载沣恨恨地："袁贼阴害我兄长壮志未酬，英年宾天，罪当千刀万剐！奴才这就代皇上拟旨，拿杀此厮！"

隆裕："也不要个理由吗？"

"理由？理由就是戊戌年袁贼首鼠两端，阴行密告，陷害圣尊，离间两宫！"

隆裕："杀了袁世凯，那些已在朝野坐大的汉臣，会不会人人自危？奕劻、那桐那些早为袁世凯收买的亲贵，会不会惺惺相惜？特别是袁世凯掌控的北洋六镇，会不会蠢蠢欲动呢？"

"这些，奴才多少也曾想到，可也有肃亲王善耆、镇国公载泽等皇亲，力促奴才及早动手，以免养虎遗患。"

"那好！你我就秉承先皇遗愿，拿杀了袁贼！"

"嗻！"载沣跪安欲退。

小德张进门："太后，内阁总理大臣奕劻求见。"

奕劻紧跟着奔入跪倒："太后，奴才听闻，有些嘴上没毛的小子，撺掇摄政王拿杀袁世凯，万万使不得，万万使不得啊！"

隆裕瞪眼："如何使不得？！"

奕劻道："袁世凯的狗头好砍，砍完之后的乱子难收啊！这是张之洞上的折子，已经放了话，称'主少国疑，不可轻于诛戮大臣'。"奕劻高举折片。

载沣："什么叫轻于诛戮？那好，为免人说三道四，就依法行事，将袁世凯革职，交法部治罪。"

奕劻："这样，更无异于打草惊蛇，袁世凯练的那些骄兵悍将岂能坐视不管？王爷自己，不是也曾亲自探过北洋口风？"

"怎么？"隆裕瞪着载沣。

载沣怯怯地："奴才是就惩办袁世凯，密电征询过北洋军官的意见，然……然第四镇统制吴凤岭、第六镇统制赵国贤回复：请勿诛袁，如必诛，先解除臣等职务，以免兵变。"

隆裕气极："你！你这一问，不等于袁世凯已经有了防备？！"

载沣嗫嚅："奴才，奴才实不得已……"

夜，正阳门火车站，袁世凯着破旧高领大袍，戴一墨镜，仅跟一仆混迹人群。

仆人引着路："老爷，头等厢在那边。"

袁世凯低声呵斥："蠢猪！老子这等装扮怎好上头等车？！快，重买三等车票！"

"票在这儿，票在这儿。"化了装的赵秉钧挤过来，塞给仆人两张票。

"你怎么来了？！"袁世凯紧张地看看赵秉钧身后，"带着尾巴没有？"

赵秉钧："大人放心，不说全城的犄角旮旯，即便王府皇宫、新成立的禁卫军，也全在下走掌控之中。"

袁世凯："如此便好，我先去天津洋人开的利德顺饭店避避，有何动静你及时禀报。哦，你马上知会第六镇统制赵国贤，亲带便衣一棚，携手枪入城，看护我的家眷、府邸！"

宫内，隆裕焦虑地踱着，溥仪粘在腿边："皇额娘，皇额娘陪我玩。"

小德张走入，低声："太后，李莲英来了。"

隆裕怔怔："他来作甚？"

"门外候着呢，还带了十几口大箱子。"

隆裕看看窗外：庭院里，李莲英跪着，十几口打开的箱子里全是金银珠宝。

小德张走出："李大总管，进去吧。"

李莲英谦卑地："谢张大总管。奴才已然出宫，大总管切莫耍笑奴才。"

小德张抓了把珠宝："老佛爷可真是疼你，带着光绪爷一起走了，帮你躲过必死一劫。快进去吧。"

"谢谢大总管。"

李莲英哈腰进门，跪下磕头："奴才给太后叩头。"

隆裕："不在外面安生呆着，回宫何事？"

"回太后，奴才受大行皇太后山高海深的恩典，她老人家宾天去了，奴才苟活于世，实无生趣，奴才也想走了。走前，奴才将大行皇太后恩赏的宝物全数奉还……"李莲英说得泣不成声。

隆裕看看：“难得你一片孝心。还了这些东西，你的日子……”

“回太后，奴才实言禀报，奴才当差时，没少收那些进宫大臣的门费银子，奴才度日无虞。”

“如此，我便成全了你。”

“谢太后。奴才还有一事……”李莲英看看宫女们。隆裕示意，宫女退出。李莲英从怀中掏出一叠纸，双手举在头顶。

隆裕：“这是何物？”

李莲英向前跪行几步，低声道：“这是奴才为大行皇太后当差时，秘密联络的各处眼线、暗桩。”

隆裕怔怔，蹙眉：“我要这劳什子作甚？！”

李莲英哭着道：“奴才不将这东西交了，更加的生不如死，早早晚晚有一日，奴才的下场还不如袁世凯……”

隆裕一惊：“你听说了什么？”“没有，没有，奴才只是清楚‘善恶有报’的理，想尽早了断诸端旧事的鬼魅阴影。”

隆裕看着那叠纸愣怔良久：“这些东西，往日不知挑出多少是非，害了多少性命，狗奴才，你还将这恶浊之物捧来作甚？！还不将它快快撕碎，吞进自己肚子！”

李莲英偷眼看看：“……太后，大姑阿尔萨兰，也在这清册……”

隆裕怒道：“少啰嗦！自个儿吞了它！”

“……嗻，嗻……”李莲英撕碎那叠纸，塞入口中，拼命咀嚼……

“退下！”

“呜……呜……”李莲英想谢恩，但嘴里塞满了纸，猥琐退出。

隆裕忿忿愣了一阵，喊道：“小德张！”

“奴才在。”小德张奔入。

隆裕：“命内务府发特急电报，要阿尔萨兰大姑即刻回宫！哦，那个侯久满若走得开，也一同进京！”

“嗻。”小德张欲退。“等等，顺便告诉他俩，粤局新造的‘南越’枪，已通过校验，准备列装全军，并特别命名为：我大清新朝之‘元年兵枪’。”

“嗻。”小德张快步退出。

海边盐田，正良扶着阿尔萨兰在田埂上走着：“小心，额娘……”

阿尔萨兰看着盐田，心旷神怡：“想不到，我儿的盐垦农场竟有这般规模！看来，额娘还真小看了你这根莠草。”

“额娘，您能否别总是莠草、莠草地叫我，特别是在农场，上下两千多员工看着，正良实在是……”

阿尔萨兰开心地笑着：“哈哈哈哈……你看看你这说话都抬不起脑袋的样子，不是莠草是什么？哈哈哈……哎，你知道什么是莠草吗？”

“知道，莠草就是俗称的狗尾巴草。”

“哈哈哈……亏你还知道！那你做事、讲话，为何不挺胸仰头，像个堂堂男子？”

“我……我本来就是男子，为何要惺惺作态才像？”

阿尔萨兰被一下噎住：“……反正，反正在我家乡，马背上的男子个个剽悍英武，而莠草那种东西，连马都不吃……”阿尔萨兰被绊了一下，正良忙搀，蔫蔫地说：“小心额娘。人若像莠草一样，经常低垂脑袋走路，肯定会少跌很多跟头。”

“你……”

“大福晋——，大福晋——”远远地，阿六骑马奔来：“大福晋——，宫里的特急电报——，宫里的特急电报——”

三十二

总办室，阿尔萨兰拿着电报急急走入。侯久满与戴刀看着图纸，侯久满抬了一下脑袋，接着看图："局里近日没有要议的事。"

"不议事，我就不能来吗？"阿尔萨兰看看戴刀，将电报递给侯久满。

戴刀："大人，大福晋，戴刀去忙了。"

"刀儿，不用走。"侯久满看着电报，"只是太后宣大福晋回宫。"

阿尔萨兰笑着："这位新太后，看来还没找到天下第一主子的威风。她不传口谕，却要拍电报。而且，你看……'侯久满假若走得开，可一同进宫'，这是叫你去，还是不叫你去？"

侯久满看着阿尔萨兰："你去吗？"

"当然，我很是想念曾经侍奉过的皇后娘娘。"

侯久满看着电报。阿尔萨兰："你去是不去？"

侯久满郑重地："代我好好向大行皇帝和大行皇太后的陵寝，磕几个头。"

"怎么，你不去？"

侯久满："太后的意思很清楚，'假若走得开'，如今天下纷纶，列强环伺，正是枪炮生意兴隆之时，侯久满身为巡枪御使、江南枪炮帮统，怎么可能走得开？何况我粤局新枪命名为'元年兵枪'，列装全军的这等殊荣，不是通过陆军部公文，而是走的太后电报，可见，太后非但没有宣我进京的打算，而且还在提醒老侯，好生做事，加紧制枪造炮。"

阿尔萨兰看看电报："我了解这位新太后，她哪里有这等心计。"

"你给她邮了那么多年洋书，她这几个字，也透着洋人式的'民主'味道了。"

阿尔萨兰看着电报："是吗？"

侯久满感慨："太后如此尊重老侯，我等更应竭诚尽节，争分夺秒啊。刀儿，从今日起，再开两条总装流水，并筹备在番禺石井，增建西局新厂。"

戴刀："大人，工匠们早已疲惫不堪，且工银数年不见增长，长此以往……"

侯久满打断："国家正值危难，人人都应有所担当才是。"

戴刀："还有，那水冷式机关枪尚存在明显缺陷，似乎不宜大批制造。"

"刀儿，听说日本人又在觊觎我延吉间岛，英国人又在西藏闹事了吧？水机关的改进与制造，两头抓紧吧。"侯久满拍拍戴刀，转向阿尔萨兰："路上多匪，你还是带上善缇一道走。"

阿尔萨兰："不用，有人同我一路。"

侯久满："何人？"

"我儿子。"

侯久满惊异："谁？"

"我儿子。"阿尔萨兰看看戴刀，走出门。

侯久满愣怔："……是良儿？"戴刀默默看着阿尔萨兰背影。

正良为侯夫人着捶肩："阿妈，好些了吗？"

"好些个。唉，这么大岁数，睡觉还能落枕。"

侯久满走入房门："良儿，听说你要与你额娘一同进京？"

"是，阿爸。孩儿有事想去朝廷的盐政院，讨个说法。"

"怎么回事？"

"孩儿的农场，自行改良出一种精制盐，色白味佳，品质绝对超过洋盐，可是各地盐运使，或遏阻销路，或故意杀价，百姓求购不得，农场却积货如山。近日听说，朝廷有意修订盐法，孩儿想去问问。"

侯久满看看正良："除了盐，你的桑蚕、稻谷，还有那些厂子，还，还好吧？"

正良紧张："阿爸，您莫非又想挪借孩儿公司的银子？"

"不不不，阿爸是没想到，你这逆来顺受的主，也敢找朝廷讨要说法了。"

"孩儿实在被那些害民误国的贪官，欺压得忍无可忍。"

"去吧，去吧，路上好好照拂你那额娘。"侯久满说完走出房门，在门口回身，"夫人，是不是让木棉一起陪着大福晋，方便些个？"

侯夫人："老爷放心，妾身已然吩咐了木棉。"侯久满出门。

此时，阿尔萨兰正坐在炕边，满怀伤感地抚摸着光绪赠予的那把扇子。

储秀宫，隆裕高兴地迎出门，阿尔萨兰与正良走入庭院，慌忙跪下："太后万岁万岁万万岁！奴婢阿尔萨兰奉召入宫。"

正良有些发抖："太后万岁万岁万万岁！"

隆裕笑着："起来，快起来。哟，这是谁啊？阿尔萨兰，这位就是你的那个嗣子？好高大、好英武的一个儿子！"

阿尔萨兰笑道："回太后，他正是奴婢犬子。"

正良被隆裕看得脸红垂头："草民谢太后召见。"

隆裕："什么草民，你不还是个候补四品道吗？"

阿尔萨兰："他成天地摆弄菽麦稻谷，烧草制盐，可不就是个草民？"

隆裕看着正良："喜欢农事，好啊，我吩咐农工商部，给你儿子补个实缺，如何？"

正良慌忙跪下："谢太后隆恩，但草民无能出仕，做不好还有玷官箴。"

隆裕："怎么？愿意候补，倒不想实授？"

阿尔萨兰："候补道是他老子硬给捐的。他走路都怕踩着蚂蚁，确实不是做官的料，太后还是饶他个自由身子吧。"

隆裕笑笑："真是个实诚人！小德张。领着这位小爷近处走走，我与大姑说说话。"

"嗻。小爷，您这边请。"小德张引正良走开。

“谢太后。谢大总管。”正良边走边回头看阿尔萨兰。

隆裕笑道：“哟，哟，还害怕走失了，丢了额娘。哈哈哈哈……可真逗……”

正良磕磕绊绊地走了，阿尔萨兰笑着跟着隆裕进了房门。

隆裕笑出了眼泪，用手帕擦着擦着，真的哭起来：“……阿尔萨兰，你可算回来了，这青天霹雳，突然的，怎么皇上和太后就前后脚地一道走了？这古今中外，何曾有过此等浩劫，这事怎么就让大清给摊上了，让我给摊上了……”

阿尔萨兰扑通跪下，扑抱住隆裕的腿大哭：“太后——，皇上他是怎么宾天的？怎么好么央的，一下子就……就……”

隆裕抱着阿尔萨兰哭道：“我也弄不清啊，皇上走前，像是知道些什么，眼睛睁得老大老大，直勾勾地盯着我，像要说什么，可，可当时，太后站在我身边，皇上他一个字也没讲出口，就，就龙驭宾天了……”

“皇上……皇上……”阿尔萨兰痛哭。

隆裕取出个小盒打开：“这是皇上临走的前几日给我的，还有我悄悄收起来的皇上的日记，你看看。”阿尔萨兰接过，盒里，面上还有一张纸条，上面写着：杀袁世凯。

“皇上的日记虽说缺了些页子，可看得明白，皇上恨透了那个袁世凯！”

阿尔萨兰怒目圆睁：“太后，您说吧，您要奴婢做什么？只要能为皇上在天上也出了口恶气，即便赴火蹈刃，奴婢也死不旋踵！”

隆裕：“阿尔萨兰，我从未拿你当奴才看，庚子西狩那年，若不是我撞破了皇上与你的好事，我们说不定早就姐妹相称了……”

“太后……”

“不不，你让我说完，我绝无恶意。皇上恨大行太后，我心里明镜似的。珍小主走得惨，连带着皇上的大半个魂，也像一起投进了井。西狩的前几日，你知道我有多害怕，看着皇上与姑母迫不得已睡在一间屋，我整晚整晚不敢合眼，生怕皇上会半夜起来，一把掐死姑母。后来多亏你，给了皇上那只珍小主的玉簪，也给了皇上一个念想，他总算渐渐缓过一口气来。虽说我一时糊涂，担心你成为又一个珍主子，撕了皇上给你的扇子，可我心里清楚，我还是深深感激你的，阿尔萨兰。”

“太后，奴婢不曾一丝怨您，奴婢也深知您这一世的苦处。太后，阿尔萨兰虽如幺幺草芥，但矢志诛杀袁世凯，为我大行皇上复仇！只要太后谕示，阿尔萨兰就是头狮子，拼出一命，终会想出办法。”

隆裕搀扶起阿尔萨兰：“起来阿尔萨兰，此事我们两个女人慢慢计议。爱恨情仇，我总算还有个说话的人。”

阿尔萨兰：“世事艰难，恳望太后多多保重身子。”

隆裕点点头，与阿尔萨兰各自擦泪。隆裕吁了一口：“怎么样，你那只猴子还好吧？”

阿尔萨兰：“对了太后，那侯久满心计缜密，鬼灵精怪，何不用他……”

隆裕：“好了，砍一颗人头，还用不着跑到广州去找刀斧手。我是想问，侯久满的枪炮……”

“回太后，这方面，太后尽可放心，侯久满从太后的电报揣摩圣心，已昼夜开工，加速枪炮研造。”

隆裕容颜稍展："这就好，这就好。"

枪炮局，工匠们围着戴刀七嘴八舌："戴先生，这每日工时加了几乎一倍，饷银不见增添一文，倒好几个月正常的例银也不发放，这也太过分了吧？"

"小戴师傅，为了多造枪炮，小人的老婆和三个 6 岁至 11 岁的细仔也进了厂，这大大小小的都不关饷，小人这一家可怎么活啊？"

"就是，克扣我等三、二两的工银，又能多造几条兵枪？"

戴刀四面作揖："师傅们，师傅们，大家的苦衷，戴刀全都清楚，其实不仅各位师傅，局里的司事、职员，也全都三个月没有发饷了。侯大人他自己，更是半年多分文未取……"

工匠们道："我等小民怎能与总办大人相比"，"大人可以靠积蓄撑着，我等吃了上顿便无下顿"……

钢厂的马丁炉前，工匠们围着吴丁贵："吴大人，这昼夜开工，每日歇不到两个时辰，早晚会出事的……"

"好了好了。"吴丁贵不耐烦地，"跟我吵吵顶个屁用，找那个戴刀去，他是总办大人的干儿子！"

总办室，侯久满道："刀儿，跟工匠们好好讲讲，再咬牙撑一撑，我正设法在局内增建铸币厂，待此事办成，不仅石井的新厂建设可保，本办还一定加息，补足拖欠工银。"

戴刀："自铸钱币？大人，这等事情起码要奏报朝廷的好几个衙门，待公文转下来，少说一年半载。您不会又想铤而走险，冒险硬干吧？"

"枪炮事急，待我和吴丁贵想好新币如何流通，干也就干了。""大人！……大人，您很清楚吴丁贵是个什么人，难道您始终留着此物，就是为了不时用他做这等事情？"

"刀儿，非常时世，有些好事，恶人才能办成。这道理你未必明白，也无须明白。"

戴刀："'近君子，远小人'的理，大人肯定清楚。请大人千万莫为一时之需，最终害了自己。"

"老侯有数。"侯久满拍拍戴刀，"刀儿，在工匠中，你人望甚高，粤局能否度此一关，就靠你了。"戴刀无语。

吴丁贵走入："大人召唤小的？"戴刀看看吴丁贵，无奈走出。

郊野。新军兵弁进行打靶训练，枪声此起彼伏。

隔一土坡，玉姑、妹仔、黑头与穿着军服的红旗大管事、蓝旗巡风看着靶场。红旗大管事边看边道："副龙头，自从散发妹仔给的《革命方略》等小册子，组织发展迅速，兵弁们争相加入同盟会。目下广州新军的一标、二标、三标，都已有我们的人。"

黑头："怎么，加入的只是同盟会，而非我日月堂？"

红旗大管事："正是。"

黑头："这岂不是为他人做嫁？！"

玉姑："不争这些。你二人赶紧归队，以防离营久了暴露。"

"是。"红旗大管事、蓝旗巡风抱拳，绕道离去。

玉姑："黑头，你也回山堂吧。"

黑头看看玉姑，恶声恶气地："与红旗大管事与蓝旗巡风联络，是我护印的差事，你日后最好不要直接插手。"说完，黑头跃上马，离去。

妹仔看着黑头背影："这个人似乎对你很不客气。"

玉姑："自打我入马，这家伙就小觑我是个女子。"

妹仔笑笑，递给玉姑一只水囊："喝点儿水吧。"

玉姑喝着："又快要举事了，可那些被藏匿的撞针一直没有找到，真是令人不甘！"

妹仔看看玉姑，说道："玉姑，大概你还不知道戴大哥是什么人吧？"

"什么人？"

"戴大哥虽未参加任何组织，但他是我同盟会的朋友。要不，撞针之事，我去问问戴刀？"

玉姑愣怔："戴大哥也是我等同党？"

瀛台的涵元殿内，阿尔萨兰跪在地上，含泪看着已挂满蜘蛛网的光绪卧榻与珍妃的那顶帐子，泪流满面地磕了三个头，心里默念："皇上，阿尔萨兰此次进宫，只为再到您的炕前磕几个头。"阿尔萨兰取出一支蜡烛，在身边点燃。她的脑海浮现出与隆裕的一段对话：

隆裕先问："阿尔萨兰，我听人讲，侯久满有个义子，乃革命党一个好生厉害的暗杀客，是有此事吗？"

阿尔萨兰一惊："回太后，侯久满确曾有过这样一个义子，但早已斩绝关系。"

"哦，你不必惊慌，我没有根究之意。其实，读了你邮寄的那些西书，我对革命党的主张多少有所了解，只要他们不坚持取消皇权，而能像立宪党那样，坐下来好好说话，我对革命并无成见。"

阿尔萨兰泪水涟涟地望着光绪卧榻，心中默念："皇上，阿尔萨兰已然明白，您的皇后急召奴婢进宫，是为了暗示奴婢：利用妹仔，击杀那个戕害皇上一生的袁贼！"她从怀中缓缓取出那把扇子，在身边的蜡烛上点燃，默念道："皇上，阿尔萨兰在您的炕前，烧了这把恩赏御扇，以明大誓：此生为报答皇上对一个奴婢的相惜之情，阿尔萨兰宁可剖心剜胆，粉身碎骨，也要为皇上报仇雪恨！"

殿门外，正良吃惊地看着窗内。

夜，钢厂的马丁炉前，工匠们筋疲力尽地添着煤。一年老工匠摇摇晃晃，步履蹒跚，一头栽入了钢水……

枪炮局隆隆的机器声中，加入了一声高叫："出事啦——！出事啦——"接着，是一片嘈杂与怒吼："走——，找总办大人讲理去——""走——，我等要讨个公道——！"

工匠们抬着蒙着白布的担架，涌向总办室："还我工友——！还我欠银……"

侯久满被愤怒的工匠堵在总办室内，他爬上桌子喊道："稍安勿躁！稍安勿躁！救人当紧，赶紧送伤者去医官室，局里不行，送洋人诊所！”

工匠甲道：“人已经断气了！送到哪也无济于事！”

工匠乙：“他是又累又饿，才栽在铁水里的！大人，你得给一个说法出来！”

侯久满：“师傅们静静，师傅们静静！大家明白，枪炮局处处都是火药桶，半分马虎不得，如此乱糟糟的，只怕会出更大灾祸。我看还是请师傅们选出个代表讲话，其他人尽快回到工位，静候消息。”

工匠甲：“那就请戴先生做代表！”

工匠们：“对！对！我等信得过小戴师傅！”

京师街头，春花如锦，一辆马车驰来。

车内，阿尔萨兰不时偷眼看看正良。

正良察觉：“额娘，有什么事吗？”

“哦……”阿尔萨兰笑笑：“刚才太后说，你我根本不像母子。”

正良看着窗外，蔫蔫地：“原本就不是。”

阿尔萨兰有些尴尬，清清嗓子：“你的盐，卖得如何？”

正良：“不是卖盐，是去盐政院反映民情。唉，那些老爷兴许是看在您的面子上，听良儿说话倒也耐心，可就是听完了，一字像样的实策也没有，弄得良儿火不得，气不得，干干着急！”

阿尔萨兰：“你这人还有火气？那日太后放你实缺，正管着种粮卖盐，你若接了那官，不就不急不气了吗？”

正良看看阿尔萨兰：“那样，充其量只解决良儿一家盐垦，盐法仍是恶法，国家仍无可富强。何况，良儿若通过那种手段卖盐，岂不一同饶上了人格？良儿万万不齿。”

阿尔萨兰对正良有些刮目相看，过了一会儿，说道：“离京之前，你得带上两箱最新的‘元年兵枪’，去庆王爷那儿走一趟，恐怕多少得卖些人格。”

“何事？”

阿尔萨兰望着远处：“你那老爸，自打起手制枪造炮，就是个无米炊妇。这阵子‘元年兵枪’列装，只怕你那老爸又坐在火山上，正猴急得憋什么鬼主意呢？”

总办室内，侯久满吃惊：“什么？罢工？工匠们要罢工？！”

戴刀平静地：“是的大人，粤局的积怨已重，工匠师傅们此番得不到基本生存权利，是不会善甘罢休的。”

“刀儿，你我都是以枪炮为命的人，只有你最明了老侯心迹，老侯与那些贪婪黑心的厂主、奸商不同，开的不是图利私人的买卖，怎会昧心压榨？国家有难，枪炮局的工匠本就是半个军人！”

“大人，您的这些说法，请谅戴刀不敢苟同。工匠是不是军人姑且不论，即便是，兵弁也要发饷、吃粮。何况师傅们许多人上有父母需赡养，下有儿女要哺育，您这样只以忠君报国的道理喂他们，如何能喂活他们一家老小的性命？”

“刀儿，你……你这是真的在帮他人讲话？”

“大人，您待戴刀恩山义海，但在这件事上，戴刀不能不秉持公道。昨夜，工伤亡故了一名年长师傅，这仅仅是个开始，大人若不从速改变这种视枪炮重于人命的做法，噩耗定然连绵不绝。”

“刀儿，休要夸大其辞，老侯在军中也曾吃过大苦，知道累、饿是何滋味。且老侯在大疫之年曾舍命救民，并非铁石心肠！但重任在肩，形势艰困，妇人之仁岂能任事？！”

“大人……”

“好了！不用再讲！”侯久满寒色厉目，“刀儿，你最好专心致志改造水机关，其他的事情不用再管。老侯倒要看看哪个不尊礼法的东西，敢在老子的粤局煽惑罢工，敢造我老侯的反，革我老侯的命！”

总办室外，工匠们等待着戴刀谈判的消息，七嘴八舌地议论：“也不知小戴师傅谈得如何？”“那老侯并非一说便通的主，这炮弁若炸起膛来，说不定会动用局里的护军镇压！”

工匠甲：“如若姓侯的真敢那样，我等手里也有枪有炮，跟他拼个鱼死网破，也比累死、饿死强！”“对！对！跟老侯拼了！跟老侯拼了！”工匠们一片同仇敌忾。

入夜，总办室内，吴丁贵道：“顶爷，您放心，虽说护军也有数月未关军饷，但排长、队官以上，全是跟您出海走过水的弟兄，尚听招呼！”

侯久满狠狠地：“做好准备，有了我的命令再动！”

吴丁贵行半跪军礼：“嗻！”

次晨，侯久满独自来到香堂，在万岁牌前三跪九拜：“吾大清国万岁万岁万万岁！吾皇万岁万岁万万岁！吾皇太后万岁万岁万万岁……”

可言看着窃笑，他身着西服，胸前别有红绸小条，上写“坐办”二字。

侯久满走出，看看可言：“笑什么？！”

“阿爸，孩儿有一事求您。”

侯久满走着：“讲。”

“孩儿想搬回家庙自已住。”

侯久满瞪眼：“你是皮长好了，脑子也长好了？”

“阿爸，孩儿经您那次机关枪家法教训，再也不敢肆意妄为。孩儿只是近日选上了广东咨议局的议员，您看，孩儿还当上了坐办。”

可言得意地展示那小条。侯久满瞥了一眼：“坐办是个什么东西？”

“坐办是处置日常事务的总负责，身份仅次于总办、会办和提调。孩儿因诸事繁杂，日夜都有造访之人，再居侯府，不仅搅扰阿爸、阿妈清静，也有碍咨议局体面。”

侯久满惊奇：“你们的那个立宪闹腾了这么久，还真的有模有样地干起来了？”

“当然！阿爸，我广东咨议局的开局，便议了禁烟、禁赌之事，会场上议员们秉承民意……”

“等等，等等。”侯久满站住，“你本人不就是个种烟、贩烟的烟贩吗？”

“阿爸，如今孩儿已为人民代言，私人利益早就置之度外。”可言笑着，“不过也偏偏事有意外，眼下是民要禁烟、禁赌，官却极力反对。”

侯久满吃惊："为什么？"

可言："广东财政，大多取自烟税、赌饷，禁了这两样，各层衙门岂不关张？督抚们明哄暗压，甚至唆使烟贩、赌商，贿买议员。"

侯久满继续走着："什么狗屁的宪政！"

可言紧跟："阿爸……阿爸……"

"老实在府里住着！"

"阿爸，孩儿真的不会胡作非为了！……阿爸，……阿爸，……阿爸，您的枪炮局是不是又缺银子了？"侯久满站住，看着可言。

可言："是不是数月开不出饷银，工匠们都要造反了？阿爸，您过去遇着此事，只知找大哥挪借，他一个种草晒盐的苦作，能有几颗散碎银子？您为何不找孩儿？"侯久满盯着可言。

可言："30万，如何？"

侯久满看看："……50万！"

可言笑笑："好，60万。"

"不，80万！"

"行！为支持大清枪炮，孩儿还不要您一文利息。"

侯久满惊愕："你到底是坐办？还是烟贩？"

阿六走进侯久满房间："老爷，您叫小的？"

侯久满摆弄着样枪："桌上是一万两的银票，你拿给吴丁贵，要他明日发放给护军兵弁每人三两，工匠每人二两。并告诉吴丁贵，监护好粤局，本办要离开广州一段时日。"

"老爷要去哪？"

"除了夫人，谁都用不着知道。"

"小的明白。"阿六揣起银票。

侯久满道："但我离府之事，你可以告诉那两个乱党。"

"小的不敢。"

"告诉他们！"

阿六疑惑："老、老爷不会是设计……诓三少爷与玉姑小姐入局？"

"放屁！老子是叫他们趁我不在，悄悄回来一趟，看看他们阿妈！"

阿六看看侯久满，由衷感动："老爷……老爷真是铁面柔心。"

庆王府门前，正良走出，上了马车。车内，木棉陪阿尔萨兰坐着，阿尔萨兰拉了正良一把："问清楚了吗？"

"回额娘，问清了，庆王爷答应今后粤局制枪，不再先造后买。朝廷将依循其他各局同例，准允预拨库帑，缓解阿爸扩厂增建的重压。这样，阿爸也不必自铸钱币，犯上冒险了。"

"我问的不是这个。"

"哦，袁世凯因足疾致仕归籍的地址，也问清了，在河南安阳的洹上村。"阿尔萨兰目露凶光。

武汉，黎宅花厅。黎元洪扯着侯久满的手走入："大哥，我这鄂局好好的，什么事，突然把您这盟主招来了？"

"咱们快说快办，老侯最迟明日，还要赶回广州。"

黎元洪惊异："何事如此火烧火燎？""

黄陂小子，从你的鄂局抽调200名各色能工巧匠，去我粤局二至三个月。"

黎元洪："什么？……为何？"

"我从粤局调给你300人，所换工匠，每人月银翻倍，均由老侯支付。"

黎元洪："这……这到底为何？！"

侯夫人房内，侯夫人坐在床边紧攥着玉姑："玉姑，妹仔，自古以来，这抗上造反都是要杀头的！穷人吃不饱，效法陈吴揭竿，尚是说法，可你二人衣食无忧，何故要割头割命的？"

妹仔笑着。玉姑道："阿妈，府里餐桌上的那些争争吵吵，您都白听了。革命，不仅仅是为吃饱肚子，还为了吃饱肚子能自由呼吸，自由说话，自由思想。"

侯夫人："你等为百姓好，为国家强，阿妈听得懂。可阿妈只是不明：一家数口，没个老爷还乌眼鸡似的。中国亿万小民，怎能不要皇上？你们何故里里外外，都要跟一家之主、一国之主，过不去呢？"

玉姑："阿妈，跟您说不明白！"

戴刀敲敲门走入，拱手躬身："夫人好。妹仔，玉姑小姐，听说你二人回府，真为夫人高兴。你们找我？"

妹仔："是，戴大哥。"

枪厂，吴丁贵气势汹汹走入，跟随的护军兵弁迅速散立厂房各处。打牌、喝茶的工匠们站起，工匠甲道："吴大人，咱们的护军似乎还从未进入厂房操演过，啊？"

吴丁贵道："侯大人已经发放了银子，你等为何仍旧怠工？！"

工匠甲："拖欠数十两，二两怎可蒙混过关？"

吴丁贵喊道："来人！拿了他！"两名兵弁扭住工匠甲。

工匠们纷纷操起暗藏步枪，怒目对峙，工匠乙："看谁敢胡乱捕人？！"

吴丁贵立即闪身机器后面，大喊："准备！"护军与工匠纷纷隐蔽，拉动枪栓，推上子弹……

"贼娘！都把枪给老子放下！"侯久满怒冲冲进门，其身后跟着大批鄂局工匠。粤局工匠们惊愕地看着。

侯久满狠狠打了吴丁贵两记耳光："贼娘！老子说过，没有我的命令，不准动兵！放开他！"兵弁松开工匠甲。侯久满左右看看："戴刀呢？！"

"大人，戴刀在这儿。"戴刀奔进门。

侯久满瞪着戴刀："你既然身为工匠代表，为何不带领工匠好好做事，反而纵容怠工？！"

“大人,因数月拖欠,大多师傅为了养家活命,都在典当行借了高利贷,所发二两银子,还债尚且不足，何论……”

“够了！枪炮乃国之重器，你竟容忍工贼匠痞，将这里变成了宝局、茶棚！”侯久满连撕带摔，毁掉许多纸牌、茶杯：“你！你还记得你家爷爷门大师傅的临终嘱托么？强兵强国！强兵强国！这千钧重的四字，难道就为几两工银，便弃如弁髦了吗？！你真真地令人痛心！”

“不！”戴刀道，“大人，戴刀须臾不曾忘怀祖父遗言！倒是大人，至今没有弄清，何以强兵？何以强国？甚至大人没有弄清：即便强了兵，也未必强了国！”

“你！你……罢！罢罢罢，老侯供不起你这尊高僧大佛，打今日起，请你离开粤局，另择宝刹！”

“大人……”戴刀惊呆。

工匠们急呼：“大人！侯大人！不能赶走戴先生啊！”

“大人！万万不能赶走小戴师傅！大人……”

侯久满怒吼环视：“还有谁？！还有谁嫌粤局不是养家活命之地，且站出来！老侯可于整个江南枪炮盟会遣调工匠，这里已有数百，何愁哪个幺小拿大？！”工匠们鸦雀无声，面面相觑。

夜，侯久满默默走入侯夫人房间，疲惫坐下。侯夫人正准备就寝：“老爷，怎么这么晚才回？用饭了吗？要不要叫善缇……”

“不用张罗了，我讲几句就想歇了。”侯久满掏出张银票放在桌上，“夫人，为刀儿备些日常的一应用物，连这银票一同送去。”

侯夫人：“怎么，刀儿要出远门？”

“不，他搬出局里另住了。”侯久满站起，沉重走出。

枪炮局内机器轰隆，工匠们怒不敢言，默默赶工。四周，站了许多荷枪实弹的兵弁。

次日，吴丁贵走进总办室:“顶爷，工匠们心存怨愤，仍在下面阴行勾串。要小的说，干脆抓几个带头的，送衙门治罪！”

“还抓！最大的头子都赶走了，管用吗？”

“那，那等着这些东西真的罢起工来，岂不更难收拾？”

门被推开，阿尔萨兰与正良走入。

侯久满一惊：“……你，你怎么回来了？”

“大福晋吉祥。老爷，小的告退。”吴丁贵行完礼，退出。

阿尔萨兰看看吴丁贵背影：“你还在用他？”

侯久满看看门，看看阿尔萨兰：“你们……是不是都未回府？”

阿尔萨兰坐下,正良急忙倒水。阿尔萨兰大喇喇地问道:“局里可有事？”“无事,无事,一切都好，没什么需要你参议、顾问的。”

阿尔萨兰接过茶杯，翻了侯久满一眼，缓缓道：“是吗？可离京时，去宫里辞行，听太后讲，粤局都闹翻了天。马不停蹄地赶回来，回府还没坐稳，就听说老爷连戴刀都赶走了。”

侯久满怔怔：“太后也有耳闻？……吴丁贵这狗才！”

"别骂别人，差事办砸了，怨奴才算何本事？"

侯久满看看正良："良儿，你先出去。"

"不必，我有意带他来，一同商议。"

"他？他懂得什么枪炮？你都……"

阿尔萨兰打断侯久满："他帮你废了大行皇太后'先造后买'，或'白造白取'的旧章，还从庆王那里讨了些筹办石井西局的银子。"

正良："不不不，这些全是遵额娘叮嘱，良儿去办的。"

"你……你……"侯久满惊异地看着阿尔萨兰。

阿尔萨兰喝着茶："本大姑既然是盟会顾问，岂能尸位素餐？"

侯久满："其实，其实真没什么大事，也就是几个工匠闹饷。"

"哼！"阿尔萨兰冷笑一声，冲正良道："你说说你的那个法子！"

侯久满看着正良："他能有什么法子。"

正良怯怯说道："阿爸，听说工匠、护军数月未能开饷，家家已无粮米果腹，孩儿虽无银钱，但，但愿以农场自产粮米补贴粤局，先让兵弁和师傅们吃饱肚子，兴许，怨气会稍有缓解。"侯久满愣住。

正良继续说道："如今，广州的工匠家庭，大同小异，虽说个把有手艺的入厂做工，但家里多数人口还是要从事农作。因此良儿建议：粤局工匠、护军的家眷，无论男女，尽可加入孩儿的盐垦农场，以局里所欠的工银为股，做些可轻可重的活路，收获时，依股份、劳绩，各享实利。"侯久满呆呆地看着正良。

阿尔萨兰："喂，如何？……喂，是否可行？"

侯久满看着正良："这主意……这主意……是你想出来的？"

正良："还有……为化解积怨，良儿在农场办的场工幼稚园和子弟小学，可招收工匠、护军各家两岁以上儿女，免费哺育、授课。"侯久满呆愣。

阿尔萨兰不耐烦："喂！喂！倒是说话啊！行是不行？"

侯久满忽然站起，手足失措地乱翻乱找……阿尔萨兰："找什么？！"

"找合同，不不，找手纸，找手纸，老侯先方便一下。"侯久满跌跌撞撞，奔出房门。

阿尔萨兰笑看着正良："你可算露了脸了，居然让你那猴精阿爸都显出了赖皮猴的德性！"

夏日，盐场小学课室，正良以《圣经》为课本念着："所罗门的歌，是歌中的雅歌。"

四五岁至十来岁的儿童与少年大声跟诵："所罗门的歌，是歌中的雅歌。"

"雅，是样写的。"正良在黑板上写，"我中华《诗经》中的《大雅》、《小雅》的雅，也是此字。继续，'第一首'。"

孩子们跟读："第一首。"

"新娘。"

孩儿们跟着："新娘。"

正良看着《圣经》怔怔，还是硬着头皮念道："愿他用口与我亲嘴。"

小儿们跟着，少女们蒙脸，少年们笑着："愿他用口与我亲嘴。"

“莫笑，莫笑，课本原文如此。继续：因……因……因你的爱情比酒更美。”

少年更笑，小儿们跟着：“因你的爱情比酒更美。”

坐在最后一排的阿尔萨兰，面色通红，十分羞窘。

正良清清嗓子：“你的膏油馨香，你的名如同倒出来的香膏，所以众童女都爱你。”孩子们跟读着，少年们大笑。

海边，阿尔萨兰与正良坐在沙滩上，阿尔萨兰冲着海：“你教的那都是些什么啊？！”

正良也冲着海：“没办法，正巧碰上了，《圣经》又不是可以擅动一字的。”

“莠草！你也不事先看看！”

“看了，也是要完整讲述的。《圣经》原本是净化心灵的，只要人心干净，那些诗句都极纯洁，极美好。”

阿尔萨兰看看正良：“真不知你是在授课，还是在传教？”

正良怯怯地看着阿尔萨兰：“额娘，这一点务必拜托您，千万千万，别同我阿爸讲。”

“瞧你吓的！粤局的工潮被你化解了，你那老爸感谢尤恐不及，岂会骂你。”

正良认真地：“我实在是惧怕阿爸独创的那个机关枪家法。”

阿尔萨兰大笑竟捶打正良：“哈哈……莠草！你真真就是根莠草……”

正良惊奇地看着全无长辈架势的阿尔萨兰：“……额娘……”

阿尔萨兰猛然觉察自己的举动，脸上顿时飞红，脑中忽地闪现储秀宫的一幕：

隆裕与阿尔萨兰各拿着鞋面绣着，隆裕看看庭院里的正良，笑着低声：“阿尔萨兰，只要我一想到说‘你母子’这三字，我这心里就直劲儿地发笑，你看看，那位高高大大的郎君，似乎还要年长你一些，怎么就活活做了你的儿子？嘻嘻嘻……依我看，你二人走在市井街巷，十人当中，怕是十个都会夸赞，你二人郎才女貌，天生一对，地造一双，嘻嘻嘻……”

“太后……”阿尔萨兰顿时面色通红。

“额娘……额娘……”正良叫着。阿尔萨兰猛然灵醒。正良：“您为何一直这样看着良儿？”

“谁，谁看你了！”阿尔萨兰扭过脸去，平静一阵：“喂，听着，以后别人前人后地再叫我额娘！”

“为、为何？”

“让你别叫，你就别叫！”阿尔萨兰起身离去。

“额娘，哪去？”

阿尔萨兰：“不准叫额娘！”

侯府大门前，戴刀徘徊着，犹豫着……

一辆马车行至，侯久满下车，看看戴刀，毫无表情地走进门。

“大人……”戴刀叫道。

侯久满未回头：“何事？”

“戴刀……戴刀想……戴刀想求见大福晋。”

侯久满一惊，回身质问：“你，你不是来见我，倒是见你那……你那同乡？！”

戴刀垂着脑袋，及其尴尬地：“……是……”

侯久满转身进门，走入好远方丢出话：“你自己去找！”

“谢侯大人。”戴刀走进大门。

侯久满走入侯夫人房间，转身看着窗外。

侯夫人奇怪：“老爷，有事吗？”侯久满看着窗外不语。

“大、大福晋……”戴刀道。

阿尔萨兰正做婴儿小鞋，听见叫声抬起头，不禁大惊：“蚂、蚂蚱？”

门口，戴刀抱拳躬身。

随后将门关上，看看外面，转过身：“大福晋，请恕戴刀冒昧，戴刀只是为了件公事贸然造访。”

“你，你说。”

“戴刀知道，大福晋素来是个深明义理的人，如若戴刀所问之事，令大福晋不快，也恳望大福晋莫深加追究，要怪只怪戴刀一人。”

阿尔萨兰睁大眼睛：“到底什么事，你讲。”

“大福晋还记得上次搭救侯大人，从那2000兵枪卸下来的撞针吗？”

阿尔萨兰立即警惕：“你，你为何打探此事？”

“粤局帑银奇绌，取回那些撞针，或可节约不少。”

“你不是已被粤局开缺，管不着枪炮的事了吗？”

“戴刀人被开缺，心却仍然在位。”

阿尔萨兰看看，低喝：“戴刀！你并非是个善于说谎之人，休在我的面前虚应故事！”

戴刀看看阿尔萨兰：“对不起，大福晋，戴刀确实是在说谎，而且，是一句，让大福晋定然明了个中意思的谎。”

阿尔萨兰看看戴刀：“听说，玉姑与妹仔曾悄悄回府看望他们的阿妈，是不是那丫头在找撞针？！”戴刀看着，未语。

阿尔萨兰：“是妹仔在找？”戴刀仍未语。

阿尔萨兰站起身：“你的默认就是实话。”

“大福晋，玉姑、妹仔所行之事，实实都是为国为民，大福晋与侯大人屡屡被清廷玩弄……”

“住嘴！”阿尔萨兰低声斥问：“蚂蚱，你是想在一个皇宫大姑面前，演说反清道理吗？”

戴刀沉默一阵：“原本戴刀不想将你扯入此事，戴刀若仍在局里，多造些撞针并非难事，可……大福晋，戴刀告辞。”戴刀抱拳躬身，走向门口。

“等等。”阿尔萨兰说道，“你转告妹仔，今晚我在海神庙等他。”戴刀吃惊地看着阿尔萨兰。

侯久满站在窗前，侯夫人跟着乱看：“老爷，您到底在看什么？”

看到戴刀走出阿尔萨兰房间，侯夫人惊呼：“刀儿？！……刀儿？！”侯久满未语，走出房门。他大步跨入阿尔萨兰房间，急切地问："刀儿是否后悔，想回局里？"

阿尔萨兰看看他："不是。"

"他不是托你，向老侯说情？"

阿尔萨兰绣着小鞋鞋面，瞥了侯久满一眼："你这人，99天精灵鬼怪，可有一天，傻得可笑！"

侯久满很沮丧。

夜，一辆马车奔驰在郊野……

马车在海神庙停下，善缇扶下阿尔萨兰。阿尔萨兰看看门前已拴的两匹马，命道："你在外面候着。"阿尔萨兰走入庭院。

玉姑、妹仔迎出殿门。妹仔笑着问候："额娘，您好。"

阿尔萨兰看看玉姑："不是只约了妹仔吗？你怎么也来了？"

玉姑答道："我们是一伙的。"

阿尔萨兰笑笑："小丫头可还想办报鼓呼女权？额娘我可一直在等着。"

玉姑："等着好，早晚有那一天。找妹仔何事？"

阿尔萨兰朝着殿门边走边说："你二人过得如何？额娘是否该讨一杯喜酒喝喝了？"

玉姑与妹仔相视一下，玉姑道："说什么呢！我二人是造反，不是私奔！"

阿尔萨兰笑道："革命党就不婚嫁生养么？"

妹仔笑答："要的，要的，革命党同样需要传宗接代。"

"好，闲话少叙。丫头，我答应拿出撞针，但有个条件：妹仔得随我先去一趟河南。"

玉姑："河南？你们去河南作甚？！"

"取袁世凯性命。"

阿尔萨兰又看着妹仔，"当年那个聪明绝顶，顽皮得讨所有人喜爱的烟火小子，如今不是成了赫赫有名的炸弹王了吗？"

"额娘与袁世凯有仇？"

"有。"

玉姑想想："哦，那年绑架戴大哥，并将戴大哥弄伤的，似乎就是袁世凯的人。可你，不是与戴大哥已经淡了吗？怎么会突然想起杀人，还要亲自动手？"

阿尔萨兰看看玉姑："丫头，今晚你我见面已是极端荒谬，最好彼此不要再问这问那。"

玉姑："我已上过你的一次当，凭什么……"阿尔萨兰笑了一下，扭头就走。玉姑忙道："行！只要那些撞针带来了，我和妹仔一起去！"

阿尔萨兰冲庙外叫道："善缇。"善缇应着，提着一个口袋奔入，先是大吃一惊："怎么？！是三少爷和小姐？！"

阿尔萨兰看着玉姑："先给500，剩下的，事成后再给。"

玉姑与妹仔对视一眼："成！我们权且信你一回！"

阿尔萨兰示意交货，善缇不愿："姑爸爸，这……这……"

"照我吩咐的做。"

善缇仍旧不动。阿尔萨兰夺过口袋，塞给玉姑，大步走出："事不宜迟，明日卯时三刻，侯府门外汇合！”

“一言为定！”玉姑、妹仔跟着。

阿尔萨兰：“只是交易而已，不必相送。”

妹仔笑着：“额娘如此爽快，要送，要送。”

阿尔萨兰等人走出大门，一惊，正良站在对面，眼珠睁得滚圆：“玉姑？妹仔？”

阿尔萨兰蹙眉：“你怎么在这？”

“良儿从农场回斋室路过，看见了额娘的马车。”

“你听见了什么？”

“没有，没有，你、你们怎么走在一起？”

“快回你斋室睡觉，不准将此事对任何人讲！”

“额、额娘，你，你不会也是革命……”

玉姑：“她不是。大哥，快回去吧，你就当睡前就做了个梦，什么都没看见。”

正良傻傻地：“可，可，睡前怎么可能……”

妹仔拉着正良：“大哥，走吧，走吧，您这样的人，凡事知道得越少越好。再会，大哥。”

正良懵懵懂懂，边走边回头：“玉姑，额娘，你们两个女子……”

玉姑：“走吧，走吧。大哥，看着路……”正良绊了个跟头。

“莠草！坐我的车，我先送你！”阿尔萨兰看看玉姑、妹仔，上车。善缇将正良架到车上，蹙眉看了一眼妹仔、玉姑，挥鞭离去。

暗处，红旗大管事与蓝旗巡风及黑头走出。黑头看着车影：“这旗女是什么人？她为了刺袁，宁愿联手异己？”

“少问！”玉姑道，“那袁世凯虽然下野，但遥制北洋，早晚也是个祸害！”

车内，正良紧张地：“额娘……”

阿尔萨兰打断：“不是讲了吗？少叫额娘！”

车外，赶车的善缇回头看看：“姑爸爸，要杀袁世凯，您吩咐善缇便是，为何您要……”

“妹仔是这方面的行家里手，可保万无一失。”

善缇：“可，可三少爷和玉姑小姐毕竟已反叛朝廷，您尊为宫内大姑，怎么能……”

“怎么，你是想教训我吗？”

“奴、奴才不敢。”

正良看着阿尔萨兰：“什么，你们想刺杀袁世凯？！”

三十三

侯府庭院，侯夫人厉声问着："善缇！你讲实话，怎么自打那晚你送大福晋看戏，大福晋就不见了踪影？！"

善缇垂着脑袋："夫人，那晚大福晋确实回府了，但第二天又去了哪里，善缇实在不知。"

侯久满看着阿尔萨兰的房间，冷冷地："可能吗？你家姑爸爸像你性命一般。"

"夫人回吧，她是不会再回侯府了。"

侯夫人惊奇地："老爷为何这样讲？"

侯久满走向自己房间："唉，老侯又非顽梗老朽，她与刀儿本可先将事情讲在明处。"

侯夫人大惊："老爷，您是说，您是说，大福晋与刀儿，又、又……"

"老爷……老爷……"善缇欲言又止，满面无奈。

安阳火车站，旅人匆匆。

阿尔萨兰与玉姑空手走前，妹仔独臂，连背带提着三只箱子，随后。

阿尔萨兰等走入安阳客栈，店主一口河南话："三位，住店吗？"

阿尔萨兰："三间房，一人一间。"

"中！小二，带小姐、少爷上楼。"

"嘛。"小二带着阿尔萨兰等走上楼梯。旁边，一个穿和服的四十多岁的日本人，盯着妹仔的残臂看了看。

店门，又走入一人："店家，还有客房吗？"

"有，有，楼上还有好几间。"

正良道："不不不，请在楼下找个僻静点儿的地方。"

"中。"日本人又诡秘地看了看正良。

夜，洹上村。阿尔萨兰等隔着芦苇，观察着前方一片大宅。阿尔萨兰："那就是袁贼老巢了。"

妹仔："听说他白天整日钓鱼，这里是最好不过的下手位置。"

玉姑："明日就干！"

阿尔萨兰："不！待仔细探清各处路径，选好时机再干！"

附近，那个日本人与随从悄悄盯着。日本人飞速写了个纸条："快，去电报房。"

庆王府签押房，奕劻看着一封电报，瞟了一眼坐在旁边的肃亲王善耆："这是你的那个日本顾问发来的？"

"正是。他奉本王之命，早已在安阳监视袁某动静。"

奕劻不快："我不是跟你等说过吗？那个袁世凯碰不得！"

善耆道："我也只是防范而已。但这位阿尔萨兰大姑不同，她前一阵子曾奉旨回宫，现在又突然出现在安阳，这里面未必没有太后的意思。善耆之所以及时知会庆王爷，也是想让王爷的心里有所准备。"

奕劻："哼，那安阳麇集着各路鬼神，有谋刺的，未必没有护守的，到头来谁杀了谁还保不齐！"

此刻，袁宅内的电报房，译电员也在紧张地将刚抄收译完的电文，交给袁世凯："袁大人危险！这是赵秉钧大人从京师来的特急密电。"

多日后。清晨，阿尔萨兰早早扎束妥当，将子弹一一查验，压入弹夹。隔壁，玉姑将双枪反复擦拭，分别插入红马靴。妹仔也在房内，把五六颗炸弹掖入特制腰带。

善耆匆匆走入庆王府签押房："王爷，何故大清早便急呼善耆？"

"不是看在本王与侯久满的交情上，本王都不想告诉你！那个不安生的大姑暴露了！已经有人张着大网在等她！"

善耆大惊："什么？！这，这，此时就是想传告她，也来不及了！"

阿尔萨兰、玉姑、妹仔走出客栈店门。片刻，正良悄悄跟出，突然一只手拍在肩头，惊得正良"啊"地一软。那个日本人扯住正良走向暗处。

正良惊恐地："你、你是何人？"

川岛浪速道："别多问，你如果认识刚才出门的那些人，最好马上阻止他们，他们的计划已经暴露了，成功的可能微乎其微。"

正良大惊："你、你说什么？！"

"你最好快点儿，他们很快就会走进埋伏圈的。袁世凯的家丁全是北洋兵弁。"

正良看看川岛浪速，撒腿便跑，边跑边疑惑地回头看着。

随从奔来，交给川岛浪速一封电报："川岛先生，急电。"

川岛浪速接过电报看看，冷笑道："哼，中国人的情报比我们差远了！"他看着远处："我们大日本帝国实在不愿意看见，中国最有可能夺取天下的袁世凯，这么早地就被简单干掉。"

雾中河边，袁世凯着蓑衣、斗笠，坐在小船上摆弄着钓饵，并咕哝着自己的得意之作："百年心事总悠悠，壮志当时苦未酬。野老胸中负兵甲，钓翁眼底小王侯……"

乡间小路，一辆马车驰来停下，妹仔扶下玉姑、阿尔萨兰，向前疾走。

前方，十几个家丁装束的北洋兵弁奔跑着，藏身于路的两侧苇塘。

另一辆马车追上阿尔萨兰等人，正良在车上喊道："快！快上车！"

阿尔萨兰和玉姑一惊。

正良："快！前面有埋伏！袁世凯的家丁全是北洋兵弁！快！快上来！"

阿尔萨兰："你怎么知道？"

正良将车头调转："额娘，一会儿解释，快！"

"都走到这儿了，回转岂不可惜？"妹仔看看地形，边跑向河畔，边脱衣解下炸弹，"大哥，你带额娘和玉姑先走，我取水路行事！"

正良："妹仔……妹仔……"片刻工夫，妹仔已用嘴叼着一颗炸弹，扑入河水，靠着一条独臂划水前行。

"妹仔……妹仔……"阿尔萨兰追到河边，看看妹仔，问正良："你会水吗？"

"我会！"正良飞速脱衣下水。

玉姑追来："哥，你不能去！"

"玉姑，快带额娘离开！"正良游着。

"莠草！小心！"

"哥！你碍手碍脚的，快回来！"玉姑急得跺脚，瞪着阿尔萨兰："你真是！你叫这面瓜下水作甚？！"

"我，我只是脱口问了句，他会不会水。"

"等着吧！看你儿子能不能活着回来！"

妹仔、正良游向"渔翁"。正良一劲儿低声劝道："妹仔，我看算了吧……"

"唉，我的大哥，你来干什么？"

"妹仔……"

"住口！不准张嘴，也不准再跟着！"妹仔向前游去。

距"渔翁"数丈，妹仔投出炸弹，一股水柱冲天，"渔翁"栽入河水。妹仔潜水靠近，翻看尸身——是个刚换的袁世凯替身！

"不好！"妹仔大惊，乱枪射来，妹仔一头扎入水底。

此时，岸边，阿尔萨兰与玉姑听着枪声，翘首焦望……妹仔与正良游回，阿尔萨兰、玉姑忙伸手拉拽："快，快，快上车！"

回路的两侧苇塘也已埋有伏兵。排长低声吩咐："袁宫保有令，尽量抓活口！"

正良赶车飞驰……北洋兵虎视眈眈……

待马车驰近，一兵弁嗅嗅鼻子，低声道："不对，排长老爷，好像有股洋油气味……"话音未落，两条火龙在道路两侧飞蹿而起！

"火，火……"兵弁们鬼哭狼嚎，纷纷扎进水里。

正良急忙勒马，阿尔萨兰、玉姑、妹仔钻出车篷，惊愕不已。

袁世凯怒冲冲走入电报房："娘的，跑了！跑了！"

译电员："跑了？在大人地面，他们哪里跑得了？大人快命人追捕。"

"还追个屁！给老赵回电！叫他不得张扬此事，谨防提醒贼寇，争相仿效！"

马车奔驰，妹仔问："大哥，你弄清了没有，客栈前的那人是日本人吗？"

"那人，那人穿日本和服。"

车内，阿尔萨兰、玉姑沮丧地仰着脑袋，玉姑："到底是何人走漏了消息？"

阿尔萨兰："知情的就我等三人，难道……难道……"

玉姑大惊："难道是善缇？！"

大火前，满脸污油的善缇与侯久满先后走出苇塘，向马车带起的一溜烟尘看着，侯久满说道："善缇，此事牵扯着各路山头，天知地知，你知我知，就让这事烂在你我的肚子里吧。包括你那个姑爸爸，都绝对不能吐露一字！"

善缇看看侯久满，抱拳深躬："善缇明白！小的万谢老爷拯救我家姑爸爸！"

海边盐田，正良与阿尔萨兰坐在沙丘上，阿尔萨兰心情舒畅地望着海。正良问："额娘，回来都有些时日了，您怎么还不回府里？"

阿尔萨兰瞪正良一眼："怎么就记不住！你做我的儿子有瘾吗？！"

"我……我，不叫您额娘，正良不知如何称呼。"

"叫我名字不得了！"

正良惊诧："正良……正良怎么可以直呼您的名字？"

"对了，从今日起，你不准再跟我姓阿，你……你还是姓回去，姓侯！"

"我……额娘，哦，不，您……您是不打算再要正良了吗？"

阿尔萨兰："问什么问！傻不傻？"

正良笑笑："这极好，我也觉得总朝您叫娘，不是滋味。"

阿尔萨兰："今后也不准称'您'！"

正良怔怔："您总是该称的。"

"不准称！"正良愣怔。

"看什么看？喂，我问你，你傻乎乎地跟着我们跑，就不怕送命吗？"

"过去，过去二弟带着妹仔、玉姑到处造反，每次正良都跟着。"

阿尔萨兰笑道："还每次！怪不得你妹妹骂你，总是碍手碍脚！"

"我是老大，怕弟弟、妹妹白白送命。"

阿尔萨兰看着善良的正良，看了好一会儿，问道："你也怕我送命吗？"

正良道："正良不明白，您是旗人，为何也要造反？"

"我没造反，我只是想杀袁世凯。"

"可是……"

"别问为什么杀，也别问为什么要带着你的弟弟、妹妹一起杀。我这里先谢谢你……"阿尔萨兰做个福的动作，"谢谢你救了我等一命。"

正良摆手："不用，不用。"

阿尔萨兰真挚地："你还真是一而再，再而三地让人刮目相看。想起落难海神庙时，你为我讨饭、讨药的那些日子，你便救了阿尔萨兰远远不止一回。想不到糊里糊涂，一头狮子竟欠了一根莠草的大恩。"

正良忙道："别别别，良儿，不，正良实在担当不起。"

"喂，我问你，过去那个让你爱得死去活来的烟姑娘，是个什么样的人？"

正良愣怔："……为何……"

"说说。"正良朝着海，脸色黯淡下来。阿尔萨兰："怎么，你至今，还在伤心？"

正良缓缓地："烟是个女人。"

"废话！"

"烟，是雨后的小溪，早晨的露珠，树顶的轻纱，海面的薄雾……她似烟似霞，似水似风，烟是个道地道地、纯纯粹粹的女人。"

阿尔萨兰沉默一阵，问道："你的意思是不是含着一层：我与你妹妹这样的，简直不是女人？"

"没有没有，正良不敢说你不是女人，你其实，你其实，你其实很像女人。"

阿尔萨兰尴尬愣怔……海鸥的鸣叫，像是在笑。

是夜，正良搀着侯夫人走入侯久满的房间，侯夫人："何事良儿，怎么这么郑重，偏要将阿妈架到你阿爸房里？"

"阿爸，阿妈，今日大福晋跟良儿说了一桩事，她想在良儿的农场教书。还有，她不让良儿再做她的嗣子了。"

侯夫人惊奇："什么？大福晋不见了，是一直在你那农场教书？"

正良怕说破刺袁的事支吾。"她让良儿姓回来，还姓侯。"

侯夫人嗔怪："你这孩子，怎么不早回府告诉一声？"

"是我自己忘了讲。"恰巧 阿尔萨兰走到门口，"对不住，让老爷与侯夫人挂念。"说完离去。

侯夫人愣怔地看看，转向正良："你……气着她了？大福晋怎么好好的，突然不要你了？"

"没有，良儿没有气她，良儿也不知怎的，大福晋就不要良儿了。"

"把话说清楚！什么不要你，是不要你做嗣子！"侯久满瞪瞪正良，若有所思地望着门外。阿尔萨兰走入自己房间，靠在门上低声骂道："可气！这根马都不吃的莠草！"

次日，盐场小学课室，阿尔萨兰拿着书本念着："事君尽忠，人臣大节；苟利社稷，死生不夺。"

孩子们跟着读："事君尽忠，人臣大节；苟利社稷，死生不夺。"

读书声中，侯久满与正良站在窗外向里看着。侯久满咕哝："也好，干脆就让她住这儿，能找件事情做做，远胜活人守寡，或给老侯当那个什么参议、顾问。"

正良憨厚地笑着："阿爸，孩儿正好得了一位称职的教习。"侯久满含蓄地看了正良一眼。

侯久满又在某小客栈前下了马车，走到门前看看，犹豫地踱着步。

客房内，戴刀专心致志地修改着机关枪草图，他似乎感觉到什么，抬头望向窗外。客栈门外，侯久满又犹豫片刻，叹息一声，上了马车："走吧。"阿六赶车离去。片刻，戴刀走出，左右看看，望着已远的侯府马车，神色透着深沉眷念。

香港，黄泥涌道，某民居前，玉姑与妹仔走来，妹仔听到有人叫他，回头一看，甚是惊喜："精卫兄？"

汪精卫含笑走来，握着手低声问道："听说你刺袁未遂？干得好。"

妹仔笑笑："汪兄是从日本来？"

汪精卫看着玉姑："这位就是那位小秋瑾吧？"

玉姑抱拳："标下玉姑。"

汪精卫低声道："妹仔，近日孙先生已批准广州新军起义方略。目下广东全省的清兵不过万人，而加入我同盟会的新军官兵已超过3000！大功可望矣！"

"好啊！"妹仔倍感振奋。

"进吧，会议该开始了。"汪精卫与妹仔、玉姑走入同盟会南方支部密所。

日月堂，玉姑兴奋说道："大方丈，各位香长、盟证，新军的举义日期，已定于正月十五。香港密议后，标下即遣人联络了南海、番禺、顺德等地的山堂会众，以组成支援民军，静待同盟会统一号令。"

大方丈："好！此次大举就在家门，又是兵强马壮，枪精炮利，兄弟们务必奋发用命！"

众人齐声："我等遵令！"

大方丈："有一事，老衲已恳言多年，今日再次重申：老衲目盲已久，哪位兄弟能于沙场拔得首功，当升座本堂龙头！同时，老衲也不再幻想复明，只要能推倒清廷，老衲赞同革命，并赞同新堂主更换山名。"

妹仔、香长等人与穿新军军装的红旗大管事、蓝旗巡风，不由自主看着玉姑。

黑头大声道："对于新堂主，大方丈其实早已心有所属，这岂不是不公？"

香长神色阴沉："是啊，大方丈用人似乎躁急了些。"

大方丈扬了下手："时事已如大潮滚滚，唯有新人可领潮头。公与不公，战阵中自见分晓。"

农舍小院，玉姑与妹仔坐在一起望着明月，妹仔道："大方丈真怪，离举义约期尚有时日，为何要早早安顿后事，将你置于遭人妒忌之境？"

玉姑有些忧郁："大方丈私下告诉玉姑，他想将山堂的全部力量投入此役，并交玉姑统带。为使我指挥应手，他不得不如此。"

"原来这样。玉姑，既然大方丈信任，你也不必推辞，只是战时多加一份小心就是。"

玉姑苦笑："玉姑原本只想痛痛快快地杀贼，不曾想，无论革命党，还是会党，也都有这等争权夺利、蝇营狗苟的破事！"

妹仔笑笑："玉姑，你不必为黑头等人的白眼，闷闷不乐。"

玉姑道："自打革命，迭起跌落，其兴也勃，其亡也忽，这些都不能挫败玉姑斗志，可是玉姑不解，何以革命军中，时时有奸细，常常出叛徒？一两个小人，往往使万千志士的鲜血白流。"

妹仔看看："玉姑，我看你有些累了。要不，你今夜就不要回山堂了。"

玉姑脸红："你，大胆！"

妹仔忙道："不不不，妹仔不是别的意思，不是别的意思，你千万不要把妹仔想歪了……"

玉姑"扑哧"笑出："瞧你，玉姑自小跟在你屁股后面跑跑颠颠，还从不曾见你，会为男女之事脸红。”

妹仔笑笑：“玉姑，待革命成功，别人会做什么我不知道，但妹仔头一桩事，肯定是在义父阿爸的膝前跪下，求他老人家，将他唯一的女儿嫁给妹仔。”

玉姑心若鹿撞，望着月亮轻声说道：“你用不着拐那个弯子求谁，直接背起那丫头跑就是了。”妹仔慢慢握住玉姑的手，玉姑动了一下，缓缓用另一只手握住了妹仔的手。二人含情脉脉，全冲着月亮。

良久，玉姑喃喃道：“玉姑还有一个愿望：若能从旗女小妈妈那儿，取回剩下的那些撞针，就好了。”妹仔“扑哧”笑起。

阿尔萨兰看着邸报，问道：“善缇，那些东西还在伙房吗？”

善缇迟疑一下：“回、回姑爸爸，奴才见撞针之事与三少爷和玉姑小姐扯上了关系，担心他二人断出藏匿地点，奴才在姑爸爸去河南的当日，就将剩下的挪了地方。”

阿尔萨兰：“很好。听着，你马上将那些东西统统毁掉，一个别留。”善缇一愣。

阿尔萨兰抬起头：“邸报上讲，革命党又有可能大动，毁了那东西，好彻底断了那丫头的念想。”

善缇打千：“嗻，奴才这就去办。”

“等等。”阿尔萨兰盯着善缇，“善缇，我有一事，虽说心里不信，但不得不问你：我与妹仔、玉姑刺袁，为什么那么快就走漏了消息？海神庙预谋，好像只有你与我等在场。”

善缇慌忙跪下：“姑爸爸冤枉了奴才，奴才虽然极力反对姑爸爸与三少爷和玉姑小姐联手，但奴才绝对做不出背逆姑爸爸的事情！”

阿尔萨兰：“你不会是为了忠于朝廷，而举发你的主子？”

“不不，奴才并不认为姑爸爸为了刺袁，行权宜之策，是叛逆朝廷。”

“能这样想就好。去做事吧。”

善缇仍然跪着：“姑爸爸……姑爸爸，奴才也有一事，憋了很久。”

“你讲。”

“奴才说出口，肯定是对姑爸爸的亵渎。”

“什么话？”

善缇先磕了一个头：“奴才恳乞姑爸爸，少住在大少爷的农场。”

阿尔萨兰怔怔：“你听到了什么？”

“奴才……奴才没听到什么，只是奴才自己，忧虑姑爸爸的尊贵。”

阿尔萨兰瞪眼：“过分！真是个好奴才！看来你从京师随我出来，不仅仅看顾我的性命，还时时刻刻得看顾我的名节！这也是大行皇太后，秘密授与你的使命吗？！”

善缇叩头：“奴才冒犯姑爸爸。”

“走！今后我的私事少问！”

“嗻。”善缇起身后退。到了门口恰逢正良敲门，叫着“大福晋”，兴高采烈地走入，善缇狠狠瞪了正良一眼，离去。正良疑惑地回头看看。

“什么事，如此兴高采烈？”

“大福晋，我与南通张謇先生联络，想邀请张先生创办的文明戏剧团来粤演出，张先生回信应了。”

“什么是文明戏？”

“来了看看便知，我也不甚清楚。演的还是出俄国洋戏，戏名《大雷雨》。”

阿尔萨兰：“大雷雨？”

善缇来到庭院，左右看看，发力搬开一张石桌，大惊：支撑石桌的方柱是空的。他将手探入，摸着。“不用找了。”善缇转身，侯久满冷冷说道：“善缇，你我之间已有秘密，虽然老侯不能要你一仆二主，但你记着，侯府大门上所悬‘枪炮侯’御匾，是说本府的主子姓侯！有些事你可以瞒我，有些事最好不瞒。尤其是沾了‘枪炮’二字的事，即便你再忠于你家姑爸爸，也绝对不准瞒我家侯爷爷！”说完，看了阿尔萨兰房间一眼，走向自己房门。善缇冷冷地看着他的背影。

这日，红旗大管事、蓝旗巡风先后奔入日月堂山洞，半跪行礼，红旗大管事道：“大方丈，副龙头，出事了！”

玉姑急切问道：“何事？”

“回副龙头，昨夜新军一队官查棚，发现了我山堂数位潜入兵士的同盟会会员证。”

“什么？怎么会有人如此大意？！”

妹仔忙问：“红旗大管事，你是说有数位兵士同时暴露吗？”蓝旗巡风的眼神有些叵测地看着红旗大管事。

红旗大管事答道：“正是。”

香长和黑头分别看了看大方丈，看了看玉姑。

玉姑道：“这就更加蹊跷！一人大意尚有可能，怎么会数人同时暴露？！难道，难道又出了内奸不成？！”

大方丈缄口不语，退离座席。玉姑怔怔地看着大方丈背影。

妹仔将玉姑拉出山洞：“玉姑，起义日期并无几人知晓，暴露数名士兵尚无碍大局，你最好不要深究何人走漏消息，以免打草惊蛇。”

玉姑想想：“好，就听你的。”

枪炮局，机器飞转，侯久满寒着面孔巡看，工匠们寒着面孔做活。

阿六满面喜色地奔进来：“老爷……老爷……夫人请您马上回府。”

侯久满走进庭院，见赫顿与西西随侯夫人从花厅迎出，赫顿微笑着：“老侯。”

“红毛？！”侯久满大喜，扑奔几步抱住赫顿，“小红毛！我总算有个儿子回来救命了！”

赫顿显得并不像过去那样活泼：“老侯，听说你把戴刀赶走了？你怎么会……”

“不说他，不说他。你们……你们都该有细仔了吧？”

赫顿与西西尴尬地对视一下，西西向侯久满行礼：“侯先生，您好。”

“你好，你好，请，请！”侯久满攥着赫顿的手走进花厅。

花厅里，侯夫人道：“老爷，今日就请您的洋儿子与洋媳妇，在府里用餐吧？”

侯久满："不不不，小红毛，你与你的夫人就住在阿爸这儿！阿爸这里，如今冷冷清清，凄惶得很。"

赫顿："老侯，我们西方人结婚后，是要独立……"

"什么西方人"，侯久满打断，"你小红毛早已是大半个东方人！就这样定了！婚事没在阿爸这儿操办，住一定要住在阿爸这儿！"

赫顿："真的不可以……"

侯久满显得哀伤："小红毛，就算老阿爸求求你，行不行？"

西西忽然开口："我很愿意住在侯爸爸这里。"

赫顿愣怔："……西西……"

"尽管妈妈的洋行已归我所有，但我还是很愿意与侯爸爸、侯妈妈住在一起。"西西淡淡地说着，站起鞠了两躬："谢谢侯爸爸，谢谢侯妈妈。"

侯夫人高兴地："好！好！真是甚好！"侯久满有些意外地看着西西。

侯夫人："老爷，快到春节了，将全家的人都找回来，无论他是党是匪，一块儿过个团圆年吧？"

"夫人，这，这怎么可以？"

"我知道，老爷怕见了玉姑、妹仔，有背朝廷。可妾身老了，说不定哪日一觉未醒，就再也见不到阖家融融的情景了。再说，天下如此之乱……老爷，妾身此生就求您这一件。"侯夫人起身，合十哀求。侯久满愣怔看着。

山涧，玉姑、妹仔并马而行。玉姑看看侧后的阿六："妹仔，我们是不是就借口回家过节，麻痹麻痹内奸？"

妹仔："当然好！当然极好！难得阿爸如此，准允你我回家过年！啊，妹仔就要见着阿爸了！"妹仔打马飞奔，玉姑追着："妹仔，等等，等我先去山堂告假——

1910年2月9日，除夕，侯府大门对联鲜红，鞭炮山响。阿六低声叮嘱门房："鞭炮少放即可，如若有客，就说老爷与大福晋及夫人，全去庙里上香了。"

"小的明白。"门房心领神会。

餐厅内，一张圆桌，侯久满、阿尔萨兰、正良、戴刀、赫顿、西西、玉姑、妹仔、可言、侯夫人，由左至右，一家齐坐。除妹仔、正良、侯夫人一脸喜色，其他人各显尴尬。

侯夫人欢喜地擦着眼窝："好，好，都回来了，都回来了。"

妹仔道："阿爸，您说几句，我等就开喝吧！"

侯夫人："对对对，老爷，您讲两句喜庆的吉利话。"

侯久满抓起酒杯，看看妹仔、玉姑，又放下，看着阿尔萨兰。

阿尔萨兰："看我作甚？"

侯久满："要不，你讲？"

阿尔萨兰瞥了侯久满一眼，低声道："你不是放了话：你才是这枪炮府的猴王吗？"

侯久满亦低声："可你与革命党共过事，这种场面你不惧生。"

阿尔萨兰怔怔："何以如此猥琐？！"她操起酒杯，放大声音："我讲就我讲！"

"慢！……还是老侯讲！"侯久满看看玉姑、妹仔，看看戴刀，清了一下嗓子："自打搬入这原来的将军府，这间餐厅几乎无异于战场，从三桌打成一桌，从小桌打成大桌，直打得无法坐在一起用饭。如今，是家打散了，国打乱了，你我成了各为其主的敌人。要不是老夫人执意主张，我等怕是这一生，也难以围成一圈……"

侯夫人紧张地拉扯："老爷，过年呢，吉利话，吉利话。"

"过年了，是啊，过年了，可你等也听见了，这年节的鞭炮，哪里有平日的枪炮来的热闹？！说什么吉利话？吉利话既让你等听着可笑，也让老侯说着恶心。还是老一套吧，你等愿意说什么说什么，狂言谬语，妖论诡辩，尽管开放！若嫌口舌之争不过瘾，老侯相信，你等的袖子、靴子，肯定还掖着刀枪、炸弹，也尽可掏出，胡射乱甩，来个痛快！"

侯夫人："老爷！"赫顿与西西面面相觑。

"哈哈哈……"妹仔大笑起来，"阿爸讲得好！讲得好！哈哈哈……"

可言蔫蔫地："阿爸准我等放言，其实也没什么可讲。自打朝廷宣布立宪，各地龙旗耀目，举国若狂。然而，可言不明：天下百事已见转机，革命党为何仍旧紧抱枪炮，不休发难？莫非革命党以一党之私，为变皇座而总统大位，竟无视国运，不屑民命？"

"住口！"玉姑说道，"革命党举义，前有昭昭宗旨，后有堂堂檄文，你曾一锥子、一锥子地读过，也曾追波逐流地亲历，不会不知！"

侯久满："好，好好好，这就开始了。"

玉姑瞥了侯久满一眼："既然过年，又有人喜欢看戏，我等为何不演？且玉姑的靴中的确有枪！"玉姑抽出手枪，"啪"地拍在桌上。

侯夫人"腾"地站起："玉姑！你这是搞哪一科？！你们都是阿妈一个一个求回来的，莫非还要叫阿妈一个一个地求你们好好说话，好好吃饭，好好待人吗？！今日贵宾，是你等的洋文教师赫顿先生与侯府的救命恩人西西夫人！难道你等就是如此表演中国人的礼仪的吗？！"

"阿妈息怒，阿妈息怒。"妹仔忙将手枪揣进自己口袋。

玉姑嘟囔："又不是玉姑挑着生事。"

侯久满："是我！是老侯50岁头上被自己的骨血标参（绑票），至今恶气未出！得得，话说离谱了，夫人息怒。下面，你等可以放言无忌，但不许使枪弄棒！"

侯久满扶侯夫人坐下："夫人请坐，想让这些小东西见面不吵，是不可能的。"

茶楼前，数百穿警服与穿军服的打成一团，棍棒齐舞，拳脚横飞。年少士子架着年长士子与一群市民惊慌奔进茶楼。

年长士子："成何体统，成何体统，怎么巡警与新军打了起来？"

年少士子向窗外看着："据说腊月二十八，新军兵士因定刻图章的价钱与店主争执，巡警前去压制，激起军警宿怨。"

殴斗中，红旗大管事将蓝旗巡风拽至一隅："我看此事很是怪异，我等虽不知举义具体时日，但日期将近肯定必然，怎的偏偏此时一事接着一事，且愈演愈烈？"

蓝旗巡风道："你兴许想多了，军警原本积怨已久，过年无事，找个理由泄愤，也是个乐子。”

“不对，目下新任总督袁树勋已令水师弹压，八旗炮兵也趁机驻扎城垣，如此大动，显然另有图谋。我看，还是赶紧禀报副龙头与妹仔。”

蓝旗巡风：“最好等等再讲，切莫搅扰了我等未来的大龙头，好不容易的一次阖家欢聚。”红旗大管事沉吟。一伙巡警挥棍打来。

餐厅内，侯久满等或轻或重均有醉意，全都站着，分堆说话。玉姑一手端着酒杯，一手嬉弄可言胸前名签：“‘坐办’？可笑。时时挂着这小旗，像是生怕别人不知二哥做了大官，可以坐着办差，坐着救国，坐着济民。”

可言：“玉姑，你一个女子，做什么龙头？还是跟着二哥，做个咨议局的女文案吧。当今朝廷，很是倡导女权。”

“算了吧，就尔等的立宪、新政，不过一张张骗人的幌子。宣统开元，声称万象更新，可最先更新的，是增添了各地的巡警。就你这等种烟、贩烟的奸商，还不是靠银子混了个庇赌议员、护烟坐办？”

可言：“我，我怕你，我怕你的枪，更怕你的嘴，我躲你远些。”

可言欲躲，西西拍拍可言，一脸哀怨：“侯，为什么今天，从你看见我就一直不理我，不和我说话，也不找我敬酒？”

可言看看赫顿，紧张地：“西，哦，西西太太，你好。可言看见，你和你家先生，好像是刚刚吵完架，所以……”

赫顿朝这边漠然看看，搂着戴刀肩膀：“戴、戴刀，你又不是不知道老侯爸爸，你实在不应该，不应该赌气，真的一走，就、就不回来了。”

戴刀扶着赫顿：“赫顿，我很难过，我很痛苦我无比敬仰的大人，怎么会那样。可，可我连个说话的人都没有。”

“天才都是孤独的。你住在哪？我搬去！我搬去和你一起住！”

阿尔萨兰拍了戴刀一下：“蚂蚱，你看这是谁？……这是我儿子！可后来不是了，他是我的老板，一个很不错的老板，非常非常善良，他开了一家园子，他做亚当，我做夏娃。”

正良看着侯久满那边忙道：“醉了，醉了，正良的园子没有亚当、夏娃，只有咸盐、稻谷。”

侯久满与妹仔相互抱着，都在边哭边说：“妹仔，你真让阿爸心痛，你救过阿爸的命，阿爸也救过你的命，你的命是阿爸给的，阿爸的命是你给的，可你好端端的，革什么命，连、连辫子都剪了，连这条胳膊，都、都革没了。”

“阿爸，我的好阿爸，妹仔知道，虽然您不是我的亲阿爸，可您待妹仔，比亲的还亲！您的亲生儿女没一人出洋，您却送妹仔……对了，阿爸，妹仔在美国学造大鸟的朋友，冯如兄，数月前已造成我中华第一架飞机，首飞竟比美国莱特兄弟的首飞纪录，还要远出许多！阿爸，阿爸！为了我中华尊严，为了强兵强国，您也出过力，妹仔也出过力呀！”

“阿爸高兴，阿爸高兴！可你为什么就不这样，一直造大鸟地造下去，偏偏要革命呢？”

“阿爸，不革命，中国这只大鸟，怎么可能飞得起来呢？”

玉姑搂着侯夫人落泪：“阿妈，玉姑从小就没少惹您生气，可玉姑最最舍不得阿妈，最最心疼阿妈，玉姑正是为阿妈抱屈，为与阿妈一样的女子抱屈，才离开阿妈，为了给阿妈们，讨个公道。”

侯夫人心疼地：“别说了，别说了，就是一双脚，把你缠成了炸弹。阿妈也赞同，天下的女子再也不能缠足了。”

玉姑抹抹泪：“好啊，阿妈也革命了，阿妈也革命了。都听着！今日，连我阿妈都革命了！在这间房里的人，人人得为中国兴亡表明心迹：是赞同革命，还是反对革命！”众人一下安静，看着玉姑。

侯夫人：“玉姑，反对缠足就是革命？那大行皇太后不是早就革命了？你喝多了。”

“喝是喝多了，但还没醉。本府的老爷不是传旨，让大家放言无忌吗？那就人人放言，玉姑要看看，如今这天下，是赞同革命的多，还是反对革命的多！”

玉姑拍拍可言：“你就算了，你肯定是个反革命者。”

侯久满：“夫人，话是老侯说的，岂能言而无信。老侯也想看看，如今是想造反的多，还是不想造反的多。说！一个一个地说！良儿，从老大开始！”

正良：“我……我……”

侯久满：“痛快说！”

正良咕哝：“我……如今纲纪陵夷，怪变横出，正良忧虑，若大乱致使农民，无所措其手足，没人耕种，那，那整个国家就没有饭吃了。”

玉姑：“大哥，别绕弯子！”

正良：“我……我反对。”

玉姑喊道：“有请戴大哥。”戴刀看看侯久满，侯久满闪开目光。

戴刀道：“对不起，侯大人，您曾为一个钦犯之后，吃过追命的大棍，但戴刀不得不明言：戴梓之后，180年来，对清廷一直深埋愤恨。”

“好，一比一。”玉姑看看，“……妹仔不用说了，两位洋人也不用说了……”

木棉见玉姑看向自己，慌忙藏到阿六身后。

玉姑：“往哪躲！仆佣也是民，也有同等天权！阿六，你先讲。”

“阿六早已向老爷坦白，小的既想造反，也赞同革命！”

玉姑：“木棉。”

木棉怯怯地看看侯久满：“……老爷，奴婢说了，您不会赶奴婢出门吧？”

“少啰嗦！”

木棉：“奴婢……奴婢反对造反，但赞同革命。”

众笑……

玉姑转向善缇：“善缇，该你了。”

善缇看着阿尔萨兰：“善缇只知跟着主子！”

“不行，你得讲出你自己心里想的。”

善缇重复：“善缇心里想的，也是只知跟着主子！”

玉姑看阿尔萨兰：“那就请……大福晋也可以免开尊口，大福晋肯定是个最坚定的反革命……”

“你怎么知道？”

侯久满等一惊。阿尔萨兰：“本大姑既不反对造反，也不反对革命，但，要看造哪家的反，革何人的命。”

玉姑：“等于没说！好了，数下来，这里有中国人11位……”

“慢！老子说了吗？你就发榜！”侯久满瞪着玉姑。

玉姑瞪着侯久满：“你还用说？”

“都听着！”侯久满道，“如今新政多税，民心不安；洋货争衡，商心不安；旧营改易，兵心不安；科举弃废，士心不安；吏制屡变，官心不安，如此五不安，使天下骚然！虽讲立宪、革命，均有弃旧图新、富民强国之说，但国家，已经不得任何风摇雨袭！同居一座厦顶之下，土崩瓦解对何人何党都不是乐事！我等只有各安本分，做好手边差事，待大清渐得喘息，万民稍得生养，再徐图变政，尝试革命不迟！”

玉姑冷笑两声：“可笑，岂不知革命正是要摧枯拉朽，从根基解决国家的大病！”

阿尔萨兰：“打住，全都打住，今天的黄汤全都灌多了，这种酒鬼的闹剧，一点儿意思没有。赶紧各回各房，稍事歇息，晚上看真正艺人演的文明戏《大雷雨》！”

正良赶紧道：“对，对对，《大雷雨》，《大雷雨》。”

侯久满：“什么大雷雨……”

侯夫人长叹一声：“唉——，已经是雷轰电掣，还看什么大雷雨哟！”

香港，同盟会密所，起义副总指挥倪映典急切说道：“汪兄，请速告黄兴先生，因突发闹事，营中已群情激奋，纪律堪忧，各级首领强烈要求尽早举义！”

汪精卫：“情况黄先生已经听说，先生决断，原定的元宵节起义，提前至正月初六！”

“轰轰隆隆”的炸雷效果中，戏台上是中国人演的俄国话剧《大雷雨》。

女主人公卡捷琳娜看着一幅地狱之火的画：“地狱！地狱的火焰！啊，我受不了，我再也受不了啦！”

卡捷琳娜跪在卡巴诺娃和卡巴诺夫脚下，哭着：“妈！季洪！我在上帝和你们面前是有罪的！因为自从嫁到这个家，我就像走入了地狱，妈妈的专横，丈夫的懦弱，使我天天都在忍受令人窒息的煎熬，我，我终于被魔鬼缠住，在季洪出门的这十天夜里，我与鲍里斯……去了后面的花园。”

“你！你……”婆婆卡巴诺娃一掌扇去，“你这卑贱的女人！什么你被魔鬼缠住？你自己就是一个地地道道、长着副漂亮脸蛋的魔鬼！这门外就是伏尔加河，你去死吧！”

卡巴诺娃离去，卡巴诺夫看看脚下：“卡捷琳娜，我也痛恨这个家，甚至我也痛恨这个永远把我当三岁孩子的母亲，可是她毕竟是母亲。你做出了丑事，羞辱了我，也羞辱了你自己，我救不了你。我，我要去找这世间唯一可以信赖的朋友，美好香醇的酒。”卡巴诺夫推开卡捷琳娜，离去。

台下，侯久满蹙着眉："这是什么乱七八糟的东西？！"

赫顿低声道："老侯，这是俄国50年前的一部名剧，故事通过一个女人的悲剧，控诉了对自由和生命的压抑。"

侯久满站起欲走："不就是私通吗？！老侯局里还有事！"

"坐下！"阿尔萨兰已哭得满脸是泪，低喝道："看文明戏，你多少也学点儿文明！"

侯久满看看阿尔萨兰，缓缓坐下："至于的吗？"

雷声越来越大，卡捷琳娜失魂落魄："伏尔加河，也许这条亘古不变的大河，才是卡捷琳娜寻找的天堂！"鲍里斯匆匆走来："卡捷琳娜！"

"鲍里斯！"卡捷琳娜与鲍里斯紧紧相拥："鲍里斯，真的是你吗？""是我，亲爱的卡佳，但我不能久留，我那可恨的叔叔要把我打发到西伯利亚去，这会儿，他连马车都已经准备好了。"

卡捷琳娜："哦，鲍里斯，你能多待一会儿吗？你能陪孤独的卡捷琳娜多待一会儿吗？""实在不行了，卡佳，那魔鬼似的叔叔很快会发现，我又与你在一起的。"卡捷琳娜脸上浮现出一丝微笑："那好吧，鲍里斯，你走吧。我总算见到了你。"

鲍里斯紧握拳头："要是那帮恶人，知道我们告别时是什么滋味就好了！你们这些混蛋！恶棍！要是我有力量的话……"卡捷琳娜："鲍里斯，走吧。"

鲍里斯哭着离去："卡佳，我亲爱的卡佳，我可怜的小卡佳……"

卡捷琳娜："啊，一切都完结了，卡捷琳娜，你该离开这座坟墓了。哦，不，是该走向另一座坟墓了。人啊，还是在坟墓里才好！"

卡捷琳娜说着走到窗外，高叫着："我憎恨这座卡里诺夫城，我憎恨这个家！我的朋友！我的欢乐！我的爱！永别啦！"雷声大作，卡捷琳娜纵身跃下……

阿尔萨兰紧紧捂着嘴，哭得"呜呜"出声。侯久满默默看着阿尔萨兰。戴刀忍泪看着阿尔萨兰。

正良紧张地劝着："大福晋……大福晋……"

西西也在哭着，可言悄悄看着西西。玉姑一手紧紧挽着妹仔，一手擦泪。

台上有个声音在喊："有个女人跳河啦——"很多人在向河边奔跑。

卡巴诺娃死死拽住卡巴诺夫："你休想去！那个女人值得你去看吗！她把咱们的脸都丢尽了！"

卡巴诺夫双膝跪下："妈妈，就让我把卡捷琳娜捞上来吧，哪怕让我看她一眼啊！"卡巴诺娃冷酷地："得啦！哭她都是造孽！等别人捞出来……"

"可恶的老妖婆！"玉姑愤怒地拔出手枪，朝台上放了一枪！

阿尔萨兰抢过枪，也要朝台上的老太太射击："我杀了她！我杀了她！杀了这老妖婆！"正良紧紧抱住阿尔萨兰，夺着枪。子弹射向了屋顶，戏院大乱！台上的演员抱头蹿逃！

燕塘新军兵营，士兵们围着倪映典吵嚷着：“倪指挥，听说广州的大吏们正在布置镇压，赶紧动手吧！”

“昨夜已经有几十个弟兄没有回营，倪指挥，再不动手就来不及了！”

倪映典沉吟片刻：“好！我做主了，事不宜迟，明晨起事！”

妹仔房内，玉姑默默望着窗外，妹仔问：“玉姑，你还在那戏里吗？”

玉姑沉甸甸地道：“看来吃苦的，不仅仅是中国的女人，这万恶的封建专制！”

阿尔萨兰在房里擦着泪：“那戏，好像是在演我阿尔萨兰，谢谢你莠草，你让阿尔萨兰看了出好戏，将我这么些年的委屈，一遭全都哭了出来。”

赫顿房内，西西嘤嘤地哭着。赫顿不耐烦：“好了，好了，不就是一出戏吗？”

西西道：“赫顿，我不知道你是那个卡巴诺夫，还是那个鲍里斯，你到底是爱我，还是不爱我？”赫顿沉默不语。

侯夫人房内，侯久满与侯夫人垂头对坐，默默无言，良久，侯夫人长长叹息了一声，侯久满看着她。

庭院里，戴刀与可言各自踱着步，走到一起时，可言问：“戴大哥，你在想什么？”

戴刀望着远处，沉默片刻：“俄国是个伟大的国家，有朝一日，戴刀一定要去那里看看。”

三十四

深夜，红旗大管事打马飞奔，神情紧张地来到侯府，在大门外"啪！啪啪！"甩了三下响鞭，阿六奔出门。红旗大管事低声命道："快禀报副龙头与妹仔，赶紧回山！"

1910年2月12日晨，广州燕塘新军兵营，倪映典冲天放了几枪，高喊道："事急了！同志们，战也死，不战也死，还是跟清狗同死的好！我宣布：广州新军正式起义！"

士兵们举枪高呼："驱除鞑虏，恢复中华，创立民国，平均地权——"

吴丁贵冲进侯府，径直奔入侯久满房间："大人，大人，衙门有令，命我粤局护军，立即协同水师提调李准大人的兵弁，驰援牛王庙，阻击造反新军！"

侯久满刚起床："什么，新军反了？！"

"反了，据说至少有三千余众！"

侯久满怔怔："没想到老子练兵，没遇着洋鬼子，先碰上自己打自己！你速回局里，等着老侯！"吴丁贵奔去。

门外，阿六看看吴丁贵，急步走入："老爷……"

侯久满看着吴丁贵跑远，问道："那两个小东西呢？"

"回老爷，三少爷与玉姑小姐昨晚便走了。戴先生，也走了。"

"为什么不告诉我？！"

"老爷……您既然讲，您只管做好手边差事，不问政治，那您也不该动用粤局护军……"

"阿六！看来你是真的只认那个小魔头，而不认我了，那你就去寻你的新主子吧！"

"老爷，阿六夜里未走，就是等着辞行的。阿六永远感念您当年的救命大恩！"阿六跪下磕了个头，奔去。

"等等！"阿六站住。

侯久满看看阿六："这次你得跟我走！别的不干，只给我看紧了那个吴丁贵！"

阿尔萨兰、西西、赫顿、可言奔出各自房门。

侯夫人赶到庭院："老爷，老爷，您这是要亲自去打玉姑和妹仔吗？老爷……"侯久满大步走向大门。

善缇奔来，阿尔萨兰冷冷说道："跟着，还是不到万一，只看不动！"

牛王庙，倪映典一手高举青天白日旗，一手挥舞指挥刀，率新军冲杀："冲啊——，杀呀——”

近40岁的水师提督李准，指挥着水师与巡营清兵：“打！给我狠狠地打！”

新军被压制，趴在地上。玉姑与妹仔率马队奔来，扑到倪映典身边，玉姑道：“倪指挥，事发如此突然，除我日月堂，外县、外省会众均不及响应！”

倪映典：“命运多舛，不知为何屡有突变，也只能这样破釜沉舟了！只是我等虽有3000官兵，却缺枪少弹，难以久战！”

玉姑抱拳：“请倪指挥侧击掩护，本堂马队可趁清狗兵力不足，立即冲击！”

妹仔赞道：“此法甚好！”

倪映典说：“等等，等等，让你等马匹稍事歇息，再一鼓而荡！”

侯久满来到前沿，李准拱拱手：“侯大人，您是我水师前辈，不想你我在陆地戡乱。本官愿听侯大人驱遣！”

“说笑了。”侯久满从吴丁贵手里取过望远镜观察：“标下带的只是看家护院的乡丁而已，还是随李大人敲敲边鼓吧。”望远镜中：是玉姑和妹仔。

黑头与红旗大管事、蓝旗巡风扑到玉姑等人身边，黑头禀报：“倪指挥，对面有人送信！”倪映典从黑头手中接信拆看，脸上渐显惊愕：“也许，也许事有转机，这信是我同乡唐维炯、童常标与曾经加入过同盟会的李景濂写来的，他们都是清军管带，约我谈判。”

妹仔紧忙阻止：“倪指挥，两军对垒，切不可轻信。”

倪映典想想：“李准的水师未必善于陆战，他的兵力又分散牛王庙、猫儿岗、二望岗等处，人数明显在我之下，怯战完全可能。我且见见唐某等人，说不定还可劝他们阵前举义。”

妹仔道：“倪指挥，万万不可！万万不可！”

玉姑也道：“我等革命，上当受骗的苦头已吃得太多太多，倪指挥，千万不能重蹈覆辙！”

倪映典：“放心，我多带些人去，即便谈不成，也坏不到哪去。”

“可是贻误了战机！”玉姑焦急。

“二位且按兵莫动。”倪映典奔离。

妹仔叹息：“唉——，倪映典虽然堪称孤胆英雄，但毕竟只是见习排长出身，难领大军！玉姑，你呆在这儿，我陪倪指挥走一趟。”妹仔奔离。

玉姑喊道：“妹仔……妹仔……”

侯久满举着望远镜：“小儿不善用兵，若是趁我大炮未至，尔等马队发起冲锋，我命休矣。”

李准：“大人所见极是，贵局大炮何时开到？”

“快了。”

远处，善缇盯视着侯久满等人。

一民居内，清军管带唐维炯抱拳：“倪兄劝降事宜重大，我二人恐难做主，要么我等一同到教会山，面见统领商议，如何？”

管带童常标抱拳："正是，这位统领大人一向开明，极有可能谈成。何况有我两个同乡作保，倪兄尽可宽心。"

倪映典想想："好吧，我们走！"

妹仔欲阻止："倪指挥……"倪映典低声道："妹仔，赶紧派人去牛王庙，仅留玉姑的人牵制李准，调义军全数奔赴教会山。谈成则罢，谈不成，改由教会山进兵广州！"

"……好吧！"妹仔无奈，警惕地盯着左右，一同出门。

倪映典带着新军大军，随着唐维炯、童常标走入教会山峡谷谷地。妹仔蹙眉，看着两侧高山。突然，枪声大作，倪映典第一个中弹落马。唐维炯、童常标飞速逃离。

山顶，清军统领吴宗禹吼着："打！打！不要吝惜子弹，将这些乱兵给我统统杀光！"

牛王庙，李准道："侯大人，本官率部会剿教会山乱兵，这对面的会匪就交给您了。"

"李大人放心。"侯久满看着李准离去，默默望着对面。

阿六悄悄靠近侯久满，拽拽衣襟，侯久满随之走到一棵树后。阿六耳语一阵，侯久满蹙眉："竟有这等奇事？！你看清了吗？与吴丁贵秘密勾串的，竟是那小魔头身边的人？！"

阿六："看得清清楚楚，老爷。"

侯久满沉吟片刻："阿六，你知道我为何不找别人监视吴丁贵，偏偏找你这个不忠主子的人吗？"

阿六怔怔："……小的，兴许明白。"

侯久满话外有音地："你累了，找块地方歇歇吧。"

阿六半跪抱拳："小的谢老爷！"阿六飞速奔离，侯久满冷冷地看着对面。

远处，善缇盯着。

红旗大管事奔到玉姑身边："禀副龙头，情况不好！我军于教会山中了清狗埋伏，倪指挥牺牲！"

玉姑大惊："那，那妹仔呢？"

"回副龙头，妹仔情况不明！"

"唉！走！快去解围！"玉姑恨恨地跃上马，带队奔离。

侯久满举着望远镜看着。吴丁贵在一旁道："大人，会匪动摇，我等可趁势追击！"

"拖上炮，追！"

"大人，拖炮太慢，莫如步兵先追！"

侯久满："如若人家的马队杀个回马枪，你的步兵吃得住吗？"吴丁贵无言。

夜，沙河一线枪炮密集，亮如白昼。妹仔趴着："不行，我等子弹已快用光，再佯攻一次，向瘦狗岭撤退！弟兄们！冲啊——"

"杀呀——"新军义兵跃起冲杀。妹仔脖子上挂着布袋，独臂不断抛掷炸弹……

"杀——"玉姑的马队若雪中送炭，及时赶至。

"打！打！把他们压回去！"吴宗禹吼着，"见鬼，那侯久满的重炮，怎的还没到！"

次日，山路上，侯久满随着炮队缓缓而行。

吴丁贵疑惑地看看侯久满："大人，乱兵又已从瘦狗岭退至白云山一带，几乎弹尽粮绝，我军为何不加速进兵，而是这样只追不打？目下佛山、惠州的援兵快到了，再不下手，岂不让他人摘了桃子？"

侯久满："你知道什么是上战之策？乱兵已成强弩之末，老侯只须这样不远不近地跟着，彼走我走，彼停我停，不消数日，其兵心必然崩溃，我军则可轻松搜拿散兵游勇。若像你所言，逼敌作困兽之斗，毙敌一万，自损八千，老侯岂不做蚀本买卖？"

吴丁贵想想，抱拳："顶爷到底是沙场宿将，小的难望顶爷项背。"

玉姑、妹仔率领疲惫不堪的义军走着。玉姑回头看着："那人是什么战法？如此不打不退，死皮赖脸地跟着。"

妹仔笑道："这才是阿爸的高明之处，他把我等粘得心烦意乱，毫无脾气。"

蓝旗巡风："正是，追得我等撒尿的工夫都没有！副龙头，我等为何不回头拼个你死我活？"

玉姑："山路上，马队如何展开？而且没看见他拖着炮吗？那是粤局在湖北新造的重炮，一炮炸裂，战马必惊！"

玉姑仰叹："唉——，大好的局面，想不到如此窝囊！"

蓝旗巡风看看玉姑："我看，新军营中必定是出了奸细！"

红旗大管事道："兄弟也有同感。虽然败局已定，但内奸不除，我等死难瞑目！"

妹仔看看红旗大管事与蓝旗巡风。玉姑想想，怒目问道："以前的暂且不说，昨日唐维炯等人写给倪映典的诈和信，是怎么送来的？"

红旗大管事："兄弟不知，我只是看见蓝旗巡风与黑头护印……""对对对，是黑头不知从何处得了那信，突然奔到阵前，找到小弟。"蓝旗巡风立即补充。

"黑头？"玉姑沉吟，妹仔望着前方突然叫道："玉姑，你看！"黑头纵马驰来，奔至玉姑面前，黑头"喂"了一声，不知遵上下地喝令："快！快分兵驰援山堂！清狗不知从哪得知了路径，正向我山堂进剿！"

玉姑大惊："什么？！清狗进剿山堂？！""快！晚了，大方丈他们就完了！"

"等等！"玉姑盯视着："黑头，我先问你，昨日你是怎么得到的那封信？！"

黑头怔怔："信？信怎么了？你这小丫头是怀疑我护印什么吗？"

玉姑拔出枪指着："少啰嗦！讲！你是怎么得到的那封诈和信？！"

"什么？那是封诈和的信？！"黑头欲急速拔枪……"砰"地一声，黑头中枪落马。玉姑、妹仔回头，蓝旗巡风提着枪："还问什么？内奸肯定就是这黑头！我军惨败至此，他还想骗我等分兵！"

玉姑与妹仔对视片刻，看看倒地的黑头，玉姑道："妹仔，即便这黑头是内奸，玉姑也担心大方丈他们，我想先去看看。"

妹仔想想："好吧，你将日月堂的兄弟带走。"

"不行，那样岂不涣散军心？我一人便可！妹仔保重！"玉姑打马奔去。

"小弟去护佑副龙头！"蓝旗巡风追去。

燕塘兵营，李准纵兵冲入营房放火："烧死他们！藏匿营中的乱兵不必劝降，把他们统统烧死在斋舍里！"

阿六大汗淋漓地飞奔到妹仔面前："妹、妹仔，你、你们转移，太快……好难追、追赶……玉、玉姑小姐呢？"

"怎么，阿六？"

阿六喘息着："快……快禀报小姐……蓝、蓝旗巡风……是……是内奸！"

"啊？！"妹仔大惊，痛苦地望着远方大呼："玉姑——！玉姑——"

山林里，玉姑与蓝旗巡风一前一后地打马疾奔。蓝旗巡风阴鸷地左右看看，拔出枪对准玉姑后背，"砰"的一声，玉姑回头，蓝旗巡风惊愕地看着玉姑，缓缓栽下马。

黑头伏在马背上奔近，浑身是血地跌落。玉姑拔枪："黑头！你没死？！"

黑头艰难地："那封信是蓝旗给我的，蓝旗是奸细……"

玉姑："什么？你说什么？！"

黑头："快……快救山堂……"

玉姑下马，抱起黑头："黑头，到底是怎么回事？"

"山堂有人，不想让你做龙头，但，不是黑头，我，我只是看不起小脚女人……可，说真的，你，你胜于男子……"黑头笑着，头一歪死去。

日月堂山洞前，香长带着堂卫与清兵对射着。

"撤！"随着弁首一声喝令，清兵退去。堂卫奇怪："怎么回事，清狗怎么撤了？"

"是怪。"香长看了看，走回山洞。

洞内，大方丈静静地问："清狗退了？"

香长道："回大方丈，清狗退了。"

玉姑奔入："大方丈，怎么回事？"

香长看着玉姑，大惊失色："你，你，你还活着？"

玉姑愣怔："香长，这是何意？"

"小丫头，你勾结你阿爸，出卖此次大举……"香长突然拔枪。

"玉姑娘小心！"大方丈猛然跃起，推开玉姑，但枪声已响，大方丈倒下。玉姑惊愕。香长又欲再射，"砰砰"两枪，香长倒毙。妹仔提枪与阿六奔入："玉姑，玉姑，你没事吧？"

玉姑愣怔片刻，抱住大方丈，大方丈缓缓睁开眼睛。玉姑哭道："大方丈，您的眼睛……"

大方丈笑笑："老衲有一目并未全盲，本想一直瞒着，专为玉姑娘护持肘腋。……莫哭，玉姑娘乃大丈夫也。当年刘婆老真未看错，山堂唯有托付于你，方可长存。玉姑，山堂密址已泄，此役后，须另择宝寨设营。"

玉姑三指扪心："标下遵命！"

大方丈抱三指拳："大龙头，老衲去了。"

大方丈缓缓闭眼，玉姑痛哭："大方丈……大方丈……"

1910年2月，广州新军起义失败，被俘百余人，黄洪昆等多人就义。

夜,阿尔萨兰默默剪着做婴儿小鞋的布料,良久,淡淡地问:“那丫头和妹仔还活着？”

满脸烟尘的善缇半跪房间中央：“是，姑爸爸。”

“那老侯的重炮竟一炮未发？”

“是，姑爸爸。但老爷的战法，不能不说十分见效，乱兵被老爷缠得筋疲力尽。”

“他现在在哪？”

“老爷提前一步撤兵，回局里忙碌水机关的改造。”

阿尔萨兰看着窗外:“你辛苦了,赶紧歇着去吧。待大姑问那人几句话,我也该回农场,看看我的那些孩子们了。”

“……嗻。”善缇迟疑地看看阿尔萨兰，退出门。

阿尔萨兰良久望着窗外。

此刻，枪厂内，侯久满边看图纸，边亲自开动机器，车制零件……

次日，某山洞前，数十会众排枪三鸣，新的石刻堂名“平权堂”三字鲜红耀眼。

洞内，玉姑坐在虎皮座上，满面寒冰，眼中已全是杀气。红旗大管事、阿六率众叩拜：“拜日为父，叩月为母，誓建共和，天下平权！我等唯大龙头之命是听！”

堂名前，又是一阵阵排枪。

郊野农舍，汪精卫与妹仔面对一壶酒默默无言。

汪精卫饮下一杯，慷慨激昂：“我党革命，不能这样只靠运动！人虽众，势且猛，但鱼龙混杂，泥沙俱下，总是难脱忽起忽落之命！妹仔，还记得教我等暗杀术的俄国虚无党的信念么？革命，必须要有更直接、更激烈的行动！”

妹仔道：“汪兄有话，尽可直讲。”

“精卫欲联络你这独臂炸弹王，重出江湖，与黄树中、方君瑛、曾醒、黎仲实、陈璧君等组成暗杀团，赴京师设营，专事谋刺皇族亲贵！”

“这……孙先生一直反对暗杀办法，不知汪兄的这个计划，是否请示了孙先生？”

“孙先生已与胡汉民联电劝阻，但精卫牺牲之意已决！”

妹仔沉吟：“妹仔虽不怕死，但孙先生……”

汪精卫打断：“妹仔刺袁也未事先请示，你不会是想拿纪律教诲精卫吧？”

妹仔看看汪精卫：“……打算何时动身？”

侯府大门外，侯久满疲惫下车。侯夫人、赫顿、西西迎前：“老爷总算回来了。”侯久满有气无力地招呼了一声，赫顿忙搀住侯久满：“老侯，你没受伤吧？”

“不用，红毛。”侯久满推开赫顿的手，走进门。

侯夫人紧跟着：“老爷，您，您没伤着玉姑和妹仔吧？”

“……难啊，难啊，这水机关……”侯久满咕哝着走去。

庭院里，阿尔萨兰看着侯久满："回来了？"侯久满"嗯"了一声，走到妹仔房间，取出锁狠狠锁上。然后走入自己房门，重重撞上门。侯夫人怔怔看着，自语："老爷累了。"

阿尔萨兰："想必，其心更累！"

房内，侯久满抓起石砚，走到床架旁，将钥匙钉死在玉姑房间的钥匙旁，然后一头倒下，呆呆地看着两把钥匙。阿尔萨兰推门走进。侯久满欲起身，"躺着吧。"阿尔萨兰走到桌边坐下，缓缓地问："这次出兵，衙门没找你的麻烦？"

"为何要找老侯麻烦？"

"既然你已知善缇藏匿撞针之事，想必你会知道得更多。"

侯久满看看阿尔萨兰："当然。老侯是吃枪炮饭的，你用2000空枪换了老侯性命，老侯自然会监视那些撞针去向。但老侯无论如何没有想到，你会以撞针交通妹仔、玉姑，去行刺袁世凯。"

阿尔萨兰："这么说，举发告密的，是你？"

"不，是那小魔头身边有人勾串吴丁贵，而吴丁贵又密报了他的主子赵秉钧。"

阿尔萨兰："那，那你是如何知道刺袁之事的？"

侯久满眨眨眼："是老侯用十挺水机关，从庆王爷那儿换来的消息。"

阿尔萨兰笑笑："所以我刚才讲，朝廷既然知道刺袁的事，肯定知道妹仔、玉姑的事，衙门还用你将兵，能不时时防着你吗？"

侯久满一下坐起："你是说，衙门调度粤局护军的同时，也有试探老侯忠逆的意思？"

阿尔萨兰站起身："小心点儿，你能用吴丁贵做两面暗桩，朝廷未必不会同样用法。且说不定哪日，这吴丁贵会在你项下使刀。"

房门外，赫顿极为异样地偷听了几句，沉重地走开。

晨，农舍前。玉姑叫着"妹仔"，推开未锁的门，看见的是桌上的一封信：玉姑，请谅妹仔事急不辞而别，何时可归实不能知。但请记住，革命成功之日，便是妹仔去阿爸家背你之时！

玉姑愣怔，缓缓将信揣入怀里。

玉姑骑马郁郁在海边而行，一片笑声令她抬头——远处，阿尔萨兰的身后抱着一串孩子，与正良玩着"老鹰捉小鸡"的游戏。

正良一跤滑倒，孩子们大笑，阿尔萨兰扶起正良，拍打着沙土，嗔道："真笨！摔着没有？"

正良憨憨地："没有。"

玉姑笑笑，忽而神情中有了复杂：只见阿尔萨兰掏出手帕，细细擦着正良额头："瞧你这头的汗，哪里像个堂堂的校董？"

正良忙取过手帕："自己来，自己来……哎，那不是玉姑吗？玉姑——"正良向玉姑奔来。

玉姑下马："大哥。"

正良高兴地问道："玉姑，有事吗？你可极少来大哥的农场。"

"没事，玉姑不知怎的，稀里糊涂地到了这儿。"

阿尔萨兰走过来："丫头，听说你已做了龙头，怎么也不带着护弁？"

玉姑看看阿尔萨兰："怎么，你用完了玉姑，是想绑玉姑见官吗？"

阿尔萨兰笑道："那可没准，你我毕竟只是偶尔同道。"

玉姑又看看阿尔萨兰，冲正良道："大哥，你有事忙吧，玉姑与这侯府大福晋有话。"

正良紧张："你们……你们不会再次筹划刺袁吧？"

玉姑上马，看着阿尔萨兰："敢上本大龙头的马吗？"

"有何不敢？"阿尔萨兰拽着玉姑的手，上了马背。

"大哥保重。"玉姑驰去。

侯久满系着衣服出门，走向赫顿房间，推门踏入："红毛，该去局里了。哦……"瞬间，侯久满猛然想起，惊慌退出："糊涂！糊涂！阿爸还记着只是你一人……"

西西与赫顿分别在收拾西式大床与一架行军床，二人对视了一下，赫顿道："老侯，请进来吧。"

侯久满往自己房间急走："不不不，阿爸在房里等你……"

赫顿走出，拉回侯久满："进来吧老侯，我们已经起床了。我有些东西，也该交给你。"

侯久满进门，先冲西西笑笑："对不住，对不住。"

"早安，侯爸爸。"西西问候道。侯久满应着，一下睁大了眼睛，吃惊地看着那一大一小两张床。

赫顿取出一大卷图纸："老侯，这也是西方的一些最新枪图和炮图。"

侯久满接过："咦，你不是已经给我了吗？这些，为何没有一起？"

"哦，怕过海关时出事，我放在不同的箱子里了。"

侯久满惊喜地看着："好！好！想得周到！"

玉姑与阿尔萨兰坐在海边沙丘。玉姑望看远处的农场："伊甸园……当今的中国水深火热，想不到这里还有一块风平浪静的绿洲。"

阿尔萨兰笑笑："正是。"

玉姑看看阿尔萨兰："你在这里过得很快活？"

"正是。"

"喂，旗女，你不再惦念你的蚂蚱哥哥了？"

阿尔萨兰怔怔："……为什么问这个？"

"我忽然觉得，你之所以在此过得快活，好像是与我大哥……"

阿尔萨兰脸红："……住口！"

玉姑看着阿尔萨兰："……明白了，全明白了。这也太过惊世骇俗了吧？我大哥虽然不再是你的嗣子，可，可你仍然是我大哥阿爸的大福晋，这，你不会快活地忘了吧？"阿尔萨兰怔怔，"霍"地站起欲走。"你站住！"阿尔萨兰惊惶疾走，磕磕绊绊……

"看来，玉姑全然没有猜错。"玉姑蹙眉喝喊，"想不到你这皇宫大姑，竟如此放胆！都说我玉姑心若野马，原来你这，你这……哦，想起来了，你这阿尔萨兰的大名，满语的意思是狮子，你果然像野狮一般！"

阿尔萨兰一下站住，猛然转身："没错！阿尔萨兰是一头狮子，是喜欢上了你阿爸的儿子！我早就恨透了与你阿爸那种有名无实的混账婚姻！打嫁给你阿爸的第一天起，我就与你差不多，就一肚子怨愤地想造你阿爸的反！"玉姑一下呆住。

"怎么？你这口口声声要天下平权的革命党，也被大清的卡捷琳娜，被我阿尔萨兰，给吓住了吗？"玉姑愣愣地看着凶猛的阿尔萨兰。

"小丫头，别看你打打杀杀，高呼革命，原来你仍然长着颗老旧丫头的脑袋！"

"我……我是鼓呼革命，可革命绝非禽兽，绝非乱伦！"

"谁是禽兽？谁是禽兽？"阿尔萨兰喝问，"阿尔萨兰若是禽兽，那么将阿尔萨兰硬塞给一个大她25岁，且毫无感情的男人的人，是什么东西？！……呸呸呸！老佛爷，奴婢该死，奴婢该死，奴婢实在是气昏了……"阿尔萨兰自己怔了一下，慌忙冲天合十跪拜。

玉姑愣怔："你，你这样做，还如此理直气壮。你说乱伦不是禽兽，你说你与那人有名无实，可你们在那老妖婆园子里的事，是你自己承认的。"阿尔萨兰一下瞪大眼睛僵住。

"玉姑一直就赞同你挣脱囚笼，可你为什么偏偏找我大哥？！而且，天下有哪个女人，会认可不存在的床帏之事？"

阿尔萨兰一时百口莫辩。

玉姑跃上马背，瞪着阿尔萨兰："玉姑不是小丫头，更不是老旧丫头，玉姑的脑袋里也有一小块天堂！这天堂里也有玉姑喜欢的人！也有让玉姑不顾一切的人！尽管玉姑十分可怜你，但已然成为现实的事，望你切莫逾越天堑。母子、儿娘，到了什么时候，也绝不可乱了人伦！"玉姑打马奔去。

阿尔萨兰眼前一片天海翻覆，她撕心裂肺地呼喊："不——，不——，园子里的事不是真的！不是真的！不是真的——"阿尔萨兰瘫倒在海滩。

总办室，侯久满与赫顿走入，侯久满沉重地："小红毛，想不到你竟与阿爸一个德性，西西与你那么般配，你怎么也闹了个有其名，无其实？"

赫顿苦笑："这难道不怨你吗？你为什么要娶我爱的女人？"

侯久满一惊："什么？红毛，你至今……"

"不不不，老侯爸爸，别紧张，我在开玩笑，自从八年前被您的阿尔萨兰夫人断然拒绝，您的小红毛，就什么女人都不爱了。"

侯久满又是一惊："什么？你……"

赫顿拍拍侯久满："不说我了。老侯，这次回来，我好像发现，你很少笑，过去那个猴子一样愉快的人，似乎突然地老了。"

侯久满怔怔地走到桌边坐下："我儿，你说得没错，在侯府你也看见了，阿爸如今快成了孤家寡人，几乎所有的亲人都离开了阿爸，都成了阿爸的敌人。"

赫顿同情地看着："今天的大清帝国，恐怕会有许多许多的家庭，与你的侯府大同小异。"

侯久满问道："小红毛，你也认为，大清国，就要，就要完了吗？"

“我不知道。”

侯久满有些鼻酸：“小红毛，不干了，我们什么都不干了！我们找块清静地方天天喝酒去！”

赫顿哀伤地：“可是老侯，你几乎失去了所有的亲人，你的小红毛很快也要失去所有的朋友了，包括您，我的老侯爸爸。”

侯久满惊异：“什么意思？”赫顿无语。

“红毛，什么意思？阿爸也发现，你这次从英国回来，好像也很少笑。难道，这还不仅仅是你与你夫人的问题？”

“没什么。”赫顿看看侯久满，“老侯，中国现在十分混乱，西西的洋行，晚上需要有人看管，我和西西，恐怕不能天天住在你的家里。”

侯久满的眼睛闪着可怜巴巴的目光：“怎么……你也要离开阿爸的侯府？”

夜，阿尔萨兰趴在炕上哭泣着。窗外传来木棉的声音：“老爷回来了。”阿尔萨兰，思忖片刻，起身在梳妆台收拾了一下，走出房门。

侯久满房内，侯久满打开赫顿的那些枪炮图看着。阿尔萨兰走入，侯久满依然看着图，阿尔萨兰清了清嗓子。侯久满抬起头：“哦，是你。”

阿尔萨兰坐下看看侯久满，良久说道：“我问你，近一年，你为什么很少再叫我大福晋？”

侯久满一愣：“你来，就为这事？”阿尔萨兰看着侯久满。

侯久满道：“大福晋是大行皇太后命老侯叫的，就像老侯日日得趴在万岁牌前请皇安，也是遵从大行皇太后的旨意。不过，目下也只有老侯还在天天磕头，而负责监督的人，早就不见了。”阿尔萨兰有些尴尬。侯久满继续看图：“你在良儿农场的书，教得还好吧？”

阿尔萨兰看看侯久满：“今天，你那丫头去了农场。”

侯久满一怔：“什么？”

“她忧心如捣，妹仔不见了。”

“啊？妹仔不见了？”

“去了哪，她不知道。”

侯久满急急踱步：“最近邸报上讲，有人在京师谋刺亲贵大臣，这，这妹仔肯定是在京师！肯定是在京师！”

阿尔萨兰：“你为什么不问问，你那丫头，为何急得莫名其妙地去找了我？”

“为何？”

阿尔萨兰冷冷“哼”了一声：“你真的不知，当一个女子的心里有了一个她深爱的男人时，会变得怎样糊涂，怎样疯狂吗？”

侯久满愣怔片刻，说道：“那魔头自小就跟在妹仔身后疯疯癫癫，我倒是早就期盼他们能成为一对。怎么，如今他们谋反，不知哪日就掉了脑袋，倒……倒……”

“正是，他们好得已情同鱼水，须臾不可分离。你得设法，帮帮他们。”

阿尔萨兰道：“还有一事。”

“什么事？”

"那年，那年太后园子里的事，阿尔萨兰原本只是图个里外的名声、脸面，你也只是图个府里安静，不碍着你的枪炮。如今，没什么人在你我身上找乐子了，最好想个法，说清此事。"

侯久满怔怔："……怎么突然想起……"

阿尔萨兰道："天下没有哪个女人，会认可不存在的床帏之事。我早就希望此事清清白白。"

侯久满："解释这种事情，岂不是此地无银？"

"所以，要你想个善法。"阿尔萨兰起身，走向房门，"两件事，想好了主意，知会一声。"

"……莫名其妙。"侯久满怔怔地看着阿尔萨兰走出房门，看看床架上钉死的那两把钥匙，心烦意乱地在房里转转，念叨着"妹仔，我那妹仔"，手伸进子弹钵胡乱抓拿。

侯久满走入阿尔萨兰房间。阿尔萨兰一怔："这么快？"

侯久满："听着，要保住妹仔，有一人可用。"

"谁？"

"你自己也想得到。"

阿尔萨兰想了想："那，另一件呢？"

侯久满向外走："那算什么事。"

"不！那也是大事！"

侯久满道："你若是突然觉得委屈，自己想说便说。不过，这种事已经那样讲了，再往回说，只怕越描越黑，更加令人耻笑。何况，这种事又不是说就能说得清的！"侯久满走出门。阿尔萨兰呆滞如僵。

庆王府大门前，亲兵数人扛着四挺水机关，警惕得有些夸张。

一辆马车走过，车内的妹仔、汪精卫、27 岁的同盟会暗杀部成员黄树中，望着窗外。黄树中说着："老贼奕劻不知是从来如此小心，还是从哪得了消息，戒备得都有些夸张。"

汪精卫道："将此贼放放，我等或可先拿摄政王载沣练手。载沣不仅是小皇帝的老子，还是隆裕的小叔，杀了他震撼更大！"

妹仔看看汪精卫："听汪兄的。"

次日，京师"守真照相馆"，黄树中及两个暗杀团团员为一家三口照相："二位将小少爷抱好，笑一笑，笑一笑……"

照相馆隔壁房内，妹仔埋头做着炸弹。汪精卫看着："妹仔，还缺什么你尽管说。"

"最好能做个西瓜那么大的地雷，埋在载沣上朝必经的银锭桥。但清廷已严密控制炸药，很难办到。"

"需要多少？"

"多多益善，一个铁西瓜至少得 40 磅炸药。"

汪精卫想想："好！我速走日本一趟！"

已是几夜未睡的阿尔萨兰，披着锦被坐在炕上，目光呆滞地看着墙上那黑色的"囍"字与满屋的各色小鞋。桌上放着已无热气的饭菜。

门外，侯夫人焦急地踱着："这是怎么了，这又是怎么了？"

侯夫人来到侯久满房间："老爷，您去劝劝，大福晋怎么突然的好几天不吃不喝，也不出房门，这是怎么了？"侯久满看着赫顿带回的枪炮图，一言不发。"您不去也行，那个善缇哪去了？善缇在，也好问问他的姑爸爸啊。"

侯久满烦躁地："哎呀，告诉你夫人，要不就是什么事都没有，要不就是快出事了，大事！谁想拦，也拦不住！"

"这，这到底是什么事？"

"夫人快回房歇着去吧，你放心，那是个烈女，绝不会为了什么私情，把自己饿死！"

"私情？老爷是说，大福晋她，她……又与刀儿……"

"哎呀，老侯什么都没说，什么都不知道。那个刀儿简直就是老侯说不清，道不白的冤家，他若是还在老侯眼前，老侯何苦瞪着这堆枪炮图发呆！"

小客栈客房内，戴刀做着一挺重机枪模型。何姓店主进门看看，道："戴先生，您这样的大才，住在我这鸡毛小店，真是可惜了。"戴刀笑笑。

何店主试探："戴先生，我这有个主意，兴许能使您的木头枪炮，变成铁的。"

戴刀停下手："何老板，说笑呢吧？"

"真的，本人有个远亲，曾开过一间不大的机器厂，去年因经营不善关张，东西什么的都闲置着。"

"真的吗？"戴刀兴奋，但马上摇了摇头，"没用，没用，即便是试制样枪，也需要大笔的银子，其数目不是何老板所能想象。"

"银子的事，本人恰恰先想过。只要戴先生愿意以您的技艺为股，将来能将样枪卖与买家，利益与本人分红，本人定能筹到戴先生所需的银两。"

戴刀看着何店主。何店主道："如若不信，本人可与戴先生立个字据。"

戴刀眼中闪出希望："那，那就先看看那间厂子吧？"

何店主兴奋："好，好，我现在就带您过去看看。"

海边盐田，丙辰九十九与正良研制着精盐："大少爷，这精盐真是洁净，这么的好东西卖不出去，简直毫无天理。"

"我能试试吗？"正良回头，见阿尔萨兰面色苍白地走来。

正良关切地："大福晋，听说您近日生病了？"

丙辰九十九打千："大福晋，小的给您请安。"

"谢谢了。"阿尔萨兰拿起工具。

丙辰九十九忙道："使不得，使不得，这哪是您干的？大福晋能亲自教授我等盐丁贱民的子女读书，我等早已感激不尽。"

阿尔萨兰："千万别再自称贱民，你等目下是新式的盐垦农工，当堂堂皇皇地平等做人。"

丙辰九十九感激地："大福晋能与大少爷一样，如此善待小民，真是我等造化。"

阿尔萨兰问正良："学堂今日怎么没人？"

“哦，今日让学生们去山里上课，辨识些植物、动物什么的。”
“那我去山里找他们。”阿尔萨兰转身便走。
正良忙跟着：“还是算了吧，大福晋脸色很是不好。”
阿尔萨兰走着：“他就是那个烟姑娘的阿爸？”
“是。”
“真是可怜，他们就那么一个女儿。”
“是啊。”正良黯然：“正良只能每周去阿叔的草棚吃一餐饭，聊表安慰。”
阿尔萨兰看看正良：“你是个难得的好人。”
正良苦笑：“谢大福晋夸奖。”
阿尔萨兰站住，含情脉脉地看着正良：“听着，以后也不许叫我大福晋。”
正良一愣：“那，那正良如何……”
“又来！称呼名字！或名字加上老师二字！”阿尔萨兰向前走去。
正良惊愕地僵住。

三十五

夜，侯夫人跪着，诵经礼佛。

“阿妈……”正良还未进门，便慌慌张张地叫着。

“何事，如此慌慌张张？”正良尴尬难言。

“阿妈先问你，大福晋是不是去你的学堂了？”

“是。良儿就是为了……为了大福晋的事。”

侯夫人紧张：“大福晋她怎么啦？”

“大、大福晋她……她不让良儿再叫她……叫她大福晋。”

侯夫人：“什么？她，她连大福晋也不准你叫？”

正良脸红垂头：“是的，阿妈。”侯夫人愣了。

侯久满正走向侯夫人房间，只听侯夫人的声音：“那大福晋让你如何称呼她？”

“她让良儿直接叫她名字阿尔萨兰，或阿尔萨兰老师。”

侯久满一下站住，看着房门。

侯夫人紧张地问：“良儿，你给阿妈讲清楚，这么长时间，你与大福晋久处农场，是不是做了什么不检点的事情？！”

正良扑通跪下：“阿妈，良儿什么都没做。今日大福晋突然说出此话，让良儿也惊骇不已！阿妈，良儿当如何是好？如何面对这等荒诞不经的事？”

“小声点儿孽子！千万莫让你阿爸听见！”侯夫人惶恐地望着窗外。

正良抱住侯夫人的腿：“阿妈，快救救良儿，救救良儿，良儿绝不想让侯府因此事陷入天大的丑闻，也绝不想让大福晋因此事难堪或受到伤害。”

“你，你……你左右都不是，你说怎办？”

“良儿不知，才求问阿妈。”

“你赶紧找个由头，劝大福晋别再教什么书了，住回府里吧。”

“孩儿就是想不出什么由头能讲此话，要不，还是请阿妈劝劝大福晋回府吧。”

侯夫人忙推：“阿妈如何说得？不成不成，阿妈开口，不等于告诉大福晋，她的妖思鬼念阿妈已然知道了？且阿妈知道，你阿爸必然知道，这，这让大福晋还怎么在侯府待下去？”

门外，侯久满默默转身，走向自己房间。途中，他看了看阿尔萨兰的房间，那里黑着。侯久满走到阿尔萨兰房前，不由自主地敲敲门，一下灵醒，推门走了进去。

月光中，是满炕的婴儿小鞋，以及慈禧写的那个大大的黑“囍”字。侯久满跌坐在凳子上，下意思地伸手在桌面抓了两把，却并无子弹钵，他痛苦地抓着自己的头皮。

某小型机器厂前，赫顿走来，看了看作坊似的门脸。

何店主走出，看到赫顿，低声道：“您来了。”

赫顿淡淡地问：“在吗？”

何店主神秘地：“在里面呢。”赫顿点点头，走入。

规模不大的车间内，戴刀兴致勃勃地看看重机枪的模型，开动机床，车制零件。赫顿打量了一下四周：“天哪，这么小的一个作坊！”

戴刀一惊，抬头：“赫顿？你是怎么找这儿的？”

赫顿笑着：“中国人讲，鼻子下面有嘴。”

戴刀高兴地关了机器：“来来来，赫顿，快帮我看看，这地方如何？”

“很不好。但我相信，你就是在面包房里也能造出大炮。”

“坐，坐，讲讲粤局的情况，师傅们都还好吧？”

赫顿看看戴刀：“不问枪，先问人，这就是你戴刀，与老侯爸爸最大的不同。”

戴刀笑笑：“枪怎么样？你帮侯大人解决机关枪冷却的问题了吗？”

“戴刀，你为什么不问问我呢？比如，我来干什么？”

戴刀笑笑：“你来干什么？”

赫顿搓搓手：“我和你一起在这个小作坊里造大炮。”

“赫顿，说笑呢吧？你若来此，侯大人还不杀了戴刀？”

“真的，我白天在老侯爸爸那儿，晚上在你这儿，我已经搬进你住的那家小客栈了。”

戴刀吃惊：“什么？你都搬来了？！喂喂，赫顿，你已经成家了，如此做法，西西夫人会怎样想？”

赫顿苦笑道：“中国人讲，大丈夫四海为家，岂能小儿女情长……”

戴刀：“等等，等等，你讲清楚，到底怎么回事？”

西西看着家庙的大门，徘徊着。

可言出门，一惊：“西？！哦，西西夫人……”

西西看着可言，目光中闪着忧伤：“侯。”

可言向四周看看：“赫顿先生呢？”

“不，我是一个人来的。”

可言紧张：“你……你找可言有事？”

“侯，对不起，我的心里有许多许多的苦闷，可在中国，我找不到一个人能够倾诉。”

“你……你想倾诉何事？”

“侯，你还记得，你送我的那顶皇冠吗？我不但没有在举行婚礼的那天戴，两年的时间，我一天都没戴过，不是因为害怕僭越，而是……而是应该给我那种心情的人，一直什么都没有给我。”

“西，哦，西西夫人，如若你是想说屋帏帐寝之事，广州有座很大的圣心教堂……”

“不，我不想找神诉苦，我想找一个人！”

“那，那……夫人请。”可言让西西先进门，自己慌得在门槛上差点儿绊了一跤。

平权堂山洞旁，玉姑坐在山坡上，手里拿着妹仔留下的字条，忧虑地望着远方，默念着："妹仔，你到底去了哪？玉姑的心里，为何如此惶惶不安？"

1910年4月1日深夜，妹仔、汪精卫、黄树中在京师银锭桥下掏了一个洞，放入一颗西瓜大小的地雷。

附近墙角，是一匝电线及引爆器。一个蒙面人悄悄靠近，抽出匕首，扯起电线……

放好地雷，汪精卫低声道："好了，妹仔，你将引炸线拉过来。"

"哎。"妹仔跑去放线。放到离桥还差几米，电线没了，妹仔惊异："怎么回事？明明算好的，怎么短了一截？"

"妹仔，是不是你白天的步测搞错了？"黄树中问。

妹仔："不会啊？"

汪精卫："快回去，再取一条来！"

"好。"妹仔撒腿便跑。暗处，蒙面人看看，离去。

汪精卫与黄树中在桥底坐下，黄树中摸出纸烟点燃。汪精卫："小心，这是地雷！"

"没事，注意着呢。"

几个巡警打着灯笼走来。汪精卫低喝："有人！快熄了烟！"黄树中慌忙按灭烟卷。巡警在桥上看看，还是发现了从桥洞飘起的清烟。一巡警大叫："桥下有人！"接着乍乍乎乎地放起乱枪。

正在奔跑的妹仔，被枪声惊得站住，拔出手枪，往回冲……

总办室，侯久满呆呆地抓拿着子弹……忽然一怔，停下，看看手里，一颗子弹的弹头、弹壳竟然脱离。他蹙眉，似有异样感觉地望着门外……

"守真照相馆"内，两个团员将妹仔捆在椅子上。

团员甲："说！侯妹仔，是不是你故意少带电线，以再取间隙，通报清狗，捕了汪、黄两位大哥？！"

妹仔："不是，绝对不是。妹仔到现在也不明白，电线为何莫名其妙短了一截。"

团员乙："就是你这清廷大吏的孝子，白面黑心。否则，怎的会那么巧？！"

"我真不知道，我真不知道是怎么回事。"

团员甲"嗖"地拔出匕首："侯妹仔，平日你何等精明，怎么可能关键时刻，却少带电线？再不实说，我可要拿它问刑了！"

妹仔："要动手就动吧，汪大哥被俘，妹仔与诸兄一样烈火焚心，可我真的问心无愧……"

"住口！还想狡辩！待我等看看，你的血是黑是红！"团员甲的匕首抵近妹仔胸口。

突然，门被踹开，蒙面人冲入，三拳两脚将两个团员打晕，割断绳子："快走！三少爷！"妹仔惊愕不已。

"快走！"蒙面人摘下蒙布——是善缇！

"善缇大哥，怎么会是你？！"妹仔看看两位团员，万分沮丧："完了，这下真的讲不清了！"善缇拖着妹仔奔离。

京师街头，赵秉钧骑着马，率巡警杀气腾腾地奔过。

妹仔与善缇躲闪，妹仔道："不行，妹仔不能真的就此叛变革命！善缇大哥，你走吧！"妹仔飞速跑开。

善缇叫着："三少爷！三少爷……"

阿六奔入平权堂山洞："大龙头，同盟会特急密信！"

玉姑接过鸡毛信拆看，大惊！那信上写着：侯玉姑，你义兄侯妹仔背逆革命，叛卖党人。望你忠于组织，大义灭亲，追杀此贼！

密信飘然落地，玉姑呆若木鸡。良久她仰头悲叹："谁能告诉玉姑！革命，何其如此之难啊！"

半月后，狼狈不堪、已如同野人的妹仔奔入他的农舍，靠在门上喘息未定，便听院外又有动静。那两个紧追不舍的团员，一人一颗炸弹投入窗内，"轰轰"两声，房屋燃烧起来。

侯久满一边对照桌案上的机关枪，看着赫顿带回的那些枪图，一边在子弹钵里烦乱抓拿，终于，烦躁难耐，侯久满一掌将枪图与子弹钵统统横扫地上，抱起机枪凶狠地拉动枪栓。

晨，油灯旁，修改着机枪草图的戴刀，似乎感觉到什么，抬头望向窗外。

赫顿和衣趴在床上，闹钟响起，赫顿睡眼惺忪地看看："戴刀，你又一夜没睡。""赫顿，你该去粤局上工了。"戴刀吹熄油灯，疾步出门。

戴刀奔出客栈，一眼看见侯久满正在门前低头踱步。戴刀轻唤："侯大人。"

侯久满抬头应了一声。

"大人，您找我？"

侯久满："我……我来了一阵了……"

"戴刀感觉到了。大人房里坐吧。"

"不了。听说小红毛住在你这儿，让他多睡一会儿。"

戴刀："大人您……"

"没事，没事，就是晨走，走到这儿了，想看看。你……你还好吧？"

"谢大人记挂，戴刀一切均好。"

"那就好，那就好。……其实，你该阻止红毛住在这儿，这样对于他的夫人很是无理。"

戴刀看看侯久满，点点头："大人说得极是，戴刀也曾多次劝说过赫顿。"

侯久满看看戴刀："那小红毛兴许是被老侯带坏了，老侯回头看看自己，其实早就十二分的无理。"

"……大人……"戴刀颇感吃惊。

"唉——"侯久满浩叹一声，说道："老侯与你那同乡，已经八年有余，还不是……还不是……你那同乡之苦，远在红毛的夫人之上。"

戴刀睁大眼睛："侯大人……"

侯久满羞臊地欲看不看，冲戴刀愈发艰难开口："老侯……老侯……就直说了吧，广东风气早开，近年更是鼓呼自由、人权，老侯也不想做个食古不化的顽石，加之当年强行捆绑的大行皇太后也已宾天，老侯情愿……老侯情愿……情愿你……情愿你这同乡……"

戴刀无比震惊："侯大人，您这是……您这是……"

侯久满转过身去说道："你若得空，多去看看你那同乡吧。"戴刀晃了晃，找了门边的石礅扶墙坐下，看着侯久满又赶紧站起。

"但，请你二人不要走得太急，待老侯的粤局完成目下急务，待江南枪炮联盟再稳固一些，老侯自会从速了断与你那同乡的事。"侯久满背身说罢，吐了口气，抱抱拳："拜托。"侯久满有些慌乱地走去。

戴刀惊愕如僵，半晌才喊道："大人，侯大人，粤局与您府上，出了什么事？！"侯久满像是逃跑，已疾走很远。

小学课室内，阿尔萨兰拿着自制的英语课本，一句一句教着："中国是一个伟大的国家……"

孩子们跟着："中国是一个伟大的国家……"

"她有着古老的历史……悠久的文明……"

孩子们："她有着古老的历史……悠久的文明……"

正良坐在窗下，抱着脑袋。

丙辰九十九走过，看看学堂，感慨道："多好的女先生，盐丁灶户的细仔也能学洋文了。"

正良痛苦地："可是，可是这个女先生必须离开这里。"

丙辰九十九惊异："为什么，大少爷？"

层峦叠嶂，雾霭茫茫。玉姑独自坐在山坡上，痛苦地远望、默念："妹仔，你这蓝天一样了无纤尘，山风一般一往无前的人，怎么会叛卖党人？你真的让玉姑心里好痛好痛！"玉姑伤心地抱膝痛哭。

"小姐……小姐……"阿六奔上山，"小姐，哦，大龙头，三少爷到了山堂！"

"什么？！"玉姑胡乱擦擦泪水，向山下奔跑，残脚不便，使得她跌跌撞撞，不得不扶着阿六。

平权堂洞内，破衣烂衫，满面乌黑的妹仔捧着碗大口喝水。

"妹仔……"玉姑奔进扑抱住妹仔，"妹仔！到底是怎么回事？到底是怎么回事？！"

妹仔抹了把嘴，喘着："玉姑，是不是你也接到了追杀令？"

"你快告诉玉姑，这到底是怎么回事啊？"

妹仔用手擦擦玉姑眼泪，笑着说："小事，误会了。从京师回来的这一路，弄得我这炸弹王，被自已造的炸弹，炸得一路狂逃。爽！爽！"

玉姑嗔道："你还笑！"

"玉姑，再让我喝一碗。"妹仔抱起瓦罐倒水。

玉姑擦擦眼泪，看看妹仔，叫道："阿六！……阿六！"无人应，玉姑回头看看，阿六已不在。玉姑又喊："来人！"两个堂卫进洞。

玉姑："把这厮绑了！"

妹仔端着碗一愣："……玉姑？"堂卫迟疑。

玉姑转过身去："侯妹仔！你当知道，标下这些年最最憎恨的就是内奸与叛徒！绑了！"

"是！"堂卫按住妹仔。

妹仔喊道："玉姑……玉姑……"

"妹仔，会有会盟，堂有堂规，你投靠清狗，残害同志，自作孽不可恕！"玉姑背着身，苦泪如血。

海潮阵阵。

坐在沙丘上的戴刀与阿尔萨兰久久望着海。

阿尔萨兰淡淡开口："那人真是那么说的？"

"是的。"

戴刀问："大福晋，粤局与侯府又发生了什么事？"

阿尔萨兰看看戴刀："你与那人一样，一有事便以为是枪是炮引起的。"

戴刀："那，那怎么会突然的……"

阿尔萨兰："蚂蚱，既然那人已讲了那种话，你为何还叫我大福晋？"

戴刀："我……我……"

"你心里已经放下了兰儿妹妹，已经习惯了阿尔萨兰只是侯大人的大福晋。"戴刀不知如何应答。

阿尔萨兰苦笑道："真不知那人是从哪片云彩上掉落人间的菩萨，想叫我们哭就哭，想叫我们笑就笑。可你我现在，还笑得出来吗？"

戴刀沉默片刻："是，自由与幸福本不该是被恩赐的。但戴刀理解侯大人，他说允许我们走动，但同时希望不要走得太急，侯大人毕竟一切一切，均以枪炮大计为前要。"

阿尔萨兰看看戴刀："最明白那人的是你，最敬爱、最相像那人的也是你，因此最难割舍那人的，肯定还是你。"

戴刀有些尴尬："蚂蚱在你面前，一览无遗。"

"唉——"阿尔萨兰叹了口气，"缘分这东西真是残酷，走了再来，却已难是原来的样子了。"

戴刀怔怔："兰儿，怎么……"

"不，蚂蚱，你还是叫我大福晋吧。大福晋告诉你，那人的粤局有无出事，你比我更清楚，但侯府确实是出事了。出了大事。侯府的大福晋……看上了侯府的大少爷。"

"什么？……什么？"戴刀蓦然站起"兰儿你说什么？！"

阿尔萨兰仰脸看着戴刀，坦诚、忧戚，渐渐滚落两行泪水，伏臂痛哭。

"……兰儿，……兰儿，……兰儿……"戴刀痛苦、悲伤，手足无措。

远处，正良显得有些憨傻，半张着嘴朝阿尔萨兰与戴刀翘首张望。

枪厂内，侯久满与工匠同样打扮，寒脸操作着机器。赫顿看着侯久满："老侯，你这是怎么了？这块零件都被你弄报废了。"

阿六奔了进来："老爷……老爷……"

侯久满惊异："……阿六？"

阿六将侯久满拽向一边，低声急语："求老爷火速设法，救救三少爷！救救三少爷！"

黄昏，平权堂山洞前，妹仔被捆在树上，打着微鼾垂头睡着。

洞内，玉姑神色冰冷地擦着手枪。堂卫怯怯地问："大龙头，您真的，要杀妹仔？"

阿六奔进："大龙头。"

玉姑抬头："阿六，你突然的哪去了？"

"同盟会又有一封密信！"阿六快步靠近玉姑，玉姑疑惑地看看，放下枪，刚接过信，阿六一把取过枪顶住玉姑脑袋："小姐，阿六得罪了。快！快给我放了妹仔！"

"阿六……"堂卫们大惊，举着枪不知如何是好。

玉姑喝道："阿六，你也想叛变革命吗？！"

"阿六没有叛变！阿六只是绝不相信三少爷叛变！快！请小姐快下令放了妹仔！"

玉姑："不！不行！"阿六朝堂卫脚下开了一枪："你们去！我数10下，你等不放妹仔，阿六就开枪杀了这个无情无义的东西！"堂卫们慌忙跑出。

堂卫边松绑边叫："妹仔，别睡了，快别睡了！"

妹仔醒来："怎么，改砍头了吗？"

堂卫催促："请炸弹王快走！"

妹仔："怎么回事？你们的大龙头呢？"

"一切莫问，请炸弹王快走！快走！"堂卫说着朝妹仔脚下放了两枪。

妹仔懵懵懂懂地边跑边回头喊着："玉姑——，玉姑——，怎么回事？"

堂卫又朝妹仔头顶开了两枪。妹仔撒腿疾跑。

"三少爷！"善缇赶着辆马车从山路奔过，"三少爷，请快上车！"

妹仔看看善缇："不不不，我不跟你走。"

善缇："快上车，老爷在车上！"

侯久满从车篷钻出脑袋："妹仔，快上来！"

"阿爸？"妹仔怔怔，奔过去爬上车。

车内，妹仔倒在侯久满身边，苦笑道："阿爸，您又救了妹仔，可这回，您可害苦了妹仔！"

侯久满抱着妹仔，拍拍："我儿啊！"善缇打马飞奔。

课室内，阿尔萨兰参阅着成堆的中外书籍，编写着课本。身旁的一只小炉上，小锅"噗噗"地翻着气泡。阿尔萨兰放下笔，在锅里搅动了几下，淡淡地问："你还不进来快吃？"

正良蹲在窗外："大福晋，您还是回府吧，在这儿夜宿课室，三餐粥汤，实在不是长久之法。"

阿尔萨兰喝道："进来！"

正良怯怯地："大福晋，正良知道，您是个难得的好教习，但，但条件所致，您住在这里，正良不得不夜夜守护，时日久了，正良确实支撑不起。您就算可怜可怜正良，还是搬回府吧。”

“想不到上帝的徒儿也会说谎，你守夜了吗？天天夜里听你在隔壁鼾声如雷！进来！莠草！”

“别叫莠草……别叫莠草……”正良左右看看，走进门。

阿尔萨兰已盛了两碗菜粥，摆好一对筷子：“坐下，吃饱了，你看看我新编的这些课文。”

正良磨磨蹭蹭坐下：“大福晋，今日正良看见您与戴大哥在海边……大福晋好像很、很伤痛……”

阿尔萨兰蹙眉：“你这人……你这人怎么这么要命！这上万亩的盐田、桑谷，几十处的各色工厂，千千百百的工匠、农人，学子、家眷，你摆弄得井井有条，怎么单单在女人面前，就这么的窝囊！”

“正良……正良愚钝，在任何人面前，都差不多少……”

“对，对！你是活活被你那个阿爸吓大的！”

“大福晋所言不差，阿爸嫉恶如仇，邪佞切齿，特别是阿爸的机关枪家法峻厉无情，大福晋还是搬回去，为阿爸主持侯府。”

“你别吓唬我。侯正良，你口口声声要于这乱世之中，以一己之力拯救一家、一村、一乡，但你自家的府里就有一个深陷牢笼，不见天日的囚徒，你为何视若无睹，缩头袖手？难道你侯正良的正直、良善内外不同？难道你的开明、开放男女有别？难道你的那个上帝只坐公堂，不问家事吗？！你算个什么信徒？！什么君子？！”正良被骂得深深勾着脑袋。

阿尔萨兰：“莠草！喝粥！”正良垂头不动。“喝呀！”

正良瑟瑟缩缩地捧碗：“谢大福晋……”

阿尔萨兰“扑哧”笑出：“阿尔萨兰怎么撞上你这么个该死的冤家！喝暖和了，快回去歇着！”

“哎……大福晋，正良还是端回去喝吧。”正良端着粥碗逃出。

“你……”阿尔萨兰看着房门哭笑不得。

侯久满房内，侯久满与妹仔抵足而卧。妹仔仰起身：“阿爸，如今妹仔是清廷与革命党两头追杀的角色，藏在府里，您和阿妈太过危险。”

“轻点儿声，除了我和善缇，谁都不知道你回来了。”

“那，那也藏不了两日。阿爸，还是让妹仔走吧。”

侯久满：“躺下，躺下，你还去哪？阿爸早就讲过，政治那东西问不得，你看看，你革命，革命，革出个大头佛啦！”

“这还不是拜托您。”妹仔笑道，“阿爸，干脆，您出面做个解释，与妹仔一同革命得了！”

“胡说！阿爸今夜与你抵足而眠，正是想劝你放弃革命，阿爸尚未开口，你倒先劝阿爸造反！”侯久满拍了拍妹仔的脚，“听我讲，妹仔，你从小与那戴刀差不多，是把制枪造炮的天赋好手，阿爸当年收留你，满心期盼你长大之后，能与阿爸一道振兴大清枪炮，强兵强国。如今，你绕了个大弯，也该重回阿爸身边了。”

“阿爸……”

“听阿爸讲完。你看看床架上那两把钥匙，这是你和那小魔头房间的。阿爸以为此生再也见不到你二人了，所以将这钥匙钉死在床头，日夜看着。妹仔，无论是钉的时候，还是看的时候，你知道阿爸的心里有多疼吗？阿爸虽然有个亲生儿子，可良儿正良有余，大胆聪慧的‘猴性’不足，没有半分阿爸的身影。阿爸满心希望，你与那小魔头成人后结为夫妻，为我侯门接续烟火，可是，可是……好了，不说了，老天爷总算有眼，把你从乱党那儿给赶了回来。好，好，好得很。妹仔，从明日开始好好留发，再把辫子扎起来……”侯久满说得动情，抹起眼泪。妹仔无语，感动地抱着侯久满的脚揉着……

侯久满吁了口气：“儿啊，听阿爸的话，你阿妈六十多了，早晚需人奉养。阿爸五十有二，枪炮大业也要人接续。明日阿爸先将你藏在一个可以造枪的地方，过渡过渡，待风头过了，再入阿爸粤局。”

妹仔轻轻揉着侯久满的脚，真挚地：“阿爸，我的好阿爸，妹仔真的不忍，伤您老人家的心……”

次日晨，善缇赶着车送妹仔行至小机器厂门前：“三少爷，就是这儿。”

“多谢善缇大哥。”妹仔下车，目送善缇离去，笑着看看门脸，走了进去。

妹仔进门一怔：“戴大哥？”

戴刀正开着机床，抬头也是一怔：“妹仔？”

妹仔抱住戴刀，笑着：“这个阿爸，做起事来，真是件件神鬼莫测！”

平权堂，阿六跪在地上。玉姑沉重地：“起来吧阿六，你为救妹仔，玉姑并不怪你。红旗大管事，标下升你为副龙头，代理本堂一切事宜，标下要暂离一段时日。”

红旗大管事一惊：“大龙头，这是何必？”

阿六道：“大龙头没杀妹仔，即便同盟会知道了，也未必会怎样您。”

“不要多讲。我走之后，阿六，我阿妈那里，你要勤去看望。”

阿六：“玉姑小姐，您这到底是要去哪？”玉姑提起藤箱，默默走出洞口，走入浓雾……

课堂内，阿尔萨兰读着自编课文：“人者，天所生也，男与女虽身为异形，然同为天民，同受天权，此为天理。今日中国，自由之义，实为太平之基，然为此奋争，拯救女子为第一要药……”善缇出现在窗前。阿尔萨兰看看善缇，对孩子们说：“请同学们自己复习一下这一段。”

阿尔萨兰走出课室，低声问：“什么事？”

“禀姑爸爸，老爷昨夜与奴才将三少爷救回侯府，并于今晨送到戴先生那里。”

阿尔萨兰沉吟了一下：“知道了，你去吧。”

善缇踌躇地走了几步又返回，跪下：“姑爸爸，奴才还是想斗胆劝劝姑爸爸，不要再与大少爷过从太密。最好……最好姑爸爸还是搬回府里。”

“善缇！”阿尔萨兰低喝，“狗奴才！你又喋喋不休！我不是讲过，叫你少问大姑私事吗？！”

“姑爸爸，侯府内外已有嘈切私语。善缇每每闻听，五脏六腑如刀搅一般，姑爸爸……”

“好了！那莠草已多日不知去了哪里！何来的飞长流短？！你快回吧。”

阿尔萨兰欲进课室，善缇低叫：“姑爸爸，老爷可能也有所觉察！”

阿尔萨兰站住：“不提他倒差点儿忘了，那人与江南盟会有什么非常举动吗？”

“回姑爸爸，老爷呕心吐胆，日夜操劳，只是水机关等新兵器研制不顺，朝廷所拨资帑又常被各层衙门克扣，老爷心绪烦乱，脾气日渐暴躁。”

阿尔萨兰沉默片刻：“善缇，你既是护弁又是厨子，那人的身体你要照拂周至，那人的行止你也要紧密监护，千万防着他猴性不改，又旧病复发。”

善缇看看阿尔萨兰：“姑爸爸若真的心疼老爷，似乎更不该留恋大少爷的农场，如此一脚两船，奴才实在不知，姑爸爸怎能想得出，说得出。”

“混账东西！”阿尔萨兰震惊，“这，这是你说的话吗？”

善缇痛心疾首：“姑爸爸……”

“滚！……滚！”阿尔萨兰走走停停，平静了一下，走进课室。

善缇跪着仰天高声浩叹：“长生天！难道大清真的完了吗？！难道连我宫廷大姑也如此不堪！如此的无纲无伦了么——”

课室内，阿尔萨兰避着学生，痛苦地凝眉忍泪。

小机器厂门前，戴刀拿着部件走出，忽然发现正良提着竹箱匆匆走过的背影。戴刀叫道：“是正良吗？”

正良回头：“戴大哥……您怎么在这儿？”

戴刀：“这些日子你去了哪里？我找得你好苦。来来来，进来坐坐。”

正良为难地：“戴大哥，能不能改日，正良确有急事，回公司拿些样品，马上还要赶船。”

“再急，也不在这一会儿，进来吧。”

戴刀拉着正良进门：“我这手脏一些……”

一乘官轿走过，盐运使阿圭探出脑袋看看：“那不是侯久满的大少爷吗？”

随行衙役答：“是，大人。”

阿圭目光阴鸷地看了一会儿，缩回脑袋，面色凶狠地思忖着：“侯久满，你这泼皮妖猴，你数次断我财路，谋我性命，现而今视你为宠物的太后升天，终该轮着我阿圭雪耻了！”

正良与戴刀分坐木箱，戴刀道：“正良，戴刀不知你是真的有事，还是躲着什么，有话就直来直去了。”

正良：“我真的在各处推销精盐。大哥您讲，您讲。”

戴刀清清嗓子，斟酌了一下：“正良，戴刀深知你是个敦厚重义的男子，尤其你对那位烟姑娘的挚爱之情，无人不唏嘘感佩。但烟姑娘毕竟已仙游许久，你总该放开心怀，面对新的生活，迎接新的幸福。”

正良惊愕："戴大哥，您，您想说什么？"

"有些事，原本戴刀万难置喙，也绝无道理多想。但前些时日，侯大人找到戴刀，亲口讲了他与大福晋的一些话，戴刀……戴刀……你也看见了，戴刀去盐垦见了大福晋……"

正良瞪大眼睛："阿爸他跟您讲了什么？"

"个中详情，戴刀若多言，无论对侯大人还是对大福晋，都不尊敬。戴刀只是倾心吐胆，诚笃恳望正良大哥，千万千万莫辜负了大福晋……哦，对不起，戴刀关键之处，偏偏失口。正良大哥，你真的可以不再称呼阿尔萨兰为大福晋。"

正良惊骇不已："你……你好是无礼！"

"正良，你无疑是个正良夫子，但你并不迂腐。阿尔萨兰为追求真爱、自由，不惜一切，身为一个须眉男子，似乎更应该勇敢无畏。"

正良站起大呼："戴刀！你越说越大逆无道！正良不知阿爸与你讲了什么，但你，你这是要挑唆正良做猪狗，做禽兽，疯狂乱伦吗？！"

戴刀缓缓起身："有名无实的婚姻，并不代表阿尔萨兰是你的真实庶母，也算不上什么乱伦。"

"谁都知道，而且阿爸与大福晋自己也曾讲过，大行太后的颐和园……"

戴刀："那个传闻，信者恒信，不信者恒不信，全要看阿尔萨兰在各人的眼中和心中，是污是清，是轻是重，是丑是美。"正良愣怔。

枪炮局，机器轰鸣，工匠们机械忙碌。赫顿验查着，吴丁贵吆喝着："好好干，打起精神来！好好干！"

有人招呼"大福晋好！"

赫顿与吴丁贵一怔，看向门口：阿尔萨兰走入，器宇不凡地应着工匠们的问候，"好，好……师傅们辛苦。"

赫顿惊奇地："夫人，您怎么来了？"

阿尔萨兰笑道："赫顿老师，你忘了？我是江南枪炮盟会的参议啊？吴丁贵，哪去？！"

"哦……"正想溜的吴丁贵站住，打千："小的给大福晋请安。"

阿尔萨兰："是想给你家主子报信吗？门卫自会告诉。"

吴丁贵："是，是，那是自然。"

"前面引路，大姑要各处走走。"

"嗻。大福晋请。"吴丁贵不得不与赫顿随着阿尔萨兰巡视。

侯久满蹙着眉匆匆走入，直奔阿尔萨兰，低声问："你怎么来了？"

阿尔萨兰淡淡地说："怎么与你红毛儿子一个腔调？"

"好好好，请总办室说话。"阿尔萨兰泰然走出。

走入总办室，阿尔萨兰看看侯久满："工匠们无精打采，做事了无热情，新式枪炮怎么提升进度？我看你最好还是尽快将戴刀召回。"

侯久满关上门，寒目以对："戴刀定然已经向你转告了老侯的意思，你我已无实际关系，为什么还来厂里搅局？”

阿尔萨兰坐在桌前：“你我一直就没有实际关系，并非你跟戴刀说了什么之后。先回我的话，粤局与江南盟会是否有经营麻烦？你是否又在打什么鬼怪主意？”

侯久满笑笑：“大行皇太后原本只是一句安抚你委屈的随口之言，如今她老人家又已凤銮宾天，想不到你还在当真做模做样。……请离开老侯的那把椅子。”

阿尔萨兰坐着不动：“老佛爷大行了，新太后懿旨毫无变更，本大姑仍肩负参议、顾问的重责。”

“什么时候新太后有懿旨，老侯怎么……”

阿尔萨兰掏出封旧电报：“忘了吗？太后曾在宣阿尔萨兰进宫的电文里，有意要阿尔萨兰向你宣问枪炮之事，这白纸黑字，恐怕还不仅仅是口谕吧？”

侯久满惊异地盯着电报：“这，这电报还有这层意思？”

“哼，别不知好歹。”阿尔萨兰收起电报，沉默片刻，“侯久满，你做人做事何苦总是令人痛痒莫辨？原本，你有意了结你我婚姻，放我一条生路，我本当深深谢你。可是，你知我知，其实你的心里是另有盘算！你居然，你居然连利用戴刀这种办法，都想得出来！”

侯久满看看阿尔萨兰，缓缓坐下：“既然你已经把话说开，老侯倒要问你，难道你看了那个什么《大雷雨》，追求什么男女自由，真的想步侯可言的后尘，想要祸害我儿正良吗？！”

“你，你……阿尔萨兰心目中的自由，怎可与侯可言的猪狗行径相提并论！你简直什么都不懂！”

侯久满：“这又不是枪图、炮图，看起来那么复杂。你明明是走火入魔，成心勾引我家正良！否则，老侯痛斩襟袍，放戴刀与你自由的一片美意，如何在你眼里，倒成了利用？！”

阿尔萨兰气急伤心，眼眶盈泪：“侯久满！你是真的不通男女之情，还是假装愚顽，你真是一刀剜在了阿尔萨兰的心窝！蚂蚱哥哥是阿尔萨兰打小的亲密友伴，是阿尔萨兰陷入侯府那个冰窖时，天赐的一缕阳光，可我们为什么走不到一起，难道你侯久满不清楚吗？你是善意，可你的善意为什么要用一捧熄灭的灰烬，去扑灭一团新的火焰？你的善意为什么要如此藏着恶意，在阿尔萨兰与蚂蚱哥哥已经伤痕累累的心上，再泼酸撒盐？你的善意为什么总是隐着你侯式的狡诈、侯式的杀机？难道纵使你侯久满解放阿尔萨兰的名分，也绝放不过阿尔萨兰的命运吗？！”阿尔萨兰声调哀婉，痛彻心扉地说完，嘤嘤哭泣……

侯久满如木如僵，瞪大眼珠看着，片刻，咕哝：“真是怪事，老侯只是意在维系人伦……”

阿尔萨兰打断：“再说一遍，你我有名无实，没有实际关系！”

“可，世人怎么看？祖宗怎么看？”“阿尔萨兰不为世人活着。活过这一生，也是祖宗！”

阿尔萨兰擦泪站起，“我与你这一世，算是说不清，理还乱了。你听着，阿尔萨兰是阿尔萨兰，你那良儿是你那良儿，你家老大终究是个孝子贤孙，天塌下来，你也别拿他使气。”侯久满愣怔着。

阿尔萨兰走到门口，背身淡淡地说："我给太后上了折子，太后已传旨各层衙门，绝不许克扣粤局制枪造炮的资帑。你近日若想巡枪江南，盐垦学生放假，阿尔萨兰愿与你一道同行。……记着，阿尔萨兰诚心诚意，望你安生做事，不要不把侯夫人他们放在心上。”说完，便走出门去。

望着没关严的门，侯久满呆呆看了许久，咕哝出一句："真真的是，说不清，理还乱。”

是夜，侯夫人默默擦着眼泪，侯久满在对面垂头坐着。

侯夫人吁了口气："想不到老爷早知此事，还竟然想出刀儿……刀儿这么个办法。聪明反被聪明误，这下，几处都更难说清了。”

“那依夫人之见，该如何了断这堆乱麻？”

“妾身想法，非但大福晋与良儿之事万难宽纵，即便老爷与大福晋的事，也万万不可说散就散。大行太后虽说不在了，但毕竟是皇命赐婚，老爷与大福晋若闹出笑话，市井嘈切，朝臣讥诮，置皇家颜面何在？老爷进门出门，又如何做事、做人？”

侯久满唉叹："还是夫人说到了老侯痛处，老侯已然顾不得做人，可毕竟还要做事。”

庭院里，善缇坐在石阶上，忧郁地看着侯夫人房窗。

盐运使司衙门，阿圭阴狠地问那个随从衙役："差事办得如何？”

那衙役回："大人放心，有大人与上面的关系，小人的几路人马顺风顺水，差事办得了无痕迹。”

“好！”阿圭阴冷地笑笑，“就擎等着万千冤魂死鬼，找那泼猴幺小索命去吧！”

伊甸园盐垦总公司公事房，正良风尘仆仆地提着竹箱走入，一职员拿着大叠电报奔来："经理，经理，您可算回来了，这堆电报都是昨日和今日来的，全是特急，不知何事，我等也不敢拆看。”

“哦，知道了。”正良接过电报，走到自己座位拆看……第一封便令他“啊”地一声，电报落地。慌忙哆哆嗦嗦拆看第二封……又“啊”了一声……

职员忙问："什么事，经理？”

正良抖得更凶地拆看第三封……一下跌坐在椅子上。

“莠草……莠草……”阿尔萨兰发丝散乱地奔入："哦，你正好回来了！今日午时，农场突然有许多学生和他们的家人……中毒，中毒身亡！连烟姑娘的阿爸、阿妈也……也……”

“啊——”正良惨叫一声，推开职员和阿尔萨兰，疯了一般冲出门。

阿尔萨兰紧追正良："莠草……莠草……”

职员拿起一封电报看着："……啊？！我们的精盐在外面毒死了人！”

大雨中，正良扑扑跌跌在盐田的田埂上奔跑着，哭喊着："阿叔——，阿叔——，阿婶——”阿尔萨兰不断拽起正良。

“阿叔——，阿叔——”正良推开草棚前的人群，冲进门，一下呆住：丙辰九十九夫妇及白发苍苍的老母，均五官淌血，倒在饭桌边。

正良一下晕死过去。阿尔萨兰抱住正良摇晃："莠草！醒醒！醒醒！肯定是你的盐出了事，你先躲躲！你先躲躲！"

门外的人群涌入，愤怒喊道："姓侯的！你做的好盐！我家里也死了人！""我阿爸、阿妈全都让你害死了！""你这恶鬼！还我那八岁儿子的命啊！"

人们拳脚齐下，阿尔萨兰紧紧抱着正良护挡："事情还未弄清！大家别急……大家别急……"也有人劝着："别打，别打，大福晋可是好人哪！"阿尔萨兰转眼便衣衫褴褛、鲜血直流，她拼命用身体捂盖正良，忍受着拳脚……

一队清军骑兵护着官轿驰来："闪开！闪开！"清兵打开人群，冲进草棚。清兵头目宣读文告："盐运使司衙门得报：有伊甸园盐垦总公司，利欲熏心，滥效西法，以毒盐行销各省，戕害人命无数！今缉拿元凶侯犯正良，抄没该公司一切盐田土地、工厂房产！原属盐丁、灶户，尽归本籍，不得违逆！"

"起来！"清兵揪开阿尔萨兰，将昏厥的正良拖出，扔上马背，打马护轿离去。

"莠草——，莠草——"阿尔萨兰追了几步，晕倒在地。

轿内，阿圭阴笑着："大仇有报！大仇有报！侯久满，如今没了老佛爷罩你，本官杀你独子，断你根脉，看你如何！"

总办室门前，工匠们愤怒地捶打着："拿命来！拿命来……"

一个工匠满脸是泪："侯久满！你让我等家眷农场务工，原来就是这等下场，你要全家偿命！"

侯久满呆呆地坐在桌前。赫顿与吴丁贵死死顶着门。吴丁贵冲房顶开了两枪："尔等再敢胡闹，老子可要杀人了！"

赫顿怒斥："别开枪！你这不是提醒他们吗？"

果然，门外的工匠道："你有枪，我等也有，走！拿枪取侯贼狗命！"

"师傅们！师傅们！"戴刀出现在工匠身后，高声喊叫，"请师傅们暂且等等，听戴刀讲几句。大家可还记得，侯大人的大少爷，当初完全是为了师傅们的温饱，才招纳师傅们的家眷务工的！侯大人与大少爷可是一片好心啊！"工匠们的吼叫盖过戴刀："走啊！取枪去！取枪去……"

夜，泥团、石块、枪弹纷纷落在侯府大门那"枪炮侯"的铁匾上。众多受害家眷、工匠举着火把、步枪哭吼："要姓侯的全家偿命！要姓侯的全家偿命！"

工匠甲举枪喊道："护军的弟兄！你等中间也有家眷死于毒盐，难道你们还要为这侯贼看家护院吗？！"守门的护军面面相觑。

众人高喊："拿命来——！要侯久满全家以命抵命——"

戴刀嘶哑高吼："各位冤主，各位农工，各位师傅们！精盐入市，并非始自近日，其行销数年，为何从未出事？此案定有隐情！戴刀已然讲了那么多道理，诸位若仍旧不能冷静，执意要取侯家人命，我戴刀曾为侯大人收做义子，父债子偿，你等要杀，便先杀了戴刀吧！"戴刀跪在门前，众人一下愣怔，静了下来。

侯夫人房内，可言看着窗外：“阿爸，阿妈，似乎静了些，静了些。”

侯夫人跪在观音前，紧张地闭目诵经。侯久满横抱着机关枪，垂头坐着。

可言：“真的好些了，多亏戴大哥。”

侯久满垂着头：“将你阿妈搀起来，然后出去看看。”

“哎。阿妈……”可言搀起侯夫人，自己奔出门。

侯夫人哭泣着：“老爷，良儿这回背了那么多的人命，还有救无救啊……”侯久满无语。

侯夫人：“哪怕是得免死罪，流徙边疆，也给侯家留条根哇！”

侯久满双目发直：“也许良儿这样走了，倒是件好事。这样走，算是误伤人命，总比哪日戴顶乱伦帽子，游街问斩了两条性命强。”

侯夫人大惊：“老、老爷……”

侯久满提着机关枪，走向门：“我也出去看看。”

侯夫人拉着：“老爷，你不能出去！不能出去！妾身知道老爷不怕死，但您无论如何听妾身一句话，这种时候，您千万千万不能对大福晋心怀怨愤，能救良儿而不救啊！”侯久满默默推开侯夫人的手。

侯夫人拽着：“要不老爷，我们去问问大福晋，问问大福晋有何办法。”

“放手……放手！”侯久满躁恼地甩开侯夫人的手，拉开门。

“站住！”侯夫人罕见地怒起，“侯久满！妾身是不赞成大福晋闹什么自由！但如果哪日侯府真出了什么丑事，罪责也全在你侯久满一身！”侯久满惊愕站住。

“你扪心自问，好生想想，侯府桩桩件件的大灾小难，哪一桩，哪一件，不是与你痴迷枪炮，忘情枪炮相关？！不是你冷漠家人，无视亲情，何以儿女会个个叛离？！你一生待妾身如同木偶，亲疏只是摆设。妾身知道，贱妾太过年长，你有委屈，可你待大福晋怎样？自打这可怜的女子进门，你除了视如寇仇，便是因势利用，哪日她若真的年韶出轨，不是你行为乖谬，生生给逼的，还有何故？！”

侯久满震惊地看着：“夫、夫人……”

“听着，如何拯救良儿一会儿再议！你与妾身先去探望大福晋，她为护救良儿已被打得奄奄一息。这样的侠女、义女，已数次用性命拯救了你与侯府，难道你侯久满会是那种不记恩、不敬善的人吗？！”侯夫人使劲推开侯久满，走出门去。

侯久满惊愕不已地提着机枪，愣怔看着。

三十六

阿尔萨兰趴在炕上，昏迷呓语："莠草……快逃……快逃……"

西西在阿尔萨兰背上用药，木棉含泪按着躁动的阿尔萨兰："大福晋，求求您，别动，别动……"

侯夫人走近，侯久满跟在后面看了一眼，忙扭过脸去。侯夫人："西西夫人，怎么样？"

西西将阿尔萨兰的身子盖好："侯妈妈，最好还是赶快送医院。"

侯夫人："好，好，等门前人群散散，马上送医。"

西西："要不要我打电话，请领事馆帮忙，派些士兵，来接大福晋？"

侯久满："不不，老侯怎么会用洋兵，而且那样会更加激怒门外的人。"

"那，那怎么办？"

这时，阿尔萨兰闭目咕哝着："是……是老爷吗？"

木棉："大福晋，是老爷来了，您醒醒，醒醒。"

阿尔萨兰未动："是，是莠草回来了吗？"侯久满默默看着。

侯夫人流着泪："可怜啊，大福晋……大福晋……老爷来看您来了，醒醒……醒醒啊……"

阿尔萨兰缓缓睁开眼睛。

阿尔萨兰看着侯久满："真的是老爷……"

侯夫人："是老爷，是老爷……老爷您说两句话。"

侯久满默默无语地看着。阿尔萨兰虚弱地："侯夫人，西西，请出去一下，我与老爷有话……"侯夫人和西西对视一阵，与木棉退出屋内，疑惑地看看，轻轻关上房门。

侯久满蹙着眉："你好生将息，有什么话，以后再讲不迟。"阿尔萨兰突然挣扎着滚到地上，跪在侯久满腿前。

侯久满惊呼："你……你这是作甚？！"

阿尔萨兰磕了一个头："老爷，你定然清楚，我与侯正良的事与正良无干，全是阿尔萨兰一人痴情。阿尔萨兰求求老爷，无论如何，救救正良，救救正良。"阿尔萨兰又磕了一个头，昏了过去。

"你……"侯久满手足无措，对着屋外叫道："来人！来人！"

侯夫人、西西、木棉以及善缇奔入。

善缇哭叫着"姑爸爸，姑爸爸"，将阿尔萨兰抱上炕。

侯夫人等呼唤着"大福晋……大福晋……"侯久满看着，默默出门。

回到自己房间，侯久满靠在门上，看着那满墙的各式枪支，猛然扑去，拽下所有枪支狠摔地上，剜心刮骨般地痛彻悲呼："侯久满啊侯久满！连你粤局的工匠全都反了！你的枪炮大业，你的强兵强国，何以如此万难！何以如此的竭蹶不堪啊！"

侯府大门前，人群已散，戴刀、赫顿、妹仔、可言做在台阶上，听见侯久满的悲呼，默默看着门内。良久，戴刀轻叹一声，转过脸："妹仔，你不能坐在这儿，还是赶紧回住处藏着。"

妹仔斩钉截铁地："不，就让妹仔为阿爸、阿妈守一夜吧。"

牢房内，正良蜷缩在草堆里，昏昏噩噩，脑海中不断闪着阿尔萨兰鲜血直流，用身体捂盖自己，忍受拳脚的景象……

"额娘！额娘！"正良猛然坐起："阿尔萨兰！阿尔萨兰！阿尔萨兰——"两行热泪，夺眶而出。

侯久满踉跄走入侯夫人房间，坐在椅子上。

侯夫人看看，低声道："老爷，妾身刚才一时气恼，恶言冒犯了老爷……"

侯久满："她怎么样了？"侯夫人："门外的人散了，西西夫人与言儿已陪着送去诊所。"

侯久满微微点头："夫人，有一事，恐怕要你出面安排。"

"老爷请讲。"

侯久满："烦夫人以大福晋名义，宴请盐运使阿圭大人一家。"

侯夫人惊愕："老爷……老爷是想交通阿大人，从宽发落良儿？"

侯久满微微点头。

侯夫人："那，那老爷为何不用自己名义？"

"我与那厮有仇。大福晋曾是当今皇太后侍女，阿圭不敢不应。记着，一定要请他一家老小，一个也别落下。"

"妾身记着了。"

"夫人也要准备吃些苦头。"侯久满莫名其妙地说完，缓缓走出。

侯夫人诧异地看着侯久满："这是何意？"侯久满未答，踉跄出门。

盐运使司衙门，阿圭坐阴笑道："那妖猴想用他婆娘的一壶水酒消灾，太可笑了！如今背着千百条人命，天王老子也无法免了他儿子一死！听着，将侯正良推向法场，任由冤家苦主零刀碎剐，凌迟泄愤！"

随从衙役："大人……这，是不是太惨了点儿？"

阿圭一掌扇去："就这样！"

次日，茶楼雅间前，木棉搀着侯夫人迎着，阿圭携儿子、儿媳以及一个三岁小儿走来。侯夫人谦卑道福："阿大人，多谢阿大人赏脸，多谢阿大人阖府宝眷赏光。"

"客气了，说来，本官还与侯府大福晋、皇家大姑同宗。"阿圭抱抱拳，傲然走入。

阿圭进门一怔：只有侯久满一人站在房里。

侯久满拱手笑着："阿大人，别来无恙？"

阿圭："大姑呢？"

侯久满："阿大人请上座，大少爷、少夫人、小少爷，请入席。"

阿圭儿子、儿媳行礼："侯大人健豫。"阿圭瞪着眼："大姑她……"

桌上酒肴齐备，侯久满拽着阿圭，按于座席："坐，坐，都坐。"

阿圭执拗站起："大姑她人呢？！"

侯久满："阿大人您不会不知，我家大福晋被您的属下暴打，如今还躺在洋人的诊所吧？"

阿圭："怎的说本官的属下暴打大姑？"侯久满："那些打人的盐丁、灶户，不是被阿大人收归了盐运使司的盐丁本籍了吗？"

阿圭："这打人也是在本衙整治之前……"侯久满端起酒杯："好好好，不提这个，大福晋要标下代她，先敬阿大人一杯同宗认亲之酒，阿大人不会不给阿大姑面子吧？"

刑场上，数百男女举着各式小刀、菜刀、剪刀，扑向正良："杀了他！""杀了他！"正良被裸体捆于木桩，心若死灰地垂着头。戴刀、妹仔、赫顿和阿六拼死围护着。

那个随从衙役和清兵守着口银箱，远远惊看并口舌打绊地喊着："阿、阿大人有话，凡是亡亲冤主，割得侯犯几两皮、皮肉，便可来这里，兑换几两现银……"

茶楼雅间，侯久满将酒杯硬塞阿圭手中："阿大人，端着，端着，来来来，除了小少爷，都端起来，满饮此杯，从今日起，阿、侯两家，便是一家了。"

阿圭："慢！本官与大姑没说的，乃旗人巴尔拉氏同宗。但与你侯大人，仍旧只是同朝为官，遇着了什么事儿，还是得公事公办！"侯久满："好好好，先饮此杯，标下先饮为敬。"

侯久满饮了，亮亮杯底。阿圭看看，饮了酒。侯久满："用菜，用菜。"

阿圭看着侯久满、侯夫人先吃了菜，才搛了一筷子放入口中。

"杀了他！杀了他！"百姓极力争割正良。戴刀等倒下爬起，挣扎护守。戴刀、正良等人均被乱刀戳砍得遍体鳞伤。

酒桌边，侯久满注意地看了看阿圭的孙儿，问阿圭："阿大人，此菜怎样，味道如何？"

阿圭："哼，有何味道？"

侯久满："当然，这家的菜虽说是广州城数一数二的，但还是与阿大人那50两一碗的东西，无可比肩。老侯是问，这菜，阿大人觉得是咸是淡？"

阿圭："咸淡凑合！"

"欧……"侯久满突然腹痛，捂住肚子，艰难地问："你……你……你就没尝出毒盐的味道？"

阿圭惊得跳起来："你！你……"

侯夫人此时也开始腹疼，捂住呻吟。接着，阿圭儿子、儿媳、小儿、阿圭本人先后腹痛，小儿疼得大哭："额娘……肚子疼……肚子疼……"

阿圭怒道："好你个……好你个妖猴！你竟敢……你竟敢……"

侯久满痛苦笑着："标下，标下特意让这家厨子，用了，用了我儿，那批出事的精盐。"

阿圭："你，你想与本官，同、同归于尽不成？！"

侯久满："标下哪有那般壮烈……来人！"

"善缇在！"善缇端着托盘走入，盘上有两杯茶，善缇服侍侯久满饮下，木棉服侍侯夫人饮下。阿圭等眼巴巴看着。侯久满与侯夫人喘息一阵，缓解过来。

阿圭一家疼得倒地，小儿满地翻滚，哭嚎震天。

侯久满一脸杀气："阿圭狗贼！说！我儿的那批精盐，到底是怎么回事？！招得明白，标下给你解药，招的不实，你这一家，就此为千千百百冤死的亡魂偿命！"

阿圭痛苦地："好、好狠的妖猴！老夫千算万算，没算到你会出此狠手，连老夫三岁的孙儿也不放过……"

那小儿哭得气绝，一劲儿抽搐。阿圭儿子、儿媳痛苦哀求："阿玛……阿玛……快救救贵儿！救救贵儿！"

侯夫人流泪："老爷，要不，您先救了这细仔……"

"住口！这狗贼不知置天下多少生民、小儿的性命于不顾，标下凭何怜悯他一家四口？！"侯久满冷冷瞪着阿圭。

刑场上更加惨烈，正良、戴刀等均成血人。那随从衙役与清兵们已不忍喊，只是咕哝着："阿大人有话，割肉……银子……"

阿圭的儿子、儿媳痛苦翻滚，苦苦哀求："阿玛，阿玛，救救贵儿！快救救贵儿！"

阿圭看着孙儿，淌下两行浊泪："报应，报应啊！侯、侯大人，老夫命不足惜，求你放过阿家独苗……"

侯久满："快招！再过片刻，神仙也无可奈何！"

阿圭："我招，我招，是、是盐政院秦大人，暗示老夫，为把持老盐销路，设法，设法毁坏精盐名声，于是，于是老夫联手了几路盐枭，在伊甸园的那批盐里……投了毒。"

侯久满："有何物证？！"

阿圭："盐运使司衙门，老夫卧室，还有同样毒物。"

"好你个草菅人命的狗贼！"一名官吏带着几个清兵走入，拍拍笔录："供词已录！拿下！"清兵锁了阿圭，阿圭叫道："侯久满，侯久满，快给我孙儿解药！"

侯久满冷笑道："老贼！你摸摸自己肚子，此刻还疼吗？！"

阿圭一怔，看看孙儿与儿子、儿媳，均已缓解，痛苦爬起。

"搀好夫人，走！"侯久满大步出门，善缇、木棉搀着侯夫人跟出，侯夫人惊愕地回头看着。

官吏拍拍阿圭肩膀："阿大人，菜里哪有什么毒盐，侯久满只是让他的厨子，在所有的菜中放了些糖裹的极辣之物，您哪怕再撑持个半分几秒，也就一切无事了。"

阿圭一下瘫软在地。

刑场，一骑清兵飞来："毒盐元凶已擒——，毒盐元凶已擒——，侯正良无罪开释——"

百姓们愕怔住手。戴刀等瘫软在地。

侯久满房内，善缇抱拳，愤然说道："老爷，衙门除了拿办阿圭，并无其他动静。善缇恳请老爷出动粤局护军，善缇愿剿灭各路凶徒盐枭，为万千亡灵，为我家姑爸爸以及大少爷复仇！"

侯久满疲惫地："衙门不动，自有打着替天行道旗号的人会动。你若实在难抑此恨，可在粤局和农场的所有苦主家中，各召一名壮丁，带些枪炮，配合杀贼泄愤。"

善缇："是。可……善缇不明，老爷所指替天行道者是谁？"

侯久满："老侯指谁，你还不明白？"

善缇想想，行半跪军礼："嗻！善缇明白了！"

郊野。杀声震天，善缇、阿六、红旗大管事率领会众与护军、农工及工匠追杀盐匪……

夜，善缇、阿六等举着火把冲入盐运使司衙门，一通胡乱打砸……

总办室内，吴丁贵低声道："顶爷，这粤局的人与会党搅在一起，烧砸衙门，是不是有些过头了？"

侯久满看着赫顿的那些枪炮图，淡淡地："冤亲苦主自发报仇，与粤局何干？再则，不让那些积怨甚深的工匠，借这个机会泄泄愤，怒气总堆在局里不时发作，老侯岂不也成了冤主？"

吴丁贵想想，抱拳笑道："顶爷果真不比凡人！"

茶楼一隅，赵秉钧小商装扮，礼帽压得低低："很长时间，不见你的密报有新鲜东西了。那猴子与会匪扯不扯连连，袁大人毫无兴趣，本官只是想知道，是不是那猴子搞出厉害玩意儿，对你也藏着掖着了？"

吴丁贵："赵大人，小的密报中已说，厉害东西，有是有几样，但老侯少了那个戴刀，明显力不从心。"

另一桌，背着身的赫顿，注意听着。

赵秉钧："那我问你，那戴刀已经无家可归，有无可能改弦易辙，随本官投奔津局？"

"回大人，此事绝无可能，这姓戴的虽被赶走，但近日仍数次为了老侯家事不惜拼命。"

赵秉钧沉吟片刻，阴狠地："既然如此，干脆寻个机会，送送他吧。"

吴丁贵笑笑："小的早有此意。"

赫顿听着，蹙了蹙眉。

枪炮局，机器飞转，工匠们干活格外卖力。侯久满与赫顿巡看着，工匠们主动打着招呼："侯大人"，"侯大人好"。

侯久满和善地一一应着："好……好……红毛，昨晚阿爸找你喝酒，怎么到处不见你人影？"

赫顿："噢，我在茶楼坐了一会儿。"

侯久满："歇着不陪陪你的老婆，独自泡什么茶楼？"

赫顿看看面色良好的工匠与侯久满："老侯，这次工潮平息，多亏了戴刀，您好像应该把戴刀请回来了吧？"

侯久满未言，径直走出厂门。

赫顿跟着："老侯，你怎么不讲话？"

"戴刀有本事平息工潮，也就有本事掀动工潮。"侯久满沉重说完，走开。赫顿站住，蹙眉看着。

"赫顿……赫顿……"

西西跑来，赫顿惊异："西西，你怎么来了？"

西西惊恐地从手包取出支极小的手枪："赫顿，我刚才整理衣橱时，在你的衣服里发现了这个！"

赫顿生气地夺过枪："你怎么能乱动我的东西！"

"赫顿，虽然你是制造这种东西的，可你从来不把这种东西带在身上，你是不是遇到了什么麻烦，在瞒着我？"

"瞎想什么，快回家去吧。"赫顿冷冷走开。

西西哀怨地叫着："赫顿……你到底发生了什么事？求求你告诉我……"赫顿头也不回地走着。远远地，侯久满看着，叹息一声离去。

海潮滚滚。遍身伤痕的阿尔萨兰与正良坐在沙丘上，久久望着。

正良："正良真是万万想不到，为保贿银财路，不惜草菅万人性命，敢于朝食盐投毒下药的，竟然是管盐的盐官！听说盐政院那个姓秦的和阿圭，入狱第一天便莫名其妙地死了，显然是上面还有更大的狗官。我的伊甸园啊，烟死在了这里，烟的阿爸、阿妈和七十多岁的老奶奶，也死在了这里，正良营造一方净土，拯救一乡生民的梦想，是何等的可悲，可笑。……经此浩劫，正良终于看清许多许多……许许多多……特别是，若没有一位圣母护身，正良在事变的第一日，便死于乱拳了。"

阿尔萨兰看看正良。

正良："阿……阿尔……正良不知如何言谢？"

阿尔萨兰："不知道，就等到知道了，再谢。"

正良："阿尔萨兰，正良已经知道了，正良真是倾尽三江九湖之水，四海五洋之涛也无法……"

阿尔萨兰："好了，你已叫出阿尔萨兰的名字，这个胜于任何肉麻谢辞。"

正良："可……可正良心如乱麻，不知……不知……"

阿尔萨兰："不知你这校董，与阿尔萨兰老师这样坐在一起，是否为大逆不道。如今这天下，叛逆之举已遍地皆是，你又不是第一人。"

正良看着阿尔萨兰沉默一阵："的确，叛逆已成今世常态。"

侯久满房内，侯久满看着善缇："怎么，你与会党诛杀盐枭时，并未见到那个小魔头？"

"是的，老爷。"

侯久满紧张地："她……她不会是在哪……战死了？"

"老爷，不会。阿六讲，玉姑小姐因妹仔的事极为苦闷，未留任何话，独自离开了山堂。"

"她去了哪？"

“无人知道。”

侯久满沉默一阵：“……这熬人的魔头！”

马来西亚的槟榔屿，风尘仆仆的玉姑提着藤箱，来到一民居小院前，站住向门内张望。

院中，孙中山对二三党人说着：“广州新军举义，一败何足气馁，我孙文数次失败，几乎为举世所弃，可如今革命风潮已盛，民众思想已开，只要我等志气不减，精心谋划，我等的革命理想终会大成。”

玉姑潸然泪下，默默自语：“孙先生，玉姑总算找到了您。”

小机器厂，妹仔满脸油泥地抡着大锤，“砰砰”地砸着沙箱。沙箱砸开，有数排铁水浇铸的圆柱形东西，妹仔取出一个，用手清理着沙子。

戴刀拿起图纸看看，笑道：“还是炸弹。为何要把炸弹做成这种模样？”

“妹仔每次临阵，都为不能多带炸弹发愁，如果做成这种柱形，肯定比圆的方便。”

戴刀看看图，拿起笔在圆柱体下添了一个把：“要是这样再添上一个木柄，不但便于携带，而且也投得更远。”

妹仔看看，大喜：“太对了！戴大哥真是点睛之笔！如若在这柄的中央钻个孔，拉火由此穿出，再系上个小环，扯拽起来肯定既便利又安全！”

戴刀兴奋地：“不错，不错。”

赫顿开着机器，默默看着妹仔和戴刀，若有所思。

夜，油灯边，阿尔萨兰专心批改着学生课卷。

正良滤好一碗汤药，捧过来：“阿尔萨兰，这些留着正良批改，你喝了药，早些歇了吧。”

阿尔萨兰：“你的伤也未好，你先用吧。”

“正良毕竟是男子，伤无大碍，你快喝了吧。”正良捧着滚烫的药边吹边倒手，笨拙得滑稽。

阿尔萨兰抬头看着，笑着：“真笨，想吹，不会放下再吹？”

“哦……”正良将药放下，脑袋一伸一缩地吹，热气熏了鼻子，擦着。

阿尔萨兰：“别把你的鼻涕淌进碗里！”

“噢”，正良继续认真吹着：“快用吧，似乎差不多了。”

阿尔萨兰感动地看着，不禁鼻酸，忙转向窗外，按了按眼窝。

正良端起碗，看着阿尔萨兰说：“可以了，你……你怎么了？”

阿尔萨兰吁了口气：“没什么，谢谢你莠草。”阿尔萨兰端过药喝了两口，又望着窗外。

正良：“阿尔萨兰，你有心事？”

阿尔萨兰：“唉——，你那阿爸，借着为你我报仇，纵放善缇、阿六大杀大砍，甚至砸抄、焚毁衙门，不知此时，他是否又引火上身？”

此时，番禺墓地，墓前放着机关枪。侯久满饮着酒：“大、大师傅，您出来看看，这是，这是您孙子戴刀，造的连环枪，它可比，戴梓造的 28 珠连环铳厉害多了，一搂火，别说 28 珠，280 珠，2800 珠都刮风一般！可……可是，老侯没带好您孙子，他，他造反……大师傅，老侯的心里苦啊！无论枪炮，无论朝廷，无论百姓，无论侯府，无论国事、家事，老侯都苦得很啊！”

侯久满抱起机枪冲天猛射：“大师傅，老侯恨不得将这黑沉沉的天打漏！打漏！打漏！”

次日，土丘上立着排硕大的原始手榴弹。妹仔与戴刀趴在地上：“戴大哥，您离远些，让妹仔自己来。”

戴刀：“你独臂不便，还是我来。”

“不不，您这样的大才若有闪失，岂不是妹仔罪过。”

戴刀：“那就扔吧，我趴近些，也好看得清楚些。”

戴刀抓起一颗手榴弹，拉拽导火索，投出，二人埋头……不见动静。妹仔也抓起一颗，用嘴咬拽导火索，投出。手榴弹在远处滚了滚，仍未爆炸。

妹仔又拿起一颗，摆弄捉摸，手榴弹突然冒出烟来。“不好！”戴刀夺过手榴弹抛出，“轰”的一声，手榴弹在极近处爆炸。硝烟中，二人抬头，全成黑脸，彼此看看，乐不可支。妹仔又抓起一颗，被戴刀按住：“算了，肯定是拉火不尽合理，不要盲目冒险。”

妹仔：“唉，不曾想，这小小的带把炸弹，也这么难办。”

“妹仔——，妹仔——”

妹仔、戴刀听见玉姑声音，大惊回头：见玉姑、阿六骑着马远远奔来，玉姑使劲扬着手：妹仔——，戴大哥——”

“玉姑！”妹仔跃起奔迎，“玉姑——”

玉姑兴奋地：“妹仔——，孙先生撤销了追杀令，你没事了——”

“……真的？”妹仔狂奔，“玉姑，真的吗——”

玉姑：“真的——！真的——！真的——”

妹仔将奔近的玉姑抱下马：“玉姑，这是真的吗？！”

玉姑：“妹仔，玉姑走了好几个国家才找到孙先生，孙先生当着玉姑的面讲，侯妹仔是革命最艰困时毅然加入的，非但不可能叛卖革命，而且定然是我革命中坚！”

妹仔紧紧抱着玉姑，流下眼泪：“玉姑……玉姑……你总算帮妹仔讨了个清白！”

玉姑也紧紧抱着妹仔，哭道：“妹仔……你不恨玉姑吧？玉姑差点儿杀了你……”

妹仔：“不恨，不恨，妹仔知道，你那只是吓吓妹仔而已。”

玉姑痛哭着：“不是的，当时玉姑是真的……玉姑差点儿革命革乱了，革反了，差一点儿把你给革没了！”

妹仔笑着拍哄：“差一点儿才好玩，差一点儿才爽！”

阿六抹泪笑看着，戴刀拽拽阿六，两人悄悄离开。

玉姑：“革命真是太难太难了！”

妹仔：“是啊，那咱们别革了，咱们还是回阿爸的府里生孩子吧。”

“找打！”玉姑破涕为笑，推开妹仔，“竟当着戴大哥……”

妹仔抱住玉姑，在玉姑脸上狠狠亲了一口：“谢谢你！妹仔的好玉姑！”

“你！”玉姑摸摸被亲处，捶打妹仔，“放肆！放肆！没有成亲你便这样……”

妹仔大笑高吼："哈哈哈……妹仔又要革命啦——"

京师，肃亲王府。汪精卫满墙挥毫。善耆抱着几本书进门，看看那墙，诵道："'慷慨歌燕市，从容作楚囚；引刀成一块，不负少年头。'好诗，好诗！汪先生真乃英雄俊才！"

汪精卫丢下毛笔："狗贼！休要惺惺作态，快将汪某送回大牢！"

善耆："汪先生已住此多日，怎么还是这般火大？善耆身为民政部尚书，既是大清新政倡行者，又是君主立宪鼓呼者，为纾缓党争，安定社稷，善耆已说服摄政王，绝不会轻取汪先生的'少年头'。先生慷慨悲歌，莫如静下心来，好好读书。"

汪精卫盯着善耆："我汪精卫投身革命，自有一副钢筋铁骨，岂是你这等软化伎俩，所能奏效？"

善耆笑笑："少年人毕竟是少年人。其实，你们同盟会办的那个《民报》，善耆几乎篇篇拜读。你们的那些主张，在我这里，还觉得有多处并不鲜明，并不彻底。"

汪精卫惊奇："你看过《民报》？你说，什么地方不够鲜明彻底？"

"改日我们可以深谈。这几部图史，是送汪先生的。善耆告辞。"善耆拱拱手，走出。

汪精卫怔怔，拿起一本书翻看，渐渐坐下。

盐场小学，学生们正在戏耍和打篮球，侯夫人与提着药包及其他包裹的木棉走入课室。

正良惊愕站起："阿妈？"

侯夫人对木棉道："把东西放下，你出去等我。"木棉走出。

侯夫人看看课室屋角，一张课桌上堆放着阿尔萨兰的铺盖。"大福晋夜里，就睡在这拼起的课桌上？"

正良看看："……是，阿妈。"

侯夫人看了看窗外："大福晋人呢？"

"哦，她刚才还在，良儿这就去叫她。"正良又欲逃出。

"慢着良儿，阿妈只是给大福晋送些药物、衣食，坐坐就走。"

课室前，阿尔萨兰走来，听见侯夫人声音一下站住。

侯夫人："良儿，要好好照拂大福晋，永远别忘了，大福晋是你的救命恩人。"

正良："知道了阿妈，孩儿永远永远都会记着。"

侯夫人看了看正良，别有话音："大福晋倾心做个女先生，也是件好事。你帮衬她做事，不可失了分寸，切莫日久随便，只拿她当你的教习，忘了她还是你阿爸的大福晋。"

正良听了垂头。侯夫人："怎么……阿妈这话，良儿没有听清？"

正良低声嘟囔："阿爸……阿爸亲口说了，要与她分手……"

侯夫人蹾着拐杖："她！她！'她'就是你目下对大福晋的称呼吗？！良儿！阿妈有些话没必要明讲，也羞于明讲，你古书、洋书，学的、背的，都是圣人教诲，目下你与大福晋又直接面对莘莘学子，为人师表，更当清楚阿妈想说未说的话是什么！何况即便你阿爸与大福晋万一有个什么，大福晋也照样曾经是你阿爸的大福晋，这一层人伦关系，永不可变！"

阿尔萨兰一下蹙眉靠在门边。

正良垂头咕哝："阿爸……阿爸与所谓大福晋，其实……其实有名无实……"

"什么……什么……"侯夫人震怒，"你阿爸与大福晋，八九年的夫妻，怎的叫有名无实？！那年你阿爸、额娘同住大行太后的园子，尽人皆知。大行太后还钦赐了子孙饽饽，怎的叫有名无实？！"

正良："正良……亲眼见到的，是阿爸与所谓大福晋，从不过往。"

两行感动的热泪，从阿尔萨兰眼眶奔涌而出……

"你，你，想不到往日绵羊似的你，如今也……也……"侯夫人气得晕眩，摇摇欲倒，正良忙扑过去扶住："阿妈……阿妈……"

侯夫人喝道："跪下！你给阿妈说清楚！你侯正良，与你阿爸的大福晋，到底想做什么？！说！今日你必须对阿妈说个明明白白！否则，阿妈就一直坐在这本应教书育人，休德明礼的地方！"正良跪在地上，深深垂着脑袋。

上课的铜铃摇响，一年老工友唤着："上课了……上课了……"学生们欢蹦乱跳地跑向课室，阿尔萨兰慌忙擦擦脸，紧张地在学生与门内两边看着。

侯夫人："还不快说？！"

正良紧张地看看门外，磕了一个头："阿妈，良儿定然会认认真真听从阿妈教诲，精精心心地照拂好本学堂礼聘的阿尔萨兰老师。"

对于正良不软不硬的回答，侯夫人一下怔住。

侯夫人房间，侯久满坐在桌边垂着头，侯夫人坐在另一边闭目拈珠。

沉默良久，侯久满道："夫人得便，拜托夫人再走一趟农场，直接劝说那人，回不回侯府由她，但她最好回粤局居住。老侯为她另辟一处官邸，她自己不是十分看重，她还是粤局顾问与江南盟会的参议吗？"

侯夫人愕怔："这……这办法能成？"

"请夫人转告她，她若不回，等于自动辞去新、老太后的一应差遣。"说完，侯久满起身走出。

侯夫人叫着："老爷，大福晋若还是不回呢？您还有没有更好的主意？"

侯久满寒面回到自己房间，沉默一阵，发现桌上有封信，急忙拆看。信是妹仔写的：阿爸：对不起，妹仔又不辞而别，深切告罪。妹仔不敢回府，实为不忍见阿妈之苍苍白发，阿爸之期期目光。那夜，阿爸与妹仔抵足而卧，殷殷之言语重心长，妹仔本想辩白几句，又不忍碰伤阿爸挚情。阿爸，妹仔革命，早已不是儿时嬉戏，强兵强国，既是阿爸梦想，也是妹仔奋斗目标，妹仔与阿爸，心相通，路不同而已。然，革命是手段，亦为信仰。信仰者，决不可轻摇。朝秦暮楚，绝非侯府男儿所为，随风摆荡，亦非阿爸教养宗义。阿爸，妹仔只能咬定青山，誓死直前了！愿苍天祥云护顶，千山万岭屏风，佑我阿妈、阿爸，福寿顺遂，永永康健！不孝子，妹仔泣血叩首。

侯久满含泪放下信纸，慨叹："又走了……又走了……妹仔，你之信仰不可轻摇，阿爸之忠诚岂可微移？心相通而路不同，但愿此言，莫使我父子越行越远，天涯两隔。"

广州小东营某绅宅花厅，37 岁的黄兴面对妹仔等十多个党人，说道："诸位同志，经孙先生与本会半年多筹划，于广州再举之事机，已日见成熟。此役，我同盟会大部精英，将临阵指挥。原计 500 名的选锋队（敢死队）队员，已增至 800。目下，除香港建有此役统筹部，广州城也设立了办事、联络、军械、炸药等 38 处秘密据点……"

黄兴指着地图："黄侠毅、梁起率东莞同志进攻警察署；姚雨平率 100 人占领飞来庙；李文甫率 50 人进攻军械局……"

平权堂，玉姑指着地图："此番大举，将分兵十路攻城，大致为：黄兴先生亲率南洋及福建同志，攻打两广总督署；赵声率苏、皖同志攻打水师行台；徐维扬、莫纪彭率北江同志攻打督练公所；陈炯明、胡毅生率我等民军和东江同志阻截八旗兵……"

玉姑："还有放火委员多人，租房隐蔽，以备临时纵火，扰敌军心。"

红旗大管事兴奋地："好啊！此番举事，规模空前宏大，定然万无一失！"

阿六问道："枪炮呢？所购枪炮何时到位？"

玉姑："我储备课成员及吴玉章等同志，已分赴日本、安南、暹罗等国购买，将经由香港运至广州。"

红旗大管事："好！这就好！"

玉姑看看众人："还有何疑问？"

众人："没有了！"

玉姑："好！各归本队，加紧备战！"

众人抱三指拳："谨遵大龙头之命！"

妹仔兴奋地奔入山堂："玉姑，玉姑……"

玉姑一惊："怎么，妹仔，事情有变？"

妹仔："不是不是，玉姑，你还记得我常跟你谈起的，学造大鸟时认识的冯如大哥吗？刚听说，冯兄带着他的飞机，已从美国回到了广州！明日还要在燕塘举办飞行表演呢！"

玉姑："是吗？走！走！趁着举义前的工夫，玉姑也随你见见这位大哥，见见中国的大鸟！"

夜，课室内，阿尔萨兰思忖着，猛然转身："不行，我还是得走！"说着，阿尔萨兰迅速收拾铺盖。正良走过来，帮着捆绑。阿尔萨兰看看正良："莠草，阿尔萨兰监护粤局与江南枪炮，实是为了……"

"正良知道，你名为朝廷，实为担心阿爸惹祸，危及侯府。你去吧，学堂的事……"

"不，阿尔萨兰只是晚上去粤局居住，白日还是要赶回教书的。"

正良："你……几十里的路，这样来来去去……"

阿尔萨兰笑着："除了你那阿爸再想出什么点子，上百里的路，阿尔萨兰也要如此来来去去。"

正良感动地看着："阿尔萨兰……"

"哟，怎么捆铺盖，快打开睡啊！"

阿尔萨兰、正良一惊，看向窗外。窗口处，趴着两三个痞子："快睡啊，我等等得好是心焦，哈哈哈……"

“烂仔！”阿尔萨兰从铺盖里拔出手枪，追出门。

痞子们边逃边笑：“上眼啊——，鸡鸭交欢，母子偷情，好一对教书先生！哈哈哈……”

阿尔萨兰气得冲天放了两枪。正良蹙眉看着：“这些烂仔不知还想作甚，阿尔萨兰，要不，今晚别走了。”

“不，既然你阿爸放了那话，阿尔萨兰非得当日明示，我绝不放弃看着他的官差！”

“那……正良送你。”

“不用，放心吧，阿尔萨兰有这个……”阿尔萨兰晃晃手枪，“莠草，明日你带上所有学生去燕塘，看看咱们中国人的飞行表演。”

1911年4月8日，广州东门，市民们扶老携幼兴冲冲急行。年少士子搀着年老士子：“走哇，走哇，看看我中国的铁鸟。”“闪开！闪开！”护弁们吆喝着，围着顶大轿走出城门。广州将军孚琦，兴致勃勃地坐在轿内。

附近茶馆，突然冲出个40岁的粗壮汉子，拔出支五响手枪，先冲天鸣了一响，接着推开惊呆的护弁，左手攀轿，右手射击，三枪击毙了孚琦。

护弁、轿夫四散而逃：“革命党——，革命党——，孚琦将军被杀啦——”

小东营，黄兴面对党人紧急说道：“因突发温生才个人的谋刺行动，广州城已实行紧急戒严，我军军械运输受阻，原定4月13日的举义时间，只能延期。”

平权堂，阿六奔进：“大龙头，大龙头，黄总指挥有令，起义时机定为27日！”

玉姑：“知道了！”

数日后，小东营再次集议，33岁的陈炯明道：“总指挥，清兵刚刚增调巡防军开入广州，并另以三哨助守龙王庙高地。很显然，敌已有备。我之意思，起义日期，最好再次后延。”

平权堂，阿六奔入：“大龙头，大龙头，指挥部获悉：清狗为了缉捕赴粤的外省籍选锋队队员，将于近日全城搜查户口。指挥部命令，举义必须速发！时间仍为27日！”

红旗大管事恼火：“怎么回事？这改了又变，变了又改，各路兵马一会儿集中，一会儿解散，岂不要出大乱？！”

玉姑敏感地：“突然搜查户口，难道清狗已知道起义消息？”

阿六：“这……指挥部未说。”

玉姑神色严峻地走向洞口：“妹仔，你来。”

妹仔随玉姑走出山洞：“玉姑，妹仔知道，你又在担心出了内奸。”

“正是！举义急需的枪械至今迟迟不至，岂不是咄咄怪事？而且，玉姑曾听见陈炯明等人私下口出怨言，认为此役事在广州，兵马多为粤人，为何要由黄兴等湘人指挥。这显然已出现内部失和！”

“此事，妹仔也有觉察。但是玉姑，此刻无论如何，你要安抚住各位大佬、盟证，我等千万不可再出乱子。这样吧，妹仔去指挥部，有何实情，及时向你通报。”

“不，妹仔，你最好与玉姑呆在一起。”

“目下情势瞬息万变，妹仔还是紧随黄兴先生，守在举义核心更为适合。”

“妹仔……”“别争了，玉姑。”

妹仔跃上马背疾驰。

“妹仔——，妹仔——”玉姑蹙眉望着飞速远去的妹仔。

两广总督衙门签押房，36岁的新任总督张鸣岐与李准坐着，瞪着面前的一个跪者。张鸣岐喝道："抬起头来，如实回话！”

跪者猥琐地抬起脑袋："回部堂大人，小的陈镜波，确系李准李大人属下探员，因远房叔叔陈炯明，乃同盟会南方支部要角，小的随之秘密加入。本次革党谋乱，小的借陈炯明方便，谋得承运枪械要差，并得以经常参与会议，所以小的所供乱党举事计划，句句是实。”

张鸣岐看看李准："李大人，你可有这么一个侦探？”

李准鄙夷地："这等虾夷小蟹，我哪里认得。”

陈镜波紧忙连连磕头："小的所言句句是实！句句是实！乱党真的定于27日起事啊！”

小东营，黄兴面对陈炯明、妹仔等党人命道："指挥部得报，清兵又向广州增调，27日举事计划不可再变。鉴于此前日期更改，部分党人队伍退出广州，来不及联络，原议10路进攻改为四路……”

1911年4月27日（宣统三年三月二十九日）17时30分，广州街头海螺号角悠悠长鸣……

白巾缠臂，足穿黑面胶鞋的敢死队员，手执枪械、炸弹，分两路直扑两广衙门。

黄兴奋勇当先，挥舞双枪高呼："杀贼——！杀贼——！杀贼——”妹仔抢到最前，浑身缠挂炸弹，胸前还悬一装满炸弹藤筐，独臂擎着炸弹高举："杀呀——”

总督衙门前，义军冲来，“挡住！挡住！”督署卫队管带金振邦喝令顽抗，妹仔投掷炸弹，金振邦等被轰毙，黄兴、妹仔等冲入大门……

冲至庭院及签押房，黄兴发现竟空无一人，叫道："不好，定是事机已泄，走脱了张鸣岐那狗贼！快烧了督署，速撤！”义军放火，冲出大门。

突然，枪声大作，李准率清兵涌来，双方激战。妹仔独臂攀上房顶，兴高采烈地狠狠扔着炸弹："狗贼，尝尝妹仔的香瓜、甜瓜！……香否？！……甜否？！……再来一个！”

与此同时，郊外，玉姑带着红旗大管事、阿六等大批会党，看着城内火光冲天，瞪着陈炯明："陈炯明！我等为何还不行动？！”

陈炯明阴阴地："形势不明，不可冒动。”

玉姑："四路进攻，目下只动了黄兴一路，他们只有一百二十余人！我等如此隔城观火，城里同志岂不尽数牺牲？！”

陈炯明："二路的姚雨平称有枪无弹，匿而不出，计划已乱，我等怎可轻动？"
玉姑向会众挥枪："走！平权堂的人，随标下行动！"
陈炯明阻止："慢！我乃三路、四路主持，你敢阵前乱军么？！"

此刻，总督衙门前，妹仔已浑身是血，仍兴致勃勃扔着炸弹："爽！爽！狗贼！好吃吗？！"双方激战，义军不断有人牺牲。

黄兴中弹，右手断二指，改左手射击："不要纠缠此处，陷于被动！徐维扬，你率花县同志出小北门，接应新军！刘梅卿，你率川、闽及南洋同志往攻督练公所！方声洞、朱执信等随我转攻大南门！快将妹仔叫下来！"

"妹仔听见了！你等先走！我殿后掩护！"妹仔边应边继续投掷炸弹："来吧狗贼……"

火光、枪弹声中，木棉搀着侯夫人与善缇等仆佣在庭院紧张望。侯夫人捻着佛珠："阿弥陀佛，阿弥陀佛，千万别是玉姑、妹仔……"

侯久满紧张打着电话："吴丁贵！弄清没有，到底怎么回事？！……什么，衙门无人？赶紧派出两棚护军，打探消息！"侯久满重重摔下电话，忧虑地望着窗外。

枪炮局大门外，阿尔萨兰、赫顿望着火光，阿尔萨兰喝令护军："除了探马，其余兵弁一个不许离营！"

源盛米店门前，妹仔等以米袋据守，英勇奋战。清兵将米店团团包围，猛烈射击。李准吼着："火攻！火攻！烧死他们！"清兵投掷火把，烈火熊熊……

1911年4月的广州起义，因内奸密告、陈炯明等临阵不前，而告失败。

次晨，吴丁贵匆匆奔进侯久满房间："顶爷！方才衙门有令，他们擒住了三少爷，即刻将于黄埔海边行刑！命我粤局护军全数出动，维持法场，以防乱党行劫！"

侯久满霍地立起："什么？他们抓住了妹仔？！"

"正是！"

侯久满疾走几步："你快回局里，集合护军待命，本总统官不到，决不可出动半步！"

"嗻！"吴丁贵行完军礼，欲出。

"等等！"侯久满又命，"派一棚精干兵弁，将侯府大福晋护送农场，不准她干预军事！"

"嗻！"

侯久满急急踱着步："妹仔！妹仔！我的妹仔……"

阿六突然奔入："老爷，听说三少爷他……"

侯久满一把攥住阿六："来得正好！快！妹仔被押往黄埔海边！"

"谢老爷！"阿六抱拳，速奔出门。

善缇冲入："老爷，您这是干什么？阿六明明是在为玉姑小姐打探刑场地址，您这样做，不是让小姐送死吗？”

侯久满边疾走出门，边道：“少啰嗦！速随我去粤局！”

善缇紧跟侯久满：“老爷，老爷，您是想以护军配合玉姑小姐劫法场吗？三思啊老爷！老爷……”侯久满不语，绷脸飞步走着。

刚进总办室，侯久满便大惊，赫顿告诉他十分钟前，李准来到工厂，下令吴丁贵带着护军随他进山围剿会党。

侯久满道：“不是要我护军奔赴法场的吗？怎么，怎么又……”

善缇道：“老爷，此事明摆着，是衙门并不信任老爷，耍了手腕，目下玉姑小姐已更加危险！”

侯久满：“快！快！快去追阿六，告诉他，刑场改在城西石井！”善缇应完奔离。

侯久满愤怒地瞪着赫顿：“红毛！尽管来了个外面的将军，可是你身为总教习，职位在吴丁贵之上，为何不阻止吴丁贵？！”

赫顿沉重地：“老侯，赫顿帮助你制造枪炮，并不想帮你打仗。赫顿只管枪的事，不管兵的事。”

“你！你……”

“老侯，我听说了妹仔的事，也非常非常伤心，但赫顿毕竟只是个英国人。”

侯久满又怒又悲：“罢！罢！老侯现在请你，速去找那个戴刀，去，去，去刑场，收尸……”侯久满蒙面恸哭。

“……真的对不起。”赫顿默默说完，转身走出。

侯久满仰首痛呼：“妹仔——！阿爸无用啊——”

海边，清兵戒备森严，围着遍体鳞伤的妹仔与一门大炮。

清吏冷笑着：“炸弹王，听说你两次被擒，两次借土遁、天遁，都走脱了性命。知道本官为何将你请到海边上路吗？水克火，本官看你还有什么法子，再弄出个奇迹！”

妹仔笑着：“过来，过来，妹仔变个戏法你看看。”

清吏走近：“请变您，本官看着呢。”妹仔抬起一脚朝清吏裆里踢去，清吏疼得翻滚，拔枪连击三弹，将妹仔右臂与双膝打断，妹仔一头栽在沙滩上……

戴刀与围观的百姓愤怒向前涌动，被清兵鞭抽、枪抡，挡住。

远处沙丘，侯久满满面是泪地看着……

另一处沙丘，阿尔萨兰骑在马上含泪看着……

清吏忍着疼：“把他绑到炮口，本官要你这炸弹王，尝尝我炮弹王的滋味！”

清兵将妹仔驾起，妹仔甩甩满脸沙子，笑着道：“怎恁地小气，本王上路，也不给碗酒吃吃吗？！”

清吏：“酒！给他！”清兵给妹仔倒了碗酒，妹仔含了一口，将酒碗弄落。

清吏站到炮旁：“拖过来，本官亲自送他！”妹仔被拖到炮口，猛然将口中的酒喷向清吏及炮口。“好样的！临走临走，还要讨些便宜！”清吏被酒及沙子迷眼，胡噜一阵，将妹仔捆于炮口，阴笑着接过炮绳……

随着炮绳一拽，轰然一声，炮膛爆炸，妹仔与清吏等十几个清兵飞于烟火！

戴刀："妹仔——！妹仔——"

"我儿——"侯久满瘫软在地……

阿尔萨兰蒙面痛哭……

城西石井，玉姑骑在马上，冲着空无一人的旷野，四面张望、悲呼："这不是城西石井吗？妹仔呢？！妹仔呢？！妹仔——！你在哪啊——"

小客栈客房，侯久满双手剧烈颤抖着拿起一张草图，含泪看着妹仔设计的手榴弹。戴刀满面是泪，望着窗外："妹仔他肯定是倒在沙滩时，故意含了口沙子，借酒喷迷了清吏双眼，也喷入了炮口……"

侯久满："别说了，我知道炮膛里有了沙子，才爆炸的。"

戴刀："亘古至今，何曾有过这等惨烈，这等气壮山河的牺牲！"

侯久满擦擦泪："……这是何物？"

戴刀："是妹仔未完成的带柄式炸弹。"侯久满将草图折起，掖入怀中，踉跄着走出门。

回到府里，侯久满跌跌撞撞，走入自己卧室，从床头取过一只盒子打开，那里是妹仔的辫子和留下的信。妹仔的声音犹在耳畔："阿爸，妹仔革命，早已不是儿时嬉戏，强兵强国，既是阿爸梦想，也是妹仔奋斗目标，妹仔与阿爸，心相通，路不同而已。然，革命是手段，亦为信仰。信仰者，决不可轻摇……妹仔只能咬定青山，誓死直前了！"

侯久满失声痛哭，取出怀中草图放入盒内，紧紧搂着。

1911年的广州起义，牺牲革命党精华一百余人，经党人潘达微收敛，得烈士遗体72具，合葬于城郊红花岗，后改称黄花岗，史称"黄花岗七十二烈士"。

小客栈客房，玉姑紧紧搂着妹仔的那只炸弹筐痛哭着："妹仔……妹仔……"猛然，玉姑"霍"地立起："都是那人谎报刑场，我要找那恶人拼命！"

戴刀忙拉住玉姑："玉姑小姐，千万别冤枉侯大人，大人定然是知道了清狗预设陷阱，引诱小姐劫法场，才有意将你骗开的！"玉姑怔怔，扑抱着炸弹筐号啕大哭……

玉姑痛苦问道："戴大哥，你说，你说，革命为何如此之难？如此之难啊！一次次发动，一次次落败，为何我等队伍总是没完没了地出奸贼、出叛徒？玉姑曾问过妹仔，可妹仔没有回答……"

戴刀沉默良久，沉重地："戴刀也不清楚何以如此？兴许是大清的辫子太粗太长，很多人即使立宪，即使革命，也割舍不了这根辫子。即便有些人割了，但那辫根依旧深深扎在脑仁。"

玉姑："那就没有办法，清除这辫根了吗？"

戴刀望着窗外："戴刀不知。"

三十七

郊野，一袭黑衣的侯久满背着行囊，满面浮尘，目光峻厉地策马疾驰。

总督衙门前，阿尔萨兰飞马奔来，冰面寒目地跳下马，将马缰扔给门卫，大步疾入。

盐场小学，正良将阿尔萨兰扶下马背："阿尔萨兰，你去哪了？"

阿尔萨兰冷冷地："总督衙门。正良，听说你阿爸不见了。"

"啊？！"正良大惊。

"你快回府陪伴你阿妈。"阿尔萨兰取出一信，"这个马上交给善缇。如果你阿爸回来了，就交他。"

正良接过信："这是什么？"

"快走，正良。"阿尔萨兰未答，将正良推上马背。

侯久满奔至侯府大门，跳下马。门房奔来："老爷，这几日您去了哪里，夫人都急坏了。"侯久满绷着脸，大步走入。

木棉见到，大声喊着："夫人，夫人，老爷他回来了。"

侯夫人扑扑跌跌奔出房门："老爷……老爷……您这是去了哪啊？"

侯久满大声叫道："善缇！"

"善缇在。"善缇奔来。

侯久满从袖折中取出个折起的纸条："即刻将这个交给阿六！"说完，侯久满大步走向自己房门。

"老爷，老爷。"门房拿着封信奔来："大少爷送来一信，说是大福晋给老爷的。"

侯夫人："良儿呢？"

门房："大少爷说他不敢进府，趴在门前磕了一个头，就走了。"

侯夫人扶着木棉向外急走："良儿，良儿……"

侯久满接过信看了一眼，转手给了善缇："一个意思，只字不差！"

善缇看看纸条，看看信，惊愕不已："这，这，老爷，这是……"

侯久满凶狠地："快去！"

"嗻！"善缇飞速奔向马棚。

侯久满走入房内，抱起藏有妹仔遗物的木盒，目光峻厉地摩挲着。

平权堂，阿六站在玉姑面前，玉姑打开纸条和信各看一眼，只见两样东西上都写着：

狗贼陈镜波藏身之所……

阿六问明内容，大惊："什么？难道老爷他失踪多日，是亲自寻觅奸贼下落？！还、还有大福晋……"

玉姑怒目喷火："备马！"

香港筲箕湾。玉姑与阿六来到一民居前，阿六敲了敲门，一妖娆女人开门："找谁？"玉姑一把推开那女人，从靴中抽出手枪，闯入屋内。那陈镜波大惊失色，慌忙跳上窗台，玉姑"砰"地一枪，将其击倒。阿六冲前，一边补枪一边怒骂："狗贼陈镜波！且为妹仔偿命！为烈士偿命！"玉姑满眼泪水地泄愤猛射！

侯久满面若寒冰地走入总办室，赫顿跟进，看看侯久满手中的邸报："老侯，我想说一下这个月的生产情况……"

"慢！"侯久满道："老侯也该清理门户了！去，把那个吴丁贵找来！"

吴丁贵拿着十几封电报进门："大人，小的在，小的……小的出了什么错？"

侯久满瞪眼盯着吴丁贵……吴丁贵心虚、惊慌："顶、顶爷，小的是被李准逼着，才、才未等顶爷，带走了护军。"

侯久满又盯了片刻，将邸报扔在桌上："先看看这个。"

"大人，这是这些日子，江南枪炮盟会各局给您来的电报。"吴丁贵放下电报，紧张地拿起邸报看着："……大人，小的，小的没看出什么。"

侯久满："没看见朝廷已饬令朱恩绂大人为御使，考察各省枪炮局吗？"

"这，这与小的何干？"

侯久满："朝廷有意将大清枪炮局兼权并计，拟定为东、西、南、北、中五厂，本办念你这么多年鞍马劳倦，荐拔你为中厂鄂局的会办，兼炮厂厂长。"

吴丁贵怔怔，飞速转了转脑子："大人，虽、虽说小的接替大人鄂局差事，足见大人赏识，可、可是……"

侯久满："可是什么？不明白本办的意思吗？朱大人考察，不比当年铁良巡视，乃今日朝廷为时局所迫，是动了真格的。本办也已接获朝廷旨意，仍以巡枪御使身份攘助朱大人，老侯放你坐镇中厂，也有为整治大局，不致失序的考虑。"

吴丁贵："大人，小的无德无才，只是个粗人……"

"嗯？"侯久满瞪着："你是粗人？"

吴丁贵惶恐躲闪侯久满峻厉的目光："顶，顶爷……"

"收拾收拾，准备上任！近日，本办将偕同盟会参议，先行巡察江南。"

吴丁贵与赫顿吃惊地看看侯久满。吴丁贵："大人是说，还要带着，大、大福晋？"

侯久满："怎么？！"

"哦，没什么。小的，小的多谢大人赏拔。"吴丁贵抱拳躬身，不情愿地退出。

赫顿若有所思地看着吴丁贵背影……

侯久满看看赫顿，看看桌上的电报："红毛，知道这些电报的内容吗？"

赫顿："哦，我也收到了其他工厂的工程师们发来的电报，几乎都是缺乏资金的事。"

侯久满面色阴沉："皇上年幼，新太后又无当年大行太后的威权，虽屡屡饬令各级衙门不得克扣枪银，但雷大雨小，了无作用。别说盟会各局缺银，就是老侯的粤局也早已捉襟见肘。”

赫顿看看侯久满：“那怎么办呢？”

侯久满未答，双眼直直盯着门，手在子弹钵里抓拿。赫顿看着子弹钵笑笑：“老侯，你是不是又到了该用吴丁贵，搞什么阴谋的时候了？但为什么，你反而把他赶走了？”

侯久满狠狠地：“若不是看他头上那道疤，老侯杀了他！”

赫顿一惊：“老侯，你想干什么？”侯久满未答，只是默默地抓拿着子弹……

赫顿异样地看看桌上那份邸报：“我能……看看，这个吗？”

侯久满瞥了赫顿一眼：“没什么，朝廷此次裁并枪炮局，只为集权，不问实效，此时江南联盟尤显要紧。我粤局虽然作为南厂暂且保存，但不从速解决资帑，自己都挺不过数月、半年，更别说保存江南联盟。红毛，你一会儿将阿爸要带那人巡视江南的事，告诉那人。”

赫顿：“你是说阿尔萨兰夫人？你自己为什么不说？”

侯久满继续抓拿着子弹，冷目未答。

枪炮局大门，阿尔萨兰身后跟着两名护弁，走出。善缇提着个方形布兜，打千：“姑爸爸吉祥！”

阿尔萨兰命护弁：“你们站远些。”

“是，大姑。”护弁离开数步。

阿尔萨兰看着善缇：“你既然来看大姑，为何又不愿意进门？”善缇：“回姑爸爸，奴才只是挂念姑爸爸已多日没吃到爱吃的点心，做了些送来。不曾想，姑爸爸要见奴才。”

阿尔萨兰感动地看看：“起来吧。”

“谢姑爸爸。”善缇起身。

“侯夫人好吗？”

“回姑爸爸，夫人与侯府上下都好，都十分惦念姑爸爸。”

“善缇，我听说，那人又在动自造钱币的心思，并打算用你替代吴丁贵，以暴力方式强推钱币流通，有这样的事吗？”

善缇扑通跪下：“回、回姑爸爸，有此事，但奴才不会做出过于残暴的事。”

阿尔萨兰：“为什么不事先问我？！”善缇垂头不语。

阿尔萨兰：“看来，你真的有了二心！”

善缇：“姑爸爸，奴才斗胆直言：依奴才多年亲眼所见，老爷他，老爷他比姑爸爸更加忠孝大清，更加顾念……顾念朝廷体面。”

“你……你还是死盯着大姑的私事不放！”善缇垂头。

阿尔萨兰：“听着，不准顺着那人胡来！近日大姑要随那人巡视江南盟会，你好生看护着粤局与侯府！”

“真、真的吗？”善缇抬头，满眼欣喜，“姑爸爸与老爷，是要重归于好吗？”

“将点心留下，你回去吧。”阿尔萨兰转身离去。

善缇爬起，高兴地：“姑爸爸还是回府里去住吧！”

护弁从善缇手里接过布兜，阿尔萨兰蹙眉走着。

“老爷要带大福晋出门？”侯夫人欣喜地看着侯久满，“好啊，好啊！老爷，您可不知，如今广州城的大街小巷，将大福晋与良儿的事传得何等不堪，黄口小儿的童谣又翻了新的花样，说什么……”

侯久满疲惫地坐着：“不听不听，别脏了老侯的耳朵！”

“是是，妾身不说了。好，好，老爷带着大福晋多走些日子，走得远远的，妾身也赶紧张罗，给良儿定下一门亲事。”

侯久满看看侯夫人，情绪不高：“如此甚好。只是走得了，走不了，难说了。”

侯夫人惊异：“怎么……”

侯久满：“刚刚得到衙门通报，近日陆军部尚书铁良，要召集江南盟会各局，齐聚广州。”

侯夫人：“这……这盟会的盟主不是老爷吗？怎么这样的事，老爷自己才刚刚知道？”

侯久满烦躁地：“老侯也正为此事疑惑、郁闷。”

茶楼内，吴丁贵一杯接一杯地喝着闷酒，突然，吴丁贵不由一怔——赫顿坐在对面，正直直地看着他。

吴丁贵：“见鬼！何事？！”

赫顿毫无表情：“老侯升了你的官，是好事，为什么不高兴？”

吴丁贵：“走！走！你个洋鬼子懂个屁！”

赫顿抓起酒杯泼向吴丁贵的脸：“嘴巴干净点儿！”

“找打啊你！”吴丁贵霍地站起，但马上身软，赫顿的手里，亮出那把极小的手枪。

吴丁贵缓缓坐下。赫顿将枪攥回手心：“是真的不想去汉阳当官，还是有什么人不让你离开老侯？”

吴丁贵看看赫顿：“什么人？老侯无非是明升暗降，赶我去个人地两生的地方，销了我粤局的护军兵权，好用他的那个厨子，做新的统领。”

赫顿冷笑：“恐怕你不只为了这个喝酒。”

吴丁贵又看着赫顿：“还有什么？你知道个……什么？”

赫顿：“吴丁贵，你长期充当北方某位大臣的坐探，以为老侯不清楚吗？”

吴丁贵震惊：“你……你……你怎么知道？”

赫顿：“那人叫赵秉钧，赵秉钧后面还有个袁世凯。”

吴丁贵霍地抽举凳子蹿起……赫顿手心的枪也飞速亮出……吴丁贵看看，无奈坐下。

赫顿淡淡地：“你的事，有的，老侯知道。有的，我知道，但没告诉老侯。”

吴丁贵惊异：“为……为什么？”

赫顿：“我想帮你。”

“你？笑话！”

赫顿：“如果不想帮你，上个月，赵秉钧在这张桌前，要你杀掉戴刀的事，我早就告诉了老侯。”

“你！你……”吴丁贵大惊，“几次刺杀戴刀未能得手，难道是你在暗中保护？”

赫顿：“是我。而且戴刀没有任何察觉。”

吴丁贵愣怔半晌：“……你，你为何要帮我？那个侯久满可是你的干爸爸。”

赫顿默默地看着远处：“老侯至今仍然这样认为，而且我也并不反感。”赫顿转向吴丁贵，“但现在我在问你：你需要不需要帮助？”

吴丁贵掩饰着喝了杯酒。

赫顿：“我知道，那个赵秉钧不允许你脱离监视老侯的岗位，否则他会轻而易举地杀了你。”

吴丁贵眼中露出凶光：“那我就先废了……”

赫顿立即打断：“听着，你可以恨老侯，但绝对不准伤害老侯！”

吴丁贵疑惑：“怪事，你到底想干什么？”

赫顿未答：“你要帮我做件事情，并且不准向赵秉钧报告，否则我会在十分钟之内知道的。”

吴丁贵大愣：“你，你……你到底是什么人？！”

晨，阿尔萨兰满头露水地在课室前勒住马，正良扶下阿尔萨兰，面有难色：“阿尔萨兰……”

“怎么，我迟到了吗？”阿尔萨兰匆匆进门。

偌大课室内，只有寥寥三五个学生。

阿尔萨兰惊问：“学生呢？怎么只有这么几个？”

正良低声道：“昨晚，农场各处与学堂的门上，不知谁贴了许多传贴，写了些乌七八糟的东西。今晨，学生们要么没来，要么来了又被父母拉走了。”

阿尔萨兰蹙眉：“难道……难道那传贴……”

总办室内，江南十局总办与铁良、侯久满济济一堂，章志腾拿着张传贴念着：“侯府新三怪，老爷绿顶戴，额娘称处女，母子同铺盖。”

总办们咋舌摇头：“羞煞人，羞煞人。”

章志腾抱了抱拳：“大盟主，对不住，这是昨夜刚刚下船，就有人塞在我等手里的。”

侯久满强作笑颜：“烂仔无聊，恶言自娱，不屑一听，不屑一听。再说，老侯只是盟会帮办，铁大人才是盟主，铁大人才是我等大大的盟主。”

铁良喝道：“侯久满！是地痞无聊，还是你侯府无耻？！你知道本部堂召集江南各局总办，到你这花花世界，是来干什么的吗？！”

侯久满觍着脸：“回大人，标下猜想，大概是朝廷要标下与朱恩绂大人巡察全国枪炮，铁大人想与江南诸兄先通个消息，预谋方略。”

铁良：“放你个狗臭屁！你个猴精狗怪，往日办差诡诞不经倒也做成了事情，如今竟在做人上也荒谬绝伦！你知道你那大福晋是何人等？是我大清皇家大姑！你是如何管束这妇人的？今日恶名汹汹，你置朝廷颜面何在？！此人还兼着江南联盟参议，你置盟会声誉何在？！”

章志腾:“是啊,侯大人,泱泱中华,自古以道德立国。我堂堂江南联盟,也以忠孝标榜。目下,各局为时事所迫,已是苦撑苦熬,可你身为盟会帮办,内人身为盟会参议,竟做出这等人神共愤的事,这江南联盟还能继续存在吗?”

侯久满大惊:“铁大人,章大人,难道,难道你们是为我侯府家事,来宣布盟会解体的?”

铁良:“不解体又如何?!你猴山狗洞之事,已在朝廷訾议滔滔,众多老臣联署弹劾你猴头,财政部甚至放话,不究办清楚你窝里的勾当,粤局枪银暂缓拨放!”

侯久满一愣。

章志腾:“侯大人,您是不知,如今连盟会都跟您吃了瓜落。我等资帑艰困,纵有各种缘由,但在催发枪银时,也时时受人奚落、刁难啊!我等给您的一封封电报,名为请您设法催款,实为请您速速自清呀!”

多位总办:“是啊,是啊。”

侯久满惊愕:“我,我老侯的家事,竟然,竟然……”

铁良:“什么你的家事!你家此事,在四万万士绅黎庶之中能有几桩?这是些微小事么?!”

侯久满呆愣。

课室前,工匠甲拉着他的七岁女孩:“大福晋,我家妹丁还是回家读读《女儿经》就行了,您就放我们走吧。”

阿尔萨兰拽着女孩的一条胳膊:“师傅,师傅,不要听信那些谣言,阿尔萨兰清清白白做人,绝无任何辱没学堂名誉的事情,你就将这最后一个学生,给阿尔萨兰留下来吧。”

正良:“是啊,师傅,阿尔萨兰老师热心教育,有目共睹。”

围观人群中,痞子甲学着正良:“‘阿尔萨兰老师’,诸位听听,听听,这位大少爷管他的庶母直呼其名,这还不是不打自招?”痞子乙道:“这侯府的怪事真多,正宗的阿妈做妾,后娶的小娘成了大福晋,且一个屋顶下过了八九年,大福晋居然声称有名无实,要重新闹什么情爱自由!”痞子甲:“今日不是学堂能不能再办的事,而是这侯正良宣称要创建一方净土,可他言清行浊,反将我等这一方纯良田园,闹得男盗女娼!我等必须讨个说法,以正乡风!”

“我说一句,我说一句吧。”一乡民说道:“大福晋教书,不论贵贱,勤恳热忱,我等历历在目,心存感念。且我等粤民,并非风气未开的蛮族,只要大福晋能拿出,她确实算不上大少爷真正庶母的凭证,我等懒于过问他人私事,并且愿意大福晋继续教习乡里子弟。”

人群中一片响应:“对!这话在理!这话在理!”

总办室。“侯久满!”铁良接着道:“本官素来办事公正,原本要想解散这个江南盟会,下一纸牒文也就完了。之所以千里迢迢,将十局总办汇集于此,也是给大姑与你一个自清的机会,只要大姑与你能够证明夫妻相偕,皇家体面得保,本官也还你个公道,还要真的与你这个巡枪御使，共商维持盟会，应对整治之事。”

黎元洪：“大哥，铁大人此话字字在理。为侯府名誉，为江南盟会摆脱訾议纠缠，我等万望大哥、大嫂与大少爷实话实说，最好还能有个凭据，以正视听。”

“贼娘！”侯久满火起：“一个是我婆娘，一个是我犬子，婆娘是大行太后赐婚，犬子有接生婆写的生辰贴，还要什么凭据？！”

章志腾：“朝野盛传，你那大福晋委屈，成婚至今，有名无实。”

侯久满：“有实无实，碍着他人何事？！”

“怎的无碍？！有实，阿尔萨兰与你那儿子是乱伦大罪，依《大清律》，当裸体示众，受一千零一刀凌迟剐刑！无实，或可从轻问罚！”铁良猛拍了一下桌案：“猴子！到底有实无实？！”

侯久满大愣半晌：“……有，……有，当然有！”

铁良站立：“给你一日，想清楚再说！并出具凭证！”

铁良大步走出，侯久满紧跟后面：“大人，这九年夫妻的床帏之事，如何能有凭证？大人，铁大人……”

是夜，侯夫人房间，侯夫人拉着侯久满的袖子疾入：“老爷，这可如何得了，良儿的农场有人捎话，大福晋被村妇乡婆堵在房里，非要验身，看大福晋是否为处子。这不是奇耻大辱，逼人性命吗？”

侯久满一惊：“竟有这样的事？”

侯夫人：“老爷，快想想办法，大福晋何等尊贵，又是何等烈性，怎么可能容得了这般羞辱？”

侯久满：“善缇是否知道此事？”

“妾身这点儿脑子还有，这不，紧瞒着他，就是怕他使枪弄棒地杀过去。”

侯久满：“老侯是说，你让善缇杀过去，将他姑爸爸一把抢回来不就得了！”

“那，那，善缇如若乱杀乱砍……好好好，先顾着大福晋！”侯夫人急忙向外走。

“慢！”侯久满想想：“抢人，反倒做实了流言，那人与良儿更难做人。”

侯夫人：“这……这左不是，右不是！”

“夫人，你赶紧带着木棉等人过去看看，随时差人回来报信，老侯通宵在府里等着。”

“好，好……”侯夫人捣着双小脚，急急出门。

课室内，阿尔萨兰被三五个年老村妇围着。一乡婆道：“大福晋，若想证明您的身子，乡间有一种查验女子是否被男人碰过的土方，叫做‘守宫砂’，并不怎么使人难堪，大福晋不妨试试。”

村妇们“是啊，是啊。”

阿尔萨兰蹙眉：“什么守宫砂？”

“老妇人带了一瓶。”乡婆取出个小瓶：“守宫就是蜥蜴，自小以丹砂喂养，待其长大，用木杵捣烂，便成了一种红色颜料。蘸一些将它点在女子手臂，若是处子，终年不褪。若是与男子有过那种事，这红色很快便会褪掉。”

阿尔萨兰："毫无道理！什么颜色点在身上不褪，难道女子终年不洗澡吗？"

乡婆："大福晋，您就伸出手臂点一下，让婆婆们帮您断个是非，也好让门外的人尽早散了。"

"是啊，这又不难，就点一下吧。"村妇们劝着，动手拉扯阿尔萨兰的衣袖。

阿尔萨兰："做什么，做什么，阿尔萨兰本来清清白白，让你们这么荒唐一点，反而弄巧成拙。"

课室外，众多盐丁、乡民打着火把等候着。痞子们兴致勃勃地趴在窗口。正良被捆在篮球架上，焦急地望着课室大喊："农工们，乡友们，人人都有尊严，你们就放过阿尔萨兰老师吧，正良求求你们，求求你们，就放过阿尔萨兰老师吧！"

痞子甲回头："闭嘴！你那庶母心虚，老婆子们正捉摸更便捷的法子呢！"

侯久满在自己房内来回踱着，脑中闪着一张张脸和一张张嘴：

铁良："你个猴精狗怪竟在做人上也荒谬绝伦！"章志腾："做出这等人神共愤的事，这江南联盟还能继续存在吗？！"侯夫人："大福晋被堵在房里，非要验身，这不是逼人性命吗？"又是章志腾："朝野盛传，你那大福晋委屈，成婚至今，有名无实。"铁良："有实，阿尔萨兰与你那儿子是乱伦大罪，依《大清律》，当裸体示众，受一千零一刀凌迟剐刑！无实，或可从轻问罚！"

侯久满痛苦万端地驻足望着：墙上那满满的粤局历年制造的兵器。

课室，乡婆将一个马桶抱到阿尔萨兰面前放下："大福晋，这也是一法：马桶里放了些草灰，请大福晋坐于桶上……都滚开！滚开！不准看！"乡婆赶走窗外痞子，对阿尔萨兰耳语。

片刻，阿尔萨兰脸红、恼怒："更是荒谬不经！阿尔萨兰早已气得冒火，怎么可能还坐在桶上发笑？！"

"这是个最可把牢的法子，片刻工夫就成，大福晋，我们也侍候得不耐烦了，请您宽宽衣，宽宽衣吧。"乡婆与村妇们动手解阿尔萨兰的衣裙："试试吧大福晋。"

阿尔萨兰左推右挡。

"都给我住手！"侯夫人与木棉出现在门口。侯夫人愤怒地蹾着拐杖："住手！住手！这简直成何体统！木棉！"

"奴婢在！好一群污糟老妈！竟敢如此欺辱我家大福晋……"木棉撸撸袖子，抱起马桶，将草灰扬得乡婆、村妇浑身满脸，抱头蹿出门去。

"侯夫人……"阿尔萨兰扑到侯夫人怀里不禁痛哭。

侯夫人含泪拍抚："大福晋，大福晋，受委屈了。"

课室外，盐丁、乡民叹息、摇头。家丁们欲解正良绑绳，痞子甲叫道："不行！这狗男狗女纲常扫地，不能就这样不清不白地完了！"

"正是！"痞子们喧嚣着与家丁撕打起来。

突然"砰砰"两声枪响，痞子甲、乙的辫子被齐根击断，尖叫着捂住后脑勺惊看。

玉姑提着枪纵马驰来，阿六在后紧随。

正良："玉姑！"

驰至人群前，玉姑勒马昂立。侯夫人扶着阿尔萨兰奔出门："玉姑。"

玉姑挥枪指着痞子甲："烂仔！马上放了标下的大哥！"

痞子甲："你……你就是那个小脚龙头？"

"狗贼！"玉姑朝痞子甲脚上又开一枪："快！"

痞子甲惊得一跳，鞋尖冒烟，忙不迭地为正良松绑："别放枪，别放枪……"

阿六喊着："乡亲们散了，散了，请乡亲们都散了。"

盐丁、乡民纷纷散去。痞子甲奔入人群，跳着回头喊叫："这事还没完！还没完！"

正良奔到侯夫人面前跪下："阿妈……"玉姑下马，冲侯夫人跪下："阿妈，玉姑还有事，不能久留。阿妈多多保重！"玉姑磕了一个头，重新上马，看看正良与阿尔萨兰，说道："大哥，阿尔萨兰，望你二人好自珍重！"说完打马奔去。

"玉姑……玉姑……"

"玉姑妹妹……玉姑妹妹……"侯夫人与正良含泪呼喊着。

"夫人保重！大福晋、大少爷保重！"阿六磕了个头，也上马奔去。

"唉！"侯夫人抹抹泪，叹息一声转过身："大福晋，老妇人知道你苦，苦得有口难言，但有什么法子呢？还是认命了吧。木棉，收拾收拾大福晋的东西，一起回府。"

"慢，慢。"阿尔萨兰泪汪汪地："谢侯夫人深夜赶来救我，可，可阿尔萨兰不能随侯夫人回去。"

侯夫人："大福晋，这里还如何能住？走吧。"

阿尔萨兰擦泪："阿尔萨兰要是这样一走，就再也不能教书，再也看不见我的学生，再也呼吸不到自由的空气了。"

侯夫人："大福晋你……"

正良慢慢靠墙，望着黑漆漆的夜空。

翌日，总办室内，总办们齐集，铁良威严："侯久满，想清楚了吗？"

侯久满皱皱眉，堆出讪笑："回铁大人，标下想清楚了，想清楚了。"

铁良："你与大姑阿尔萨兰到底是有名无实，还是有名有实？"章志腾、黎元洪等一起看着侯久满。

侯久满暗暗又皱了下眉，朗声道："有实！回铁大人，有名有实！"

铁良："可有凭证？"

"这种事，若非要个凭证……"侯久满从怀里掏出那个子孙饽饽："这是标下当年，与大福晋住在颐和园里，大行皇太后闻知标下夫妻琴瑟相谐，大福晋可能有喜，特别恩赏的赤金子孙饽饽。这，不知能不能算为凭证？"

总办们愣怔，面面相觑。章志腾咕哝："居然还有这东西……"

铁良取过子孙饽饽认真观看。侯久满等了片刻，低声："铁大人……"铁良缓缓站起，将子孙饽饽恭恭敬敬摆于桌案中央，走到桌前跪下。总办们一见，慌忙随之跪下，跟着铁良磕了三个头。

铁良起身重新坐好，看看侯久满："侯总办，这子孙饽饽确为宫中之物。当年本督大福晋有喜，大行太后也特赏了此物，一模一样。"铁良看看众人："还有什么可说的，我等都曾经沐浴大行皇太后的恩泽，她老人家的物件，难道还不是煌煌明证吗？"

黎元洪："是，是，铁大人所言极是！我大哥、大嫂显然夫妻和睦，曾有大喜。只是天不随愿，至今未得一子半女，才为市井小人污口编派。"

"正是，正是，二弟所说，一点儿不假。"侯久满抱拳转圈致歉："铁大人，章大人，各位大人，标下府邸之事，竟玷污联盟声誉，搅扰枪炮事局，标下甚感惶恐，甚感惭愧……"

"好了，此事过去了，再也不准哪个私下议论，阴行勾串，给本督施加什么压力！"铁良瞪了章志腾一眼，转冲侯久满："不过你家大福晋与你那大少爷是否存在行为不端，仍需宗人府与两广衙门合署究查。即便清白无事，大行太后宾天之前也曾留有遗诏，叮嘱依循祖宗法制，女人不得柄政。你家大福晋虽说身为大姑，从此也不可再做粤局顾问、盟会参议。"

侯久满看看，拱手躬身："嘛！"

铁良："好，议正事！此次朝廷整治枪炮局，拟定宁为东厂，川为西厂，粤为南厂，津为北厂，鄂为中厂，五个厂，江南盟会就占了四家，我等看看，该如何应对新局……"

章志腾嘟囔："独独少了我沪局……"

铁良："住口，不准再打自家算盘！"

侯久满看着，悄悄擦了擦额角汗水。

黄昏，正良默默摘下"伊甸园盐垦农场子弟小学"的牌子。附近，几个小儿跳着唱着："侯府新三怪，老爷绿顶戴，额娘称处女，母子同铺盖……"

阿尔萨兰含泪望着窗外。正良走进门，默默递过手帕："正良也没想到，阿爸竟做了那样的证，学堂只有解散了。"

阿尔萨兰擦着泪："不，阿尔萨兰不甘心，阿尔萨兰绝不甘心……"

翌日晨，侯久满和衣仰在床上，直勾勾地望着房顶。地上，是扔散的子孙饽饽。赫顿走入："早安，老侯。怎么，你没睡？"

"哦，早。"侯久满起身，捡着子孙饽饽："怎么，昨夜住阿爸这儿了，你夫人呢？"

赫顿未答，看了看侯久满："老侯，依我看，你既然要配合政府整顿整个中国的军工厂，不如带个助手，帮你做个参谋。"

侯久满边洗脸边道："阿爸本想带你出行，可是都走，粤局交何人主持？"

赫顿："既然吴丁贵能调离广州，你完全可以带着他走嘛。你说过，吴丁贵曾经在德国留过学，他又多次跑过江南的所有兵工厂，应该是个不错的人选。"

侯久满吃惊地看着赫顿："你与吴丁贵素来不合，又知道此贼是他人暗桩，怎么今日积极为他说事？"

赫顿平静地："你清楚，吴丁贵对调他去武汉，撤销他军权的做法很生气，一直找借口不走，我不想看见你们，为这件事，发生什么过激的行为。”

“老子正等他过激！”侯久满将毛巾摔入脸盆，胡噜了一下溅在脸上的水，看看赫顿，平静一下：“你告诉吴丁贵，赶紧收拾行装，立即去鄂局，否则粤局大门，老侯也不准他踏入半步！”

“……好吧。”赫顿看看侯久满，走出门去。侯久满疑惑看着赫顿背影。

善缇走进：“老爷，您叫善缇？”

侯久满“嗯”了一声，盯着善缇：“我跟你讲的那件事，你是不是借着给你家姑爸爸送点心，告诉了她？”

善缇看看侯久满：“是，姑爸爸问起，善缇没有说谎。”

侯久满：“如今你家姑爸爸已被朝廷开缺一切官差，以后公事方面，不要再同她讲。”善缇未应。“这次为她徒生风波，差点儿弄得盟会解体，往后让她少知道些事情，除了便于老侯办差，也是为了你那姑爸爸好。”

“嗻，善缇明白。”

侯久满：“没有马上叫你接任护军统领，是因为护军中有吴丁贵的太多旧人。这几日，必定赶他走。老侯利用弹子厂，已秘密制成大批钱币，你依老侯计划，继续搜索市面目标。”

“嗻！”善缇打千。

小机器厂，戴刀装配着重机枪。赫顿走入。戴刀笑问：“怎么今日白天就来了？”

赫顿拿起机枪的一部分仔细看看，随手装着：“戴刀，有一件事，我想你该知道了。这个小作坊，还有你研制兵器的资金，并不是那个客栈老板弄来的，而是老侯在暗中帮助你的一切。”

戴刀大惊：“什、什么？”

赫顿：“客栈老板只是个为老侯跑腿的。其实，你自己应该猜到这些。”

戴刀的手不停颤抖。

赫顿：“中国的军工，是老侯的整个生命，他怎么可能荒废你这个罕见的天才？”

戴刀已泪水夺眶：“……你，你说得没错，戴刀……戴刀早就该想到，是侯大人依然站在戴刀背后，一刻都未曾离开。”

赫顿看看戴刀：“现在有件事，对于同样在为中国军工奋斗的你来讲，也许是个非常非常难得的机会。最近，老侯不但要管江南枪炮厂的事，还要管管江北了。你完全可以借着陪老侯进行全国巡察的机会，在更大空间发挥才智。”戴刀看看赫顿，沉默。

赫顿：“戴刀，你是不是在想，老侯连枪炮局都没让你回去？”

戴刀沉重地：“是。”

赫顿：“老侯怕你回去，是怕你带着工人闹事，但你要是提出：只做他的顾问，去全国走走。老侯肯定非常乐意。”

戴刀沉吟片刻：“不，侯大人若有此意，早就知会戴刀了。大人未讲，一定自有道理。”

赫顿看看，欲走：“戴刀，你再想想，也许你真的不该错过，了解整个中国军工状况的机会。”

“看侯大人的意思吧。”戴刀送着赫顿：“赫顿，作为好朋友，我一直想劝劝你，要善待西西夫人，你不该总住在客栈，将夫人弃之不问。”赫顿停步看看戴刀，想说什么，没有说出，默默走出门去。

赫顿走出门，一怔。侯久满拿着个布卷正下马车，看见赫顿也是一怔：“红毛？”

赫顿笑笑：“老侯爸爸，你总算是来这家秘密作坊看看了。红毛如果没有猜错，你一定是亲自来请戴刀，陪你出门的吧？”

侯久满笑笑：“快回局里吧。”赫顿神情复杂地看着。

机器旁，戴刀刚拿起部件，又慌忙放下：“侯、侯大人。”

侯久满打量着厂房：“……怎么，刚才小红毛，跟你说了朝廷要考察全国枪炮的事？”

戴刀：“是，大人。”

侯久满：“你愿意一同看看吗？”

戴刀兴奋，又有些支吾：“戴刀，戴刀愿往，但……全凭大人意思。”

侯久满转向戴刀：“刀儿，回粤局主事吧，这回就不要随我远行了。”

戴刀有些吃惊：“粤局……粤局不是还有赫顿吗？”

侯久满默默打开布卷，里面是赫顿带回的那些枪炮图样：“你先帮我看看这些图样。”戴刀疑惑地看看侯久满，开始翻看。侯久满站在门口，向外看看：“这是西方各国最新的枪炮，老侯想学些可用之处。”

戴刀愣愣：“可，可这些东西，顶多算得上三流货色，有好几件，还是戴刀随五大臣出洋时，就见过的。”

侯久满并不吃惊：“是吗？你再仔细看看。”

戴刀：“不用再看，而且这图样上的有些部分，明显不尽合理。大人，这东西是哪来的？”

侯久满平静地：“是小红毛回国成亲时，为老侯专门收集的。老侯已反反复复不知看过多少次，越看越觉可疑，所以请你断断。”

戴刀大叫：“不可能！不可能！赫顿绝对不会做这等事情！一定是，一定是有什么蹊跷！”

侯久满收起图样：“刀儿，考虑一下，回局里吧。老侯已然老了，已然什么都糊涂了。但老侯希望，你重回粤局，只问枪事，不问人事。”

茶楼雅间，佳肴丰盛，桌边只有侯久满与赫顿。赫顿高兴地：“老侯爸爸，怎么样，说通了戴刀？他和你一起进行整个中国军工的大考察？”

侯久满笑眯眯地：“小红毛，你先告诉阿爸，你这次，为何对此事如此的关心？”

赫顿怔了下，尴尬地笑笑：“你和戴刀，如果能通过这件事情和好，赫顿当然非常非常高兴。”

侯久满：“那吴丁贵呢？你也是希望阿爸与那个袁世凯、赵秉钧的坐探、暗桩和好？”

赫顿顿时紧张：“我……我……老侯……”

侯久满伤感：“小红毛，自打那两门毒气炮，让你我战场相识，走到今日，已经11年了。这些年，风风雨雨，你我二人经了多少大灾大难，大生大死。虽说你我国籍不同，人种两异，可你我情同父子，相处甚欢。阿爸爱你这红毛的诚朴率真，你爱老侯爸爸的实心实意。”

赫顿怯怯地看看："老侯，你想要说什么？"

侯久满痛心地："红毛，阿爸知道，你爱中国，不是嘴上说说的，而是真真切切地爱。你为阿爸，为粤局，为中国，着着实实做了许多许多的好事。可是，你不该啊，不该从我这只顽劣奸猾的老猴子身上，学了一样最坏不过的本事。"

赫顿："什么？"

侯久满："心术！"

赫顿："心……心术？"

"而且你学得很不到家。"侯久满从桌下拿出那卷图样，放在桌上。

赫顿大惊："这……这不是你让我收集的那些……"

侯久满："红毛，什么都无需解释，你能告诉阿爸，你回国成亲的这两年，都发生了什么吗？"

赫顿："没，没有啊……"

侯久满盯着赫顿的眼睛……

赫顿："真、真的，老侯……"

侯久满："小红毛，你的嘴已经不是过去的嘴了，可眼睛还是过去的眼睛。"

赫顿怔怔，深深垂下了头，一忽儿，远隔大洋的一幕飘入脑际：

英国秘密情报局的一间密室，一个特工阴鸷地盯着对面："赫顿先生，我想您知道您到这里来的原因，您的岳母茱莉亚，是反政府组织的同情者，如果您希望她是在医院，而不是在监狱里，体面地去见上帝，您最好加入我们，尽您的便利，提供那个龙之国的军工情报，为您的祖国服务。"

"红毛……红毛……"赫顿猛然听见侯久满在叫，灵醒过来。

侯久满将酒杯放在赫顿手里："端着。小红毛，你不再情愿英国或西人的好东西，让中国人学去，阿爸很理解。你爱英国，与阿爸爱中国，没什么两样，阿爸很欣赏。但，爱国虽一样，可最好还是各在各的地盘上爱吧。红毛，这是阿爸最后一晚叫你红毛了，也是老侯最后一晚做你阿爸，阿爸在楼下的马车里，为你准备了 20 万现银，这顿酒，是阿爸礼送我儿小红毛，离开粤局的告别酒。阿爸……阿爸……先干了……"

侯久满含泪，一饮而尽，哆嗦着亮亮杯底。赫顿端着酒杯一动不动。

夜，一辆马车缓缓走在空荡荡的街上。车头前，酩酊大醉的赫顿，摇摇晃晃，高唱着一首英国民歌。善缇赶车跟在后面："赫顿老师，还是上车吧。"

赫顿："不……不……小红毛，绝对不能要，阿爸的银子……"

"善缇送您回家，上车吧，赫顿老师。"

赫顿伤感地："小红毛……小红毛……没有家……"

西西站在洋行前张望着。远远看见赫顿与马车走来，西西跑着迎上："赫顿……赫顿，你怎么喝成了这样？"西西想架赫顿，却被一把推开。

赫顿："你是谁？躲、躲开！"赫顿将西西推倒，走进门，随手撞死。

摔得很重的西西艰难爬起，敲着门："赫顿，赫顿，开开门，开开门……"赫顿沿门瘫软在地，呼呼而睡。

此时，侯久满也躺在床上喊着："小红毛，阿爸，阿爸再与你，连干三杯……不！九杯！"

侯夫人与木棉侍候着："老爷，您这是怎么了？又怎么了？"

家庙，西西哭着向里走，可言在后面紧跟着："西西夫人，西西夫人，还是让善缇送您去侯府吧，这么晚，您住在可言这儿，恐怕不妥……善缇！你也真是的！"

善缇："二少爷，我是要拉西西夫人去侯府的，可夫人哭得吓人，非要来二少爷这儿，又正遇上巡警，就一起送这儿来了。"

可言："西西夫人，您真的不能住在这儿。"

"侯，我不是住在你这儿，我只是想找一个能大声哭的地方。"西西推开一间房门，走入。

"西西夫人……"可言回头："善缇！你也别走了，陪着一同住着！给本人做个见证！"

善缇愣怔着。

房内，西西流着泪，惊疑地看着那张可以容十几人的大床。可言又拉又不敢拉地牵住西西的衣袖："走，走，要说话，西西夫人，换个地方。"

西西："过去，这不是你的书房吗？怎么……怎么会有这么大的床？"

"走……走……"

可言拽着西西，走进了佛堂。

西西看看庄严的佛像，看看四周："我们，我们坐在哪？"

可言将地上的垫子用脚移得相距稍远："地上，地上，西西夫人，您坐。"

西西："你不是还有其他房间吗？"

可言坐在地上："这里好，这里好，有菩萨看着。"

西西怔怔，又哭："侯，我和赫顿真得维持不下去了，一天都维持不下去了。赫顿他，一点、一点都不爱我……"

可言同情地看了一阵："西西夫人，可言看着您过成这样，心里也时时如刀剜火煎，可人生如此，难有圆满。赫顿先生起码还是个德才兼具的人，比之许多粗鄙的家伙，已实属难得。"

西西："不，你不明白，他如果能像个粗人，愿意将自己的心思大声喊叫出来，西西也许觉得还生活在一个活人面前。可他只像是墙上的一幅画，白天、夜晚，永远是一种表情。侯，我坚持不下去了，我要与赫顿离婚。"

可言怔怔："当然，天赋人权，婚姻自由。西西夫人尽可放胆直行，追逐人生之大欢乐，真幸福！"

西西一把抓住可言的手："侯，离婚后，你还能像过去那样爱我吗？你能让西西坐中国的轿子，被抬进侯府，真正地管老侯爸爸，叫爸爸吗？"

可言顿时惊恐："不不不，不不不，可言刚才不是这个意思，可言是说，西西夫人为追求幸福，尽可壮起胆子，但不是，不是为了侯，预谋私通。”

西西怔怔：“……你怎么了，这怎么能叫私通呢？”

可言：“西西夫人，西西夫人，您听可言说，可言虽然早已知晓您与赫顿先生不谐，但绝不敢阴生半点儿非分之想，可言已不是过去那个狂放不羁的登徒子。”

西西泪汪汪地：“侯，难道你因为西西结过婚，就不爱西西了吗？”

可言：“不不，西西夫人，您千万千万不要误解。您刚才看见的那张大床，记载了可言一段猪狗岁月，是阿爸的机关枪，将可言‘突突’了过去，又承蒙西西夫人天外降临，给救了回来。如今可言已脱胎换骨，二世为人，再也不敢做背逆天伦纲常之事。更何况，可言目下身为咨议局坐办，当处处检点，防人非议。”

“侯……”西西蒙脸痛哭。

可言直劲作揖：“西西夫人，菩萨在上，可言所讲，句句是实，您放过可言，放过可言……”

佛像庄严地看着这一切。

三十八

课室内，阿尔萨兰默默做着婴儿小鞋。

正良呆呆望着窗外，良久，叹息一声：“唉，虽说你有新太后庇护，宗人府和衙门只是胡乱查了一通，但还是含糊其辞，断了你我，一个不忠，一个不孝。”

阿尔萨兰抬头看看：“莠草，你是不是有些后悔？”

正良：“不不，正良没有后悔的意思。”

阿尔萨兰：“或许，阿尔萨兰只有真的验身，才能接回学生，也才能让你真正相信。”

“不不，你千万不要这样，千万不要这样，正良只是在想，这世道如何变得，怎么连自己身上的事情，都说不清楚了？”

阿尔萨兰看看：“正良，你还是回府看看你阿爸、阿妈吧。”

“……正良也是个男人，这种时候，当待在应待的地方。”

“还是回去看看吧，说起来，你那阿爸，真是个一等能人，十足好人，只可惜，你作为他唯一嫡子，却未能接续他的枪炮香火。”阿尔萨兰苦笑，“待阿尔萨兰有了后，无论男女，一定令其追随那老侯，习造枪炮。”

正良：“我们真能有那一日吗？等衙门敢接你与阿爸的分离官司，怕是只有盼着革命党改朝换代了。”

阿尔萨兰沉默片刻，缓缓站起：“我给你做些夜宵吧。”

“不用了。”正良走到一角，将课桌拼起，取出被褥，“真是委屈了你，阿尔萨兰。”

阿尔萨兰：“不，这是阿尔萨兰睡过的最舒心的炕了。”

正良铺完被子：“好了，正良回隔壁课室了。”

阿尔萨兰深情地：“盖好被子，小心受凉。”正良走出。阿尔萨兰默默看着。

教堂内，身穿燕尾服的正良与穿戴婚纱的阿尔萨兰手持如意，相对而立。中间一穿长袍马褂的老者捧着拂尘：“侯正良，你是否愿娶阿尔萨兰为妻，并与她同道、同志，在神的面前与其结为一体，爱她、安慰她、尊重她、保护她，像你爱自己一样。”

正良：“正良愿意。”

老者：“阿尔萨兰，你是否愿嫁给侯正良为妻，并与他同道、同志，在神的面前与其结为一体，爱他、安慰他、尊重他、保护他，像你爱自己一样。”

阿尔萨兰：“阿尔萨兰愿意。”

老者：“好了，你二人可以彼此赠送如意与亲吻了。”

正良与阿尔萨兰交换如意，含情脉脉地相拥，正要亲吻，突然响起两串枪响，侯久满抱着机关枪闯来，冲着正良、阿尔萨兰愤怒扫射，正良、阿尔萨兰浑身鲜血地倒下……

阿尔萨兰蓦然坐起……

做了同样一梦的侯久满猛然惊醒，霍地坐起。他满头大汗喘了阵粗气，抓起床头水杯大口喝尽，怔怔，踉跄出门。

侯久满深深呼吸，看见侯夫人的房间还亮着灯，踉踉跄跄地走过去。

观音像的下方多了一幅妹仔遗像。侯夫人默默诵经。侯久满进门看看，走到桌边坐下。

侯夫人吃惊："怎么……老爷怎么醒了。"

侯久满搀起侯夫人："夫人为超度妹仔，辛苦了。"

侯夫人："老爷要喝水吗？妾身给您……"

"刚才喝了，夫人坐。"

侯久满与侯夫人坐下，沉默一阵，侯夫人道："这夜，真静啊。"

"是啊，如今偌大侯府，只剩了我与夫人。"

侯夫人哀伤地点点头："热热闹闹的一大家，转瞬变得四分五裂。"

侯久满："夫人，不知良儿与那人，目下境况如何？"

侯夫人："妾身去看过，良儿还好，他毕竟还有盐垦的诸多事情压着。但大福晋则凄惶得很，她成日埋头做着婴儿小鞋。唉——"

侯久满愧疚地看看，默默起身离去。

广州街头，数十学生举旗呼喊："反对皇族内阁——反对假立宪——还我民权——重新组阁——"

1911年5月8日，清廷颁布以皇族为主的《内阁官制》，遭致激烈反对。

士绅商民坐于铁轨，振臂高呼："坚拒外资——不招洋股——还我路权——不借外债——"

1911年5月9日，清廷将川、汉、粤铁路收归国有，与外国订立借款合同，激起全国怒潮。

总办室，穿着护军统领制服的善缇，大步走入，打千："老爷，善缇已见过护军弟兄。"

侯久满看着表册："起来说话。"

"谢老爷。"善缇站起说道："老爷，善缇依照吩咐，已在护军看中二十几个精壮敦厚的兵弁，随时可待老爷号令，出动做事！"

侯久满："很好。那吴丁贵执意不赴鄂局，已被老侯开缺，你加些小心，谨防这厮挟怨报复。其他的，待老侯看准时机，再告诉你如何行动。"

善缇打千："嗻！"

正良满脸烟灰地走入课室：“阿尔萨兰，我回来了。”

刚做好饭的阿尔萨兰擦着手：“饭菜刚刚做好，快洗洗脸，吃吧。”

“哎。”

阿尔萨兰看看：“正良，有件事情，我想了多日，想跟你说说。如今天下大乱，你那阿爸行事乖谬，恐怕更须设法监护着他与粤局才好。”

正良怔怔，放下面巾：“你……你一点儿都不怨恨我的阿爸？”

阿尔萨兰：“我说过，我与你阿爸，是一世也说不清，理还乱的冤孽，监视着他，与护守着他的枪炮，早成了大行太后，为阿尔萨兰铸成了铁的命，想逃，逃不掉；想忘，忘不了；想放下，也永远放不下了。干脆，就不情不愿、又情又愿地扛下去吧。”

正良同情地看着：“……正良明白了。”

阿尔萨兰：“正良，我曾听善缇讲，你阿爸仍未放弃自造钱币，纾解资帑困难的法子，如今，阿尔萨兰被开缺官差，赫顿也离开了粤局，没人看着你阿爸，他不知何时又捅个天大的窟窿。”

正良：“你所言极是，可你我该如何看着阿爸呢？”

阿尔萨兰：“要看着你阿爸，最好是看着你阿爸的尾巴。”

“阿、阿爸的尾巴？”

阿尔萨兰：“哦，我一直没有告诉你，粤局的那个吴丁贵，是袁世凯手下的手下，是埋在你阿爸身边的一根暗桩。”

正良惊讶得说不出话来。

茶楼的暗处一隅，赫顿与吴丁贵对坐相望，过了好一阵，赫顿冷冷地：“还没有想好吗？”

吴丁贵道：“赫顿先生，小的实在不明，你与那戴刀曾长期同住客栈，他所研造的旱机关与重机关，你本应十分清楚，为何此时偏要命令小的，去偷盗枪图？”

赫顿：“我离开工厂时，戴刀正在对这两种武器做重大改造。现在中国大乱，无论政府还是革命党，都在加紧备战，也都想很快拿到这两种样枪，我当然更得及时掌握情况。”

吴丁贵：“可是戴刀已搬回侯府，老侯也将小的开了缺，小的实在无法靠近……”

“住嘴！”赫顿低喝，“少装糊涂，你曾经多次潜入过侯府，偷图、还图，并企图暗杀戴刀的祖父！”

吴丁贵一惊：“你，你如何知道这些？”

赫顿掏出张银票放在吴丁贵面前：“图不在戴刀房间，而是在老侯那里。自从你第一次盗图，老侯对这样的东西，晚上都亲自保管。还有，别忘了将老侯与朱恩绂考察完全国枪炮，为清廷草拟的报告，一起弄到手。”

“你说的是折子吧？”吴丁贵收起银票。

赫顿：“记着，行动的时候，绝对不许动粗！绝对不允许伤害老侯！”

吴丁贵看看：“……嗻。”赫顿神情麻木地起身离开。

另一桌边，黑袍、黑帽、黑墨镜、黑胡子的正良，化装夸张，惊得张着大嘴，看着赫顿与吴丁贵。

赫顿出门，吴丁贵随之走出。正良急忙起身欲跟，“茶资，先生。”茶房拉住正良。

“……哟，哟，换穿衣裳，忘了带银子……”正良浑身乱摸，慌得眼镜与胡子掉下一半。

吴丁贵走着，一卖槟榔的小贩，挑担跟上，拍其肩膀，吴丁贵回头一惊：“赵……”

赵秉钧：“烂头蟀，好久不见你的密报了。”吴丁贵看看四周：“赵大人，小的不是禀报了您？小的被老侯开缺，粤局已进不得半步。”

赵秉钧：“听着，进得进不得，都得速速设法搞到那个旱机枪与重机枪的样枪，或者枪图！袁大人急用！”

吴丁贵：“大人，小的真无办法……”

“找死！粤局进不得，你不是能进那猴窝吗？！记着，此次为了搞到东西，可以不惜杀掉猴子！”

吴丁贵愣怔：“这……老侯他，毕竟……”

赵秉钧阴狠盯视：“怎么？下不了手？！”

吴丁贵：“……嗻，小的遵命便是。”

“什么？！你说赫顿与吴丁贵是一伙的？！”阿尔萨兰惊愕不已。

正良紧张地：“是，当时，正良惊得差点儿叫出声来。”

“他们说什么，你听清楚了吗？”

“正良只听见了阿爸和戴大哥两人的名字，其他……其他，正良脑袋里嗡嗡一片。”

阿尔萨兰思忖稍倾，疾步出门。正良紧跟：“阿尔萨兰……这么晚了，你要去哪！”阿尔萨兰解开拴在门边的马，丢下一句：“好生在家里呆着！”便飞入夜幕。

正良慌忙解另一匹马：“阿尔萨兰，等一等，正良和你一起去。”

静谧的侯府，善缇提着灯笼巡看走过。一条黑影闪出，飞蹿到侯久满房前，掏出匕首，拨开门栓闪入。

侯久满朝墙睡着，吴丁贵蹑手蹑脚走到床前看看，然后打量了一下房间，开始在书柜等处翻找着。侯久满极警觉地醒来，睁开眼睛听着。吴丁贵感觉到什么，立即停下，看着侯久满。侯久满睁着眼继续打鼾。

吴丁贵翻找一阵不放心，走到床边低声说道：“顶爷，小的深知您精得很，您莫非醒了，在看小的出丑？”侯久满依然打着鼾。

吴丁贵伸手在侯久满脸前晃晃：“顶爷，您醒着吗？”

侯久满猛地攥住吴丁贵的双手：“狗贼！你说呢？！”侯久满从床上跃起，与吴丁贵打起来。

“吴丁贵你这畜生！摘下你的屁帘！”侯久满揪掉吴丁贵的蒙布。吴丁贵急眼：“老家伙，松手！否则莫怪小的不客气了！”吴丁贵抽出匕首。“你敢！说！是谁叫你来行窃？！”吴丁贵的匕首刺向侯久满胸口，突然一声枪响，吴丁贵胳膊一软，匕首斜刺在侯久满肩上。

吴丁贵蹿出，被提着侍卫金刀奔来的善缇一把拽住。吴丁贵奋力挣脱，狂奔。戴刀也提着手枪奔出门。侯久满捂着伤，扶住门框，冲善缇和戴刀喊："拿住吴丁贵！要、要活口！"

庭院内，吴丁贵带着伤三拐两绕，又在玉姑房间附近不见了踪影。戴刀和善缇奔来，善缇气恨跺脚。"别急！"戴刀看了看，奔到房间的一面侧墙，按顶一块墙砖，墙上开启出一道暗门。善缇大惊。戴刀钻进暗道，善缇紧跟着钻入。

奔下十几级台阶，戴刀与善缇沿暗道追着。吴丁贵已蹿到出口的一口枯井，向上攀爬。戴刀追至："站住！吴丁贵！"吴丁贵未理，戴刀"砰砰"两枪击中吴丁贵双腿，吴丁贵坠落。

暗门外，侯夫人扶着木棉："老、老爷，这是怎么回事……"

一侧，侯久满坐在石墩上，由门房裹着伤。善缇将吴丁贵扛出暗门，丢在地上。侯久满瞪着，吴丁贵笑笑："顶爷，小的早知，这趟差事接不得。"

"讲！是不是来盗枪图的？！"

吴丁贵："正是。除了枪图，还有您与朱大人准备给朝廷上的折子。"

"接着讲！"

"小的犯了道上的天条，背逆主子，自知该死，顶爷就赏小的一个痛快吧。"

侯久满看看，推开门房："先给他裹伤！"

门房："老爷，您这还没裹好……"

"去！"

"是，老爷。"门房转身，为吴丁贵的腿裹伤。戴刀裹着吴丁贵胳膊上的伤。

吴丁贵看看侯久满，看看戴刀，有些感动："戴先生，您刚才不该只打小的两腿，而应一枪结果了小的性命。因为你家爷爷，当年是小的，为了得到那28珠连环铳的枪图，用慢毒给害死的。"

侯久满大惊："什么？！"

戴刀冷冷看着吴丁贵："我早就怀疑爷爷是被毒死的，只是苦无证据。"

侯久满："狗贼，你说！你到底是从何时开始，受袁世凯、赵秉钧指使？！"

吴丁贵看看侯久满："袁世凯，小的够不着，但小的确实早就为赵秉钧收买。但这一次，不只是他，指使小的还有……还有顶爷您的洋儿子。"

吴丁贵："顶爷，您早知小的首鼠两端，卖主求荣，临了却只是开缺了小的，而没要小的性命，小的真是无脸再活。这些年，小的跟着顶爷，大事、小事、好事、坏事，干了不少，小的怕顶爷、怪顶爷、服顶爷、敬顶爷，实在不愿真的杀害顶爷。但这一次，小的实实被中国、外国，两边的主子生生夹着，不得不昧已瞒心，下了黑手。顶爷，小的就全数招了吧，那赫顿，前年回国婚娶，已为英国情报机关征召，他重回大清的目的，是专为收集中国军工情报的。"

侯久满愣怔着。

"顶爷，小的谢罪，若有来世，再绝无二心地侍奉您老人家。"吴丁贵抱抱拳，突然夺过戴刀插在腰里的枪，朝自已头上一枪，自杀身亡。

侯久满缓缓站起："吴丁贵光棍一条，就将他脸朝下地葬在大师傅的墓后，日日赔罪吧。"

善缇："知道了，老爷。"

侯久满走到自己房门，背身问道："刀儿，你是怎么知道这暗门的？"

戴刀道："回大人，是妹仔与戴刀同住客栈时，听戴刀聊起侯府曾经被神秘盗图，告诉戴刀的。妹仔从小在这原来的将军府长大，所以清楚这府里的秘密。"

侯久满站站，走进门，缓缓关上。良久，发出一声长长的悲呼："阿爸的小红毛啊——"

侯夫人、戴刀、善缇默默地看着。

戴刀看看善缇手里的金刀，忽然想起："善缇，你没有带枪？那……吴丁贵胳膊上的那一枪，是什么人打的？"

善缇愣怔一下，忙四处张望："……是……是……"

此时，侯府大门外，阿尔萨兰出现在墙上，她攀住那棵靠墙大树，跳上马背。正良低声问："阿尔萨兰，响了好几枪，都谁伤着了？"

"快走。"阿尔萨兰抖缰奔离。

房内，善缇裹着侯久满的肩伤。侯久满沉默一阵，淡淡问道："你们刚才议论，是另外有人救了老侯？"

善缇看看，也是淡淡答道："回老爷，定然是我家姑爸爸出手救了老爷。"

侯久满看看善缇："她怎么会知道今夜有事？"

善缇："这个善缇不知。"

侯久满沉默片刻："真不知有多少人在惦记粤局的旱机关、重机关，但殊不知，老侯早无银子成批制造这两样东西。"

善缇看看："老爷，您是不是要吩咐善缇做什么了？"

侯久满狠硬地："善缇听令：自明晨开始，一日之内，将老侯敲定的那些目标，一举搞定！"善缇领命。

次日晨，茶楼雅间前，善缇着护军军装，刀枪齐佩，大步走着。身后跟着两名护卫，以及两个用杠子抬着沉重大箱的兵弁。到了门前，善缇走入，护卫分立两边。

雅间内，桌前站起何富商，傲然不快："统领大人，您吩咐小民一早见面，小民已候了多时。"

善缇抱拳："对不住，今日不止与何老板有事，迟了一步，望何老板见谅。"善缇坐下，看看桌上已摆好的早茶："这些茶点还可以吧？你我边吃边说。"

何富商："统领大人与小民素不相识，召唤小民所为何事？"

善缇吃着："何老板可不是什么小民，您如今是广州赫赫有名的洋行大班。直说了吧，我粤局有一批机器，想请何老板代为向国外采办。"

何富商冷笑："粤局？侯久满的事？恕小民有心无力。"何富商站起欲走。

善缇："何老板是商人，不至于当年与我家二少爷的亲事未成，便拿着上好的生意怄气吧？"

何富商："谁不知侯久满如今穷得叮当乱响，连造颗炮子都发愁，他能有什么上好的生意可做？"

善缇："废话少讲，因为等着这批机器急用，粤局愿出三倍价银付酬，愿干就坐下，不愿干就走人。"何富商："三倍？侯久满有这些银子吗？他莫非又弄了条铁甲巨舰，在海上大肆抢劫？"

随着善缇一声招呼，两个兵弁将大箱抬进，打开箱盖，里面是满满的崭新的墨西哥鹰洋。何富商怔了怔，拿起几枚翻来覆去地仔细验看："这……这……"

善缇吃着等了一阵："别'这这'的没完没了，一句话，这生意有做无做？"

何富商看着眼鹰洋："这，侯大人他，这是哪来的？"

善缇："全是现洋交易，愿做，这些是定金。"

何富商缓缓坐下："那猴子会不会又在猴头猴脑地算计小民？他的那块万岁牌，如今可不大好使了。"

"放肆！"善缇擦擦嘴，摔下餐巾，起身大步出门："抬上箱子，走！"

何富商忙追，拉住善缇佩刀："统领大人，统领大人，小民没说不做，小民没说不做。"

是夜，总办室，侯久满修改着奏折："11家，全都搞定了？"

善缇："回老爷，11家，全都搞定。"

侯久满："老侯造的那些鹰洋，全都放出去了？无人看出真假？"

善缇："回老爷，全都放出去了。至于有无看出真假，正如老爷所断，这鹰洋造得如此逼真，即便这些奸商有个把看出，但为了暴利，也未必愿意说破。"

侯久满丢下笔："好！该是请这些东西一起喝参汤的时候了！"

"阿尔萨兰……我回来了……"正良满头大汗地奔入课室，叫着："那个善缇……善缇抬着十几口很沉的大木箱，分别送给了十几家洋行的商人。"

"你慢点儿讲。"阿尔萨兰用毛巾擦着正良的汗。

"还有，正良发现，好像有一个人，总是不远不近地跟在善缇身后。"

阿尔萨兰警觉："谁？是什么人？"

正良："一个卖槟榔的小贩，瘦瘦的，中等个子，午时他买饼吃时，正良听出他是河南口音。"

阿尔萨兰惊愕地睁大眼睛："难道……难道……"

正良："阿尔萨兰，怎么，这人真的可疑？"

阿尔萨兰："哦，正良，做这种事最好别大呼小叫，过于夸张。不过，这也真难为你了。"

破败的海神庙内外，站着十几个持枪的护军兵弁。殿里，何富商等11个着中西服装的商人，坐在草铺上，垂涎欲滴，眼巴巴地齐齐看着。对面，两个兵弁坐在摆满美食、美酒的桌前，也不说话，只是夸张地大吃大喝。何富商等饥肠辘辘，痛苦不堪。

善缇走入，看看："何老板，已经几天了，你等集议，是否讨论出了结果？"

何富商怒喝："善缇！你不过侯府的一个伙夫厨子，竟穿上这身官衣，帮那刁猴标参、打脚骨！"

善缇道："善缇已讲，此事只是善缇个人所为，与侯大人毫无干系。反而是侯大人发觉此事，已向衙门举告。尔等清楚，依大清新政颁行的《商律》，明知假币，仍旧使用者，与造假、贩假同罪。尔等是洋商，只怕此事朝廷饶不了，尔等头上那些看重声誉的洋爸爸，更是饶不了。”

何富商：“这……这明明是那刁猴，既做贼！又告贼！还抓贼！”

“看来，尔等的肚子里，还有很饱的火气。那就再等十日，善缇再来。”善缇走出。

何富商：“慢，慢，莫说十日，再有一日小民们就受不了了。就依大人的，我等知会洋行推举中外两名代表，与大人商议善结契约，并在各家行内，每年为统领大人留一成股金。”

善缇：“不是一成，是两成。”

“你……你……”何富商连气带饿，晕了过去。

枪炮局公事房，戴刀坐在设计板前画着炮图。“戴先生别来无恙？”戴刀回头，一惊：“赵秉钧，你怎么进来的？！”

工匠打扮的赵秉钧笑着：“下走跟着袁世凯吃了同党的瓜落，被开缺所有差事，如今走投无路，想在戴先生门下讨口饭吃。”

戴刀：“少废话！你这等鬼蜮宵小，又在打什么毒蛇主意？！”

赵秉钧阴笑：“戴先生只是侯大人可资利用的豢养马仔，并非真正贴心心腹，近日你家侯大人又做了什么事情，戴先生肯定不知。”

戴刀：“出去！少来戴刀这里挑拨离间！”

赵秉钧：“下走明讲，你家侯大人擅造伪币，并看准那些大官与外国人勾串的洋行但凡用了假币，便谁都不敢张扬，只有任其长期勒索。可智者千虑，必有一失，此事偏偏半途多出个下走，让下走一不留神，看了个清清楚楚。”

戴刀蹙眉：“你来找戴刀，莫非是想以此敲诈？”

赵秉钧：“戴先生聪明。如今，你家侯大人的那个‘三不杀’已然用尽，若再想保命、保粤局、保侯府，真是难上加难了。”

戴刀：“你到底想干什么？”

“很简单，此事若想下走不向朝廷举发，只有一个法子：戴先生有点儿什么，便给下走赏点儿什么。”赵秉钧说着，抚摸着桌案上的两挺旱机枪与重机枪。

戴刀惊愕得说不出话来。

此时，侯久满房内，善缇道：“老爷，那些奸商已经同意，由其家人推举中外代表各一人，明日商议粤局入股契约。”

侯久满：“好！此事粤局不便出面，还是以你名义与他们签字画押。”

“嗻，善缇明白！”

戴刀骑着马，紧张地奔出粤局大门。

街上，戴刀与阿尔萨兰擦肩而过。戴刀忽然勒马回头：“……阿尔萨兰？”

阿尔萨兰也紧忙勒马转回：“蚂蚱？”

“阿尔萨兰……等等我……”

正良骑马奔来，“戴大哥？”

阿尔萨兰瞋道：“你怎么又来了？！”正良喘着：“正良实在不放心，阿尔萨兰，阿爸是不是又有什么危险？”

戴刀一愣：“怎么？阿尔萨兰，难道你已经知道了什么？戴刀正是要去找你们。”

次晨，雅间，善缇独自喝茶。护弁走进：“善大人，有人来了。”

“请进。”善缇没抬头地喝着，待他放下杯子，大惊。

西西走进门口：“善缇先生。”

善缇蓦然站起：“西西夫人……怎么会是您？！”

“还有我！”阿尔萨兰大步走入。

善缇更加震惊，呆愣片刻，慌忙跪下：“姑爸爸吉祥！”

“西西，坐。”阿尔萨兰与西西坐好，怒目看着善缇：“好一个奴才，做了官了，连姑爸爸都不知会一声。”

善缇垂着头：“姑爸爸，奴才实在不是做官，只是奉老爷差遣，做些事情。”

阿尔萨兰：“做什么事？伪造假币，勾串奸商；绑架勒票，欺行霸市！姑爸爸不是提醒过你，不准顺着那人胡作非为吗？！”

善缇：“老爷只是为粤局及江南联盟解决长期资帑窘困，奴才也无暴力伤人害命。”

阿尔萨兰：“还顶嘴！知道吗？螳螂捕蝉，黄雀在后，那人这回自以为得计，实则早在他人掌控之中！你呆头懑脑，捉的那11家洋行大班，多数只是临时替换的马仔，真正的主子，根本不在乎你撕不撕票！”

善缇震惊：“什么？！姑爸爸，您说什么？！”

枪炮局操场，戴刀趴在地上先射击旱机枪，又射击重机枪。赵秉钧远远捂着耳朵看着：“嗯，不错，不错，这回是真货！”

戴刀气愤而又无奈地起身：“要不你自己再试试。”

赵秉钧：“不用了，下走对这种蠢东西从无兴趣，爱它如命的只是那些丘八！哈哈哈哈……猴子啊猴子，下走与你斗了小十年，总算胜你一回！哈哈哈……哈哈哈……”赵秉钧笑得泪涌。

侯久满房内，善缇垂头跪在地上：“老爷，是善缇愚笨，未能谨防身后。”

侯久满：“算了，这种事本来就非你所长，起来说话。”

善缇跪着不动：“不，善缇有罪，善缇坏了老爷精心谋划的大计。”

侯久满：“起来吧。你家姑爸爸真的说，衙门答应对此事睁只眼，闭只眼？”

善缇：“是。姑爸爸说，她知道善缇所拿奸商尽是所谓王商、督商，经姑爸爸亲去衙门晓以利害，各方面均想明日具结，情愿此事不了了之。”

侯久满仰叹：“你家姑爸爸毕竟还有新太后撑腰，老侯与侯府又逃过一劫。……你下去歇着吧。”

“谢老爷。”善缇起身退到门口，站住：“老爷，此事难道就这样完了？”

侯久满："不完了又怎样？老侯老矣，就连与你家姑爸爸那样小小年纪的女子相比，都不可同日而语了。虽说她已无粤局与联盟的任何身份，可是粤局与联盟，甚至连老侯性命与侯府安危，仍旧不得不仰仗她的庇佑。唉——老侯老矣，老侯老矣。"

阿尔萨兰望着课室窗外，淡淡说道："你那阿爸老了……"

正良看着公司账本，打着算盘："……是啊。"

阿尔萨兰若有所思："但，他往日用那个吴丁贵，都是便装神出鬼没，这回用善缇，为何光天化日之下，竟穿着粤局护军的军装？"

正良抬起头，睁大眼睛："阿尔萨兰，我阿爸他，真的……老得都糊涂了吗？"

阿尔萨兰默默望着窗外。

茶楼雅间，善缇不安地踱着。阿尔萨兰与西西走入。善缇一惊，欲跪。"不用跪。"阿尔萨兰走到桌边坐下，"新的契约带来了吗？你我三人具结此事，速归自家，各做各事。"

善缇惊疑："难道，难道姑爸爸代表衙门和那些商人？"

阿尔萨兰："那些狗官一屁股屎，有人敢在这种文书落下字据吗？拿出契约吧，西西代表洋行的洋人一方。"善缇迟疑地取着契约："姑爸爸何故趟此浑水……"

阿尔萨兰提起已经备好的毛笔："研磨，善缇！"

"慢！"

阿尔萨兰、西西、善缇惊看门口。侯久满笑眯眯地牵着祁士绅的手走入，兴致盎然："小红毛夫人，早安啊！"

西西站起："老侯爸爸。"

侯久满看看阿尔萨兰："都坐，都坐，祁大人上座。"

"不不不，侯大人上座，侯大人上座……"祁士绅与侯久满互相拉扯、推让。

侯久满："切莫过谦，切莫切莫过谦，祁大人诸公，今后就是粤局与江南枪炮联盟的衣食父母，当然上座，当然上座。"祁士绅被按下，阿尔萨兰等惊愕地看着侯久满。

侯久满坐下，又看看阿尔萨兰，从袖中取出三份契约，在祁士绅、西西、善缇面前各摆了一份："善缇，把你那份撕了吧。"

善缇惊愕不已："老爷，这是……"

"哦，善缇，老侯先向你赔个不是……"侯久满抱抱拳，"老侯担心你太过忠于你家姑爸爸，露馅早了反而坏事，所以并没有什么都告诉你。现在请祁大人和盘托出。"

祁士绅抱拳："祁某先谢谢大姑在不知情的状况下，攘助侯大人的多年心血大功告成。"阿尔萨兰震惊："你说什么？！"

祁士绅又冲善缇抱拳："祁某也谢谢善大人不辞劳苦。"

善缇抱拳回礼："请祁大人快讲，到底是怎么回事？"

祁士绅："善大人，侯大人让你狠狠打击的那11家洋行，是侯大人托祁某经多年明查暗访，查出的广州最顶级的奸商、恶霸。侯大人让你穿着粤局护军的官衣公开出手，所代表的是，常年受这11家欺凌的130家纯良商户。如今那11家奸商的把柄尽攥我手，粤局护军将正式兼任这130家良商的商团武装。而本商团，也联络了更多商家，遵照侯大人意思，依《商律》创办民营银行，每年按实际需要，向粤局与江南枪炮联盟优先发放贷款。”

阿尔萨兰、西西、善缇面面相觑。

西西拿起契约：“那……老侯爸爸，这里有西西什么事情？”

侯久满兴奋地：“小红毛夫人，老侯爸爸知道，你的洋货店虽然不是那11家洋行之一，但那些奸商定然清楚你与侯府的关系，肯定会找你做外方中人参与调停。这样，你也别白来，今日，善缇代表粤局与银行代表祁大人签约，你继续当你的中人！”

西西：“原来是这样，老侯爸爸，怪不得赫顿说过，您的鬼点子无穷无尽的。”

“哼！岂止是无穷无尽，简直是无心无肺，无情无义！无所不用其极！”阿尔萨兰愤然走出。

善缇立起：“姑爸爸……”

“你坐着！”阿尔萨兰喝道：“听着善缇，若还认我这个姑爸爸，便立即辞去护军统领！你以为打破了那么多王商、督商的银钱罐，你还能再做什么商团的镖头吗？”

西西站起：“阿尔萨兰……”

“西西，你签你的。”阿尔萨兰离去。

门外，护弁们充满同情：“大福晋……”阿尔萨兰心酸难忍，热泪满含，疾步走着……

侯久满默默看着门。善缇道：“老爷，您如何利用善缇，善缇都无话，但您不该把姑爸爸定然会倾心救侯府，救粤局，救您，也作为一环筹码，算在了您的大盘里。如此做，对姑爸爸真的太不公平，太寒人心！”

侯久满愧疚地看着善缇：“签完字，你可以去农场学堂看看。”

善缇：“老爷，恕善缇此事只能听姑爸爸的。善缇辞去护军统领，不能代表粤局签字。”

侯久满看看：“好，老侯不再为难你，若不去追你家姑爸爸，就坐下，陪大清枪炮的银袋子祁大人喝杯酒。”善缇看看门，坐下。

侯久满冲祁士绅笑了笑：“祁大人见笑了，这个字，老侯签，如何？”

祁士绅：“那岂不更好？侯大人，我粤人、国人无不敬重您视强兵强国为性命，但您与大福晋……”

侯久满：“不提老侯家事，不提老侯家事。小红毛夫人，拿出笔来，签字，签字！”

西西拿着契约：“老侯爸爸，我不明白，这个银行为什么叫做‘大紫银行’？”

祁士绅笑道：“哈哈哈哈……这是侯大人起的再妙不过的名字，大红大紫，大吉大利，岁岁昌盛！”

侯久满跟着大笑：“哈哈哈……请祁大人用笔……”

“用笔，用笔……”祁士绅提起毛笔。

侯久满对西西低声道：“小红毛夫人，老侯爸爸告诉你一个秘密，前面那个字不念‘大’。”

西西惊愕：“什么意思？我没有听明白。”

侯久满嘘了一声，眨眨眼睛，神秘地：“小点儿声，嚷嚷出来是要杀头的！”

回到课室内，阿尔萨兰哭着：“正良，你去告诉戴刀，说声对不起，就说阿尔萨兰又蠢又笨，不该叫他将粤局最新的两种机器炮，白白送给了奸人。”

“啊？！……我等上当了？”正良怔怔：“还好，还好，听戴大哥的意思，这两种机器炮，他先后研造了两款，给赵秉钧的是前面那一款。”

公事房，戴刀擦着重机枪样枪，默默望着窗外。

“戴大哥。”

戴刀回头，吃惊。一身学兵军服的玉姑在门口笑笑，径直走到桌边坐下：“听说吴丁贵入府盗图，那人被弄伤了？”

戴刀笑笑：“是，但大人伤得不太重。玉姑小姐，你还是回府看看侯大人吧。”

玉姑摇摇头：“新的大举在即，我奉孙先生与黄先生之命，今日赴武汉，策反鄂局护军。”

戴刀：“你，你要走了？”

玉姑：“没想到吧，这么些年，玉姑左冲右突，如今竟然走入那人与戴大哥同样的圈子。”

戴刀笑笑：“时也，命也。”

玉姑：“广州之役尽管失败，但加入革命的志士不降反增。目下，同盟会已汲取教训，将再次大举的重心，由濒海边陲，移向长江流域，力图由中国腹地发难，先立政府，然后北伐。孙先生说得对，革命再难，终有成功之日。妹仔他绝不会白白牺牲！”

沉默一阵，戴刀从柜中取出卷图纸：“玉姑小姐，这是不用水冷的机关枪与重机枪的图样，你带着，它会帮你取得黎元洪信任，顺利进入鄂局的。不过，你怎么带出厂门呢？”

“谢谢戴大哥。玉姑做过强兵堂学长，自会有人协助玉姑进出。”玉姑取出包药放在桌上：“这是给那人治伤的药，但，不要说出是谁送的。”

枪厂，侯久满身着工服，戴着花镜，摸了一下肩伤，继续车制零件。

黎宅花厅，黎元洪笑眯眯地看着枪图：“真是巾帼不让须眉，想不到我侯大哥，女承父业，也做了枪炮一行。真是好东西啊！怎么，你阿爸真的愿意将这两种机关枪，委托鄂局制造？”

玉姑：“回阿叔，不是委托，是联合制造。”

黎元洪：“好！好！要造就快造！目下新军各镇，特别是袁世凯的北洋，装备的大多是水机关，我湖北新军一定要尽早用上这旱机关与重机关，压他一头！玉姑小姐，需要阿叔跟鄂局打什么招呼，请尽管说话。”

“多谢阿叔，那玉姑就进厂做事了。”玉姑站起。

黎元洪起身：“去吧，去吧，时代不同，女子亦堪大任。阿叔曾三次出洋，开明自不在话下。”玉姑抱拳离去。

黎元洪笑着看了一阵，面孔转阴，叫道：“参谋官。”“大人”屏风后应声走出军官刘文吉。黎元洪：“看着她。瞧她这一身秋瑾装束，那红马靴中不知掖了几把刀枪！四年前本官赴湖南助剿萍浏醴乱党，就曾听闻，我那大哥有个不安分的假小子。再则，老侯那么精明的人，怎么可能，一下将两种新枪交我鄂局？！”

刘文吉：“大人的意思……”

黎元洪："尽量注意她就是，也别开罪我大哥。这枪图，一看就知是真货，先占着便宜再说！"

侯久满房内，侯久满与戴刀一起看着炮图。可言大步走入，声音亢奋："阿爸，戴大哥。"侯久满抬头："何事，这么大声音？"

可言："阿爸，可言有事想找戴大哥。"

侯久满看看："你胸口的那个'坐办'小旗呢？"

可言笑笑："那小旗，我把它扔茅房了。戴大哥，走。"

可言将戴刀拖入戴刀房间，一进门便道："戴大哥，你随我一道去趟北方吧。"

戴刀："什么事？"

可言关严门，低声："康、梁二位大先生来信了，命我参与策动北方的几支新军，发动兵谏。"

戴刀吃惊："什么？什么？你能策动兵谏？！"

可言："戴大哥有所不知，正在直隶秋操的吴禄贞、张绍曾和蓝天蔚三位统制、协统，乃当今新派干将，我家大先生梁启超十分看好这三人，近日将秘密回国，亲自策动他们举事兵谏。"

戴刀愣怔片刻："这倒是一步极好的棋。秋操位于京师肘腋，若有这么三支劲旅揭竿而起，直捣黄龙，清廷必亡！"

可言："不不，不是真造反，是兵谏，吓唬吓唬的。"

戴刀："不是真造反？"

湖北枪炮厂的炮厂内，玉姑与五六个鄂局护军密议："各位同志，刚刚得报，工程第八营虽然留守楚望台，但被严密控制，已实行弹械分离。瑞澄还加强了督署及各城门守卫。黎元洪更是夜夜亲率步兵，沿街巡查。这些都增加了举义的筹备困难。"

护军甲："玉姑大侠，您是久经战阵之人，我等该怎样，不该怎样，一概听您指挥便是。"

护军乙："正是，大侠请讲，到了时候，我等的具体任务为何？"

玉姑："到时便知。依以往教训，目下最紧要的是，谨防奸细、叛贼。"

护军甲笑笑："玉姑大侠多虑了，湖北的革命团体，已汲取往日教训，所有成员皆由三人作保方得入社，各棚、各队、各营，均有不同层级的党人代表，平日只是单线联系。"

玉姑："这样甚好，真是如此的话，我广东鲜血总算没有白流。"

护军乙："大侠，还是将起义计划告诉大家吧，大家也好尽早准备。"

玉姑沉吟片刻："好，你等听着，起义计划共有八条，与我等相关的是第七条：汉阳兵工厂之护军，闻举事号炮鸣响后，应立即响应，占领龟山炮台，轰击清狗目标。"

护军甲："那何日举事呢？我等身处炮厂，日日闻炮，总不好听见动静便跳将起来吧？"

玉姑："过两日再告。"

护军甲不快："大侠还是不相信我等！"

"大龙头……大龙头……"阿六奔来，喘着，"不好，不好，今日午时，义军参谋长孙武，装配炸弹时不慎爆炸，巡捕闻讯赶至，搜出了义军名册、旗帜等物，并知会了清狗瑞澄……”

玉姑大惊：“义军总司令蒋翊武，如何说法？”

阿六：“蒋翊武等人正商议提前举义时，军警搜捕上门，蒋等被拿，先后多个机关被破……”

护军们焦急起来：“这可如何是好……这可如何是好！”

玉姑：“镇定！阿六，举义信号是否仍为南湖炮响？”

阿六：“正是。”

湖广总督衙门议事房，总督瑞澄下令：“立即全城戒严，饬令各路军、宪、警，竭力搜捕，以绝根株！”

黎元洪：“部堂大人，所获名册上新军兵弁甚多，如此躁切拿捕，只怕激起更大兵变。”

瑞澄：“住嘴！本督看你也是有了异心！从名册上看，这次走脱的乱兵总司令蒋翊武，就是你协内四十一标三营左队的正兵！”

黎元洪忙跪：“大人冤枉下官，下官平日再爱惜士兵，也不会个个熟悉，请大人明察。”

瑞澄：“好了！饬令各营长官，营门须亲兵把守，兵弁不仅不得走出营门，斋门也不准跨出半步，大小便只可在棚内解决！”军官们领命。

炮厂前，玉姑与阿六等焦急地望着远处夜空：“真是急死人，已过了子时，怎么还听不到炮响？难道说又要功亏一篑不成？！”

突然，远处传来几声炮响……

阿六等欢呼：“炮响了！炮响了！我们的炮终于响了！”

玉姑兴奋下令：“各回各队！依起义规案，夺占龟山！并拖出粤、鄂最新研造的大炮，随标下过江，支援友军！”

阿六等：“是！”

武昌街头已枪炮如粥，火光冲天，扎着白巾的义兵疾走冲杀：“冲啊——！杀呀——”

1911年10月10日，武昌起义爆发。

四十一标营内。黎元洪焦躁不安：“关紧营门！关紧营门！我黎元洪的属下，谁都不准乱动！”

两个护弁推入一人：“协统大人，从墙外翻进一人！”

那人高声叫道：“我是工程八营的党人周荣堂，前来四十一标联络。革命就要成功了，有识者速出，去会攻督署衙门啊！”

黎元洪“呼”地拔出军刀，将周荣堂刺倒：“乱党！尽敢来我营中惑乱军心！”

周荣堂拼尽气力喊着：“四十一标的党人兄弟！快快冲出营门，加入起义大军啊！”

黎元洪：“砍了他！砍了他！”护弁的乱刀齐下，周荣堂壮烈牺牲。

楚望台山顶，一义兵奔来，向熊秉坤报告：“总代表，总督衙门的旗兵拼死顽抗，一时难以攻下！”

“大炮来了！大炮来了！”玉姑指挥拖来两门大炮：“快！这是最新式大炮，射力、射准极佳！”

熊秉坤：“好！好！真乃及时雨！玉姑大侠，你看，除了督署衙门，还有四十一标在顽守抗拒！”

玉姑：“尽数交给标下！阿六，向火光指示的那两处目标瞄准！”

“是！大龙头！……瞄准！”阿六应完，护军甲、乙分别操纵大炮……

玉姑：“目标：总督衙门，……放！”大炮轰然两声巨响。

玉姑：“再放！”大炮又是两声巨响。

玉姑：“目标：四十一标营门，……放！”大炮轰隆……

四十一标议事房的房顶震得落土，刘文吉奔来：“大人，大人，我营旁边的三十标也反了！”

黎元洪惊慌：“快，快，命令官弁各自避炮！”

“嗻！”刘文吉转身欲走。

“等等，文吉，黎某身居协统，部下兵变，即便革命党败，我也必受处分。黎某尚有金钱、田亩些许，暂为拜托。”黎元洪抱拳躬身：“我若不幸，家眷儿女，亦烦君照料。”

刘文吉：“大人切莫如此，今日大局变迁无定，每每出乎意料，大人且莫急着悲观。”

“唉——，快走！”黎元洪快步走门，猫腰奔逃。

一兵弁高呼：“黎大人跑了！协统黎元洪跑了！我等也反了啊——”

“反了——！反了——！”义兵们冲出营门。

是夜，紫禁城一片静谧。储秀宫内，载沣轻声细语：“太后，奴才这里有禁卫军傅侗与海军参谋官严复，上周为我大清编定的第一首国歌，请太后先行批览歌词。”

隆裕：“哦，这也算是我中国的第一首国歌了，念念吧。”

载沣念着手里的纸：“巩金瓯，承天帱，民物欣凫藻，喜同胞，清时幸遭。真熙皞，帝国苍穹保。天高高，海滔滔。”

隆裕：“……完了？……这就完了？”

载沣：“回太后，完了。哦，是歌词完了。”

小德张奔入：“大事不好！大事不好了！太后，大事不好！武昌造反了！”

隆裕蓦然站起：“什么？！……你说什么？！”

次日，总办室，侯久满看着邸报，戴刀道：“侯大人，今日的中外报纸，纷纷刊载了武昌之事。”

侯久满极力平淡地：“这与广州去年的兵变，有何不同？只是乱子大些而已。好笑的是，乱兵竟然绑架了我那老二黎黄陂做大都督，呵呵呵……真是好笑之极。”

总督衙门议事房内，黎元洪垂头坐着，刘文吉端着饭菜劝说：“大人，您就吃一口吧，人家请您做都督，看来也是真心实意，许多以您的名义为令的传贴、告示，广布武汉三镇，且大人的签名也被人家模仿得极其逼真，您认与不认，恐怕都木已成舟。您就吃一口吧。”

乾清宫，朝会，奕劻禀奏：“启禀皇上、太后，目下湖广总督瑞澄等大员已逃之夭夭，武汉三镇俱落匪手，朝廷虽已谕令陆军大臣荫昌率军南下，但奴才以为，荫昌所领之兵，凡精锐些的，全是袁世凯所练北洋旧部，未必会听荫昌驱遣。一旦战场失利，其他各省乱党、会众必然纷纷起而效之，那样的话，我大清危矣！皇上，太后，摄政王爷，事机万分紧迫，奴才以为，唯一能灭此烈焰者，唯有致仕洹上村的袁世凯啊！”

军谘大臣、光绪胞弟载涛道：“不行！绝对不行！袁世凯鹰视狼顾，久蓄逆谋，当初放逐天下快之，何故今日又引虎归林？！太后，摄政王爷，切莫忘了先皇德宗，是为谁所害啊！”

隆裕黯然无语。

载沣蔫蔫地：“本王也知道，用袁贼无异饮鸩止渴。可朝野上下，你说，还有谁能驾驭北洋的那些骄兵悍将？”

侯府，戴刀房内，可言问道：“戴大哥，想好去北方的事了吗？”

戴刀：“可言，戴刀又不是立宪党人，你为何非要约我同行？”

“戴大哥目下是全国闻名遐迩的枪炮神人，您去，便等于无数的精枪利炮去了，可大振我军心士气！”戴刀沉默着。

可言：“还有，吴禄贞等人看到朝廷重新启用袁世凯，正积极谋刺这个奸佞。可言素知，那袁贼的手下曾绑架、谋害大哥，此等公仇私愤，一举两报的壮行，戴大哥不参与，岂不遗憾？”

戴刀看看可言：“你与你家大先生，若赞同要干便彻底干，不仅仅兵谏，而是与武汉呼应，南北夹攻，一举推倒清廷，戴刀便毫不迟疑，随你北去！”

可言：“戴大哥，你又不是玉姑、妹仔，你又不是革命党，何必如此激烈？”

戴刀：“你若这样看法，请恕戴刀实难从命。而且，戴刀目下除了与侯大人有些制造上的急务，与粤局的工匠师傅和……和……还有某些事情难以离开。”

“戴大哥……”

“对不起可言，戴刀真的有事，并请谅解戴刀此时无法明讲。”

“……可惜了，可惜了……”可言看看无望，悻悻走出。

戴刀叫道：“兵谏也是极其凶险的事，可言，千万小心！”

戴刀良久看着窗外，胸内若翻江倒海：“今日中国，论实力，袁世凯无人可比；论手腕，袁世凯更是无人望其项背，此贼终将是个窃国大盗！戴刀，你不能再作壁观之人，待从粤局的大事得以腾手，你必须继承妹仔遗志，投身烈火！除掉那袁贼世凯，当为你戴刀首要使命！”

三十九

盐场小学的课室内，阿尔萨兰默默做着小鞋。正良看着报纸："阿尔萨兰，武汉军政府的《安民布告》上宣布，改国号为中华民国，废除宣统年号，改用黄帝纪元，今年为黄帝纪元4609年……"

侯久满房内，侯久满站在窗前看着。

侯夫人门前，可言向侯夫人深鞠一躬："阿妈，您早些歇息吧，言儿就此别过。"

侯夫人流着泪："言儿，目下到处都在打仗、革命，你还忙什么生意，就别去了吧，言儿……言儿……"

侯久满看着可言背影，自叹："老侯，你与大清一样，也已无人待见了，连你的家人说话，都个个躲你。"走到桌边，取出叠文稿，戴上花镜，润笔修改。

"大人。"戴刀进门，走到桌边看看："这是什么，大人？"

侯久满："哦，我与朱大人上奏朝廷的考察折子，不知何故一直没有音讯，我想再改改。刀儿，坐下，你帮老侯斟酌斟酌。"

待戴刀坐定，侯久满念道："二品卿衔巡枪御使侯久满，与三品卿衔考察各省制造局厂朱恩绂奏。窃维我国制造军械，经营垂50年，靡款6000余万，及按成绩，或则办理不善，或则经费不敷，积弊甚深，诚不能不及早筹议。拟请组织一总机关……"

戴刀看着显得絮叨的侯久满："侯大人，这份奏折，您曾让戴刀看过。"

侯久满："不不不，整顿各局的办法，我又有新的设想……"

戴刀："大人，如今清廷已风雨飘摇，您仍旧志在全国军工改造，这不能不使戴刀感佩。可您是否想到，清廷非但已不可能再建立一个什么总机关，让您大展宏图，且即便是先太后放给您总揽江南枪炮的权力，也已经快要烟消云散了。"

侯久满："不，不，武汉乱局只是暂时，当年长毛造反，占了半壁江山，还不是……"

戴刀："这回不同，革命毕竟不是一个新皇上想替代老皇上。"

"我们不管那些，刀儿，接着听听，接着听听……"侯久满接着念："现谨就考察所及，酌拟办法六端。一曰规定全国局厂，除规划东、南、西、北、中五厂外，再拟建巨型武库于京师，可及时因应有事之需。二曰画一军械制式，步枪、机关枪口径，均应一律，以便弹子通用……"

戴刀："大人，我们还是继续修改炮图吧。"

侯久满看看戴刀："……刀儿，既然你实无兴趣，那就算了，我也有些乏累。"

戴刀："那，那大人早些歇息，戴刀改完，明日再请您过目。"

戴刀欲拿图纸，被侯久满按住："刀儿也歇了吧。"

"戴刀不困。"

侯久满按着不放："睡吧。"

戴刀看看，松开手："好吧，戴刀回去了。"

侯久满看看："刀儿别误会，老侯只是听说，你将旱机关和重机关的复制样图，交那小魔头，去武汉送了礼。"戴刀在门前怔住。

侯久满："老侯不怪你，东西是你造的，愿意送谁，尽可送。"

戴刀回身："对不起大人，戴刀的确……"

侯久满打断戴刀："刀儿，这么些年，老侯一直想认你做个妹仔、言儿那样的义子，可你始终不愿。老侯逐渐才懂，你除了将令祖戴梓留下的姓氏，看得比什么都紧要，但究其渊源，你与老侯，本就是两路之人。"

戴刀："侯大人……"

侯久满又打断："做人能恪守根本，这是极佳品质，老侯也不再做那胡乱认子的荒唐谬想了。可是戴先生，你千万莫忘，你家爷爷留下的'强兵强国'四字，乃是留给你我二人的共同遗愿，你我有责协力同心，竭诚奋斗。"

戴刀："大人，戴刀须臾不敢忘怀爷爷'强兵强国'的遗言，但这四字，戴刀的理解恐与大人有所不同，戴刀并不以为，'强兵'便是强清兵，'强国'便是强清廷。"

侯久满愣怔："那莫非是强匪强逆……"

戴刀："大人，您为何不顺应大潮，站到革命一边？您一定明白，中国只能有了现代文明、现代政治，才可能有现代科技、现代兵工，您才能成为真正的'枪炮侯'、'枪炮王'。"

侯久满沉默一阵："当年庚子之乱，康梁也曾劝说李鸿章在这广州独立，自己做皇上。李中堂何等人精？他不是不曾犹豫，然而最终他还是选择了奉召北上，与八国联军办交涉，死在了谈判中。尽管中堂大人曾经讥讽老侯是个白身，但老侯此生最敬重者莫过李中堂，特别是他的一句话，正是老侯目下心中之言，这便是：'一代人做一代事'。"

戴刀愣了一下："大人……"

侯久满："老侯明白，你并无歹意，你就容老侯也一代人做一代事，你我也平等与各自自由吧。不过，戴先生，老侯还是想向你重复一句：你身为枪神炮仙，最好只问枪炮，莫管人事。不但别管粤局的工匠、杂役，更别管粤局的护军与强兵堂的学兵。"

戴刀吃惊："侯大人，您莫非……"

课室内，正良仍在念报："目下全国的新军，一镇接着一镇倒向革命，已编练成军的14个镇、18个混成协和未成协的四个标中，竟有七个镇、十个混成协、三个标相继反正、解散和溃败……"

"好了，别再说了。"阿尔萨兰放下小鞋，望着窗外，"天下越是如此糟乱不堪，阿尔萨兰越是想避得远远的，越是想与清纯无瑕的小儿、少年们呆在一起。正良，我的内心，一直丝丝毫毫无法放下那些孩子，我多想在这伊甸园接着办学，接着教书啊……"

楚望台，炮火硝烟中，玉姑满面战尘，举着望远镜对护军说道："别急别慌，瞄准了再打，力求一炮制敌！目标：楚豫舰，预备——，放！"大炮轰鸣……

长江上正向山头发炮的三艘舰船，顿时一舰起火……

玉姑大叫："中了！中了！打得好！"

总督衙门议事房，黎元洪垂头坐着，刘文吉端着饭菜："大人，您就吃一口吧，都这么些日子了，您怎么扛得住……"

门外，军政府军务部副部长张振武愤怒说道："这叫什么？！我等冒死革命，却请出这么一位泥佛供着！这等清廷余孽，将来必为国家大患，使革命有名无实！莫如现在将这厮斩首，扬我神威，令清狗落胆！"

"正是！这厮装模作样，不如一枪扣了了事！"警卫司令甘绩熙拔出手枪，蒋翊武紧忙抱住："莫激动，莫激动。举黎宋卿做大都督实属无奈，我义军虽众，但多是士兵，下级军官且少，莫说中级以上。目下面临与清兵大战，没有一个善战能将，精于指挥者怎行？""这等一似新嫁娘，如何指挥？！"甘绩熙还是提枪闯入。

甘绩熙用枪顶住黎元洪的脑袋："黎先生！我等同志，以无数头颅换得今日成绩，抬举你做都督。而你数日以来，太对我同志不起！我对你说：事不成，你可做个拿破仑；事若成，你可做个华盛顿，你很讨便宜的！但你再如此决心难下，我等就手枪对待了！"

黎元洪惊恐："年轻人，不要这般激烈，我在此坐着，并无何事对你们不起。"

甘绩熙："黎先生身为都督，连辫子均未剪去，怎能站立军前发号施令？！中国之大，能人之多，岂无可做都督之人，为何偏偏抬你？！"

甘绩熙打开手枪保险，黎元洪闭上眼睛："那你就毙了我吧。"

窗外，一义兵跑来："翊武兄，我军与江上的清兵炮战，玉姑大侠他们果真厉害，一举击伤楚豫、江清两舰！瑞澂带着他的水师逃往下游，连长江两岸观战的洋人均夸赞我军大炮精良，兵弁神勇！"

蒋翊武："好！极好！"

黎元洪望着窗外："领事馆的洋人也在观看你等作战？"

甘绩熙："这有何稀奇？"

"唉——"黎元洪叹息一声，"黎某曾干过海军，原本以为只要瑞澂调集水师，不需要十弹，武昌即可全毁。不想你们还真是利害。罢，罢罢罢，黎某决心与你等帮忙便是，请明日找个理发匠来吧。"

"何需那么麻烦！"甘绩熙抽出匕首，一下削去黎元洪的辫子。

黎元洪抱着脑后，不由"啊"地惊呼一声。

洹上村，袁世凯对译电员命道："即刻发报三处：一、给朝廷回个谢恩折，就说袁某足疾未愈，实难赴京。二、叮嘱南下武汉的第一军总统冯国璋，慢慢走，等等看，未获袁某命令，千万莫争强显胜。三、命我幕府刘承恩，利用他与黎元洪有交，速拟一信，派人面交黎某，代我示好。"

译电员："小的全都记下了。"

赵秉钧走入，一躬到地："袁大人健豫。"

袁世凯："哟，赵大人，不在京师好好待着，怎么跑到俺这儿来了？"

赵秉钧："下走甚是想念大人。"

"走，换个地方讲话。"袁世凯走出，赵秉钧哈腰跟着。

进了密室，袁世凯问道："目下全国闹独立的，已经有几处了？"

赵秉钧："算起来，打下督抚衙门，已然正式宣布的，有湖南、陕西和九江，闹得衙门差不多快塌台的，至少还有十一二个省。"

袁世凯："……俺大清总共18省，这么快就差不多了……说吧，何事？"

赵秉钧靠近低声："大人，吴禄贞等人欲策动兵谏逼宫，目下京师人心惶惶，王公大臣们纷纷告假，摄政王与太后甚至打算北狩承德。"

袁世凯大惊："什么？竟有这样的事！"赵秉钧："吴禄贞等还截留了南下军火，调集军队，准备进兵通州、南苑。"

袁世凯立起急踱："不行！不行！绝对不行！容他们如此闹法，袁某胸中成算，岂不落空？！"

赵秉钧："还有，吴等算准大人早晚进京，预谋在路上行刺大人。"

袁世凯笑笑："又有人想杀俺，可见袁某头重！"

赵秉钧："下走已在吴等营中广布眼线，还以白银两万买下杀手，只俟大人吩咐。"

袁世凯："动手！越快越好！"

"嗻。"

袁世凯："还有，一定要设法安定京师，阻止帝后出走。""这……大人知道，下走早已被摄政王视为大人同党，开缺了差事……"

袁世凯："谁不知朝野内外，你的心腹并未伤损。让你的旧部，强令商户开业，戏院开演，减免捐税，以安人心。你再带俺的一封书信去见庆王，请他除了劝阻帝后，同时急调我北洋老将姜桂题的毅军，进驻京城，严守九门！"

"嗻！下走这就连夜赶回！"赵秉钧讨好地，"大人，下走此次是打广州来的，特意给大人带了两件薄礼。来呀……"

门外走入三人，一人抱着旱机枪，两人抬着重机枪。

袁世凯大喜："这……这就是那个广东猴子的旱机关、重机关？"

"正是。"

袁世凯摸着枪："……这可远远不是薄礼。……那猴子可好？"

赵秉钧笑道："老了，已然毛长智短，绝非下走的对手了。"

袁世凯看看赵秉钧，继续摸着枪："好，好！这等宝贝疙瘩正是当用之时！只是还来得及大批制造吗？"

"老爷……老爷……"管家拿着张纸突然奔入，"出事了，出事了，府里的两位女教习一起跑了，还留了张条子，说是去了武汉，支援革命！"

"什么？！"袁世凯大惊，"快数数，快数数，她俩没将俺的那些小子、闺女，拐带走几个吗？"

石家庄火车站，列车前站满新军护兵。远处，十余黑衣刺客翻入栅栏……

车厢内，第六镇统制吴禄贞与他的参谋长、副官，以及可言，看着桌上地图："目下山西也已独立。我与阎锡山约定，组成燕晋联军，截断京汉铁路，就在这石家庄车站预伏重兵，乘袁世凯进京就任内阁总理大臣之机，以迎迓为名，除此恶贼！"

可言："好！极好！袁世凯为戊戌变法还债，为德宗先帝偿命之期，终于指日可待！"

突然，窗外响起枪声。参谋长说了声："统制大人，我等出去看看！"与副官奔出。吴禄贞看看窗外："可言先生暂且桌下躲躲，以防流弹。"

"好，好，也好……"可言急忙钻入桌布底下。

吴禄贞的卫队队长马蕙田一头闯入，跪在吴禄贞面前，嗫嚅："吴、吴大人，小弟给吴大人贺喜来了！"

吴禄贞惊愕："蕙田，你这是何意？"

"看枪！"马蕙田迅疾掏出手枪，朝吴禄贞连连射击，"马某已投袁大帅麾下……"

"你！你……"吴禄贞怒目圆睁，猝然扶桌倒下。

桌底，可言哆哆嗦嗦看着一股鲜血流到手边，一下晕了过去。

木鱼笃笃，观音前，侯夫人闭目跪着，默默诵经。侯久满走入房门，在桌边坐下，看了一阵，说道："夫人是否可以让菩萨歇歇了？"

侯夫人睁开眼："哦，老爷。"侯久满将侯夫人搀起，坐下。侯夫人："老爷可有事情？"

侯久满看看："夫人还是隔两日便要去一趟农场吗？"

侯夫人："是啊，不看良儿，妾身也总要给大福晋送些女人用物。"

侯久满沉吟："这人，还是在没完没了地做那种幼儿小鞋？"

"唉——"侯夫人叹息，"女人天性，大福晋她不仅想做个真正的福晋，而且日思夜想，盼着做个真正的额娘。那婴儿小鞋，是大福晋自己为自己祈福的子孙饽饽啊！"

侯久满怔怔："她，她成百、成百地做鞋，不是脑子出了问题？"

侯夫人嗔怪地看看侯久满："老爷，让妾身如何说你是好啊。"

侯久满愧疚地看看侯夫人，接着问："那小魔头……和言儿，可给夫人来过信？"

侯夫人："唉，都只是只言片语地来过电报。老爷到底有什么事？"

侯久满望着窗外无声地叹了一口气："老侯呕心吐胆，终于创办了银行，大体算是纾解了粤局与江南联盟常年的资袼困难。不曾想，革命陡成狂潮，各省纷纷独立，我那江南联盟，事实已然彻底解体，令老侯满腔的热血，一忽之间，尽付东流。"

侯久满痛心疾首地摇着脑袋。侯夫人倒了杯茶，轻轻放在侯久满面前。

侯久满："夫人，我想正式说清一件事情。"

侯夫人诧异："这等严肃？老爷请讲。"

侯久满缓缓道："那年老侯，与那旗女在大行太后的园子里，虽说同室居住了数十日，但分时而眠，并无夫妻之事。"

侯夫人看着侯久满沉默片刻："……妾身已知。大福晋那等刚直坦荡之人，有名无实的说法，是断然不会说谎的。"

侯久满："老侯与那人开始默认传闻，只是为了耳根清净，身后无扰。后来老侯瞒心做伪证，也是为了……”

侯夫人：“老爷不需再讲，妾身清楚联盟解体，使得老爷宏愿落空，痛心刻骨。”

“唉——”侯久满唉叹，“人非土木，岂能无情。想那旗女一次又一次，明里暗里地挽救粤局、挽救侯府、挽救老侯，老侯哪能一世装聋作哑，泯没天良。夫人，如今老侯已无羁绊，打算……打算与那个阿尔萨兰，解除婚姻，成全了她与良儿。”

侯夫人一惊，怔怔：“……老爷，您……您真的如此想？”

侯久满：“是，放阿尔萨兰自由，老侯已想了不止一日两日，甚至不止一年两年。”

侯夫人沉默一阵：“老爷如此想法，是老爷大义，但大福晋乃皇家赐婚，这半途断绝，也应皇家裁判，恐非老爷想散便散得了。再则，不知老爷是否想过，老爷与大福晋没有分手，大福晋与良儿尚不敢逾越雷池，倘若分开了，他二人即行婚配，反倒给了他人口实，那样的话，老爷还有何颜面，面对职属？侯府还有何颜面，面对四邻？面对子孙？”

侯久满：“夫人不必多讲，此事也无需再瞻前顾后，老侯既然开口，就如弹子出膛，再无收回可能。何况，老侯再也见不得那阿尔萨兰，一双小鞋、一双小鞋地做下去。那一针针、一锥锥，活像针针锥锥地扎在老侯的良心上……”

侯夫人沉默片刻：“那，老爷是想让妾身向大福晋通达此意？”

侯久满：“老侯还有个想法，请夫人要木棉在粤局工匠的眷属中放些口风，就说老侯在江南盟会的风波中讲了假话，如今情愿解除婚姻，放阿尔萨兰与正良自由，并请眷属们带头，两日后送子弟去农场学堂上学。”

侯夫人感动：“老爷您……竟有如此佛心。”

次日，盐场小学，正良独自一人点燃挂鞭炮，喜气洋洋地在门边挂上“伊甸园盐垦农场子弟小学”的牌子。课室内，阿尔萨兰兴奋地与木棉擦抹、摆放课桌。侯夫人拄杖坐在一旁，既欣慰又复杂地看着阿尔萨兰忙活。

墙上的挂钟由八点渐渐化成了12点，课室仍空无一人。阿尔萨兰站在门外苦苦张望。正良低声：“阿尔萨兰，今日不会有学生来了。还是陪阿妈说说话，送她老人家回去吧。”

“不用了。”侯夫人走出：“木棉，该说的话，你与那些工匠眷属都说清了吗？”

木棉：“回夫人，木棉确实是说清楚了。但，但那样的话，工匠师傅的阿妈、阿婆、媳妇、妹子们，嘻嘻笑笑，并无几人相信。她们都说……都说我家老爷鬼五马六，是不是又在使什么妖怪心思……”

阿尔萨兰蹙眉。

木棉怯怯地：“总之，那些工匠和家眷讲，他们实在无法认可，已成了事的真、真额娘，还、还与自家少爷……不清不白……”

“这，这……”侯夫人无奈，看着阿尔萨兰：“大福……哎，虽说老爷讲了那样的意思，但目下没有善结，老妇人还是只能叫您大福晋……”

阿尔萨兰沮丧地：“侯夫人，您有话请讲。”

侯夫人：“您看，老爷能做的已经不顾万般难堪地做了，可世道如此，事认人不认，天也无法。老妇人还是想劝劝大福晋，还有良儿你，还是顺服天命，应乎自然吧。”

“不，不——”阿尔萨兰悲呼，“阿尔萨兰好不易等到那人打开笼子，认可阿尔萨兰自由，阿尔萨兰怎么可能再自己飞回去？！不，不！”

正良怯怯地：“阿妈，良儿也不愿认命。良儿与阿尔萨兰走到今天这步，再退回侯府，她做额娘，我为嗣子，万无可能。且这等怯懦行径，更为世人耻笑。”

侯夫人：“那你二人这样不明不白，守着庙不是庙，庵不是庵的地方，就不是笑柄？不是耻辱？”

“验身！”

侯夫人大惊，看向阿尔萨兰：“大福晋说什么？”

阿尔萨兰如箭穿心，含泪望着远处：“阿尔萨兰同意验身！”

侯夫人：“大、大福晋，您，您可是皇家大姑……”

阿尔萨兰泪汪汪地：“如今的大清，自身难保，区区一个大姑，又有几斤几两？阿尔萨兰求侯夫人去衙门请一个官媒，就说阿尔萨兰自愿验身，以昭真假庶母的真相。”

正良大叫：“不！阿尔萨兰，不能这样！你不能这样自取其辱！”

阿尔萨兰拉着侯夫人的手：“侯夫人，阿尔萨兰此意已决，请侯夫人速去衙门请一官媒！验完之后，当着盐垦农工与乡民的面，布告事实！”

侯久满闻讯，沉默良久，感叹道：“真是个烈女子，奇女子。”

侯夫人：“老爷，真的要那样闹得官府、乡井，喧喧嚷嚷，街知巷闻吗？“

“老爷，侯夫人。”善缇在门外叫了声走入：“老爷，侯夫人，晚餐已热了多遍，还是请老爷与侯夫人多少用一些吧。”

侯久满：“善缇，你来得正好，马上去局里找戴刀，就说，就说……”侯久满顿显犹豫。

善缇：“就说什么，老爷？”

侯久满唉叹一声：“那戴刀在工匠与护军中已有不可告人之事，不要去找他了，你自己办！你马上去粤局工匠中宣布一件事情：就说老侯讲，明日凡有愿意送子女去大少爷学堂读书者，赏假三日，升级一等，并增发月银五两。”

善缇吃惊：“什么？老爷您这是……”侯久满：“别问太多，快去。”

“……嗻。”善缇看看，打千退出。

侯夫人惊望着侯久满：“老爷，您难道，难道同意大福晋验身……”侯久满喝道：“不要再说这两个字！这简直令老侯无地自容！”

盐场小学，上百农工、乡民拥在课室门前。痞子们兴致勃勃，跷脚张口地朝窗内张望。门前一案，坐着番禺县知事。两侧沿房有一溜清兵。知事不断叫着：“退后！退后！都给本知事退后！”

人群中，正良焦急、痛苦得手足无措。

课室门开，走出个四十多岁，穿戴类似禁婆的官媒。那婆子放下捋起的袖口，对知事耳语了几句。知事看看众人，清清嗓子，做足架子，拿腔作调地大声宣告：“遵三品食禄、大内司祝、皇家大姑阿尔萨兰，与二品卿衔、巡枪御使、粤局总办、前广东巡抚侯久满共同意愿，我番禺县知事公署报请广州府知府阅准，今日特开专例，为大姑阿尔萨兰开验身体，现经官媒二人，仔细查看，合议断明：大姑阿尔萨兰……系完整处子，从未破身。”

人群发出一阵惊呼。

不时卖着关子的知事继续叫道："至于大姑阿尔萨兰与侯久满大人的婚姻勃谿，有鉴二人系皇家赐婚，本衙职微权轻，无从分拆，望大姑与侯大人敬重皇威，恪遵礼法，好自珍爱。"

人群又发出惊呼。

忽然，课室传出侯夫人与木棉惊呼："大福晋！大福晋！大福晋您醒醒，醒醒！"

紧接着木棉奔出："大少爷，不好了！大福晋她昏过去了！"

正良慌忙奔至门口，又紧着刹步，不知进否。痞子们笑着："进去啊！进去啊！反正庶母有名无实，正称你二人心愿，还害什么臊啊？"

"住口！"远远传来一声怒喝，善缇与戴刀领着几十名男女小儿与少年，大步走来。

鞭炮齐鸣，市民们欢呼雀跃，红旗大管事等，率民军入城。

阿尔萨兰与正良挤在人群中看着。

1911年11月9日，广东独立。

侯府庭院，木棉奔入："夫人，夫人，广东也独立了！广东也独立了……"

侯夫人跌跌撞撞出门："什么？什么？广东也不归皇上管了吗？"

木棉："是的夫人，广东先是由咨议局搞了个'改良独立'，都督还是原来的总督，可革命党不干，与大批民军开进了广州城，一枪没打，就真的独了立。"

侯夫人："那，那老爷呢？老爷的枪炮局目下是朝廷的？还是革命党的？"

"呀，这个，木棉忘了打听。"

"快！快！快叫善缇去看看，怕是要出大事！快！"

"可，可木棉刚才撞见善缇急急火火地出去了，手里还拿着一封电报和一封信。"

侯夫人："信？电报？"

枪炮局大门，侯久满身着特制戎装，端着机关枪，披挂满身弹链，一人堵于门前，对着里面喝喊："站住！今日哪个胆敢背义忘恩，争去投降，跨出大门半步，先吃我大清巡枪御使、粤局总办侯久满的枪弹！"

门内，戴刀身后站着许多工匠、护军及学兵。

工匠甲："大人，您误会了，我等工匠、护军和学兵代表，只是想去看看军政府的告示，真的有什么想法，也会事先与大人商议。"

侯久满怒目圆睁："休想欺蒙老侯！诈术、诡道，老侯胜过尔等百倍、千倍！尔等听着，枪炮乃国之重器，枪炮局乃老侯一腔心血，今日哪个胆敢卖主求荣，不但老侯认不得你！老侯手里这机关枪，更是认不得你！"

戴刀："大人……"

侯久满："住口！你是何人？何人是你家大人？！"

"总办大人，放我等出去"，"放我等出去！"工匠等向前涌动。

"贼娘！"侯久满冲天狠狠打了一梭，"滚回去！全都给老子滚回去！"

工匠等反而更向前涌："来呀！朝这儿打！朝这儿打……"

街头，阿尔萨兰打马飞驰……片刻，正良紧跟而过。

"来呀！你打呀？你打呀……"工匠等涌着。

戴刀张着双臂挡在人前："师傅们！师傅们！容戴刀好好与侯大人商量，容戴刀好好与侯大人商量……"

"商量个屁！"侯久满又冲众人头顶扫射："贼娘！再朝前来，老子就冲人了！"

戴刀："大人！放下枪！放下枪！"

侯久满又是一梭子弹……

戴刀："大人！您不能这样，这样反而更激众怒！"

"蚂蚱！"阿尔萨兰飞马而至，怒气逼人，紧盯戴刀："蚂蚱！你想干什么？！"

戴刀一惊："大福晋……"

阿尔萨兰："谁是大福晋！"

侯久满吃惊地看着马上的阿尔萨兰。

阿尔萨兰瞪着戴刀："蚂蚱！你想造反，尽可自己去造，为何煽动工匠、护军，叛逆主子？！你是从什么地方被这个人冒死接出，又屡屡豁出性命保你，此人又是如何为了这个粤局屡犯灭门，难道你忘了吗？！"

戴刀："大福晋，你未必清楚情况……"

"闭嘴！阿尔萨兰早已算不上谁家大福晋！但阿尔萨兰眼里容不得半分忘恩负义！蚂蚱！你若是小人，今日偏要搞垮这家枪炮局，你便先从阿尔萨兰的身上踏过去！"

"轰轰"两声，天上打起响雷，落下雨来。

侯久满惊愕地看着驭马横在戴刀与工匠前面，护着自己的阿尔萨兰。

"老爷……老爷……"善缇纵马奔来，"信，信——，还有武汉来的特急电报！"侯久满满脸雨水地愣怔看着。

雷声隆隆，大雨滂沱。

茶楼雅间，侯久满与阿尔萨兰默默坐在桌边，望着窗外。

良久，阿尔萨兰似自语似喟叹："大雷雨……"

侯久满："这种时日，广东从不曾有过如此天气……"

阿尔萨兰："革命了。"

侯久满："……想不到今日之事，你竟与我老侯站到了一边。"

阿尔萨兰："我没有与你站在一边，阿尔萨兰只是路过，见不得趁火打劫。"

侯久满笑笑："好一个路过。"

阿尔萨兰转脸看着侯久满。

侯久满看着门："老侯的骨血，竟没有你敢做敢当。"

雅间外，正良尴尬地立在门边。

阿尔萨兰道："在你我之事中，他已足够大胆。"

侯久满看看阿尔萨兰："放心，我等之事今日再次说清，只要当今太后免去赐婚之说，老侯即刻写你的休书，或者，你写老侯的休书，然后老侯予你二人任何方便。"

门外，正良注意听着。

阿尔萨兰怀疑地看着侯久满："此话当真，不再掖藏着什么侯式诡道？"

侯久满苦笑："老侯此生用心，只为做事，如今早已用得很累很累。"

阿尔萨兰起身，冲侯久满福了一下："阿尔萨兰，这里多谢侯大人。"

侯久满扭过头去："如此臊人之事，有何可谢？你也是可怜女子，陪老侯吃了这么多年的委屈。你要革婚姻的命，老侯赞同革得，只是老侯希望，到了那一日，你二人最好远离广州，远离所有相识之人，去一个全新的地方过活。这样，两相安然。"

阿尔萨兰伤感："……难道，你连你唯一的儿子，也永世不愿见面了？"

侯久满："如何见？见一个娶了额娘的儿子，还要见一个嫁了儿子的福晋吗？"

阿尔萨兰蹙眉含泪，忍了片刻，坚毅说道："好，就照你所讲，阿尔萨兰今日便奏请回宫，若得了太后恩准，从此与正良远走高飞，永不回头。"

侯久满站起抱拳："阿尔萨兰大姑，多谢你这些年来，数番为侯久满的枪炮局遮风避雨，数番为侯久满的一门眷属担惊历险。老侯还有急事。"侯久满从袖折取出张银票，放在桌上，"这是老侯早就存在身上的，一直想找个机会给你们，可是老侯，极难极难放下这张脸。哦，还有这个……"侯久满又从怀里掏出那个子孙饽饽："这更是老侯早想亲手还给你的。子孙饽饽，这原本就是大行太后赏你的，还是物归原主吧。"

阿尔萨兰："我们不要你的银子。这个……这个……"

侯久满沉重地："拿着吧，我侯门七世独子，香火总是不旺，这东西与你的那几百双幼儿小鞋，兴许能够……"

阿尔萨兰倏然泪下，跪在地上，双手捧过子孙饽饽："老太爷的意思，阿尔萨兰知道了……"

侯久满看看，默然欲离去。

雷声隆隆，阿尔萨兰跪着："老太爷，外面这么大的雷雨，乘马易惊……"

侯久满背身站站，走出门去。

正良含着眼泪："阿爸……"侯久满深沉地看看正良，未发一言，大步离去……正良跪下，大声哭叫："阿爸——，阿爸——，阿爸——"

雷声隆隆，侯久满未回头，大步走着……

窗外，霹雳阵阵，大雨如泼。阿尔萨兰泪汪汪地跪望着："大雷雨……中国的大雷雨啊……"

侯府庭院，已割去辫子的戴刀与几名工匠、护军和学兵，面向侯久满的房门跪着，有雨有泪，戴刀满面淌水，痛声呼喊："侯大人，您无论对戴刀，无论对粤局，这些年万般呵护，披肝沥胆，我等绝不敢昧心忘怀。但大人您也看到了，如今革命之势如同摧枯拉朽，两百年余年的大清已如倾覆之舟，我泱泱中华已迎来更天换地的大涅槃、大翻覆、大时代！侯大人，您为强兵强国历尽艰辛，但我等不得不恳乞大人，与民更始，与时同进啊！"

穿正黄旗甲胄的善缇，手按侍卫金刀，一副准备慷慨赴死的神色，威严立于侯久满房间门边。

在戴刀的喊声中，侯久满面若寒冰，摘下墙上的所有枪支，全堆到桌上。一封电报和信，摊开放在枪堆。侯久满坐下默默擦枪……

在戴刀的喊声中，侯夫人跪在观音前，闭目流泪，嘴唇蠕动，诵经不止……

戴刀的呼喊伴着阵阵雷鸣："大人，不知您是否听闻，香港英督得知广东独立，正有意讨伐广州，扑灭革命！我羊城军民曾两次在鸦片之战中惨遭屠戮，目下正面临第三次恶战，无论起义新军、入城民兵，还是士农工商，都亟需大批枪炮武装。大人啊大人，您不为其他，只为千万百姓计，也不能再恪忠旧主，殉义误民啊！您快快代表粤局，归附军政府，奉献枪炮，带领我等加紧赶工吧！"

侯久满默默放下枪，拿起那封信重看。信是赫顿写的：

亲爱的老侯爸爸，您好。

可能在这个世界上，也只有我这样称呼您，但过去赫顿这样叫您，带有一多半玩笑的意思，而现在，我的心底满怀百分之百的思念。老侯爸爸，因为各自的国家利益，我们不得不分手了，今后，可能也很难再见，但您永远是小红毛的中国父亲！今天赫顿给您写信，是想告诉您一件正在进行，但未必会发生的事：我的英国同胞，驻香港总督，十分恐惧目前的清国革命，会撕毁清政府与大英帝国签订的香港租让条约，已向女皇陛下呈文建议：出兵广州，防范事件扩大。老侯爸爸，我深知您目前正处于万分艰难与痛苦的时期，这个原本不该泄露的消息，也肯定会增加您的苦恼，但请您务必相信，小红毛对您的一片忠诚与爱戴。

您永远的小红毛　昂崔思·费迪莱克·赫顿

此刻，侯府对面，赫顿打着雨伞，默默地看着侯府大门……

侯久满缓缓放下信，叫了一声善缇。善缇走入，侯久满冲着满桌的枪，淡淡说道："你把这些，都抱给他们拿走。"善缇惊愕："老爷？！"

侯久满："拿走！"善缇："老爷，您不能……"侯久满声气略高："照我说的做！老侯制枪造炮，原本就是为了对付洋鬼子的！"

"……嗻！"善缇行半跪军礼，抱枪……

侯久满按住机枪："只把这件留下。另外，给戴刀带句话：一代人做一代事，老侯心意已决。"

大门外，赫顿默默看了一阵，打着伞缓缓离去……

侯久满将赫顿的信慢慢折起，装入信封。又拿起那封电报默默看着……

善缇走入："老爷，戴先生他们已经走了。"

侯久满："你也歇了吧。"

"不，善缇就在老爷门前值夜。"

侯久满抬头看了看："……善缇，你本是御前带刀侍卫，奉大行太后之命护守阿尔萨兰，可是为何，她早已将你驱离身边，你还不回皇宫复命，或回家侍奉父母？"

善缇看看："回老爷，善缇只领了办差的皇命，却没收到撤差的皇命，善缇不能擅离职守。”

侯久满看看：“想不到，你这皇家大姑的忠实奴才，如今倒与我老侯完全一般心思。是啊，老侯也正是只领了操办大清枪炮的皇命，而没听到半句撤差上谕，岂能苟且偷生？说来好笑，当年侯府的‘帝党’、‘后党’，如今倒落个：该忠心耿耿的，离经叛道了；原本离经叛道的，忠心耿耿了。”

“善缇也觉得不可思议。”

侯久满笑笑，真挚地：“好兄弟，老侯马上要走了，自此一去，恐再无回头之日。你若真的不愿回京，老侯想厚着脸皮，将老夫人与这侯府，拜托于你，不知兄弟……”

善缇抱拳：“善缇不敢与老爷攀扯兄弟，善缇也不敢离开老爷半步。”

侯久满：“这是为何？”

善缇：“奴才的姑爸爸，面上嫌善缇碍事，将善缇赶开，实则姑爸爸暗下再三叮嘱奴才，要好生护守大清的枪侯炮王，老爷您。且老爷有所不知，即便最初在姑爸爸与老爷不谐时，每逢老爷出远门，姑爸爸都次次暗遣善缇，相随老爷，日夜护守。”

侯久满愣怔吃惊：“……这……这是真的？”

善缇：“老爷可记得，当年为寻戴先生住在京师驿馆，有人曾向您房间丢了个纸团，告知您‘门外有人’？您再次赴京时，于客轮上屡遭暗算，但有人为您不断化险为夷？”

侯久满愣怔：“……屡救老侯之人，原来是你。”

“不，应当说是姑爸爸。”

“这些事，老侯一直以为，是大行太后的镖手所为。”侯久满抱拳躬身，“老侯多谢了。”

善缇亦抱拳躬身：“老爷要谢，也应谢姑爸爸。”

阿尔萨兰坐在敞开的课室门前，默默看着电闪雨泼。正良走来，将一件衣裳披在阿尔萨兰身上，坐其身边，一同看着。阿尔萨兰缓缓道：“难道新太后觉得阿尔萨兰的折子荒谬，留中不理，甚或已经给撕了？”

正良：“阿尔萨兰，如今的广东已改天换地，你我似乎不必再在意朝廷，我们是不是去军政府申办婚姻手续？”

阿尔萨兰：“不，大清还没倒。阿尔萨兰当年由大行皇太后赐婚，并由一名侍寝的普通宫女而赏拔皇家大姑，如今拂逆主子，已是大不敬，无论如何，于理于情，婚姻都该由新太后解除。也唯有如此，阿尔萨兰才能心安。”

正良默默看着她。

侯府香堂，侯久满跪望着。那烧了一角的万岁牌仍一尘不染。侯久满默念：“皇上，皇太后，这兴许是侯久满，最后一次在这万岁牌前请皇安了。”侯久满恭恭敬敬地三叩九拜：“吾大清国万岁万岁万万岁！吾皇万岁万岁万万岁！吾皇太后万岁万岁万万岁……”

电闪雷鸣。香堂外，善缇默默看着。

油灯旁，阿尔萨兰写着奏折：“……正良，快去你的课室里歇了吧，阿尔萨兰决意要不断向新太后请旨，直到新太后回音。”

正良默默研着磨：“阿尔萨兰，你写吧，正良陪着。”

木鱼笃笃，侯夫人闭目诵经……

侯久满抱着存放妹仔遗物的木盒，缓缓走入，看看侯夫人，轻唤：“夫人……”

“哦，老爷。”侯夫人欲爬起，膝头软了一下，又跪倒。

“夫人慢着。”侯久满搀起侯夫人，直扶到床边，“夫人疲累了，在床头靠靠吧。”

侯夫人：“不，不用……”

侯久满：“夫人就靠着吧。雨大夜凉，夫人盖着些……”

侯久满恭谨地将侯夫人扶上床，帮着脱了鞋，盖上被子。侯夫人惊异：“……妾身自己，老爷，使不得，妾身自己……”

侯久满：“夫人，侯久满一生从未用心关爱夫人，就让侯久满做这几件当做之事吧。”

侯夫人：“老爷，您这是……您这是怎么了？”

侯久满：“夫人是否喝水？”

侯夫人拉住侯久满：“老爷，妾身不渴，您是不是有什么大事……”

“夫人，久满不懂事，自与夫人成婚便不曾善待夫人，这里，久满向夫人深深赔罪。”侯久满抱拳深深鞠了一躬。

侯夫人：“老爷，您吓着妾身了……”

侯久满在床边坐下：“夫人，久满明日一早，要动身赴武汉，今夜与夫人别过。”

侯夫人吃惊：“武汉？武汉不是……不是朝廷正在与革命党打仗？难道……难道老爷要去帮朝廷拼命？！”

侯久满淡淡地：“是久满的义弟黎元洪来了电报，要久满去帮他。”

“啊？老爷是去帮革命党？”

侯久满：“不，久满是去为大清尽忠。”

侯夫人愣怔：“……这……这……妾身越听越糊涂……”

侯久满取过木盒：“夫人，这里面，是久满最疼爱的妹仔的遗物，请夫人代为收好。”

侯夫人一把攥住侯久满：“老爷，您这是作甚，这是作甚……”

侯久满：“夫人与久满夫妻三十余年，久满在家时少，打仗时多，夫人当知征战之事，难免危险。”

“可，可老爷出生入死，不是一回两回，何故这回如此……如此缠绵……”

侯久满笑笑，抓起侯夫人的手轻轻拍抚：“夫人放心，久满此去，并无正式谕旨，兴许谁都不帮，只是隔岸观火，看看热闹。何况粤局旁落，久满胸中愤懑，也想出去散散心。但，夫人说老侯缠绵，这倒有些让老侯不知所以了，老侯颀头戆脑，当年还休过夫人，此生似乎差就差在与夫人好生相守，好生缠绵。”

侯夫人脸红：“老爷怎的想起当年？老爷是个小女婿，且小了妾 11 岁，这辈子真是委屈了老爷。”

“夫人羞煞久满。那回夫人发威，斥骂久满，这么多年待夫人只是如同木偶，形若摆设，夫人的忿忿之声，至今萦绕久满心头，久满这里再次向夫人赔罪。”侯久满抱拳鞠躬。

侯夫人笑了笑："那回妾身也是为了大福晋，此生唯一一次发威，老爷何必记着。快坐下，老爷。"

侯久满坐回床沿，重新捧起侯夫人的手："夫人真的不再怨恨久满了吗？"

侯夫人笑着："要说怨恨，妾身也只在与老爷成亲的最初十日，敢怨敢恨过。那时，老爷夜夜喝得酩酊大醉，躺在床上既像个青皮烂仔，又像个无知小儿。老爷可知，那时妾身又气又恨，夜夜流泪看着你，在骂你什么吗？"

侯久满笑问："夫人骂久满什么？再骂来听听。"

侯夫人："我就像所有被爹娘老子强迫送了小女婿的等郎妹，连唱带骂：什么'十八娇娇三岁郎，夜夜睡目抱上床；睡到半夜思想起，不知是子还是郎？'"

侯久满大笑："哈哈哈哈……好，好，骂得好！还有么，夫人？"

"当然还有。"

"接着，接着骂。"

侯夫人："还有啊，'十八娇娇三岁郎，抱郎撒尿去尿缸，小郎一哭我挨骂，愈想愈真愈凄凉。十八娇娇三岁郎，夜夜抱郎上眠床，不是看你爹娘面，一脚撩你落下床。'"

侯久满大笑不止，笑着笑着落下泪来："……夫人，此生真是苦了你。尤其大疫那年，夫人为救久满性命，竟裸身抬棺……侯久满下辈子定然早托生十几年，好生地补偿、珍惜夫人……"

侯夫人也抹着泪："老爷不要说了……不要再说了……"

凌晨，善缇赶着一辆马车在浓雾中走着。

马车行至枪炮局门口，侯久满说道："站站，善缇。"马车停下，侯久满撩起车帘看着：雾中的粤局，门顶的龙旗换了面青天白日旗，门边护军警卫的臂膀多了条白毛巾。侯久满含泪看着，颤动地放下帘子："走、走吧。"善缇赶车离去。

善缇的马车至海边盐田，侯久满再次撩起帘子：远远的雾中课室，响着孩童的朗朗读书声："黄帝者，少典之子，姓公孙，名曰轩辕。"

课室内，阿尔萨兰巡看着，孩童们捧着书摇头晃脑："生而神灵，弱而能言，幼而徇齐，长而敦敏，成而聪明。"

隔壁课室，正良也在巡看着："轩辕之时，神农氏世衰。诸侯相侵伐，暴虐百姓，而神农氏弗能征。"

侯久满与善缇默默看着，阿尔萨兰与孩童们的读书声一起传来："而蚩尤最为暴，莫能伐。炎帝欲侵陵诸侯，诸侯咸归轩辕。"

善缇赶车离去，与侯久满一直回头望着，阿尔萨兰与孩童们的读书声愈来愈远："轩辕乃修德振兵，治五气，蓺五种，抚万民，度四方，教熊罴貔貅貙虎，以与炎帝战于阪泉之野……"

"吾皇万岁万岁万万岁！吾皇太后万岁万岁万万岁！"储秀宫内，袁世凯趴着叩头。

隆裕冷冷地看着："一路辛苦，袁大人请起。"

袁世凯依然趴着："臣世受国恩，却庸碌无能，甚至行为不检，使先帝误会罪臣。

太后慈鸿若海，不追责微臣，反再三擢拔，臣每每思及，感极涕零。太后万岁万岁万万岁！太后万岁万岁万万岁！”

隆裕冷笑：“我从未说过什么，你何故自己倒提起先帝？”

袁世凯：“此话在罪臣心中已憋了许久，一直惦着向太后剖白，一直……”

隆裕：“好了，起来吧。”

“……微臣谢皇上！谢太后！”袁世凯从地上爬起来，谦卑地哈腰站着。

隆裕对小德张道：“先带皇上出去吧。”

“嗻。”小德张背起溥仪出门。

隆裕：“袁世凯，今日天下如此不堪，你有何良策？”

袁世凯：“臣以为，目下尽管革党猖獗，然我大清君主制度，万万不可变更。臣唯有奋尽愚忠，但求皇统永保。”

隆裕：“永保君主制度？你不是一直鼓呼君主立宪吗？”

袁世凯稍稍尴尬了一下：“臣……臣虽然附和君主立宪，然君主在前，立宪在后，立宪实为君主手中顺时变通的策略。”

隆裕：“现在恐怕不是立宪了，革命党要的是共和。”

袁世凯：“那更是痴儿说梦。亘古亘今，我大中华均乃普天之下莫非王土，率土之滨莫非王臣……”

隆裕：“好了，讲些眼么前管用的吧。你身为内阁总理大臣，有什么因应打算？”

“臣以为，武汉之乱固然紧要，然京畿肘腋，山西的燃眉之势更为要紧。臣意将禁卫军之炮队全数调援山西，禁卫军之弹药尽先补充南伐，以强我前线实力，一鼓荡平宵小气焰！”

隆裕背着的脸气得铁青，平定片刻，忍着说：“再听听摄政王的意思吧。袁大人先去鸿胪寺坐坐，今日就在宫内赏膳，待摄政王到了，一同边吃边议。退下。”

“……谢太后隆恩！”袁世凯眼珠转转，弯腰退出。

小德张走入：“禀太后，新内阁民政部大臣赵秉钧求见。”

隆裕看着窗外恨恨自语：“爪子都伸到我禁卫军头上了，炮队、弹药调走，剩下的人赤手空拳，岂不成了任你宰杀的羔羊？！”

袁世凯走到庭院，赵秉钧抱拳躬身：“总理大人。”

袁世凯“嗯”了一声，说道：“请赵大人一会儿知会各阁员，下午的会议后延，太后要恩赏袁某宫内用膳。”袁世凯说话时一直阴鸷地盯着赵秉钧，赵秉钧听出话音，怔了怔：“……下走知道了，大人。”

“终究是狼子野心，何其毒也！”隆裕望着窗外，从炕桌抽屉取出个“鹤顶红”小瓶，捏在手里满含杀气地看着。

小德张看看隆裕，又道：“太后，赵秉钧大人到了。”

隆裕将毒药掖入袖子：“叫他进来。”

片刻，赵秉钧走入，跪伏：“太后吉祥！”

隆裕：“赵秉钧，据说你靖安有术，何以刚刚当上民政大臣，我的娘家府邸，竟然遭人洗劫？！”

“臣罪该万死！回太后，罪臣正是为此事而来，经罪臣亲自堪验，日夜缉拿，盗贼线索已然有了眉目。”

隆裕喝问：“只是一般贼盗？”

“是。”

隆裕：“尽速捉拿，详究内情，不得有半分虚拟妄构！退下。”

赵秉钧趴着未动：“谢太后宽宥。罪臣方才见到袁大人，袁大人讲太后恩赏午膳，要臣知会内阁会议后延，罪臣斗胆建言：袁大人最好不要在宫内用茶或用膳。”

“大胆！”小德张喝道。

“你什么意思？”隆裕瞪着。

赵秉钧：“回太后，罪臣愿冒灭门之险，实言禀报：德宗先帝在时，臣就负有维护京师与皇家安全重责，然我先帝与先太后同一日宾天，使万民创痛，也留下千古之谜。罪臣一直以为，宫内定有鬼魅魍魉，不曾铲除……”

小德张：“大胆狗官！你竟敢……”

赵秉钧抢着，语速骤急：“罪臣认为，此等妖孽极可能利用戊戌纷争，两宫勃豁，阴行毒手！而如此滔天大恶之源头，尽在袁世凯当年首鼠两端，背弃先帝，离间先太后！如今，袁世凯重握权柄，难说宫内肖小不会再行勾串或相互杀戮，以图灭口，并危及新皇与太后啊！”

隆裕怒目盯着：“你是说，你是说，我与皇上至今是睡在一个贼窝、毒罐里？”

赵秉钧：“太后明鉴，罪臣只是说出了这些年朝野内外、士子绅民，人人心中皆有，人人口中俱无的一桩心事！罪臣亦知，太后天纵英明，矢志为先帝与先太后讨还公道，只是世事纷纶，一时难以措手而已。”

隆裕：“赵秉钧！你说得如此激昂忘死，而你本人，不就是袁世凯心腹中的心腹么？！”

赵秉钧：“罪臣是袁世凯走卒不假，但如太后耳闻，臣之所以有些许长于侦捕、靖安的虚名，正是因为：面对冤亲苦主，臣只知有法，不知有私！更何况，先帝爷英年驾崩之天大地大的谜案，臣终其一生，也要深查密访，弄个水落石出！”

隆裕冷冷看看：“……一顿赏膳，尽让你说出这么一通。”

赵秉钧：“罪臣确实忧虑，目下用用袁世凯，不过权宜之计，但不加小心，甚至允其大内久留，只怕触发祸端，伤及太后与皇上……”

“好了！”隆裕喝止，“不需再讲！你说的是真话，还是假话，除了神灵在上，我与摄政王也不会心中无秤！下去吧！”

“嗻！谢太后！”赵秉钧作激昂状，爬起退出。

隆裕看着，掏出手帕，擦着额上惊出的虚汗。

四十

“狗胆包天！”小德张随赵秉钧走至庭院，低声呵斥，“一个发大了的捕头，竟敢如此同太后讲话！”

赵秉钧冷笑：“大总管，知道您的前任李莲英，为何今年春个，好好的，突然就泄肚子死了吗？”

小德张怔怔：“你说怎么死的？”

“他知道得太多，撑死的。”赵秉钧阴笑着离去。小德张惊恐地看着。

隆裕看着手里的“鹤顶红”，默默放回炕桌抽屉：“……小德张。”

“奴才在。”小德张在门前镇定了一下，走入：“太后。”

隆裕神情峻厉地望着窗外：“大姑阿尔萨兰，不是一再请旨回宫吗？准她即刻就回！”

武汉驿馆门前，一辆马车行至，善缇下车，将侯久满扶下，提出行李与那挺机关枪，进门。

玉姑与阿六走出，撞个正着，玉姑大惊：“你……”

阿六：“老爷？！善缇？！”

玉姑盯着侯久满：“你……你怎么来了？！”

侯久满淡淡地：“你盗走的旱机关、重机关，造得如何？”

玉姑：“你……”

侯久满径直入门。

“玉姑小姐，阿六。”善缇冷冷打了招呼，紧跟侯久满。

玉姑、阿六怔怔看着。

侯夫人房内，一身孝服的阿尔萨兰流着泪与正良一起跪着，侯夫人拉着阿尔萨兰：“大福晋，哦不，您这是怎么了？快起来。”

阿尔萨兰哭着：“夫人，阿尔萨兰刚刚得知，东北爆发鼠疫，我那阿玛、额娘……双双染病身亡……”侯夫人“啊”了一声未说出话来。

阿尔萨兰痛哭：“夫人，阿尔萨兰心有不甘啊！阿尔萨兰打13岁入宫，离开阿玛、额娘，一别十几年，如今……如今竟再无可能……见额娘一面……”

侯夫人含泪抱住阿尔萨兰：“这是什么年月？东北也闹起了痒子病，快收拾收拾，尽快赶赶，说不定……”

阿尔萨兰攥住侯夫人胳膊：“阿尔萨兰这一走，不知是否还能回来。这些年，阿尔萨兰在侯府当主子时颐指气使，不当主子时惹是生非，老夫人一直包容着阿尔萨兰，呵护着阿尔萨兰，阿尔萨兰永世难忘。甚至，阿尔萨兰永远忘不了每月腹痛时，夫人的那碗红糖热水。”

侯夫人：“快别这么讲……”

正良沉重说道：“阿妈，阿尔萨兰不是为了奔丧辞行，太后传谕，召阿尔萨兰从速回宫。”

侯夫人：“回宫？出、出了什么事吗？”

正良：“不知道。目下朝堂也好，大内也罢，总不会还有什么好事。”

“这兵荒马乱的，路上怎么走？”侯夫人看看阿尔萨兰，看看正良，唉叹一声：“罢！罢！正良，既然这时日什么都革命了，阿妈也认了你与大福晋，哦不，与阿尔萨兰的事了！阿尔萨兰无论奔丧，还是回宫，你都路上好生地照拂着吧。”

阿尔萨兰：“不不，侯大人已经离开府邸，正良一定得留下陪伴夫人。夫人既然认了阿尔萨兰与正良的事，阿尔萨兰心意已足！其实这些年来，阿尔萨兰一直在心底，将侯府当做娘家，将夫人当做额娘，即便是侯大人，阿尔萨兰也早在内心尊为阿玛了。阿尔萨兰唯有企望，夫人能当面叫我一声媳妇，阿尔萨兰便就此别过。”

侯夫人满含热泪，颤抖地伸出手，抚摸着阿尔萨兰的头发：“……可怜……可怜的孩儿啊，我的……我的……阿妈的好媳妇啊！”

“额娘！”阿尔萨兰深深伏身磕头。

侯夫人跪下与阿尔萨兰紧紧相拥而泣。

残月下的侯府，阿尔萨兰与侯夫人痛相哭唤，满含辛酸……

武汉湖广总督衙门议事房，黎元洪站在地图前指着：“目下，清军计有陆军两个军，各类舰艇 15 艘。而我军由于首义苦战，所存老兵不多，两军优劣甚为明显。近日招募的工农及学生兵，虽数有三万，但毫无训练，只能分任防守汉阳、汉口、两望至青山一线及武昌省城。”

玉姑从十几名军官中站起：“大都督，我军虽经苦战，然士气高昂，且鄂局枪炮子药充足，我军何不趁清廷混乱，沿京汉铁路，以迅雷不及掩耳之势挥兵北伐，一举拿下战略要地武胜关，前可拒敌，后可护城。”

一个军官跟着站起：“玉大侠所言有理！首义成功，不仅枪弹充足，且库银便缴获了 5000 万两！我军绝无仅守不攻之理！”

玉姑：“更何况，目下全国各地以武汉为革命大营，纷纷出兵支援。革命志士更是四面八方，汇集三镇，抓起块石头便参军参战！这等民心士气千年罕见，此时不用，更待何时？！”

黎元洪：“坐下，坐下，都请坐下议事。玉姑小姐建言，不是没有气魄，但打仗不仅仅是用气、用命，还需用心、用智。别忘了，清兵之主力北洋军是袁世凯练的，清兵之利器水机关可是你阿爸造的。几仗下来，我军虽勇，然每每冲杀，一百人中有七八十是被水机关割麦子似的扫倒的。这等浪战，岂是迅雷不及掩耳？”

玉姑再次站起：“大都督……”

黎元洪笑眯眯地："坐下，坐下。"

夜，驿馆客房，玉姑愤忿忿走入："这个黎元洪！只知分兵死守，坐失进攻良机，不知他哪来的名将传闻！"

阿六低声："小姐，既然与老爷异地相逢，又住在同一家驿馆，还是去看看老爷吧。"

"不去！"玉姑冲着窗外："看他那副气势汹汹的模样，还提着把机关枪，只怕他心里仍未放下那块万岁牌，而是跑到武汉来拼命的！"

另一客房内，侯久满躺在摇椅里笑着："据讲，那黎黄陂执意不取武胜关。看来我这二弟，面皮上敦厚，骨缝里滑头的性子一丝未改。他这是给朝廷留口子，也为自己存后手呢。"

善缇："会吗老爷？那黎元洪将您叫来，为何又见都不见？"

"会见的。天不是黑了吗，他一会儿就到。"侯久满在摇椅里晃着："想不到我老侯为枪炮拼命一生，了结时，不能倒在自家粤局，却要倒在这亲戚鄂局的地面，真是心有不甘哪。"

善缇："老爷！您说什么呢？！"

侯久满苦笑："善缇，老侯可能与你这大清的御前一等带刀侍卫有所不同，你是一世只长一颗忠孝之心。而老侯与那李鸿章一样，是多长了一双眼：我们早就看出这大清已成纸糊的屋子，补不胜补了。只不过我与李中堂几辈子吃皇粮，叛逆二字，在骨髓里顶多是根摇摇晃晃的草，而成不了出膛的枪子、炮子。纵然老侯想抛弃那纸糊的屋子，纵然想造反，想革命，也绝不会像玉姑、妹仔那样直接、痛快。老侯与大清告别的最好办法，也许是：自己革了自己的命。"

善缇大惊："老爷，您这是……"

"过不了几日，老侯会拜托你一件事情。不说了，不说了。"

侯久满闭上眼睛，摇着……

驿馆庭院，黎元洪便装一人悄悄疾走，路过玉姑窗前缩头溜过，到了侯久满房前，轻轻叩门。

侯久满睁开眼，冲善缇笑笑，故意大声："贼娘的黄陂！何故此时方来？！"

黎元洪慌忙闪入："大哥，喊什么？莫让你家那假小子听见！"

侯久满笑笑："善缇，门外看着。"善缇应声走出。

黎元洪看着善缇的背影："此人可靠吗？"

侯久满："御前一等带刀侍卫。"

黎元洪笑笑："大福晋的护弁，没说的。大哥一路辛苦，白天没得出空来，得罪了。"黎元洪一躬到地。

侯久满："算了，你我还是快说正事。"

黎元洪从怀里取个极小本子："小弟亦不能久留。有些事已用暗语在电报上讲了，总之，莫看天下如此糜烂，然孰胜孰负，远未分明。且无论王权落于谁家，枪炮重器，唯有牢牢握于我自家兄弟之手！大哥在鄂局工匠、护军中人望甚隆，只要大哥登高一呼，从者必众。不过，唯一难堪的是，大哥恐怕得先说服玉姑小姐，切莫真实抵抗。"

侯久满："我侯府之事，你就别管了。这是什么？"

黎元洪将小本塞入侯久满手里，低声道："是你我当年在广甲舰曾使过的密码本，今后凡事，你我以此沟通。记着大哥：目下小弟为革命党，大哥为保皇党，革命胜，小弟保大哥无恙；朝廷胜，求大哥、大嫂保全小弟。"

侯久满笑笑："革命胜，老侯自裁。朝廷胜，老侯保你便是！"

"大哥……"黎元洪动情地攥住侯久满双手。

侯久满甩开："得了，少娘儿们唧唧！老侯明日便去鄂局，夺回兵权！夺回枪炮！"

次日，炮厂内，玉姑大惊："什么？！那人也进了鄂局？！"

护军甲："正是！我曾与大侠讲，令尊于鄂局，于江南，于全国枪炮各局，均是个一呼百应的人物，不知是谁，偏偏此时将他老人家搬了来！"

玉姑阴沉不语。

湖北枪炮厂总办室，满满一屋护军、工匠。着特制戎装的侯久满，指着厂区平面图："请诸位听清，从今日起，我等以防范乱兵、乱民擅取枪炮为名，不再发放一枪一弹！并于枪一厂、枪二厂、炮厂、枪子厂、炮子厂、拌药房、军械库，特别是这个火药库的四周，埋设连环地雷！连只猫狗都莫使蹿入！"

一身正黄旗戎装的善缇，手按侍卫金刀，立在侯久满侧后。

炮厂内，起义护军紧张地看着玉姑。阿六万分焦急地："大龙头，您赶紧拿个主意吧，那黎元洪果然失策，让清狗顺着铁道夺了汉口门户刘家庙，目下已有人开始惊慌，我等千万千万别再丢了这座枪炮大营啊！"

窗前，玉姑痛苦地思忖着……她猛然转身："打！但于枪炮堆里两厢厮杀，万分危险，我等先集中人枪，守住这个炮厂！一旦动手，力求直捣侯久满所处位置，拿下贼王，再拿下火药库，然后擒侯久满于药库为人质，以全厂同归于尽之誓死决心，掌控住局面！"

总办室，侯久满将善缇拽到一边，低声命道："你去小魔头那儿走一趟，告诉她，黎元洪掌兵，根本不是袁世凯对手。且目下战况已然扭转，劝她莫做无谓牺牲，或赶紧离厂回家，或冲天放两枪，带着她的人马退过江去。"

"休想！"玉姑喝道："善缇大哥，请将那人的话，稍加改动地带回，告诉他，任何清狗掌兵，均不是革命党对手。且天下大局已无可逆转，劝他切莫为清廷殉葬，或赶紧回家陪阿妈安度晚年，或冲天磕两个头，抱着他的万岁牌隐居山林！"

善缇道："玉姑小姐，你们父女斗了近20年，难道如今真的要战场相见，论个你死我活？"

玉姑："善缇大哥，你也应当早日觉醒，你弟弟善清之死还不足以使你看清这个王朝的没落吗？"

善缇道："善缇在旗，祖辈有着随龙入关的荣耀，若天命有归，我为后人，也有着随龙宾天的天责。"

阿六：“善缇，我去为老爷传信，你就留在这里吧。”

“阿六，你将善缇看成了何人！……小姐保重！”善缇抱拳离去。

玉姑久久看着善缇背影：“侯府之人，无论青白，没有一人愿为叛徒。”

京师，袁世凯居所签押房。汪精卫恭恭敬敬地向袁世凯抱拳鞠躬：“晚生汪精卫，拜见宫保大人。”

袁世凯满脸是笑：“免礼，免礼，袁某久闻先生大名，‘引刀成一块，不负少年头’，何等气概才唱得出，如此黄钟大吕！”

汪精卫：“宫保夸奖。这一年多，晚生不仅幸得肃亲王善耆救命，亦得其不懈教诲，晚生对当今世事，已有更加成熟思想。”

“好！好！这就甚好！”袁世凯挠挠头皮说，“哎呀，近日以几个年轻贝勒为首，成立了一个‘宗人党’，说要效法他们祖宗的扬州十日，于京师大开杀戒，不惜屠城！为安靖社稷，减少流血，若能找个有先生这般胆气的人，于皇城根下再埋它几颗更大的炸弹……吓唬吓唬……”

汪精卫看看袁世凯：“宫保乃练兵名宿，是不是有什么军事想法，希望晚生用命？”

京师某茶馆，茶客寥寥。可言走入看看，走到一张桌前坐下，忽然怔怔，回头看后面桌边的一人背影，试问：“……是戴大哥？”那人回身，果然是戴刀。

可言急切挪到戴刀一桌：“戴大哥，你怎么来京师了？”

戴刀左右看看，低声问：“可言，听说你家大先生的事情不顺？”

可言沮丧地：“唉——，别提了，功亏一篑，吴禄贞兵谏不成，竟被他自己的卫队长杀了，可言还险些丢了性命。不说它，戴大哥……”

戴刀靠近可言：“在广州听说，革命党为夺得政权后的总统人选，意见不一。有股风潮，以为袁世凯才是中国华盛顿……”

“什么？武汉已经有了一个黎元洪，还要在全国搞出个袁世凯？如此岂不……”

戴刀嘘了一声：“轻些。有不少铁血志士坚决反对联合袁某，最为激烈，力主刺袁的，是同盟会的北方支部。”

可言：“戴大哥是来京师寻找这个支部，是来刺袁的？”

戴刀：“正是。据说该支部成立了一个暗杀队，队长是刚刚出狱的汪精卫。”

可言大叫：“不可能！谁都知道这位汪某，早被善耆软化得一塌糊涂！”

戴刀：“是啊，目下的消息五花八门，刚刚还有人告诉戴刀，说汪精卫与袁世凯的长子拜了兄弟，并筹划内应外合，攻打正阳门、崇文门、宣武门、西华门，甚至东华门！”

可言摇头苦笑：“可言是什么都不信了，这里面不知又藏了多少奸诈贼心。戴大哥，可言刚从阿妈电报得知，阿爸他老人家去了武汉，这绝非良兆。可言已订了今夜的火车。”

“什么？侯大人去了武汉？！”戴刀吃惊。

可言：“还有，阿妈的电报讲，阿尔萨兰与正良大哥也进了北京。”

戴刀又是一惊。

夜，微服的隆裕与两名宫女无声无息，匆匆走入京师驿馆。

到了一间客房门前，宫女轻敲，低声问："大姑在吗？"

正良开门，隆裕愣了一下。门内，阿尔萨兰看见隆裕，扑通跪下："太……"

"免！莫出声。"隆裕立即制止，急步进门。

正良慌忙跪下。宫女为隆裕脱去斗篷，隆裕冲正良笑笑："阿尔萨兰，烦请这位公子出去站站。"阿尔萨兰看了正良一眼。

"草民遵旨。"正良磕了一个头，退出门。

隆裕搀起阿尔萨兰："快起来，阿尔萨兰。"

阿尔萨兰低声道："太后，奴婢刚刚到京，打算明儿个一早就进宫的。您这是……"

隆裕："就怕你进宫，才这副模样地赶来驿馆。如今的大清皇宫，都快成袁世凯与那个赵秉钧的后院了！"

阿尔萨兰："怎么？"

隆裕："我二人闲话少叙，阿尔萨兰听旨！"

阿尔萨兰跪下伏身，低声："太后万岁万岁万万岁！"

隆裕盯着阿尔萨兰："为先帝雪旧恨，为江山除恶贼，着阿尔萨兰：洹上村未完之事，不究何法，继续施行！"

阿尔萨兰怔怔，立即道："奴婢不惜粉身碎骨，谨遵懿旨！"

"起来吧。"隆裕搀起阿尔萨兰，"阿尔萨兰，这可能是我做皇后，做太后，做得最荒唐，也最不荒唐的一件事了。虽说这事，我都干不了，要你去干，这说到哪都怪诞不经，可……可我眼前的那些男人，数来数去，又有哪个比你这女人强呢？且不说那些东西是否可靠，就论胆气，他们的血性也早就喂了鸟，斗了鸡。大行太后遗言，嘱我不要干政，我也干得了啊？家事、国事，眼瞅着就要了结在我的手里了……原本以为，先帝留下的还是私仇，可眼见着便成了国恨。我这个并没什么夫妻情分的遗孀，不为夫君，只为祖宗，也得报仇了！且此刻不报，再无它时，阿尔萨兰……"

"太后请别再讲。"阿尔萨兰看着泪水涟涟的隆裕，忍泪说道，"阿尔萨兰明白，那袁贼已然做大，太后拿他无可奈何。然阿尔萨兰在外面，袁在明处，我在暗处，总有机会！"

隆裕："阿尔萨兰，莫再叫我太后，我说过，那年逃难路上，不是我莽撞，说不定你我早已姐妹相称……这是真心实意的话。"隆裕拉住阿尔萨兰的手，"好妹妹，姐姐别的什么也帮不了你，但你的阿玛、额娘，加上侯久满一家……"

阿尔萨兰伤心跪下："太后，阿尔萨兰的阿玛、额娘已殁于鼠疫。"

隆裕一惊："什么？！"

阿尔萨兰望着隆裕："如今，阿尔萨兰唯有一求……"

隆裕看着阿尔萨兰，沉默一阵，说道："阿尔萨兰，你上的那些折子，姐姐都已看过，可……"

阿尔萨兰从怀里掏出一叠黄绢，展开，捧举："这是大行皇太后赐婚，恩赏奴婢的凭证。奴婢今日斗胆，当面恳乞太后：收回此凭，还阿尔萨兰一个自由之身。"

隆裕："……这……这……"

阿尔萨兰："奴婢恳乞太后，还阿尔萨兰自由之身！"

隆裕看着门外淡淡地说："你前年回宫，姐姐也只是一句玩笑，没想到，你与侯久满那儿子还真的……"

阿尔萨兰坚定地说："奴婢再次恳乞太后！"

两个宫女惊愕地面面相觑。

隆裕痛苦思虑："……阿尔萨兰，你不会……你不会是……"

"奴婢奉旨之事绝无更改！"阿尔萨兰坚定说道，"只是阿尔萨兰愿以自由之身，与所爱之人一同上路犯险！"

隆裕沉默片刻，咬牙道："好妹妹，大行皇太后亲笔金书，姐姐无权代收。但时代不同，姐姐愿见你阿尔萨兰与侯正良于公堂之上，自行争取自由！"

阿尔萨兰激动地磕头："奴婢谢太后天恩！奴婢谢太后天恩……"

房门外，正良默默流下两行泪水。

枪炮轰鸣，硝烟弥漫。阿六率领臂缠白巾的起义护军冲上湖北枪炮厂外的一座山头。

总办室里，侯久满有些开心地看着地图："好啊，小魔头打了几年仗，会用兵了，知道鄂局后面的这个制高点甚为重要。善缇！"

"善缇在！"

侯久满："你亲自带人，立即将山头给老侯夺回来！"

"嗻！"善缇行军礼，奔出。

山坡上，善缇挥舞金刀，率领没有白巾的护军猛攻。山头处，阿六怒目环睁："打！打！狠狠地打！"双方死伤惨烈。善缇杀上山头的一刻，正遇阿六从土堆跃起，二人面对面，一个扬金刀，一个端枪刺，刹那愣怔："阿六……"

"善缇……"但善缇、阿六很快被彼此士兵的枪弹、枪刺放倒……

阿六望着滚滚硝烟，吐出两个词："平权……共和……"阿六一直那样地望着……

浑身是伤的善缇奔入总办室，沉重地："侯大人，山头拿下。但……但……阿六死了……"

侯久满冷冷沉默片刻，说道："你若能行走，再去对面一趟，要那小魔头不要再打，速速退出鄂局。"

"嗻！"善缇含泪欲离。

"慢……"侯久满抬头看看善缇："善缇，鄂局不大，决战就在今日，老侯与那小魔头鹿死谁手，尚很难说。善缇兄弟，老侯拜托你，务必记着：战阵中，你无论看见是谁冲向药库，想与这兵工厂同归于尽，你都必须用它，立即了断了那人。"老侯抚摸着机关枪。

善缇大惊："老爷……您这是何意？"

侯久满："有些话，老侯那日在驿馆已同你讲过。赶紧裹伤，速去速回。"

善缇怔怔："大人……老爷……您可千万千万不要……"

侯久满："快去！"

"……嗻！"善缇含泪退去。

侯久满沉默片刻，落泪自语："大清啊，侯久满一生为了强兵强国，可你根腐树烂，令老侯的满腔热血，付之东流！"

炮厂内，玉姑同样冷冷说道："善缇大哥，回那人的话，就说这边的标下讲：他老人家岁数大了，不论与过去割舍有多悲多疼，不论向今日低头有多难多苦，该服老就服老，该认输就认输吧。只要他放下枪，他的女儿就放下枪，陪他老人家一同南归，一起回广州。"

善缇："玉姑小姐为何不先放下枪……"

玉姑："去吧，告诉那人，标下与他的妹仔是一样人物，革命是手段，亦为信仰。信仰者，决不可轻摇。"

"妹仔说得不错，也许强兵强国既是阿爸梦想，也是尔等目标，然而心相通，路不同……"侯久满一边在特制戎装外缓缓穿着黄马褂，一边自语。说完抱起机关枪，走出了门。

枪炮厂公事楼前，侯久满满身弹链抱着机枪走出，在台阶上冲沙袋后的护军与善缇大声喝吼："都瞪大眼珠，听老侯这挺 2800 珠连环铳的号令！右侧是火药库，无论如何，也不能让任何人冲向那里！"

士兵们叫道："大人尽可放心！"

"什么？这回看清了，那人是在公事楼？"玉姑喝问。

护军甲："正是！"

玉姑冰颜寒目，朝窗外望了一阵，毅然向炮厂门外直行。

护军甲："玉姑大侠，您要干什么？"

玉姑："你们谁都不要跟着！待我生擒了对面那人！"

护军甲："大侠，公事楼前是一片雷区，您不能去！"

玉姑："那连环地雷，总要有人引爆！"

起义护军们人人抢前："大侠，让我先去趟雷！""我去！""我去，玉大侠！"

"谁都别争！这一回合，是玉姑要与那人，了结一生旧账的事！"玉姑冲出大门，跃上马背，从靴中拔出双枪，一点马肚，奔驰而去。

护军甲等大喊："玉姑大侠——！玉姑大侠——！玉姑大侠——"

公事楼前的开阔操场，玉姑远远纵马奔来，双枪射击……

"不好大人！来的是玉姑小姐！"善缇惊呼。

"啊？！"侯久满大惊，端起机枪冲天扫射："小冤家！站住！站住！前面全是地雷！"

玉姑不顾一切地冲着，并仰天高呼："妹仔——，妹仔——，你的玉姑妹妹来了——"

侯久满看着震惊不已，冲天猛射："地雷——！地雷——！听见了吗？！你这混账！混账东西！"

玉姑冲着："妹仔——，妹仔——"

侯久满冲玉姑的马蹄前扫射："站住——！站住——！赶紧给老子站住——"

玉姑仍冲着……"轰"地一声，地雷连连爆炸……浓浓的硝烟中，玉姑落马，转瞬淹没……

“玉姑——”侯久满闭目晃晃。

善缇抱住侯久满：“大人！大人……”

侯久满甩开善缇，将机枪塞给他：“善缇，记着老侯的拜托！”接着，侯久满不顾善缇与兵弁们的呼喊，跃上一匹马，冲入硝烟。

“玉姑……玉姑……”浓黑的烟中，侯久满疯狂寻找……看到玉姑，侯久满跳下马，抱起玉姑放声哭叫。

玉姑缓缓睁开眼睛，看看侯久满，看看前方，虚弱地：“……你是怎么过来了？我本想只是让你做个见证，玉姑……玉姑嫁给了……你最喜欢的妹仔……”

“你……你……你竟然用这样的办法与你老子恶斗！”侯久满捶着胸口：“你这是活活挖阿爸的心啊！老侯这辈子怎么生了你这么个女羣种！”

玉姑：“你是谁阿爸？”

侯久满吼着：“老子是你阿爸！是你阿爸！……老子真是后悔，你小的时候干嘛只是缠你的足，而不是将你的脚干脆剁了！老子叫你冲！叫你冲！叫你……”

侯久满看着玉姑的脚，一下怔住……

玉姑看向自己的脚……那两只脚已然没了！

“玉姑……”侯久满抱紧玉姑。玉姑笑笑：“很好，这两只丑陋的小东西，总算还给你了。”

侯久满紧紧抱着玉姑：“玉姑……都怨我！都怨我！我为何要埋贼娘的地雷！我为何要埋贼娘的地雷！我……老子这是在跟谁打仗啊！”

玉姑：“……你应该问，你这是在为谁打仗？”

侯久满：“玉姑，你挺住！你挺住！我们都不打了，阿爸这就背你回家！”

玉姑虚弱地：“放下吧，不用了，玉姑很快自己就回去了。”

侯久满：“不！不！不！你无论如何不能跑在老子的前面！”

玉姑艰难抬手，抹抹侯久满脸上的泪：“阿爸，玉姑最后求您一件事情，求求您，您一定要答应玉姑。”

侯久满：“你说，你说，阿爸一定答应！”玉姑艰难地：“阿爸……阿爸，下辈子一定，一定不要……再缠玉姑的脚了……”玉姑头一歪，闭上眼睛。

“不会了！不会了！玉姑——！玉姑——！你听见了吗，阿爸再也不会缠你的脚了！再也不会缠你的脚了！玉姑——！玉姑——”侯久满大哭，继而狂吼：“侯久满——，你这下满意了吧？你打胜了！你为大清打胜了——！可你真的还想保这个木朽灰死的大清吗——？你造了一生一世的枪炮，可你保住了谁——？！保住了谁——？！……你且与这个不值一保的大清同归于尽了吧——”

侯久满抹了一把泪，摘下头盔狠狠摔掉，将玉姑抱上马背，捡起根燃烧的木桩，高举着，纵马朝火药库奔去……

公事楼前，士兵们大惊：“侯大人这是要干嘛？！”

炮厂前，起义护军们：“侯久满去了火药库！”

“大人——，大人——，老爷——，老爷——”善缇吼喊着，侯久满曾经郑重预留的两次嘱托，闪在硝烟中。

侯久满抚摸着机枪："善缇兄弟，老侯拜托你，务必记着：战阵中，你无论看见是谁冲向药库，想与这兵工厂同归于尽，你都必须用它，立即了断了那人。"

侯久满躺在摇椅里："老侯与大清告别的最好办法，也许是：自己革了自己的命。"

火药库前，侯久满高举火把，奔驰着……

善缇大泪滂沱地呼喊："大人，大人，你不能啊——"

可言奔来，见状大惊："阿爸——！阿爸——！阿爸——"

善缇端起侯久满的那挺机关枪，剧烈抖动地朝向侯久满……

可言大惊，抓住善缇："善缇！你想干什么？你想干什么？！"

"闪开！"善缇抡倒可言，"侯大人已事先嘱托善缇帮他！……侯大人好走——！老爷好走——"善缇泪涌悲呼，一梭扫去……

侯久满中弹，缓缓落马……

可言凄烈呼喊："阿爸——，阿爸——"

"侯大人——，老爷——，善缇也随你去了——！"善缇大呼，拔出金刀自刎，缓缓仰倒，瞋目望天……

此刻，侯府，木鱼笃笃，侯夫人跪在万岁牌前，闭目诵经……

夜，火光冲天。

"杀——，打倒专制——！创立共和——"戴刀与大批革命党，分别攻入京师的正阳门、宣武门、崇文门。一队队清兵，不断涌来。

1911年11月29日晚10时，同盟会京津保的革命党人，依约举行了对清廷的军事行动。然而幕后谋划者袁世凯按兵不动，革命党被捕十余人。另一谋划者汪精卫，未以为然。

锡拉胡同的袁府，袁世凯与汪精卫专注地下着围棋……

激战中，戴刀负伤，被正良与阿尔萨兰奔来架走。

1911年12月25日，孙中山回到祖国上海，29日当选为中华民国临时大总统。四十余天后，袁世凯接任。

京师驿馆的正良客房，阿尔萨兰为戴刀喂着药。

戴刀艰难起身："阿尔萨兰，我还是走吧，住在这儿，会牵累你和正良的。"

阿尔萨兰："放心，已有人安排，如今这驿馆只有我等三人。"

"什么？"

阿尔萨兰道："蚂蚱，阿尔萨兰有事想问问你，你能带我见见，那些与你一起进攻京师的人的头领吗？"

戴刀惊愕："怎么，阿尔萨兰，你也要……"

"不，不是你所想那样，阿尔萨兰只想与人联手，刺杀袁世凯！"戴刀愣怔。

正良满身雪花地走进门："戴大哥，好些了吗？"

"好多了。"戴刀笑笑。

"今日情况如何？"阿尔萨兰拍着正良身上的雪。

正良答道："袁世凯上下朝的路径、时间又有变化，但还是有规可寻。"

戴刀吃惊："正良，你这么胆小的人，难道也……"

正良赧颜地："我也做不得什么大事。"

1912年1月16日午时，北京东华门丁字街，袁世凯的豪华马车在卫队护拥下，沿街走着。车内，袁世凯不时撩起帘子，朝外看看。

街边，阿尔萨兰目光锐利地盯着，正良与戴刀紧随其后。还有五六个革命党人，缓缓向路边移动。

马车走近，阿尔萨兰等突然投出炸弹，马惊人翻，卫队被炸倒十几个，满街大乱。

大批军警奔来。革命党头领大喊："戴刀！快走！"

阿尔萨兰奋勇扑向马车，抓住车门跃上，举枪对准袁世凯，一倒地卫兵向阿尔萨兰射击，阿尔萨兰的子弹偏过袁世凯，仰身倒下车去。

"阿尔萨兰——"已经跑出很远的正良回头看见，又不顾一切地奔回。

"阿尔萨兰——"戴刀也向回跑，被头领紧紧抱住："快走！袁贼肯定已死！"

正良奔到车边，抱起阿尔萨兰："阿尔萨兰！阿尔萨兰……"

阿尔萨兰醒来，使劲推着正良："快走！正良！快走！"

正良抱着阿尔萨兰站起："要走一起走！"

阿尔萨兰："快放下！你这莠草！"

正良："不！不！绝不……"一梭子弹打在腿上，正良跪倒在地。

"正良——！阿尔萨兰——"戴刀猛力甩开头领，疯狂向回奔跑。突然，横街处冲来一匹马，那人冒着弹雨奔至戴刀身边，一把将戴刀拽上马背，狂奔而去。清醒过来的卫队，端起机枪扫射，那人背上迸出一排排血花——赫顿身形晃晃，极力坚持驭马。

甩掉清兵，奔入一条胡同，赫顿倏然栽倒。戴刀跳下马，抱住赫顿哭喊："赫顿！赫顿！怎么会是你？！"

赫顿失血过多，面色苍白地笑笑："我一直……紧紧盯着……中国军工……中国军工的标志人物……可是，没想到……你也……你也革命了……"

戴刀含泪："那你，那你为什么要救我？！"

赫顿："我也不清楚，但，但红毛这一生，最敬重的是老侯爸爸，最崇拜的，是、是……"

戴刀呜咽着："赫顿，你是我最好最好的朋友！你别离开戴刀，你接着盯戴刀，永远盯着戴刀……"

赫顿艰难地笑笑："我们是'高山流水'，朋友……赫顿非常非常对不起一个人，我想……我想把她托付给你……"

戴刀："谁，赫顿你说，我一定好好地照顾他。"

"是……西西……"赫顿闭上了眼睛。

戴刀悲痛欲绝，使劲摇晃着哭喊："赫顿——！赫顿——！赫顿——"

广州某茶楼，那个年长士子与那个年少士子垂头看着茶杯，沉默良久。

年长士子说道："袁世凯狼子野心，今日未死，明日难逃。老夫与你再打一赌：这袁贼养敌自重，背主谋逆，早晚是要自己做皇上。"

年少士子："不可能，共和已成大势所趋，顺之者昌，逆之者亡。"

年长士子叹息一声："唉——，走着瞧吧，没有哪个得了势的中国人，不想当当皇帝。"

夜，京师的某官邸卧房，被极尽铺排成一栋只缺个"囍"字的新房，赵秉钧谦卑哈腰："大姑，您看，对这里还算满意吗？"

重伤的阿尔萨兰躺在炕上。正良的腿缠着绷带，坐在炕沿，给阿尔萨兰喂着水。

"下走明白，大姑与那些革命党不同，大姑只是为了先帝爷报仇。下走最敬佩有仇必报的人。"

赵秉钧说道："可是您知道先帝爷到底是怎么龙驭宾天的，真正的凶手是谁吗？你们都认为是袁世凯所为，可即便袁世凯有那个心，也不大可能是亲自下手的主吧？因此你们真的不该没完没了地刺袁。"

阿尔萨兰："滚！狗贼！阿尔萨兰本想先杀了那个最大的恶魔，再杀你这鬼魅一般阴毒的孽障！"

赵秉钧看看阿尔萨兰，莫名其妙地哭起来："我赵某虽然出身寒微，连个秀才都不曾考中，可下走也懂得君君臣臣，父父子子……但是中国的圣贤太多了，什么样的哲理都讲过，既讲了'为人臣者主耳忘身，国耳忘家，公耳忘私。'可也讲了'人不为己，天诛地灭'。"

阿尔萨兰蹙着眉头："你这不可言喻的奸邪，快滚出去！别弄脏了这里的空气！"

赵秉钧擦泪吁了口气："……好些个了。大姑，下走知道，您与侯久满大人的这位长公子情有所钟，可您又身份不同，加之今晚是您二人……是您二人，人世的最后一夜，所以下走特意选了一处宅子，布置成这样。下走善意，恳求大姑明鉴。下走这里本来也准备了这个……"赵秉钧取出并展开一个大大的金箔"囍"字，"只是碍于，大姑目下还是新丧的侯大人遗孀，因此请大姑自己斟酌……"

阿尔萨兰大惊："你说什么？侯久满如何了？！"

正良咬牙扶着床架站起："我阿爸怎么了？！"

赵秉钧："哦，大姑还不知道，侯大人与他的小女侯玉姑，对阵厮杀，不幸双双阵亡。而且还有个叫侯可言的，也疯了。"

"阿爸——！玉姑——"正良跌倒在炕沿。

两行热泪从阿尔萨兰眼中夺眶而下……

赵秉钧慨叹："可惜了——，我大清的枪炮侯！枪炮王啊——"

"赵大人……"一个看守奔进门，冲赵秉钧耳语。

“什么？！快走，快走……”赵秉钧大惊，疾走至门口又站住，依然谦卑地：“大姑，下走告辞，袁大人所住的锡拉胡同又发生爆炸。一会儿，下走特意从泰丰楼要了桌极品的菜，请大姑慢用。……哦，还有，捉住的那三个行刺的革命党张先培、黄芝萌、杨禹昌，明日行刑。在此之前，还恳乞大姑你二人，为了彼此体面……早走一步……”

赵秉钧掏出个“鹤顶红”小瓶，轻轻放在炕边，缓缓一躬到地，转身走出。

正良一下抱住阿尔萨兰大哭：“阿爸——！阿爸——！玉姑——”

阿尔萨兰与其相拥痛哭……

门外，赵秉钧听了片刻哭声，也抹了抹泪：“……一会儿有饭馆的人来，甭拦着。”

“嗻。”看守看着赵秉钧离去。

“阿爸——，玉姑——”正良痛呼着，阿尔萨兰哭着拍抚正良……

门敲敲，看守推门，走入四个伙计，分别将提盒中的菜摆在桌上。其中一人是戴刀。阿尔萨兰与正良惊异地看着。戴刀对其他人道：“你们先回吧，这两道砂锅的火候，我侍候着。”

“辛苦您。”伙计与看守走出。

戴刀看看门，奔近炕边，低声：“阿尔萨兰，正良，外面有人接应，我等冲出去！”

阿尔萨兰：“蚂蚱，你是怎么知道，我们关在这里？”

戴刀：“是一位宫女去驿馆送的信。快！阿尔萨兰，我背着你！正良，扶着我……”

阿尔萨兰按住戴刀伸出的手：“蚂蚱，你背着正良走吧，我已挺不了多久了。”

“不，不，阿尔萨兰……”戴刀悲酸难忍。

正良：“我也不走，我要陪着阿尔萨兰。”

戴刀：“不行！你们若是不走，戴刀就与你们一起共赴黄泉！”

正良：“不，戴大哥，我与阿尔萨兰这个样子，是跑不了多远的。再说，侯府已经只剩下阿妈了，戴大哥，正良求求你，代正良好好侍奉阿妈，孝敬阿妈，好好的为阿妈养老送终啊！”

阿尔萨兰：“正良，你还是跟戴大哥走。”

正良：“不，正良走不脱，还会拖累戴大哥的！戴大哥，你自己快走！不是为你，是为我阿妈！”

戴刀：“我……我……”

阿尔萨兰：“是啊，蚂蚱，阿尔萨兰已认侯夫人为额娘，此生唯一惦念的，就是夫人了。怀此心结，死难瞑目的，肯定还有侯大人……还有玉姑……蚂蚱哥哥，你就代这一大家子，好生为夫人尽心尽意吧……”

戴刀掩面哭泣。

门外，一看守看着房门，欲进：“他们好像认识？”

看守头目拉住：“唉——，算了，大清都这般光景了，且睁只眼闭只眼吧。”

阿尔萨兰从怀里取出那块黄绢“囍”字：“蚂蚱，带着刀吗？”

戴刀从小腿处抽出匕首，阿尔萨兰取过，将“囍”字垫在炕沿上，用匕首一划两半，无比郑重地："蚂蚱哥哥，将这个带回去，葬在阿尔萨兰的坟里，阿尔萨兰要带着它去回禀老佛爷：我已与侯久满分离，但，做了侯久满的儿媳。我谢谢老佛爷，她老人家成全了阿尔萨兰的婚姻。"

正良拿过匕首，将自己的辫子连根割断："戴大哥，请把这个也带回。"

阿尔萨兰极力仰身，伏了一下："蚂蚱哥哥，拜托了。"

戴刀："……阿尔萨兰，你放心吧。"

阿尔萨兰笑笑，突然抓起那瓶"鹤顶红"，摘去盖子，全都倒在嘴里。

正良、戴刀抢夺不及："阿尔萨兰！阿尔萨兰……"

阿尔萨兰抓住正良的手："正良，你还是与戴大哥……一起……走……"

阿尔萨兰倏然送开了手，正良大哭："阿尔萨兰……阿尔萨兰……你为何全喝了！一滴都不给正良留下……阿尔萨兰……阿尔萨兰……"

戴刀痛哭着……

"不，不，正良此生，已经丢失了个烟姑娘，再不能又丢一个阿尔萨兰了！"正良抓起匕首猛然刺入自己腹中，爬到阿尔萨兰身边躺下，喃喃着："阿尔萨兰，你等等……等等正良……"

戴刀嚎啕不已："正良——！正良——"

黑漆漆的夜空，响彻戴刀撕心裂肺的痛呼："阿尔萨兰——，正良——，阿尔萨兰——，正良——"

家庙佛堂，衣衫不整的可言拿着酒壶，边饮边笑："哈哈哈哈……哈哈哈哈……好玩！好玩！一个大清的'宫保鸡丁'袁世凯，竟然将做大总统！一个大清的小小协统黎元洪，竟然做了副总统！好玩啊好玩！好玩啊好玩……"

家庙的和尚劝着："二少爷……您不能再喝了……"

"滚开！……哈哈哈哈……大清国真是好玩……"可言笑着笑着，哭起来："玉姑妹妹，妹仔，这就是你等革命所要的结果么？这连我家大先生闹立宪的结果都不是！呜……"

和尚："二少爷，您还是回屋躺一躺吧。"

可言猛然抓起一把刀，削去辫子，塞给和尚："去！把大清国还给我阿妈！快去！"

"好，好，我去请老夫人来。"和尚拿着辫子跑出。

可言丢刀灌酒，大泪滂沱："痛哉！……阿爸！你也好玩得很！你强兵强国，殚诚毕虑！制枪造炮，无所不用其极！可结果呢？结果呢？您要亲手炸掉您的枪炮厂！您自己也被自己的机器炮给打死了！阿爸！阿爸——，富民强国，富民强国，痛哉啊——"

可言又灌一口，拿起蜡烛，边四处点燃佛堂帐幔，边诵："吾民痛哉富何宵？！吾国痛哉强何朝？！吾生痛哉寻何路？！吾死痛哉上何桥？！……痛哉！"

可言四面泼尽壶里的酒，扔掉壶时身上也已着火，他转着，喊着："痛哉啊痛哉——"

大火熊熊……

无月无光的紫禁城，幽幽地响着一个女人的哭泣声。空荡荡的乾清宫，只有隆裕紧紧搂着小皇帝溥仪，坐在龙座上哭着。那哭声犹如一个幽灵在哀怨悲泣。